BASTEI
LÜBBE

BIBLIOTHEK
DER
PHANTASTISCHEN
LITERATUR

Herausgegeben von Stefan Bauer

DAVID GEMMELL

DIE STEINERNE ARMEE

Roman

Ins Deutsche übertragen
von Irmhild Seeland

BASTEI
LÜBBE

BASTEI LÜBBE TASCHENBUCH
Band 28 331

1. Auflage: April 2002

Vollständige Paperbackausgabe

Bastei Lübbe Taschenbücher
ist ein Imprint der
Verlagsgruppe Lübbe

Titel der amerikanischen Originalausgabe:
Sword in the Storm

Dieses Werk wurde vermittelt durch die
Literarische Agentur Thomas Schlück, 30827 Garbsen

Lektorat: Alexander Huiskes / Stefan Bauer
Titelillustration: Luis Royo / Norma Agency, Barcelona
Umschlaggestaltung: QuadroGrafik, Bensberg
Satz: QuadroPrintService, Bensberg
Druck und Verarbeitung:
GGP Media, Pößneck
Printed in Germany

ISBN 3-404-28331-7

Dieses Buch widme ich in Liebe
Stella Graham
mit meinem allerherzlichsten Dank für
mittlerweile achtzehn Jahre einer
wunderbaren Freundschaft

Mein Dank gilt neben meinen Herausgebern, Liza Reeves und Broo Doherty, natürlich auch Alan Fisher, Val Gemmell, Mary Sanderson, Bill Woodford, Tony Fenelon und Jan Dunlop, die mich so sehr inspirieren. Und ich will hier auch nicht die Leute von der *Deep Pan Pizza* vergessen, die Crumbles aus Eastbourne, von denen ich stets viel Wärme, Freundlichkeit und ein Regular Americano mit Extra-Schinken und Pepperoni bekomme.

Prolog

Ich war noch ein Kind, als ich ihn zum letzten Mal sah, ein magerer Bursche war ich damals, mit strohblonden Haaren, und ich lebte im Hochland. Meine Schwester war am Tag zuvor im Kindbett gestorben, und das Kind mit ihr. Mein verwitweter Vater war untröstlich, und ich verließ unseren Hof schon in aller Frühe und überließ ihn seiner Trauer. Auch ich war traurig, aber, wie es meist bei Kindern ist, mischte sich in meinen Kummer auch Selbstmitleid. Ara war gestorben und hatte mir meinen Geburtstag verdorben. Noch heute erschauere ich vor Scham bei der Erinnerung an diese Gedanken.

Ich wanderte den größten Teil des Vormittags über durch den Hochwald und spielte Kriegerspiele. Ich war ein Held, der Feinden nachstellte. Ich war der tödlichste Schwertkämpfer von allen. Ich war König Dämonenklinge.

Ich hatte ihn einmal gesehen, als er mit ein paar seiner Gefährten zu unserem einsamen Hof geritten kam. Sie waren nur auf der Durchreise und mein Vater gab ihnen Wasser und etwas Brot. Der König war abgestiegen und hatte Vater gedankt, dann hatten sie sich über den trockenen Sommer und die dadurch verursachten Probleme unterhalten. Ich mochte damals fünf Jahre alt gewesen sein, deswegen erinnere mich wohl nur noch an seine Größe und daran, dass er merkwürdige Augen hatte. Das eine war gelbbraun, das andere grün wie ein Edelstein.

Mein Vater hatte ihm erzählt, wie unser einziger Bulle gestorben war, von einem Blitz getroffen. Drei Tage später kam ein Reiter, der einen schönen Longhorn-Bullen mit sich führte, den er uns gab. Danach stand mein Vater immer auf Seiten des Königs.

Ich war gerade elf, als ich ihn wiedersah. Als ich keine Lust mehr hatte, allein zu spielen, ging ich zum Haus meines Vetters im Engtal, etwa fünf Kilometer von zu Hause entfernt. Er gab mir etwas zu essen und ließ mich helfen, während er Holz hackte. Ich rollte die Stücke zu ihm heran und stellte sie auf den niedrigen Hackklotz. Er schwang seine Axt und spaltete sie. Nachdem er mit Holzhacken fertig war, trugen wir das Holz zum Stapelplatz und stapelten die gespaltenen Scheite an der Nordwand des Hauses auf.

Ich war müde und hätte gern die Nacht dort verbracht, aber dann hätte mein Vater sich Sorgen gemacht, also machte ich mich eine Stunde vor Anbruch der Dunkelheit auf den Weg nach Hause, erklomm die Gelben Hügel und wanderte weiter Richtung Hochwald. Mein Weg führte mich dicht an dem alten Steinkreis vorbei. Vater hatte mir erzählt, dass Riesen ihn in einem längst vergangenen Zeitalter erschaffen hätten, aber meine Tante behauptete, die Steine selbst seien einst Riesen gewesen und von Taranis verflucht worden. Ich weiß nicht, welche Geschichte wahr ist, aber der Kreis ist ein toller Ort. Achtzehn riesige Steine stehen dort, jeder einzelne über sieben Meter hoch. Harter, goldfarbener Stein, ganz anders als der graue Granit der Druagh-Berge.

Ich hatte nicht die Absicht, zum Kreis zu gehen, denn er lag ein gutes Stück abseits von meinem Weg. Aber als ich durch den Wald ging, sah ich ein Rudel Wölfe. Ich blieb stehen und hob einen Stein auf. Wölfe greifen Menschen nur selten an. Sie halten sich lieber fern von uns. Ich kann es ihnen nicht verübeln. Wir jagen und töten sie, wo immer wir können. Das Leittier stand ganz still, seine goldenen Augen sahen mich an. Mich überlief ein Schauder, und ich wusste mit Sicherheit, dass dieser Wolf keine Angst hatte.

Einen Augenblick lang hielt ich stand. Er machte einen Satz nach vorn. Ich ließ den Stein fallen und rannte los. Ich wusste, dass sie hinter mir her liefen und rannte so schnell ich konnte, sprang über umgestürzte Bäume und stolperte durch Brombeergestrüpp. Ich war in Panik und floh, ohne zu überlegen. Dann kam ich kaum ein paar Meter vom Steinkreis entfernt an den Waldrand. Noch weiter zu laufen hieße sterben. Diese Erkenntnis ließ mich meine Furcht überwinden, und meine Gedanken begannen sich zu klären.

Direkt vor mir hing ein niedriger Ast. Ich sprang hoch und zog mich darauf. Der Leitwolf war genau unter mir. Auch er sprang, seine Zähne schlossen sich um meinen Schuh und rissen ihn mir vom Fuß. Ich kletterte etwas höher, während die Wölfe sich lautlos unter dem Baum versammelten.

Jetzt, da ich in Sicherheit war, wurde ich wütend, sowohl auf mich selbst als auch auf die Wölfe. Ich brach einen trockenen Zweig ab und schleuderte ihn auf das Rudel. Sie sprangen beiseite und begannen, den Baum langsam zu umkreisen.

In diesem Moment hörte ich die Reiter. Die Wölfe stoben auseinander und trabten zurück in den Wald. Ich wollte die Neuankömmlinge schon rufen, doch irgendetwas hielt mich zurück. Ich kann nicht sagen, was es war. Ich glaube nicht, dass ich Angst hatte, aber vielleicht spürte ich eine Gefahr. Jedenfalls kauerte ich mich auf dem dicken Ast nieder und beobachtete, wie sie in den Steinkreis ritten. Es waren neun. Alle trugen Schwert und Dolch. Ihre Kleider waren sehr schön, ihre Pferde groß, wie die, die die Eisernen Wölfe des Königs ritten. Als sie abstiegen, führten sie ihre Pferde aus dem Kreis und banden sie in der Nähe an.

»Glaubt ihr, er kommt?«, fragte einer der Männer. Ich sehe ihn noch immer vor mir, groß und breitschultrig, unter einem Helm aus gehämmertem Eisen schaute das geflochtene, blonde Haar hervor.

»Er wird kommen«, sagte ein zweiter. »Er will Frieden.«

Sie gingen zu ihren Kameraden, die im Kreis innerhalb des Steinkreises saßen. Da ich beschlossen hatte, mich nicht zu zeigen, blieb ich ganz still sitzen. Sie unterhielten sich leise miteinander, und ich konnte nur wenige Worte deutlich verstehen.

Die Sonne ging unter, und ich beschloss, das Risiko mit den Wölfen einzugehen und mich auf den Heimweg zu machen. Und da sah ich den Reiter auf dem weißen Hengst. Ich erkannte ihn sofort.

Es war König Dämonenklinge.

Ich kann gar nicht beschreiben, wie aufgeregt ich war. Der Mann war schon damals fast ein Mythos. Sein Bart schimmerte im Licht der untergehenden Sonne rotgolden. Er trug einen geflügelten Helm aus hellem Silber, einen Brustharnisch, der das Reh im Dorngestrüpp zeigte, das Wappen seines Hauses, und den berühmten Flickenmantel. An seiner Seite hing das legendäre Seidh-Schwert mit dem goldenen Griff. Er ritt in den Kreis, saß auf seinem Hengst und sah die Männer durchdringend an. Sie schienen mir angespannt, fast verängstigt durch seine Gegenwart. Sie erhoben sich, als er abstieg.

Da wollte ich vom Baum herunter, einfach, um der Legende nahe zu sein. Aber er zog sein Schwert und stieß es vor sich in die Erde. Der Mann mit dem geflochtenen blonden Haar war der Erste, der sprach.

»Komm und setz dich zu uns, Connavar. Wir wollen über einen neuen Frieden sprechen.«

Dämonenklinge blieb einen Augenblick schweigend stehen, die starken Hände ruhten auf dem Knauf seines Schwertes, der Flickenmantel blähte sich im Wind.

»Ihr habt mich nicht hergebeten, um zu reden«, sagte

er. Scine Stimme war tief und kraftvoll. »Ihr habt mich hergebeten, um mich umzubringen. Dann kommt, Verräter. Ich bin hier. Und ich bin allein.«

Langsam zogen sie ihre Schwerter. Ich konnte ihre Angst fühlen.

Dann, als die Sonne blutrot unterging, griffen sie an.

Kapitel 1

In jener Nacht, in der dieser große Mann geboren wurde, tobte ein heftiger Sturm vom hohen Norden heran, doch noch waren die dräuenden schwarzen Wolken hinter den zerklüfteten, schneebedeckten Gipfeln der Druagh-Berge verborgen. Die Nachtluft draußen vor der Geburtshütte war still und schwer. Die hellen Sterne von Caer Gwydion glitzerten am Himmel, und der Vollmond schien wie eine Laterne über die Länder der Riganten.

In der lampenerhellten Hütte war jetzt alles still, als Varaconn, der Pferdejäger mit den sanften Augen, an der Seite seiner Frau niederkniete und ihre Hand hielt. Meria, deren Schmerz für einen Augenblick nachließ, lächelte zu ihm auf. »Mach dir keine Sorgen«, flüsterte sie. »Vorna sagt, der Junge ist kräftig.«

Der blonde junge Mann ließ seinen Blick durch die kleine runde Hütte schweifen, bis er zu der Hexe kam, die neben einem eisernen Kohlebecken kauerte. Sie erbrach die Siegel von drei Tontöpfen und maß dunkles Pulver daraus ab. Varaconn schauderte.

»Es ist Zeit für seinen Seelennamen«, sagte Vorna, ohne den Blick von ihrer Arbeit abzuwenden.

Varaconn ließ widerwillig die Hand seiner Frau los. Er mochte die klapperdürre Hexe nicht, aber das tat niemand. Es war schwierig, das zu mögen, was man fürchtete, und die schwarzhaarige Vorna war wie ein Feengeschöpf, mit leuchtend blauen Knopfaugen, die anscheinend niemals blinzelten. Wie kam es, fragte sich Varaconn, dass eine alternde Jungfer, die keine persönliche Erfahrung mit Sex oder Geburt hatte, als Hebamme so geschickt war?

Vorna stand auf und drehte sich um, um ihn mit einem gequälten Blick zu fixieren. »Jetzt ist nicht die Zeit, um über Fragen nachzudenken, die aus Dummheit entspringen«, sagte sie. Varaconn fuhr zusammen. Hatte er die Frage laut gestellt? Gewiss nicht.

»Der Seelenname«, sagte Vorna. »Geh jetzt.«

Er nahm noch einmal die Hand seiner Frau und führte sie an seine Lippen. Meria lächelte, dann verzog ein neuerlicher Anfall von Schmerzen ihr Gesicht. Varaconn ging langsam zur Tür.

»Es wird alles gut«, erklärte Vorna.

Varaconn warf sich den blaugrünkarierten Umhang um die schmalen Schultern und trat hinaus in die Nacht.

Es war warm, die Luft schwül, trotzdem war es für einen Augenblick kühler als in der Hütte, und er füllte seine Lungen mit der frischen Luft. Der Duft von Berggras und Pinien war hier – weit weg vom Dorf – kräftig, und hinein mischte sich der zarte Duft von Geißblatt. Als er sich an die Wärme dieser Sommernacht gewöhnt hatte, nahm er seinen Umhang ab und legte ihn über die Bank, die sich um den Stamm der alten Weide zog.

Zeit für den Seelennamen, hatte Vorna gesagt.

In diesem Augenblick, allein unter den Sternen, fühlte sich Varaconn zum ersten Mal in seinen neunzehn Jahren wirklich erwachsen. Er mußte den Seelennamen für seinen Sohn finden.

Seinen Sohn!

Varaconns Herz ging auf bei dem Gedanken.

Er folgte dem alten Ziegenpfad und trat auf die grünen Flanken des Caer Druagh, des Älteren Berges, und begann, ihn zu ersteigen. Wie er so hoch über dem Tal dahinwanderte, gingen ihm viele Dinge durch den Kopf. Er dachte an seinen eigenen Vater und fragte sich, was er wohl gedacht hatte, als er vor neunzehn Jahren hier heraufgeklettert war. Welche Träume hatte er für das Kind, das geboren werden sollte, gehegt?

Er war an den Wunden gestorben, die er in einem Kampf mit den Pannone erhalten hatte, als Varaconn sechs Jahre alt war. Seine Mutter war ein Jahr später über das Dunkle Wasser gegangen. Varaconns letzte Erinnerung an sie war die einer zum Skelett abgemagerten Frau mit hohlen Augen, die Blut und Schleim hustete.

Der Waisenknabe Varaconn war von einem jähzornigen Onkel aufgezogen worden, der niemals geheiratet hatte und die Gesellschaft anderer Menschen verabscheute. Dabei war er ein freundlicher alter Mann und hatte sein Bestes getan, um dem Jungen ein guter Vater zu sein. Leider hatte er – neben vielen guten Dingen – seinem Mündel seinen eigenen Überdruss an der Gesellschaft anderer vermittelt. Das führte dazu, dass Varaconn sich nie bemühte, sich beliebt zu machen und die Nähe anderer schwierig fand. Er war bei den anderen Jugendlichen der Riganten weder beliebt noch unbeliebt, und sein Leben war weitgehend ereignislos verlaufen, bis auf zwei Dinge: seine Freundschaft mit Ruathain, dem Ersten Krieger, und seine Heirat mit der schönen Meria.

Varaconn hielt in seinem Aufstieg inne und blickte auf das Dorf Dreibach weit unten hinunter. Die meisten der Häuser waren dunkel, denn es war fast Mitternacht, und die Riganten bildeten eine bäuerliche Gemeinschaft, deren Mitglieder noch vor Sonnenaufgang aufstanden. Doch in einigen Fenstern flackerte Lichterschein. Banouin der Fremde prüfte bestimmt seine Kerbhölzer und bereitete seine nächste Reise zum Meer vor, und Cassia, das Freudenmädchen, hatte gewiss einen Besucher und entflammte junges Blut in den gesegneten nächtlichen Freuden der Vereinigung.

Varaconn ging weiter.

Seine Hochzeit mit Meria hatte viele überrascht, denn ihr Vater hatte eine Schar junger Männer zu Gast gehabt, die um ihre Hand anhielten. Selbst Ruathain. Meria hatte sie alle abgewiesen. Varaconn war nicht unter ihren Verehrern gewesen. Als bescheidener Mann hatte er sie in jeder Hinsicht als weit über ihm stehend empfunden.

Dann, eines Tages, als er eine Stute auf der hochgelegenen Koppel zähmte, war sie gekommen, um ihn zu besuchen. Dieser Tag war in den Kammern seiner liebsten Erinnerungen in Glanz getaucht. Meria hatte sich auf den Zaun gelehnt, als Varaconn sich über die Koppel bewegte. Zuerst hatte er nicht gemerkt, dass sie da war, so intensiv versuchte er, eine Verbindung mit der Stute aufzunehmen. Er liebte Pferde, und er hatte einen großen Teil seines jungen Lebens damit verbracht, sie zu beobachten. Er hatte festgestellt, dass die Anführer der Herden immer weiblich waren, und dass sie übermütige Fohlen straften, indem sie sie aus der Sicherheit der Herde verstießen. Alleingelassen wurde das Fohlen ängstlich, denn auf ein einzelnes Pony stürzten sich schon bald die Raubtiere. Nach einer Weile erlaubte die Stute dann dem widerspenstigen Tier, zurück in die Herde zu kommen. So gestraft blieb das Fohlen dann gehorsam. Varaconn benutzte eine ähnliche Technik, um Ponies zu trainieren. Er isolierte ein Wildpferd in seiner runden Koppel und ließ es dann, nach einem Peitschenknall am Zaun entlang laufen. Der Instinkt des Pferdes brachte es dazu, immer vor der Gefahr weg zu laufen, und erst, wenn es in Sicherheit war, würde es sich umschauen, um zu entdecken, was es erschreckt hatte. Varaconn ließ das Pony eine Weile rennen, dann, ohne Merias Beobachtung gewahr zu sein, ließ er eine Schulter sinken und wandte sich von der Stute ab. Das Pony senkte den Kopf und näherte sich ihm. Varaconn ging weiter und änderte dabei langsam die Richtung. Die Stute folgte jeder seiner Bewegungen. Während des Gehens sprach er leise mit dem Pony, bis er sich endlich zu ihm umdrehte, es ansah und ihm über die Stirn und den schlanken Hals streichelte.

»Du kannst mit Pferden besser reden als mit Frauen«, sagte Meria. Varaconn schoss das Blut ins Gesicht.

»Ich … bin kein … großer Redner«, sagte er. Er versuchte, sie nicht zu beachten, und arbeitete weiter mit dem Pony, und innerhalb einer Stunde ritt er langsam um die Koppel. Gelegentlich warf er Meria einen Blick zu. Sie hatte sich nicht von der Stelle gerührt. Endlich stieg er ab, holte tief Luft und ging zu ihr hinüber. Scheu, wie er war, sah er ihr nicht in die Augen. Trotzdem sah er genug, um sein Herz mit Sehnsucht zu erfüllen. Sie trug ein langes grünes Kleid mit einem breiten Gürtel, das mit Goldborte eingefasst war. Das lange dunkle Haar hing ihr, bis auf einen geflochtenen Haarkranz, locker bis auf die Schultern, und ihre Füße waren bloß.

»Willst du ein Pony kaufen?«, fragte er.

»Vielleicht. Warum hat die Stute plötzlich angefangen, dir zu gehorchen?«, wollte sie wissen.

»Sie hatte Angst. Ich habe sie dazu gebracht wegzulaufen, aber sie wusste nicht, worin die Gefahr bestand. Hast du gesehen, wie sie die Zähne beim Laufen bleckte?«

»Ja, sie sah sehr wütend aus.«

»Das war keine Wut. Fohlen machen das. Sie fiel in kindliches Verhalten zurück. Sie wollte mir sagen: ›Bitte, hilf mir. Ich brauche ein Leittier‹. Also ließ ich meine Schulter sinken und wandte mich behutsam ab. Dann kam sie zu mir und schloss sich meiner Herde an.«

»Dann bist du jetzt ihr Hengst?«

»Genau genommen würde mich das zur Leitstute machen. Die Hengste übernehmen das Kämpfen, aber das Kommando in einer Herde führt immer eine Stute.«

»Ruathain sagt, du wärst ein großartiger Kämpfer und

ein guter Mann.« Das erstaunte ihn, und er sah ihr rasch ins Gesicht, um zu sehen, ob sie sich über ihn lustig machte. Ihre Augen waren grün. Große Augen. So schön. Nicht so grün wie das Gras im Sommer, aber wie das strahlende, ewige Grün kostbarer Steine. Trotzdem waren sie nicht kalt…

»Jetzt starrst du mich an«, tadelte sie.

Varaconn blinzelte und wandte schuldbewusst den Blick ab. »Ruathain sagt, du habest ihm gegen die Pannone beigestanden und ihren Angriff aufgehalten.«

»Das ist sehr nett von ihm. Er weiß genau, dass ich bloß zuviel Angst hatte, um davonzurennen«, gestand er. »Ruathain war wie ein Fels – der einzig sichere Hafen in einem stürmischen Meer. Ich habe noch nie jemanden wie ihn getroffen. Die Schlacht war chaotisch – schreiende Männer, klirrende Schwerter. Er ging alles so schnell und wild vonstatten. Aber Ruathain blieb ruhig. Er war wie ein Gott. Man konnte sich nicht vorstellen, dass er verletzt würde.«

Sie wirkte verärgert, wenn er auch nicht wusste weshalb. »Ja, ja«, sagte sie. »Jeder weiß, dass Ruathain ein Held ist. Er wollte mich heiraten. Ich habe nein gesagt.«

»Warum denn bloß? Er ist ein großartiger Mann.«

»Bist du denn wirklich so dumm, Varaconn?«, fragte sie, machte kehrt und ging davon.

Völlig verwirrt war er mit dem Problem zu Ruathain gegangen. Der starke, blonde junge Krieger war mit dreien seiner Hirten fort, um eine schmale Schlucht im hochgelegenen Nordtal mit einer Steinmauer zu sperren. »In jedem verdammten Winter«, sagte Ruathain, während er einen großen Steinbrocken an seinen Platz hievte, »geraten ein paar meiner Rinder hier in die Falle. Jetzt nicht mehr.« Varaconn stieg ab und half den Männern ein paar Stunden lang. Dann, während einer Ruhepause, nahm Ruathain ihn beim Arm und führte ihn zu einem nahen Bach.

»Du bist doch nicht den ganzen Weg hergekommen, um eine Mauer zu bauen. Was hast du auf dem Herzen, mein Freund?« Ohne auf eine Antwort zu warten, streifte er Hemd, Beinkleider und Stiefel ab und watete in den Bach hinaus. »Bei Taranis, ist das kalt!« sagte er. Das Wasser war kaum knietief und floss rasch über weiße, rundgewaschene Kiesel. Ruathain legte sich hin, sodass das Wasser über seinen Körper strömen konnte. »Mann, tut das gut«, rief er und drehte sich auf den Bauch. Varaconn setzte sich an den Bach und beobachtete seinen Freund. Trotz der beeindruckenden Körperkräfte, des breiten, flachen Gesichtes und des lang herabhängenden blonden Schnurrbartes hatte Ruathain etwas wunderbar Kindliches an sich, eine scheinbar unerschöpfliche Fähigkeit, ein Höchstmaß an Freude aus jeder Tätigkeit zu ziehen. Der Krieger spritzte sich Wasser ins Gesicht, fuhr sich mit den Fingern durch die Haare und stand auf, um zum Ufer zu waten. Er grinste Varaconn an. »Du hättest auch reinkommen sollen.«

»Ich brauche deinen Rat, Ru.«

»Hast du Probleme?«

»Ich glaube nicht. Ich bin nur durcheinander.« Er erzählte ihm von Merias Besuch. Während er sprach, bemerkte er, wie sich die Miene des Kriegers verhärtete und dann einem Ausdruck der Trauer wich. Varaconn schalt sich selbst einen Narren. Ruathain hatte Meria gebeten, ihn zu heiraten. Offensichtlich liebte er sie auch! »Es tut mir leid, Ru. Ich bin ein Idiot«, sagte er. »Verzeih mir, dass ich dich belästigt habe.« Ruathain zwang sich zu einem Lächeln.

»Ja, du bist ein Idiot. Aber du bist auch mein Freund. Offensichtlich will sie mich nicht, aber ich glaube, sie hat sich in dich verliebt. Geh und sprich mit ihrem Vater.«

»Wie könnte sie mich lieben?«

»Das weiß ich auch nicht«, sagte Ruathain traurig. »Frauen sind mir ein Rätsel. Als wir alle noch Kinder waren, ist sie uns immer hinterher gelaufen. Erinnerst du dich noch? Wir haben Stöcke nach ihr geworfen und geschrien, sie solle sich fortscheren.«

»Ich habe nie Stöcke geworfen«, sagte Varaconn.

»Vielleicht liebt sie dich deswegen. Jetzt geh und mach dich präsentabel. Cefir wird einen schäbigen Verehrer nicht akzeptieren. Dein bester Umhang und die besten Beinkleider.«

»Das kann ich nicht«, sagte Varaconn.

Aber er hatte es getan. Die Hochzeit wurde drei Wochen darauf gefeiert am ersten Tag des Sommers, dem Beltine-Fest.

Und darauf war das schönste Jahr seines Lebens gefolgt. Meria war eine beständige Freude für ihn, und Varaconn konnte sein Glück kaum fassen. Im Frühling und dem folgenden Sommer fing und zähmte Varaconn zweiundsechzig Ponys. Sechzehn davon waren hochwertige Tiere gewesen, und die meisten davon hatte er als Kavalleriepferde an Adlige verkauft, die Anhänger des Groß-Barons waren. Er hatte einen hohen Gewinn gemacht, und Varaconn war fest entschlossen, ein Schwert aus Eisen zu kaufen, wie die geborgte Klinge, die er jetzt trug.

Er strich über den Griff und zog Kraft daraus. Trotzdem stellte sich wieder ein Hauch von Angst ein.

Morgen sollten die Rigante in die Schlacht gegen die Seeräuber ziehen, die ihr Lager jenseits des Flusses Seidh aufgeschlagen hatten. Varaconn hasste Gewalt und war nicht besonders geschickt im Umgang mit Schwert oder Lanze. Was er Meria erzählt hatte, war die Wahrheit gewesen. Als die Pannone angriffen, war er wie erstarrt neben dem kraftvollen Ruathain stehen geblieben. Ja, er hatte gekämpft, seine bronzene Klinge mit der Wut der Angst geschwungen, und die Pannone waren geflohen. Ruathain hatte drei verwundet und einen getötet.

Varaconn hatte darum gebetet, nie wieder in eine Schlacht ziehen zu müssen. Diese Angst hatte sich vor fünf Tagen in Entsetzen verwandelt, als er den Raben getötet hatte. Er ritt ein wildes Pony und galoppierte über die Hügel. Als er den Kamm einer Anhöhe erreichte, war der Rabe aus dem hohen Gras aufgeflogen. Erschrocken hatte sich das Pony aufgebäumt und mit den Hufen ausgeschlagen. Der Rabe fiel tot zu Boden. Varaconn war vor Entsetzen wie gelähmt gewesen. Sein Geburts-*geasa* hatte prophezeit, dass er innerhalb einer Woche sterben würde, wenn er einen solchen Vogel tötete.

Er hatte Ruathain seine Ängste anvertraut. »Das Pferd hat ihn getötet«, sagte Ruathain. »Du hast dein *geasa* nicht gebrochen. Mach dir keine Sorgen. Halt dich dicht bei mir, Vetter, dann wirst du schon lebend aus der Schlacht herauskommen.« Doch Varaconn war nicht zu beruhigen.

»Ich habe das Pony geritten. Es stand unter meiner Kontrolle.«

Varaconns Panik war so groß, dass Ruathain schließlich sein Schwert zog, das aus Eisen war und kunstvoll gefertigt. »Nimm das«, sagte er. »Es ist mit vier großen Druidenzaubern belegt. Niemand, der es in der Schlacht trägt, wird den Tod erleiden.«

Varaconn wusste, dass er auf der Stelle hätte ablehnen müssen. Die Klinge war unschätzbar wertvoll. Die meisten Krieger hatten nur bronzene Waffen, doch Ruathain war vor zwei Jahren mit seinem Vieh zur Küste gereist und mit diesem Schwert zu den Rigante zurückgekehrt. Die jungen Männer des Stammes hatten sich am Samains-Fest um ihn geschart und gebettelt, einmal die graue Klinge anfassen zu dürfen. Varaconn spürte einen Anflug von Scham, denn er streckte die Hand aus und nahm das Schwert, womit er vielleicht Ruathain an seiner Statt zum Tode verdammte. Er konnte seinem Freund nicht in die Augen sehen.

»Vorna sagt, dein Kind wird ein Sohn«, sagte Ruathain.

»Ja, ein Sohn«, bestätigte Varaconn, froh über den Themenwechsel.

Sie saßen noch eine Weile schweigend beisammen, und seine Scham wuchs. Endlich wog Varaconn das Schwert in der Hand und gab es dem Krieger zurück. »Ich kann es nicht nehmen«, sagte er.

»Still, Mann, natürlich kannst du. Ich werde morgen nicht sterben. Ich habe mein *geasa* nicht gebrochen. Behalte das Schwert und gib es mir nach der Schlacht zurück.«

»Es ist mir ein großer Trost«, gestand Varaconn. Nach einem Augenblick des Schweigens sprach der verängstigte junge Mann wieder. »Ich weiß, dass du Meria liebst«, sagte er, ohne seinen Freund anzusehen. »Ich sehe es jedesmal, wenn du sie ansiehst. Und ich habe nie verstanden, warum sie mich dir vorgezogen hatt. Es ergibt für mich immer noch keinen Sinn. Aber ich bitte dich – als meinen besten Freund – ihr Halt zu geben, wenn ich … sterbe.«

Ruathain packte Varaconns Schulter. »Jetzt hör' mir mal zu. Und meine Worte sollen sich in deine Seele einbrennen. Ich lasse dich nicht sterben. Bleib dicht bei mir, Vetter. Ich werde deinen Rücken schützen, wenn die Schlacht beginnt. Das ist alles, was du tun musst. Bleib' dicht bei mir.«

Allein auf dem Berghang, schloss Varaconn seine Hand um den Griff von Ruathains eisernem Schwert. Das Gefühl der Lederbindung, die Festigkeit des Griffes linderten seine Ängste erneut, und er setzte sich auf einen Stein und betete um ein Omen, damit er seinem Sohn einen guten Seelennamen geben konnte. Der Rigantename des Jungen würde Connavar sein, Conn, Sohn des Var.

Dies würde der Name sein, unter dem er sich Ehre bei seinem Volk verdiente. Aber sein Seelenname würde ihn an das Land binden und die Magie der Nacht in sich tragen.

Varaconn betete darum, einen Adler zu sehen. Adler

im Mondschein wäre ein guter Seelenname, dachte er. Er blickte zum Himmel empor, doch es war kein Adler zu sehen. Er betete wieder. Ein fernes Donnergrollen erklang von Norden her, und er sah, wie die heraneilenden Wolken die Sterne verdeckten. Ein Blitz zuckte fast direkt über ihm und erhellte den Berg. Ein heftiger Wind erhob sich. Varaconn stand auf, bereit, sich einen Unterschlupf zu suchen. Das Schwert berührte sein Bein.

Das eiserne Schwert!

Voller Angst, dass der Blitz ihn treffen würde, zog Varaconn das Schwert und schleuderte es von sich. Die knapp meterlange Klinge wirbelte durch die Luft, dann bohrte sie sich in die Erde, wo sie zitternd stecken blieb.

In diesem Moment blitzte es wieder, der Blitz traf das Schwert und zerschmetterte es.

Dann setzte der Regen ein.

Varaconn war an dem Stein zusammengesunken und starrte auf die Bruchstücke aus geschwärztem Eisen. Dann stand er auf und begann den langen Weg zurück zur Geburtshütte.

Als er näher kam, hörte er das dünne, wimmernde Schreien seines neugeborenen Sohnes, das über dem Sturm zu hören war.

Die Tür der Hütte ging auf, und Vorna, Hexe und Hebamme, trat heraus, um ihn zu begrüßen.

»Du hast den Namen«, sagte sie. Es war keine Frage. Er nickte dumpf. »Sprich ihn laut aus«, befahl sie.

»Er ist Connavar, *Das Schwert im Sturm.*

Kapitel 2

Ruathain war auf dem Rückweg aus dem Gebiet der Süd-Rigante, als er die Jungen auf dem Hügel oberhalb der Schmiede spielen sah. Er zügelte sein kastanienbraunes Pony und stieg ab, um die Burschen vom Waldrand aus zu beobachten. Sie jagten einander, und er konnte den Klang ihres Lachens, ihrer Freude hören. Ruathain lächelte. Es war ein schöner Klang. Er war besonders froh, dass der zehnjährige Connavar unter ihnen war. Zumindest bedeutete es, dass er nicht in Schwierigkeiten war – und das war leider das größte Talent des Knaben.

Ruathain freute sich auf zu Hause, denn es war ein langer Ritt vom Viehmarkt im Süden gewesen, und die letzten Kilometer hatten stetig bergauf geführt. Sein Pony war müde und atmete schwer. Er streichelte ihm übers Maul. »Eine kleine Atempause, mein Guter. Wenn wir zurück sind, bekommst du von mir das beste Getreide.«

Von hier aus, weit unterhalb von der Stelle, an der die Jungen spielten, konnte er sein Haus sehen, das am Zusammenfluss der drei Bäche stand, von denen die Siedlung ihren Namen hatte. Es war ein gutes Haus, ordentlich aus abgelagertem Holz gezimmert und schwer mit Stroh gedeckt. Im Sommer war es kühl, wenn die großen Fenster offenstanden, um den Wind hereinzulassen, und im Winter warm, wenn die Fensterläden vorgelegt waren und das Feuer in der Mitte brannte. Kleine Gestalten bewegten sich auf der Koppel hinter dem Haus. Ruathain lächelte. Meria hatte das Zwergpony gesattelt und führte es um die Koppel, während sich ihr jüngster Sohn am Sattel festklammerte. Bendegit Bran war erst drei Jahre alt, aber er war jetzt schon furchtlos und ein Quell des Stolzes für den Schwertkämpfer. Neben ihm schnaubte sein eigenes Pony und stieß ihn mit dem Kopf vor die Brust.

»In Ordnung, mein Guter, wir gehen ja schon«, sagte Ruathain. Er wollte gerade aufsteigen, als er hörte, wie ein hitziger Streit bei den Jungen auf dem Hang ausbrach.

Als Ruathain hinzugelaufen kam, war eine brutale Prügelei daraus geworden. Govannan lief Blut aus der Nase. Ruathains Neunjähriger, Braefar, lag halb betäubt im Gras und sein Adoptivsohn, Connavar, schoss wie ein Wirbelwind zwischen den übrigen drei Jungen herum, ließ die Fäuste fliegen, stieß mit dem Kopf und trat blitzschnell aus. Der nächste Junge ging zu Boden, nachdem er einen heftigen Schlag auf das rechte Ohr eingesteckt hatte. Connavar sprang auf ihn und hieb ihm die Faust an die Nase.

Ruathain rannte von hinten herbei, packte Connavar am Kragen seiner grünen Tunika und zog ihn hoch. Der Zehnjährige fuhr in seinem Griff herum, und die kleine Faust traf Ruathains Gesicht. Ruathain ließ ihn fallen und versetzte ihm einen kräftigen Knuff, der ihn von den Füßen riss.

»Das reicht!«, brüllte er. Schweigen senkte sich über den Hang. »Was in Taranis' Namen geht hier eigentlich vor?« Keiner der Jungen sprach, und keiner sah ihm in die Augen.

»Wir haben nur gespielt«, sagte Govannan schließlich, dem das Blut auf die Tunika rann. »Ich gehe jetzt nach Hause.« Der Junge und seine vier verbeulten Freunde trabten den Hügel hinunter. Connavar saß im Gras und rieb sich den Kopf. Braefar versuchte aufzustehen, doch er fiel wieder hin. Sein Vater ging zu ihm und kniete neben ihm nieder.

»Wo bist du verletzt?«, fragte er den schlanken Jungen. Braefar lächelte mühsam, doch sein Gesicht war grau.

»Ich bin nicht verletzt, Vater. Nur schwindlig. Ich fiel einfach um, als Govannan das Knie hochzog. Jetzt sehe ich am hellichten Tag Sterne.«

»Eine interessante Art, das auszudrücken«, meinte Ruathain und fuhr dem Jungen durch das blonde Haar. »Bleib einen Moment ruhig liegen, bis die Welt aufhört, sich zu drehen.« Er stand auf und ging zu Connavar hinüber. »Das war ein guter Hieb«, sagte er und rieb sich das Kinn. »Ich kann ihn immer noch fühlen.«

Aus einem Problem einen Scherz zu machen, wirkte bei Connavar meistens. Seine Wut war immer nur von kurzer Dauer. Bei dem Scherz entspannte er sich, ein spitzbübisches Grinsen breitete sich auf seinem Gesicht aus. Dann konnte die Situation – wie sie auch sein mochte – gelöst werden. Aber dieses Mal lächelte der Junge nicht. Er sah in Ruathains Gesicht, und zum ersten Mal war selbst der starke Schwertkämpfer von dem Ausdruck in Conns seltsamen Augen beunruhigt. Das eine war grün, das andere von einem gelblichen Braun, das im Sonnenschein golden funkelte.

Ruathain wusste, dass etwas Entscheidendes vorgefallen war. Er setzte sich und sah dem Jungen in die kräftigen, flachen Züge. Eine Beule begann sich auf der rechten Wange zu bilden, und seine Unterlippe war aufgeplatzt. »Worum ging es bei dem Kampf?«, fragte er.

Connavar schwieg einen Augenblick, dann fuhr er sich mit der Hand durch das rotgoldene Haar. »Er sagte, mein Vater wäre ein Feigling gewesen. Dass er weglief.« Die seltsamen Augen suchten Ruathains Gesicht und beobachteten gespannt seine Miene.

Ruathain hatte seit vielen Jahren mit dieser Angst

gelebt, und jetzt, da sie da war, fühlte er, wie ihm das Herz schwer wurde. »Dein Vater war mein Freund, Conn. Er hat in zwei Schlachten an meiner Seite gestanden. Ich war stolz darauf, ihn zum Freund zu haben. Verstehst du das? Ich würde mich nie mit einem Feigling anfreunden.«

»Dann ist er nicht davongelaufen?« Der grün-goldene Blick hielt Ruathains Augen fest.

Ruathain seufzte. »Er hat sein *geasa* gebrochen. Er tötete einen Raben. Du warst gerade geboren. In der Nacht vor der Schlacht. Varaconn wünschte sich verzweifelt, dich aufwachsen zu sehen, da zu sein, um dich zu leiten. Der Gedanke an den Tod drückte ihn nieder. Er lastete auf seinen Schultern wie ein Berg.« Er schwieg, seine Gedanken wanderten zurück zu jenem schrecklichen Tag vor zehn Jahren, als die Stämme sich zusammengetan hatten, um gegen die Räuber vom Meer zu kämpfen. Zwölftausend Seeräuber mit grimmigem Blick, ihnen gegenüber achttausend wild entschlossene Stammeskrieger. Es war ein Tag voll Blut und Tapferkeit, an dem keine Seite auch nur einen Zentimeter wich. Auf dem Höhepunkt der Schlacht brach ein schreckliches Gewitter los, Blitze zuckten und schleuderten schwarz verkohlte Kämpfer in die Luft.

Ruathain holte tief Luft. »Hör' mir zu, Conn. Varaconn war mein Schwertbruder. Er stand an jenem Tag an meiner Seite und schützte meinen Rücken, so wie ich den seinen. Das allein zählt.«

»Ist er weggelaufen?«, fragte der Junge. Jede Regung im Gesicht des Kindes flehte um die große, tröstende Lüge.

Aber Ruathain konnte ihm dieses Geschenk nicht machen. Ehre bedeutete ihm alles. Doch er wusste, dass die Jungen die Welt mit jener absoluten Gewissheit betrachten, die aus mangelnder Erfahrung erwächst. Ein Mann war entweder ein Held oder ein Feigling. Es gab keine Zwischentöne. Er machte einen letzten Versuch, Connavars Befürchtungen zu beruhigen. »Sieh mal, die Räuber waren besiegt – aber sie unternahmen noch einen letzten Angriff. Es war schon fast dunkel. Wir hatten gewonnen. Aber sie brachen beinahe durch. Fünf von ihnen stürzten sich auf deinen Vater und mich. Dabei wurde er getötet. Lass es damit gut sein. Ich habe einen Freund verloren. Du hast deinen Vater verloren.«

Aber Conn blieb unerschütterlich. »Wo war seine Wunde?«, fragte er.

»Du konzentrierst dich auf die falschen Dinge, Conn. Er war ein guter, tapferer und edler Mann. Nur einen Augenblick lang empfand er … Panik. Dafür darfst du ihn nicht zu hart beurteilen. Als die Schlacht vorbei war, saß ich bei ihm. Seine letzten Worte galten dir und deiner Mutter. Er wollte dich so gern aufwachsen sehen. Und er wäre stolz gewesen, denn du bist ein starker Junge.«

»Kein Feind wird jemals meinen Rücken sehen«, sagte Connavar. »Ich laufe nicht davon.«

»Sei nicht so dumm«, fuhr Ruathain ihn an. »Ich bin davongelaufen. Ein guter Krieger weiß, wann er standhalten und kämpfen und wann er sich zurückziehen muss, um an einem anderen Tag weiterzukämpfen. Das ist keine Schande.«

»Keine Schande«, wiederholte Connavar. »Wer hat dann *deinen* Rücken geschützt, als mein Vater davonrannte?«

Ruathain sagte nichts. Connavar schob sich auf die Füße. »Wohin willst du?«, fragte der Schwertkämpfer.

»Zu Govannan. Ich muss mich bei ihm entschuldigen.«

»Es gibt nichts, wofür du dich entschuldigen müsstest.«

Connavar schüttelte den Kopf. »Er hatte recht. Mein Vater war ein Feigling.«

Der Junge stapfte davon. Ruathain fluchte leise. Braefar kam zu ihm. »Ist er noch immer wütend?«, fragte er.

»Wütend und verletzt«, gab Ruathain zu.

»Ich glaube, er hätte sie alle besiegt. Er hat mich überhaupt nicht gebraucht.«

»Ja, er ist stark«, sagte sein Vater. »Wie fühlst du dich,

Schwinge?«, fuhr er fort, indem er die Abkürzung von Braefars Seelennamen benutzte, Schwinge über dem Wasser.

»Besser. Govannan hat harte Knie.« Braefar grinste. »Es war den Hieb wert, zu sehen, wie Conn ihn niederstreckte. Er hat vor nichts und niemandem Angst.«

Doch, dachte Ruathain traurig. Er hat Angst davor, zu sein wie sein Vater.

Er blickte zum blauen Himmel empor. »Ich sagte doch, du solltest dich dicht bei mir halten«, sagte er traurig.

»Was hast du gesagt, Vater?«, fragte der verwirrte Braefar.

»Ich sprach mit einem alten Freund. Komm, lass' uns nach Hause gehen.«

Er hob Braefar hoch und setzte ihn auf das Pony, dann führte er das Tier bergab. Ich hätte ihn anlügen können, dachte er, ihm erzählen, dass sein Vater nicht davonlief. Aber mehr als zwanzig der Männer von Dreibach hatten es gesehen. Und irgendwann wäre die Wahrheit ans Licht gekommen. Meria würde natürlich außer sich sein. Sie hatte einen unbezähmbaren Drang, Conn zu beschützen, und liebte ihn mehr als ihre anderen Söhne, die sie von Ruathain hatte.

Und sicherlich mehr als mich!

Der Gedanke war ungebeten aufgetaucht, wie ein vergifteter Pfeil aus dem Hinterhalt.

Sie hatten nur vier Monate nach der Schlacht geheiratet. Nicht aus Liebe. Das hatte er gewusst. Sondern weil sie glaubte, dass Connavar einen starken Vater brauchte, der ihm alles beibrachte, was ein Rigant können musste. Ruathain war sich sicher gewesen, dass sie ihn irgendwann auch lieben würde, wenn er sie mit Freundlichkeit und Mitgefühl behandelte. Manchmal dachte er sogar, er könne Anzeichen echter Zuneigung zu ihm erkennen. Die Wahrheit jedoch war, so sehr er sich auch bemühte, es blieb immer eine Distanz zwischen ihnen, die er nicht überwinden konnte.

Eines Nachts, am Samains-Fest, als Conn ein Jahr alt war, hatte Ruathain mit seiner Mutter Pallae über das Problem gesprochen. Sein Vater war seit zwei Jahren tot, und Ruathain saß unter den gewaltigen Ästen des Ältesten Baumes, Pallae neben ihm. Ringsum tranken, feierten und tanzten die Menschen aus dem Dorf. Ruathain selbst war leicht angetrunken. Er hätte das Thema überhaupt nicht angesprochen, wäre er nüchtern gewesen. Seine Mutter, eine hoch gewachsene, würdevolle Frau, die trotz ihres eisengrauen Haares eine fast ätherische Schönheit bewahrt hatte, lauschte schweigend. »Hast du je etwas getan, um sie zu beleidigen?«, fragte Pallae.

»Niemals!«

»Bist du sicher, Ru? Du bist ein sinnlicher Mann wie dein Vater. Hast du auch andere Felder bestellt als dein eigenes?«

»Nein, ich schwöre es. Ich war immer treu.«

»Hast du sie je geschlagen?«

»Nein, nicht einmal meine Stimme erhoben.«

»Dann kann ich dir nicht helfen, mein Sohn. Außer zu sagen, dass sie dir wegen irgend etwas gram ist. Du musst darauf hoffen, dass ihr Zorn vergeht. Ich nehme an, das wird geschehen, wenn sie dir einen Sohn geboren hat.«

»Und wenn nicht?«

»Achtet sie dich?«

»Ja, natürlich. Sie weiß – jedermann weiß – dass ich nie etwas Schlechtes tun würde.«

»Und du liebst sie?«

»Mehr als ich sagen kann.«

»Dann baue auf diese Achtung, Ru. Es ist alles, was du tun kannst.«

Sie sprachen erst sechs Jahre später wieder darüber, als Pallae auf ihrem Sterbebett lag. Ruathain saß still neben ihr und hielt ihre Hand, während er hoffte, dass sie ruhig im Schlaf hinübergleiten würde. Der Krebs hatte ihr alles Fleisch genommen, die Schmerzen ließen sie sich winden und aufschreien. Vornas Kräuter hatten den Schmerz zuerst gedämpft, doch später zeigten selbst die stärksten kaum mehr Wirkung. Trotz der Schmerzen und ihrer wachsenden Hinfälligkeit klammerte sich Pallae ans Leben. In den letzten Tagen war sie oft im Delirium und erkannte manchmal nicht einmal Ruathain, sondern sprach mit ihm, als wäre er sein Vater. Doch in der Nacht ihres Todes schlug sie die Augen auf und schenkte ihm ein schwaches Lächeln.

»Der Schmerz ist fort«, flüsterte sie. »Das ist ein Segen.« Er streichelte ihre Hand. »Du siehst müde aus, mein Sohn«, sagte sie. »Du solltest nach Hause gehen und dich ausruhen.«

»Das werde ich auch. Bald.«

»Wie läuft es mit dir und Meria?«

»Immer dasselbe. Es ist genug, dass ich sie liebe.«

»Das ist niemals genug, Ru«, widersprach sie mit trauriger Stimme. »Ich hatte mir mehr für dich gewünscht.« Sie lag einen Augenblick schweigend da, ihr Atem ging heiser. Dann lächelte sie. »Benimmt Connavar sich anständig?«

Er schüttelte den Kopf. »Der Kerl hat nichts als Unfug im Kopf.«

»Er ist erst sieben, Ru. Und er hat ein gutes Herz. Sei nicht zu hart mit ihm.«

Er gluckste leise. »Zu hart? Ich habe versucht, mit ihm zu reden. Er sitzt da und hört zu, dann stürzt er davon und bringt sich wieder in Schwierigkeiten. Ich habe versucht, ihn mit meinem Gürtel zu schlagen, aber das hatte keine Wirkung. Er nahm seine Strafe ohne Klagen hin, und einen Tag später hat er morgens dem Bäcker einen Kuchen gestohlen und mir abens einen lebendigen Frosch ins Bett gelegt.« Er lachte plötzlich. »Meria ging zuerst ins Bett. Ich schwöre, sie ging unter die Decke los wie ein aufgescheuchter Schwan.«

»Aber du liebst ihn?«

»Ja, das tue ich. Vergangene Woche, als ich Meria von einem einzelnen Wolf im Hochwald erzählte, hörte Conn zu. Er stahl mein bestes Messer und verschwand. Sieben Jahre alt, und ich fand ihn endlich im Wald, mit einem Kochtopf auf dem Kopf als Helm, wie er auf den Wolf wartete. Er hat Witz und Verstand. Und wenn er grinst, könnte man ihm alles verzeihen.«

Die Lampe am Bett flackerte und erlosch, und das Schlafzimmer lag im Dunkln. Ruathain schimpfte und ging zurück in den Hauptraum, wo er eine Laterne von der Wand nahm. Er kehrte sofort zurück, doch als das Licht auf ihr Gesicht fiel, sah er, dass sie nicht mehr da war.

Meria hob Bran von dem Zwergpony und drückte ihn an sich. »Gefällt dir das, mein Kleiner?«, fragte sie.

»Mehr, Mama«, sagte er und streckte die Hände nach dem kleinen grauen Pferd aus.

»Später«, versprach sie. »Schau, hier ist Caval«, sagte sie und deutete auf den schwarzen Kriegshund, der im Schatten lag. Abgelenkt strampelte Bran sich frei. Meria ließ ihn herunter, und der Junge rannte zu der Hündin. Bran schlang ihr die kleinen Arme um den Hals und kuschelte sich an sie. Der Hund leckte ihm übers Gesicht. Bran kicherte. Eine schwarze Gestalt glitt über den Himmel, und eine riesige Krähe landete unbeholfen auf dem Strohdach. Der Vogel legte den Kopf schief, seine glitzernden schwarzen Augen starrten die große, schlanke, grün gekleidete junge Frau an.

Eine andere Frau trat aus dem Haus. »Dein Gatte ist zu Hause«, sagte Merias Cousine Pelain. Meria blickte zu den Hügeln und sah die hoch gewachsene Gestalt Ruathains, der sein Pony den Berg hinunterführte. Der junge Braefar saß im Sattel. Aus irgendeinem Grund, an den sie sich später nie erinnern konnte, wurde Meria zunehmend wütend.

»Ja, er ist daheim«, sagte Meria leise. Pelain warf ihr einen scharfen Blick zu.

»Du weißt ja gar nicht, was für ein Glück du hast«, sagte sie. »Er liebt dich.«

Meria versuchte, sie zu ignorieren, aber das war schwierig. Sobald sich Pelain in ein Thema verbissen hatte, war sie schwerer abzuschütteln als ein Mastiff. »Du würdest wissen, was ich meine, wenn du mit Borga verheiratet wärst«, fuhr Pelain mit einem schiefen Lächeln fort. »Er kommt von der linken Seite ins Bett und rollt sich über mich auf die rechte Seite. Und irgendwo dazwischen grunzt er und fragt: ›War es für dich auch wie ein Wunder?‹ Glücklicherweise ist er meistens eingeschlafen, ehe ich antworten kann.«

Meria grinste. »Du solltest nicht so reden. Borga ist ein guter Mann.«

»Würde er sein Brot ebenso schnell backen wie er Liebe macht, könnten wir alle Stämme bis zum Meer ernähren«, sagte Pelain. Sie ließ ihren Blick zu dem Krieger wandern. »Ich wette meine Mitgift, dass er nicht über dich hinwegfegt wie ein Sommerwind.«

Meria wurde rot. »Nein, das tut er nicht«, gab sie zu. Im gleichen Augenblick bereute sie ihre Bemerkung.

»Dann solltest du ihn höher schätzen«, meinte Pelain. »Ich würde das bestimmt tun.«

Wieder flammte der Zorn in ihr auf. »Dann hättest eben du ihn heiraten sollen«, fuhr Meria auf.

»Das hätte ich auch – wenn er mich gefragt hätte«, antwortete Pelain, die offenbar nicht die Spur beleidigt war. »Zwei starke Söhne und keine toten Babys. Starken Samen hat er.«

Pelain hatte in den vergangenen fünf Jahren vier Kinder verloren. Merias Zorn legte sich kurz, und Zuneigung und Mitgefühl traten an seine Stelle.

»Du bist noch jung«, sagte sie zu ihrer Cousine. »Du hast noch Zeit.«

Pelain schüttelte den Kopf. »Vorna sagt, es wird keine mehr geben.«

Ruathain öffnete das Gatter zur Koppel, führte sein Pony hinein und hob seinen Sohn aus dem Sattel. Der Krieger küsste Meria auf die Wange, dann schwang er zu Pelain herum. »Wenn du hier bist, um mir Ärger zu machen«, sagte er lächelnd, »dann werfe ich dich über meine Schulter und trage dich zum Haus deines Ehemanns zurück.«

»Ach bitte, tu das«, antwortete sie, »denn er ist nicht da, und ich habe ein großes Bett, das darauf wartet, von einem wirklichen Mann ausgefüllt zu werden.« Einen Augenblick war Ruathain schockiert. Dann lachte er laut auf.

»Himmel, du bist wirklich ein gottloses Weib geworden«, erklärte er.

Selbst die normalerweise sehr offenherzige Pelain schien von ihrer eigenen Äußerung überrascht. »Gottlos oder nicht, ich weiß, wann ich nicht gebraucht werde«, erwiderte sie lahm, ehe sie ins Haus zurückeilte.

Ruathain nahm die Hand seiner Frau und küsste sie. Die Krähe auf dem Dach tänzelte plötzlich auf dem Dachfirst entlang. Ruathain blickte auf. Er mochte Aasfresser nicht, doch er wusste, dass sie einen Zweck erfüllten und gab sich normalerweise damit zufrieden, sie in Ruhe zu lassen. Aber dieser hier ließ ihm die Haare zu Berge stehen.

»Hast du auf dem Markt einen guten Preis erzielt?«, fragte Meria.

»Anständig. Mehr aber auch nicht. Die Norvier haben ihr Vieh auch gebracht. Ich hatte noch Glück, dass ich am ersten Tag verkaufen konnte. Am dritten Tag fiel der Preis beträchtlich. Waren die Jungs brav?« Die Frage ließ ihren Zorn erneut aufflammen. Warum sollte seine Abwesenheit eine Veränderung in ihrem Verhalten bewirken? Glaubte er, sie wäre ein weichliches Weib, das seine frechen Kinder nicht unter Kontrolle hatte?

Ohne die Frage zu beantworten, sagte sie: »Ich habe eine frisch gebackene Pastete. Du musst doch hungrig sein.«

»Hungrig nach deinem Anblick und dem der Jungen«, sagte er. Sie lächelte schwach und ging zur Tür. Er wollte ihr gerade folgen, als Connavar von der Rückseite des Hauses her auftauchte. Meria lächelte breit, ihre Stimmung hob sich kurz, als würde die Sonne durch die Wolken brechen.

»Wo warst du, mein Lieber?«, fragte sie.

»Ist die Pastete fertig, Mam?«, fragte er zurück.

Sie trat näher an ihn heran und musterte die Prellung an seiner Wange und die aufgeplatzte Lippe. »Was hast du nun schon wieder angestellt? Dich doch nicht schon wieder geprügelt, Conn?«

»Nur gespielt, Mam«, erklärte er und wand sich aus ihren Armen. »Jedenfalls habe ich dem Großen schon alles darüber erzählt.« Er schoß ins Haus. Meria fuhr zu Ruathain herum. »Was meint er? Was hat er dir erzählt?«

»Er hat sich mit Govannan und ein paar anderen geprügelt. Es ist vorbei. Es war nicht wichtig.«

»Für mich ist es wichtig, Gatte. Warum haben sie sich geprügelt?«

Ruathain zuckte die Achseln. »Jungen prügeln sich nun mal. Das liegt in ihrer Natur. Das gibt sich noch früh genug.« Braefar war unbemerkt aus dem Stall gekommen.

»Govannan hat gesagt, Conns Vater war ein Feigling, der davonlief«, sagte der Junge. »Aber dafür hat Conn ihm die Nase gebrochen. Das hättest du hören sollen, Mam. Sie brach mit einem lauten Knacken.«

»Rein mit dir!«, brüllte Ruathain. Erstaunt, weil sein Vater nur selten die Stimme erhob, wich Braefar zurück, dann lief er ins Haus.

Meria trat dicht vor ihren Mann hin. »Was hast du ihm erzählt?«, flüsterte sie. Die Krähe über ihnen stieß eine Reihe kreischender Schreie aus.

»Ich habe ihm die Wahrheit erzählt. Was hättest du von mir denn anders erwartet?«

»Ja, das war bestimmt ein gutes Gefühl«, zischte sie, ihre grünen Augen funkelten wütend. »Du möchtest wohl gern, dass er seinen Vater verachtet, was?«

»Nichts könnte der Wahrheit ferner sein, Weib. Es macht mich traurig, dass du so etwas denkst.«

»Macht dich traurig? Warum sollte es? Du bist der Mann, der seinen Vater sterben ließ. Nur um seine Braut für dich zu gewinnen.« Sobald sie die Worte ausgesprochen hatte, bedauerte sie sie. In ihren zehn gemeinsamen Jahren hatte sie sie noch nie ausgesprochen. Flügelschlagen durchbrach die Stille, und die Krähe flog davon zu den Wäldern im Norden.

Ruathain stand reglos da, sein Gesicht war ausdruckslos, sein heller Blick fest auf ihr Gesicht gerichtet. »Glaubst du das wirklich?«, fragte er mit schrecklich ruhiger Stimme.

Ihr Stolz ließ sie zu ihren Worten stehen. »Ja, das tue ich«, sagte sie.

Die plötzliche Kälte in seinen Augen ängstigte sie, doch als er sprach, war seine Stimme schwer von Trauer. »Zwanzig Männer sahen ihn sterben. Niemand würde das von mir behaupten. Es ist einfach nicht wahr. Ich habe ihn den ganzen Tag geschützt. Dann lief er davon. So hat es sich abgespielt.« Seine Stimme wurde härter. »Aber eine Frau, die einen Mann heiratet, von dem sie glaubt, dass er praktisch ihren Mann ermordet hat, ist nicht besser als eine pockenzerfressene Hure. Und ich will nichts mit ihr zu schaffen haben. Nicht jetzt. Niemals.«

Dann ging er an ihr vorbei ins Haus. In jener Nacht, als die Kerzen erstickt und die Lampen gelöscht wurden, fand sich Meria allein in dem großen Bett wieder.

Ruathain nahm seine Decke und schlief in der Scheune.

Am nächsten Morgen ließ er Arbeiter und

Zimmerleute kommen, die mit dem Bau eines neuen Hauses am anderen Ende der Langen Wiese begannen. Drei Wochen später schaffte er seine Habseligkeiten dort hin.

Das Dorf Dreibach war von der Trennung verblüfft. War er nicht ein gut aussehender Mann, reich und tapfer? War er etwa kein guter Vater und Ernährer? War sie etwa nicht froh, einen Mann gefunden zu haben, der eine junge Witwe mit ihrem Sohn nimmt? Es war allgemein bekannt, dass er sie verehrte und ihr Kind wie sein eigenes aufgezogen hatte. Warum also, fragte man sich, war er ausgezogen?

Vorna die Hexe hätte es ihnen erzählen können. Denn sie hatte auf der Wiese Kräuter gepflückt, und sie hatte gesehen, wie die große Krähe um das Haus kreiste. Aber sie hatte nichts gesagt. Es war nicht klug, wenn Menschen sich in die Angelegenheiten der Götter mischten. Schon gar nicht der Götter von Tod und Zwietracht, wie der Morrigu.

Sie zog ihren Umhang fest um sich und ging davon zum Wunschbaumwald.

Wenn die Trennung auf die Gemeinde von Dreibach verwirrend wirkte, die Auswirkung auf Ruathains Kinder war verheerend. Wochenlang war der neunjährige Braefar untröstlich, weil er glaubte, er wäre für den Bruch verantwortlich. Connavar war ebenfalls sehr schuldbewusst, denn er wusste, dass seine Prügelei mit Govannan zu der Trennung geführt hatte. Bendegit Bran war ebenfalls bekümmert, wenn er auch noch zu jung war, um die weitreichenden Folgen der Angelegenheit zu verstehen. Er wusste nur, dass er seinen Vater nicht mehr so oft sah, und er konnte nicht begreifen, aus welchem Grund

Meria selbst sprach nicht darüber. Sie versuchte, ihren Kindern genauso viel Liebe, Aufmerksamkeit und Fürsorge wie vorher angedeihen zu lassen, aber sie war oft abgelenkt, und manchmal fanden sie sie am Fenster sitzend, den Blick auf die Berge gerichtet, die Augen feucht von Tränen.

Connavar versuchte, wie es seiner Art entsprach, das Problem direkt anzugehen. Einen Monat nach der Trennung ging er eines abends zum Haus Ruathains hinüber und klopfte an die Tür. Ruathain saß vor einem erloschenen Kamin, eine einzige Lampe warf ein düsteres Licht über das Wohnzimmer. Er schärfte sein Ausbeinmesser mit einem Wetzstein. »Was machst du hier, Junge?«, fragte er.

»Ich wollte dich sehen«, lautete die Antwort.

»Du hast mich doch heute auf der Weide gesehen, du hast mir geholfen, das Vieh zu kennzeichnen.«

»Ich wollte dich allein sehen. Warum bist du hier? Hat es mit etwas zu tun, das ich getan habe? Oder Schwinge? Wenn es so ist, dann tut es mir leid.«

»Es hat gar nichts mit dir zu tun, Conn. Es ist nur … einfach so.«

»Was hat Mutter zu dir gesagt?«

Ruathain hob sanft die Hand, um die Fragen zu beenden. »Conn, ich will über die Sache nicht sprechen. Das geht nur deine Mutter und mich etwas an. Aber, egal wie es zwischen uns steht, eines sollst du wissen: sie und ich lieben dich noch immer – genauso wie Schwinge und Bran – und das werden wir auch immer tun. Und jetzt geh nach Haus und schlaf.«

»Wir alle sind unglücklich«, sagte Conn in einem letzten Versuch.

Ruathain nickte. »Ja, wir alle.«

»Können wir denn nicht wieder glücklich sein?«

»Du bestimmt, Conn.«

»Was ist mit dir? Ich möchte, dass auch du glücklich bist.«

Ruathain erhob sich aus seinem Stuhl und ging zu

dem Jungen hinüber. Er hob ihn hoch und küsste ihn auf die Wangen. »Du machst mich glücklich, mein Sohn. Und jetzt geh.« Er öffnete die Tür und setzte Conn auf den Verandastufen ab. »Ich sehe dir nach, wie du nach Hause läufst – nur für den Fall, dass die Seidh unterwegs sind, um kleine Jungs zu jagen.«

Connavar grinste. »Sie werden mich nicht kriegen«, sagte er und rannte über die Wiese davon.

In den folgenden Monaten sprachen Ruathain und Meria kaum miteinander, außer zu den Zeiten, wenn er kam, um Bran zu besuchen. Selbst dann war die Unterhaltung kalt, förmlich und höflich.

Für Connavar war es unmöglich, das alles zu begreifen, obwohl er aus der Küche die letzten zornigen Worte zwischen Ruathain und Meria mitangehört hatte. Aber das waren doch nur Worte, dachte er. Worte waren nichts weiter als Geräusche. Sie konnten doch keinen solchen Schaden anrichten.

Ein Jahr nach der Trennung sprach er schließlich mit einem Außenseiter über das Problem. Conn hatte sich mit dem Fremden, Banouin, angefreundet. Der dunkelhaarige Kaufmann mit der olivenfarbenen Haut war vor zwölf Jahren ins Land der Riganten gekommen und hatte einen Zug von Lastponys mitgebracht, die mit gefärbten Stoffen, bestickten Hemden, Gewürzen und Salz beladen waren. Seine Waren waren von guter Qualität und hatten einen vernünftigen Preis. Er hatte drei Monate bei den Riganten verbracht und bronzene und silberne Schmuckstücke von dem Kunstschmied Gariapha gekauft sowie wertvolle Häute von den besonderen schwarzweißen Rindern des Groß-Barons. Diese Häute, so sagte er, würden in seinem eigenen fernen Land Turgonien hohe Preise erzielen. Als er im zweiten Jahr wiederkam, zahlte er dafür, dass ihm ein Haus gebaut wurde, und verbrachte den Winter und Frühling bei den Riganten, eine Angewohnheit, die er seitdem beibehalten hatte. Im dritten Jahr begann er, die karierten Beinkleider und die lange blaue Hemdentunika der Nord-Riganten zu tragen. Niemand fühlte sich beleidigt, denn durch Banouins freundliches Wesen wussten alle, dass er diese Kleider als Zeichen der Achtung vor ihnen trug.

Banouin selbst hatte ebenfalls freundschaftliche Gefühle für den wilden Connavar mit den seltsamen Augen entwickelt. Sie hatten sich eines abends vor drei Jahren kennen gelernt, als Conn durch das Fenster des kleinen Lagerhauses und Stalles geklettert war, in dem Banouin seine Waren lagerte. Ohne dass der Achtjährige es merkte, hatte der kleine Kaufmann ihn durch das hohe Gras schleichen gesehen und beobachtet, wie er die Außenmauer erklettert und sich durch das Fenster geschoben hatte. Das erforderte einige Nerven, denn mit der Erlaubnis des Dorfrates hatte Banouin den Kindern immer erzählt, er sei ein Zauberer, der jeden jungen Dieb in eine Kröte verwandeln würde. Die Geschichte wurde von den jungen Leuten Dreibachs weitgehend geglaubt, und sie hielten sich im allgemeinen von Banouins Haus fern.

Fasziniert war Banouin lautlos ins Lager geschlichen, wo er Conn dabei beobachtete, wie er die Satteltaschen durchwühlte, die an einer Wand aufgestapelt waren. Banouin wartete in den Schatten. Endlich kam Conn zu dem Packen, der verzierte Waffen enthielt und zog einen Bronzedolch mit einem fein gearbeiteten Silbergriff hervor, den Gariapha hergestellt hatte. Der Junge wirbelte die Klinge durch die Luft und begann einen Scheinkampf auszufechten, in dem er sprang und sich drehte, als sei er von Feinden umzingelt.

Schließlich hielt er inne, dann ging er zum Fenster und fuhr mit der Klinge durch die Luft. Diese letzte Bewegung überraschte Banouin ebenso wie die nächste. Statt aus dem Fenster zu klettern und sich mit dem Dolch davonzumachen, kam der Junge zurück und steckte die Klinge wieder an ihren Platz.

»Warum hast du sie nicht gestohlen?«, fragte Banouin. Seine Stimme hallte von den Balken wider.

Der Junge fuhr herum, die Fäuste geballt. Der Kaufmann trat aus dem Schatten und setzte sich auf eine lange Holztruhe. Conn schoss zurück zu dem Packen, holte die Klinge heraus und wartete kampfbereit.

»Hast du vor, mit mir zu kämpfen?«, fragte Banouin.

»Du wirst mich nicht in eine Kröte verwandeln, Fremder«, sagte der Junge.

»Das hätte ich, wenn du versucht hättest, mit meinem Messer davonzulaufen. Da du aber nicht gekommen bist, um zu stehlen, warum dann?«

Conn zuckte die Achseln. »Es war eine Mutprobe. Gibt es auch Mutproben, wo du herkommst?«

»Ja«, antwortete Banouin. »Ein Freund verlangte von mir einmal, ohne Seil an einer Felswand hochzuklettern. Sie war zwanzig Meter hoch.«

»Und, hast du es getan?«

»Fast. Ich stürzte ab und brach mein Bein. Danach habe ich alberne Mutproben gemieden.«

In diesem Moment huschte eine große Ratte hinter den Packen hervor. Banouin zog etwas aus seinem Ärmel. Seine rechte Hand zuckte hoch, dann nieder. Eine helle Klinge sauste durch den Raum, und der Junge sah, dass das Tier an der gegenüberliegenden Wand aufgespießt war. Conn betrachtete das tote Tier und das kleine eiserne Wurfmesser, das aus ihm ragte.

»Ratten verbreiten Krankheiten«, sagte Banouin. »Also, wovon sprachen wir gerade?«

»Alberne Mutproben«, sagte der Junge.

»Ach ja. Steck' meinen Dolch zurück, hol' mein Messer und komm' ins Haus. Dort können wir uns unterhalten – wenn du noch immer keine Angst hast, heißt das.«

»Ich komme«, versprach der Junge. Banouin bezweifelte es und kehrte ins Haus zurück. Wenige Augenblicke später erschien Conn mit dem gesäuberten

Wurfmesser. Sie setzten sich und unterhielten sich eine Stunde lang. Zuerst fühlte sich Conn unbehaglich, aber bald steckte er voller Fragen. Konnte er lernen, ein Messer so zu werfen? Würde Banouin es ihm beibringen? Woher kam der Fremde? Wie sahen die Länder im Süden aus? Von jenem Tag an hatten sie eine Freundschaft entwickelt, die beide genossen.

Oft saßen er und Conn abends auf der Veranda vor Banouins Haus und sprachen über Ereignisse in der weiten Welt – eine Welt voller Geheimnisse und Abenteuer für den jungen Riganten. Banouin war weit gereist und oft auf Schiffen, die über das große Wasser zu den jenseitigen Ländern fuhren. Conn hatte noch nie ein Schiff gesehen und fand die Vorstellung, auf einem solchen Gefährt zu reisen, gefährlich aufregend. Auch erstaunte es ihn zu erfahren, dass die Menschen jenseites des Wassers verschiedene Sprachen sprachen. Als Banouin ihm zum ersten Mal davon erzählte, hielt er es für eine Art Scherz, und als der Fremde in seiner eigenen Sprache redete, klang es wie Unsinn, und Conn hatte laut gelacht. Doch mit jedem Jahr hatte er mehr Ausdrücke in Banouins Sprache gelernt.

»Du hast ein Talent fürs Lernen und Sprachen«, sagte der Fremde eines Tages, nach einer kurzen Unterhaltung auf Turgon. »Die meisten Stammesangehörigen haben Schwierigkeiten damit, unsere Verben richtig zu plazieren.«

»Es macht Spaß«, erklärte Conn.

»Lernen sollte auch Spaß machen«, meinte Banouin. »Wie das Leben überhaupt. Die Götter wissen, dass es kurz genug ist.« Seine dunklen Augen fixierten Conns Blick. »Du lachst nicht mehr so viel wie früher«, sagte er. »Was ist los?«

Connavar wollte über den privaten Kummer seiner Familie nicht sprechen, doch alle Befürchtungen und Sorgen, die die Trennung mit sich brachten, brachen sich plötzlich Bahn, und er erzählte diesem Außenseiter die ganze schreckliche Geschichte. Als er geendet hatte, wand er sich vor Verlegenheit. »Ich hätte nicht darüber reden sollen«, sagte er.

»Das stimmt nicht, Conn«, sagte Banouin sanft. »Das ist einer der vielen Vorteile, wenn man Freunde hat. Du kannst die Last deiner Seele bei ihnen abladen, und sie werden dich dafür nicht verurteilen. Und sie werden auch nicht wiederholen, was du gesagt hast.«

Conn war erleichtert. »Aber kannst du verstehen, warum sie weiter getrennt leben? Sie lieben sich. Es waren doch nur Worte. Mehr nicht.«

»Worte sind stärker als Eisen«, sagte Banouin. »Alles, was wir tun, alles, was wir sind, entsteht aus Worten. Ein Mensch gewinnt seine Vorurteile durch die Worte von Vater und Mutter, oder von älteren Freunden, die er verehrt. Religion und Mythen – vielleicht sind beide dasselbe – werden mehr durch Worte als durch Taten am Leben erhalten. Im vergangenen Jahr hast du Govannan wegen Worten die Nase gebrochen. Seid ihr noch immer Freunde?«

»Nein.«

»Da hast du es. Worte.«

»Mutter macht Ruathain für Varaconns Tod verantwortlich. Aber das stimmt nicht. Varaconn starb, weil er ein Feigling war, weil er davonlief. Wenn es nicht wahr ist, sollte das doch einen Unterschied machen, oder?«

»Vielleicht, aber das tut es nicht immer«, erklärte Banouin. »Ich glaube nicht, dass es für Ruathain wichtig ist, ob sie Unrecht hatte, sondern ob sie die Geschichte *glaubte*. Er ist ein sehr stolzer Mann. Sein Stolz ist gut begründet, denn Ruathain ist gerecht, tapfer und ehrenwert. Es bedeutet ihm viel, wenn andere sehen, dass er diese Eigenschaften besitzt. Denn sie sind selten und werden schwer erworben. Es ist nicht leicht, ehrenhaft zu sein. Die Welt ist voller schlauer, geschickter Männer, die keinen Begriff von Ehre oder Loyalität haben. Sie schummeln, sie stehlen, und in den Augen der Welt haben sie immer Erfolg. Ehrlich zu sein, erfordert große Mühe und beständigen Mut. Und was Gerechtigkeit angeht, das ist am schwierigsten von allem. Ruathain ist ein guter Mann. Dass seine Frau ihn für so niederträchtig hält, muss für ihn wie ein Todesstoß gewesen sein.«

Conns Herz sank. »Dann glaubst du, dass sie nie wieder zusammenkommen?«

»Ich will dich nicht anlügen, Connavar. Dafür wäre ein Wunder nötig. Auch deine Mutter ist stolz. Und er hat sie mit einer pockenzerfressenen Hure verglichen. Diese Beleidigung wird sie nicht vergessen.«

»Er hat sich keine andere Frau genommen«, sagte Conn. »Und er hat sie auch nicht vor dem Rat verstoßen.«

»Ja, darin liegt ein Funke Hoffnung«, gab Banouin zu. »Aber nur ein Funke.«

»Ich werde niemals einen Menschen anlügen, den ich liebe«, sagte Connavar voll Inbrunst.

»Dann wärst du ein ungewöhnlicher und dummer Mann«, sagte der Kaufmann.

»Findest du es dumm, die Wahrheit zu sagen?«

»Deine Mutter sagte, was sie ehrlich für die Wahrheit hielt. Glaubst du, das war klug?«

»Nein«, gab der Junge zu. »Das war nicht klug. Das ist alles so verwirrend.«

»Das Leben ist oft verwirrend, wenn man elf Jahre alt ist.« Banouin lächelte. »Aber wenn man älter wird, wird es noch verwirrender.«

»Kann ich denn irgendetwas tun, um sie wieder zusammenzubringen?«

Banouin schüttelte den Kopf. »Gar nichts, mein Junge. Das ist ein Problem, das sie selbst lösen müssen.«

Kapitel 3

Trotz seiner Bewunderung für den Fremden konnte Connavar nicht akzeptieren, dass es nicht in seiner Macht stand, seiner Mutter und Ruathain zu helfen. Am nächsten Abend besuchte er die Hexe Vorna, hoch auf dem südlichen Berg, wo sie Blumen für ihre Kräutermedizin sammelte. Connavar verließ seine Pflichten, kletterte über den Zaun der Koppel und rannte über die Wiese davon und den Hang hinauf. Sie sah ihn kommen und hielt in ihrer Arbeit inne.

»Kann ich mit dir reden?«, fragte er.

Vorna stellte ihren Kräutersack ab und setzte sich auf einen Stein. »Hast du keine Angst, ich könnte dich in ein Wiesel verwandeln?«

»Warum solltest du?«, fragte er zurück.

»Sind Hexen nicht dafür berühmt?«, entgegnete sie.

Er dachte einen Augenblick lang über die Antwort nach. »Kannst du das tun? Ist deine Magie so stark?«

»Vielleicht«, antwortete sie. »Wenn du mich ärgerst, wirst du es herausfinden. Also, was willst du? Ich habe zu tun.«

»Mein Vater ist Ruathain und meine Mutter –«

»Ich kenne deine Eltern«, fauchte sie. »Komm zur Sache.«

Er sah ihr in die tiefliegenden blauen Augen. »Ich

möchte, dass du einen Zauber über sie legst, damit sie einander wieder lieben.«

Sie blinzelte plötzlich, und ihr strenges Gesicht entspannte sich in einem seltenen Lächeln. »So, so«, sagte sie und kratzte sich ihr verfilztes schwarzgraues Haar. »Du willst also, dass ich meine Magie einsetze. Du kannst mir bestimmt einen guten Grund dafür nennen?«

»Sie sind unglücklich. Wir sind alle unglücklich.«

»Und wie willst du mich bezahlen, junger Connavar?«

»Bezahlen?«, wiederholte er verwirrt. »Werden Hexen denn bezahlt?«

»Nein, wir arbeiten nur für Liebe«, fuhr sie ihn an, »und wir ernähren uns von Luft und kleiden uns in Wolkenfetzen.« Sie beugte sich vor und fixierte ihn mit durchdringendem Blick. »Natürlich werden Hexen bezahlt! Lass' mich überlegen ...« Sie stützte das Kinn auf die Hand und hielt seinen Blick fest. »Es wäre kein großer Zauber, deshalb würde ich auch nicht deine Seele als Bezahlung nehmen. Ein Bein vielleicht. Oder einen Arm. Ja, einen Arm. Welcher soll es sein, der linke oder der rechte?«

»Was willst du denn mit meinem Arm?«, fragte er und machte einen Schritt zurück.

»Vielleicht sammle ich Arme von kleinen Jungs.«

»Ich bin nicht klein! Und du machst dich über mich lustig, Hexe. Mach schon, verwandle mich in ein Wiesel. Und wenn du das getan hast, husche ich dein Bein rauf und beiße dich in den Arsch!« Obwohl Vorna es sich nicht anmerken ließ, beeindruckte sie das Kind. Nur wenige Riganten-Kinder hätten gewagt, ihr so nahe zu kommen, und selbst die Erwachsenen hätten nicht so mit ihr gesprochen. Sie wurde gefürchtet, und das zu Recht. Sie wusste, dass der Junge Angst hatte, doch trotzdem hatte er sich ihr gegenüber behauptet.

»Du hast recht, ich mache mich über dich lustig«, gab sie zu. »Also lass' uns jetzt vernünftig reden. Meine Zauber können töten oder heilen. Ich kann auch Tränke brauen, durch die ein Mann sich in eine Frau verliebt. Das ist nicht schwierig. Aber Ruathain liebt Meria bereits. Und obwohl sie es erst erkannt hat, als er fort war, liebt sie Ruathain. Ihrer beider Problem ist Stolz, Connavar, und ich wirke keine Zauber, um einem von beiden seinen Stolz zu nehmen.« Sie griff in den Beutel an ihrem Gürtel und holte ein paar dunkle Samen erhaus. »Weißt du, was das ist?«, fragte sie.

»Nein.«

»Die Samen vom Fingerhut. Eine winzige Menge davon kann einem sterbendem Herzen neues Leben einhauchen. Wie ein Wunder. Aber nur ein Hauch zu viel, und sie werden zum tödlichen Gift. Stolz ist ähnlich. Zu wenig, und ein Mann hat kein Selbstwertgefühl. Zu viel, und er wird arrogant, eitel und prahlerisch. Aber gerade genügend, und er ist ein Mann, mit dem man durch dick und dünn gehen kann. Ruathain ist so ein Mann. Mit seinem Stolz zu spielen, würde alles zerstören, was ihn ausmacht. Was Meria angeht, sie ist klug genug zu wissen, dass sie ihn verloren hat. Ich kann dir nicht helfen, Connavar. Ich bezweifle sogar, dass selbst die Seidh dir helfen könnten.«

»Aber vielleicht könnten sie es?«, fragte er. Seine Reaktion beunruhigte sie.

»Denk' nicht einmal im Traum daran«, warnte sie ihn. »Die Seidh sind gefährlicher, als du dir überhaupt vorstellen kannst. Geh' nach Hause und lass' deine Eltern ihre Probleme selbst lösen.« Als er davonging, rief sie ihm nach: »Und wenn ich dich je in ein Wiesel verwandeln sollte, dann in ein zahnloses Wiesel!«

Er wandte sich um und grinste sie strahlend an, dann rannte er zurück.

Kurz vor Mitternacht an jenem Abend kroch er aus dem Bett und zog sich leise an. Im Bett neben seinem rührte sich Braefar, aber er wachte nicht auf. An ihrem Platz unter dem Westfenster hob Caval, die große Hündin, den großen schwarzen Kopf und beobachtete ihn. Connavar schlüpfte in seine Schuhe und kniete neben der Hündin nieder, tätschelte ihren Kopf und kraulte sie hinter den Ohren. Er überlegte, ob er sie mitnehmen sollte. Es wäre schön, bei einer solchen Unternehmung einen Gefährten zu haben. Dann dachte er an die Gefahren und entschied sich dagegen. Welches Recht hatte er, Cavals Leben aufs Spiel zu setzen? Er ging zur Wand und schob sich an dem Vorhang vorbei, der seine Schlafecke vom Wohnraum trennte. Das Haus war dunkel, und er ging behutsam zur Küche, aus der er ein altes bronzenes Messer mit langer Klinge nahm und in seinen Gürtel steckte. Er hob den Riegel der Küchentür an und schlüpfte hinaus in die Nacht. Dann wandte er sich nach Norden, zum Wunschbaumwald.

Der Mond stand hoch, doch sein Licht durchdrang nicht die Dunkelheit unter den Bäumen. Connavars Herz klopfte heftig, als er den Hang hinaufstieg. Er hatte noch nie einen Seidh gesehen, aber viele Geschichten über sie gehört: Geistwesen von großer Magie und dunkler Prophezeiung, viele ihrer Namen waren mit den rigantischen Legenden verbunden. Bean-Nighe, die Waschfrau-von-der-Furt: Krieger, die zum Tode verdammt waren, sahen sie am Fluß knien, wo sie blutige Wäsche wusch. Connavar wollte sie nicht sehen, ebensowenig ihre Schwester Bean-Si, die Heimsuchung der Sehnsüchtigen; ein Blick in ihr marmorweißes Gesicht erfüllte einen Mann mit einer solchen Trauer, dass sein Herz zersprang. Der Seidh, dem er hoffte zu begegnen, war bekannt als der Thagda, der Alte Mann des Waldes. Es hieß, wenn man sich ihm näherte und seinen Umhang aus Moos berührte, hätte man drei Wünsche frei.

Connavar wurde langsamer. Es hieß auch, wenn der Thagda jemanden nicht leiden konnte, würde er seinen Mantel öffnen, und aus seinem Bauch käme ein Nebel, der das Fleisch des Menschen verzehrte und nur trockene Knochen übrig ließe.

Am Waldrand blieb der Junge stehen. Sein Mund war trocken, seine Hände zitterten. Das ist doch albern, schalt er sich. Er starrte auf die bedrohlichen Bäume. Jetzt wirkten sie so düster, und er stellte sich die Schrecken vor, die ihn vielleicht erwarteten. Zorn flammte in ihm auf und verbrannte seine Angst. Ich bin nicht wie mein Vater, dachte er. Ich bin kein Feigling. Er nahm einen tiefen Atemzug und stapfte in den Wald hinein.

Zwischen den Bäumen war alles still, und durch Löcher im Blätterdach sah er einzelne Mondstrahlen, Pfeile aus hellem Silber, die den Bodennebel erhellten, der im Unterholz waberte. Connavar wischte sich die schweißnassen Hände an den Beinkleidern ab und war versucht, sein Messer zu ziehen. Du kommst, um etwas zu erbitten, sagte er sich streng. Wie sieht das aus, wenn du dich dem Thagda mit einem Messer näherst?

Er ging weiter. Der Nebel wirbelte um seine Knöchel. Ein leichter Wind erhob sich und ließ die Blätter rascheln. »Ich bin Connavar«, rief er. »Ich möchte mit dem Thagda sprechen.« Seine Stimme klang dünn und ängstlich, was seinen Zorn wieder aufflackern ließ. Ich habe keine Angst, sagte er sich, ich bin ein Riganten-Krieger.

Er wartete, aber er bekam keine Antwort auf seinen Ruf. Er ging tiefer in den Wald und kletterte einen steilen Hang hinunter. Vor ihm lag eine kleine Lichtung, und Felsentümpel schimmerte im Mondschein. Er rief wieder, und dieses Mal hallte seine Stimme ringsum wider. Nichts regte sich. Keine Fledermaus, kein Fuchs, kein Dachs. Alles war still.

»Bist du da, Thagda?«, rief er.

Thagda … Thagda … Thagda …

Sein Ruf verhallte. Connavar fror inzwischen, und die Erschöpfung der Niederlage lastete auf ihm wie ein schwerer Stein. Es ist einfach nur ein Wald bei Nacht, sagte er sich. Hier gibt es keine Magie.

Dann hörte er etwas. Zuerst hielt er es für eine menschliche Stimme, doch fast sofort erkannte er, dass es ein Tier in Not war. Er ging nach links und sah ein Brombeergestrüpp. In seiner Mitte kauerte ein hellbraunes Rehkitz, das mühsam versuchte, auf die Beine zu kommen. Die Dornenranken hatten sich um seine Hinterläufe geschlungen, und kleine Blutstropfen glänzten auf seinen schweißnassen Flanken.

»Ganz ruhig, Kleines«, sagte Connavar beruhigend. »Ganz ruhig, ich helfe dir.«

Vorsichtig bahnte er sich einen Weg in das Gestrüpp. Die Dornen zerrten an seinen Kleidern und bohrten sich in seine Haut. Er zog sein Messer und durchschnitt einen heruntergebogenen Zweig. Ein zweiter Zweig, der durch den Schnitt freikam, schnellte hoch. Conn konnte noch halb mit seinem Arm abwehren, doch der Zweig peitschte ihm durchs Gesicht, sodass es blutete. Die Brombeeren wurden immer dichter, je weiter er vordrang, ihre langen Dornen stachen und piekten ihn. Völlig verängstigt durch sein Näherkommen zappelte das Rehkitz immer stärker. Conn sprach mit sanfter Stimme auf es ein. Als er es erreicht hatte, war das Reh erschöpft und zitterte vor Angst. Behutsam durchschnitt Conn die Dornenranken, dann steckte er sein Messer weg und nahm es auf den Arm. Das Kitz war schwerer, als er erwartet hatte. Er hielt es fest an die Brust gedrückt, machte langsam kehrt und zwängte sich durch die Brombeeren. Jeder Schritt brachte ihm neue Schmerzen, seine Beinkleider hingen in Fetzen.

Als er aus dem Dickicht heraus war, ließ er das Kitz zu Boden und strich ihm mit den Händen über die Flanken. Die Wunden waren nicht tief und würden schnell verheilen. Aber wo war die Mutter? Warum hatte sie ihr Junges verlassen? Er setzte sich neben das kleine Wesen und streichelte seinen langen Hals. »In Zukunft wirst du dich wohl vor Brombeeren hüten«, sagte er. »Geh' jetzt. Such' deine Mama.«

Das Kitz stakste vorsichtig davon, dann drehte es sich um und starrte den Jungen an. »Geh schon«, sagte er und winkte. Es machte drei Schritte, dann schoss es davon in den Wald. Conn blickte auf seine zerrissenen Kleider. Meria würde nicht gerade erfreut sein. Die Beinkleider waren neu gewesen. Er stand auf, kletterte den Hang hinauf und wanderte aus dem Wunschbaumwald.

Kurz nach Tagesanbruch erwachte er. Braefar war schon angezogen und schlüpfte in seine wadenhohen Stiefel. Conn gähnte und drehte sich auf die andere Seite. »Du hast lange geschlafen«, sagte Braefar.

»Ich war letzte Nacht draußen«, sagte Conn. Er setzte sich auf und erzählte seinem Bruder von seinem Abenteuer mit dem Rehkitz im Wunschbaumwald. Braefar hörte höflich zu.

»Du hast geträumt«, sagte er schließlich.

»Hab ich nicht!«

»Wo sind dann die Verletzungen, von denen du gesprochen hast?« Conn blickte auf seine Arme, dann warf er die Decke weg und prüfte seine Schenkel und Waden. Seine Haut war unversehrt. Er rollte sich auf dem Bett und hob seine Beinlinge auf. Kein Riss, kein Loch. Braefar grinste ihn an. »Zieh dich lieber an, Träumer. Sonst gibt's kein Frühstück mehr.«

Allein und verwundert zog Conn seine Beinkleider an und griff nach seiner Tunika. Als er sie aufhob, fiel ein Messer heraus und klirrte auf den Holzboden. Aber es war nicht das alte Bronzemesser mit dem Holzgriff, das er mit in den Wald genommen hatte. Die Waffe, die im Morgenlicht glitzerte, hatte eine Klinge aus glänzendem Silber und einen Griff, der aus Hirschhorn geschnitzt war. Der Handschutz bestand aus Gold, und in den Knauf war ein runder, schwarzer Stein eingelassen, in den eine silberne Rune eingeritzt war. Es war das schönste Messer, das Conn je gesehen hatte.

Seine Finger schlossen sich um den Griff. Es passte

perfekt in seine Hand. Er wickelte es in einen alten Lappen und lief zu Banouins Haus. Der Fremde schlief noch, erwachte jedoch und sah Conn an seinem Bett sitzen. Er gähnte und schob die Decken weg.

»Ich bin kein Bauer«, sagte er. »Ich stehe normalerweise nicht so früh auf.«

»Es ist wichtig«, sagte der Junge und reichte dem Mann einen Becher mit kaltem Wasser. Banouin setzte sich und trank.

»Dann erzähl«, sagte er. Conn berichtete von seiner Wanderung zum Wunschbaumwald, seiner Rettung des Rehkitzes und seiner Rückkehr. Dann erzählte er, wie er das Messer gefunden hatte. Banouin hörte müde zu. Sein Gesichtsausdruck veränderte sich, als Conn das Messer auswickelte. Banouin nahm es ehrfürchtig in die Hand, dann sprang er aus dem Bett und trug es zum Fenster, um es im Tageslicht zu untersuchen. »Es ist wunderbar«, flüsterte er. »Ich weiß nicht, was für ein Metall das ist. Es ist kein Silber, und auch kein Eisen. Und dieser Stein im Griff…«

»Es ist eine Seidh-Waffe«, sagte Conn. »Es ist ein Geschenk für mich.«

»Ich könnte es für hundert … nein, fünfhundert Silberstücke verkaufen.«

»Ich will es nicht verkaufen.«

»Warum hast du es dann zu mir gebracht?«

»Ich kann niemandem davon erzählen, dass ich in den Wunschbaumwald gegangen bin. Es ist verboten. Und ich kann meine Mama nicht anlügen. Ich dachte, du könntest mir einen Rat geben.«

»Es passt perfekt in meine Hand«, sagte Banouin. »Als ob es für mich gemacht wäre.«

»Für mich auch«, sagte Conn.

»Das kann nicht sein, Junge. Meine Hand ist viel größer als deine.« Er reichte Conn das Messer, der den Griff umfaßte.

»Siehst du«, sagte Conn und hob die Waffe. Seine Faust umschloss den Griff völlig, der goldene Handschutz lag unter seinem Daumen, der schwarze Knaufstein berührte den Ansatz der Handfläche. Langsam nahm Banouin das Messer selbst in die Hand. Der Griff schien in seiner Hand anzuschwellen.

»Es ist eine magische Waffe«, sagte Banouin. »Ich habe so etwas noch nie gesehen.«

»Was soll ich tun?«, fragte Conn.

»Vertraust du mir?«, entgegnete der Fremde.

»Ja, natürlich. Du bist mein Freund.«

»Dann gib mir das Messer.«

»Geben … ich verstehe nicht. Es ist meins!«

»Du hast mich um Hilfe gebeten, Conn«, sagte Banouin. »Wenn du mir vertraust, tu, um was ich dich bitte.«

Der Junge stand einen Augenblick lang ganz still. »Also schön«, sagte er. »Ich gebe dir das Messer.«

»Ist es jetzt meins?«, fragte der Fremde.

»Ja. Es ist deins. Aber ich verstehe noch immer nicht.«

Banouin, der noch immer das Messer hielt, winkte Conn, ihm zu folgen und ging zur Feuerstelle. Er nahm einen langen Stock und stocherte damit in der Asche des Feuers, blies ein paar Funken zu neuem Leben an und legte Anmachholz auf. Als das Feuer wieder brannte, hängte er einen Kupferkessel darüber. »Ich habe den Tag schon immer gern mit einem Kräutertee begonnen«, sagte er. »Mit etwas Warmem, Süßem. Getrocknete Holunderbeeren mit Honig sind mein Lieblingsrezept. Möchtest du auch einen?«

»Ja«, antwortete Conn. »Danke.« Der Junge fühlte sich noch immer unbehaglich und konnte seinen Blick nicht von dem Messer wenden. Banouin war sein Freund, aber er war auch ein Kaufmann, der für seinen Profit lebte. Als das Wasser heiß war, bereitete Banouin zwei Becher Tee zu und brachte sie zum Tisch. Der Fremde legte das Messer auf das polierte Holz und nippte an seinem Tee.

»Du hast mir sehr geholfen, Connavar«, sagte er ernst. »Es ist Brauch bei meinem Volk, diejenigen zu belohnen, die uns helfen. Deswegen möchte ich dir gern ein Geschenk machen. Ich möchte gern, dass du dieses Messer bekommst. Es ist ein sehr schönes Messer, und viele Leute werden sich fragen, wie du dazu gekommen bist. Du wirst ihnen sagen – und es ist keine Lüge – dass du es von Banouin dem Fremden als Geschenk erhalten hast. Hilft dir das bei deinem Problem?«

Conn strahlte. »Ja. Danke, Banouin.«

»Nein, lass mich dir für dein Vertrauen danken. Und lass mich dich warnen, nie wieder jemandem so zu vertrauen. Jeder Mensch hat seinen Preis, Conn. Und, bei meiner Seele, das hier war verflucht dicht an meinem!«

Banouin der Fremde führte seinen Tross aus sechzehn Ponys über den schmalen Pfad zur Fähre. Die leichte Schnittwunde in seinem Oberarm blutete noch immer durch den mit Honig und Wein getränkten Verband, doch er war trotzdem guter Laune. In der Ferne konnte er die zerklüfteten Gipfel der Druagh-Berge sehen, die das Land der Riganten wie Wachposten umgaben.

Fast zu Hause.

Er lächelte. Der Ort seiner Geburt war Stone, die Stadt der Fünf Hügel in Turgonien, zweitausendfünfhundert Kilometer entfernt jenseits des Wassers. Er hatte den größten Teil seines Lebens geglaubt, dass Stone die Heimat seines Herzens war. Jetzt wusste er es besser. Caer Druagh hatte seine Seele adoptiert. Er liebte diese Berge mit einer Leidenschaft, die er nicht für möglich gehalten hätte. Banouin hatte sechzehn Jare bei den vielen Völkern der Keltoi verbracht: den Riganten, den Norviern, den Gath und Ostro, den Pannonen und den Perdiern und vielen mehr. Er bewunderte sie und die kluge Schlichtheit ihres Lebens. Er dachte an sein eigenes Volk, und es war, als bliese ihm ein kalter Wind ins Gesicht. In diesem Augenblick wusste er, dass sie eines Tages zu diesen Bergen kommen würden, mit ihren Armeen und Straßen aus Stein. Sie würden diese Völker erobern und ihr Leben für alle Zeiten verändern. Genauso, wie sie es mit den Län-dern jenseits des Wassers gemacht hatten.

Er dachte mit Zuneigung und gleichzeitig Traurigkeit an Connavar. Es war jetzt fast fünf Jahre her, dass der Junge mit dem Seidh-Messer zu ihm gekommen war. Er wurde allmählich zum Mann, fühlte sich sicher in dem irrigen Glauben, Teil einer Kultur zu sein, die überdauern würde. Der Junge war jetzt ... was? ... fünfzehn, beinahe sechzehn. Fast schon ein Mann, und bereits hoch gewachsen und breitschultrig, kraftvoll gebaut.

Jenseits des Wassers war Banouin Zeuge der Nachwirkungen einer großen Schlacht gewesen, als die Leichen tausender junger Keltoi-Krieger – Männer wie Ruathain und Connavar – zu einer großen Feuerbestattungsgrube geschleift wurden. Viele weitere Tausend waren gefangen genommen und in die Sklaverei verkauft worden, ihre Anführer an Händen und Füßen an Opferpfähle genagelt, um langsam und qualvoll entlang der Straße zu sterben, während sie zusehen mussten, wie ihr Volk in die Vergessenheit geführt wurde.

Banouin war gefragt worden, ob er sich an der Organisation des Sklavenhandels beteiligen wollte. Er hatte abgelehnt, obwohl die Gewinnspanne enorm gewesen wäre.

Wie lange wird es noch dauern, bis sie hierher kommen, fragte er sich. Fünf Jahre? Zehn? Gewiss nicht länger.

Als er am Fuß des Hügels angekommen war, führte Banouin seine Lastponys langsam zu dem Pfosten der Fähre. Hier stieg er ab. Ein alter Messingschild hing an einem Haken auf dem gegenüberliegenden Pfahl. Daneben stand ein langer Holzhammer. Banouin schlug zweimal auf den Schild. Der Klang hallte über das Wasser. Aus einer Hütte auf der anderen Seite kamen zwei

Männer. Der erste winkte dem kleinen Händler zu. Banouin winkte zurück.

Langsam zogen die beiden Männer die Fähre mit dem flachen Rumpf über den Fluss Seidh. Als das Gefährt das Ufer erreichte, entriegelte der alte Calasain die vordere Klappe und ließ sie auf den Landungssteg herab. Er hüpfte gewandt an Land und grinste mit vielen Zahnlücken. »Noch immer am Leben, was, Fremder? Du musst unter einem Glücksmond geboren sein.«

»Die Götter behüten einen frommen Mann«, erwiderte Banouin lächelnd.

Calasains Sohn Senecal, ein kleiner, stämmiger Mann, kam ebenfalls an Land, ging an der Reihe der Ponys entlang und löste den Strick, mit dem das neunte Pony angebunden war. Die Fähre war klein und konnte bei jeder Fahrt nur acht Ponys befördern.

Banouin führte die erste Hälfte seines Zuges an Bord, zog die Klappe hoch und half Calasain mit dem Zugseil. Er sah sich nicht um, denn er wusste, dass Senecal sich einen kleineren Gegenstand aus einem seiner Bündel nehmen würde. Calasain würde ihn finden, wie er es immer tat, und bei Banouins nächster Reise würde der alte Mann es ihm beschämt zurückgeben.

Als sie am Nordufer festmachten, brachte Calasains Frau Sanepta ihm einen Becher Kräutertee, der mit Honig gesüßt war. Banouin dankte ihr. In ihrer Jugend, dachte er, durfte sie eine schöne Frau gewesen sein. Aber die Müdigkeit des Alters und ein schweres Leben hatten sich in ihre Züge gegraben.

Innerhalb einer Stunde, als all seine Ponys am nördlichen Ufer waren, wanderte Banouin mit Calasain zurück zur Anlegestelle. Die beiden Männer setzten sich, nippten ihren Tee und beobachteten das Spiel der Sonne auf dem Wasser.

»Ärger unterwegs?«, fragte Calasain und deutete auf die Wunde an Banouins Arm.

»Ein bisschen, aber es war eine Abwechslung. Was ist in den vergangenen acht Monaten hier geschehen? Überfälle?«

Der alte Mann zuckte die Achseln. »Überfälle gibt es immer. Die Jungen müssen ihre Fähigkeiten erproben. Aber es ist nur ein Mann ums Leben gekommen. Hat den Fehler gemacht, Ruathain anzugreifen. Das ist heutzutage nicht besonders klug. Zu keiner Zeit, schätze ich. Was hast du dabei?«

»Gefärbte Tuche, echte und Glasperlen, Silber- und Goldfäden. Die Stoffe werde ich rasch verkaufen. Sie sind mit einem neuen Purpurrot gefärbt, das nicht ausläuft, wenn es nass wird. Dazu noch ein paar Gewürze und ein paar Metallbarren, Eisen, Silber und zwei aus Gold für Riamfada. Das läßt sich bestimmt alles gut verkaufen.«

Calasain seufzte, und eine tiefe Röte überzog sein ledernes Gesicht. »Ich entschuldige mich für meinen Sohn. Was immer er genommen hat, ich werde es finden.«

»Ich weiß. Du bist nicht für ihn verantwortlich, Calasain. Manche Leute können dem Drang zu stehlen einfach nicht widerstehen.«

»Es ist eine stete Quelle der Beschämung für mich.« Minutenlang saßen sie in freundlichem Schweigen da. Dann ergriff Calasain wieder das Wort. »Wie stehen die Dinge im Süden?«

»Unter den Norviern in Küstennähe grassierte eine Krankheit. Fieber und Hautverfärbung. Hat sich wie ein Buschfeuer ausgebreitet. Einer von sechsen starb.«

»Wir hörten davon. Hast du das Wasser überquert?«

»Ja. Den ganzen Weg bis in mein Heimatland.«

»Kämpfen sie immer noch?«

»Nicht zu Hause. Aber ihre Armeen sind weiter nach Westen gezogen. Sie haben viele der angrenzenden Länder erobert.«

»Warum?«, fragte Calasain.

»Sie errichten ein Weltreich.«

»Zu welchem Zweck?«

»Um über alle zu herrschen, nehme ich an. Um durch die Arbeit anderer reich zu werden. Ich weiß es nicht. Ich denke, dass sie vielleicht den Krieg lieben.«

»Also ein dummes Volk«, stellte Calasain fest.

»Ist Ruathain wieder mit Meria zusammen?«, fragte Banouin, um das Thema zu wechseln.

»Nein. Jetzt sind es schon fast sechs Jahre. Aber er verstößt sie nicht. Seltsamer Mann. Er hat seine gute Laune verloren. Er lächelt nur selten und lacht niemals. Die Leute gehen ihm misstrauisch aus dem Weg. Er geriet in einen Streit mit Nanncumal, dem Schmied, und er schlug ihn so hart, dass der Schmied beim Fallen einen Zaun zerbrach. Was ist mit dieser Ehe bloß schief gelaufen? Warum bleiben sie wohl getrennt, was meinst du? War sie ihm untreu?«

Banouin zuckte die Achseln. »Ich weiß es nicht. Was immer auch der Grund ist, es ist traurig für sie beide. Ich mag sie. Es sind gute Menschen.«

»Sie sind Riganten«, sagte Calasain mit einem Lächeln. »Wir sind alle gute Menschen. Willkommen daheim, Fremder.«

Vier Stunden später, als die untergehende Sonne die Berge in Feuer tauchte, erklomm Banouin die letzte Anhöhe und blickte hinunter auf das Dorf Dreibach. Alles Schwere fiel von seinem Herzen ab, als er die verstreuten Häuser und Höfe sah, die Brücken über die Bäche, die Rinder und Schafe, die das saftige Gras fraßen.

Und dort, in der Mitte des Dorfes, stand die gewaltige Eiche, der Älteste Baum, in dessen unteren Ästen Laternen hingen.

Zu Hause, dachte Banouin und kostete das Wort wie einen alten Wein. Ich bin zu Hause.

Connavar kletterte gern, und im Augenblick saß er auf den obersten Ästen des Ältesten Baumes und grübelte über Probleme nach, die er mit seinen fünfzehn Jahren noch nicht ganz verstehen konnte. Er liebte sowohl Ruathain als auch seine Mutter, und es tat ihm weh, dass sie immer noch getrennt lebten. Seine Mutter hatte Ruathain beleidigt, ihn ungerecht beschuldigt. Sie wusste, dass sie im Unrecht war, aber sie war zu stolz, um sich zu entschuldigen und sich zu demütigen. Er wusste, dass sie das wusste, aber er machte nicht den geringsten Versuch, die Kluft zu überbrücken. Es kam dem jungen Mann so töricht vor.

Manchmal, des Nachts, hörte er Meria leise weinen. Sie versuchte, ihr Schluchzen in dem dicken, bestickten Kissen auf dem Bett zu ersticken, das Ruathain getischlert hatte. Es war Connavar unbegreiflich. Sein Leben lang hatte er beobachtet, wie Meria sich ihrem Mann gegenüber kühl verhielt, anscheinend lieblos. Jetzt trauerte sie, als ob ein Kind gestorben wäre. Doch trotz ihres Kummers konnte sie es nicht über sich bringen, tief Luft zu holen und einzugestehen, dass sie im Unrecht war.

Und Ruathain hatte sich verändert. Er war jetzt mürrisch und schnell erzürnt. Connavar schauderte, als er an die Prügelei mit Govannans Vater Nanncumal dachte.

Connavar war mit Ruathain und Braefar unterwegs gewesen, als Nanncumal aus seiner Schmiede trat. Die beiden Männer konnten einander nicht leiden, denn es war Nanncumal gewesen, der den Ärger heraufbeschworen hatte, weil er Govannan vom Tode von Conns Vater erzählt hatte. Der Schmied war ein großer Mann, mit breiten Schultern und kräftigen Armen.

»Halt' deinen Jungen da von meiner Schmiede fern«, sagte er und deutete auf Connavar.

Ruathain sah ihn an. »Und warum sollte ich das tun?«

»Er ist ein Dieb, deshalb. Hat mir ein paar Nägel aus der Schachtel gestohlen.«

»Das ist eine Lüge!«, rief Conn empört. Er ballte die Fäuste und machte einen Schritt auf den Schmied zu, doch Ruathain zog ihn zurück.

Nanncumal grinste ihn höhnisch an. »Sie waren verschwunden, nachdem du hier warst und um meine Tochter herumgeschlichen bist. Für mich reicht das. Und jetzt halt den Jungen von hier fern«, sagte er zu Ruathain gewandt. »Wenn ich ihn noch einmal hier erwische, reiße ich ihm die Ohren ab.«

»Du reißt ihm die Ohren ab?«, wiederholte Ruathain. Seine Stimme war vollkommen ruhig. »Du bedrohst meinen Sohn, während ich vor dir stehe? Das ist nicht klug, Nanncumal.«

»Er ist nicht dein Sohn«, fauchte der Schmied. »Er ist das Balg eines Feiglings!«

Ruathain machte einen Schritt nach vorn. Nanncumal riss den rechten Arm hoch, um sich zu verteidigen, doch der Hieb kam zu schnell, eine schwere Rechte, die den Schmied an der linken Wange traf, sodass die Haut aufplatzte. Nanncumal wurde von den Füßen geschleudert und knallte mit dem Kopf in den Zaun neben der Schmiede. Der Mittelpfosten brach unter dem Aufprall. Der Schmied versuchte auf die Beine zu kommen, sackte jedoch zu Boden.

Ein paar Männer kamen herbeigelaufen, um der Prügelei zuzusehen, doch es war schon vorbei. Ruathain trat dicht vor den am Boden liegenden Mann und drehte ihn mit dem Fuß um. Die Augen des Schmieds waren offen. Als Ruathain sprach, war seine Stimme noch immer kalt und gelassen.

»Connavars Vater ritt mit mir in die Schlacht und kämpfte den ganzen Tag an meiner Seite. Du jedoch warst nicht da, wenn ich mich recht erinnere. Du hattest Bauchschmerzen oder so etwas. Genau betrachtet, Schmied, habe ich dich noch nie in einem Kampf gesehen. Sei nicht so rasch dabei, andere Feigling zu nennen. Wenn du das noch einmal tust, werde ich wiederkommen.«

Connavar erschauerte vor Vergnügen und gleichzeitig Schmerz bei der Erinnerung. Nanncumal hatte es verdient, da er wusste, dass Conn nichts gestohlen hatte. Sein wirklicher Groll galt Conns Freundschaft mit seiner Tochter Arian. Conns gute Laune schwand. Sie hatte ihn seit der Prügelei gemieden, und er vermisste ihre Gesellschaft, ihr rasches Lächeln und den Duft ihres goldenen Haares. Er schloss die Augen und dachte an den Tag der Jagd, im zeitigen Frühling. Arian, ihre Schwester Gwydia und ein paar andere Mädchen aus dem Dorf hatten am Rande des westlichen Waldes Blumen gepflückt. Connavar hatte einen Spaziergang gemacht und sie getroffen. Arian hielt den Saum ihres gelben Kleides über die Knie hoch, als sie durch einen rasch dahineilenden, flachen Bach watete. Connavar hatte ihnen einen Gruß zugerufen. Sie bückte sich nieder und bespritzte ihn mit Wasser. Lachend war er hinter ihr hergewatet, doch sie war ihm entwischt, hatte den Bach durchquert und war in den Wald gelaufen. Conn war ihr gefolgt und hatte sie um die Taille gefaßt. Zusammen fielen sie ins Gebüsch.

»Warum hast du mich nass gespritzt?«, fragte er.

»Um das Feuer in deinen Augen zu löschen«, antwortete sie. Sein rechter Arm lag auf ihr, die Hand auf ihrer schlanken Hüfte. Er blickte auf ihre nackten Beine. Die Sonne malte Flecken auf die helle Haut. Plötzlich wurde ihm die Kehle eng und er fühlte, wie sein Herz wild klopfte. Er sah ihr in die Augen. Die Pupillen waren geweitet, und er konnte sich in ihnen spiegeln, als ob er in ihr schwamm. Er hatte das Gefühl, langsam durch Wasser zu fallen, und ehe er dem Impuls noch widerstehen konnte, küßte er sie. Arians Mund war warm. Ihre Zunge berührte seine Lippen. Connavar stöhnte. Seine Hand glitt zu ihrem Schenkel. Plötzlich machte sie sich frei und rollte weg von ihm. Sie setzte sich auf und fuhr sich mit den Händen durch das lange blonde Haar. »Wie ich sehe, hat dich das Wasser noch nicht genug abgekühlt«, sagte sie. Conn konnte kaum sprechen. Auf einmal kicherte sie und legte die Hand über den Mund. Conn folgte ihrem Blick, und als er an sich niederschaute, sah er die verräterische Beule in seiner Hose. Er wurde rot, rollte sich auf die Knie und stand unbeholfen auf. Arian lief zu ihm und schlang ihm die Arme um den Hals. »Sei nicht böse auf mich«, sagte sie. Sie hielt seine Schamesröte für ein heftigeres Gefühl. Conn zog sie an sich.

»Ich bin nicht böse«, sagte er. »Ich liebe dich. Nächstes Jahr, am Samains-Fest, werde ich mit deinem Vater sprechen. Dann heiraten wir.«

Sie machte sich los und lächelte. »Vielleicht bin ich einverstanden«, sagte sie. »Vielleicht auch nicht.«

Conn wusste nicht, was er sagen sollte, aber seine Augen wurden schmal. »Jetzt wirst du wirklich böse«, sagte Arian fröhlich, trat zu ihm und streichelte sein Gesicht. Er versuchte, sie zu packen, doch sie wirbelte herum und rannte zurück zu den anderen Mädchen.

Als er jetzt hoch oben im Baum saß, dachte Conn wieder an die Wärme ihrer Haut. Unbehagen stieg in ihm auf.

Eine Bewegung im Süden erweckte seine Aufmerksamkeit. Eine Reihe von Ponys kam den fernen Hang herunter. Conns Herz machte einen Hüpfer. Banouin war zurück!

Rasch kletterte er tiefer, ließ sich zu Boden fallen und machte sich auf den Weg zu Banouins Haus. Er hörte die Hufe der Lastponys auf der letzten Holzbrücke und rief dem Fremden etwas zu.

Banouin sah ihn und grinste. Der Fremde wirkte kleiner, und sein kurzgeschnittenes dunkles Haar war mit silbernen Strähnen durchzogen. Er war alt, wusste Conn, fast fünfzig. Aber er war noch immer gesund und kräftig. Der Fremde stieg ab. Der Fünfzehnjährige war inzwischen einige Zentimeter größer als der Mann. »Wie geht es dir, Connavar?«, fragte Banouin.

»Banias tol var«, antwortete der Junge. Banouin klatschte in die Hände.

»Prächtig, Conn. Du hast es nicht vergessen.«

»Ich vergesse nie etwas«, antwortete der junge Mann ernsthaft. »Es ist schön, dich wieder zu sehen. Lass' mich dir beim Abladen der Ponys helfen. Dann kannst du mir von deiner Reise erzählen.«

Banouin ging zu seinem Lagerschuppen und entriegelte die Tür. Connavar und er nahmen die Packtaschen ab und trugen sie hinein, dann ließen sie die Ponys auf die dahinterliegende Weide.

Banouins Haus war, wie alle Wohnhäuser der Riganten, ganz aus Holz gebaut. Doch er hatte im Wohnraum einen Mosaikfußboden legen lassen, und es standen drei Sofas darin, allerdings keine Stühle. Das Zimmer war sauber, nirgendwo lag Staub.

»Wie ich sehe, hast du dich gut um mein Heim gekümmert«, sagte Banouin. »Dafür danke ich dir.«

»Ich hole dir etwas zu essen«, sagte Conn, stand auf und ging zur Tür.

Banouin wollte protestieren, doch der Junge war schon fort und rannte über die Felder zurück zu seinem eigenen Haus, das knapp fünfhundert Meter entfernt lag. Er kehrte mit einem Leinenbeutel zurück, der ein großes Stück Fleischpastete enthielt, ein paar reife Äpfel, einen runden, in Tuch gewickelten Käse, einen Laib frisches Brot und ein Tontöpfchen mit sahniger, gesalzener Butter.

Nachdem sie gegessen hatten, entzündete Banouin zwei Lampen und streckte sich auf dem Sofa aus. »Was ich wirklich von meinem Heimatland vermisse«, sagte er, »ist ein warmes, duftendes Bad am Ende einer Reise. Jede Ansiedlung dieser Größe hat bei uns ein Badehaus, und viele Wohnhäuser rühmen sich privater Badezimmer.«

»Badet dein Volk denn viel?« fragte Connavar.

»Jeden Tag.«

»Warum? Riechen sie so schlecht?«

»Wenn sie nicht baden, riechen sie schlecht.«

»So ein Pech für sie«, meinte Connavar.

Banouin lachte leise. »Es ist komisch. Je mehr du badest, desto mehr musst du auch. Ich habe vor zwei Monaten gebadet, in Turgonien. Es war wunderbar. Dann brach ich auf, nach Hause. Innerhalb von drei Tagen stank ich. Nach zehn Tagen wäre ich am liebsten vor mir selbst weggelaufen. Danach verging der Geruch.« Banouin stand auf, zog seinen langen Umhang aus und warf ihn über ein Sofa. Connavar sah den blutigen Verband an seinem Oberarm.

»Wie bist du zu der Wunde gekommen?«, fragte er.

»Vor vier Tagen wurde ich von Räubern überfallen. Drei ausgestoßene Norviern. Einem von ihnen gelang es, mich mit einem Messer zu kratzen. Es ist keine ernste Wunde.«

»Hast du sie getötet?«

»Nein, du blutrünstiger junger Wilder. Ich habe dem Messerstecher den Arm gebrochen. Dann sind sie weggelaufen.«

»Du hättest sie töten sollen. Vielleicht warten sie nächstes Frühjahr wieder auf dich.«

»Wenn, dann werde ich an deinen Rat denken. Und jetzt erzähl mir, was in Dreibach alles passiert ist.«

»Braefar gewann das Mittsommer-Wettrennen vor zwei Wochen. Jetzt gibt es im ganzen Land keinen glücklicheren Burschen«, sagte Conn. »Er stolziert herum wie ein Pfau.«

»Was ist mit dir?«

»Ich wurde Zweiter.«

Banouin lehnte sich zurück. Er sah das amüsierte Funkeln in Conns Augen und vermutete, dass mehr dahintersteckte. »Was ist mit Govannan? Ich dachte, er wäre der schnellste Läufer unter euch Jungen.«

»Er auch«, sagte Conn mit einem schalkhaften Grinsen. »Anscheinend hat der Wind einen der Streckenpfosten herumgedreht. Govannan und alle, die ihm folgten, liefen in einen Sumpf. Er hat aber trotzdem gut mithalten und ist immer noch Dritter geworden. Arian sagt, er habe den größten Teil des Abends damit verbracht, sich Blutegel vom Hinterteil zu zupfen. Vielleicht hat er nächstes Jahr mehr Glück.«

»Wieso glaube ich eigentlich nicht, dass der Wind den Pfosten herumgedreht hat?«, fragte Banouin.

Conn lachte laut. »Weil du misstrauisch bist, Fremder. Genau wie Govannan.«

»Allerdings«, bestätigte Banouin. »Du hast Arian erwähnt. Hast du noch immer vor, sie zu heiraten?«

»Ja, sie ist das schönste Mädchen. Ich liebe sie sehr.«

»Damit wird Govannan dein Schwager«, betonte Banouin.

»Ja, es ist auf jeden Fall ein Wurm im Apfel. Ihr Vater ist auch einer. Aber die Liebe wird über alles siegen, Fremder. Eine Rigantin hat das Recht, ihren Ehemann selbst zu wählen. Wirst du auf meiner Hochzeit tanzen?«

»Ich bin kein Tänzer, aber ich werde da sein – mit Freuden. Und jetzt solltest du nach Hause gehen. Ich bin müde und brauche einen guten Nachtschlaf in einem weichen Bett.«

»Kann ich morgen wiederkommen? Wirst du mir mehr von der Sprache deines Volkes beibringen? Erzählst du mir von den Städten aus Stein?«

»Du bist hier immer willkommen, Conn. Aber hast du keine Arbeiten zu erledigen?«

»Nur bis Mittag.«

»Dann freue ich mich, wenn du anschließend kommst. Grüße deine Mutter bitte von mir. Sag' ihr, ich habe das grüne Seidenhemd, das ich versprochen hatte.«

Connavar ging zur Tür. »Hat dein Volk noch mehr Kriege gewonnen?«, fragte er.

»Ich fürchte ja, Conn.

»Du musst mir alles erzählen.«

Arian war nicht sicher, was schlimmer war, die Angst oder das Heilmittel dagegen, denn beide hingen zusammen und wirbelten durch ihre Gedanken. Unvermutet schlug die Panik zu, überfiel sie beim Spazierengehen oder wenn sie im Bett lag oder Kleider im flachen Wasser des Baches wusch. Ihre Finger begannen zu zittern und eine große Leere legte sich auf sie, eine Dunkelheit, die der Sonne die Wärme raubte.

Sie dachte an den schrecklichen Tag, an dem die Furcht geboren wurde. Ihre kleine fünfjährige Schwester Baria, mit der sie in einem Bett schlief, hustete und fieberte. Mutter hatte ihr einen Kräutertrank gegeben, mit Honig gesüßt, und sie hatte sich an Arian gekuschelt. Das ältere Mädchen, fast dreizehn Jahre alt, hatte sie weggeschoben, denn die Kleine war heiß, und es war eine Sommernacht, schwül und drückend. Baria hatte sich umgedreht und ihre Flickenpuppe an sich gedrückt. Sie hatte noch ein bisschen gehustet, dann war sie eingeschlafen. Mitten in der Nacht erwachte Arian und versuchte, sich an ihren Traum zu erinnern. Sie fühlte Barias molliges Beinchen neben sich. Das Bein war kalt.

»Komm her, Kleine«, sagte sie. »Ich wärme dich.« Sie drehte sich um und legte die Arme um die reglose Gestalt und zog sie an sich. Baria war schlaff. Eine Zeitlang drückte Arian sie an sich, doch dann beunruhigte es sie, dass die Kleine sich überhaupt nicht bewegte. Es war stockfinster im Zimmer, und sie konnte das Gesicht ihrer Schwester nicht sehen. Sie stand auf, kletterte vom Schlafboden hinunter und ging zum Herd. Das Feuer war beinahe erloschen. Arian kniete neben der Feuerstelle nieder und blies in die letzten Reste glühender Asche. Eine Flamme züngelte empor. Sie hielt den Docht einer

Kerze an die Flamme, wartete, bis sie brannte und kletterte dann zurück auf den Schlafboden. Sie ging zum Bett und hielt die Kerze über Barias Gesicht. Helle, tote Augen starrten sie an. Ein Tropfen heißen Wachses fiel auf die Wange des Kindes. »Entschuldige«, sagte Arian, ohne nachzudenken. Keine Antwort. Sie würde nie wieder eine Antwort bekommen. Arian begann zu zittern. Sie blieb eine Weile sitzen, heißes Wachs tropfte ihr über die Finger.

Dann weckte sie ihre Eltern. Ihre Mutter klagte und weinte, und selbst ihr Vater – der schroffe, mürrische Schmied – vergoss am Bett Tränen. Govannan kam zu Arian, legte seinen Arm um sie und zog sie an sich und strich ihr über das goldene Haar. Er sagte nichts, denn es gab nichts zu sagen. Ein reizendes Kind war in die Nacht entschwunden, um nie wieder zurückzukehren, und der Kummer der Familie ließ sich nicht in Worte fassen.

Am nächsten Tag, als sie durch den Wald wanderte, hatte die Angst Arian überfallen. Ihre Beine gaben unter ihr nach, und sie sank schluchzend zu Boden. »Ich will nicht sterben«, sagte sie. »Niemals. Ich will nie so kalt sein.«

Die Angst, die einmal begonnen hatte, wuchs ständig weiter. Sie saß unter einem Baum, das Grauen fraß an ihrer Seele, an ihr. Sie hörte ein Pferd näher kommen, und in ihrem verzweifelten Wunsch nach Gesellschaft sprang sie auf und lief ihm entgegen. Der Reiter war ein Mann mittleren Alters mit einem runden, freundlichen Gesicht. Er war kein Rigante, und sie vermutete, dass er ein Kaufmann war oder ein Gesandter auf dem Weg zur Halle des Barons. Der Reiter zügelte sein Pferd.

»Was ist los, junge Dame?«, fragte er. Sein Akzent und seine gerundeten Vokale verrieten seine Herkunft aus dem Süden.

»Nichts«, sagte sie, und wischte sich die Tränen vom Gesicht. »Ich hatte nur … ein bisschen Angst.«

»Ist ein Tier in der Nähe?«

»Nein.« Sie kam sich jetzt töricht vor und zwang sich zu einem Lächeln. »Ich war eingeschlafen und habe geträumt.«

»Du zitterst ja«, sagte er und stieg ab. Er war nicht groß – kaum ein paar Zentimeter größer als sie selbst. Er trat dicht zu ihr und legte seinen Arm um sie. »Ist ja gut, ist ja gut«, sagte er tröstend. »Hab' keine Angst. Es ist ein schöner, heller Tag, und hier im Wald gibt es nichts, was dir etwas zuleide tut.«

Die Angst verebbte allmählich, aber sie wusste, sie war immer noch da, lag im Verborgenen auf der Lauer, abwartend. Sie drückte sich eng an den Mann, fühlte, wie er ihr den Rücken tätschelte und das Haar streichelte. Sie begann sich etwas ruhiger zu fühlen. Dann glitt seine Hand über ihren Hintern. Sie spannte sich, aber seine Stimme beruhigte sie. »Ich sorge dafür, dass du alle Ängste vergisst«, sagte er. »Ich bringe dir Freude und lasse die Sonne für dich strahlen.. Glaube mir.« Er küsste sie auf die Wange, dann legte er sanft die Hand unter ihr Kinn und hob ihr Gesicht an. Seine Lippen berührten die ihren. Seine rechte Hand strich über ihre Hüften und ihren Bauch. Sie erschauerte. Er hatte Recht. Ihre Angst war wie weggeblasen. Und die Sonne strahlte hell.

Was sie am deutlichsten von diesem ersten Mal in Erinnerung hatte, war die Wärme von Haut auf Haut, der Mann über ihr, sein Körper nass vor Schweiß, ihr reagierender Körper, voller Leben. Keine Angst, keine entsetzliche Leere, keine Gedanken ans Grab.

»War es gut für dich?«, fragte er, als sie nebeneinander im Gras lagen.

»Ja, es war gut.«

»Wie alt bist du?«

»Dreizehn. Fast vierzehn.«

»Also kein Freudenmädchen?«

»Nein. Mein Vater ist der Schmied in Dreibach.«

»Du bist ein gutes Mädchen«, sagte er, stand auf und

zog sich an. Er griff in seinen Beutel und warf ihr eine Silbermünze zu. »Wir behalten unser kleines Vergnügen für uns, ja? Ein kurzer Augenblick der Freude und des Wunders nur für uns allein.«

Sie nickte und sagte nichts mehr, als er sein Pony bestieg und davonritt.

Zwei Monate später fragte sie Eriatha, das rothaarige Freudenmädchen, um Rat, die ihr unverblümt erklärte, dass sie schwanger war. Arian war außer sich und flehte Eriatha an, ihr zu helfen. Das Freudenmädchen gab ihr einen Kräutertrank. Er schmeckte scheußlich, und die Wirkung, die er in ihrem Inneren tat, was grässlich und schmerzhaft. Doch die Schwangerschaft war beendet, und Arian gab Eriatha die Silbermünze des Kaufmanns.

Anschließend saßen sie in der kleinen runden Hütte, in der Eriatha ihre Kunden empfing. Eriatha gab Arian einen Becher gesüßten Apfelwein, um den Geschmack des Tranks herunterzuspülen. »Du bist zu jung, um dieses Spiel zu spielen«, sagte Eriatha. »Warum hast du das getan?«

Arian erzählte stockend vom Tod ihrer Schwester und der schrecklichen Angst, die er hinterließ – einer kalten Angst, die der warme, schwitzende Körper des Kaufmanns genommen hatte. Eriatha hörte geduldig zu, und als sie sprach, tat sie es ohne Kritik. »Wir alle gehen mit unseren Ängsten auf die bestmögliche Weise um«, sagte sie. »Aber – und ich möchte, dass du mir glaubst – mit Fremden rumzuhuren birgt zu viele Gefahren. Ich weiß es. Als ich dreizehn war – das scheint hundert Jahre her zu sein, sind aber in Wirklichkeit nur zehn – habe ich auch die zu Kopf steigenden Freuden dieses Spiels entdeckt. Es war mit einem verheirateten Mann – einem Freund meines Vaters. Als man es herausfand, enterbte meine Familie mich, und mein Stamm verstieß mich. Jetzt mache ich es für Geld, und ich lebe allein. Ich komme mit diesem Leben zurecht, Arian. Du nicht. Und denke daran, in dem Versuch, *deine* Angst vor dem Tod zu überwinden, hast du den Tod eines Kindes in deinem Bauch verursacht. Das ist keine geringe Sache, Mädchen.

»Es war kein Kind«, widersprach Arian. »Es war nur Blut. Ich würde nie einem Kind etwas antun.«

Eriatha seufzte. »Such' einen anderen Weg, um mit deiner Angst fertig zu werden.«

»Oh, die Angst ist weg«, sagte Arian. »Ich werde nicht wieder so dumm sein.«

Aber sie war nicht verschwunden, und noch dreimal in diesem Jahr gingen Silbermünzen in Eriathas Besitz über, Münzen, dir ihr Männer an der Straße gegeben hatten. Und jetzt war eine zweite Angst über sie gekommen. Was, wenn einer der Kaufleute nach Dreibach kam und sie erkannte? Was, wenn Vater herausfand, dass sie wie eine Hure lebte? Wie Eriatha würde man auch sie verstoßen.

Arian verdrängte solche Gedanken. Bald würden beide Ängste für immer beendet sein. Das Samians-Fest stand vor der Tür, und Connavar hatte versprochen, sie zu heiraten. Dann brauchte sie nicht mehr, so wie jetzt, an der Straße zu sitzen. Conn wäre bei ihr, um ihr die Angst zu nehmen, würde sie festhalten, wie sie hätte Baria halten sollen.

Der Tod konnte sie nicht holen, wenn Connavar da wäre. Er war stark und tapfer und warm vor Leben.

Als Arian im Gras saß und an Conn dachte, kamen zwei Männer vorbei, die einen beladenen Karren zogen.

Ihre Hände zitterten, und sie empfand das Bedürfnis. Sie stand auf, warf ihr goldenes Haar zurück und ging ihnen entgegen.

Eriatha, das Freudenmädchen, öffnete die Tür ihrer Hütte und winkte den jungen Mann hinein. Conn duckte sich unter dem niedrigen Türsturz und betrat die Behausung.

Die Hütte war klein und rund. Es gab keine Fenster und keine oberen Räume, nur ein Feuer in einem Kreis aus Steinen, dessen Rauch durch ein Loch in dem konisch zulaufenden Dach abzog. An der westlichen Wand stand ein breites Bett mit einer Decke, die mit Gänsedaunen gestopft war. Es gab noch zwei hochlehnige Stühle, vor denen zwei alte Teppiche auf dem gestampften Boden lagen. Dies war nicht der Ort, an dem Eriatha lebte, wie Conn wusste, sondern wo sie ihrem Gewerbe nachging.

Ruathain hatte ihm erzählt, dass sie vom Stamm der Pannonen war, und hatte auch das Geld gestiftet, das Conn ihr geben sollte. »Behandle sie mit Achtung, Conn«, sagte Ruathain. »Sie ist eine gute Frau und zahlt ihren Zehnten ans Dorf. Im letzten Jahr, als das Hochwasser kam, war sie von Morgengrauen bis in die Nacht draußen, um den Fluß zu dämmen. Sie hat unermüdlich gearbeitet.«

»Ich brauche keine Hure«, sagte Conn.

»Alle Fähigkeiten müssen erlernt werden, Junge. Jeder Mann kann – genau wie jeder Hund – auch ohne Unterweisung rammeln. Aber wenn du deine Frau liebst, wirst du auch ihr Vergnügen bereiten wollen. Eriatha kann dich lehren, wie. Dann musst du in deiner Hochzeitsnacht nicht in deinem eigenen Schlafzimmer herumstümpern.«

»Du könntest es mir doch beibringen«, meinte Conn. Ruathain lachte laut auf.

»Nein, Conn, ich könnte es dir *erzählen*. Eriatha wird es dich *lehren*.«

Jetzt war er hier und versuchte, nicht zum Bett hinzusehen. »Ich danke dir für dein Willkommen«, sagte er förmlich, als sie ihn aufforderte, sich zu setzen. Eriatha schenkte ihm ein geübtes Lächeln und eine Verbeugung. Sie war eine kleine Frau, schlank, aber nicht dünn, das rote Haar hing ihr locker um die blassen, sommersprossigen Schultern. Ihr Kleid war aus weicher, blau gefärbter Wolle, ohne jede Verzierung: keine Stickerei, keine Broschen. Sie saß ihm gegenüber, so nah, dass ihre Knie sich beinahe berührten. Conn sah ihr ins Gesicht. Sie war älter, als er zuerst gedacht hatte – vielleicht sogar schon fünfundzwanzig. Aus einigem Abstand sah sie viel jünger aus. Sie saßen eine Weile schweigend da. Sie schien sich wohl zu fühlen, doch Conn wurde es immer unbehaglicher zumute. Seine Hand wanderte zu seinem Geldbeutel.

»Noch nicht«, sagte sie. »Sag mir zuerst, warum du gekommen bist.« Ihre Stimme war tief für eine Frau und leicht heiser.

»Ich werde heiraten«, sagte Conn. »Ruathain … mein Vater…« Seine Stimme brach ab. Seine Verlegenheit wuchs.

Eriatha beugte sich vor und nahm seine Hand. »Dein Vater«, sagte sie, »möchte, dass du ein guter Ehemann wirst und dass du deine Frau in eurer Hochzeitsnacht befriedigen kannst.«

»Das kann ich auch so«, verteidigte sich Conn.

»Natürlich kannst du das, Lieber«, sagte sie. »Sag mir, kannst du gut mit dem Schwert umgehen?«

Conn entspannte sich. Dieses Thema war weit mehr nach seinem Geschmack. »Ja. Ich bin schnell und stark, und Banouin sagt, mein Balancegefühl sei gut.«

»Und konntest du auch gut mit dem Schwert umgehen, als du zum ersten Mal eins in die Hand nahmst?«

»Natürlich nicht. Aber ich lerne schnell.«

»Liebe zu machen ist nicht anders, Connavar. Es ist eine Kunst. Zwei Liebende sind wie zwei Tänzer, die sich gemeinsam zu einer Musik bewegen, die nur die Seele hören kann. Alle Männer können rammeln, Connavar. Das ist keine Kunst. Aber Liebe zu machen … darin liegt ein größeres Vergnügen.«

Geschmeidig erhob sie sich und ließ ihr Kleid von den Schultern gleiten, sodass es auf den Teppich fiel. Dann kniete sie nieder und zog ihm die Stiefel aus. Anschließend stand sie auf und nahm Conns Hand. Er stand angespannt vor ihr und wünschte, er wäre nie hergekommen. Sie hob seine Hand und legte sie auf ihre Brust. Die Warze fühlte sich hart an. Er konnte Parfüm in ihrem Haar riechen. Eriatha trat noch näher und schlang einen Arm um seinen Hals. »Ich glaube, ich sollte besser gehen«, sagte er. »Es war ein Irrtum.«

»Hast du Angst?«

Die Frage war im Flüsterton gestellt, aber in seinen Ohren klang es wie Donner. Statt ihn noch mehr anzuspannen, entspannte sie ihn irgendwie. Er grinste. »Ja, ich glaube schon. Hältst du mich jetzt für töricht?«

»Nein«, sagte sie, während ihre Finger sein Hemd aufschnürten und ihre Hände über seine Brust glitten. Er senkte den Kopf und küsste sie. Ihr Mund war warm, der Geschmack ihrer Zunge süß. Sie öffnete seinen Gürtel, und er spürte ihre warmen Hände auf seinen Hüften, die Wärme des Feuers auf der nackten Haut seiner Beine. Sie sank vor ihm auf die Knie und legte ihre Wange an seinen geschwollenen Penis. Sie nahm ihn in die Hand und küßte die Eichel, fuhr mit der Zunge über die Spitze. Er stöhnte, und hörte, wie sie kehlig lachte.

»Hast du immer noch Angst, Connavar?«, fragte sie.

»Nein.« Er bückte sich, nahm sie bei den Armen und zog sie hoch. Eriatha führte ihn zum Bett, und sie legten sich nebeneinander nieder. Conn rollte sich auf sie. Sie schlang ihre Beine geschickt um seine Hüften, und er drang in sie ein. Die Wärme allein war schon wunderbar, aber nichts im Vergleich zu dem Gefühl der Harmonie, das ihn einhüllte. Dies war Vollkommenheit einer Art, die er noch nie erfahren und von der er nicht einmal geträumt hatte. Haut auf Haut, ihre Lippen auf den seinen, ihre Körper in gemeinsamer Bewegung. Versunken in Ekstase begann er, sich schneller und schneller zu bewegen, sein ganzes Sein konzentriert auf die Bewegung, die Wärme und die Feuchtigkeit.

Er hatte kein Gefühl für Zeit oder Raum. Das

Universum war die Hütte, die Welt dieses Bett. Nichts war mehr wichtig – außer dem verzweifelten Bedürfnis, immer härter zuzustoßen. Sein Körper war schweißgebadet. Er stützte sich auf die Ellbogen und stieß ein letztes Mal zu. Er schrie auf, als er kam, dann sank er schwer atmend aufs Bett.

Sie blieben minutenlang schweigend liegen. Dann begann Eriatha seine Brust und seinen Bauch zu streicheln. Seine Erregung kehrte schnell zurück, und er wollte sich wieder auf sie rollen. Sie stieß ihn zurück. »Nein, mein Lieber, jetzt ist es Zeit, mit deiner Lehre zu beginnen. Du hast mir schon gezeigt, dass du rammeln kannst. Und das kannst du gut. Jetzt wollen wir einmal sehen, wie schnell du wirklich lernst.«

»Was muss ich lernen?«, fragte er.

»Den Körper deiner Liebsten so zu behandeln, als wäre er dein eigener. Ihr dasselbe Vergnügen zu schenken, das sie dir schenkt, mit Hand und Mund und Körper. Und Geduld zu haben, Connavar, und Selbstbeherrschung. Wirst du tun können, was ich dir sage?«

Er lächelte. »Warten wir's ab«, sagte er.

»Dann bleiben wir eine Weile liegen und berühren uns nur«, sagte sie. »Und ich zeige dir die Geheimnisse des Spiels.«

Den ganzen Abend lang bis in die Nacht lehrte sie ihn. Er erfuhr nie, dass sie ihren ersten Orgasmus vortäuschte, und ebensowenig, wie erstaunt sie war, als der zweite und dritte vollkommen echt waren.

Schließlich saßen sie auf dem Bett und tranken Apfelwein. »Ich wünschte, es gäbe noch mehr, das ich dich lehren könnte, Connavar«, sagte sie. »Aber wie du versprochen hast – du lernst schnell. Und du wirst deiner Frau große Freude machen. Wer ist die Glückliche?«

»Arian – sie ist die Tochter des Schmieds. Du hast sie bestimmt schon gesehen. Sie hat goldenes Haar und das Gesicht einer Göttin.«

»Ja, ich habe sie gesehen. Sie ist sehr hübsch«, sagte Eriatha, rutschte vom Bett und zog ihr ausgeblichenes blaues Kleid an.

Conn spürte die Veränderung ihrer Stimmung. »Was ist los?«

»Nichts ist los«, antwortete sie. »Aber es ist spät, und es wird Zeit für dich zu gehen.«

»Habe ich etwas Falsches gesagt?«, fragte er. Er stand auf und ging zu seinen Kleidern.

»Dummer Junge«, sagte sie und strich ihm zärtlich übers Gesicht. »Du hast nichts gesagt oder getan, um mich zu kränken. Ganz im Gegenteil, genau genommen. Geh nach Hause und laß mich ausruhen. Du hast mich müde gemacht, und ich brauche meinen Schlaf.«

Conn zog sich an und ging zur Tür. Er nahm ihre Hand und küßte sie. »Ich werde diese Nacht nie vergessen«, sagte er.

»Ich auch nicht. Geh jetzt nach Hause.«

Erst, als er gegangen war und durch den leichten Regen wanderte, fiel ihm ein, dass er ihr die Münze nicht gegeben hatte. Langsam stapfte er zurück zur Hütte und wollte gerade an die Tür klopfen, als er aus der dunklen Hütte Weinen hörte. Es war ein klagender Laut, und mehr noch, vollkommen privat. Leise nahm er drei Silbermünzen aus seinem Beutel und legte sie vor die Tür.

Dann rückte er seine Kapuze zurecht und ging nach Hause.

Als der Sommer verging und das Getreide geschnitten, gedroschen und gelagert worden war, zogen die jungen Männer des Dorfes mit den älteren zusammen in den Hochwald, um die Wintervorräte an Brennholz zu holen. Die kleineren Jungen, die lange Leinensäcke über die Schulter geschlungen hatten, sammelten Zweige für Anmachholz, dann zogen sie die Säcke bergab. Ein paar

Arbeitsgruppen von Erwachsenen wählten die Bäume aus, die gefällt werden sollten, und gingen dann mit Axt und Säge zu Werk. Es gab viele abgestorbene Bäume, die zuerst gefällt und dann von den Ästen befreit wurden, sodass die älteren Jungen die Stämme in Stücke sägen konnten, die sich leicht bergab rollen ließen.

Beiderseits eines gefällten Stammes zogen und schoben Connavar und Braefar eine einen Meter zwanzig lange, zweihändige Säge. Mit bloßem Oberkörper, die gebräunte Haut nass von Schweiß, trieben sie die gezähnte Klinge tief ins Holz. Braefar hatte sich einen alten Lappen um die blasenbedeckte rechte Hand gewunden. Blut sickerte durch das Tuch. Er war ein Jahr jünger als Conn, fast einen Kopf kleiner und zehn Kilo leichter als sein Halbbruder. Es war, als ob die Natur dem Schwertkämpfer Ruathain einen Streich gespielt hätte. Der Sohn des schlanken Varaconn sah Ruathain von Tag zu Tag ähnlicher, groß und stark, jetzt schon erfüllte von gewaltiger Energie und Kraft, während der leibliche Sohn des Schwertkämpfers zartknochig und schwächlich war.

Es war eine Quelle der Beschämung für Braefar, dass er, obwohl er schneller rennen konnte als jeder andere Rigant und so gut schießen konnte wie die meisten, noch immer kein bronzenes Langschwert schwingen oder ein Bullenkalb zu Boden ringen konnte. Seine Haut war weich, und wie hart er auch arbeitete, er bekam keine Schwielen. Jedes Mal, wenn er die Kupfersäge bediente, bluteten seine Hände.

Die beiden jungen Männer hatten den ganzen Vormittag gearbeitet, und als die Sonne sich ihrem Zenit näherte, legten sie die Zweimannsäge beiseite und setzten sich in den Schatten einer großen Eiche, um zu essen. Einzelne Wolken zogen über den blauen Himmel und malten Schattenflecken in das grüne Tal, und um die Gipfel des Druagh hingen dunklere Wolken, die für den späten Nachmittag Regen verhießen.

Die Brüder teilten sich ein Mahl aus Brot und Honig, das sie mit dem kühlen Wasser einer Quelle herunterspülten, die aus einem Felsen in der Nähe sprudelte.

»Du bist heute sehr still«, sagte Conn und goss sich einen Becher Wasser über das schweißnasse rotgoldene Haar.

Einen Augenblick schwieg Braefar, und als er sprach, sah er Conn nicht in die Augen. »Ich glaube, du magst den Fremden mehr als mich«, sagte er. Die Bemerkung überraschte Conn. Sein Halbbruder neigte nicht dazu, sich zu beklagen, und hatte nichts für gefühlsbeladene Auseinandersetzungen übrig. Conn verstand jetzt, warum Braefar in den vergangenen Wochen so distanziert gewesen war.

»Es tut mir Leid, Schwinge«, sagte er. »Du bist mein Bruder, und ich liebe dich von Herzen. Aber Banouin weiß viel von der Welt. Und ich möchte so vieles lernen.«

»Was gibt es denn schon, was er dich lehren könnte?«, antwortete Braefar mürrisch. »Wir lernen, wie man einen Hof führt, wie man reitet, schießt, kämpft. Wir lernen die großen Lieder der Riganten. Was brauchen wir denn noch?«

Conn verzehrte sein letztes Stück Brot, dann leckte er sich den Honig von den Fingern. »Weißt du, was ein *Soldat* ist?«, fragte er.

»Ein Soldat? Nein.«

»Das ist ein Mann, der das ganze Jahr über kämpft.«

»Ein solcher Mann ist ein Idiot«, sagte Braefar. »Wer bearbeitet denn seine Felder, während er kämpft? Wer erntet sein Getreide und füttert sein Vieh?«

»Er hat keinen Hof. Er wird mit Gold bezahlt, um in Kriegen zu kämpfen. Und weil er keinen Hof hat, braucht er am Ende des Sommers auch nicht nach Hause zurückzukehren, um die Ernte einzubringen. Banouins Volk hat ganze Armeen von Soldaten.«

Braefar lachte. »Im Winter müssen sie sich aber sehr

langweilen, wenn alle ihre Feinde nach Hause gegangen sind.«

Conn schüttelte den Kopf. »Ihre Feinde haben kein Zuhause. Denn die Soldaten folgen ihnen, töten sie und übernehmen ihre Länder.«

»Das ist doch albern«, sagte Braefar. »Was will man denn mit Land, das weit entfernt von dem eigenen ist?«

»Banouin sagt, sie zwingen die überlebenden Menschen dazu, dem Eroberer Tribut zu zahlen. Gold oder Getreide oder Holz oder Vieh.«

»Das macht doch immer noch keinen Sinn«, beharrte Braefar. »Man kann auch nur eine bestimmte Menge essen. Und Vieh braucht viel Weideland. Wenn jemand Vater tausend Stück Vieh böte, würde er ablehnen. Wir hätten nicht genug Gras für sie.«

Conn lachte leise. »Es ist kompliziert, ich verstehe es selbst nicht ganz. Aber diese Soldatenarmeen marschieren in ein Land und erobern es. Die Beute, die sie machen, schicken sie zurück in die Städte aus Stein, in denen ihre Herrscher leben. Mit dieser Beute schaffen sie mehr Soldatenarmeen und erobern noch mehr Länder. Sie bauen mehr Städte, die durch große steinerne Straßen miteinander verbunden sind.«

»Steinerne Straßen? Du machst dich über mich lustig.«

»Nein«, widersprach Conn. »Banouin sagt, es gibt eine Straße aus Stein in dem Land jenseits des Wassers, die sich über mehr als hundert Kilometer zieht. Und über die Flüsse werden steinerne Brücken gebaut.«

»Ich glaube kein Wort davon«, höhnte Braefar. »Wer ist denn so verrückt, eine Straße aus Stein zu bauen? Und warum?«

»Damit Fuhrwerke und Armeen schneller vorankommen.«

»Ich glaube, er hat dich auf den Arm genommen, Conn«, sagte Braefar und stand auf. »Komm, zurück an die Arbeit.«

»Was macht deine Hand?«

»Tut weh, aber wenn wir fertig sind, wird sie nicht mehr so weh tun.«

Conn ging zu seinem Bruder und legte die Arme um Braefars schmale Schultern. »Du bist mein Bruder und mein bester Freund, Schwinge. Und ich lasse nicht zu, dass jemals etwas zwischen uns tritt.«

Braefar lächelte gezwungen. Banouin war zu seiner jährlichen Reise nach Süden aufgebrochen, und erst jetzt war Conn wieder für ihn da. Eine Wolke schob sich vor die Sonne, und die Lichtung lag plötzlich im Schatten. Braefar machte sich aus Conns Umarmung frei und ging wieder zur Säge. Bei der Arbeit fand er es schwierig, seinen Schwermut zu verdrängen. Die vergangenen Jahre waren schmerzlich für ihn gewesen, als er zusehen musste, wie sein Vater bitter wurde und seine Mutter immer kühler. Jetzt hatte sich Conn mit dem Fremden angefreundet, und Braefar fühlte sich aller Freunde beraubt. Vor allem, seit er das Mittsommer-Rennen gewonnen hatte. Govannan und seine Freunde sprachen seitdem kein Wort mehr mit ihm.

Die Brüder arbeiteten noch zwei Stunden, dann versagten Braefars Kräfte. Seine Arme fühlten sich an, als ob sie mit Stöcken geprügelt worden wären, und die Gelenke in seinen Schultern brannten. Keiner der anderen Jugendlichen hatte aufgehört zu arbeiten, und Braefar hatte viel länger weitergemacht, als er eigentlich hätte tun sollen. Die Säge bewegte sich immer langsamer. Endlich ließ er los und stand beschämt da. Conn wischte sich den Schweiß von der Stirn und sprang über den dicken Stamm.

»Setz dich. Ich massiere dir die Muskeln.«

»Ich komme mir vor wie ein Idiot«, flüsterte Braefar.

»Unsinn. Die meisten Jungs deiner Größe sammeln Anmachholz. Du hast die Arbeit eines Mannes getan, und du hast sie gut getan.« Conns Hände legten sich auf seine Schultern. Braefar spannte sich, doch die Berührung war sanft, ebenso wie das langsame Kneten, das Conn folgen ließ.

Ein leichter Sprühregen fiel auf die Lichtung, und die Arbeiter ringsum machten eine Pause. Braefars Verärgerung wuchs. Hätte er nur noch ein paar Augenblicke länger durchgehalten, hätte niemand gesehen, wie er versagte.

Auf dem Hang unterhalb von ihnen sah er die Dorfmädchen, die zu ihnen emporstiegen und Körbe mit Essen und Krüge voll Apfelsaft dabei hatten. Conns Finger wurden noch langsamer, er wurde abgelenkt. Braefar schaute hoch. Sein Bruder starrte zu den Mädchen hin. Braefars Augen waren nicht sehr gut, und er konnte noch keine Gesichter unterscheiden. »Ist sie dabei?«, fragte er.

»Ja, sie ist dabei«, flüsterte Conn und setzte sich neben ihn. Als die Mädchen näher kamen, sah Braefar sie. Arian unterhielt sich mit ihrer dunkelhaarigen Schwester Gwydia, und beide Mädchen lachten. Der Regen ließ nach, die Sonne brach durch die Wolken. Arians helles Haar schimmerte im Sonnenlicht golden. Es war wie Zauberei.

»Sie ist so schön«, sagte Conn. Ein paar der Mädchen gingen zu ihren Brüdern, andere zu ihren Liebsten. Die übrigen sammelten sich inmitten der Lichtung und stellten ihre Körbe ab. Arian sah sich kühl um, ihr Blick glitt über zwei Jungen. Conn fluchte. »Sie ignoriert mich noch immer.«

»Warum sollte sie?«

»Ich sollte sie vor drei Tagen treffen, doch Ruathain hörte, dass auf der Hochweide Spuren eines Wolfes gesehen wurden, und so ritten wir hin, um es zu prüfen. Ich war nur eine Stunde zu spät, aber sie war nicht mehr am Treffpunkt. Seitdem meidet sie mich.«

»Sollen wir uns was zu essen holen?«, fragte Braefar, der gern das Thema wechseln wollte.

»Nein. Ich bin nicht hungrig.« Conn stand auf und ging zur Quelle.

Sobald er fort war, schlenderten Arian und Gwydia herbei.

»Deine Hand blutet«, sagte Gwydia und setzte sich auf den gefällten Stamm.

»Das heilt schon wieder«, sagte Braefar. Ein Schatten huschte über die Lichtung. Als Braefar aufschaute, sah er eine Krähe heranschießen. Der Vogel breitete seine Schwingen aus, um seinen Flug abzubremsen, und ließ sich auf einem Ast am Waldrand nieder.

»Sie wartet auf ein paar Brosamen«, sagte Arian. Sie nahm das Tuch von ihrem Korb, nahm ein Stück Apfelkuchen heraus und reichte es Braefar.

»Das ist eigentlich meiner«, sagte Govannan, der über die Lichtung marschiert kam. »Wieso gibst du mein Essen weg?« Er war hoch gewachsen, breitschultrig, mit kantigem Kinn und tiefliegenden dunklen Augen, die immer zornig funkelten.

»Gwydia hat unser Essen«, sagte Arian. »Meria bat mich, den Korb für Connavar und Schwinge mitzunehmen.«

»Dann hättest du mir mein Essen zuerst bringen sollen«, rief Govannan und entriß Gwydia den Korb. »Männer sollten ihr Essen vor den Kindern bekommen. Stimmt das nicht, kleine Schwinge?«

Braefar versuchte, eine versöhnliche Miene aufzusetzen. Govannan war zwei Jahre älter und beträchtlich größer als er. Außerdem war er notorisch aufbrausend.

»Lass ihn in Ruhe«, sagte Gwydia, und Braefars Herz sank. Warum konnten Mädchen das nie verstehen? Govannan *hätte* ihn in Ruhe gelassen, aber jetzt hatte sich ein weibliches Wesen eingemischt, und das verpflichtete ihn weiterzumachen.

»Was habe ich denn gesagt?«, fragte Govannan. »Doch nichts anderes als die Wahrheit, oder? Seht ihn doch an.

Er sieht aus wie ein Mädchen, und seine arme kleine Hand blutet.«

»Was nur zeigt, wie hart er gearbeitet hat«, sagte Arian. Ihre hellblauen Augen wurden zornig.

Sei doch bitte still, dachte Braefar. Du machst alles nur noch schlimmer!

»Vielleicht habe ich ihm Unrecht getan«, sagte Govannan. »Vielleicht ist er wirklich ein kleines Mädchen.«

Er packte Braefar am Kragen und zog ihn hoch. Er ergriff die Durchzugkordel von Braefars Beinlingen und zog sie herunter. Govannan lachte grausam. »Nein, er ist kein Mädchen, aber er hat auch keine Haare wie ein Mann.« In diesem Augenblick wurde Govannan herumgewirbelt, und Conns Faust knallte ihm ins Gesicht. Blut spritzte aus der Platzwunde am Wangenknochen. Govannan wurde von den Füßen gerissen. Er rollte sich im Gras und stemmte sich hoch, die Fäuste geballt.

Dann griff er an. Conn wich aus und hieb ihm eine kraftvolle Linke ans Kinn. Govannan ging wieder zu Boden. Er erhob sich langsamer und rückte vorsichtig vor. Braefar, zu Tode beschämt, zog seine Hosen hoch und ging davon. Gwydia lief ihm nach.

»Ich entschuldige mich für meinen Bruder«, sagte sie. »Manchmal ist er wirklich ein Idiot!«

»Du bist schuld daran, du Dummkopf!«, tobte Braefar. »Und jetzt laß mich in Ruhe.«

Auf der Lichtung war Govannan inzwischen viermal zu Boden geschickt worden, doch er stand immer wieder auf. Ein Auge war bereits fast zugeschwollen, seine Lippen bluteten. Bislang hatte er noch keinen einzigen Schlag landen können. Wieder schlug Conn ihn, eine gerade Linke, die ihn bis zu den Stiefeln erschütterte. Er schwankte, fiel jedoch nicht. So plötzlich, wie er aufgeflammt war, verrauchte Conns Zorn wieder. Er trat vor und legte die Arme um seinen Gegner. »Das reicht, Van«, sagte er. »Gib auf.«

Govannan stieß mit dem Kopf nach Conn und traf ihn oberhalb des Auges. Blut schoß hervor, und er wich zurück. Govannan traf ihn mit einer Rechten, dann mit einer Linken. Conn taumelte, dann knallte er Govannan einen wilden Haken ins Gesicht, gefolgt von einem rechten Schwinger, der ihn der Länge nach ins Gras warf. Govannan, dessen Kraft praktisch aufgezehrt war, stemmte mühsam die Arme unter sich und kam langsam auf die Knie. Mit zitternden Beinen stolperte er vorwärts und versuchte zuzuschlagen. Dabei fiel er um. Conn fing ihn auf und legte ihn nieder. Arian und Gwydia knieten neben ihm und tupften seine Wunden mit Leintüchern ab. Arian warf Conn einen wütenden Blick zu. »Du bist ein bösartiger Schläger«, sagte sie.

Wut kochte in Conn hoch, doch er antwortete nicht. Stattdessen stand er auf und stapfte davon in den Wald.

Über ihm glitt die schwarze Krähe dahin.

Kapitel 4

Connavars Laune war mörderisch. Er schob herabhängende Zweige beiseite und bahnte sich einen Weg durchs Unterholz. Es war alles Arians Schuld! Sie hätte ihn nicht einfach ignorieren dürfen. Es war zumindest unhöflich. Das allein entzündete schon seinen Zorn. Als Govannan dann auch noch Schwinge beschämte, traf der Funke auf trockenen Zunder und loderte auf.

Conn kam auf einen schmalen Wildpfad und wanderte bergauf, umging nach rechts eine Felswand und hielt dann auf die Riguan-Fälle zu. Ein Bad, entschied er, würde seine Stimmung kühlen. Blut rann ihm ins Auge, und er presste seine Finger auf die Platzwunde an der Stirn und übte so lange Druck aus, bis die Blutung aufgehört hatte.

Aus dem Augenwinkel sah er am Waldrand eine Bewegung, eine schwarze Krähe fiel plötzlich zu Boden, wie von einem Pfeil getroffen. Gespannt ging er nach links und schob sich durch das lichter werdende Unterholz.

Eine alte Frau, in eine uralte grüne Stola gehüllt, saß in einem grauen Korbstuhl. Auf ihren Knien lag ein kleines Fischernetz, das sie flickte. Conn sah sich nach einem Haus oder einer Hütte um. Aber da war nichts. Vielleicht lebte sie in einer der Höhlen, überlegte er. Er wunderte sich, dass er sie zuvor nicht gesehen hatte.

»Danus Grüße«, sagte er. Sie sah nicht von ihrer Arbeit auf.

»Möge Taranis niemals auf dich herablächeln«, erwiderte sie. Ihre Stimme war trocken und heiser. Es war eine merkwürdige Antwort, doch Conn teilte die Hoffnung. Wer wollte schon, dass der Gott des Todes auf einen herablächelte?

»Kann ich dir Wasser holen, Alte?«

Ihr Kopf fuhr hoch, und er sah in die dunkelsten Augen, die er je gesehen hatte, Pupillen und Iris gingen völlig ineinander über, sodass sie aussahen wie polierte schwarze Kieselsteine. »Ich brauche kein Wasser, Connavar. Aber es war nett von dir zu fragen.«

»Woher weißt du, wer ich bin?«

»Ich weiß viele Dinge. Was willst du?«

»Ich verstehe dich nicht.«

»Doch, natürlich tust du das«, tadelte sie und legte das Netz beiseite. »Jeder Mensch hat einen geheimen Wunsch. Wie lautet der deine?«

Er zuckte die Achseln. »Glücklich zu werden, vielleicht. Viele starke Söhne und eine Handvoll schöner Töchter zu haben. Alt zu werden und meine Söhne und deren Söhne aufwachsen zu sehen.«

Sie lachte verächtlich, und es klang wie eine Säge, die sich in totes Holz frisst. »Du hast dir deine Wünsche aus dem allgemeinen Fass geholt. Das ist nicht, was du in deinem Herzen wünschst, Schwert im Sturm.«

»Warum habe ich dich noch nie gesehen? Wo lebst du?«

»In der Nähe. Und ich habe dich gesehen, wie du im See geschwommen, von den Fällen gesprungen und mit deinem Halbbruder durch den Wald gerannt bist. Du steckst voller Leben, Connavar, und das Schicksal ruft dich. Was willst du antworten?«

Er schwieg einen Augenblick. »Bist du eine Hexe?«

»Keine Hexe«, sagte sie. »Das kann ich dir versprechen. Sage mir, was du dir wünschst.«

Hinter sich hörte er eine Bewegung, und Conn fuhr herum. Dort stand Vorna, die Hexe der Riganten. Sie hielt die Hände ausgestreckt vor sich gekreuzt, als wolle sie einen Schlag abwehren. Aber sie sah nicht ihn an. Sie starrte die alte Frau an. »Komm' mit mir zurück, Conn«, sagte sie. »Komm hier weg. Antworte nicht auf ihre Fragen.«

»Hast du Angst, deinen Wunsch zu äußern, *Knabe?*«, fragte die Alte, ohne auf Vorna zu achten.

Conn hatte tatsächlich Angst, wenn er auch nicht wusste, weshalb. Aber wenn ihn Angst überkam, dann immer gepaart mit Wut. »Ich fürchte nichts«, sagte er.

»Conn! Sprich nicht mit ihr«, warnte Vorna.

»Sag' es mir!«, kreischte die alte Frau.

»Ich wünsche mir Ruhm!«, rief er zurück.

Ein kühler Wind fuhr über die Lichtung, ein helles Licht blitzte vor seinen Augen auf. Er wich blinzelnd zurück.

»Und du wirst ihn bekommen«, flüsterte eine Stimme in seinem Kopf.

»Du hättest nicht sprechen sollen«, sagte Vorna traurig. Conn rieb sich die Augen und schaute in das blasse Gesicht der Hexe. Ihr langes Haar mit den weißen Strähnen war verfilzt, ihr Umhang schlammbespritzt und von den Jahren ausgefranst. Sie sah aus, als wäre sie müde bis ins Mark.

Conn blickte zu der Alten. Doch sie war fort.

Da stand kein Korbstuhl mehr, nur ein alter, verfaulender Baumstumpf, kein Fischernetz. Aber zwischen dem Baumstumpf und einem Busch in der Nähe war ein riesiges Spinnennetz gespannt, auf dem der Tau im Sonnenschein glitzerte.

Die Angst vor dem Übernatürlichen legte sich wie ein Winterhauch auf ihn. »Wer war das?«, flüsterte er und wich von der kleinen Lichtung zurück.

»Es ist besser, wenn wir ihren Namen nicht aussprechen. Komm mit, Connavar. Wir reden an einem sicheren Ort miteinander.«

Vorna lebte in einer Höhle anderthalb Kilometer vom Wasserfall entfernt. Sie war groß und geräumig, mit dicken Fellen auf dem Boden und gut gezimmerten Regalen, die die westliche Wand säumten. Ein schmales Bett mit einer Decke aus Schafsfellen stand darin sowie zwei einzelne, aus Ulmenholz gebaute Stühle. Aus der hinteren Wand entsprang eine Quelle, die in ein tiefes Becken plätscherte, und die Sonne schien durch drei natürliche Fenster im Fels herein, sodass goldene Strahlen die Düsternis über ihren Köpfen durchdrangen wie Deckenbalken aus Gold.

Conn war nervös, als er der Hexe hinein folgte. Nach seinem Wissen war noch nie ein männliches Wesen der Rigante im Heim von Vorna der Hexe gewesen. Als sich seine Augen an das Dämmerlicht gewöhnt hatten, sah er, dass einige der Regale mit Töpfen und Gläsern angefüllt waren, während andere Kleidungsstücke bargen, die sorgsam zusammengefaltet waren. Die Höhle war aufgeräumt und überraschend frei von Staub. An einer Wand lehnte ein Besen, und an dem Felsenbecken standen zwei Eimer und ein Mop. Conn sah sich um. Vorna setzte sich auf einen der Stühle. »Was hattest du erwartet?«, fragte sie. »Getrocknete Menschenschädel? Knochen?«

»Ich weiß nicht, was ich erwartet habe, aber das hier nicht«, gab er zu.

»Setz dich, Connavar. Wir müssen miteinander reden. Hast du Hunger?«

»Nein«, sagte er rasch, da er nicht darüber nachdenken wollte, was sie wohl in ihrer Speisekammer haben mochte. Er setzte sich ihr gegenüber.

»Die Frau, die du gesehen hast, ist ein Geist – eine Seidh-Göttin, wenn du so willst. Hör' mir gut zu, und wenn du errätst, wer sie ist, sprich ihren Namen nicht laut aus. Der Name allein bringt schon Unglück. Wie du weißt, gibt es drei Todesgöttinnen. Sie war eine davon. Manchmal erscheint sie als alte Frau, manchmal sieht man eine Krähe in der Nähe. In der Seelenwelt und ihrer Magie ist sie die am wenigsten mächtige der Älteren Geister, aber wenn es sich um die Erdwelt und die Angelegenheiten der Menschen handelt, ist sie das boshafteste aller Wesen. Ich wusste, dass sie an dir interessiert war, als ich die Krähe über dem Haus deines Vaters Varaconn kreisen sah, in der Nacht deiner Geburt. Sie rief in jener Nacht den Sturm herbei, den Sturm, der die Klinge zerstörte, die Varaconns Leben gerettet hätte. Ich sah sie wieder an dem Tag, an dem deine Mutter jene schrecklichen Worte zu Ruathain sagte. Du siehst, Connavar, sie stiftet Unheil und bricht Herzen. Wenn sie in der Nähe ist, werden dunkle Taten ersonnen, wo vorher nur Licht und Lachen war. Du kennst ihren Namen?«

Conn nickte. Alle Kinder der Riganten kannten Morrigu, die Alptraumbringerin.

»Wie kannst du so sicher sein, dass sie es war?«, fragte er.

Sie seufzte und lehnte sich in ihrem Stuhl zurück. »Ich bin eine Hexe. Es ist meine Gabe, solche Dinge zu wissen. Du hättest nicht von deinem tiefsten Wunsch zu ihr sprechen sollen. Sie hat die Macht, ihn zu erfüllen.«

»Warum wäre das denn so schrecklich?«

»Vor langer Zeit betete einmal eine Frau zu ihr und bat darum, von dem schönsten Mann der Welt geliebt zu werden – einem reichen Mann, freundlich und liebevoll. Der Wunsch wurde ihr erfüllt. Er liebte sie. Doch er war bereits verheiratet, und die Brüder der Braut ritten zu ihrer Hütte und hieben sie in Stücke und den Mann mit ihr. Verstehst du jetzt?«

»Ich bat um Ruhm. Es gibt keinen Preis, den ich nicht bereit wäre, dafür zu zahlen.«

Verärgerung blitzte kurz in Vornas schmalem Gesicht

auf. »Bist du wirklich so dumm, Connavar? Welchen Wert hat Ruhm? Ernährt er eine Familie? Bringt er dir Frieden mit dir selbst? Ruhm ist flüchtig. Er ist eine Dirne, die von einem jungen Mann zum nächsten zieht. Erzähl' mir von Calavanus.«

»Er war ein großer Held in den Tagen meines Großvaters«, sagte Conn. »Ein mächtiger Schwertkämpfer. Er führte die Riganten gegen die Seewölfe. Er tötete ihren König im Zweikampf. Er besaß ein Schwert, das flammte wie Feuer. Er hatte Ruhm.«

»Ja, allerdings«, fauchte sie. »Dann wurde er alt und gebrechlich. Er verkaufte sein Schwert an einen Kaufmann, um sich etwas zu essen kaufen zu können. Seine Frau verließ ihn, seine Söhne ebenfalls. Als ich ihn das letzte Mal sah, weinte er in seiner Hütte und redete immer noch von den Tagen des Ruhms.«

Conn schüttelte den Kopf. »Ich werde nicht so wie er. Und auch nicht so wie Varaconn. Meine Feinde werden nie meinen Rücken sehen, und niemand wird auf meinen Namen spucken. Banouin hat mir ein Schwert aus Eisen versprochen. Ich werde es in die Schlacht tragen. Das ist mein Schicksal.«

»Ich weiß etwas von deinem Schicksal, Connavar, nur ein wenig, aber genug, um dich zu warnen. Du musst dir ein höheres Ziel suchen als reinen Ruhm. Wenn nicht, wirst du nichts anderes sein als ein weiterer Schwertkämpfer wie Calavanus.«

»Vielleicht ist das genug für mich«, sagte er stur.

»Es wird nicht genug für dein Volk sein.«

»Mein Volk?« fragte er, jetzt verwirrt.

Sie schwieg eine Weile, stand auf und ging zu der gemauerten Feuerstelle. Das Licht vor den Fenstern verblaßte, und sie bereitete ein Feuer vor, zündete es jedoch nicht an. »Im vergangenen Jahr«, sagte sie, »griff ein Wolfsrudel eine Löwin mit fünf Jungen an. Sie hat mit großer Wildheit gekämpft und die Wölfe von ihren Jungen weggeführt. Sie war bereit zu sterben, um ihre Kinder zu retten. Aber sie starb nicht, obwohl sie schwer verwundet wurde. Sie tötete sieben der Wölfe. Aber vier andere hatten sich hinter sie geschlichen. Als sie zurück in ihre Höhle hinkte, waren ihre Jungen tot und verschlungen. Nun könnte man behaupten, dass sie großen Ruhm erworben hatte. Aber was war er wert? Ihre Verletzungen bedeuteten, dass sie keine Jungen mehr bekommen konnte. Sie war die letzte ihrer Linie – eine Linie, die sich bis zu den ersten Tagen zurückerstreckte. Glaubst du, sie scherte sich darum, dass sie sieben Wölfe getötet hatte, dass ihr Mut wie ein Leuchtfeuer strahlte?«

Vorna machte eine Geste mit der rechten Hand. Das Feuer entflammte zu Leben und ließ Schatten über die Wände tanzen. Mit einem Seufzer stand sie auf und ging zur westlichen Wand. Sie nahm eine kleine Schachtel aus dem ersten Regal und öffnete sie. Sie nahm eine dünne Goldkette heraus, an der ein kleiner roter Opal hing. »Komm her zu mir«, befahl sie. Conn gehorchte. Er konnte Holzrauch an ihrer verblichenen Kleidung riechen, gemischt mit dem süßen Duft von Lavendel und Zitronenminze. In diesem Augenblick verging die Angst vor ihr. Und er spürte, mit plötzlicher Gewißheit, dass Vorna nicht nur die Hexe war, die jedermann fürchtete. Sie war auch eine einsame, alternde Frau voll unerfüllter Sehnsüchte und weit entfernt davon, glücklich zu sein.

Er sah ihr in die leuchtend blauen Augen. »Ich danke dir, dass du mir hilfst«, sagte er. Sie nickte und sah ihm ins Gesicht.

»Ich brauche dein Mitleid nicht, Kind«, sagte sie leise, »aber ich begrüße die Freundlichkeit, der es entspringt.« Sie legte ihm die goldene Kette um den Hals. »Dieser Talisman wird dich vor ihr schützen. Aber nichts, was ich tun kann, wird sie daran hindern, die Menschen in deiner Umgebung zu manipulieren. Zeig' mir das Messer, Connavar.«

Er zuckte innerlich zusammen. Sie hatte nicht gesagt, *dein* Messer, sondern *das* Messer. wusste sie etwa …?

Langsam zog er die silberne Klinge aus der Scheide, die er gemacht hatte. Sie nahm sie in ihre dünnen Fingern. »Du wurdest unter einem Glücksstern geboren«, sagte sie. »Hättest du das Rehkitz nicht gerettet, wärst du in dem Wald gestorben, das Blut wäre aus deinen Adern geströmt. Hast du vermutet, dass das Wesen ein Seidh war?«

»Nein.«

»Nein«, wiederholte sie. »Sie hätten es gewusst. Deine Gedanken wären für sie laut gewesen wie die Dudelsackpfeifen. Sie sind ein magisches Volk. Sie töten ohne Gnade, manchmal mit entsetzlichen Torturen. Und doch können sie ein dummes Kind am Leben lassen, weil es ein Rehkitz rettet. Und es sogar noch belohnen.« Mit einem Seufzer gab sie ihm das Messer zurück. »Geh nach Hause, Connavar, und denk über das nach, was ich dir gesagt habe.«

Alle sagten, dass Riamfada ein glücklicher Junge sei, immer lächelnd trotz seiner Behinderung. Frauen priesen die Broschen und Armreifen, die er fertigte, Männer bewunderten die Schwertgriffe und Gürtelschnallen, die er aus Bronze goss und manchmal aus Silber. Sein Vater, Gariapha, der Goldschmied, war stolz auf seinen Sohn und lobte ihn ständig. Das sprach sehr für Gariapha, denn nicht viele Männer, deren Sohn sie in den Schatten stellte, empfanden so großzügig.

Mit siebzehn Jahren hatte Riamfadas Kunst seine Familie beinahe wohlhabend gemacht. Banouin der Fremde hatte seine Arbeiten mitgenommen und jenseits des Wassers verkauft – zu Preisen, die Riamfada geradezu fabelhaft erschienen. Diese Gewinne versetzten ihn in die Lage, jetzt mit kleinen Goldmengen zu arbeiten.

Der Junge war im Jahr der Krüppel geboren, als zwei

von drei Riganten-Babys gelähmt oder tot zur Welt kamen. Wie es der Brauch war, wurden die behinderten Kinder auf einen Berg gelegt, um in der Nacht zu sterben. Als einziger von den Missgebildeten und Verkrüppelten war Riamfada nicht gestorben.

Seine Mutter, Wiocca, war bei Tagesanbruch zu ihm gegangen, hatte ihn an sich gedrückt und an ihre Brust gelegt, damit er saugen konnte. Alle dachten, sie hätte den Verstand verloren. Doch sie achtete nicht auf sie. Der Rat debattierte über ihr Verhalten und rief Gariapha auf, um Zeugnis abzulegen. Der kahl werdende, rundschultrige Kunsthandwerker stand vor ihnen und verteidigte das Recht seiner Frau, ihren Sohn zu nähren. »Er wurde in die Hände der Götter gelegt«, sagte er. »Sie haben sein Leben nicht genommen«, sagte Gariapha. »Jetzt gehört sein Leben ihr.«

»Wie kann er je seinen Beitrag für die Riganten leisten?«, fragte der Baron.

»Genau wie ich«, antwortete Gariapha. »Ich brauche keine Beine, um Broschen zu fertigen.«

Auf Bitten des Rates hatte der Baron Vorna aufgesucht und um eine Prophezeiung gebeten. Sie weigerte sich. »Ihr könnt zu mir kommen, wenn das Volk in Gefahr ist«, sagte sie. »Dieses Kind stellt für niemanden eine Bedrohung dar.«

Der Rat hatte bis spät in die Nacht debattiert. Noch nie hatte ein so ernsthaft verkrüppeltes Kind am Leben bleiben dürfen, und es gab keinen Fall, auf den man sich berufen konnte. Endlich, als Riamfadas zweiter Lebenstag anbrach, fällten sie ihr Urteil – mit elf zu zehn Stimmen – für Wioccas Recht, ihren Sohn aufzuziehen.

Als Riamfada sechs war, zeigte er bereits große Kunstfertigkeit in der Bearbeitung von Wachs und dem Vorbereiten von Gussformen. Er hatte ein gutes Auge, geschickte Finger und ein schöpferisches Talent, um das sein Vater ihn nur beneiden konnte. Mit zehn entwarf er komplizierte Muster und Knoten und schuf Broschen von exquisiter Schönheit. Jeden Tag trug Gariapha ihn zu seiner Werkstatt und setzte ihn auf einen hochlehnigen Stuhl. Eine Wolldecke bedeckte seine verkümmerten, nutzlosen Beine, und ein langer Gürtel, der um seine zerbrechliche, magere Gestalt geschlungen wurde, hielt ihn in seiner Stellung. Dann beugte er sich vor und begann zu arbeiten.

Und, wie jedermann beobachten konnte, war Riamfada immer glücklich.

Das stimmte natürlich nicht. Er erlebte nur selten wahre Freude – nicht einmal, wenn er kostbare Stücke schuf, die jeden bewundernd nach Luft ringen ließen. Riamfada war niemals wirklich zufrieden mit seinen Entwürfen, und das war zum Teil der Quell seines Genies.

Aber hätte ihn jemand gefragt, was sein erster großer Augenblick der Freude gewesen war, hätte er ihm von dem Tag vor einem Jahr erzählt, als er in den Bergen lief und lernte, im Teich unterhalb der Riaguan-Fälle zu schwimmen.

Er hatte an seiner Werkbank gearbeitet, als ein Schatten über ihn fiel. Er drehte sich zum Fenster und sah einen breitschultrigen Jungen mit seltsamen Augen, eins grün, eins goldbraun.

»Ich bin Connavar«, sagte er. Riamfada hatte gewusst, wer er war. An warmen Tagen trug Gariapha ihn hinaus ins Freie vor der Werkstatt, und dort nahmen Vater und Sohn im Sonnenschein ihre Mahlzeiten ein. Oft sah Riamfada die Dorfjungen rennen und spielen. Nie kam einer auf ihn zu.

»Ich bin Riamfada. Was willst du?«

»Ich war neugierig, dich kennen zu lernen«, antwortete Connavar. »Jeder spricht von dir.«

»Nun, jetzt hast du mich gesehen«, sagte Riamfada. Er wandte sich wieder seiner Arbeit zu, tauchte seine Bürste in die Mischung und trug sie auf das geformte Wachs auf.

»Was machst du da?«

»Ich trage eine Mischung aus Kuhdung und Lehm auf das Wachs auf.«

»Warum?«

»Auf diese Weise baue ich allmählich eine Hülle um das Wachs. Wenn sie dick genug ist, brenne ich sie. Dann schmilzt das Wachs fort und ich habe eine Form, in die ich Bronze oder Silber gießen kann.«

»Ich verstehe. Das muss viel Zeit kosten.«

»Ich habe Zeit.«

Connavar schwieg einen Augenblick. »Ich gehe zum Wasserfall«, sagte er, »zum Schwimmen.«

»Gut. Ich hoffe, du hast Spaß.«

»Würdest du gern mitkommen?«

Riamfada setzte ein strahlendes Lächeln auf. »Das wäre schön. Geh nur voraus. Ich mache das hier fertig, dann laufe ich dir hinterher.«

»Du kannst nicht laufen«, sagte Connavar, ohne auf den Sarkasmus zu achten. »Aber warum solltest du nicht schwimmen? Dazu gehört nur, sich treiben zu lassen und die Arme zu bewegen. Und ich bin stark. Ich kann dich zum Wasserfall tragen.«

»Warum? Warum solltest du das für mich tun?«

»Warum nicht?«, entgegnete Connavar.

»Du kennst mich doch nicht. Wir sind keine Freunde.«

»Das stimmt, aber wie soll man jemanden kennen lernen, wenn man nicht mit ihm redet? Komm' mit mir. Lerne schwimmen.«

»Ich glaube nicht, dass das geht.«

»Es ist sehr schön dort – die Sonne auf dem Wasser, die silbrigen Fische, die Weiden. Hast du Angst?«

»Ja«, gestand Riamfada.

»Wovor?«

»Dass es mir Spaß macht. Dass ich dort glücklich bin.«

»Du hast Angst davor, glücklich zu sein?«, fragte Connavar erstaunt.

»Geh. Lass' mich in Ruhe«, sagte Riamfada.

Aber Connavar ging nicht. Er schwieg einen Moment. »Ich verstehe«, sagte er. »Du hast Angst, dass ich deiner überdrüssig werde und dich nie wieder dorthin trage.«

Jetzt war es an Riamfada, erstaunt zu sein. »Das hast du sehr gut erkannt.«

Gariapha, der im Hintergrund gelauscht hatte, kam nach vorn. »Du solltest ja sagen, mein Sohn. Er hat recht. Es ist wirklich sehr schön dort.«

Riamfada sagte nichts, sondern wandte sich wieder seiner Arbeit zu. Gariapha ging zu seinem Sohn und legte ihm die Hand auf die Schulter. »Hör mir zu, Junge. Ich war schon nicht mehr der Jüngste, als du geboren wurdest. Ich hatte nie die Kraft, dich in die Berge zu tragen. Obwohl ich wünschte, ich hätte es versucht. Geh mit ihm. Mir zuliebe.«

Der gequälte Junge starrte Connavar an. »Wie alt bist du?«, fragte er plötzlich.

»Fast sechzehn«, antwortete Connavar.

»Warum dann jetzt? Wo warst du in den vergangenen sechzehn Jahren? Wusstest du nicht, dass ich hier war?«

»Doch. Aber – um ehrlich zu sein – ich habe nie viel über dich nachgedacht. Das tut mir Leid. Dann bin ich letzte Woche mit meinem Bruder Braefar zum Wasserfall gegangen. Wir unterhielten uns und er erwähnte dich. Er sagte, es wäre ein Jammer, dass du nicht laufen könntest und überlegte, ob du wohl schwimmen könntest. Ich habe in den letzten Tagen darüber nachgedacht. Es wäre einen Versuch wert.«

»Wenn dein Bruder daran gedacht hat, warum ist er dann nicht hier?«

Connavar grinste. »Mein Bruder ist der Denker in unserer Familie. Viele gute Ideen. Wie man auf einfachere Weise das Haus säubern oder Kaninchen fangen oder Pferde zähmen kann. Aber es bleibt immer anderen überlassen, seine Ideen in die Tat umzusetzen. Er hat meist zu viel damit zu tun, neue Ideen auszubrüten. Also, willst du nun mitkommen?«

»Ja«, antwortete Riamfada. »Aber … du musst noch ein paar Dinge wissen. Erstens, ich habe keine Kontrolle über meinen Darm und meine Blase. Ich trage Einlagen, aber manchmal lecken sie.« Er wusste, dass er beim Sprechen rot wurde, aber er dachte, besser jetzt davon reden, als sich später schämen zu müssen.

»Mach' dir keine Sorgen«, sagte Connavar. »Ich versichere dir, dass stört mich nicht. So, ich habe etwas zu essen und trinken in meinem Beutel und bin stark wie ein Ochse. Wir sollten jetzt gehen. Die Sonne steht hoch und scheint warm, das Wasser ist kühl.«

Er hatte nicht gelogen, als er sagte, er wäre stark wie ein Ochse. Er trug Riamfada fast fünf Kilometer weit, ehe sie die letzte Anhöhe vor dem Wasserfall erreichten. Dann, in flachem Gelände, begann er zu laufen. Es war herrlich für den jungen Goldschmied, sich zum ersten Mal in seinem Leben schnell zu bewegen, hoch zu sein, höher als der größte Mann.

Connavar wurde langsamer, als sie den Abhang erreichten und suchte sich sorgfältig seinen Weg zum Teich. Es war so ziemlich der schönste Anblick, den Riamfada je gesehen hatte. Hundert Meter klaren blauen Wassers, das unter dem Wasserfall weiß schäumte. Auf der anderen Seite ließen Weiden ihre Zweige bis in den Teich hängen, und leuchtend bunte Vögel flogen durch die Luft. Connavar ließ ihn hinunter und setzte sich mit dem Rücken an einen Baumstumpf ins Gras. Der Jüngere streifte Hemd, Stiefel und Beinlinge ab. Riamfada sah, dass der Rücken seines grünen Hemdes von Urin durchnäßt war.

»Keine Sorge«, sagte Connavar grinsend. »Wir waschen es im Teich. Jetzt lass' uns deine Sachen ausziehen.«

Die nächsten beiden Stunden lang erfuhr Riamfada eine unglaubliche Freude. Zuerst hatte er Angst, dass das

Wasser über ihm zusammenschlagen würde, doch Connavar hielt ihn fest und befahl ihm, tief zu atmen. »Die Luft in deinen Lungen hält dich über Wasser«, versprach er. »Wenn du ausatmen musst, dann langsam und gleichmäßig, und dann schnell einatmen.«

Am Ende der zwei Stunden war Riamfada erschöpft, aber fast berauscht vor Glück. Er hatte fünf Schwimmstöße geschafft. Mit eigener Kraft hatte er sich vorwärts bewegt, während Connavar an seiner Seite schwamm.

Sein neuer Freund trug ihn aus dem Teich, und die beiden Jungen saßen im Schein der allmählich sinkenden Sonne und ließen sich von der warmen Luft trocknen.

»Das war der schönste Tag in meinem Leben«, sagte Riamfada. »Und ich habe mich geirrt. Selbst wenn ich nie mehr herkomme, werde ich die Erinnerung wie einen Schatz hüten.«

»Du wirst wiederkommen«, versprach Connavar. »Nicht morgen, denn ich habe viel zu tun. Aber den Tag danach – wenn das Wetter schön ist – dann hole ich dich ab.«

»Das Wetter ist mir egal«, sagte Riamfada.

»Also gut – egal, welches Wetter ist.«

Sie erreichten Riamfadas Haus kurz vor Einbruch der Dämmerung. Gariapha und Wiocca warteten unter der Tür, ihre Gesichter voller Sorge. Doch sie lächelten, als sie sahen, wie glücklich Riamfada war.

»Ich bin geschwommen«, erzählte er seinem Vater. »Wirklich, nicht wahr, Conn?«

»Allerdings«, bestätigte sein Freund.

Während der folgenden Wochen wurden Riamfadas Schwimmkünste besser und besser. Sobald er im Wasser war, drehte er sich auf den Rücken und schwamm in die Mitte des Teiches hinaus. Den verspannten, schmerzenden Muskeln in seinem oberen Rücken tat die Bewegung gut, und mit seiner Kraft wuchs auch sein Appetit, und er nahm an Gewicht zu.

»Als würde ich ein kleines Pferd tragen«, sagte Connavar eines Tages, als sie sich der letzten Anhöhe näherten.

Riamfada wollte gerade etwas erwidern, als er hinunterblickte und sah, dass schon andere Jungen im Teich waren. Sein Herz sank. »Bring mich zurück!«, bat er.

»Warum?«

»Ich will nicht, dass andere mich sehen.«

Connavar ließ ihn ins Gras hinunter, dann setzte er sich neben ihn. »Du bist mein Freund, und du bist so tapfer wie jeder andere, den ich kenne. Wenn du nach Hause willst, bringe ich dich. Aber überleg' doch mal einen Moment.«

»Du kannst nicht wissen, wie das ist«, sagte Riamfada, »kein ganzer Mann zu sein. Wie beschämend.«

»Da hast du recht, mein Freund, ich weiß es nicht. Aber ich weiß, dass wir beide gerne schwimmen, und im Teich ist reichlich Platz.«

Riamfada seufzte. »Du hältst mich für einen Feigling?«

»Ich denke, dass ist deine Entscheidung«, sagte Conn lächelnd. »Ich fälle kein Urteil.«

Riamfada sah seinem Freund ins Gesicht. Conn sagte nicht die Wahrheit. Er wäre enttäuscht, wenn er unverrichteter Dinge den ganzen Weg zurück machen müsste. Riamfada seufzte. Was bedeutete schon eine weitere Peinlichkeit in einem Leben voller Scham? »Lass' uns schwimmen gehen«, sagte er.

Connavar hob ihn hoch. Er setzte ihn nicht auf seine Schultern, sondern trug ihn auf den Armen. Als sie sich dem Teich näherten, kletterte einer der jungen Männer aus dem Wasser und kam ihnen entgegen. Er war groß, mit tiefliegenden, dunklen Augen. Riamfada spürte, wie Conn sich spannte.

»Wer ist das?«, flüsterte er.

»Govannan, der Sohn des Schmieds.«

Die anderen Jungen kamen ebenfalls aus dem Wasser. Govannan blieb vor den beiden stehen.

»Du musst Riamfada sein«, sagte er. »Ich bin Govannan. Meine Freunde nennen mich Van.« Er streckte die Hand aus. Riamfada schüttelte sie. Nacheinander stellte der Sohn des Schmieds die anderen vor. Dann schauderte er. »Es ist kalt, wenn man aus dem Wasser kommt. Wir reden im Teich weiter.« Govannan drehte sich um, rannte zum Ufer und sprang hinein. Seine Freunde folgten ihm, und sie schwammen zum Wasserfall, kletterten auf den felsigen Pfad und sprangen von einem großen Felsen wieder ins Wasser.

»Sie haben mich willkommen geheißen«, sagte Riamfada.

»Warum sollten sie nicht?«

»Ich habe bemerkt, dass sie nicht mit dir gesprochen haben.«

»Wir sind keine Freunde. Jetzt komm, lass' uns schwimmen. Ich habe heute nicht sehr lange Zeit. Ich treffe mich mit Schwinge zum Jagen. Mutter sagt, sie brauchte rechtzeitig Fleisch für mindestens sechs Pasteten zu Samain.«

»Ich esse kein Fleisch«, sagte Riamfada, als Conn ihn absetzte. Conn starrte ihn an.

»Fleisch macht dich stark – vor allem Rindfleisch.«

»Vielleicht. Aber zuerst muss ein Tier sterben, verängstigt und unter Schmerzen.«

Conn lachte, aber es war nicht spöttisch. »Du bist seltsam, mein Freund. Du hättest Druide werden sollen. Sie essen auch nur Gemüse, wie ich gehört habe. Deshalb sind sie auch alle so dürr.«

Braefar wurde immer gereizter. Das Tageslicht würde bald weg sein, und er hasste es, allein zu jagen, aus Angst, dass Wölfe oder Löwen sich aus dem Gebüsch auf ihn stürzen würden. Dann sah er Conn vom Dorf herbeilaufen.

»Wo bist du so lange gewesen?«, fragte er.

Conn grinste ihn an. »Jagdlustig, kleine Schwinge?«

»Mutter sagt, sie will mindestens ein Dutzend Tauben und so viele Kaninchen, wie wir finden können.«

Conn kauerte sich hin und tätschelte die schwarze Hündin Caval. Sie legte die Schnauze in seine Hand, dann leckte sie ihm das Gesicht.

»Willst du den Bogen oder die Schleuder?«, fragte Conn Braefar.

»Ich habe keine Vorliebe. Ich bin mit beiden besser als du.«

»Du wirst allmählich frech, mein Bruder. Das ist schön zu sehen. Ich nehme den Bogen. Caval und ich werden ein paar Kaninchen aufscheuchen.«

Als sie kein Tageslicht mehr hatten und auf dem Heimweg waren, hatten die beiden Jungen drei Kaninchen und fünf Waldtauben getötet. Das war zwar weniger als Braefar gehofft hatte, aber Meria würde sich freuen.

Auf dem Rückweg über die erste der Brücken hörten sie hinter einer Scheune jemanden lachen. Braefar spannte sich. Der Klang war ansteckend, und er kannte die Quelle. Es war Arian, und Braefar kannte sie gut genug, um zu wissen, dass sie nicht alleine war. Schlimmer noch, sie war mit einem Mann zusammen. Dieses kehlige Lachen war reserviert für mögliche Verehrer. »Wir sollten zurückgehen«, sagte er. Conn reichte ihm die Kaninchen und marschierte zur Scheune. Braefar folgte ihm düster.

Der Mond schien, und in seinem Schein sah Braefar den Burschen Casta mit Arian zusammenstehen. Er lehnte an der Scheune, seine Hand ruhte auf dem Holz knapp über Arians Schulter. Sie sprachen leise miteinander.

»Was machst du da mit meiner Frau?«, fragte Conn.

Überrascht fuhr Casta zusammen. Er war zwei Jahre älter als Conn und muskulös. »Was meinst du damit, *deine* Frau?«, entgegnete er. »Arian ist niemandem versprochen.«

»Sie weiß, dass ich an Samain um ihre Hand anhalten werde«, sagte Conn.

»Ich habe aber nicht gesagt, dass ich sie dir gebe«, sagte Arian. Ihre Stimme klang schriller, als sie wollte.

»Da hast du es«, warf Casta ein. »Also, warum lässt du uns nicht in Ruhe?«

Braefar zuckte zusammen. Dann warf er einen Blick auf Arian. Ihre Augen strahlten, und in diesem Augenblick wusste er, dass der Gedanke sie erregte, zwei Männer würden um sie kämpfen. Ihm wurde übel.

»Kämpf' nicht mit ihm, Conn«, sagte er leise.

»Weshalb?«

»Das ist doch genau das, was sie will. Schau' sie doch an.«

»Halt' dich da raus, Schwinge. Das geht dich nichts an.« Conn trat auf den älteren Burschen zu.

»Ich bin dir gegenüber im Nachteil«, sagte Casta glattzüngig. »Ich arbeite für deinen Vater, und wenn ich dir die Tracht Prügel verpasse, die du für dein flegelhaftes Benehmen verdienst, wird er mich wegschicken.«

»Selbst wenn dieses unwahrscheinliche Ereignis einträte«, sagte Conn, »würde er nichts davon erfahren.«

»Freut mich zu hören«, sagte Casta und ließ eine linke Gerade in Conns Gesicht krachen. Conn wankte. Casta ließ einen rechten Schwinger folgen, der jedoch nur Luft traf. Der Jüngere plazierte Casta einen Aufwärtshaken in Castas Bauch, dann explodierte ein linker Haken an dessen Kinn. Casta wich zurück, stürzte sich dann aber wieder nach vorn. Conn lief sich auf die Knie fallen, schoss hoch und riss Casta von den Füßen. Der Ältere kam hart auf, rollte sich auf die Knie. Conn erwischte ihn mit einer Rechten, als er aufstehen wollte. Casta ging wieder zu Boden. Er stand langsam auf, verlor das Gleichgewicht und fiel rücklings gegen die Scheune.

Arian machte auf dem Absatz kehrt und ging davon. Conn folgte ihr.

Behindert durch das Wildbret, das er trug, versuchte Braefar Casta aufzuhelfen. »Ich habe doch nur mit ihr geredet«, murmelte Casta. »Sie hat mich hierher bestellt. Jetzt tut mir mein Kopf weh – und ich habe mir den Sohn meines Arbeitgebers zum Feind gemacht.«

»Du hast dir keinen Feind gemacht«, beruhigte Braefar ihn. »Conn ist nicht nachtragend. Auf jeden Fall hast du das Beste daraus gemacht.«

Casta lächelte reuevoll. »Davon bin ich nicht ganz überzeugt.«

»Er hat Arian am Hals. Glaub' mir, sie macht Ärger.«

»Ja, aber sie ist es wert«, sagte Casta. »Für einen Kuss von ihr würde ich mehr als eine Tracht Prügel riskieren.«

»Ich glaube, die Schläge haben dir das Hirn vernebelt«, erklärte Braefar. »Kein Mann, der sie heiratet, kann sicher sein, ob er der Vater ihrer Kinder ist.« Aber er konnte sehen, dass er keinen Eindruck auf Casta machte.

Es war schon nach Mitternacht, als Conn lautlos in ihr Schlafzimmer kam. Braefar erwachte, als das Bett knarrte. »Ist jetzt zwischen euch wieder alles in Ordnung?«, fragte er in die Dunkelheit.

»Alles ist gut, kleiner Bruder«, antwortete Conns Stimme.

»Hast du immer noch vor, sie zu heiraten?«

»Ja, natürlich. Warum sollte ich nicht?«

»Sie ist flatterhaft. Warum kannst du das nicht sehen? Und ich glaube nicht, dass sie dich liebt.«

Braefar bemerkte die Verärgerung in dem Schweigen und beschloss, nichts mehr dazu zu sagen.

Conn lag wach, sein Inneres war in Aufruhr. Die Ereignisse des Abends hatte ihn schwer erschüttert. Nicht so sehr der Kampf, der ihm – um die Wahrheit zu sagen

– sogar Spaß gemacht hatte, doch die seltsame, magische Stimmung, die Arian überkommen hatte, als sie in den Wald spazierten. Zuerst hatte sie zornig geschwiegen, doch als sie zum Bach kamen, hatte sie angefangen zu zittern. Er fragte sie, ob ihr kalt wäre und legte seine Arme um sie. Ihre Reaktion hatte ihn erstaunt und beglückt. Sie schlang die Arme um seinen Hals und küsste ihn mit solcher Leidenschaft, dass es ihm den Atem nahm.

Conn hatte von diesem Augenblick geträumt, vor allem seit der Nacht mit Eriatha, doch er war mehr als bereit gewesen, bis zum Samains-Fest und dem Hochzeitslauf um den Ältesten Baum zu warten. Was sie jetzt im Begriff waren zu tun, war gegen das Gesetz der Riganten und hieß, die schwersten Bestrafungen zu riskieren, sie könnten sogar ausgepeitscht und vertoßen werden. Obwohl er dies wusste, konnte Conn sich nicht zurückhalten, und wenige Augenblicke später waren sie beide nackt und lagen auf ihren Kleidern. Er versuchte, die Künste anzuwenden, die Eriatha ihn gelehrt hatte, aber Arian zog an ihm, zog ihn auf sich, in sich hinein. Ihre Bewegungen waren schnell und verzweifelt. Conn blickte in ihr Gesicht. Ihre Augen waren weit aufgerissen, ohne etwas zu sehen, ihre Zähne entblößt, während sie ihren Körper gegen seinen drängte. Sie zerkratzte ihm mit den Nägeln den Rücken und stöhnte leise.

Mit Eriatha war die Liebe sehr schön gewesen und wundervoll befriedigend, doch hier, mit der großen Liebe seines jungen Lebens, erklomm Conn neue Höhen der Ekstase. Sie schauderte unter ihm und schrie auf, wieder und wieder. Wie er es gelehrt worden war, hielt Conn sich zurück, seine Bewegungen waren langsam und rhythmisch. Ihre blauen Augen sahen ihn jetzt an, die Pupillen waren riesig. Conn küsste sie sanft, dann beschleunigte er allmählich seinen Rhythmus. Innerhalb weniger Minuten erschauderte sie erneut und schrie wieder auf, ihr Körper bog sich gegen den seinen. Conn hörte nicht auf, sondern ließ sich selbst zum Ende kommen. Er hatte das Gefühl, als ob seine Seele mit seinem Samen in sie rauschte und sich mit ihrem Geist vermischte. In diesem Moment flüsterte sie ihm ›Ich liebe dich‹ ins Ohr. Es waren die schönsten Worte, die er je gehört hatte. Sein Herz schwoll, und sein Blick trübte sich. Unfähig zu sprechen, küsste er sie wieder, dann rollte er sich zur Seite und zog sie in seine Arme. Ihr goldener Kopf lag auf seiner Schulter, und er streichelte über ihre Hüften.

»Ich gehöre dir«, sagte er, »jetzt und für immer.«

»Ich werde nie wieder Angst haben«, sagte sie. Die Worte waren verzerrt, und er verstand sie nicht, obwohl er die Erleichterung in ihrer Stimme hörte. Er fragte nicht weiter.

Jetzt, als er in seinem Bett lag, konnte er seine Gedanken nicht von Braefars Worten losreißen.

»Sie ist flatterhaft. Warum kannst du das nicht sehen?«

Natürlich konnte er das sehen, und er erinnerte sich nur zu lebhaft an ihr Lachen, als sie mit Casta dort im Dunklen stand. Das allein hätte nicht ausgereicht, um ihn zu beunruhigen, aber da war auch ihre zügellose Leidenschaft. Er hatte es in dem Augenblick nicht gespürt, als sein Blut kochte, seine Sinne erregt waren, aber als er jetzt zurückblickte, hatte er das Gefühl, dass Arian vor ihrem ersten Orgasmus nicht einmal gewusst hatte, wer er war. Erst danach hatte sie reagiert.

Er verdrängte seine Zweifel und konzentrierte sich auf die eine große Wahrheit dieser Nacht. Sie hatte gesagt, dass sie ihn liebte.

Und in wenigen Tagen würde sie seine Frau sein, die Mutter seiner Kinder, die einzige, ewig währende Liebe seines Herzens.

Der nächste Morgen war sonnig, klar und kalt. Auf dem Abhang nördlich des Dorfes zog Ruathain an den Zügeln und blickte düster über die Wiesen, auf denen seine Herden grasten. Sechshundert langhaarige Hochlandrinder mit spitzen Hörnern waren dort versammelt. Ein kalter Wind blies aus Norden. Ruathain schauderte, denn er hatte seinen Umhang zu Hause gelassen und trug nur eine blaue Tunika und dünne Beinlinge. Er warf einen Blick zum Himmel. Er war grau und abweisend, und verkündete einen, wie er fürchtete, harten, bitteren Winter.

Bis zum Samains-Fest waren es noch zwölf Tage. Er ließ sein Pony wieder lostraben und ritt langsam durch die Herde. Gelegentlich beugte er sich vor, um blaue Farbe auf die Rücken ausgewählter Kühe und Ochsen zu schmieren. Das achttägige Fest war immer eine Zeit großer Freude für die Riganten. In diesem Jahr wurde es in Dreibach gefeiert, und die Stammesangehörigen würden aus dem ganzen Land ins Dorf kommen. Hunderte von Zelten würden aufgeschlagen, und am letzten Tag würden mehr als neuntausend Riganten versammelt sein.

Doch Ruathains Gedanken drehten sich nicht ums Feiern und Tanzen. Er war Viehzüchter, und der Winter war nicht nur eine Zeit der Gefahren, der Härten und des Überlebenskampfes, sondern ebenso der Verluste. Nur die zähesten Zuchttiere würden überleben. Die bittere Kälte würde ein paar töten, Stürze und gebrochene Beine andere. Dazu würden die Wölfe kommen und die großen Katzen und sogar – hin und wieder – Bären, die aus ihrem Winterschlaf erwachten.

Auszuwählen, welche Tiere die Chance erhalten sollten zu überleben, war immer schwer. Ebenso wie das Schlachten der weniger Glücklichen, um die Festteilnehmer zu speisen. Er tauchte seine Hand in den Eimer, der an seinem Sattelhorn hing und ritt an Bannioas Seite. Er hatte sie als Kalb mit der Hand aufgezogen, als ihre Mutter von einer Löwin gerissen wurde, und sie hatte sich als gutes Zuchttier erwiesen. Aber sie war jetzt acht Jahre alt und seit zwei Jahren unfruchtbar. Er beugte sich vor und schmierte ihr das Ocker auf den Rücken.

Hinter ihr war der alte Bulle Mentha. Würde er die kommende Kälte, die Wölfe und die Löwen überleben? Und falls ja, wäre er dann immer noch im Stande, im Frühling die jüngeren Bullen in Schach zu halten und gute Söhne aus seiner Herde zeugen?

Ruathains oberster Hirte, Arbonacast, ritt an seine Seite. Er sagte nichts, sondern schwieg neben seinem Herrn. »Nun?« fragte Ruathain, als das Schweigen wuchs.

Arbonacast sah, dass sein Herr auf Mentha blickte. Der Hirte zuckte die Achseln. »Ich würde ihm die Chance geben.«

»Ihm eine Chance geben? Gefühlsduseligkeit?« fragte Ruathain.

»Zum Teil. Aber er ist auch ein guter Bulle. Und unersättlich.« Weiter unten fuhr Menthas massiger Schädel hoch, als ob er spürte, dass sie über ihn sprachen. Seine langen Hörner mit gefährlich gekrümmten Spitzen, die fast zwei Meter lang waren, glitzerten im Sonnenschein.

Ruathain seufzte. »Er kann auch nicht ewig leben.«

»Niemand kann das«, sagte der Hirte. Ruathain warf einen Blick auf ihn. Arbonacast war klein und zart gebaut, das schwarze Haar von silbernen Fäden durchzogen, die struppigen schwarzen Augenbrauen beschatteten tief liegende graue Augen. Sein Gesicht war ein Meer aus feinen Linien, eine Landkarte, die fünfzig Jahre Entbehrungen und Mühsal zeichnete. Es war ein starkes Gesicht, hart und mager, und Ruathain vertraute ihm wie keinem anderen.

»Also noch einen Winter. Aber wenn er überlebt und trotzdem seine Herde an einen jüngeren Bullen verliert, bedeutet das den Bratspieß für ihn.«

»Wird ein schlimmer Winter, glaube ich«, sagte Arbon, wandte sein Pferd und ritt davon.

Ruathain ritt nach Hause. Natürlich würde es ein schlimmer Winter. Genauso wie es ein schlimmer Frühling, ein schlimmer Sommer und Herbst gewesen war. Es gab keine guten Zeiten ohne Meria. Er sah sie immer noch täglich, sah sie zum Bach gehen oder in der Sonne sitzen. Aber er hatte seit drei Jahren nicht mehr mit ihr gesprochen. Ruathain stellte sicher, dass Lebensmittel in sein altes Haus gebracht wurden und Geld, wenn er welches hatte. Und er sprach oft mit seinen Söhnen. Doch in den meisten Nächten träumte er von ihr. Sie waren wieder zusammen, und er lag neben ihr auf einer sonnenbeschienenen Weise, strich ihr übers Haar und sah ihr in die Augen. Dann erwachte er und stöhnte, wenn die Wirklichkeit ihn wie ein Messer ins Herz traf.

Er sprach mit niemandem über seine Qual und versuchte, sein Leben zu führen wie immer.

Doch ohne Freude war das nicht möglich, und die meisten Menschen in Dreibach stellten sehr schnell fest, dass Ruathain nicht mehr der alte war. Verschwunden war der gutmütige Humor, der lässige Charme. An ihre Stelle trat Rastlosigkeit, er wurde aufbrausend und abweisend.

Im Frühling war er mit fünf anderen Männern losgeritten, um ein paar Viehdiebe vom Stamm der Pannonen zu erwischen. In dem kurzen Kampf, der folgte, hatte Ruathain zwei von ihnen getötet. Es war ungewöhnlich, dass Männer bei solchen Überfällen starben. Gefangene wurden oft gemacht und gegen ein kleines Lösegeld wieder freigelassen, aber bei den seltenen Gelegenheiten, bei denen jemand sein Leben verlor, waren die Todesursachen meist Unfälle – ein unglücklicher Sturz vom Pferd, ein Reiter, der in eine durchgegangene Herde geriet. An diesem Tag hatte Ruathain sich mit singendem Schwert auf die Pannonen gestürzt. Zwei Männer waren sofort zu Boden gegangen, die anderen hatten ihre Waffen weggeworfen.

Ruathain war auf die Gefangenen zu geritten, die

Augen funkelnd vor Kampfeslust. Arbonacast hatte seinem Herrn mit seinem Pony den Weg abgeschnitten. »Ich denke, es ist jetzt genug«, sagte er. Einen Augenblick lang dachten die Reiter der Riganten, er würde seinen eigenen Mann schlagen, doch dann hatte Ruathain sein Pferd gewendet und war zurück nach Dreibach geritten.

Obwohl er nicht davon sprach, dachte er oft an die beiden Toten. Beide waren jung gewesen und auf ihrem ersten Überfall. Ein Einführungsritual in die Welt der Männer. Keiner von beiden hatte erwartet, dabei zu sterben. Ruathain hatte große Schuldgefühle wegen der Toten. Er hätte sie mit der flachen Seite seiner Klinge vom Pferd holen können – müssen. Er dachte an sie, während er zu seinem Haus ritt. Er sattelte das Pony ab und schickte es auf die Weide.

Dabei hörte er ein Pferd herangaloppieren. Er drehte sich um und sah einen Reiter über die östliche Brücke kommen. Es war ein anderer seiner Hirten, Arbons Sohn Casta, der eigentlich das Vieh in den Hügeln im Süden hätte zusammentreiben sollen. Der junge Mann zog an den Zügeln.

»Was gibt es, Junge?«, fragte Ruathain.

»Wilder Bär, Herr. Er hat drei Kinder vor einem Dorf der Norvier angegriffen. Zwei von ihnen sind tot, das dritte hat er mitgeschleppt. Sie haben ihn gejagt und behaupten, ihn verwundet zu haben. Aber als er zum letzten Mal gesehen wurde, verschwand er im Wald in westlicher Richtung.«

»Sie haben ihn auf unser Land getrieben und hatten nicht den Mumm, ihm zu folgen.«

»Es scheint so, Herr. Sie sagen, er sei groß – der größte Bär, den sie je gesehen haben.«

»Wo haben sie ihn aufgespürt?«

»Etwa zehn Kilometer östlich vom Riguan-Fall.«

Angst überfiel Ruathain. Seine Jungs waren zum Schwimmen zum Wasserfall gegangen.

»Trommel Männer zusammen«, befahl er Casta. »Sie sollen Lanzen und Seile mitbringen.« Er rannte ins Haus, schnallte sein eisernes Schwert um und nahm seine Jagdlanze vom Haken.

Kapitel 5

Trotz der Kälte verspürte Riamfada nicht den Wunsch, das Wasser zu verlassen. Er wusste, dass es der letzte Tag in diesem Jahr war, an dem er schwimmen konnte, denn der Winter kam rasch, und in den Bergen hatte es schon vereinzelt geschneit. Er ließ sich auf dem Rücken treiben, dann drehte er sich um und betrachtete die Glanzlichter, die die späte Nachmittagssonne auf den Wasserfall zeichnete. Ein Regenbogen entstand gleich rechts des Falls. Riamfada starrte ihn an, versunken in den Anblick. Dann trieb eine zarte Wolke vor die Sonne, und der Regenbogen verblasste. Wenn er nur mit solchen Farben arbeiten könnte, dachte er. Hoch über sich hörte er Govannan rufen. Als er aufblickte, sah er den Sohn des Schmieds mit einem Kopfsprung ins Wasser tauchen. Govannan kam wieder an die Oberfläche, schüttelte sich das Wasser aus dem langen Haar und schwamm zu ihm herüber.

»Hast du genug, kleiner Fisch?« fragte er.

»Nur noch ein bisschen«, antwortete Riamfada.

»Deine Lippen werden schon blau. Ich denke, es ist Zeit, dass du wieder trocken wirst.« Govannan trat Wasser und blickte zum Ufer, wo Connavar und Braefar ein kleines Feuer entfacht hatten. Drei andere Jungen saßen zusammengekauert um die Flammen. Riamfada war enttäuscht gewesen, als sie Galanis und seine Brüder am Wasserfall vorfanden. Sie starrten ihn immer an, und unausweichlich wandte sich das Gespräch seinen verkrüppelten Beinen zu. Sie waren erst kürzlich ins Dorf gezogen, ihr Vater war aus dem Süden gekommen, um für Ruathain zu arbeiten.

Widerwillig schwamm Riamfada zum Ufer, Govannan an seiner Seite. Als sie das Ufer erreichten, hob der Sohn des Schmieds Riamfada heraus und trug ihn zum Feuer. Conn trocknete ihm die Beine ab, dann wickelte er ihn in eine warme Decke. »Wird ein kalter Winter«, meinte er.

»Und lang wird er werden«, sagte Riamfada traurig.

Govannan trocknete sich ab, dann zog er sich an und ging zum Teichrand, wo er begann, Steine übers Wasser hüpfen zu lassen. Connavar schlenderte hinunter und hob ebenfalls eine Handvoll Steine auf. Sofort begann ein Wettbewerb, um festzustellen, wer seine Steine am häufigsten hüpfen lassen konnte. Braefar setzte sich neben Riamfada. »Jetzt geht es schon wieder los«, sagte er. »Alles, was sie machen, artet zum Wettstreit zwischen ihnen aus.« Riamfada zitterte. Braefar half ihm in seine Kleider und legte mehr Holz aufs Feuer.

»Vielleicht bist du verzaubert worden«, sagte Galanis. Er war ein großer, rothaariger, langbeiniger Bursche mit einem pockennarbigen, fahlen Gesicht.

»Verzaubert? Was meinst du damit?«, erwiderte Riamfada. Sein Herz sank.

»Meine Brüder und ich haben uns gefragt, ob die Seidh deine Beine wohl mit einem Fluch belegt haben.«

Die beiden anderen Burschen, Baris und Gethenan, starrten ihn inzwischen ebenfalls an. »Ich glaube nicht, dass mich jemand verflucht hat«, sagte er. »In dem Jahr, in dem ich geboren wurde, gab es viele behinderte Kinder. Sie sind alle gestorben. Vorna sagt, es war eine Krankheit, die die Mütter befiel.«

»Ich wäre lieber tot als ein Krüppel«, sagte Baris.

»Ach, halt den Mund, Baris«, fuhr Braefar ihn an. »Was für ein dummes Geschwätz!«

»Es stimmt aber«, sagte Baris errötend.

»Für dich stimmt es wahrscheinlich«, erwiderte Riamfada. »Aber du konntest dein ganzes Leben lang laufen und rennen. Für dich wäre der Verlust deiner Beine schrecklich. Aber ich konnte meine Beine nie gebrauchen, also habe ich mich an meinen Zustand gewöhnt.«

»Was ist das für eine Überraschung, die du uns versprochen hast?«, fragte Braefar, der unbedingt das Thema wechseln wollte. Riamfada lächelte, dann rief er Conn und Govannan. Die beiden jungen Männer kamen von ihrem Wettstreit zurück.

»Ich habe sieben geschafft«, sagte Van. »Habe ihn um zwei geschlagen.«

»Du hast die besten Steine gefunden«, brummte Connavar.

Sobald sie saßen, löste Riamfada seinen Gürtelbeutel und legte ihn in seinen Schoß. »Ich habe Geschenke für euch drei«, sagte er. »Ihr ward sehr nett zu mir, und ich wollte euch dafür danken. Ich hoffe, ihr nehmt es nicht übel.« Er knotete das Band auf und zog den Beutel auf. Daraus holte er eine Umhangbrosche aus glänzender Bronze, die er Govannan reichte. Sie hatte die Form eines springenden Hirsches und war mit silbernen Wirbeln eingelegt. »Ein wundervolles Stück«, sagte Van. »Ich habe noch nie etwas so Schönes gesehen.« Aus dem Beutel nahm Riamfada eine zweite Brosche. Sie war das Abbild eines geflochtenen Schildes, kunstvoll gearbeitet aus ineinander verschlungenen Silberdrähten. Braefar drehte sie in seinen Händen. Zum Schluß reichte Riamfada Conn eine Brosche. Ein bronzefarbenes Rehkitz, in silbernem Dornengestrüpp gefangen, eingefasst in ein Band aus reinem Gold.

»Ich weiß nicht, was ich sagen soll«, sagte Conn.

»Dann lass' mich für dich sprechen, Bruder«, sagte

Braefar. »Wir danken dir, Fischlein. Es sind sehr schöne Geschenke.«

»Und nichts für uns?« warf Galanis ein. »Ich wusste gar nicht, dass es solchen Lohn dafür gibt, einen Krüppel zu tragen.«

»Hüte deine Zunge!« tobte Govannan, »sonst kannst du deine Zähne als Halsband tragen.«

»Wo wir herkommen, gilt es als Tugend, offen zu reden«, erwiderte Galanis.

»Es besteht ein Unterschied zwischen offener Rede und Grobheit«, sagte Braefar. »Das solltet ihr euch besser merken, wenn ihr von uns akzeptiert werden wollt. Ich kann mich zum Beispiel nicht erinnern, dass einer von uns darauf hingewiesen hat, dass ihr das hässlichste Dreiergespann seid, das uns je begegnet ist. Dein Gesicht, Galanis, sieht aus, als hätte ein Specht versucht, sein Nest darin zu bauen. Trotzdem, ich nehme an, wo ihr herkommt, würde man das als offene Rede bezeichnen.«

Die drei Brüder standen auf und stapften davon in Richtung Dorf. Ein unbehagliches Schweigen breitete sich aus. Riamfada wirkte niedergeschlagen. Conn beugte sich vor und legte dem jungen Mann die Hand auf die Schulter. »Ich danke dir, Riamfada«, sagte er leise. »Aber es war nicht nötig, uns zu belohnen. Du bist unser Freund, und wir sind gern mit dir zusammen.«

»Es war keine Belohnung«, widersprach Riamfada. »Ich wollte nur einen Weg finden, euch zu zeigen, wie sehr ich eure Freundschaft schätze. Euch alle. Ihr habt mir große Freude gemacht. Mehr, als ihr euch je vorstellen könnt. Gefallen euch meine Geschenke?«

»Ich habe noch nie etwas Schöneres bekommen«, sagte Govannan. »Ich werde es in Ehren halten, kleiner Fisch.«

Sie saßen noch eine Weile zusammen, doch als die Sonne unterging, trat Govannan das Feuer aus, und Connavar hob Riamfada auf seine Schultern für den langen Heimweg.

Unterwegs hörten sie einen Schrei in der Ferne. »Was war das?«, flüsterte Braefar. Das Geräusch hing in der Luft. Sie gingen weiter bergauf und traten zwischen den Bäumen heraus in freies Gelände. Jemand lag im Gras, der Bauch war aufgerissen, das Gesicht nicht mehr da. Blutlachen befleckten das Gras wie ein Bündel Mohnblumen. Connavar legte Riamfada ins Gras und zog sein silbernes Messer. An den Kleidern des Toten erkannte er, dass es Galanis war.

»Bär«, wisperte Govannan. »Und zwar ein großer.« Auch er zog sein Messer. Braefar, der keine Waffe hatte, stand wie versteinert und starrte auf den verstümmelten Leichnam. »Die anderen müssen davongerannt sein. Auf einen Baum geklettert oder so«, fuhr Govannan fort.

Riamfada saß ihm Gras und spähte prüfend zum Waldrand hinüber. Wieder ein Schrei, tief aus dem Wald. Er brach abrupt ab. Ein leichter Wind blies vom Wald her. »Er kann uns nicht wittern«, flüsterte Connavar. »Gehen wir!« Er steckte sein Messer ein, hob Riamfada auf, und die vier jungen Männer machten sich auf den Weg über die Hügel. Das Gelände war hier offen, es gab keine Deckung, keine Bäume, in denen man sich verstecken konnte. In Connavars Armen starrte Riamfada zurück zum Wald und betete, der Bär möge nicht auftauchten.

Er hörte Govannan fluchen. »Der Wind dreht«, sagte er.

Fast im gleichen Augenblick sah Riamfada eine riesenhafte Gestalt aus dem Wald stürmen, etwa hundert Schritte hinter ihnen. In diesem Moment blieb die Zeit stehen. Das Tier tappte zu dem toten Galanis. Das große Maul öffnete sich und grub sich in den Toten. Dann schleuderte es mit einer Kopfbewegung den Leichnam hoch in die Luft. Der Bär richtete sich auf, fing den Toten im Fall auf und zerfetzte ihn mit seinen Krallen. *Bitte, er darf uns nicht sehen,* betete Riamfada lautlos.

Der große Kopf fuhr herum. Das Tier ließ den Leichnam fallen und wandte sich den drei fliehenden

Jugendlichen zu. »Er kommt!«, schrie Riamfada. Conn warf einen Blick über die Schulter zurück, dann begann er zu rennen. Riamfada erkannte bald, dass keine Chance bestand für Conn, beladen wie er war, dem Biest zu entkommen. »Lass' mich runter!« rief er. »Rette dich!«

Conn lief weiter, dann sah er sich noch einmal um. Der Bär war keine dreißig Schritte mehr hinter ihnen. Er blieb stehen, legte Riamfada ins Gras, zog sein Messer und fuhr herum, um sich der Bestie zu stellen. »Bitte, lauf!«, flehte Riamfada.

»Ich reiße dem Bastard das Herz heraus!«, zischte Conn.

Der Bär kam und richtete sich vor dem trotzigen Jungen auf die Hinterbeine auf. Riamfada konnte seine Augen nicht von dem Tier losreißen. Es war fast zweieinhalb Meter groß, die schwarze Schnauze und die Brust blutbefleckt. Er spreizte die großen Tatzen und tappte vorwärts. Conn wartete nicht auf ihn, sondern stürzte sich auf den Koloß und stieß ihm sein Messer tief in die Brust. Krallen rissen ihm den Rücken auf, sodass Riamfada ganz mit Blut bespritzt wurde. Connavar wurde abgeworfen, doch er wandte sich ihm wieder zu. Ein Schatten fiel über Riamfada, als Govannan herbeirannte, auf den Rücken des Bären sprang und sein Messer tief in den Nacken des Tiers trieb. Der Bär erhob sich und drehte sich. Govannan wurde zu Boden geworfen, sein Messer steckte noch immer in dem Tier. Stark blutend stemmte sich Conn hoch und griff erneut an. Die Krallen gruben sich in seine Schulter, doch das silberne Messer zuckte auf und ab, durchtrennte Pelz und Knochen und Muskeln. Der Bär ließ sich auf alle viere fallen und nagelte so Conn unter sich fest. Govannan schwang einen großen Stein, rannte auf den Bären zu und schmetterte ihm den Stein an den Kopf. Das Biest fuhr herum, seine zuschnappenden Kiefer verfehlten den Jungen nur knapp. Er richtete sich hoch auf und schlug mit seinen Tatzen zu. Unter ihm sprang der blutüberströmte Connavar auf die Knie und trieb sein

Messer mit beiden Händen in den Bauch des Bären. Eine gewaltige Pranke krachte gegen seine Schulter, und Riamfada hörte Knochen brechen. Connavar wurde ins Gras geschleudert, schlaff und reglos wie eine Puppe.

Da galoppierten Pferde heran. Ein Pony sprang über Riamfada, der Reiter beugte sich nieder und rammte dem Bären eine lange Lanze in die Brust. Der Bär schlug zu, seine Krallen rissen dem Pony den Hals auf. Der Reiter wurde abgeworfen. Er rollte sich auf die Füße, und zog ein Langschwert aus Eisen. Das Biest wandte sich ihm zu. Ein Seil segelte über den Kopf des Bären, wurde straff gezogen und zerrte ihn rückwärts. Der Schwertkämpfer stürzte sich vor und stieß seine Klinge tief in den Bauch des Bären. Weitere Reiter galoppierten herbei. Ein paar warfen Seilschlingen über das Biest, andere stachen mit Lanzen auf das verwundete Tier ein. Und die ganze Zeit über hackte und hieb der Schwertkämpfer mit seiner Eisenklinge auf es ein. Riamfada schien es, als würde der Bär nie sterben. Er tötete ein weiteres Pony, doch dann hatte er sich völlig in den Seilen verheddert. Der Schwertkämpfer versetzte ihm noch drei furchtbare Hiebe in den Hals, dann brach der Bär zusammen. Die Reiter stiegen ab und stießen ihre Lanzen immer und immer wieder in die gewaltige Gestalt.

»Kümmert euch um Conn!«, rief Riamfada. »Bitte, helft ihm!«

Der Schwertkämpfer ließ seine Klinge fallen und lief zu dem am Boden liegenden Jungen. Riamfada versuchte, zu ihm hinüberzukriechen. Govannan hob ihn hoch und hielt ihn fest. »Du willst ihn nicht sehen«, sagte er traurig. »Er ist tot.«

»Nein. Nein, das kann nicht sein.«

»Wenn nicht, dann wird er es bald sein. Niemand kann so viel Blut verlieren und am Leben bleiben.«

Govannan setzte Riamfada ins Gras, dann lief er zu den Männern hinüber, die sich um die reglose Gestalt Connavars geschart hatten. Riamfada konnte sehen, wie sie sich mühten, die Blutungen zu stoppen. Etwas weiter rechts sah Riamfada Braefar. Der Junge kniete im Gras und schluchzte. Er hätte ihn gern gerufen, um ihn zu trösten, aber er brachte es nicht fertig, unter diesen schrecklichen Umständen Lärm zu machen. Ein Stückchen weiter weg lag der ungeheure Bär, noch immer in den Seilen verstrickt, verendet neben den beiden Ponys, die er getötet hatte. Ein paar Männer gingen zu ihren Reittieren und ritten den Berg hinauf. Riamfada fragte sich, wohin sie wohl wollten. Dann dachte er an den toten Galanis und seine beiden vermissten Brüder. Er begann zu zittern.

Eine Frau mit schwarzem, von weißen Strähnen durchzogenem Haar kam aus dem Wald. Sie trug einen langen Stab. Die übrigen Männer wichen vor ihr zurück, und Riamfada sah sie neben Connavar niederknien. Ihr knochiger Arm hob sich, offenbar gab sie den Männern Anweisungen. Drei von ihnen hoben den verwundeten Jungen auf. Die Frau ging zurück in den Wald, gefolgt von den Männern. Govannan ging zu Riamfada.

»Er lebt. Aber kaum noch«, sagte der Sohn des Schmiedes.

»Wer war die Frau?«

»Vorna, die Hexe. Sie tragen ihn in ihre Höhle.«

»Du solltest mit Braefar reden«, sagte Riamfada. Govannan holte tief Luft.

»Was sollte ich wohl sagen?«, entgegnete er.

Sie saßen über eine Stunde zusammen. Es wurde kalt und dunkel, als die Männer von Vornas Höhle zurückkamen. Die anderen Reiter hatten die Leichen von Galanis und seinen Brüdern gefunden, und in Umhänge gehüllt wurden sie zurück ins Dorf gebracht.

Ruathain kam aus dem Wald und ging zu den beiden Jungen. Govannan stand auf und schwieg, als Ruathain näherkam.

»Was ist geschehen?«, fragte der Schwertkämpfer.

»Es war meine Schuld«, sagte Riamfada. Der Schwertkämpfer kniete vor dem verkrüppelten Jungen nieder.

»Wieso?«, fragte er.

»Conn konnte dem Biest nicht davonlaufen, während er mich trug, und er weigerte sich, mich zurückzulassen. Er stand da mit seinem Messer und griff den Bären an. Govannan half ihm.« Tränen liefen ihm über die Wangen. »Ich drängte ihn, mich zu lassen und zu laufen. Er ist mein Freund, und ich wollte nicht, dass ihm etwas passiert.«

»Er ist mein Sohn«, sagte Ruathain mit erstickter Stimme. »Er würde nie einen Freund in Gefahr zurücklassen. Govannan half ihm, sagst du?«

»Jawohl. Conn stellte sich dem Bären, dann sprang Govannan auf seinen Rücken und stach auf ihn ein.«

Der Schwertkämpfer stand auf und wandte sich an den Sohn des Schmieds. »Euch beide verband nicht gerade große Zuneigung«, sagte er. »Und trotzdem hast du dein Leben für ihn riskiert. Das werde ich dir nicht vergessen. Ich hatte Ärger mit deinem Vater, aber du hast meine Freundschaft, so lange ich lebe.«

»Mein Vater ist ein guter Mann«, sagte Govannan. »Aber wie bei mir galoppiert sein Mundwerk manchmal schon los, wenn sein Verstand noch gar nicht im Sattel ist. Wie geht es Conn?«

»Er liegt im Sterben«, sagte Ruathain, bemüht, seine Gefühle zu beherrschen. »Seine Schulter und der linke Arm sind unrettbar zerschmettert, seine Lunge durchbohrt. Die Hexe versprach all ihre Macht einzusetzen, um ihn zu retten. Aber wir mussten ihn bei ihr lassen. Sie hat meine Bitte abgelehnt, bei ihm zu bleiben. Sagte, meine Anwesenheit würde die Zauber stören, die sie wirken müsste.«

»Es tut mir aufrichtig Leid«, sagte Govannan.

Der Schwertkämpfer nickte. Als er sprach, war seine Stimme nahe daran zu brechen. »Du solltest stolz sein,

Junge. Heute hast du neben meinem Sohn gestanden und dich einem schrecklichen Feind gestellt. Glaub' mir, das hat dich verändert. Du bist nicht mehr nur der älteste Sohn des Schmieds. Du bist ein Mann aus eigenem Recht. Und mehr noch, du bist ein Held.« Er holte tief Luft, dann ließ er sich vor Riamfada auf ein Knie sinken. »Mach dir keine Vowürfe. Selbst ohne dich hätten die Jungs dem Bären nicht davonlaufen können. Helden kommen in vielerlei Gestalt daher. Nicht alle davon sind Kämpfer. Als du Conn batest, zu gehen und sich zu retten, warst du bereit, dein Leben für seins zu opfern. Verstehst du? Du solltest stolz sein. Und jetzt muss ich dich nach Hause bringen.«

Vorna war der Erschöpfung nahe, als sie hörte, wie sich die Ponys der Höhle näherten. Sie hatte gewußt, dass sie kommen würden. Man brauchte nicht die Kräfte einer Hexe, um zu erkennen, dass eine Mutter sich nicht von ihrem Sohn trennen ließ, wenn sein Leben an einem Faden hing. Und was den Mann anging, Vorna hatte früher am Tag die Qualen auf seinem Gesicht gesehen. Er konnte nicht fernbleiben. Sie erhob sich von Conns Bettrand, nahm ihren Stab und ging hinaus in die Nacht. Ruathain und Meria waren abgestiegen und gingen zum Eingang.

Was für ein schönes Paar sie abgeben, dachte sie, der große, breitschultrige Krieger und die stolze Frau an seiner Seite. Sie blickte in ihre Gesichter und sah die Entschlossenheit, die dort geschrieben stand. Merias grüne Augen blickten zornig und herausfordernd. Vorna hob die Hand. »Der Mann darf nicht hereinkommen«, sagte sie müde. »Wenn er es tut, wird er das Zaubernetz zerstören, und der Junge wird sterben. Die Mutter darf mir folgen, aber sie soll wissen: Sie bringt ihren Sohn damit in Gefahr.«

»Wie sollte die Liebe einer Mutter ihren Sohn in Gefahr bringen?«, fragte Meria.

»Fällt dir ein einziger Grund ein, warum ich dich anlügen sollte?«, entgegnete Vorna. »Ich habe Zauber gewoben, zarte, zerbrechliche Zauber. Das Geräusch deiner Schritte könnte sie stören. Und sie – und meine Kräfte – sind alles, was Connavar im Land der Lebenden hält.«

»Dann werde ich mich leise bewegen. Aber ich muss ihn sehen.«

Vorna hatte gewusst, dass ihre Antwort so lauten würde. Sie trat dicht an sie heran und flüsterte: »Du darfst in der Höhle weder sprechen noch seufzen noch aufschreien. Du darfst unter keinen Umständen Connavar anfassen. Verstehst du das?«

»Wird er am Leben bleiben?«, fragte Meria.

»Ich weiß es nicht. Aber sag' mir jetzt, ob du verstanden hast, was ich gesagt habe. Es ist lebenswichtig, dass du mir gehorchst. Kein einziges Wort. Kein Laut. Wenn du das nicht kannst, dann bleib' fort.«

»Ich werde tun, was du sagst«, sagte Meria.

»Er steht am Abgrund des Todes«, sagte Vorna. »Seine Wunden sind schrecklich anzusehen. Bereite dich vor und sei stark.« Sie nahm Meria am Arm und führte sie in die von Lampen erhellte Höhle. Connavar lag mit dem Gesicht nach unten auf einem schmalen Bett. An der Schläfe waren die Haare abrasiert, und ein langer, zackiger Riss war vom Schädel bis zum Kinn genäht worden. Sein Rücken war eine blutverkrustete Masse von Stichen, der linke Arm wurde von hölzernen Schienen gehalten. Er sah so blass aus. Meria stand ganz still, Vornas Hand umklammerte ihren Arm. Die Hexe zog sie zurück. »Keinen Laut«, wisperte sie. »Nicht, ehe wir wieder unter den Sternen stehen.«

Die Hand auf den Mund gepresst, wich Meria von ihrem Sohn zurück, dann machte sie kehrt und rannte aus der Höhle. Vorna folgte ihr.

Ruathain trat vor, als sie kamen. »Wie geht es ihm?«, fragte er.

»Er müsste eigentlich tot sein«, erklärte Vorna, »aber ich habe alle Heilzauber gesprochen, die ich kenne.«

»Ist er bei Bewusstsein?«

»Nein. Ihr müsst jetzt gehen, denn ich habe viel zu tun.«

»Bitte mich, um was du willst«, sagte Ruathain. »Ich will es tun, wenn du meinen Sohn rettest.«

Vorna war zu müde, um wütend zu werden. »Ich tue alles, was ich kann, Ruathain. Du könntest mir alle Sterne an einem Halsband bieten, und ich könnte doch nicht mehr tun. Aber du kannst jeden Tag etwas zu essen bringen und ein wenig Wein. Honig hat heilende und kräftigende Wirkung.« Damit schlurfte sie zurück in die Höhle, zog ihren Stuhl heran und setzte sich neben den sterbenden Jungen.

Mit einer leichten Berührung am Hals fühlte sie nach dem Puls. Er war schwach und flatternd. »Sei stark, Connavar«, wisperte sie. »Mein Geist zu deinem Geist, ziehe Kraft aus mir.« Hitze flammte durch ihre Fingerspitzen, und sie fühlte, wie die Kraft sich in ihr bewegte, in sein Fleisch strömte. Erst als sie schwindlig und schwach wurde, zog sie ihre Hand zurück. Er bewegte sich nicht, und sein Atem ging so flach, dass sie einen Messingspiegel vor seinen Mund halten musste, um zu sehen, ob er überhaupt noch lebte. »Wohin bist du gegangen, Connavar?«, fragte sie. »Wohin fliegt dein Geist?«

Sie saß noch eine Stunde bei ihm, dann schlief sie ein Weilchen. Sie erwachte mit einem Ruck und überprüfte noch einmal seine Atmung. Es war kaum noch Leben in ihm. Der Bär hatte seinen Rücken zerfetzt, und er hatte viel Blut verloren. Vorna hatte mehr als hundertvierzig Stiche für die Wunden gebraucht. Er müsste eigentlich tot sein, wie sie wusste. Es gab vieles hier, das sie nicht verstand. Warum war die Morrigu so an diesem Jungen interessiert? Warum hatten die Seidh ihn nicht getötet, als er in den Wunschbaumwald eingedrungen war? Warum war er immer noch am Leben?

Vorna wusste, wie gewltig die Kraft ihrer Zauber war – aber nicht einmal alle zusammen hätten Connavar am Leben halten können. Die Wunden waren dafür zu tief.

Warum lebte er aber dann?

Sie stand auf und ging durch die Höhle zu dem Felsenbecken und trank ein paar Becher Wasser. Auf den Rand des Beckens hatte sie die beiden Dinge gelegt, die Connavar bei sich hatte, als er hergebracht wurde: das geschenkte Messer und eine Umhangbrosche in Gestalt eines Rehkitzes, das in einem Dornengestrüpp gefangen ist. Es war ein hübsches Stück und erinnerte sie wieder einmal an das Geheimnis des Wunschbaumwaldes. Die Seidh liebten die Menschen nicht, und ihr Gesetz war ehern. Jeder Mensch, der sich dort hineinwagte, riskierte den Tod. Trotzdem hatten sie ihn nicht getötet. Stattdessen hatten sie ihn einem Test unterzogen. Aber wozu das Ganze? Warum ein Rehkitz? Und warum ihn mit einem Messer belohnen? Sie hatte sie natürlich gefragt. Aber sie hatten ihr nicht geantwortet.

Vorna bereitete für sich ein Frühstück aus Trockenfrüchten und Käse, dann kehrte sie ans Bett zurück.

Selbst wenn er am Leben blieb, würde er durch diese Prüfung verändert sein. Welcher Fünfzehnjährige wäre das nicht?

Sicher, er hatte ungeheuren Mut bewiesen, indem er sich dem Untier stellte. Aber so konnte die Jugend eben sein, wie sie wusste, aufgeladen mit der ganzen Zuversicht vermeintlicher Unsterblichkeit. Die Jungen glaubten immer, sie würden ewig leben. Wenn Connavar überlebte, würde er es besser wissen. Er hätte gelernt, dass einige Feinde nicht besiegt werden können und dass die Welt ein unendlich gefährlicher Ort war. Würde er dann immer noch so mutig sein? So liebevoll?

Vorna hoffte es. »Aber erst einmal musst du am Leben bleiben«, erklärte sie dem bewusstlosen Jungen.

Ruathain ritt ein Stück vorweg, und Meria merkte, wie sie seine breiten, eingezogenen Schultern anstarrte. Die Nacht war kalt, es blies ein heftiger Wind. Ihr Pony stapfte weiter, den Kopf gegen den Wind gesenkt, und Meria zog ihren Schal fester um die Schultern. Die Sterne schienen hell, und der Mond tauchte die Flanken von Caer Druagh in Licht. Meria fühlte sich taub - jedoch nicht vor Kälte. Ihre Gedanken drehten sich um die Vergangenheit, tanzten durch die öden Hallen ihrer Erinnerung. Die Nacht von Conns Geburt, als Varaconn von den Bergen zurückgekehrt war, die Augen hell vor Angst vor dem bevorstehenden Tod. Er hatte ihre Hand genommen, und er hatte um all das geweint, was er verpassen würde.

»Geh' nicht«, flehte sie. »Bleib' und sieh ihn heranwachsen. Ruathain wird es verstehen.«

»Ja, das würde er. Aber was für ein Mann wäre ich, wenn ich meinen Schwertbruder allein kämpfen ließe?«

»Er wird nicht allein sein. Hunderte von Kriegern werden bei ihm sein.«

Aber er war gegangen. Und gestorben.

Sie hatte so sehr versucht, nicht Ruathain die Schuld an seinem Tod zu geben, doch die bittere Saat, einmal gepflanzt, war an dem leeren Platz in ihrem Herzen aufgegangen.

Dann, drei Monate, nachdem ihre zornigen Worte Ruathain aus dem Haus getrieben hatten, war die Hexe Vorna zu ihr gekommen, als sie im Eibenhain Pilze sammelte. »Du bist im Irrtum, was deinen Mann anbelangt«, sagte Vorna. »Und ich glaube, du weißt das.«

»Geh' weg und lass' mich in Ruhe«, sagte Meria. »Du verstehst das nicht.«

»Ich verstehe, dass du in deinem Herzen eine Lüge

nährst. Sie sitzt dort wie eine schwarze Ratte und frisst alles, was gut ist.«

»Er versprach, meinen Varaconn am Leben zu halten!«, rief Meria. Ihre Augen füllten sich mit Tränen.

»Ja, es liegt in der Natur der Männer, große Versprechen zu machen. Komm, geh ein Stück mit mir.«

Vorna nahm Merias Arm. Nebel bildete sich rings um sie, der aus der feuchten Erde zu dringen schien. Er war kalt und klamm, und bald wurde er so dicht wie Winternebel. Meria konnte kaum noch Vornas Gesicht sehen. Die Hexe hielt Merias Arm fest und ging weiter.

»Wo sind wir?«, fragte Meria.

»Nirgendwo«, antwortete Vorna.

In der Ferne hörte Meria Kriegstrompeten und das Klirren von Schwert auf Schwert. Die Klänge waren seltsam gedämpft.

»Ist das eine Schlacht?«, flüsterte sie.

»Das *war* eine Schlacht«, sagte Vorna. »Geh weiter.«

Langsam hob sich der Nebel, und die beiden Frauen wanderten über ein geisterhaftes Schlachtfeld. Rings um sie kämpften Männer, die blass und unwirklich schienen, ihre Schreie waren dünn und zittrig. Die Frauen gingen weiter. Die Kämpfer nahmen sie nicht wahr. Meria sah sich um, wie betäubt von der chaotischen Wildheit der Schlacht. Viele der Krieger trugen gehörnte Helme, und sie erkannte, dass dies die Seewölfe sein mussten, die Räuber von jenseits des Wassers. Vorna zupfte an ihrem Ärmel, und sie stolperte weiter. Jetzt sah sie die Riganten angreifen. Ihr Herz klopfte wie wild.

Da. Da war ihre Liebe. Varaconn, der sein bronzenes Schwert mit beiden Händen schwang, während er neben Ruathain kämpfte. Meria seufzte und wischte sich die Tränen aus den Augen. Er wirkte so zerbrechlich neben dem blonden Riesen. Ein Mann mit einem Speer rannte auf Varaconn zu. Ruathain sah ihn, sprang mit einem Satz dazwischen und riss den Mann von den Füßen. Noch zwei Mal, wenn Varaconn in Gefahr war, warf sich Ruathain dazwischen, um die Gefahr abzuwehren.

Und dann war es vorbei – das dachte sie jedenfalls. Die Räuber wichen zurück. Sie sah, wie Varaconn sein Schwert hob und vor Freude schrie. Sie hörte seine Stimme: »Ich lebe noch!«

Da durchbrach plötzlich ein kleiner Trupp der Räuber die Linie und rannte auf ihn zu. Ruathain sprang herbei. In diesem Augenblick ließ Varaconn sein Schwert fallen und versuchte zu fliehen. Ruathain schlug die ersten beiden Räuber nieder, doch die drei anderen hatten Varaconn eingeholt. Einer stieß dem Fliehenden sein Schwert in den Rücken. Ruathain schrie laut auf: »Nein!«

Die Räuber liefen weiter, hackten und hieben auf die Riganten ein, bis sie niedergemacht wurden. Ruathain fiel neben seinem Freund auf die Knie, zog ihn in seine Arme und hielt ihn fest an sich gedrückt. Meria sah, wie Varaconns Hand nach Ruathains Arm griff, sah, wie sich seine Lippen bewegten. Doch sie konnte die Worte nicht hören. Sie versuchte, näher heranzukommen, doch Vorna hielt sie zurück. Varaconns Kopf sackte gegen Ruathains Schulter.

»Zeit zu gehen«, sagte die Hexe. Der Nebel umwallte sie. Einen Augenblick blieb Meria noch stehen und versuchte einen letzten Blick auf ihren sterbenden Liebsten zu erhaschen. Dann war er fort. Sie stolperte mit Vorna zurück, und als der Nebel sich wieder hob, standen sie in dem Eibenwäldchen.

»Warum hast du mir das gezeigt?«, fragte Meria mit versagender Stimme.

»Was glaubst du?«, gab Vorna zurück, während sie davonging.

Meria rief ihr nach: »Was soll ich tun?«

Aber die Hexe antwortete nicht.

Tagelang verfolgte die Vision Meria. Und die schreckliche Wahrheit von Rus Worten grub sich in sie ein wie die Krallen einer Katze. *»Eine Frau, die einen Mann heiratet, von dem sie glaubt, dass er seine Hand beim Mord an ihrem Mann im Spiel hat, ist nicht besser als eine pockenzerfressene Hure. Und ich will nichts mit ihr zu schaffen haben. Nicht jetzt. Niemals.«*

Niemals.

Eine Fledermaus flog dicht am Kopf ihres Ponys vorbei, sodass es sich aufbäumte. Meria wurde in die Gegenwart zurückgerissen. Sie hatte ihren Mann sterben sehen. Jetzt lag ihr Erstgeborener im Sterben. Sie ritt weiter bergab. Unten konnte sie die Lichter von Dreibach sehen, Laternen, die auf Veranden hingen, Kerzenlicht, das durch Fensterläden fiel, Mondschein auf dem Wasser. Der Wind riss an ihr, zerrte ihr den Schal von den Schultern. Sie bemerkte es nicht. Ruathain blickte sich um, sah das Kleidungsstück davonflattern und schwang sein Pony herum. Er fing den Schal wieder ein und ritt zu Meria. Sie saß da und starrte vor sich hin. Liebevoll legte er ihr den Schal um die Schultern, doch sie machte keine Anstalten, ihn festzuhalten und der Wind trug ihn wieder fort. Ruathain fing ihn, dann führte er ihr Pony bergab, über die erste Brücke und in die Koppel hinter dem Haus. Meria stieg nicht ab. Sie starrte vor sich hin, völlig in ihre Erinnerungen verloren.

Ruathain hob sie vom Pferd und trug sie ins Haus. Braefar saß am Tisch. Der neunjährige Bendegit Bran kauerte vor dem Feuer und röstete Brot. Ruathain ging an ihnen vorbei in das hintere Schlafzimmer. Braefar rannte herbei.

»Ist Mama verletzt?«

»Nein«, sagte Ruathain. »Zieh' die Decken weg, dann legen wir sie ins Bett.«

Braefar gehorchte. Bran brachte etwas gebutterten Toast herein. »Für Mama«, sagte er.

»Sie wird später essen, Junge. Lass' uns jetzt allein.«

Die Jungen gingen zurück in den Wohnraum. Ruathain

legte Meria aufs Bett und zog die Decken über sie. Dann setzte er sich neben sie und strich ihr das dunkle Haar aus der Stirn. »Schlaf' jetzt«, sagte er. »Ruh' dich aus.«

Sie blinzelte und sah in sein breites Gesicht. Tränen schossen ihr aus den Augen, und sie wandte den Kopf ab.

»Der Junge ist ein Kämpfer«, sagte er, den Grund für ihre Tränen missdeutend. »Du ruhst dich aus. Wir gehen morgen wieder hin.« Sie lag für eine Weile gedankenverloren da. Dann sprach sie.

»Es tut mir so Leid, Ru«, sagte sie. »Alles. Kannst du mir verzeihen?«

Sie erhielt keine Antwort. Sie setzte sich auf und sah sich um.

Ruathain war gegangen.

Drei Tage lang verbesserte sich Conns Zustand nicht, und am Morgen des vierten Tages machte sich Vorna ernstlich Sorgen. Sie war draußen vor der Höhle, als Meria mit Proviant herankam. Vorna lächelte schwach, um die Angst in Merias Augen zu verscheuchen, ein Lächeln, das sagte: »Dein Sohn lebt noch.« Die Erleichterung war sofort zu sehen. Meria glitt vom Pony, band die Zügel an einen Busch und trug den kleinen Sack mit Lebensmitteln zu Vorna.

»Ist er aufgewacht?«, fragte die Mutter.

»Nein. Und ich habe seinen Geist noch nicht gefunden.«

»Aber er wird doch gesund?«

Merias Verzweiflung überschwemmte die Hexe mit neuer Erschöpfung. Sie nahm die Vorräte, öffnete den Sack und holte einen Laib frisch gebackenes Brot und ein mit Wachs versiegeltes Töpfchen mit Honig hervor. Meria setzte sich schweigend neben sie und wartete geduldig, während Vorna das Siegel erbrach und zu essen begann, indem sie kleine Stückchen von dem Brot abriss und in den Honig tauchte. Als sie fertig war, drehte sie sich zu Meria. »Mit der Zeit wird die Lunge von allein heilen«, sagte sie. »Aber das Fleisch auf seinem Rücken war schlimm zerfetzt, und die Wunden fangen an zu eitern. Aber selbst das macht mir nicht die meiste Sorge. Wenn sein Fieber schlimmer wird – und ich glaube, das wird es – dann wird ihn der Mangel an Wasser umbringen.«

»Dann müssen wir ihn wecken – ihn zwingen zu trinken«, sagte Meria.

»Glaubst du, das hätte ich nicht versucht? Ich sagte doch, sein Geist ist geflohen.«

»Ja, aber du könntest dich doch Verschmelzen«, beharrte Meria. »Du hast es für Pelain getan, als sie im Kindbett das Bewusstsein verlor. Du hast ihren Körper übernommen. Du hast das für viele Frauen getan. Du könntest es für Connavar tun. Dann könntest du den Körper zum Trinken zwingen.«

»Du begreifst nicht, was du da von mir verlangst«, erklärte Vorna. »Er steht an der Schwelle des Todes. Wenn mein Geist in seinen Körper tritt, und dieser Körper stirbt, sterbe ich mit ihm. Und dann die Schmerzen. Eine Verschmelzung bedeutet, dass ich zu Connavar werde. Seine Schmerzen waren so groß, dass sie seinen Geist vor der Qual fliehen ließen. Aber ich müsste sie ertragen. Und schließlich – und das ist das wichtigste – die Tatsache, dass er ein männliches Wesen ist. Meine Kraft kommt von der Großen Mutter. Sie war nie für Männer bestimmt. Sie haben ihre Druiden und ihre Blutmagie.«

»Wenn du zu viel Angst hast, dann zeige mir, wie!«, tobte Meria.

Zorn überkam die Hexe, aber sie drängte ihn zurück. Sie hatte keine Energie zu verschwenden. »Du könntest es nicht lernen, Meria, denn du bist von Männern berührt worden. Ich nicht. Das war der Preis, den ich zahlen musste, um die Macht zu erhalten. Keine warme Durchdringung für Vorna, keine Kinder, deren Spiel in der

Sonne ich zusehen kann. Ja, ich habe die Verschmelzung benutzt und die Geburtsschmerzen anderer Frauen erlebt. Aber nie als Vorna.« Trotz ihrer Bemühungen, sich zu beherrschen, brach sich ihr Ärger Bahn. »Vorna lebt allein und wird allein sterben, ungeliebt und unbetrauert. Zu verängstigt? Ja, ich habe Angst. Ich bin siebenunddreißig Jahre alt. Ich habe meine Jugend und meine Träume dafür gegeben, meinem Volk zu helfen. Und jetzt sagst du, gib das alles auf, Vorna. Verliere deine Macht, damit mein Sohn einen Schluck Wasser trinkt, bevor er stirbt.«

»Also ist er verdammt?«, fragte Meria mit versagender Stimme.

»Ich weiß es nicht. Das ist die schlichte Wahrheit. Und die Anstrengung, ihn am Leben zu erhalten, bringt mich fast um.«

Meria seufzte, dann nahm sie Vornas dünne Hand in ihre eigene. Da die Berührung durch andere Menschen für sie ungewohnt war, begann Vorna durch die Wärme des Hautkontakts zu zittern. Sofort zog Meria ihre Hand zurück. »Es tut mir Leid, Vorna. Verzeih mir. Ich will nicht undankbar scheinen. Aber sag' mir, kann ich ihm irgendwie helfen? Ich würde mein Leben für ihn geben.«

»Ich weiß«, erwiderte Vorna müde. »Du bist seine Mutter, und du liebst ihn aus ganzem Herzen. Ich wünschte, ich könnte dir sagen, dass du etwas tun könntest. Ich weiß, es würde deinen Schmerz lindern. Aber das gibt es nicht, Meria, außer im Gebet. Geh' jetzt nach Hause, denn ich muss an seine Seite zurückkehren.«

Als Vorna mühsam aufstand, legte Meria ihre Arme um sie und küßte sie auf die Wange. Vorna spürte warme Tränen auf ihrer Haut. »Was auch geschieht, ich werde dir immer dankbar sein«, sagte sie. Vorna strich Meria über den Rücken, dann machte sie sich los und ging wieder in die Höhle.

Sie ruhte sich ein paar Stunden lang aus, dann ging sie

zu Connavar. Das Fieber stieg, und sein Herz schlug wild und unregelmäßig. Das gemarterte Fleisch seines Rückens wies eine zornige Farbe auf, Eiter sickerte durch die Stiche. Von einem Regal an der Wand nahm Vorna einen großen Tontopf und stellte ihn auf einen großen Stein. Dann rieb sie getrockneten Lavendel auf einen Leinenverband und wickelte ihn um ihr Gesicht, damit Mund und Nase bedeckt waren. Vorna holte ein paarmal tief Luft, dann ging sie zu dem Topf zurück und nahm den hölzernen Deckel ab. Gestank erfüllte die Höhle. Selbst die Lavendelmaske konnte den abscheulichen Geruch nicht überdecken, und Vorna merkte, wie sich ihr der Magen umdrehte. Sie griff in den Topf und holte etwas heraus, was einmal ein Stück Speck gewesen war, doch jetzt von schleimigem, grau-grünem Schimmel überzogen war, in dem es von Maden wimmelte. Diese Moderschicht schmierte sie auf Connavars Rücken.

Sie ging aus der Höhle und wusch sich die Hände im Bach, dann nahm sie den Leinenschal ab. Das Tageslicht verblasste schon, als sie zu dem Jungen zurückkehrte. Der Gestank hatte sich verzogen, und die Maden fraßen an seinem infizierten Fleisch.

Sie setzte sich neben ihn und legte die Hand auf sein rotgoldenes Haar. Er würde die Nacht nicht überstehen. »Wo bist du, Connavar?«, flüsterte sie »Wo wandert dein Geist?«

Der Junge regte sich nicht, nur die fetten Maden auf seinem Rücken.

Merias Gesicht kam Vorna in den Sinn. Sie sah wieder die traurigen grünen Augen, den Stolz und die Bereitschaft, für ihren Sohn zu sterben. Wenn ich einen Sohn hätte, wäre ich bereit, für ihn zu sterben?, überlegte Vorna. »Das wirst du nie erfahren«, sagte sie laut.

Ihre rechte Hand lag noch immer auf seinem Kopf, und sie machte mit der linken eine Geste zu der hinteren Wand. Sie schimmerte und schien sich aufzulösen. Ein blauer Himmel glänzte über Hügeln mit saftigem grünem Gras. Drei Jungen liefen dort, einer von ihnen trug den Jungen Riamfada. Vorna sah, wie der Bär aus dem Gebüsch brach und ihnen nachsetzte. Sie machte wieder eine Geste. Jetzt konnte sie deutlich Connavars Gesicht erkennen. Er schwitzte unter seiner Last. Er sah sich um, dann blieb er stehen und setzte Riamfada ins Gras. Vorna beugte sich vor und starrte Connavar an, las in seiner Miene, spürte, wie seine Angst wuchs. Sie sah, wie er das riesige Tier ansprang und ihm sein Messer in die Brust stieß – und zuckte zusammen, als die Tatzen des Bären ihn zerfetzten.

Mit einem Fingerschnippen verblasste die Szene und die nackte, graue Höhlenwand wurde wieder sichtbar. Vorna seufzte. »Du wusstest, dass du sterben würdest, Connavar. Und doch bist du nicht davongerannt. Ich glaube, wenn du mein Sohn wärst, würde ich mein Leben für dich geben.« Sie strich ihm übers Haar und fühlte eine Träne über die trockene Haut ihrer Wange rinnen. Sie wischte sie weg.

»Wie rührselig«, kam eine Stimme vom Höhleneingang her. Vorna drehte sich um. Die alte Frau stand dort, die schwarze Krähe hockte auf ihrer Schulter.

»Was willst du?«, fragte Vorna.

»Ich komme, um seine Seele zum Dunklen Fluss zu geleiten.«

»Er ist noch nicht tot.«

»Bald, Vorna, bald.«

»Du hast den Bären geschickt, um ihn zu töten.«

Die alte Frau zuckte die Achseln und spreizte die Arme, was die Krähe mit den Flügeln schlagen ließ. »Er wollte Ruhm, Vorna. Jetzt hat er ihn. Die Geschichte von seinem Mut hat sich schon bis zu den Norviern, den Pannonen und darüber hinaus verbreitet – bis über das Wasser. Er ist der Junge, der gegen das Ungeheuer kämpfte. Ist es nicht das, was er begehrte? Berühmt zu sein?«

Die Morrigu trat in die Höhle und blieb vor dem Feuer stehen. Sie betrachtete die kahlen, grauen Wände. »Ich gebe den Menschen, worum sie bitten. Du weißt das. Deine Mutter war eine Hure, und du hast dich nach Achtung gesehnt. Nach Macht. Habe ich dir nicht alles gewährt, was du wolltest? Du wirst zehnmal länger leben als jeder andere deines Stammes, und du hast ihre Achtung.«

»Sie fürchten mich.«

»Achtung, Furcht, das ist alles dasselbe.«

»Ich hasse dich«, zischte Vorna.

Die alte Frau lachte heiser und trocken auf. »Jeder hasst die Morrigu. Ich finde das bezaubernd. Trotzdem, wie du sagst, er ist noch nicht tot. Ich komme bei Tagesanbruch wieder.« Ihre glänzendschwarzen Augen wurden groß, und sie stand drohend vor der Hexe. »Du könntest ihn natürlich retten. Seine Mutter hatte Recht. Die Verschmelzung könnte ihn zurückholen. Aber du überlebst vielleicht den Winter ohne deine Kräfte nicht. Du könntest hier an diesem einsamen, kalten Platz sterben. Ungeliebt und unbetrauert, war es nicht das, was du sagtest?« Die Morrigu lächelte. »Ich lasse dich jetzt mit deinen Gedanken allein.«

Die alte Frau ging hinaus in die Nacht. Die Höhle wurde langsam kalt, und Vorna zündete ein Feuer an. Sobald es hell brannte, kochte sie eine Brühe aus dem Fleisch und dem Gemüse, das Meria ihr gebracht hatte. Sie fügte Kräuter und Gewürze hinzu und rührte die Mischung um, bis sie fertig war. Sie schöpfte etwas von der Suppe in eine hölzerne Schale, dann trug sie sie zum Bett und wartete, dass sie etwas abkühlte. Anschließend füllte sie einen großen Becher mit klarem Wasser und stellte ihn neben die Brühe.

Sie zog ihren Stuhl an das Kopfende des Bettes und legte ihre Hände um Connavars Gesicht. Eine Stunde lang saß sie so, schärfte ihre Konzentration, befreite ihren Geist.

Dann Verschmolz sie …

… und schrie auf, als der Schmerz an ihr riss. Einen Augenblick lang drohte sie, das Bewusstsein zu verlieren. Sie sammelte ihre Kraft und versuchte, die rohe, kochende Qual, die in der gemarterten Gestalt loderte, auszublenden. Der Körper des Jungen war schwach, und es kostete ihre ganze Kraft, ihn dazu zu bringen, sich auf die Seite zu drehen. Dann schob sie den rechten Arm unter den Körper und stützte ihn auf einen Ellenbogen. Tränen schossen aus den Augen, und Vorna fühlte sich in der zerrissenen und blutigen Hülle sterben, die einst Connavar gewesen war. Überlass' dich nicht der Verzweiflung, warnte sie sich. Halte den Schmerz zurück und mach', dass er sich setzt! Der linke Arm war gebrochen und nutzlos. Mit einem Schmerzensschrei zwang sie den Körper in eine sitzende Position, griff dann mit zitternder Hand nach der Brühe und hob sie an die Lippen. Sie öffnete den Mund und ließ den Körper schlucken. Übelkeit überschwemmte sie, doch sie hielt sie zurück. Dann trank sie das Wasser und fühlte, wie die kalte Flüssigkeit in fiebergeschütteltes Gewebe drang. Sie ließ den Becher fallen, legte den Körper nieder und kehrte in die Sicherheit ihres eigenen erschöpften Körpers zurück.

Die Erinnerung an den Schmerz war fast so stark wie der Schmerz selbst, und sie wurde ohnmächtig und fiel von dem Stuhl auf den kalten Steinboden der Höhle.

Es war Nacht, als sie erwachte. Das Feuer war beinahe erloschen. Mit Angst im Herzen deutete sie auf die Feuerstelle und flüsterte ein einziges Wort der Macht. Noch während sie sprach, wusste sie, dass sie die Magie verloren hatte. Sie war keine Hexe mehr.

Sie stand auf und prüfte Connavars Puls. Er war jetzt kräftiger, sein Atem ging tiefer. Sie zündete drei Lampen an und untersuchte in ihrem Licht den Rücken des Jungen. Die Kombination von Schimmel und Maden hatte die Wunden gereinigt. Mit einer Nadel spießte sie sorgfältig jede einzelne Made auf, nahm sie auf und schleuderte sie ins Feuer. Als sein Rücken frei von ihnen war, tränkte sie ein Stück Leinen mit kaltem Kräutersud und legte ihn auf das gemarterte Fleisch.

Sie wickelte sich in einen warmen Umhang und ging in die Nacht hinaus. Die Sterne standen hell über dem Caer Druagh, der Wind war kühl.

Und im Wind, der durch die winterlich kahlen Zweige rauschte, meinte sie das boshafte, spöttische Lachen der Morrigu zu hören.

Connavar klammerte sich an die Felswand. Hoch über ihm zeichnete sich der Gipfel ab, tief unten strömte ein feuriger Fluss über schwarze Steine. Raubvögel umkreisten ihn und pickten an seinem Rücken. Einer setzte sich auf seine Schulter, der gekrümmte Schnabel stieß in sein Gesicht. Er schlug fest nach ihm und zwang sich, weiter zu machen. Arian wartete. Er würde nicht sterben …

Er kroch durch eine Wüste. Riesenameisen kamen aus dem Sand und klammerten sich mit ihren Mundwerkzeugen an ihn, rissen an ihm. Vor ihm lag eine Oase. Alles in ihm schrie danach, die Augen zu schließen und in segensreichen Schlaf hinüberzudämmern. Doch er tat es nicht. Denn vor sich sah er das Gesicht einer Göttin. Seiner Göttin. Seiner Liebe. Mit brennendem Fleisch kroch er weiter…

Er lag nackt in einem Dornengestrüpp, die spitzen Dornen ringsum wuchsen durch ihn hindurch, bissen in seinen Rücken, fraßen sich in sein Gesicht. Der Schmerz war entsetzlich, und jetzt konnte er sich nicht mehr bewegen. Er lag dort und wusste endlich, dass er sterben würde.

Eine Bewegung rechts von ihm erregte seine Aufmerksamkeit. Ein Rehkitz bewegte sich vorsichtig durch die Brombeeren. Als das Wesen neben ihm war, blickte es ihm in die Augen. Es gab kein Geräusch von sich, doch Connavar wusste, dass es ihn aufforderte, seinen Arm um den schlanken Hals zu legen. Er versuchte es, doch brennender Schmerz durchfuhr ihn. Das Kitz wartete. Noch zweimal versuchte der Junge, sich zu bewegen. Jedesmal wurde der Schmerz stärker. Zorn durchströmte ihn und erneuerte seine Kraft. Er schrie auf, als er seinen Arm aus den Dornen zog und schlang ihn um den Hals des Rehkitzes. Das kleine Wesen kauerte sich neben ihn - und begann zu wachsen. Dabei wurde Connavar aus den Dornen gezogen und fand sich auf dem Rücken eines starken Hirsches mit großem Geweih wieder. Der Hirsch machte kehrt und sprang aus dem Dickicht, bis er neben einem Felsentümpel Halt machte. Connavar glitt vom Rücken des Tieres und trank in tiefen Zügen.

Dann erwachte er …

Sein linker Arm war stark bandagiert und pochte schmerzhaft. Sein Rücken fühlte sich an, als ob er in Flammen stünde. Er öffnete die Augen und fand sich mit dem Gesicht nach unten auf einem schmalen Bett liegend. Einen Augenblick lang konnte er seine Umgebung nicht zuordnen. Dann sah er Vorna im Schein des flackernden Feuers, die ihm den Rücken zuwandte. Er hörte eine Stimme und erkannte sie als die der alten Frau im Wald wieder, der Morrigu!

»Wer hätte gedacht, dass du so dumm wärst, Vorna? Zweihundert Jahre Leben, aufgegeben für einen arroganten Jungen. Wie fühlt es sich an, so ohne Macht zu sein? Hast du Angst? Werden die Wölfe dich fressen, Vorna? Werden die Löwen von den Bergen herabkommen und dich mit ihren Zähnen zerreißen?«

»Er lebt«, erwiderte Vorna, und Connavar konnte ihrer Stimme anhören, wie erschöpft sie war.

»Ja, er lebt«, zischte die Morrigu. »Sein Körper ist zerrissen, Gift sickert in sein Gewebe, kreist in seinen Adern. Ein Flüstern entfernt vom Tode. Dafür hast du die Macht weggeworfen, die ich dir schenkte? Ihr Menschen seid so rührselig.«

»Du bist hier weder erwünscht, noch wirst du gebraucht«, sagte Vorna. »Geh' und quäle jemand anderen.«

Connavar hörte Flügelschlagen, dann sah er Vorna zum Feuer gehen. Er schob den rechten Arm unter sich und kam mühsam hoch. Die Nähte auf seinem Rücken spannten. Er grunzte. Sofort war Vorna bei ihm. Schwindlig sank er gegen sie. »Leg' dich hin, Kind, du bist zu schwach zum Sitzen«, sagte sie.

»Nein«, flüsterte er. Er tat ein paar tiefe Atemzüge und wartete, dass der Schwindel nachließ. »Es geht mir schon besser«, sagte er. »Könnte … ich … etwas Wasser … haben?« Sie holte ihm einen Becher, doch er war zu schwach, ihn zu halten, und sie hielt ihn ihm an die Lippen. Er trank gierig. Schweiß lief ihm übers Gesicht und brannte an der tiefen Wunde auf seiner Wange. Er tastete mit den Fingern über die Stiche. Dann fiel ihm der Bär ein, die geifernde Schnauze und die schrecklichen Zähne. Er hatte eine flüchtige Vision von Govannan, der ihm zu Hilfe eilte, und dem entsetzten Riamfada, der im Gras lag. Einen Augenblick zögerte er, seine Angst war fast zu groß, um die Frage zu stellen. »Was geschah mit den anderen?«, fragte er schließlich.

»Du warst der einzige Verwundete«, erklärte sie. »Dein Vater und die anderen Männer aus dem Dorf kamen und töteten den Bären. Ruh dich jetzt aus. Wir reden morgen weiter.«

Der Schlaf kam schnell. Und er hatte keine Träume.

Noch zehn Tage lang fiel Connavar immer wieder ins Delirium, aber am Morgen des elften Tages erwachte er mit klarem Kopf. Die Schmerzen in seinem Rücken hatten nachgelassen, doch seine Schulter pochte noch immer. Unbeholfen kletterte er aus dem Bett. Die Höhle war leer, doch ein kräftiges Feuer brannte im Kamin. Er konnte seine Wärme nicht spüren, denn ein kalter Wind drang vom Höhleneingang her hinein, und Conn sah Schnee fallen. Frische Kleider lagen zusammengefaltet auf dem Holztisch. Conn nahm ein Paar grüne Beinlinge und mühte sich hinein. Mit nur einem Arm war das nicht einfach. Als er sie anhatte, war er in Schweiß gebadet und ihm war leicht übel. Er hatte sich noch nie so schwach gefühlt. Mit der schweren Schiene am linken Arm hatte er keine Möglichkeit, seine Tunika anzuziehen. Er legte sie über seine Schultern und ging zum Feuer.

Seine Erinnerungen waren verschwommen. Wie lange war er schon in der Höhle? Er meinte sich zu erinnern, dass seine Mutter neben ihm saß, zuerst in einem grünen Kleid, dann in einem blauen und schließlich in einem schweren Umhang mit einem Kragen aus Schaffell. Es war alles so verwirrend.

Vorna betrat die Höhle. Sie trug einen schwarzen Kapuzenumhang und hatte sich einen dicken roten Schal um den Hals gewickelt. Schnee hatte sich auf ihre Schultern gelegt, und ebenso auf das Bündel Holz, das sie trug. Sie ließ das Brennholz vor dem Feuer fallen und drehte sich zu ihm. »Wie fühlst du dich?«

»Ich habe mich schon besser gefühlt«, gab er zu.

»Das Gift hat deinen Körper jetzt verlassen. Bald kannst du nach Hause gehen. Vielleicht morgen schon.«

Conn setzte sich auf das Fell vor dem Feuer. Vorna zog ihren Umhang aus, bürstete den Schnee ab und hängte ihn an einen Haken. Dann zog sie sich einen Stuhl heran und streckte ihre Hände dem Feuer entgegen. Ihre Finger waren blau vor Kälte.

»War die … alte Frau … hier?«, fragte er. »Oder habe ich das geträumt?«

»Sie war hier.«

Er schauderte, als ein kalter Hauch ihn umwehte, das Feuer berührte, sodass die Flammen tanzten. Vorna stand sofort auf und holte eine Decke, die sie ihm um die Schultern legte. Conn sah zu ihr auf. »Sie sagte, du hättest deine Macht aufgegeben, um mich zu retten.«

»Das geht dich nichts an«, fauchte sie.

Conn ließ sich nicht beirren. »Was wirst du ohne deine Macht tun?«

Vorna legte frisches Holz aufs Feuer. Sie sah den Jungen an und lächelte. »Meine Kunst im Umgang mit Kräutern und Tränken habe ich nicht verloren. Nur die Magie ist weg.«

»Wird sie wiederkommen?«

Sie zuckte die Achseln. »Entweder ja oder nein. Deswegen lasse ich mir nicht den Schlaf rauben. Nun sage mir, Connavar, warum hast du gegen den Bären gekämpft?«

Er schauderte bei der Erinnerung, als er wieder das gewaltige Tier vor sich sah, seine schreckliche, Blut beschmierte Schnauze. »Ich hatte keine Wahl.«

»Unsinn. Im Leben hat man immer die Wahl. Du hättest deine Last fallen lassen und davonlaufen können.«

»Hätte ich eine *Last* getragen, hätte ich auch genau das getan«, sagte Conn leise. »Aber glaubst du wirklich, das hätte ich tun sollen?«

»Es spielt keine Rolle, was ich glaube«, sagte Vorna und hängte einen Kupferkessel über die Flammen. »Du hast getan, was du getan hast. Nichts kann das jetzt noch ändern.« Ihre dunklen Augen glitzerten im Feuerschein. »Würdest du es wieder tun, Connavar?«

Er dachte über ihre Frage nach. »Ich weiß es nicht«, sagte er. »Ich habe noch nie solche Schmerzen gehabt. Oder Angst.« Er seufzte. »Aber ich hoffe schon.«

»Warum?«

»Weil ein richtiger Mann seine Freunde nicht im Stich läßt. Er rennt vor dem Bösen nicht davon.«

Aus dem Kessel zischte Dampf. Vorna umwickelte ihre Hand mit einem Lappen, nahm ihn und stellte ihn auf einen Stein. Schweigend bereitete sie zwei Kräutertränke mit Honig zu.

In der Höhle war es jetzt warm, und Connavar fühlte sich wieder schläfrig. Als die Becher abgekühlt waren, reichte Vorna Conn einen. »Trink das«, sagte sie. »Es hilft deinem Körper, sich selbst zu heilen. Morgen nehme ich die Schienen ab. Die Knochen in deinem Arm sind bereits zusammengewachsen. Glücklicherweise habe ich das geschafft, ehe meine Macht verschwand.«

»Ich werde einen Weg finden, sie dir wiederzugeben. Um es zurückzuzahlen«, versprach er.

Sie lächelte, und in einer seltenen Geste der Zuneigung fuhr sie ihm mit den Fingern durch das rotgoldene Haar. »Es war ja kein Darlehen, Connavar. Es war ein Geschenk, aus freien Stücken gegeben. Und es würdigt ein Geschenk herab, von Rückzahlung zu sprechen.

»Es tut mir leid, Vorna. Ich wollte dich nicht beleidigen.«

»Ich bin nicht beleidigt. Du musst noch viel lernen. Connavar. Es gibt ein paar Dinge, die selbst ein Held nicht schafft. Hast du das denn noch nicht begriffen? Du kannst Riamfada nicht die Fähigkeit geben zu laufen. Du kannst Ruathain und Meria nicht wieder zusammenbringen. Du kannst keinen tobenden Bären mit einem Messer töten - nicht einmal mit einem Messer, das die Seidh gefertigt haben. Und gewiss kannst du mir meine Magie nicht zurückbringen. Aber was du getan hast, ist viel wichtiger.«

»Was habe ich denn getan?«, fragte er.

»Du hast die Herzen all jener gerührt, die die Geschichte von dem Jungen und dem Bären gehört haben. Dadurch waren Männer stolz darauf, Riganten zu sein, denn sie haben Anteil an deinem Mut. Einer von ihnen stellte sich dem Biest. Einer von ihnen blickte dem Tod mit wahrem Mut ins Auge. Du bist jetzt für alle Zeiten Teil der Legenden der Riganten. Und wenn du längst tot bist, wird man die Geschichte noch immer erzählen. Sie wird andere junge Männer dazu inspirieren, Mut zu zeigen. Und jetzt lass' mich dich wieder ins Bett bringen. Ruathain kommt morgen, um dich zu besuchen. Wenn es dir gut genug geht, darf er dich mit nach Hause nehmen.«

»Was wirst du tun?«, fragte er schläfrig.

»Überleben«, antwortete sie.

Seit er klettern konnte, hatte Braefar einen großen Teil seiner freien Zeit damit verbracht, auf dem Strohdach des Hauses zu sitzen, hoch über den Sorgen der Welt. Von hier aus konnte er ganz Dreibach sehen: die Holzhäuser, die Stroh gedeckten Rundhütten von Wanderarbeitern, die Schmieden, die Bäckereien und die hohen Scheunen für die Wintervorräte. Oft saß er am frühen Morgen da und beobachtete die Menschen, die durchs Dorf gingen, Frauen, die zum unteren Bach gingen, um Kleider zu waschen, Männer, die ihre Ponys sattelten, um sich um ihr Vieh zu kümmern oder die Grenzen abzureiten. Er wartete darauf, dass Nanncumal der Schmied seine Esse anheizte und lauschte dann dem Dröhnen seines Hammers auf dem Amboß.

Auf dem Dach war Braefar ein König, der auf sein Volk hinunterblickte.

Hier war er sicher, ohne Angst und zufrieden.

Aber nicht heute.

Für Braefar war die Heimkehr des Helden eine schmerzhafte Angelegenheit. Er beobachtete die beiden Reiter, die langsam den schneebedeckten Hang hinunterkamen. Zuerst kamen nur ein paar Menschen heraus, um sie zu begrüßen, doch als sich die Nachricht herumsprach, kamen mehr und mehr Riganten aus ihren

Häusern gelaufen, bildeten ein Spalier und klatschten in die Hände, als die Reiter näherkamen.

Nanncumal war dort, mit seinem Sohn Govannan und seinen Töchtern, und der Brotbäcker Borga mit seiner Frau Pelain. Dann kamen der Goldschmied Garaiapha und seine Frau Wiocca angerannt, um sich der Menge anzuschließen. Scharen von Männern, Frauen und Kindern säumten den Weg.

Ein kalter Wind blies, doch Braefar konnte ihn vor lauter Zorn kaum spüren. Sieh sie dir an, dachte er. Alles Idioten! Konnten sie denn nicht sehen, dass das, was Connavar getan hatte, nicht Mut, sondern schiere Dummheit gewesen war? Nur ein Idiot stellte sich mit einem Messer einem Bären. Nie hatte Braefar eine solche Empörung empfunden. Er hatte sich damit abgefunden, klein und zierlich zu sein, mit dem Wissen, dass er nie so stark wie Connavar sein würde, und obwohl er seinen Bruder um seine Kraft und seine Fähigkeiten beneidet hatte, war er nie eifersüchtig gewesen. Bis jetzt.

Es war alles so schrecklich ungerecht.

Seit diesem schrecklichen Tag schienen die Leute von nichts anderem mehr zu reden als von dem Kampf mit dem Untier, und wie Conn sich auf es gestürzt hatte. Sie priesen Govannans Tapferkeit, der ihm zu Hilfe geeilt war, der den Bären erst mit einem Messer und dann mit einem Stein attackiert hatte.

»Und was hast du getan, Braefar?«, fragten sie ihn.

»Ich hatte keine Waffe«, erwiderte er.

»Ach«, machten sie. So ein kleiner Laut, aber wie bedeutungsschwer.

Braefar wusste, was sie alle dachten. Er war ein Feigling. Die beiden anderen Jungen hatten gekämpft, während er lediglich wie versteinert danebengestanden hatte.

Die Ponys waren jetzt näher gekommen. Er sah, wie Govannan zu Connavar rannte und ihm die Hand schütteln wollte. Männer jubelten laut, als er es tat. Die beiden Helden wieder zusammen!

Braefar war übel.

Ruathain war in jener ersten, furchtbaren Nacht, als Conn dem Tod so nahe war, zu ihm gekommen. Er hatte ihn gebeten, ihm den Kampf zu beschreiben. Braefar hatte das getan. »Ich konnte ihnen nicht helfen, Vater. Ich hatte keine Waffe«, sagte er.

Sein Vater klopfte ihm auf die Schulter. »Du hättest nichts tun können, Schwinge. Ich bin nur froh, dass du am Leben bist.«

Aber Braefar hatte die Enttäuschung in Ruathains Augen gesehen. Sie traf ihn wie ein Stich ins Herz.

Seitdem hatte er den Kampf mit dem Bären in seinen Gedanken immer wieder durchgespielt. Wenn er hinzugelaufen wäre, und wenn auch nur, um einen Stein zu werfen, wäre alles anders gewesen. Als er jetzt den Helden nach Hause kommen sah, stellte er sich vor, wie er selbst dort im Sattel saß und dem Jubel seines Volkes lauschte. Wenn Banouin mir ein solches Messer geschenkt hätte, dachte er, hätte ich auch Anteil an dem Beifall gehabt.

Die Reiter machten vor dem Haus Halt. Ruathain half Conn herunter, dann trug er ihn halb nach drinnen. Die Menge löste sich auf.

Braefar kletterte vom Dach in den Heuboden und die hölzerne Leiter zum Erdgeschoß hinunter. Conn saß an dem langen Tisch, Meria machte großes Aufhebens um ihn. Seine Haut wirkte grau, seine Augen sahen müde aus und hatten rote Ränder. Eine schreckliche rote Narbe entstellte sein Gesicht, und sein linker Arm war stark bandagiert. Ruathain stand schweigend an der Tür.

»Willkommen zu Hause«, sagte Braefar lahm. Conn sah auf und lächelte müde.

»Schön, dich zu sehen, Schwinge«, sagte er.

»Du musst dich ausruhen«, sagte Meria. »Komm, lass'

mich dir ins Bett helfen.« Conn widersprach nicht. Er stand auf und ließ sich von seiner Mutter stützen. Langsam gingen sie an Braefar vorbei.

Später, als Braefar in sein eigenes Bett neben dem von Conn stieg, sah er, dass sein Bruder wach war.

»Ich hätte geholfen, wenn ich eine Waffe gehabt hätte«, sagte er.

»Das weiß ich, Schwinge.«

In seiner Stimme lag Freundlichkeit und Verständnis. Dafür hasste Braefar ihn. Und sagte das eine, von dem er wusste, dass es am meisten wehtun würde.

»Ich nehme an, du hast noch nicht von Arian gehört. Sie hat am Samains-Fest Casta geheiratet.«

Sein Bruder stöhnte in der Dunkelheit. Sofort schämte sich Braefar. »Es tut mir leid, Conn. Ich habe versucht, dir zu sagen, dass sie sich nichts aus dir macht.«

Kapitel 6

Der Winter war einer der härtesten, an die sich das Volk der Riganten erinnern konnte, mit eisigen Schneestürmen und Temperaturen, die manchmal so tief sanken, dass die Bäume zerbarsten. Es fiel so viel Schnee, dass die gewaltigen Verwehungen die hohen Pässe versperrten, und das Gewicht des Schnees drückte das Dach von Nanncumals Schmiede ein. Man konnte mit Ponys kein Futter zu dem in den Hochtälern gefangenen Vieh tragen, und Männer mit Schneeschuhen mühten sich durch den Schnee, mit Heuballen auf den Schultern.

Ruathain und Arbonacast starben fast bei dem Versuch, ins Bärental zu gelangen, wo viele der Herden Zuflucht gesucht hatten. In einem Schneesturm hatten sie sich unter die schneebedeckten Äste einer großen Kiefer gegraben und hockten dort aneinander gekauert die ganze tödlich lange Nacht hindurch. Am Morgen waren sie herausgekrochen, hatten die Heuballen geschultert und die Herde aufgespürt. Zwei der jüngeren Bullen waren gestorben. Doch der alte Mentha, unbezwinglich und stark wie eh und je, hatte mit acht seiner Kühe im Windschatten einer Felswand Schutz gefunden.

Im Dorf währte Conns Schwäche noch den ganzen bitteren Winter hindurch. Er verlor an Gewicht und litt dreimal an einem Fieber, das jedoch nicht lebensbedrohlich war. Er entwickelte einen trockenen Husten, seine Schulter schmerzte ständig, und seine verletzte Lunge schien nicht von selbst heilen zu wollen, sodass er rasch außer Atem geriet. Meria machte sich dauernd Sorgen und konnte nicht verstehen, wieso er seinen Lebensmut verloren hatte.

Braefar wusste, dass sein Herz krank war, weil er Arian verloren hatte, und sein Neid auf seinen Bruder schwand. Er versuchte, ihn aufzuheitern, ihn zu körperlichen Übungen zu ermutigen, damit er zu Kräften käme. Doch Connavar schien nur über wenig Energie zu verfügen und noch weniger Antrieb. Nachmittags schlief er oft in eine Decke gehüllt vor dem Feuer.

Selbst wenn er versuchte, Kraftübungen zu machen, trieben ihn der eisige Schneeregen und der bitterkalte Wind rasch wieder nach drinnen. Eines Tages, als der Himmel dasselbe stumpfe Grau zeigte wie eine Schwertklinge, ging er sogar bis zur zweiten Brücke und blieb an dem zugefrorenen Bach stehen.

Arian, in einen schweren grünen Schal gehüllt, kam zu ihm hinaus. »Du siehst kräftiger aus«, sagte sie. Conn ignorierte sie und wollte weitergehen. Sie ergriff seinen Arm. Er zuckte zusammen, als der Schmerz in seine Schulter schoss. »Bitte, hasse mich nicht«, sagte sie. »Sie haben mir gesagt, du würdest sterben.«

Er wandte den Kopf und sah ihr in die Augen. Sie wich einen Schritt zurück, als sie die Wut darin erkannte. »Ja«, sagte er, »ich verstehe. Hätte man mir gesagt, du würdest sterben, wäre ich auch zum nächsten Fest gerannt und hätte mir die erstbeste Frau geschnappt. Geh mir aus den Augen, Hure. Du bedeutest mir nichts mehr. Weniger als nichts.« Das war eine Lüge, eine schreckliche Lüge, und trotzdem hob der Schmerz in ihrem Gesicht bei seinen Worten seine Stimmung.

Langsam stapfte er durch den Schnee nach Hause. Und beim Gehen erkannte er, dass Arian ihm ein Abschiedsgeschenk gemacht hatte. Seine Wut war zurückgekehrt – und mit ihr der Wunsch, wieder stark zu sein.

Danach stand er Tag für Tag bis zu eine Stunde lang in der Kälte und spaltete Holz mit der langschäftigen Axt. Es ging schmerzlich langsam. Alle paar Minuten musste er innehalten, um wieder zu Atem zu kommen, während ihm der Schweiß übers Gesicht strömte. Wenn ihn die Müdigkeit überfiel, dachte er an Arian und ließ den Zorn durch seine Muskeln strömen.

Ganz allmählich, als die ersten warmen Frühlingswinde über die Berge wehten, nahm seine Kraft zu. Er begann, längere Wanderungen zu unternehmen und trieb sich bis an den Rand der Erschöpfung – einen Punkt, den er bemerkenswert rasch erreichte.

Seine linke Schulter machte ihm noch immer Ärger, vor allem an kalten oder regnerischen Tagen. Ruathain hatte ihm mehrere Übungsaufgaben gestellt, um die Muskeln zu kräftigen und aufzubauen. Etwa dreißig Schritt von Ruathains Haus entfernt stand eine junge Eiche mit einem dicken Ast, der in etwa zweieinhalb Meter Höhe fast waagerecht wuchs. Jeden Tag stand Connavar darunter, sprang hoch und umklammerte den Ast mit den Händen. Dann zog er sich hoch, bis sein Kinn den Ast berührte, ließ sich wieder sinken und wiederholte das Ganze. Das erste Mal war erschreckend unbeholfen. Er konnte den linken Arm nicht ohne Schmerzen heben und war gezwungen zu springen, sich mit der rechten Hand festzuhalten und dann die linke irgendwie über den Ast zu legen. Als er, von Ruathain beobachtet, endlich oben war, blieb er ein paar Sekunden lang einfach hängen und schaffte nur einen Klimmzug.

Er hatte laut geflucht, als er zu Boden fiel. Ruathain hatte gesagt: »Du musst dir deine Kraft vorstellen wie einen Hirsch, den du jagst.«

»Verstehe ich nicht«, antwortete Conn und rieb sich die schmerzende Schulter.

»Du nimmst nicht deinen Bogen und stürmst in den Wald. Du suchst, bis du alle Gewohnheiten des Hirschs kennst, dann findest du einen Platz, um zu warten. Selbst wenn du ihn siehst, darfst du nicht zu früh schießen, und du schießt niemals auf einen Hirsch im Lauf. Sein Blutdruck wäre hoch, und das macht das Fleisch zäh und schwer zu kauen. Der Jäger braucht Geduld. Endlose, stille Geduld. Deine Kraft ist der Hirsch. Du musst ihn ruhig suchen, methodisch. Plane deine Strategie. Suche nach kleinen Fortschritten. Komm jeden Morgen her. Versuch' nicht zu viele Klimmzüge auf einmal. Das wird dich nur enttäuschen und deinen verletzten Muskeln schaden. Heute hast du fast einen geschafft. Versuche, morgen zwei zu schaffen.«

»Ich bin es leid, so schwach zu sein«, sagte Conn.

»Du bist schwach, weil du krank warst. Wie ich schon sagte, versuche jeden Tag, etwas mehr zu erreichen. Wenn du gehst, markier die Stelle, an der du glaubst, nicht mehr weiter zu können. Am nächsten Tag gehst du dann zehn Schritte weiter.«

Conn fühlte sich ruhiger, als er sprach. »Bist du je verwundet worden?« fragte er.

»Einmal, als ich ein Jahr älter war als du. Nicht so schlimm allerdings. Ich bekam einen Speer in die rechte Schulter. Ich dachte, meine Kraft käme nie zurück. Aber sie tat es. Vertrau mir, Connavar, du wirst stärker werden als zuvor. Und jetzt lass' uns ein Stück gehen.«

Es war ein klarer, heller Tag, doch in der Ferne ballten sich Regenwolken über dem Caer Druagh zusammen. Ruathain führte den Jungen eine kleine Anhöhe hinauf, wobei er mehrmals stehen blieb, um ihn Atem schöpfen zu lassen.

Auf der Kuppe setzten die beiden sich und blickten über das Tal hinaus. Ruathains Herden weideten, und Conn konnte Arbonacast auf seinem Pony auf dem gegenüberliegenden Hang erkennen.

»Ich sehe Mentha nicht«, sagte Conn. »Ich dachte, er hätte den Winter überlebt.«

»Hat er auch«, sagte Ruathain. »Und ein junger Bulle hat ihn herausgefordert, um mit ihm um die Herde zu kämpfen. Er und Mentha haben mehrere Stunden lang gekämpft.« Ruathain lächelte traurig. »Mentha hat ihn schließlich besiegt. Das war sein letzter Augenblick des Triumphs. Am nächsten Morgen fanden wir ihn. Sein Herz hatte in der Nacht zuvor versagt.«

»Das ist traurig«, sagte Conn. »Er war ein guter Bulle.«

»Ja, das war er. Aber er starb wie ein König, unbesiegt, ungebeugt.«

»Glaubst du, das spielte eine Rolle für ihn?«

Ruathain zuckte die Achseln. »Ich möchte es gern glauben. Wie fühlst du dich?«

»Ich muss immer nach Luft schnappen.«

»Die Lunge macht mir Sorgen. Morgen, wenn ich ihr Lebensmittel bringe, reitest du mit mir zu Vorna.«

Conn sah Ruathain an. Alle zwei Tage, den ganzen Winter hindurch, war er zu Vornas Hütte gewandert und hatte ihr Lebensmittel gebracht. Zuerst war er geritten, doch als das Wetter immer kälter wurde, war er auf Schneeschuhen durch den Schnee gestapft. Dort angekommen, hatte er Holz für sie gesammelt und sich überzeugt, dass es ihr gut ging. »Du warst gut zu ihr«, sagte Conn. »Ich danke dir dafür.«

»Ein Mann steht seinen Freunden bei«, sagte Ruathain. »Ohne Wenn und Aber. Du verstehst das besser als die meisten.« Plötzlich lächelte er. »Habe ich dir überhaupt schon gesagt, wie stolz du mich gemacht hast?«

Conn lachte auf. »Fast täglich.«

»Das kann man nicht oft genug sagen. Jetzt lass' uns zurückgehen. Lass' dir Zeit.«

Während sie langsam durch die Felder gingen, sah Conn eine dünne Rauchsäule aus dem Kamin von Banouins Haus aufsteigen. Der Kaufmann war vor dem Winter nicht zurückgekehrt, und das hatte Conn bedrückt, denn er fürchtete, dass die norvischen Räuber ihm tatsächlich aufgelauert hatten und Banouin jetzt tot in irgendeinem Gebüsch lag. Ruathain sah ihn zu dem Rauch blicken.

»Der Fremde ist vergangene Nacht zurückgekehrt«, sagte er, »mit fünfundzwanzig schwer beladenen Ponys. Nur die Götter wissen, wie er es geschafft hat, mit ihnen durch den Sturm zu kommen.«

Zum ersten Mal in diesem Winter vergaß Conn seine Schwäche. »Ich hatte schon Angst, er wäre tot.«

Ruathain schüttelte den Kopf. »Er ist nicht so leicht umzubringen«, sagte er. Seine Miene war plötzlich grimmig. »Er ist weit zäher als er aussieht. Ich hoffe, nicht alle seines Volkes sind so wie er.«

»Magst du ihn nicht?«, fragte Conn, den der Stimmungswechsel seines Vaters erstaunte.

»Er ist ein Fremder, und sein Volk führt mit all seinen Nachbarn Krieg. Ehe man in einem fremden Land Krieg führen kann, muss man erst Späher ausschicken, die das Terrain sondieren. Wenn sein Volk je über das Wasser kommt und unser Land angreift, was meinst du wohl, wer sie mit Landkarten versorgt hat?«

Conn war nicht dumm, und Ruathains Worte trafen ihn hart. Trotzdem wollte er nicht darüber nachdenken. Banouin war ein Freund und bis ihm nicht nachgewiesen wurde, dass er ein Spion war, war Conn bereit, jeden Zweifel an seinen Handlungen beiseite zu schieben. Doch die Saat war gepflanzt, und wenn er bei Banouin war, hörte er noch genauer zu, wenn er von seinen Reisen erzählte.

»Wusstest du«, sagte Banouin, als sie vor seinem Feuer saßen und verdünnten Wein tranken, »dass die Geschichte von deinem Kampf mit dem Bären schon die Südküste erreicht hat?«

»Es war kein Kampf«, widersprach Conn mit einem schüchternen Grinsen. »Ich habe zweimal auf ihn eingestochen, und er hat mich in Stücke gerissen.«

»Der Geschichte nach, wie sie erzählt wird, hast du lange Zeit gegen den Bären gekämpft, und er war schon fast tot, als die anderen Männer kamen. Oh ja, und du hast nicht etwa einen verkrüppelten Jungen beschützt, sondern ein schönes junges Mädchen, das Blumen pflücken wollte.«

Conn lachte laut. »Bestimmt eine Prinzessin?»

»Und ob. Und du scheinst von edlem Blute zu sein. Du stammst aus einer langen Reihe rigantischer Helden.«

»Die Leute sind dumm, solche Sachen zu glauben. Was geht jenseits des Wassers vor sich?«

Banouins Lächeln verblasste. »Mein Volk führt wieder gegeneinander Krieg. Große Schlachten werden geschlagen. Tausende sind schon gefallen. Doch Jasaray wird am Ende triumphieren. Daran zweifle ich nicht.«

»Dann ist er also ein großer Kämpfer«, sagte Conn.

»Ich glaube nicht, dass er weiß, wie man ein Schwert führt«, antwortete Banouin. »Aber er weiß, wie man eine Armee führt.« Sie saßen eine Weile schweigend beisammen. Banouin legte Holz nach und füllte ihre Becher erneut. »Ich möchte dir etwas zeigen«, sagte der Fremde und ging ins Hinterzimmer. Als er zurückkam, hielt er ein Kurzschwert aus poliertem Eisen in der Hand. »Ich habe das mitgebracht«, sagte er und hielt dem jungen Mann den geschnitzten hölzernen Griff hin. Conn nahm die Waffe und wog sie in der Hand.

»Sie hat ein gutes Gleichgewicht, aber die Klinge ist sehr kurz. Sie ist nicht viel länger als ein gutes Jagdmesser.«

»Dieses Schwert verändert die Welt«, sagte Banouin.

»Machst du Scherze?«, fragte Conn. Die Klinge war nicht länger als sein Unterarm, der Holzgriff wurde von kurzen Querstreben aus Bronze geschützt. Er stand auf und schwang das Schwert. Es fühlte sich unbeholfen an und ließ die Anmut des vertrauten Langschwertes vermissen.

»Es ist keine Hiebwaffe«, sagte Banouin. »Es ist eine Stichwaffe.«

»Wenn ich auf einen Gegner mit so etwas träfe, und ich hätte Ruathains Langschwert, dann wüsste ich, wer gewinnen würde«, erklärte Conn.

»Das stimmt wahrscheinlich – aber, wie du sagst, das wäre einer gegen einen. Aber das ist gerade der Punkt. Wenn eine Keltoi-Armee auf eine Armee von Stone trifft, sind die Keltoi immer eins zu drei unterlegen.«

»Wie das? Du hast mir gesagt, dass Jasaray in den meisten Schlachten riesigen Scharen von Stammeskriegern gegenüberstand.«

Banouin ging zum Regal an der Wand und nahm eine kleine Kiste herunter. Daraus nahm er ein paar Händevoll kleiner Silbermünzen, die er auf dem dicken roten Teppich vor dem Kamin verstreute. »Wenn dreißig Riganten-Krieger einen Feind angreifen sollten, zu Fuß, wie weit muss jeder Krieger vom anderen entfernt sein?«

Conn dachte nach. In einer Schlacht, wenn jeder Mann ein Langschwert mit einer knapp meterlangen Klinge schwang, müssten sie mindestens anderthalb Meter voneinander entfernt sein. Kamen sie sich näher, würden sie riskieren, vom Schwert eines Freundes verletzt zu werden. Das sagte er Banouin. Der Fremde kniete sich auf den Teppich, suchte dreißig Münzen zusammen und verteilte sie. Dann sah er Conn an. »Die angreifenden Riganten würden so aussehen?«, fragte er. Conn blickte auf die schimmernden Silberstücke und stellte sie sich als Riganten-Krieger vor.

»Ja«, sagte er schließlich. »Nicht allzuweit voneinander entfernt, aber auch nicht zu nahe beieinander.«

Banouin nahm zehn andere Münzen und legte sie zu zwei enggeschlossenen Fünferreihen. »Diese Männer hier stehen Schulter an Schulter. Jeder hat einen rechteckigen

Schild am linken Arm. Die Schilde können sie wie eine Mauer vor sich halten und dann vorschieben, damit die Kurzschwerter zustoßen können.« Vorsichtig schob er die weit verstreuten Münzen vorwärts, bis sie fast die beiden Fünferreihen erreicht hatten. »Stell dir dies als zwei Gruppen von Kriegern vor, und du wirst sehen, dass jeder Rigante, der die Kampflinie erreicht, sich drei Schilden und drei Schwertern gegenübersieht. Ein kurzes Stichschwert ermöglicht den Soldaten, dicht beieinander zu stehen und als Einheit zu kämpfen. Es bedeutet auch, dass – gleich wie groß die feindliche Armee ist –, sie immer einen gewaltigen Nachteil hat, denn jeder Krieger, der bis zur Kampflinie kommt, steht vor drei Gegnern. Entweder das, oder die angreifende Truppe wird so dicht zusammengedrängt, dass sie ihre Schwerter nicht mehr benutzen kann.«

»Ich bin sicher, dass jeder Rigant es mit drei Stone-Soldaten aufnehmen kann«, sagte Conn loyal.

Banouin lächelte. »Du hast nur das Schwert gesehen. Ich habe den Bronzeschild, den eisernen Brustharnisch, den geschmückten Eisenhelm nicht mitgebracht. Auch nicht die Beinschienen, die die Schienbeine schützen, den versteiften Lederschutz für die Handgelenke und den Unterarm oder die Tunika aus Eisenringen. Die meisten Todesfälle im Kampf bei den Riganten sind Folgen von Wunden am Hals oder Hiebe, die Herz, Bauch und Lenden treffen. Manchmal verbluten Krieger langsam. Oder sie ziehen sich eine Infektion und Wundbrand zu. Wie alle Stämme, die ich kennen gelernt habe, ob hier oder jenseits des Wassers, kämpft ihr praktisch ohne Rüstung. Ihr stürzt euch in großer Zahl auf den Feind, und jede Schlacht zersplittert in tausend Gefechte zwischen einzelnen Helden. Ihr müsst lernen, anders zu kämpfen, wenn ihr eure Unabhängigkeit nicht verlieren wollt.«

»Du sprichst, als ob der Krieg mit deinem Volk unvermeidlich wäre«, sagte Conn ruhig.

»Ich fürchte, er ist es. Noch nicht in diesem Jahr oder dem nächsten. Zuerst muss Jasaray seine Feinde innerhalb des Reiches unterwerfen. Dann wird er sich den Perdiernodern den Ostro oder den Gath zuwenden. Das wird einige Jahre dauern. Aber wenn er überlebt, wird er hierher kommen, Conn.«

»Wirst du ihn dann mit Kartenmaterial versorgt haben?«, fragte Conn.

Banouin schüttelte den Kopf. »Nein. Ich brauche keine Karten mehr. Ich habe alles im Kopf. Und ich werde nicht mehr kämpfen. Ich habe Krieg gesehen. Ich war Zeuge der Verwüstungen und der Quälereien. Nein. Wenn der Krieg kommt, dann nehme ich ein Schiff und segle nach Westen. Dort soll es fabelhafte Länder geben, reich und fruchtbar. Vielleicht haben die Menschen dort keinen Bedarf an Krieg.«

»Dann werden sie ein schwaches Volk sein«, murmelte Conn. »Ein starker Mann hat immer Feinde, und diejenigen, die auf gutem Land leben, werden es gegen die verteidigen müssen, die auf schlechterem Boden leben. Das ist nun mal der Lauf der Welt, Banouin. Ich bin vielleicht noch jung, aber ich weiß, dass das wahr ist. Die Starken werden immer herrschen, die Schwachen leiden. So haben es die Götter vorgesehen. Warum sollte es sonst immer so sein?«

»Komm jetzt nicht mit Religion in diesen Fragen!«, warnte Banouin. »Dafür habe ich keine Geduld. Lass' mich das Ganze umdrehen. Wenn mein Volk herkommt und eure Armeen vernichtet, bedeutet das dann, dass ihr es verdient habt, euer Land zu verlieren? Wäre das gerecht?«

Conn lachte. »Nur die Besiegten, die Glücklosen und die Schwachen reden von Recht und Gerechtigkeit und ob etwas verdient ist oder nicht. Ich weiß nur, dass ich für mein Volk kämpfen werde, und ich werde jeden Feind töten, der in die Nähe des Caer Druagh kommt.«

»Hast du den Bären getötet?«, fragte Banouin leise.

Conn wurde rot. »Das war etwas anderes. Ich hatte nicht die Waffen, um den Bären zu töten.«

»Es ist gar nichts anderes, Conn. Die Riganten haben nicht die Waffen, mein Volk aufzuhalten.« Seine Worte hingen in der Luft. Conn dachte darüber nach und wendete sie hin und her.

»Wann fährst du wieder nach Süden?«, fragte er schließlich.

»In drei Monaten. Der Hochsommer ist eine gute Reisezeit.«

»Dann reise ich mit dir. Ich will diese Armeen sehen und diesen Jasaray.«

Sobald es anfing zu tauen, verließ Vorna die Zuflucht ihrer Höhle und unternahm die lange Wanderung hinunter ins Dorf. Nicht, dass sie besonders begierig auf Gesellschaft gewesen wäre. Die Menschen hatten Vorna nie gemocht, nicht einmal als Kind. Es war etwas Unheimliches an ihr, sagten sie. Andere Kinder mieden sie. Als sich ihre Kräfte entwickelten, wurde sie noch isolierter, und die Kälte in den Augen der anderen verwandelte sich in Furcht. Selbst wenn sie in die Häuser der Kranken kam und sie heilte, konnte sie ihre Erleichterung spüren, wenn sie wieder ging.

Nein, es war nicht gerade Gesellschaft, die sie suchte. Doch nach einem Winter gefangen in einer kalten, grauen Höhle sehnte sie sich nach Bewegung und Geräuschen, dem rhythmischen Dröhnen des Schmiedehammers, nach Kinderlachen, Hufgeklapper, dem Muhen der Kühe und dem Geplauder der Menschen, die die neue Sonne begrüßten. Und Köstlichkeiten! Frisch gebackenes Brot, warme Honigtörtchen, Sauermilchbrei.

Sie dachte an diese Herrlichkeiten, als sie über die Brücke ging. Der erste Mensch, der ihr begegnete, war ein

Kätner namens Eanor, dessen Frau sie, zehn Tage bevor der Bär Connavar angegriffen hatte, geheilt hatte. Er sah von seiner Arbeit auf, er grub gerade seinen Gemüsegarten um, und schenkte ihr ein warmes Lächeln. »Daans Segen, meine Dame«, rief er. »Ist das nicht ein herrlicher Tag?« Die Begrüßung erschütterte sie. Niemand sprach ein Wort, wenn Vorna vorüberging. Überrascht nickte sie nur und ging weiter. Eanor hatte recht, der Tag war herrlich, die Sonne schien warm, der Himmel war klar.

Ein Stück weiter sah sie Pelain, die Frau des Bäckers, die im äußeren Hof der Bäckerei ihren Hühnern Körner hinstreute, die sich gackernd um sie scharten. Als sie Vorna sah, lächelte sie und ging ihr entgegen. »Willkommen daheim«, sagte Pelain. Vorna glaubte zu träumen und wusste nicht, was sie sagen sollte. Pelain schüttelte die letzten Körner aus den Falten ihres Kleides und nahm Vor-nas Arm. »Komm herein und iss etwas«, sagte sie. »Borga hat heute morgen Käsebrötchen gemacht. Sie zergehen auf der Zunge.«

Gefügig ließ Vorna sich ins Haus führen. Borga saß an dem Tisch aus Kiefernholz und tauchte Brot in eine Schale mit dicker Suppe. »Wir haben einen Gast«, sagte Pelain. Borgas dickes Gesicht verzog sich zu einem herzlichen Lächeln.

»Willkommen«, sagte er. »Nimm Platz.« Pelain nahm Vornas schweren Kapuzenumhang und hängte ihn an einen Haken bei der Tür. Vorna setzte sich an den Tisch. Borga goss Wasser in einen Becher und reichte ihn ihr. Sie nickte zum Dank, doch ihr fiel nicht ein, was sie sagen könnte. Pelain schnitt drei dicke Scheiben von einem warmen Laib und bestrich sie mit Butter. Vorna aß schweigend.

»Dem Jungen geht es schon wieder gut«, sagte Borga. »Gestern sah ich ihn durch die Berge rennen. Das war eine gute Tat von dir, Vorna. Sehr gut.« Er stand auf und ging durch die Hintertür in seine Bäckerei.

Pelain setzte sich Vorna gegenüber. »Das Brot ist gut, nicht wahr?«

»Ja. Sehr lecker.« Vorna gewann allmählich ihre Fassung wieder, doch sie war leichtes Geplauder nicht gewöhnt und fühlte sich unbehaglich.

Pelain beugte sich vor und sagte leise. »Er ist vielleicht nutzlos im Bett, aber er macht ein Brot, für das Götter sterben würden.« Die Bäckersfrau schwatzte noch eine Weile weiter, dann bemerkte sie das Schweigen ihres Gastes. »Es tut mir leid, Vorna«, sagte sie. »Ich rede wirklich zu viel.«

»Warum bist du so … nett … zu mir?«, fragte die ehemalige Hexe.

Pelain zuckte die Achseln und lächelte scheu. »Weil du jetzt eine von uns bist. Du hast deine Macht aufgegeben, um Connavar zu retten. Meria hat es mir erzählt. Sie sagte, du hast dein Leben aufs Spiel gesetzt, um ihn aus dem Land der Schatten zurückzuholen. Alle empfinden so, Vorna. Es macht dir doch nichts aus, oder? Ich weiß, dass du gern für dich bist, aber …« Ihre Stimme verebbte, dann stand sie auf und schnitt sich ein Brot ab.

»Es macht mir nichts aus«, sagte Vorna. »Und ich danke dir für das Frühstück.« Pelain drehte sich um und grinste sie an.

»Ist es nicht schön, wieder die Sonne zu sehen?«

»Ja«, stimmte Vorna zu. Sie stand auf, nahm ihren Umhang und hängte ihn sich über den Arm. Als sie an der Tür war, rief Pelain ihr nach:

»Du bist hier immer herzlich willkommen.«

»Ich werde daran denken.«

Vorna trat in den Sonnenschein hinaus und ging ins Dorf. Auf dem Weg zu Merias Haus winkten die Leute ihr zu oder riefen ihr Grüße zu. Als sie an Merias Tür kam, zitterte sie, und Tränen standen ihr in den Augen.

Meria sah ihr ihre Not an, legte die Arme um Vorna und zog sie an sich. Die Wärme des Körperkontakts war zu viel für dic Hexe, und sie vergrub ihr Gesicht an Merias Schulter und begann zu weinen.

Wie alle Keltoi waren die Riganten ein leidenschaftliches und sprunghaftes Volk, und sie kämpften oft untereinander. Manchmal endeten diese Kämpfe böse, und die Männer starben an ihren Wunden. Doch solche Tragödien waren selten. Noch seltener waren Vergewaltigung und Mord.

Und deshalb empfand das ganze Dorf Dreibach an jenem Frühlingsmorgen, als man den Toten entdeckte, ein Gefühl des Unglaubens und des Schocks.

Der Leichnam eines Mannes in mittlerem Alter war am frühen Morgen gefunden worden. Ein Rigant, der mit Pfeil und Bogen und seinem Hund auf Kaninchenjagd war, war über den Toten gestolpert. Er war vom Hauptpfad fortgeschleppt und hastig in einem Dickicht versteckt worden. Innerhalb von zwei Stunden hatte sich etwa fünfzig Schritt vom Schauplatz des Verbrechens eine zwanzigköpfige Suchtruppe unter Ruathains Leitung versammelt. Arbonacast, Ruathain und Banouin entfernten sich vorsichtig von den anderen und untersuchten die Spuren in der Nähe.

Arbon kniete neben dem Pfad nieder. »Vier Pferde«, sagte er. »Alle beschlagen.« Er ging weiter den Pfad entlang, wobei er leichtfüßig um die Fährten schritt. »Der alte Mann zog einen Handkarren, als die Reiter kamen.« Er sprang quer über den Pfad ins Gebüsch und blieb wieder stehen. Dann fluchte er leise.

»Was hast du gefunden?«, rief Ruathain.

»Der alte Mann war nicht allein. Eine junge Frau oder ein Kind war bei ihm. Kleine Füße.« Arbon winkte ihnen, den Pfad ebenfalls zu queren und in den Wald zu gehen. Nach wenigen Minuten hatten sie den zweiten Leichnam gefunden, den eines nackten Mädchens, das nicht mehr als vierzehn Jahre alt sein konnte. Dass sie vergewaltigt worden war, war offensichtlich. Dann hatte man ihr die Kehle durchgeschnitten. Ruathain schloss die toten Augen. Banouin stand reglos neben ihm. Er empfand keinen Schock. Auf seinen Reisen durch andere Länder hatte er längst gelernt, dass solche Verbrechen weit verbreitet waren. Aber nicht hier im Gebiet der Riganten. Er musterte den Schauplatz und wartete darauf, dass Arbon den Boden untersuchte. Der Hirte, dessen Gesicht bleich vor Zorn war, erhob sich endlich und ging zurück zu dem ersten Toten. Dieser trug eine lange, hellblaue, rot gesäumte Tunika und hatte einen Messerstich in die Kehle abbekommen. Der Stich hatte ihm das Genick gebrochen. Sein Karren lag auf der Seite, der Inhalt lag verstreut unter den Büschen. Zwei Truhen waren zerbrochen, die vor allem Kleider enthalten hatten, außerdem lagen drei Säcke mit Lebensmitteln dazwischen.

Arbon ging zu Ruathain. »Der Mann und das Mädchen gingen zu Fuß. Dann kamen die Reiter. Einer der Reiter zog ein Schwert. Der alte Mann riss den Arm hoch – daher der Schnitt an seinem Handgelenk. Aber er konnte den Hieb nicht abwehren, und das Schwert zertrümmerte sein Genick. In Panik rannte das Mädchen in den Wald. Die Reiter stiegen ab, verfolgten und fingen sie ein. Als sie mit ihr fertig waren, durchwühlten sie den Karren, zerrten den alten Mann ins Gebüsch und ritten nach Norden davon.«

»Was kannst du mir über die Männer sagen?«, fragte Ruathain.

»Der eine war sehr groß, über einen Meter achtzig. Ein weiterer war klein und stämmig. Einer reitet eine Stute. Einer oder mehrere haben Spuren des Kampfes davongetragen. Unter den Fingernägeln des Mädchens ist Blut. Sonst kann ich dir wenig sagen – außer, dass sie nicht früher als gestern, wahrscheinlich am späten Nachmittag, getötet wurden.«

»Es sind Fremde«, sagte Banouin.

»Das wissen wir alle«, sagte Ruathain kalt. »Kein Rigant würde ein solches Verbrechen begehen.«

Banouin schüttelte den Kopf. »Ich meinte, sie kamen von jenseits des Wassers. Das Schwert, mit dem der alte Mann getötet wurde, war ein Gladius. Sie sind hier nicht verbreitet. Und der Mord an dem Mädchen war wahrscheinlich Teil eines Rituals – ein Opfer an Gianis, den Blutgott. Er wird von den Gath verehrt und vielen anderen Stämmen jenseits des Wassers.«

»Ich habe den Namen schon gehört«, sagte Ruathain.

»Es ist auch möglich«, fuhr Banouin fort, »dass die Reiter den alten Mann kannten. Seine Kleider weisen ihn als Ostro aus. Ihr Land grenzt an das Heimatland der Gath. Sie sind vielleicht sogar mit demselben Schiff gekommen.«

»Das werden wir erfahren, wenn wir sie finden«, sagte Ruathain und ging zurück zu den Reitern.

Banouin blieb, wo er war, und blickte auf das tote Kind. Connavar stellte sich neben ihm. Sein Gesicht war geisterhaft bleich, seine Augen funkelten in kalter Wut. »Du brauchst dir das nicht anzusehen, Conn«, sagte Banouin.

»Oh doch«, flüsterte Conn.

Sie ließen vier Männer zurück, um die Toten zu begraben, und machten sich dann an die Verfolgung der Mörder.

Am späten Nachmittag hatten sie die Fährte verloren, und die Gruppe teilte sich in Zweiertrupps auf, die nach Spuren suchen sollten. Connavar und Banouin ritten zusammen. Sie hielten sich nach Nordosten, in den Langevin-Wald. Sie ritten weiter bis Einbruch der Dunkelheit, dann schlug Banouin vor umzukehren. Conn schüttelte den Kopf. »Ich lasse mein Pony hier eine Weile ausruhen, dann mache ich weiter«, sagte er.

»Vielleicht haben die anderen sie schon gefunden«, meinte Banouin.

»Vielleicht, aber das glaube ich nicht«, sagte der junge Mann und stieg ab.

»Wie kommst du darauf?«, fragte Banouin neugierig.

»Wenn sie, wie du sagst, Fremde sind, dann müssen sie hier ein Ziel verfolgen. Sie wollen entweder Handelsverträge mit den Riganten oder den Pannonen abschließen. Wenn sie mit uns handeln wollen, werden sie nach Alteneichen reiten und dort um eine Audienz beim Baron nachsuchen, oder sie reiten zum Cavellin-Pass. Jedenfalls werden sie diesen Weg genommen haben.«

»Sie könnten vorhaben, nach Westen abzubiegen, zur Wollstraße« wandte Banouin ein. »Auf jeden Fall sollten wir nach Spuren suchen. Du klingst, als ob du sie selbst fangen willst.«

»Das tue ich. Und das werde ich.«

Banouin fluchte. »Das wäre nicht klug. Sie sind zu viert. Wie soll es den Toten nützen, wenn du auch noch stirbst?«

»Ich habe nicht vor zu sterben.«

»Kein Krieger hat vor zu sterben, aber wie kommst du darauf, dass du sie alle vier besiegen kannst?«

»Hast du nicht gesagt, ich wäre der beste Schüler, den du je gehabt hast?«

»Du bist der einzige Schüler, den ich je hatte. Und ja, du bist schnell und wunderbar gewandt beim Üben. Aber das hier ist keine Übung, Conn. Das ist die raue, tödliche Wirklichkeit.« Banouin seufzte. »Ich reite zu Ruathain und den anderen zurück. Kommst du mit?«

»Nein.«

»Wirst du wenigstens warten, bis ich zurückkomme?«

»Selbstverständlich.«

Banouin ließ sein Pony kehrt machen. »Bitte, Conn, mach' keine Dummheiten.«

»Ich bin nicht dumm«, sagte Conn.

Als Banouin in die Dunkelheit davonritt, stieg Conn wieder auf und lenkte sein Pony tiefer in den Wald.

Nach einer Stunde erspähte er den Schein eines fernen Lagerfeuers. Er arbeitete sich näher heran, band sein Pony an und schlich lautlos durchs Unterholz. Das Feuer brannte in einer kleinen Senke neben dem Weg. Drei Männer saßen darum herum und beendeten gerade ihre Mahlzeit. Der Duft von Fleischbrühe hing in der Luft. Conn umrundete das Lager und sah, dass in der Nähe drei Ponys angebunden waren.

Wo war der fehlende vierte Mann?

Zweifel überkamen ihn. Vielleicht waren es doch nicht die Männer, hinter denen er her war.

Er schlich noch näher und sah, dass zwei der Männer Kurzschwerter trugen. Conn war jetzt nahe genug, um hören zu können, was gesprochen wurde. Der Dialekt war so stark, dass er ihn nur mühsam verstehen konnte. Neben ihnen standen ein paar kupferne Teller und Töpfe, und sie schienen darüber zu streiten, wer sie abwaschen sollte. Endlich nahm ein kleiner, untersetzter Mann das Geschirr und ging damit zu einem Bach. Die beiden anderen lachten ihn aus, und er schimpfte zurück. Einer der beiden stand auf und reckte sich. Er war hoch gewachsen, gut über einen Meter achtzig.

In den Schatten eines Baumes gekauert überdachte Conn noch einmal Arbons Beschreibung der Männer. Einer war groß, einer kleiner und schwerer. Fremde. Diese Männer passten auf die Beschreibung, und wären es vier gewesen, wäre er davon überzeugt. Aber so konnten sie auch unschuldige Reisende sein.

Wie konnte er sich Gewissheit verschaffen?

Der dicke Mann kehrte zum Feuer zurück, verstaute das Geschirr in einer Satteltasche und setzte sich wieder. Einer der anderen warf neues Holz in die Flammen. Als das Feuer aufloderte, sah Conn, dass die linke Gesichtsseite des Dicken drei tiefe Kratzer aufwies. Arbon sagte, dass das tote Mädchen Blut unter den Fingernägeln hatte.

Conn holte tief Luft, als kalte Wut ihn durchströmte. Das waren die Männer – oder zumindest drei von ihnen.

Banouin hatte ihn gedrängt, keine Dummheiten zu machen. Conn wusste, dass es nicht gerade klug war, allein gegen die drei Mörder anzugehen, trotzdem hatte er das Gefühl, eigentlich keine andere Wahl zu haben. Es ging nicht darum, die Toten zu rächen, das wusste er, vielleicht hätte es darum gehen sollen. Doch es ging mehr um ihn selbst. Seit dem Kampf mit dem Bären hatte Connavar viele böse Träume gehabt, voller Ängste und Schmerzen. Gewöhnlich rannte er vor etwas Beängstigendem davon, seine Gedanken in Panik, und er wachte schweißgebadet und mit klopfendem Herzen auf. Sein Leben lang hatte Conn Angst davor gehabt, ein Feigling zu sein wie sein Vater. Doch seit dem Tag mit dem Bären wurde er von schrecklichen Ängsten geplagt.

Und Angst musste, wie alle Feinde, überwunden werden.

Er zog das Seidh-Messer und das Kurzschwert, das Banouin ihm geschenkt hatte, erhob sich aus dem Gebüsch und trat ins Lager. Der dicke Mann sah ihn zuerst. Er rollte sich nach rechts, zog sein Schwert und sprang auf die Füße, wobei er fast über den Saum seines schwarzen Umhangs stolperte. Die anderen wichen zurück, einer lief zu seiner Decke und packte sein eigenes Schwert.

»Was willst du hier?«, fragte der Große und spähte in die dunklen Bäume, ob noch mehr Männer zu sehen waren.

»Ihr habt heute einen alten Mann und ein Mädchen umgebracht«, sagte Conn. »Ich bin hier, um eure Seelen schreiend in die Finsternis zu schicken.« Das waren tapfere Worte, doch seine Stimme zitterte beim Sprechen, sodass sie nicht mehr wirklich bedrohlich klangen.

»Du bist ein arroganter Schnösel«, sagte der Große höhnisch. »Bring ihn um, Tudri«, befahl er dem Dicken.

Mit einem Kriegsruf stürzte sich Tudri vor. Eine Welle von Kampfeslust durchfuhr Conn. Tudri zielte mit seinem Eisenschwert auf Conns Brust. Der junge Rigant parierte den Stoß, dann holte er im Bogen mit der Seidh-Klinge aus.

Tudri stolperte noch ein paar Schritte vorwärts, obwohl Blut aus seiner verletzten Kehle quoll und sein Hemd durchtränkte. Dann kippte er der Länge nach ins Gras, wo er zuckend liegenblieb.

Die beiden anderen rückten nun vorsichtiger näher. Conn wartete reglos und beobachtete sie. Der Große bewegte sich anmutig, Conn vermutete, dass er schnell war. Der andere war nervöser, leckte sich die Lippen und blinzelte ständig. Die beiden Männer verteilten sich. Dann machte der Große einen Satz nach vorn. Conn parierte und versuchte einen Gegenstoß, der jedoch fehl ging. In diesem Augenblick stürzte der zweite Mann hinzu. Conn katte kaum Zeit, herumzuwirbeln und den Stoß abzuwehren. Die Seidh-Klinge schoss vor und schlitzte dem Mann die Schulter auf. Er schrie auf und ließ sein Schwert fallen. Conn fuhr auf dem Absatz herum und hämmerte dem Mann den rechten Fuß in den Bauch, wodurch dieser von den Füßen gerissen wurde.

Der Große warf ein Messer. Es traf Conn mit dem Griff voran im Gesicht, direkt unter dem rechten Auge. Es tat weh, und wenn der Wurf nicht so ungeschickt gewesen wäre, wäre der Kampf vorbei gewesen und zehn Zentimeter Eisen steckten in Conns Auge. Der Große griff erneut an. Er war schnell, wie Conn vermutet hatte, und zweimal musste Conn sich mit einem Satz nach hinten vor Bauchstößen in Sicherheit bringen. Der zweite hatte sein Schwert wieder aufgenomnmen und wartete auf eine Gelegenheit. Conn warf sich auf den Großen, doch der wich aus und hieb Conn seine Faust in das ungeschützte Gesicht. Conn geriet ins Taumeln, stürzte jedoch nicht. Der Große versuchte, Conns Kehle zu treffen. Conn parierte – dann stieß er mit der Seidh-Klinge zu. Er hatte auf den Hals gezielt, doch er traf den Mann unterhalb des Wangenknochens ins Gesicht. Das Messer durchbohrte die Wange und trat auf der anderen Gesichtsseite wieder aus. Der plötzliche Schmerz ließ den Mann zurückfahren. Conn wurde das Messer aus der Hand gerissen, aber er rammte seinem Gegner das Kurzschwert tief in den Bauch.

Da stürzte der letzte Mann herbei. Conn zerrte an seinem Schwert, doch es steckte in dem Toten fest. Er ließ den Griff los und wehrte einen Hieb mit dem linken Unterarm ab. Die Eisenklinge durchschnitt sein Hemd und ritzte die Haut. Conn boxte ihn gegen das Kinn, sodass er sich um die eigene Achse drehte. Er ging zu Boden. Der Große lag auf den Knien, die Hände um den Griff des Schwertes geklammert, das aus seinem Bauch ragte. Conn packte das Seidh-Messer und zog es aus dem Gesicht des Mannes. Der letzte Kämpfer war wieder auf den Füßen, doch er geriet in Panik, als er das Messer in Conns Hand sah, und drehte sich um, um zu seinem Pony zu laufen. Conn setzte ihm nach, sprang dem Mann auf den Rücken und warf ihn zu Boden. Conn packte seine Haare und riß ihm den Kopf nach hinten.

»Hier hast du noch eine Gabe für euren Blutgott«, zischte Conn und schlitzte ihm die Kehle auf.

Er erhob sich von dem Toten und ging zurück zu dem großen Mann. Blut hatte seine Beinkleider durchtränkt, sein Gesicht war aschgrau.

»Wo ist der vierte?«, fragte Conn.

»Du sollst … verfaulen … und krepieren«, flüsterte der Mann.

»Du bist es, der hier krepiert«, sagte Conn. »Aber es kann noch ein bißchen schmerzhafter werden.« Er packte den Schwertgriff und drehte ihn herum. Der Mann schrie auf.

»Wo ist der vierte?«, fragte Conn erneut. Der Mann fiel

nach rechts. Ein rasselnder Atemzug kam aus seinem Mund. Dann Stille. Conn drehte den Toten auf den Rücken, zog sein Schwert heraus und wischte es an dem Umhang des Mannes sauber.

Er ging zum Feuer und setzte sich. Seine Hände zitterten jetzt, nach dem Schock des Kampfes, aber dieses Mal schämte er sich nicht.

Er war am Leben. Und er hatte gesiegt.

Die Euphorie hielt nicht lange. Conn saß am Feuer und dachte an die toten Männer hinter ihm. Er schauderte und blickte nervös über die Schulter zurück. Dort lagen sie, schrecklich still. Die Augen des Großen standen offen und schienen ihn anzustarren. Conn stand auf und ging zu den Toten hinüber. Er zog einem nach dem anderen den schwarzen Umhang aus und deckte sie damit zu. Die Umhänge waren gut verarbeitet und trugen in der Mitte eine Stickerei, die fünf ineinander verschlungene silberne Kreise zeigte. Es waren teure Kleidungsstücke.

Jetzt, wo die Aufregung und die Angst sich gelegt hatten, wurde Conn fast melancholisch. Diese Stimmung erstaunte ihn. Hatte er nicht drei Krieger getötet? War das nicht der Beweis dafür, dass er ein Mann war? Er legte Holz aufs Feuer und wickelte sich in seinen Umhang. Eine Eule flog lautlos über die Senke und dann davon. Rechts von ihm steckte ein Fuchs seinen Kopf aus dem Unterholz und betrachtete den Mann am Feuer. Er kann das Blut riechen, dachte Conn. Es sind keine Menschen mehr. Jetzt ist es Fleisch.

Wie du eines Tages zu Fleisch werden wirst.

Der Gedanke war nicht sehr erfreulich.

»Ein Mann sollte bei einem Sieg niemals allein sein«, sagte die Morrigu. Conn fuhr zusammen. Sie saß auf der anderen Seite des Feuers, einen grauen Schal um die hageren Schultern gelegt. Eine magere schwarze Krähe glitt von einem Baum herab und landete Flügel schlagend neben ihr auf der Erde. Conn griff in sein Hemd und schloß die Finger um den roten Opal, den Vorna ihm gegeben hatte. Die Morrigu lachte. »Ich bin nicht gekommen, um dir etwas zuleide zu tun, Schwert im Sturm.«

»Warum dann?«

»Du interessierst mich. Sage mir, warum hast du diese Männer getötet?«

»Sie haben einen alten Mann und ein Kind ermordet.«

»Ach. Also eine ganz einfache Angelegenheit. Ein Verbrechen, gefolgt von gerechter Strafe. Und wenn ich dir jetzt sagen würde, dass der alte Mann ein Zauberer war, der viele Menschen getötet hatte, und dass das Kind sein Vertrauter war, ein dunkles, dämonisches Wesen, das Kinderseelen verschlang? Und dass die Männer, die ausgeschickt wurden, um ihn aufzuhalten, Helden der Gath waren? Was dann?«

»Das waren keine Helden«, sagte Conn, doch ihre Worte beunruhigten ihn.

»Wie kannst du da so sicher sein?«

»Helden hätten das Mädchen nicht vergewaltigt, und wenn der Mann wirklich ein Zauberer war, warum hat er seine Kräfte dann nicht gegen sie eingesetzt?«

»Vielleicht trugen sie alle einen Talisman wie du, und was die Vergewaltigung angeht, du weißt besser als jeder andere, dass eine Frau, die mit Erdmagie gesegnet ist, sich nie mit einem Mann verbinden darf. Vielleicht haben sie sie missbraucht, damit sie ihre Magie verliert.«

»Das glaube ich nicht.«

»Ich sagte ja auch nicht, es sei wahr«, betonte die Morrigu. »Aber es hätte sein können.«

»Was willst du von mir?«

»Ich will gar nichts, Mensch. Wie gesagt, du interessierst mich. Ich habe dich einmal gefragt, was du dir ersehnst. Du wolltest Ruhm. Du hast ihn gekostet. Hat es dir gefallen?«

»Ich glaube, du bist böse«, sagte er. »Ich will nichts mehr mit dir zu tun haben.«

Die Morrigu lächelte. »Ich bin jenseits von böse, Kind. Das Böse ist ein kleines Wesen, kurzlebig und kleinlich. Das Böse ist wie eine Krankheit. Es kommt, es schmerzt und es geht. Ich bin die Morrigu. Ich bin immer da. Ich bin die, die gibt. Die Menschen kommen zu mir und bitten mich um Geschenke. Ich gebe ihnen, um was sie bitten.«

»Du hast den Bären geschickt, um mich zu töten.«

»Du wolltest Ruhm, Connavar. Dein Name ist jetzt überall im Land der Keltoi bekannt. Du bist ein Held. Vielleicht solltest du mir danken. Bitte mich um etwas anderes. Mal sehen, wie großzügig ich bin. Wärst du gern ein König?«

»Ich will nichts mehr von dir«, wiederholte er. »Der Bär war Geschenk genug.«

»Sind deine Träume so klein geworden, Schwert im Sturm? Wo ist der Junge, der sich nach Ruhm sehnte?«

»Er ist erwachsen geworden«, fauchte Conn. »Sage mir, warum hast du Vorna ihrer Kräfte beraubt?«

Die Krähe flog auf, ihr Flügelschlag ließ Funken aufstieben. Ein paar Funken landeten in Conns Schoß. Er wischte sie weg, dann blinzelte er. Denn er war allein, jenseits des Feuers war nichts. Er hatte nicht gesehen, wie die Morrigu verschwand, ebensowenig wie er sie hatte kommen sehen. Es war, als ob er aus einem Traum erwachte, und einen Augenblick lang fragte er sich, ob er ihre Begegnung nur geträumt hatte. Aber dort, auf der anderen Seite des Feuers, lag eine einzelne schwarze Feder. Conn schauderte. Er ging um das Feuer herum, stieß die Feder in die Flammen und sah zu, wie sie zusammenschrumpfte und verbrannte.

Um was hätte er bitten können? Er dachte darüber nach, und die Antwort war einfach. Nichts würde ihm besser gefallen, als Arian aus dem Wald kommen zu sehen, um sich neben ihn ans Feuer zu setzen. Er dachte an die Neigung ihres Kopfes, ihr melodisches Lachen, den Schwung ihrer Hüften. Sie war immer in seinen Gedanken. Selbst ihre Heirat konnte nichts daran ändern.

Conn versuchte zu schlafen, doch er träumte von Toten, die sich mit blitzenden Messern in den Händen aufrichteten, und er erwachte schweißnass und verängstigt. Eine Bewegung hinter ihm ließ ihn panisch zusammenfahren. Ein Fuchs zerrte an dem Arm eines der Toten. Erleichtert warf Conn einen Stein nach ihm. Er winselte und lief ins Gebüsch. Jetzt hellwach, legte er das letzte Holz aufs Feuer. Er wusste instinktiv, dass die Geschichte der Morrigu von Zauberern und Dämonen eine Lüge gewesen war, aber trotzdem ... Was, wenn noch mehr hinter der Geschichte steckte? Was, wenn es nicht einfach nur ein Fall von beiläufiger Vergewaltigung und Mord war? Dann hätte ich drei Männer ungerechtfertigt getötet, dachte er.

Er bemerkte plötzlich, einen pochenden Schmerz unter seinem Auge und tastete danach. Die Haut war angeschwollen und empfindlich, wo der Messergriff ihn getroffen hatte. Davon wollte er Ruathain oder Banouin lieber nichts erzählen, dachte er. Wäre das Messer besser geworfen worden, würde der Fuchs jetzt an ihm nagen.

Er überlegte, wie Ruathain wohl auf seine Dummheit reagieren würde. Würde er wütend sein? Wahrscheinlich. Aber er war selbst Krieger, und sein Zorn würde von seinem Stolz auf Conns Leistung gedämpft. Jedenfalls hoffte Conn das.

Kurz vor Tagesanbruch hörte er Pferde im Wald. »Hierher!«, schrie er.

Die ersten Reiter, die er sah, waren Banouin und Ruathain, dann kamen Arbon, Govannan und eine Reihe anderer. Ruathain sprang von seinem Pony und kam zu dem verlöschenden Feuer. »Was ist passiert?«, fragte er.

»Ich habe drei von ihnen gefunden«, sagte Conn. »Von dem vierten gibt es keine Spur.«

»Ich glaube, wir haben ihn«, sagte Ruathain und deutete auf einen der Reiter, einen schlanken Mann mit herabhängendem blondem Schnurrbart, der schweigend auf seinem Pony saß, die Hände auf dem Rücken gefesselt. »Wir fanden ihn im Dorf Blautal, als er Proviant kaufte. Er ist ein Fremder.« Ruathain ging zu den Toten und zog die Decken weg. Arbon stieg ab und untersuchte sie. »Das sind sie«, erklärte er den Reitern. »Seht, der Dicke hat Kratzer im Gesicht. Gut gemacht, Conn.«

Conn nahm das Lob kommentarlos entgegen, sah jedoch Banouin an. Der Fremde sah wütend aus und sagte nichts. Und Ruathains Miene war nicht zu deuten.

»Was wollt ihr mit dem vierten Mann machen?« fragte Conn Ruathain.

»Er behauptet, er wäre allein unterwegs gewesen. Ich werde ihn vor den Baron zu Gericht bringen. Du kannst mit mir reiten. Du brauchst eine Genehmigung des Barons, um das Land zu verlassen und mit Banouin zu reisen.«

Ein paar der Männer stiegen ab und durchsuchten das Lager und die Toten. Sie fanden drei kleine Beutel mit Silbermünzen, die unter den Reitern aufgeteilt wurden. Ruathain und Banouin nahmen nichts davon. Ihrem Vorbild folgend, nahm auch Conn nichts. Dann begruben sie die drei Toten und ritten davon und ließen den jungen Mann bei Ruathain und dem Gefangenen. Erst dann ließ Ruathain seinem Ärger freien Lauf.

»Was hast du dir bloß dabei gedacht, Junge? Drei ausgewachsene Männer! Sie hätten ja auch geübte Krieger sein können!«

»Vielleicht waren sie das ja«, verteidigte sich Conn.

Ruathain schüttelte den Kopf. »Ich bin zwar nicht so gut wie Arbon, aber auch ich kann Spuren lesen. Der Dicke hat sich wie ein Narr auf dich gestürzt. Der kleine Mann war auf der Flucht, als du ihn zu Boden geworfen und ihm die Kehle durchgeschniten hast. Nur der Große hatte überhaupt Fähigkeiten – und er hat dein Gesicht gezeichnet. Was hätte ich denn deiner Mutter sagen sollen, wenn du hier gestorben wärst?«

»Du hättest ihr gesagt, dass ich nicht davongelaufen bin«, sagte Conn, dessen Verärgerung wuchs.

Ruathain schloss die Augen und holte tief Luft. »Dein Mut steht nicht in Frage. Und was das anbelangt, auch der deines Vaters stand nie in Frage. Aber wir reden hier nicht von Mut, sondern von Dummheit. Was du hier getan hast, war tollkühn. Die Tatsache, dass du gewonnen hast, macht das nicht besser. Ich habe schon viele tapfere Männer gekannt, Conn. Viele von ihnen sind jetzt tot. Mut ist sinnlos, wenn er nicht mit einem scharfen Verstand einhergeht.« Er trat vor und legte dem jungen Burschen eine Hand auf die Schulter. »Ich liebe dich, Conn, und ich bin stolz auf dich. Aber lerne etwas aus dieser Sache.«

»Ich musste es tun«, sagte Conn leise. »Es war der Bär. Ich konnte die Angst nicht mehr ertragen.«

»Ah, ich verstehe. Und bist du sie jetzt los?«

»Ja.«

Ruathain legte die Arme um Conn und drückte ihn an sich. »Dann wollen wir nicht mehr von dieser Dummheit reden«, sagte er und küsste Conn auf die Wange.

Der Gefangene lenkte sein Pony mit den Knien vorwärts. »Könntet ihr mir nicht die Hände losbinden?«, fragte er. »Ich habe kein Gefühl mehr in den Fingern.«

Ruathain ließ Conn los und sah den Mann kalt an. »Warum sollte mich das kümmern?«, fragte er.

»Hör zu«, sagte der Gefangene. »Ich kann ja verstehen, dass ihr mich für einen Mörder haltet, aber ich bin ein unschuldiger Reisender, wie es sich vor dem Gericht, von dem du sprichst, auch gewiss erweisen wird. Oder ist es eure Gewohnheit, jeden Fremden zu fesseln, der das Pech hat, durch euer Land zu reisen?«

Ruathain ging zu dem Mann und prüfte die Fesseln. Sie waren tatsächlich viel zu fest, und er lockerte sie. Der

Mann stöhnte auf, als das Blut wieder durch seine Finger kreiste. »Reiten wir«, sagte Ruathain.

Bruder Sonnwend war ein Druide, obwohl man das auf den ersten Blick kaum glauben konnte. Druiden waren meist ältere Männer, feierlich und todernst, asketisch und der Welt und ihren Vergnügen entrückt. Es gab natürlich auch jüngere Druiden, doch da sie dem durchschnittlichen Beobachter erschienen, als ob sie sich verzweifelt darum bemühten, alt, feierlich und todernst zu wirken, wurden sie genauso betrachtet wie ihre älteren Brüder. Bruder Sonnwend war jedoch ganz anders. Er war groß und breitschultrig, mit gewaltigem Brustkasten, ein Mann, der gerne dröhnend lachte und einen Scherz machte. Im Gegensatz zu seinen Priesterkollegen war er auch ausgesprochen beliebt. Seltsamerweise erstreckte sich diese Beliebtheit auch auf die Reihen seiner Brüder. Es war ein seltenes Ereignis, einen Druiden lachen zu sehen, doch wenn ein solches Ereignis eintrat, war bestimmt Bruder Sonnwend mit seinem schwarzen Bart mittendrin anzutreffen.

Doch heute, das wusste Bruder Sonnwend, würde es nichts zu lachen geben. Er saß ruhig in der Halle des Barons, als der Gefangene hereingebracht wurde. Die vielen Tische, an denen die Edlen sonst speisen, waren an die Wände geschoben worden, und der Saal war gedrängt voll mit Menschen, die den Mordprozess sehen wollten. Bevor er jedoch anfing, wurden Angeklagte anderer Fälle hereingeführt, Männer, denen kleinere Vergehen gegen ihre Nachbarn vorgeworfen wurden, vor allem Prügeleien und Raufereien. Eine Frau, die der tätlichen Beleidigung angeklagt war, erregte die Fantasie der Menge, die pfiff und johlte, als sie hereingebracht wurde. Sie hatte Zeugen zufolge ihrem Mann mit einem Stück Holz ins Gesicht gehauen, sodass seine Nase brach und seine Zähne locker wurden. Drei Zeugen sagten aus, dass sie den Ehemann früher am selben Abend in Begleitung eines Freudenmädchens gesehen hatten. Die Frau wurde freigesprochen, der Angriff rechtens genannt. Es folgte ein Pferdehändler, dem vorgeworfen wurde, ein lungenkrankes Pferd verkauft zu haben, und ein Kesselflicker, der eine Witwe beraubt haben sollte. Der Pferdehändler erhielt eine Geldstrafe von zwanzig Silberstücken und musste dem Käufer den Kaufpreis für das Pferd zurückerstatten, der Kesselflicker wurde zu einer öffentlichen Auspeitschung verurteilt. Diese Fälle allein hätten keine so große Zuschauermenge angezogen. Dafür wären die Dienste von Bruder Sonnwend gewiss nicht notwendig gewesen. Nein, die Bevölkerung von Alteneichen war gekommen, um Bruder Sonnwend zu sehen, wie er den Mann verhörte, der der Vergewaltigung und des Mordes angeklagt war.

Der Gefangene war hoch gewachsen, seine Kleider – obwohl von der Reise schmutzig – teuer: ein Tunikahemd aus feiner blauer Wolle, eingefasst mit Silberfäden, über Beinkleidern aus weichem schwarzem Leder. Bruder Sonnwend sah dem Mann prüfend ins Gesicht. Seine Augen waren hellblau, die Haare blond, seine Lippen unter einem hängenden Schnurrbart waren voll. Es war ein gutes Gesicht, die Art Gesicht, zu dem man Vertrauen fasste, mit festem Kinn und schönen Linien.

Bruder Sonnwend warf einen Blick auf den Baron, der auf der Empore über ihm saß. Der Baron hob seine schwere Hand, um das anschwellende, zornige Gemurmel der Zuschauer zu beenden, das die Ankunft des Gefangenen begleitete. »Ruhe, bitte«, sagte der Baron. Seine Stimme grollte wie ferner Donner. Auf der Stelle herrschte Stille. Bruder Sonnwend lächelte. Der Baron hatte ein Auftreten, für das die meisten Fürsten ihren Arm gegeben hätten. Obwohl er inzwischen die sechzig überschritten hatte, sein linker Arm von Arthritis gezeichnet und nutzlos war, sein Rücken krumm, blieb er eine gebieterische Erscheinung. Der Baron strich sich den silbernen Bart, dann beugte er sich vor, um den Gefangenen zu betrachten, der zwischen zwei Wachen stand, mit geradem Rücken, die Arme auf dem Rücken gefesselt. Der Baron winkte die Wachen zurück, damit der Gefangene nun allein in der Mitte des Saales stand und sich die Zuschauermenge wie ein menschliches Hufeisen um ihn scharte.

Der Baron lehnte sich in seinem Stuhl zurück und rief Ruathain auf. Bruder Sonnwend beobachtete ihn genau. Er war Ruathain schon bei zahlreichen Gelegenheiten begegnet und mochte ihn. Es würde nicht nötig sein, dass er seine Kräfte darauf verschwendete herauszufinden, ob der Mann aus Dreibach die Wahrheit sprach. Ruathain sprach immer die Wahrheit. Ein hauchzarter Zweifel überfiel ihn. Sei nicht so selbstgefällig, warnte Bruder Sonnwend sich selbst. Hier steht das Leben eines Menschen auf dem Spiel. Er schloss die Augen und zog sich in sich zurück, um die verborgene Tür zu seiner Macht zu öffnen. Wärme durchströmte ihn, und er schlug die Augen wieder auf.

Das Bild vor ihm war dasselbe – nur dass die Farben unendlich viel leuchtender waren. Ruathains grüne Tunika strahlte mit der Kraft des Frühlings, und sein Gesicht und seine Hände umgab eine Aura aus hellem, goldenem Licht. Alles an dem Mann wurde Bruder Sonnwend enthüllt: sein Stolz, sein Mut, seine Bedürfnis nach Aufrichtigkeit, seine Ängste – selbst seine Träume. Und unter dem Licht konnte Bruder Sonnwend die Dunkelheit erkennen, die jede Seele berührte, doch in diesem Mann von Ketten in Bann gehalten wurde, die stärker waren als Eisen.

Du gefällst mir, Ruathain, dachte er.

Unter den Fragen des Barons berichtete Ruathain von der Entdeckung des Ermordeten und des Mädchens, der

Verfolgung und schließlich der Entdeckung des Angeklagten, als er Proviant kaufte. Er fügte auch hinzu, dass die anderen drei Männer von seinem Sohn Connavar im Kampf getötet worden waren.

Der Baron rief den jungen Mann nach vorn. Bruder Sonnwend beugte sich vor. Auch hier war dasselbe goldene Licht, doch darunter wütete die Dunkelheit wie ein eingesperrter Löwe, der seine Fesseln zu sprengen versucht. Der Druide betrachtete Connavar, sah die zackige rote Narbe, die von der Schläfe bis zum Kinn verlief und erinnerte sich an die Geschichte von dem Jungen und dem Bären. Dann sah er das Messer am Gürtel des Jungen. Ein Schauer überlief ihn.

Eine Seidh-Klinge!

Die Augen des Druiden wurden schmal, und er fühlte ein Kribbeln auf der Haut. Wer bist du, Junge?, fragte er sich.

Der Baron befragte den jungen Mann, der von seinem Kampf mit den drei Verfolgten berichtete. Die Geschichte wurde ohne Ausschmückungen erzählt und erhielt dadurch noch mehr Dramatik. Zum Schluß klatschte das Publikum in die Hände und jubelte. Connavar wurde rot.

»Wie alt bist du, mein Junge?«, fragte der Baron.

»In zwei Monaten werde ich sechzehn, Herr«, antwortete Connavar.

»Wir haben von dir gehört, und von deinem Kampf mit dem Ungeheuer. Du bist ein guter Rigant, und ein junger Mann, auf den wir stolz sein können. Als dein Baron ernenne ich dich vor der Zeit zum Manne. Von diesem Augenblick an hast du vor dem Rat und im Leben alle Rechte eines Mannes. Du darfst dir etwas von mir wünschen – und ich werde es gewähren.«

Connavar überlegte einen Moment. »Ich brauche keine Geschenke, Herr, aber ich kam her, um deine Erlaubnis zu erbitten, mit Banouin dem Fremden in seine Heimat jenseits des südlichen Meeres zu reisen.«

Der Baron war erstaunt, wie der Druide wusste. Die meisten Männer hätten um ein Stück Land gebeten oder um eine Reihe von Ponys. Der Junge bat um nichts, denn selbst ohne seine Heldentaten war es unwahrscheinlich, dass seine Bitte um Reiseerlaubnis abgelehnt worden wäre. Der alte Mann lächelte. »Du wünschst dir zu wenig von mir, Krieger. Ich gewähre dir deinen Wunsch, nach Süden zu reisen – und darüber hinaus werde ich dich mit einem guten Pferd und einem Schwert ausstatten. Komm in mein Haus, wenn die Gerichtsverhandlungen abgeschlossen sind.« Connavar verbeugte sich und kehrte zu den Zuschauern zurück.

Der Baron kam mühsam auf die Füße. Er war hoch gewachsen und war einst der stärkste Krieger im Norden gewesen. Selbst jetzt noch war er eine beeindruckende Erscheinung. Er steckte seinen nutzlosen Arm in den breiten Gürtel und ging zu dem Gefangenen. »Du bist eines besonders scheußlichen Verbrechens angeklagt, auf das der Tod durch Ertränken steht. Es gibt keine Beweisstücke, durch die du überführt werden könntest, deshalb ist Bruder Sonnwend hier. Er ist, wie du an seinem weißen Gewand erkennen kannst, ein Druide. Von seinen vielen Fähigkeiten braucht dich nur eine besonders zu interessieren, nämlich seine Gabe, Lügen aufzuspüren. Er wird dich befragen. Ich rate dir, die Wahrheit zu sagen.«

»Ich werde die Wahrheit sagen, Herr«, sagte der Mann. »Denn ich habe nichts zu fürchten.«

»Dann nenne uns deinen Namen und deinen Stamm«, befahl der Baron.

»Ich bin Lexac vom Stamme Ostro. Mein Vater ist Kaufmann und schickte mich her, um die Exklusivrechte für den Versand und Verkauf der geölten Wollmäntel zu erwerben, die auf den Inseln hergestellt werden.«

Der Baron wandte sich an Bruder Sonnwend. Der Druide stand auf und ging zu dem Gefangenen. Bruder Sonnwend steckte eine Hand in die Tasche seines

Gewandes und holte eine kleine schwarze Ratte heraus. Er hielt sie hoch und streichelte ihr zärtlich über den Rücken.

»Wir wollen ganz klarstellen, Lexac von den Ostro, was hier stattfindet. Ich werde dir Fragen stellen, und du wirst sie beantworten. Wenn du die Wahrheit sagst, wird dir an diesem Ort nichts geschehen. Wenn du lügst, werden deine Qualen groß sein. Verstehst du, was ich sage?«

»Ja«, antwortete Lexac, die Augen auf die Ratte gerichtet.

»Gut. Dies ist mein kleiner Helfer. Sie ist die Wahrheitssuchende.« Bruder Sonnwend hob den Arm hoch über den Kopf. Der Ärmel seines Gewandes glitt herab und enthüllte die kraftvollen Muskeln seines Unterarms und seinen Bizeps. Die schwarze Ratte setzte sich in seiner Hand auf. Dann verschwand sie. Der Gefangene blinzelte. »Die Wahrheitssuchende ist fort«, sagte Bruder Sonnwend. »Aber sie wird zurückkehren. So, du sagst also, du wurdest hergeschickt, um die Rechte an geölter Wolle zu erwerben.«

»Ja«, antwortete Lexac.

»Denke sorgfältig nach, ehe du die nächste Frage beantwortest. Drei Mörder sind vor zwei Tagen ihrem Tod begegnet. Kanntest du sie?«

»Ja, ich kannte sie.«

»Wie kam das?«

»Ich sah sie auf dem Schiff und sprach sie an. Zwei von ihnen kannte ich schon vorher.«

»Bist du mit ihnen geritten, nachdem ihr an Land gegangen ward?«

»Ja, eine Zeitlang.«

»Aber du warst nicht bei ihnen, als sie das Opfer und seine Tochter trafen?«

»Nein, ich –« Der Gefangene verkrampfte sich plötzlich, sein Rücken bog sich durch. Blut sprühte aus seinem Mund. Die Zuschauer rangen nach Luft, als etwas

Schwarzes sich aus dem Mund des Gefangenen schob. Die schwarze Ratte krabbelte zwischen den Lippen des Mannes hindurch und sprang auf die ausgestreckte Hand von Bruder Sonnwend. Lexac fiel auf die Knie und erbrach sich. Zwei Wachen kamen herbei und rissen den Gefangenen auf die Füße. Er zitterte unbeherrschbar, seine Augen waren weit aufgerissen und auf das kleine Wesen in der Hand des Druiden gerichtet. Wieder hob Bruder Sonnwend den Arm. Wieder verschwand die Ratte. Der Gefangene schrie auf.

»Sei ruhig!« befahl der Druide. »Sprich die Wahrheit, und du hast nichts zu leiden. Aber noch eine Lüge, und die Wahrheitssucherin erscheint in deinem Bauch. Dann wird sie sich mit Zähnen und Klauen einen Weg in die Freiheit bahnen. Hast du verstanden?« Lexac nickte dumpf, Blut rann von seinen aufgerissenen Lippen.

»Du warst also bei ihnen, als die Tat verübt wurde?«

»Ja.«

»Du hattest Anteil daran?«

»Ja.«

»Kannstest du den Toten?«

»Ja. Er war ein Konkurrent meines Vaters.«

»Und auch er wollte die Rechte an geölter Wolle erwerben?«

»Ja.«

»Dann wurde die Tat also aus Habsucht begangen? Die Vergewaltigung war mehr ein Nebengedanke?«

»Ja. Es tut mir Leid. Es tut mir so Leid.«

Bruder Sonnwend hob den Arm. Die Ratte erschien und schlüpfte in seinem Ärmel, und der Druide wandte sich von dem Gefangenen ab.

Der Baron trat vor. »Heute abend wird Bruder Sonnwend dich aufsuchen. Er wird deinen Bericht zum Tathergang niederschreiben. Dieser Bericht wird deinem Vater übersandt, zusammen mit meinem Bericht darüber, wie du den Tod fandest.« Zwei Wachen nahmen den

Gefangenen bei den Armen. Lexac begann jämmerlich zu weinen. Die Zuschauer, noch wie betäubt von der Magie des Druiden, schwiegen, als der Gefangene abgeführt wurde.

Bruder Sonnwend wanderte aus dem Saal in den strahlenden Sonnenschein hinaus. Die Ratte in seiner Hand begann zu schrumpfen, bis sie nicht mehr war als das, was sie immer schon gewesen war, ein kleines Stückchen schwarzes Fell, keine fünf Zentimeter im Quadrat. Das Blut kam daher, dass Lexac sich in seiner Panik selbst auf die Lippen gebissen hatte. Nur der Baron kannte das Geheimnis, und selbst er konnte zuerst nicht ganz begreifen, warum Bruder Sonnwend solche Magie anwandte.

»Wir alle kennen doch deine Fähigkeiten, Bruder«, hatte der Baron gesagt. »Wenn du uns einfach sagst, dass ein Mensch schuldig ist, dann werden wir ihn richten.«

»Das ist nicht sicher genug, mein Freund. Du hast recht. Ich sage in solchen Dingen immer die Wahrheit. Aber das Böse kann überall zuschlagen: in einem Bauern, einem Baron, einem Druiden. In künftigen Tagen – wenn ich schon lange tot bin – kommt vielleicht ein anderer Druide, ein Lügner und Betrüger. Es wäre gefährlich, wenn vorher ein Beispiel geschaffen würde, nach dem sein Wort allein einem Angeklagten den Tod bringen kann. So jedoch stellt meine Wahrheitssucherin sicher, dass der Schuldige selbst seine Tat gesteht.«

In hellen Sonnenschein tat Bruder Sonnwend einen tiefen, reinigenden Atemzug und ließ die Kraft von sich abfallen. Sein Herz war schwer, denn der Verurteilte war nicht gänzlich böse gewesen. Tatsächlich steckte viel Gutes in ihm. Jetzt würde sowohl das Gute als auch das Böse den trüben Wassern des Torfmoors übergeben.

Bruder Sonnwend sah dem Abend, den der mit dem Gefangenen verbringen würde, keineswegs mit Freude entgegen.

Connavar verließ den Saal und ging zu der hohen Palisade. Hölzerne Wände aus angespitzten Baumstämmen umgaben ringförmig die Festung, sodass es aussah, als würde Alteneichen eine Krone tragen. Er stieg eine Reihe von hölzernen Stufen empor, bis er den Wehrgang erreichte und weit über die unter ihm liegende Siedlung blicken konnte. Hunderte kleiner runder Häuser erstreckten sich anderthalb Kilometer nach Süden zum Fluss, größere Häuser zierten die Hügel im Osten. Die Festung des Barons war ein eindrucksvoller Bau, der in den vergangenen fünfzig Jahren dreimal einer Belagerung durch die Seeräuber standgehalten hatte. Die Anhöhe, auf der sie lag, war steil, und Angreifer waren ohne Deckung dem Hagel von Pfeilen ausgesetzt, der auf sie herabregnete.

Connavar schritt den Wehrgang entlang und blickte über die Wälder weit nach Süden. Gedanken an Arian erfüllten ihn. Wie konnte sie einen anderen heiraten? Vor allem nach dieser Nacht am Bach voller Leidenschaft. Es war das schönste Erlebnis in seinem jungen Leben gewesen, und er hatte das Gefühl, dass ihr Geist sich auf eine so wundervolle Art miteinander verbunden hatte, dass es einzigartig war. Niemand auf der Welt, so glaubte er, konnte je eine solche Magie, eine solche Harmonie gekannt haben. Und doch hatte sie ihn verraten.

Und jetzt galt diese Leidenschaft, dieses erstickte Stöhnen Casta. Er merkte, wie die Wut sich in ihm zusammenballte und stellte sich vor, wie er Casta sein Messer in den Bauch stieß und ihm die Seele herausriss. Doch sogleich empfand er Schuldbewusstsein. Casta traf keine Schuld. Er hatte sie nicht gezwungen, ihn zu heiraten. Sie hatte es aus freien Stücken getan, als Conn dem Tode nahe war. Es war alles so verwirrend. Sie hatte gesagt, dass sie ihn liebte. Und es war eine schreckliche Lüge gewesen. Aber warum hatte sie es dann gesagt? Was wollte sie damit erreichen?

Als er die Stufen hinter sich knirschen hörte, drehte

Conn sich um und sah Bruder Sonnwend zum Wehrgang emporsteigen. Der Mann war kraftvoll gebaut und sah Zoll für Zoll wie ein Krieger aus, was in Conns Augen das knöchellange weiße Druidengewand, das er trug, albern wirken ließ. Als er näher kam, sah Conn eine Narbe ähnlich seiner eigenen unter dem schwarzen Bart des Druiden hervorschauen.

»Ich habe in drei Schlachten gekämpft«, sagte Bruder Sonnwend und berührte die Narbe. »Aber das war, bevor ich den Ruf vernahm.«

»Du kannst Gedanken lesen«, sagte Conn, der sich plötzlich unbehaglich fühlte.

»Ja, aber das wäre unhöflich. Ich habe nur gemerkt, wie du mich angestarrt hast.« Bruder Sonnwend ging zur Mauer und blickte über das Land hinaus. »Es ist schön von hier oben gesehen, hoch über den Ärgernissen der Welt. Sieh dir die Häuser an. Sehen sie nicht still und gleichförmig aus? Doch jedes beherbergt zahlreiche Gefühle – Liebe, Wollust, Wut, Habsucht, Neid und Hass. Und, leider bedeutend weniger, Freundlichkeit, Mitgefühl, Zuneigung, Selbstlosigkeit. Die Aussicht ist vielleicht schön, aber sie entspricht nicht der Wirklichkeit.«

»Wo ist deine Ratte?«, fragte Conn.

»Wie ich sehe, interessiert dich meine Philosophie nicht«, sagte Bruder Sonnwend mit einem bedauernden Lächeln. »Was interessiert dich denn, Connavar?«

Conn zuckte die Achseln. Er wollte nicht mit diesem Zauberer reden. Und die Gefühle, die in den kleinen Häusern da unten tobten, waren ihm völlig gleichgültig. Doch der Druide wartete schweigend auf eine Antwort. »Das Volk von Stone«, sagte Conn schließlich. »Das interessiert mich.«

»Das ist der künftige Feind«, sagte Bruder Sonnwend.

Conn staunte. »Hattest du eine Vision?«

»Dafür brauche ich keine Vision, Connavar. Wenn die Blätter von den Bäumen fallen, dann weiß ich, dass der

Winter kommt. Jenseits des Wassers wurden viele Druiden von ihnen ermordet. Sie sind ein hungriges Volk, und ihr Ehrgeiz ist grenzenlos. Hast du deshalb um Erlaubnis gebeten, über das Wasser zu reisen? Um diese Kriegsbringer zu studieren?«

»Ja.«

»Und was genau willst du studieren?«

Die Antwort schien allzu offensichtlich. »Ihre Armeen und ihre Art zu kämpfen.«

»Das wäre ein Anfang. Aber um sie zu besiegen, musst du auch lernen, *warum* sie kämpfen.«

Conn ärgerte sich immer mehr. »Was spielt das für eine Rolle?«, fauchte er. Bruder Sonnwend schwieg. Er schloss die Augen, und für einen flüchtigen Augenblick spürte Conn einen kühlen Hauch, der sein Gesicht streifte. Ein Gefühl der Ruhe durchströmte ihn und versenkte den Zorn, den er über Arians Verrat empfand.

»Können wir jetzt miteinander reden?«, fragte Bruder Sonnwend.

»Hast du einen Zauber auf mich gelegt?«, erwiderte Conn.

»Nicht *auf* dich. *Um* dich *herum*. Er hält nicht lange. Ich wollte dich fragen, was dich beunruhigt, aber ich fürchte, eine solche Frage würde deinen Zorn wieder aufleben lassen. Du bist ein starker junger Mann, Connavar, aber du solltest deinem Verstand dieselbe Sorgfalt angedeihen lassen wie deinem Körper. Aber ich will dich nicht belehren.« Er lächelte. »Aber es interessiert mich, wie du an ein Messer der Seidh gekommen bist.«

Normalerweise hätte Conn gesagt – wie er es gewöhnlich tat –, dass es sich um ein Geschenk von Banouin handelte, doch seine frühere Grobheit hatte ihn verlegen gemacht, und da er wusste, dass er es mit einem Mann zu tun hatte, der Lügen aufdecken konnte, erzählte er die Wahrheit: von seiner Entschlossenheit, Hilfe in Sachen der dauerhaften Trennung seiner Eltern zu suchen, von dem Rehkitz, das er in dem Dornengestrüpp fand. Bruder Sonnwend hörte aufmerksam zu. Als Conn geendet hatte, sah der Druide verwirrt aus.

»Also – abgesehen von dem Rehkitz – hast du weder einen Seidh gesehen noch mit einem gesprochen?«

»Nein.«

»Wie seltsam sie doch sind. Aber wisse eins, junger Mann, sie haben etwas damit bezweckt. Sie sahen in dir etwas, das für sie von Nutzen sein kann. Die Seidh machen keine Geschenke ohne Gegenleistung.«

»Was sind die Seidh?« fragte Conn.

Jetzt war es an Bruder Sonnwend, mit den Schultern zu zucken. »Ich könnte nicht mal damit anfangen, ihre Ursprünge zu erklären. Manche glauben, es wären die Seelen großer Helden, die für immer in einer Welt ähnlich der unseren leben, andere halten sie für Dämonen oder Götter. Ich habe auch nicht auf alles eine Antwort. Aber ich weiß, dass sie für das Land lebenswichtig sind.«

»Inwiefern?«

Bruder Sonnwend lächelte. »Du müsstest ein Druide werden und all unsere Gelübde ablegen, um *dieses* Geheimnis zu lernen. Aber es sollte reichen, wenn du weißt, dass sie eine zauberische Rasse sind und oft boshaft. Und sie sind alt, älter als der Mond und die Ozeane.«

»Bist du je einem begegnet?« fragte Conn.

»Nur einmal, und wir sprechen ihren Namen nicht aus«, sagte der Druide.

»Ah«, meinte Conn. »Ich bin ihr auch begegnet. Sie war es, die den Bären schickte, um mich zu töten. Und als ich gegen die Mörder kämpfte, kam sie zu mir und bot mir ein Geschenk an. Ich habe es nicht angenommen.«

»Du hast klug daran getan, es abzulehnen.«

»Wenn ich wirklich klug wäre, hätte ich beim ersten Mal abgelehnt, dann hätte der Bär mich nicht zerfleischt und mich meine Liebe gekostet.«

»Deine Liebe?«, hakte der Druide nach.

Conn staunte über sich selbst, denn die Worte waren ihm herausgerutscht, ehe er es verhindern konnte. Und in diesem Augenblick erkannte er, dass er über Arian sprechen musste. Langsam erzählte er Bruder Sonnwend die ganze Geschichte. Der Druide hörte schweigend zu, und als Conn geendet hatte, stand er gedankenverloren da. Endlich wandte er sich an den jungen Mann und sagte bekümmert: »Ihr Verrat muss dich schlimmer getroffen haben als die Tatzen des Bären.«

»Ja, das hat er. Warum hat sie es getan?«

»Ich kenne sie nicht, Connavar, also kann ich über ihre Gründe nur mutmaßen. Du hast eine harte Lektion gelernt. Nur weil wir große Liebe empfinden, bedeutet das nicht notwendigerweise, dass sie auch erwidert wird. Für dich war es ein wunderbarer – fast spiritueller – Moment. Für sie war es – vielleicht – nur reines Vergnügen. Oder ein Bedürfnis. Ruathain hat mir vergangenes Jahr erzählt, dass du den verkrüppelten Jungen zum Wasserfall getragen und ihm das Schwimmen beigebracht hast. Für Riamfada war dein Geschenk größer als ein Berg aus Gold. Für ihn bedeutete Schwimmen Freiheit und eine Freude, die er nie gekannt hatte. Für dich ist Schwimmen eine erfrischende und angenehme Abwechslung. Verstehst du, was ich meine? Für einen Außenstehenden sind es nur zwei Jungen, die Spaß haben. Aber die Wirklichkeit sieht ganz anders aus.«

Conn holte tief Luft, dann seufzte er. »Du willst sagen, dass ich, was Arian angeht, wie Riamfada bin.«

»Mehr als du wahrscheinlich selbst jetzt noch erkennst«, sagte Bruder Sonnwend. »Und nun wollen wir nicht mehr davon sprechen. Sie ist mit einem anderen verheiratet und aus deinem Leben verschwunden.«

»Ich zweifle daran, dass sie je aus meinem Leben verschwindet«, sagte Conn traurig.

Unterhalb von ihnen gingen die Türen der Gerichtssaales auf, und die Menge strömte heraus, zu den Toren und dem gewundenen Pfad, der hinunter ins Dorf führte. »Du solltest jetzt zurückgehen«, sagte Bruder Sonnwend. »Es wäre unhöflich, den Baron warten zu lassen.«

Conn streckte die Hand aus. »Ich danke dir. Und ich entschuldige mich für mein früheres Betragen.«

Bruder Sonnwend grinste und packte die dargebotene Hand. »Du brauchst dich nicht zu entschuldigen. Geh jetzt und such dir dein Schwert und dein Pony aus.«

Das Ende des Winters, wenn die Verheißung eines neuen Frühlings in der Luft lag, war eine Zeit der Feste für die Riganten, und das Beltine-Fest war immer eine fröhliche Angelegenheit. Die Jungfrauen von Dreibach und den umliegenden Dörfern zogen ihre besten Kleider an und schmückten ihr Haar mit grünen Blättern und frischen Blumen. Die jungen Männer, bis zur Hüfte nackt, schmierten sich blaues Färberwaid ins Gesicht und auf den Oberkörper. Dann nahmen sie am Feuertanz teil, machten Wettläufe und Ringkämpfe. Bei Anbruch der Dämmerung versammelten sich die Menschen in der Mitte des Dorfes und tanzten, einander untergehakt, um den Ältesten Baum, ehe sich eine Fackelprozession bildete, die sich um alle Häuser wand, über die drei Bäche und zurück zum Festplatz.

Banouin sah dem Ganzen liebevoll und ein wenig neidisch zu. Die Verbundenheit der Riganten, ihre unkomplizierte Art, einander zu berühren, ihre offensichtliche Freude an der Gesellschaft anderer, war schön anzusehen, doch es war eine Freude, die er nicht teilen konnte. Nicht nur, weil er ein Fremder war, auch wenn das teilweise der Grund war. Aber mehr noch, weil er ein Einzelgänger war, dem jede Art von Stammesgefühl eher abging. Er verstand das Bedürfnis nach einer geistigen Gemeinschaft. Diese Menschen waren voneinander abhängig. Erfolg oder Versagen eines Einzelwesens hatte auch Auswirkungen auf die Gemeinschaft als Ganzes. Doch Banouin war anders. Er mochte Menschen zwar als Einzelwesen, aber eine solche Versammlung ließ bei ihm ein Gefühl von Isolierung und Einsamkeit aufkommen.

Auf der anderen Seite des Festplatzes sah er Connavar, der mit seinen Freunden lachte und trank, darunter auch der verkrüppelte Riamfada. Selbst von hier aus konnte Banouin die schrecklichen Narben auf Connavars Oberkörper sehen. Er schauderte. Sein Überleben ein Wunder zu nennen, wäre eine Untertreibung. Rechts von ihm unterhielt sich Ruathain mit der Witwe Pelain. Ihr Ehemann, der dicke Bäcker, war vor sechs Tagen zusammengebrochen und gestorben. Vorna sagte, sein Herz hätte versagt. Pelain schien nicht allzu sehr von Kummer überwältigt, und Banouin amüsierten ihre offenkundigen Versuche, Eindruck auf Ruathain zu machen. Sie fuhr sich ständig mit den Fingern durch die dunklen Haare, ihr Blick war fest auf sein Gesicht gerichtet, ihr Körper ihm zugewandt. Banouin sah nach links, wo Meria sich mit Vorna und dem schwarzbärtigen Druiden, Bruder Sonnwend, unterhielt. Alle paar Sekunden sah Meria zu Ruathain hin, mit ausdrucksloser Miene. Banouin meinte, den Zorn in ihren Augen zu sehen.

Gegen Mitternacht, als Banouin friedlich mit seinem sechsten Krug Starkbier in den Händen unter dem Ältesten Baum saß und die jungen Tänzer beobachtete, die im Feuerschein herumwirbelten, kam die ehemalige Hexe Vorna zu ihm und setzte sich neben ihn. Sie hatte in den vergangenen paar Wochen etwas zugenommen, was ihr ein jugendlicheres Aussehen verlieh. Banouin stellte zu seiner Überraschung fest, dass er sie attraktiv fand. Er blickte in sein Bier. War es vielleicht zu stark?

»Du tanzt nicht und du singst nicht«, sagte sie. »Du sitzt einfach nur da und siehst zu.«

»Das macht mir Freude«, erklärte er. »Ich liebe die Riganten, die Menschen, ihre Bräuche. Alles.«

»Ich auch.« Die Musik verebbte, als die Dudelsackbläser davongingen, um sich eine Erfrischung zu holen.

»Ich habe gemerkt, dass du auch nicht tanzt, Vorna. Und ich habe dich auch nicht singen gehört.«

Sie lächelte, lehnte sich gegen den gewaltigen Baum und blickte durch sein Geäst zu dem sichelförmigen Mond empor. »Ich tanze im Geiste und singe im Herzen.«

»Das klingt glücklich.«

»Fröhlich«, sagte sie. »Ich habe zu viel Wein getrunken. Aber ja, ich bin auch glücklich. Der Frühling ist da, und mein Volk hat den Winter überlebt.«

»Dahinter steckt mehr«, sagte er und hob seine Stimme leicht, als die Tanzmusik wieder einsetzte.

Sie lächelte ihn an. »Ja, dahinter steckt mehr. Ich fühle mich zum ersten Mal lebendig. Mein Herz ist offen. In der Magie liegt große Kraft, und es gibt ungeheures Wissen zu erwerben. Doch trotzdem, die Magie hat mich von meinem Volk entfernt. In gewisser Hinsicht hat sie mich von mir selbst entfernt. Ich fühle mich ganz. Vollständig. Kannst du das verstehen?«

»Nein, aber ich freue mich für dich.«

»Willst du mit mir tanzen, Fremder?«

»Ich glaube, ja«, sagte er, stellte seinen Krug sorgfältig auf den Boden und stemmte sich auf die Füße. Für einen Augenblick schwankte die Erde unter ihm, dann nahm er ihren Arm und sie reihten sich in die anderen Tänzer im Mondschein ein.

Er war nicht so betrunken, wie er befürchtet hatte, und merkte, dass er sich in völligem Einklang mit der Musik bewegte, drehte, sprang, dass er tiefer ins Herz der Freude gezogen wurde, die die Riganten erfüllte. Es war eine zu Kopf steigende, starke Erfahrung, und er verlor jedes Gefühl für Zeit. Endlich nahm Vorna seinen Arm und führte ihn davon.

Banouin fand sich vor seiner eigenen Haustür wieder. Es gab kein Schloß, nur einen Riegel, den er hochhob.

Dann stieß er die Tür auf. Er trat beiseite und bedeutete Vorna einzutreten. Sie blieb zögernd in der Tür stehen.

»Vielleicht sollte ich nicht hereinkommen«, sagte sie.

»Vielleicht solltest du doch«, sagte er mit sanftem Lächeln. »Es ist lange her, dass eine Frau mein Haus geziert hat.«

»Seit deine Frau starb«, sagte sie. Der Schmerz der Erinnerung ließ ihn zusammenzucken. Vorna trat dicht zu ihm.

»Es tut mir Leid, Fremder. Als ich noch die Macht hatte, wusste ich viele Dinge.«

Er nahm ihre Hand und küsste sie. »Es braucht dir nicht Leid zu tun. Sie war eine gute, wunderbare Frau. Ich sollte öfter an sie denken. Aber das ist so schmerzlich.«

Sie standen eine Weile schweigend beisammen und genossen die Nähe zueinander. »Ich war noch nie mit einem Mann zusammen«, sagte Vorna. Er sah ihr in die dunklen Augen und erkannte die Angst, die dort stand, und die Einsamkeit.

»Es ist wie eine andere Art von Tanz«, sagte er leise. »Willst du mit mir tanzen, Vorna?«

»Ich glaube, schon«, antwortete sie.

Beim Fest wurde Riamfada allmählich schläfrig. Er konnte keinen Wein trinken. Er brannte in seiner Brust wie ein kleines Feuer, und Bier wagte er nicht zu trinken, aus Angst, sich nass zu machen. Er hatte das ganze Fest hindurch ruhig dagesessen, zugesehen, wie seine Freunde ihren Spaß hatten, und das hatte ihm selbst große Freude gemacht. Er lehnte sich gegen das V-förmige Brett, das man für ihn in die Wiese geschlagen hatte, damit er nicht umfiel, und schob die schwere Decke über seinen Schultern zurecht. Es war eine herrliche Nacht. Govannan hatte mit einem jungen Mädchen aus einem Dorf etwa fünfzig Kilometer südlich von hier getanzt. Er war ein paar Mal über seine eigenen Füße gestolpert, doch sie schien es nicht zu merken. Connavar hatte nicht getanzt, und Riamfada sah, wie er Arian beobachtete, die auf der anderen Seite des Freudenfeuers saß. Sie hatte mit mehreren Männern getanzt, sehr zur Verärgerung ihres frischgebackenen Ehemanns Casta, der finster in der Nähe saß. Weiter rechts sah Riamfada Braefar. Der Junge hatte eine leichte Verbrennung am Bein, die er sich zugezogen hatte, als er versucht hatte, mit den anderen größeren und stärkeren Jungen über die Feuergrube zu springen. Er war gefallen, und heiße Kohlen hatten sich in seine Knie gedrückt. Jetzt saß er neben seinem jüngeren Bruder, dem achtjährigen Bendegit Bran, der eingeschlafen war, zusammengerollt neben der ergrauten alten Hündin mit der weißen Schnauze, Caval.

Riamfada gähnte und sah sich nach seinem Vater um. Gariapha saß auf einer Bank mit dem Baron zusammen. Beide Männer tranken und lachten. Riamfada zog seinen Umhang um die schmalen Schultern. Ein scharfer Schmerz schoss durch seine Brust, und er stöhnte. Er hätte Banouins Gewürze nicht an sein Fleisch tun sollen.

Connavar kam herbeigeschlendert und setzte sich neben ihn. »Wie geht es dir, kleiner Fisch?«, fragte er.

»Ich genieße es. Aber ich werde sehr müde.«

»Ich trage dich nach Hause.«

»Nein, noch nicht«, bat Riamfada. »Es ist eine wundervolle Nacht. Ich habe zugesehen, wie sie im Fackelschein tanzen. Alle sind so glücklich.«

»Und du, bist du auch glücklich, mein Freund?«, fragte Conn.

»Nächste Woche fängt das Schwimmen wieder an«, sagte Riamfada mit einem Lächeln. »Darauf freue ich mich schon den ganzen Winter.« Plötzlich hustete er, dass es seinen ausgemergelten Körper schüttelte. Conn beugte sich vor, lehnte Riamfada gegen sich und klopfte ihm leicht auf den Rücken. Der Husten ließ nach. »Ich werde wieder zu Kräften kommen, wenn wir erst wieder am Wasserfall sind«, sagte er.

»Ich kann nur kurze Zeit bei dir bleiben«, sagte Conn. »Ich reise mit Banouin nach Süden. Aber Govannan wird dich mindestens zweimal die Woche hintragen.«

»Ich habe gehört, dass du abreist.« Riamfada blickte zu dem langen Tisch hinüber. Conns neues Schwert lag dort, der Bronzegriff glänzte im Feuerschein. »Zeigst du mir das Geschenk des Barons?«, bat er. Conn ging zum Tisch, holte die Waffe und legte sie Riamfada in den Schoß. Mühsam wog Riamfada Griff und Klinge in der Hand und hielt sie sich dicht vor die Augen. Dann ließ er die Waffe sinken. »Ich kann nicht sagen, ob es gutes Eisen ist«, sagte er. »Doch der Griff ist schlecht gearbeitet, also wahrscheinlich nicht. Eines Tages mache ich dir ein ganz besonderes Schwert, mit einem Griff nur für deine Hand. Es wird ein schönes Stück werden.«

»Da bin ich ganz sicher«, sagte Conn. In diesem Moment rief Govannan, dass Conn sich dem neuen Tanz anschließen solle. Conn sah Riamfada an. »Soll ich dich nach Hause tragen?«

»Bald. Geh. Tanze. Ich ruhe mich hier aus.«

Conn grinste und rannte zum Feuer, wo er bald herumwirbelte und zur Musik der Dudelsäcke über die Flammen sprang. Der Schwert lag schwer auf Riamfadas Beinen, und er mühte sich ab, es zur Seite zu schieben. Dabei durchfuhr ihn erneut ein bohrender Schmerz. Er stöhnte und sank zurück gegen sein Brett. Er versuchte, den Tänzern zuzusehen, doch die Bilder verblassten und verschwammen. Er konnte nicht mehr einzelne Gestalten unterscheiden, und die Musik schien aus immer größerer Ferne zu kommen, als ob sich die Spieler von ihm fortbewegten. Ich muss müder sein, als ich dachte, überlegte er.

Glühende Lichter erregten seine Aufmerksamkeit. Sie trieben durch die Luft auf ihn zu. Drei. Wie hübsch, dachte er. Sie waren vor allem golden, aber mit blauen und purpurnen Blitzen durchzogen. Sie flackerten vor ihm und ließen sich dann im Gras nieder. Riamfada versuchte, sie zu berühren, merkte jedoch, dass er seine Hand nicht bewegen konnte. Seltsamerweise beunruhigte ihn das nicht. Er fühlte sich friedlich. Die Lichter flossen über ihn, und er hörte eine Stimme in seinem Geist flüstern:

»Komm mit uns. Sei froh.«

In diesem Augenblick hatte er eine Vision von einem Arbeitsplatz, an dem er jede Art von Metall nur mit der Hand bearbeiten konnte, ohne dass Hitze oder ein Hammer nötig wären. Er sah Gegenstände von unglaublicher Schönheit, darunter eine Rose aus Gold und Silber, die so vollkommen war, dass sich ihre goldenen Blütenblätter öffneten wie die einer echten Pflanze. »Ich wünschte, ich könnte dort arbeiten«, sagte er.

»Das ist es, was wir dir anbieten, Menschenkind. Komm mit uns!«

»Ich will meine Freunde nicht verlassen«, sagte Riamfada, obwohl er eine starke Sehnsucht verspürte.

»Das hast du schon.«

Und er wusste, dass das stimmte, denn es war kein Gefühl mehr in seinem Körper, kein Herzschlag, der schwach und stolpernd in seiner Brust zu spüren war.

»Steh auf, Riamfada. Geh mit uns.« Eine Hand, so leicht wie ein Schmetterlingsflügel, berührte die seine und zog ihn hoch, und er stand auf. Er hatte keine Schmerzen. Langsam ging Riamfada, umgeben von goldenem Licht, ungesehen zwischen den Tänzern hindurch. Da war Conn, Arm in Arm mit Gwydia, und Govannan, der im Takt der Musik in die Hände klatschte. Und dort war Riamfadas Vater Gariapha, der seine Frau im Arm hielt und sie auf die Wange küßte. Riamfada schaute sich um und sah seinen kleinen, zerbrechlichen Körper im Tod an dem Brett verkeilt. Dann sah er wieder zu seinen Freunden und freute sich ein letztes Mal an ihrem Glück.

»Ich liebe sie«, sagte er.

»Wir wissen das.«

Sie nahmen ihn bei der Hand und führten ihn zum Wunschbaumwald. »Kann ich laufen?«, fragte Riamfada.

Sie ließen seine Hände los. Plötzlich spürte er das Gras unter den nackten Füßen, die Nachtluft auf seiner Brust.

Und Riamfada rannte zum Wald.

In Banouins Haus riß Vorna die Augen auf. Sie schlüpfte leise aus dem Bett, ging zum Fenster und sah die Lichter, die zum Wunschbaumwald flogen. Obwohl sie ihre Kräfte verloren hatte, konnte sie noch immer die Seidh spüren und ihre Magie erkennen. Und sie konnte den Unterschied zwischen einem Geist der Seidh und einer menschlichen Seele ausmachen. Sie richtete ihren Blick auf die fernen Lichter und versuchte herauszufinden, wen die Seidh mitgenommen hatten. Doch sie konnte es nicht. Was sie jedoch wusste, war, dass der Mensch voller Freude war.

»Was betrachtest du da?«, fragte Banouin schläfrig.

»Ein kleines Wunder«, antwortete sie, ging zum Bett zurück und glitt unter die Decke. Er nahm sie in die Arme, und sie bettete ihren Kopf an seine Schulter.

»Ich hoffe, du bedauerst nichts«, flüsterte er. »Denn ich tue es nicht.«

»Wie alt bist du, Fremder?«

»Neunundvierzig.«

»Ich bedaure nur, das nicht schon vor zwanzig Jahren getan zu haben.« Er strich ihr über das schwarzsilberne Haar.

»Ich fürchte nur, Sex ist nicht immer so gut«, sagte er.

»Das musst du mir beweisen«, sagte sie und schlang ihren Schenkel um seine Hüften.

Sie liebten sich bis Tagesanbruch, dann schliefen sie ein paar Stunden. Banouin erwachte als erster, fachte das

Feuer im Wohnzimmer wieder an und bereitete ein Frühstück aus heißem Haferbrei, den er mit Honig süßte, und einem Holunderblütentee. Er brachte den Tee zu Vorna hinüber und weckte sie zärtlich. Dann ließ er sie allein, um sich anzuziehen.

Sie ging ins Wohnzimmer, und sie aßen in friedlichem Schweigen. »Wie lange bleibst du weg?«, fragte sie.

»Vier, fünf Monate. Wirst du mich vermissen?«

»Ich glaube schon«, gab sie zu.

»Das ist schön«, antwortete er lächelnd.

Sie schwieg und nippte an ihrem Tee. »Woran denkst du?«, fragte er.

Vorna sah auf. »Ich dachte an dich und dein *geasa.*«

Banouin lächelte. »Die Riganten sind ein wunderbares Volk, aber sie haben auch ein paar merkwürdige Bräuche. Warum ist jeder Stammesangehörige gezwungen, so einen Fluch mit sich herumzuschleppen? Das kommt mir ziemlich unsinnig vor.«

»Der *geasa* ist kein Fluch«, widersprach sie, »sondern eine schützende Prophezeiung. Die Dorfhexe oder heilige Frau, manchmal auch der Druide, legt die Hände auf ein Neugeborenes und wartet auf eine Vision. Sie suchen nach einem entscheidenden Moment in der Zukunft des Kindes. Die meisten *geasas* sagen nicht den Tod voraus. Sie deuten auf Bereiche wie Glück oder Erfolg. Vor achtzehn Jahren legte ich ein *geasa* auf ein kleines Mädchen. Es lautete, wenn sie einem dreibeinigen Fuchs begegnete, solle sie ihm folgen. Im vergangenen Jahr sah sie einen Fuchs, der nur drei Beine hatte, und folgte ihrem *geasa.* Sie fand einen jungen Mann, der an einem Bach saß. Er war ein Pannone und mit seinem Onkel auf Reisen. Er verliebte sich auf den ersten Blick in sie, und am Samains-Fest wurden sie verheiratet.«

»Nun, du bist jedenfalls viel zu jung, um bei meiner Geburt dabeigewesen zu sein, meine Dame. Und ich bin viel zu alt, um mich um abergläubische Ängste zu sorgen.« Plötzlich grinste er. »Aber sag mir mein *geasa* trotzdem – wenn du es kennst.«

»Ich kenne es, Banouin. Ich spürte es an dem Tag, als ich dich zum ersten Mal sah. Trink keinen Wein, wenn du den Löwen mit den Augen aus Blut siehst.«

Er lachte. »Ich würde annehmen, um so ein Tier zu sehen, müsste ich schon viel zu viel Wein getrunken haben.«

»Du wirst es wissen, wenn der Augenblick kommt, Banouin. Sei wachsam. Ich will dich jetzt nicht verlieren. Versprich mir, dass du an meine Worte denken wirst.«

»Ich werde daran denken – und du wirst mich nicht verlieren«, sagte er. »Wie lautet Connavars *geasa*?«

»Er wird an dem Tag sterben, an dem er den Hund tötet, der ihn beißt.«

»Dann werde ich dafür sorgen, dass er sich von Hunden fernhält«, sagte Banouin. »Aber eines verstehe ich nicht. Wenn ein Mensch sein *geasa* nicht bricht, lebt er denn dann ewig?«

»Nein.«

»Schön, dann noch eine Frage: Nichts kann mich umbringen, ehe ich nicht einen Löwen mit Augen aus Blut gesehen habe?«

»Nein«, antwortete sie mit einem Lächeln. »Manchmal – wenn auch nicht oft – stirbt ein Mensch vor seiner Zeit. Ein fehlgegangener Pfeil, ein Sturz von einem Pferd, eine Krankheit. Sicher ist nur, wenn du dein *geasa* brichst, wirst du an dem Tag sterben.«

»Ich verstehe. Also könnte ich mit einem *geasa* und zehn Silberstücken ein Pony kaufen.

»Man sollte nie verspotten, was man nicht begreift«, sagte sie streng.

Banouin war sofort zerknirscht. »Es tut mir Leid, wenn es wie Spott geklungen hat. Ich fühle mich so leicht im Herzen und voller Wärme. Aber ich verspreche dir, ich würde mich nie über Bräuche der Riganten lustig machen. Ich liebe dein Volk und seine Kultur. Aber ich habe mich mit Ruathain über *geasas* unterhalten, und er hat mir seines verraten: *Sei nicht der Schild des Königs.* Er lachte darüber, weil die Riganten keinen König haben.«

»Ruathain bereitet mir zur Zeit keine Sorgen«, erklärte sie. »Ich habe seine Prophezeiung nicht gemacht. Versprichst du mir, an den Löwen zu denken?«

Banouin legte eine Hand aufs Herz. »Ich verspreche es«, sagte er. Dann griff er nach ihrer Hand. »Willst du mit mir hierbleiben, bis ich nächste Woche abreise?«

»Das würde im Dorf viel Gerede geben.«

»Wir könnten zusammen um den Baum schreiten«, sagte er leise, noch immer ihre Hand haltend. Die Worte hingen in der Luft.

»Eine Ehe ist keine Bindung, die man leichtfertig eingehen sollte«, sagte sie.

»Nein, das ist sie nicht.«

»Sag mir, warum ich es tun sollte«, flüsterte sie.

»Braucht es dazu Worte?«, fragte er, trat dicht vor sie und streichelte ihr Gesicht.

»Es braucht *immer* Worte, Fremder.«

Er küsste sie auf die Wange, dann berührte er mit seinen Lippen leicht ihr Ohr. »Ich liebe dich«, flüsterte er.

»Und ich liebe dich«, antwortete sie. »Wir wollen um den Baum schreiten.«

Kapitel 7

Der Wind nahm zu, die kabbelige See ließ das kleine Schiff rollen und stampfen. Connavar packte die Bugreling fest und starrte sehnsüchtig zurück auf die Kreideklippen. Möwen kreisten und segelten über dem Schiff und füllten die Luft mit ihrem Kreischen. Conn sah hoch, seine Gedanken waren mörderisch. Der Lärm ging ihm auf die Nerven. Das Deck schien sich unter seinen Füßen aufzubäumen, und seine Finger umklammerten die Reling. Sein Magen rebellierte. Ein Seemann stapfte grinsend an ihm vorbei. Conn hätte dem Mann am liebsten ins Gesicht geboxt, aber dazu hätte er die Reling loslassen müssen.

Banouin tauchte neben ihm auf. Der kleine Kaufmann trug einen schweren Mantel aus Schaffell und hatte einen Laib Käsebrot dabei. Er riss ein Stück ab und bot es Conn an. Der junge Mann schüttelte den Kopf.

»Iss lieber was. Sonst spuckst du noch deine Eingeweide über die Reling«, sagte Banouin. Zögernd nahm Conn ein Stück Brot und biss hinein. Es schmeckte nach Asche und Galle. Langsam kaute und schluckte er. Die weißen Klippen waren schon kleiner geworden, die Möwen drehten ab, um wieder zum Land zurückzufliegen. Conn wünschte, er hätte Flügel, um es ihnen gleich zu tun. »Iss weiter«, befahl Banouin. Conn aß das Brot auf und merkte zu seiner Überraschung, wie sein Magen sich beruhigte. Er warf einen Blick zum Himmel empor. Er hatte die Farbe von Eisen, und in der Ferne konnte er Gewitterwolken sehen.

»Wie lange dauert es noch bis Goriasa?«, fragte er.

»Vier … fünf Stunden.«

Conn schauderte. Banouin ging über das flache Deck zu seinen zwanzig Lastponys und den beiden Reittieren und zog Conns hellblauen Umhang aus dem Riemen hinter dem Sattel hervor. Er ging damit zu dem Jungen und legte ihm den Umhang um die Schultern. Conn lächelte zum Dank und befestigte ihn mit der Brosche, die das Rehkitz in den Dornen zeigte, die Riamfada für ihn gemacht hatte. Hinter ihnen wieherte Conns stahlgrauer Wallach vor Angst, als das Schiff plötzlich wieder schlingerte. Conn ließ die Reling los und taumelte zu dem Pony hinüber, um ihm über die lange Nase zu streichen. »Du bist genau wie ich«, flüsterte Conn. »Keiner von uns war schon mal auf einem Schiff, und keinem gefällt es.« Als er die zuversichtliche Berührung seines Reiters spürte, beruhigte sich der Wallach. Conn tätschelte seinen Hals und ging zurück zu Banouin, der sich inzwischen gesetzt hatte, um dem Wind nicht so ausgesetzt zu sein. Conn hockte sich neben ihn.

»Wird die Armee von Stone in Goriasa sein?«, fragte er.

»Nein. Sie sind noch nicht ins Land der Ostro oder der Gath eingedrungen. Den letzten Krieg führten sie gegen die Aiddui, etwa hundertzwanzig Kilometer weiter im Osten. General Jasaray hat dort an der Küste zwei große Siege errungen. Er wird jetzt dabei sein, seine Eroberungen zu stabilisieren. Ich rechne noch für mindestens zwei, vielleicht drei Jahre nicht mit einem Krieg gegen die Gath. Nein, ich denke, die Perdier sind der Stamm, der sich als nächster den Stone-Panthern gegenübersieht. Jasaray hat wahrscheinlich den Krieg gegen die Perdier schon geplant, bevor er gegen die Aiddui marschierte.«

»Wie, geplant?«, fragte Conn.

Banouin lächelte. »Für die Riganten ist der Krieg wie ein Gewitter: schnell, wild und rasch vorüber. Doch nicht für das Volk von Stone. Es versucht Gebiete zu erobern und diejenigen zu halten, die es gewinnt. Was ist für einen General von größter Bedeutung?«

»Mutige Kämpfer«, antwortete Conn auf der Stelle.

»Falsch«, widersprach Banouin, »Lebensmittel und Viehfutter. Es ist gleichgültig, wie mutig deine Soldaten sind, wenn sie hungern. Eine Armee von zwanzigtausend Mann braucht eine ungeheure Menge an Getreide, Trockenfrüchten, Fleisch. Tag für Tag. Fünftausend Pferde brauchen Hunderte von Hektar Weidefläche. Tag für Tag. Wenn Jasaray in feindliches Gebiet eindringt, braucht er Unterstützung. Deswegen wird er zur Zeit verschiedene Stammeshäuptlinge umwerben – unter anderem die Gath – die den Perdier feindlich gesonnen sind. Diese Häuptlinge werden seine Armee versorgen, wenn er einmarschiert.«

Ein leichter Regen setzte ein. Banouin ging zu den Ponys und schnallte eine Leinwand los, die er zurück zur Reling brachte. Er faltete sie auseinander und hob sie hoch über den Kopf. Conn nahm das andere Ende, und so saßen sie gemeinsam unter der Plane, als der Regen stärker wurde. Das beständige Prasseln auf die Leinwand machte eine Unterhaltung unmöglich, und beide Männer schwiegen, in ihre Gedanken versunken.

Connavar dachte an Riamfada und überlegte, nicht zum ersten Mal, ob der verkrüppelte Junge wohl noch am Leben wäre, hätte er ihn nach Hause getragen, als er zum ersten Mal über Müdigkeit klagte. Er würde es nie herausfinden, und sein Schuldbewusstsein legte sich wie ein dunkler Umhang um ihn. Sie hatten Riamfada am Rand des Wunschbaumwaldes begraben, was höchst ungewöhnlich war, doch Vorna hatte darauf bestanden, dass der Begräbnisplatz richtig war. Sie hatte ruhig bei

Gariapha und Wiocca gesessen, außer Hörweite der anderen Trauernden, und darüber gesprochen. Riamfadas Eltern schienen durch Vornas Worte getröstet zu werden. Sie hatten Riamfada, dessen zarter Körper in Decken gehüllt war, auf einem zweirädrigen Karren zum Waldrand gebracht. Dort hatten Gariapha, Connavar und Govannan ein tiefes Grab geschaufelt. Vorna hielt eine kurze Trauerrede und befahl Riamfadas Geist den Göttern, dann gossen die Trauernden Wein über das Grab, bedeckten es mit Erde und gingen zurück ins Dorf.

Auf dem Rückweg ging Govannan neben Connavar. »Bedauerst du jetzt, ihn gerettet zu haben?«, hatte er gefragt. Conn hatte die Frage erstaunlich gefunden.

»Was meinst du damit?«

»Sieh dir doch an, was du durchgemacht hast. Und es hat ihm nur wenige Wochen mehr Leben eingebracht. War es das wert?«

»Was glaubst du?«

Govannan zuckte die Achseln. »Versteh' mich nicht falsch, Conn. Ich vermisse ihn jetzt schon. Und sein Tod ist mir sehr zu Herzen gegangen. Es ist nur … ich weiß nicht. Es scheint alles so sinnlos. Er lebte mit dauernden Schmerzen, konnte nicht gehen, nicht einmal seine Blase und seinen Darm kontrollieren. Jetzt ist er mit siebzehn schon tot. Es ist so … ungerecht.«

Vorna, die hinter ihnen ging, trat zu ihnen. »Du kannst dir kein Urteil über Riamfadas menschliches Leben erlauben. Du hast sein Leben nicht gelebt. Er starb glücklich. Nicht vielen ist das vergönnt. Glaub mir.«

»Warum sagst du *menschliches* Leben?«, fragte Conn.

»Ich sah ihn über das Gras laufen«, antwortete Vorna, doch als Conn weiterfragen wollte, lächelte sie lediglich und legte einen Finger an die Lippen. »Alles zu seiner Zeit«, sagte sie. »Wir werden uns ein andermal darüber unterhalten.« Sie ging zu Banouin, der am Fuße des Hügels auf sie wartete.

»Ist das zu glauben?«, flüsterte Govannan. »Vorna. Verheiratet!«

»Ich freue mich für sie«, sagte Conn. »Und für Banouin. Er war zu lange einsam.«

Am nächsten Tag reisten sie ab. Vorna umarmte Banouin vor aller Augen und gab ihm eine Fibel aus Bronze, in die ein blauer Opal gefasst war. »In dieser Fibel steckt ein Zauber«, sagte sie leise. »Sie wird einen Weg finden, zu mir zurückzukehren. Trage sie immer bei dir.«

»Das werde ich«, sagte er und steckte die Fibel in seine Satteltasche.

Auf ihrer Reise nach Süden zum Meer, die zwei Monate dauerte, durchquerten sie das Gebiet vieler Stämme und besuchten zahlreiche Dörfer. Banouin trieb in vielen Handel, kaufte Tuche, Schmuck und schön verzierte Dolche und Jagdmesser. Als sie die Küste erreichten, waren die ursprünglich elf Lastponys schwer beladen, und Banouin hatte noch neun weitere gemietet. Unterwegs hatte Banouin ihm tagsüber Landmarken gezeigt und Conn bei verschiedenen Gelegenheiten gedrängt, sich umzudrehen. »Du wirst staunen, wie anders das Land bei unserer Rückkehr aussehen wird, wenn der Herbst die Bäume kahl macht und die Flüsse anschwellen. Sieh immer auch nach hinten und merke dir die verschiedenen Landschaften.« Er lehrte Conn vieles über die unterschiedlichen Stämme, ihren Glauben und ihre Gesetze. Doch er sprach nur selten von Vorna. Conn begann sich zu fragen, ob der Kaufmann seine Entscheidung zu heiraten, schon bedauerte.

In der letzten Nacht, als sie in einem kleinen Wald lagerten, der oberhalb der Kreideklippen lag, schnitt er das Thema an. Banouin lächelte. »Bedauern? Nein, ich bedaure nichts, Conn. Ich habe viel zu lange allein gelebt.«

»Dein Entschluss zu heiraten, kam ziemlich plötzlich«, meinte Conn.

»Ja, das war er. Ich bin ein vorsichtiger Mann. Zu vorsichtig vielleicht. Aber in der Nacht des Festes löste sie in mir ein Bedürfnis nach Freude aus, das ich vergessen hatte. Dies ist meine letzte Reise, Conn. Ich habe beschlossen, mich niederzulassen und den Rest meiner Tage bei den Riganten zu leben.«

»Was willst du tun?«

»Tun? Ich werde unterrichten, und ich werde lernen. Oh, ich werde immer noch Handel treiben, aber keine langen Reisen mehr unternehmen. Ich werde mit Vorna durch die Berge wandern. Sie kann mir etwas über Kräuter und die Geschichte der Riganten erzählen.«

»Wirst du das Reisen nicht vermissen?«

»Vielleicht – wenn die Welt so geblieben wäre wie damals, als ich anfing. Aber sie verändert sich, Conn. Und ich fürchte, nicht zum Besseren.«

Am nächsten Morgen führten sie die Ponys zum Hafen. Conns Herz sank, als er das kleine Schiff mit dem flachen, offenen Deck und den beiden Segeln sah. Es kam ihm sehr dürftig vor, und als er auf das graue, abweisende Meer hinaussah, überkamen ihn düstere Vorahnungen.

Jetzt empfand er diese noch stärker, als er unter der Leinenplane saß, der Regen prasselte, der Wind heulte. Das Unwetter wütete drei lange Stunden, dann begann es davonzuziehen. Ein heller Strahl Sonnenlicht fiel auf das Achterdeck. Banouin schob die Plane beiseite und stand auf. Conn erhob sich ebenfalls und schüttelte das Wasser von der Plane. »Ich mag Schiffe nicht«, sagte er.

»Wenn dir eine bessere Möglichkeit einfällt, übers Meer zu kommen, würde ich sie gerne hören«, sagte Banouin und streckte sich. Er stöhnte. »Ich werde zu alt, um unter Planen zu hocken. Heute abend werden wir uns in einer wundervollen Taverne ausruhen, in der das Essen großartig ist, die Unterhaltung göttlich und die Betten weich. Es wird eine große Erfahrung für dich werden.« Banouin griff in den Beutel an seiner Seite und holte vier Silbermünzen heraus, die er Conn reichte.

»Wofür ist das?«

»Du findest bestimmt Verwendung dafür«, sagte Banouin mit einem breiten Grinsen. »In Goriasa gibt es kein Vergnügen umsonst.«

Goriasa entpuppte sich für Conn als unangenehme Überraschung. Banouin hatte ihm erzählt, dass es sich um ein großes Dorf handelte, und Conn hatte sich ein Dorf vorgestellt, das vielleicht doppelt so groß war wie Dreibach. Doch die Wirklichkeit war ganz anders. Goriasa war eine Stadt, die sich in einem gewaltigen, hässlichen Halbmond um eine geschützte Bucht zog. Tausende von Holzhäusern, Lagerschuppen, Ställen und Koppeln waren zusammengedrängt und nur durch schmale Streifen von schlammiger, übel riechender Erde voneinander getrennt. Die wenigen freien Plätze waren von Marktbuden besetzt, vor denen sich die Menschen drängten.

Banouin und Conn führten ihre Reittiere durch die Menge, bis sie schließlich zu einem großen Lagerhaus kamen. Ein grauhaariger alter Mann mit nur einem Ohr kam heraus, um sie zu begrüßen. Er sprach mit Banouin, dann führte der Mann die Ponys hinein. Nun gingen Banouin und Conn zu Fuß durch die Menge.

Conn fühlte sich unwohl. Seine Erfahrung mit vielen Menschen beschränkte sich auf Festtage, an denen jedermann fröhlich oder betrunken war, wo man tanzte und sich freute. Hier war niemand froh. Die Menschen schienen alle in Eile zu sein, ihre Gesichter wirkten angespannt. Sie grüßten einander nicht und suchten auch keinen Blickkontakt.

Banouin bog nach links in eine schmale Gasse ein und suchte sich seinen Weg über die hölzernen Planken, die über den Matsch gelegt waren. Conn folgte ihm, und sie gelangten auf einen breiteren, weniger belebten Pfad. »Es ist nicht immer so voll«, sagte Banouin. »Aber die neue Handelssaison beginnt, und Tausende von Kaufleuten fallen in Goriasa ein.«

»Wohin gehen wir?«

»Zum Haus der Reisenden. Ich muss mit Garshon sprechen. Er ist der Ratsälteste in Goriasa und wird – hoffentlich – zwei Drittel meiner Handelswaren abnehmen. Wir werden mit nur sechs Ponys weiterreisen.«

Das Haus der Reisenden war ein eindrucksvolles Gebäude, etwa siebzig Meter lang und zwanzig Meter breit, am nördlichen Stadtrand von Goriasa. Es war aus Holz gebaut, zwei Stockwerke hoch und hatte keine Fenster, sondern mehr als ein Dutzend Türen auf jeder Seite. Es war das größte Gebäude, das Conn je gesehen hatte. Er fand es gleichzeitig großartig und ausgesprochen hässlich. Das Innere war in viele Bereiche aufgeteilt. Am anderen Ende standen auf der linken Seite Tische und Bänke, an denen Menschen saßen und aßen und tranken. In der Mitte befand sich ein großer Kreis aus Sand, umgeben von ansteigenden Sitzreihen. Diese waren voll besetzt, und Conn konnte sehen, wie ein großes Pferd durch das Rund geführt wurde. Der Auktionator nahm Gebote für das Tier entgegen. Conn blieb stehen. Das Pferd war ein kastanienbrauner Hengst, mit mindestens einhundertsechzig Zentimeter Widerristhöhe hoch. Neben ihm würden die Ponys der Riganten wie Zwerge aussehen. Er lauschte den Geboten. Das Pferd ging für einhundertzehn Silberstücke weg. Eine fabelhafte Summe!

Banouin zupfte ihn am Ärmel, und Conn folgte ihm um den Kreis zu einer weiteren Speiseabteilung, in der die Tische um eine erhöhte Empore standen. Die meisten Tische waren besetzt, doch Banouin fand einen freien Tisch an der westlichen Wand und ließ sich dort nieder.

»Hier essen wir«, sagte er. »Das Essen ist unvergleichlich.« Conn sah sich um, konnte jedoch keine Kochfeuer entdecken. Mehrere Frauen gingen zwischen den Gästen umher und räumten Teller ab. Dann kamen andere von draußen herein, die Tabletts trugen, auf denen mit Fleisch und Gemüse beladene Teller standen sowie Tonkrüge mit Bier. Banouin hob den Arm und erregte die Aufmerksamkeit eines der Mädchen. Blond und schlank, schlängelte sie sich durch die Menge, und blieb neben ihrem Tisch stehen. Banouin fragte sie, welche Gerichte es gab. Conn hörte still zu, als sie aufzählte: gebratene Ente, Fasanenbrust, zartes Rindersteak, gewürzter Schwan, kalter Schinken, Taubenpastete, Ochsenzunge, Schafhirn, Lerchenzungen. Das Angebot an Gerichten schien endlos zu sein. Banouin bestellte für beide, und das Mädchen ging davon. Conns Blick folgte ihr.

»Sehr hübsch«, sagte Banouin. Conn wurde rot.

»Hast du das Pferd gesehen?«, fragte Conn, entschlossen, das Thema zu wechseln.

»Ja. Thassilisch. Gute Tiere, schnell und kräftig. Gut als Rennpferde, schlecht für den Krieg.«

»Wieso schlecht?«, fragte Conn. »Sind sie so feurig?«

»Ich sagte doch, dass Lebensmittel die wichtigste Sache bei einem Feldzug sind. Denk an die Pferde. Sie müssen mit Futter auskommen, und manchmal gibt es davon nur wenig. Sie werden jeden Tag scharf geritten, mitunter wochenlang. Thassilische Pferde brauchen Getreide, um in wirklich gutem Zustand zu bleiben. Außerdem haben sie eine zarte Gesundheit und ziehen sich leicht Lungenbrand und Würmer zu.«

»Ich muss noch viel lernen«, sagte Conn. »Aber das werde ich auch.«

Banouin lächelte. »Ja, das wirst du. Du hast eine rasche Auffassungsgabe.«

Das Bier kam zuerst und damit ein Laib braunes Brot, das mit Mohnsamen bestreut war. Es war gutes Brot, entschied Conn, wenn auch nicht so fein wie das, das der verstorbene Borga gebacken hatte. Doch das Fleischgericht war eine Wonne, gebratenes Lamm mit einer

Sauce aus gehackter Minze und Weinessig. Conn aß mit Genuß. Sie rundeten die Mahlzeit mit einer mit Beeren gefüllten Pastete ab. Conn lehnte sich in seinem Stuhl zurück. »Das war ausgezeichnet«, sagte er. »Genau wie du versprochen hast.«

»In Goriasa gibt es viele Freuden«, sagte Banouin. »Du darfst die Stadt nicht nur nach der Hässlichkeit ihres Äußeren beurteilen. Und jetzt muss ich Garshon suchen. Du kannst hier herumschlendern. Es gibt viele Räume, viel zu sehen und zu genießen. Ich treffe dich in ein paar Stunden an der Arena.« Banouin winkte das Serviermädchen herbei, dann bezahlte er, stand auf und verließ den Tisch. Das Mädchen blieb stehen.

»Bist du neu hier?«, fragte sie Conn.

»Ja. Wir sind heute nachmittag angekommen. Mit dem Schiff.«

Sie streckte die Hand aus und streichelte sein Gesicht. »Wie bist du zu der Narbe gekommen?«, fragte sie. Ihre Berührung machte ihn verlegen.

»Bärentatze«, sagte er.

»Hast du noch andere Narben?« Sie beugte sich jetzt sehr nah zu ihm.

»Ja.«

»Ich würde sie gerne sehen.«

»Du siehst dir gern Narben an?«, fragte er erstaunt.

»Ich würde gerne deine sehen. Ich bin in einer Stunde hier fertig. Du könntest in mein Zimmer kommen. Das wird die beste Sache, für die du je ein Silberstück ausgegeben hast.« Bei der Erwähnung von Geld entspannte sich Conn und dachte an Eriatha.

»Ich werde kommen«, sagte Conn.

Ihr Lächeln wurde breiter, und sie ging davon. Conn stand auf und reckte sich, dann ging er zu dem Sandkreis hinüber, wo er eine Zeitlang dem Pferdehandel zusah. Die thassilischen Pferde waren großartig, gezüchtet auf Kraft und Schnelligkeit. Conn überlegte müßig, ob man wohl einen thassilischen Hengst mit Riganten-Stuten kreuzen konnte.

Die Auktion war beendet, und Conn ging hinaus in die Nachtluft und setzte sich auf einen Zaun. Von dort konnte er auf die Stadt am Meer hinuntersehen. Im Mondschein war Goriasa nicht mehr hässlich. Laternenschein glomm in Hunderten von Fenstern, und die Wege und Straßen wurden von Fackeln beleuchtet. Die Stadt glänzte und glitzerte wie ein juwelenbesetztes Halsband, das sich um den Hals der Bucht schlang.

Conn kletterte vom Zaun und wollte gerade ins Gebäude zurückkehren, als eine Bewegung zu seiner Linken seine Aufmerksamkeit erregte. Ein Mann kam die Straße heraufgewandert. Er war groß und breitschultrig, das Haar war kurzgeschoren und schimmerte im Mondschein wie Silber. Conn beobachtete ihn und überlegte, was ihn wohl aufmerksam gemacht hatte. Die Bewegungen des Mannes waren sicher, sein Gang voller Selbstvertrauen, seine Haltung aufmerksam. Conn lächelte. Der Mann bewegte sich wie Ruathain, mit derselben natürlichen Anmut und Arroganz. Plötzlich sprangen dunkle Gestalten aus einer Nebenstraße. Mondlicht glitzerte auf einer Klinge. Der Mann sah die Gefahr, wirbelte herum und schlug nach dem ersten Angreifer aus. Dieser wich zurück, doch ein zweiter, bewaffnet mit einem Knüppel, holte aus. Der Knüppel traf den Mann im Gesicht, sodass er zu Boden ging. Conn zog sein Messer, schrie aus Leibeskräften und rannte zu der Gruppe.

Zwei von ihnen stürzten sich auf ihn. Der eine hatte ein Messer, der andere eine lange Keule. Der mit dem Messer war zuerst bei ihm. Conn drehte sich und trat ihm gegen das Knie. Es gab ein lautes Knacken, gefolgt von einem durchdringenden Schrei, als der Mann fiel. Conn machte einen Satz über ihn hinweg, wehrte einen Keulenhieb ab und rammte dem Angreifer das Seidh-Messer tief in die Schulter. Der Mann stöhnte, wich zurück, dann machte er kehrt und lief davon. Noch zwei weitere Männer sprangen auf und flohen zurück in die Gasse. Conn verfolgte sie nicht, sondern kauerte neben dem Opfer nieder. Conn schätzte, dass er etwa Mitte zwanzig war. Blut rann aus einer Platzwunde an seiner geschwollenen Schläfe. Der Mann stemmte sich hoch. Dann fluchte er. Conn half ihm auf die Beine.

»Komm, ich bringe dich in die Halle«, sagte Conn.

»Ich kann alleine gehen, mein Freund«, erwiderte der hoch gewachsene Mann. »Ich habe schon schlimmere Verletzungen überstanden.« Er spähte in Conns narbiges Gesicht. »Wie du wohl auch. Was war das, ein Löwe?«

»Bär.«

»Dann kannst du von Glück sagen, dass du noch am Leben bist.«

Conn lachte leise. »Du auch. Weißt du, wer deine Angreifer waren?«

»Lass' es uns herausfinden«, sagte der Mann und ging zu dem Mann mit dem Messer, der stöhnend am Boden lag. Sein Bein war am Knie gebrochen, der Unterschenkel war in einem unmöglichen Winkel abgebogen.

Der große Mann kniete neben ihm nieder. »Wer hat euch geschickt?«, fragte er. Der Mann fluchte und spie ihm ins Gesicht.

»Ich werde gar nichts sagen, Mann von Stone.«

»Das stimmt wahrscheinlich«, erwiderte der große Mann und nahm beiläufig das Messer des Angreifers in die Hand.

Connavar sah die tödliche Absicht in den kalten Augen des Mannes. »Töte ihn nicht«, sagte er leise.

Einen Augenblick nur verharrte der Mann, dann entspannten sich seine Schultern. »Du hast dein Leben für mich aufs Spiel gesetzt. Wie kann ich dir also deine Bitte abschlagen? Also schön, er soll leben.« Er blickte auf den Verwundeten hinunter. »Wenn wir dich hier lassen, werden deine Freunde kommen und dich holen?«

»Ja«, stöhnte der Mann.

»Gut. Dann sage ich dir Lebewohl.« Er warf dem Mann das Messer in den Schoß und ging davon. Conn folgte ihm.

»Er hat dich Mann von Stone genannt. Kommst du aus dieser Stadt?«

»Ja. Ich heiße Valanus. Wieso interessiert dich Stone?«

»Mein Freund und ich sind auf dem Weg dorthin. Ich würde gern etwas darüber erfahren.«

»Es ist eine tolle Stadt, mein Junge. Der Mittelpunkt der Welt. Und jetzt sollte ich wohl besser diese Wunde versorgen lassen.« Er hielt inne. »Sag mir, wem schulde ich mein Leben?«

»Ich bin Connavar.«

»Gath? Ostro? Was?«

»Rigant.«

»Ach ja, die Stämme jenseits des Wassers. Ich habe von ihnen gehört. Ein stolzes Volk, wie es heißt. Ihr betet Bäume an oder so.«

»Wir beten keine Bäume an«, erklärte Conn, während sie zur Halle gingen. »Wir beten die Götter der Luft und des Wassers an und die Geister des Landes.«

»Es gibt nur einen Gott, Connavar. Und Er ist in Stone.« Valanus blieb auf der Schwelle zur Halle stehen. »Also sag mir, Connavar, warum hast du mein Leben gerettet?«

»Warum nicht?«, entgegnete Conn. Valanus lächelte müde.

»Mein Kopf tut zu weh, um darüber zu diskutieren. Ich stehe in deiner Schuld, Rigant.«

Mit diesen Worten wandte er sich von Connavar ab und ging in die Halle.

Garshon war ein kleiner Mann mit hängenden Schultern, der auf die Sechzig zuging. Er war kahl und hatte nur ein Auge. Über dem geblendeten rechten Auge trug er ein rotes Tuch. Goldreifen schmückten seine muskulösen Oberarme, und prunkvolle Ringe steckten an jedem Finger. Sein Auge war von einem hellen, gnadenlosen Blau, und es starrte einen entweder an oder blickte finster. Bei Garshon gab es nichts Halbherziges. Hatte es nie gegeben. Nicht seit jenem schrecklichen Tag im Doca-Wald vor vierundvierzig Jahren, als man ihm das rechte Auge herausgebrannt hatte.

Er war auf Kaninchenjagd gewesen, als der Landesherr und seine Gemahlin vorbeiritten. Der junge Garshon war von der Schönheit der Gräfin wie geblendet gewesen und hatte vergessen, den Kopf zu neigen. Stattdessen hatte er sie angestarrt. Sie sagte später, als die Gefolgsleute ihn fesselten und ein Feuer entzündeten, er habe ihr zugezwinkert.

Garshon hatte an jenem Tag gelitten und noch Monate später. Der Schmerz war entsetzlich gewesen. Aber er hatte in ihm diesen erbarmungslosen Ehrgeiz freigesetzt, der genauso hell brannte wie die glühende Messerklinge, die sein Auge zerstört hatte.

Es dauerte sechs Jahre, vier Monate und acht Tage, bis seine Rache vollendet war. Er scharte eine kleine Truppe Gesetzloser um sich, mit denen er raubend durch das Doca-Gebiet zog, er häufte Reichtum und Macht an, heuerte immer mehr Söldner und Mörder an, bis er schließlich die Stadt des Grafen belagerte. Als sie fiel, ließ er den Grafen nackt auf den Marktplatz schleppen. Dort kastrierte Garshon ihn, dann hängte er ihn. Die Gräfin stieß er von einer hohen Klippe und sah mit Genugtuung zu, wie ihr Körper unten auf den Felsen zerschmettert wurde. Ihre Kinder verkaufte er in die Sklaverei.

Die anderen Grafen schlossen ein Bündnis, das beinahe seine Armee vernichtete. Garshon entkam und floh mit drei Ponys und einer Truhe Gold nach Westen, bis er schließlich in die damals noch kleine Hafenstadt Goriasa kam.

Achtunddreißig Jahre später beherrschte er die Stadt und ihre Handelswege. Seine Macht war absolut, sein Einfluss gewaltig. Stammesherrscher und Fürsten wandten sich an ihn um Rat und Schutz, ein Wort von Garshon konnte Ereignisse beeinflussen, die sich fast tausend Kilometer entfernt abspielten. Aber er war nicht zufrieden.

Um die Wahrheit zu sagen, war er nie zufrieden gewesen. An dem Tag, als er den Grafen tötete, hatte er seine Gemahlin zu der Klippe geschleift. »Warum tust du das?«, rief sie.

»Sieh dir mein Auge an, du dumme Kuh. Wie kannst du nur fragen?«

Sie hatte ihn völlig verständnislos angestarrt. In diesem Augenblick wusste er, dass sie sich überhaupt nicht daran erinnerte, sein Leben ruiniert zu haben. Als sie schreiend in den Tod stürzte, empfand Garshon nur Leere. In seiner Rache lag keine Befriedigung.

Seitdem hatte er nie wahre Freude gekannt. Er hätte sie am Leben lassen sollen, sie zwingen, sich zu erinnern, zu wissen, dass ihre Bestrafung eine Frage der Gerechtigkeit war und nicht einfach nur Rache. Dann hätte er vielleicht die Süße ihres Todes kosten können.

»Du scheinst in Gedanken verloren«, sagte Banouin. Garshon holte tief Luft und wandte seine Aufmerksamkeit dem kleinen Kaufmann zu. Er mochte ihn wirklich, was äußerst selten vorkam.

»Ich dachte an alte Zeiten.«

»Aber keine guten«, stellte Banouin fest.

Garshon grinste. »Du hast fast so scharfe Augen wie ich.« Er zwang sich, an geschäftliche Dinge zu denken und schacherte eine Weile mit Banouin, bis er schließlich ein Angebot für die Ponys des Kaufmanns machte. Als sie Hände schüttelten, erkannte Garshon, dass der Preis zu hoch war, und er verfluchte sich selbst, dass er sich von der Vergangenheit hatte ablenken lassen. »Willst du das Geld in Gold?«, fragte er.

»Bewahre es für mich auf«, sagte Banouin. »Ich komme im Herbst wieder.«

»Du bist ein sehr vertrauensseliger Mann, Banouin«, sagte Garshon. »Und wenn du es nicht zurück schaffst?«

»Dann gibst du es Connavar, der mit mir reist. Und bevor du weiterfragst, falls wir beide nicht zurückkommen, dann schick es meiner Frau in Dreibach.«

»Du bist verheiratet? Meine Glückwünsche, Banouin. Es wird geschehen, wie du sagst. Und ich danke dir für dein Vertrauen in meine Ehrlichkeit.«

Banouin lächelte breit. »Ich würde deinem Wort mit mehr als meinem Gold trauen, Garshon.«

Der einäugige Kaufmann war gleichzeitig gerührt und verlegen. Er stand auf, verabschiedete sich von Banouin und ging aus dem kleinen Büro in einen schmalen Korridor und eine Treppe empor zu seinen inneren Räumen im Obergeschoss der Halle der Reisenden.

Sein Gast saß auf einer breiten Couch, die Beine auf dem weichen Stoff ausgestreckt. Garshon bemerkte, dass er die Stiefel ausgezogen hatte, und das war mehr, als er erwartet hatte.

»Wie ich hörte, wurdest du angegriffen«, sagte Garshon und schnippte mit den Fingern. Ein junges Dienstmädchen eilte herbei und goss roten Wein in einen Kelch aus blauem Glas. Garshon nippte daran.

»Ich dachte, ich hätte sie abgeschüttelt«, sagte Valanus. »Sie haben mich überrascht.«

»Und ich dachte, ihr Krieger von Stone wäret unbesiegbar.«

»Niemand ist unbesiegbar«, erklärte Valanus, schwang die Beine auf den Boden und setzte sich. Er zuckte zusammen, als ein scharfer Schmerz hinter seinem Auge pochte.

»Du hast eine Beule, groß wie ein Gänseei. Vielleicht hast du dir den Schädel angeknackst.« Garshon grinste bei diesen Worten, dann zog er sich einen Stuhl heran und setzte sich Valanus gegenüber. Er betrachtete die Schwellung. »Wer war dein Retter?«

»Ein junger Rigant – noch nicht alt genug, um es besser zu wissen.«

Garshon musterte seinen Gast prüfend. Bei der Erwähnung des Wortes *Retter* hatte sich Valanus' Gesichtsausdruck kurz verändert. Die Veränderung war fließend, doch Garshon nahm sie wahr. Was hatte sie zu bedeuten? Verärgerung? Möglich. Doch noch etwas anderes. »Hast du von dem Überlebenden etwas in Erfahrung bringen können?«, fragte der Kaufmann.

»Nein.«

»Ach, du hast ihn also getötet?«

»Nein. Connavar bat mich, ihn zu verschonen.«

Garshon lehnte sich zurück und lächelte. »Er bat dich? Der Schlag auf den Kopf muss dich in sehr gute Laune versetzt haben. Es passt gar nicht zu dir, Valanus, deine Feinde zu schonen.«

»Ich bin gekommen, um über andere Dinge zu sprechen«, sagte Valanus und warf dem Dienstmädchen einen Blick zu.

»Ach ja. Andere Dinge.« Garshon wandte sich mit einer Handbewegung an das Mädchen. Sie verbeugte sich und verließ das Zimmer. Garshon schwieg einen Augenblick, und als er sprach, tat er es in der Sprache von Stone. »General Jasaray ist sehr großzügig. Mein Mann in Escelium hat mir Nachricht geschickt, dass ihm dreitausend Goldstücke zur sicheren Verwahrung übergeben wurden.«

»Nur fünfhundert davon sind für dich«, erinnerte Valanus ihn. »Der Rest wird für unsere Verbündeten verwendet.«

»Verbündete? Ihr habt keine Verbündete. Ihr habt nur Sklaven. Was verlangst du von meinen: Freunde bei den Gath?«

»Große Mengen an Getreide, Rindfleisch, Ersatzpferden

und eine zweitausend Mann starke berittene Hilfstruppe. Wir zahlen jedem Krieger zehn Silberstücke. Aber sie müssen selbst für ihre Pferde sorgen.«

»Wieviel Getreide?«

»Ich schicke dir Einzelheiten, wenn der General seine Marschroute beschlossen hat.«

Garshon schenkte Wein nach. »Was würdest du tun, Mann aus Stone, wenn du keine Verräter finden würdest?«

»Wir würden trotzdem gewinnen, Garshon. Aber es würde langsamer gehen. Und ich sehe unsere Verbündeten nicht als Verräter. Sie helfen uns, ihre eigenen Feinde zu besiegen. Darin liegt nichts Verräterisches.« Valanus stand auf. »Ich denke, ich gehe zu Bett. Mein Kopf schmerzt, als ob der Hammer des Hades darin schlüge.«

»Dann wirst du heute Nacht keine Frau brauchen?«

»Heute nicht.«

Der große, silberhaarige Krieger schritt aus dem Zimmer. Garshon sah ihm nach. Der Soldat aus Stone war ein zäher Mann, anscheinend furchtlos. Und doch …

Garshon verließ das Zimmer und ging durch einen langen Korridor in einen kleinen Nebenraum. Dort warteten vier Männer. Der eine hatte eine dick verbundene Schulter, ein anderer drei Schienen an seinem gebrochenen Bein.

»Was ist passiert?«, fragte Garshon.

Einer der Unverletzten, ein dünner Kerl mit schütterem Haar und pockennarbigem Gesicht, ergriff das Wort. »Wir hatten ihn schon, aber dann kam dieser junge Bursche dazu. Er brach Varik das Bein und stach auf Jain ein. Er war sehr schnell, Garshon. Und wir wussten nicht, ob er allein war. Also rannten wir weg.« Garshon sagte nichts. Sie wussten, dass der Junge allein gewesen war. Aber er hatte ihnen Angst eingejagt. Er wandte sich an Varik.

»Was macht das Bein?«

»Ein glatter Bruch – direkt unter dem Knie. Aber es wird Wochen dauern, bis ich wieder laufen kann.«

»Warum hat Valanus dich am Leben gelassen?«

»Der Junge befahl ihm, mich nicht zu töten. Ich sage dir, Garshon, mir blieb fast das Herz stehen.«

»Er hat ihn gebeten, meinst du?«

»Nein. Er sagte nur: ›Töte ihn nicht.‹ Eine Sekunde lang dachte ich, er würde es trotzdem tun. Aber er tat es nicht, Taranis sei Dank!«

»Was glaubst du, hätte der Junge getan, wenn Valanus dich erstochen hätte?«

Varik zuckte die Achseln. »Keine Ahnung.«

»Hatte er eine Waffe?«

»Ja. Ein glänzendes Messer.«

»Beschreibe mir alles. Ganz genau.« Varik tat es. Garshon hörte zu, ließ ihn wiederholen, dann wandte er sich ab. Als er sich umdrehte, um zu gehen, sprach ihn der Pockennarbige an.

»Warum lässt du den Bastard nicht einfach im Bett umbringen?«

»Vielleicht lasse ich *dich* in deinem Bett umbringen«, sagte Garshon. »Glaubst du, ich will mir Jasaray zum Feind machen? Es ist ausgeschlossen, dass ich Valanus in meinem eigenen Haus umbringe. Ich hatte allerdings gedacht, vier von euch würden ausreichen. Wie dumm von mir. Aber ich konnte ja nicht wissen, dass ihr euch von einem Jungen überraschen lassen würdet.«

Er ließ sie allein und ging über den Korridor hinunter in die Halle. Frauen tanzten auf der erhöhten Bühne, und er musterte die Zuschauermenge, bis er Banouin und den Jungen erspäht hatte. Eine Zeitlang blieb er stehen und betrachtete den jungen Mann. Dann winkte er ein Serviermädchen herbei und schickte es zu Banouin.

Er kehrte in seine Räume zurück und stellte zwei weitere Kelche und einen neuen Krug Wein auf den Tisch. Nur wenige Augenblicke später trat Banouin ein, gefolgt von dem jungen Riganten. Der Junge bewegte sich gut, in vollkommenem Gleichgewicht, wie ein Kämpfer. Garshon bedeutete seinen Gästen, sich zu setzen, dann schenkte er Wein ein. »Dein junger Freund hier hat mir einen großen Dienst erwiesen, Banouin«, sagte er. Der Kaufmann aus Stone schien überrascht und warf einen Blick auf seinen Gefährten. »Er hat einen Gast von mir vor Räubern gerettet. Ich stehe in seiner Schuld.« Er lächelte den Jungen an.

»Das war nicht der Rede wert«, erklärte der junge Mann. Seine Stimme war tief und volltönend. Eine Stimme, die eines Tages Macht haben würde, dachte Garshon. Er drehte den Namen in Gedanken hin und her. Connavar. Er hatte ihn schon mal gehört. Sein eines Auge bemerkte die gezackte Narbe auf der Wange des Jungen, und die grün-goldenen Augen. »Ah«, sagte er, »du bist der Junge, der mit dem Bären kämpfte und die Prinzessin rettete.«

»Es gab gar keine Prinzessin«, sagte Connavar. »Einen Bären gab es allerdings.«

Garshon deutete auf das Messer an seinem Gürtel. »Ist das die Waffe, mit der du den Bären niedergestreckt hast?«

»Ja.«

»Darf ich sie mal sehen?«

Connavar stand auf, zog das Messer aus der Scheide und reichte es dem Kaufmann mit dem Griff voran. »Es ist sehr schön«, sagte Garshon. »Falls du je daran denken solltest, es zu verkaufen …«

»Das werde ich nicht«, sagte der junge Mann.

»Daraus kann ich dir keinen Vorwurf machen.« Er reichte das Messer zurück und wandte sich an den verblüfften Banouin. »Ich nehme an, dein junger Freund hat seine Heldentat nicht erwähnt?«

»Noch nicht«, antwortete Banouin und versuchte, seine Verärgerung zu verbergen.

»Er hat es mit vier Räubern aufgenommen. Einem hat er das Bein gebrochen, einem anderen einen Messerstich in die Schulter versetzt. Die anderen haben Fersengeld gegeben. Er war sehr mitfühlend. Mein Gast hätte einen getötet, doch Connavar hielt ihn zurück.« Der hellblaue Blick wanderte zu Connavar. »Warum? Die Welt wäre doch sicherlich ein besserer Ort, wenn es ein paar Räuber weniger gäbe.«

»Ich habe Männer getötet, die es verdienten zu sterben«, sagte Connavar. »Aber das geschah im Kampf. Der Räuber war wehrlos.« Er zuckte die Achseln. »Es tut mir nicht Leid.«

»Das ist etwas, was nur die Jungen sagen können«, stellte Garshon fest. Er ging zu einer Truhe, öffnete den Deckel und holte eine Börse hervor, die er Connavar zuwarf. »Hier hast du zwanzig Silberstücke. Bitte, nimm sie als Zeichen meiner Dankbarkeit entgegen.«

Er sah, wie der Junge Banouin einen Blick zuwarf und wie dieser fast unmerklich nickte. Connavar band die Börse an seinen Gürtel, sagte aber kein Wort des Dankes. »Ich halte euch von den Vergnügungen der Halle fern«, sagte Garshon. »Heute abend seid ihr dort meine Gäste, und jeder Dienst, den ihr wünscht, ist für euch kostenlos – Wein, Frauen, Essen und Unterkunft.«

»Ich danke dir, Garshon«, sagte Banouin und erhob sich. »Das ist sehr großzügig.«

Connavar nickte, antwortete jedoch nicht.

Garshon brachte sie zur Tür, dann kehrte er zu seinem Sofa zurück.

Wie interessant, dachte er. Der furchtlose Valanus hatte sich vor diesem Jungen gefürchtet. Und jetzt wusste Garshon auch, warum. Es war etwas sehr Gefährliches an ihm, das unter der Oberfläche lauerte.

Etwas Tödliches.

Conn war froh, als sie die turbulente Stadt Goriasa verließen. Die Luft dort kam ihm zu dicht vor, voller starker Düfte und schlechter Gerüche. Und die Hure war eine gewaltige Enttäuschung gewesen. Ihr fehlte die Kunstfertigkeit Eriathas, und ihr Atem hatte nach abgestandenem Wein gestunken. Jetzt auf der freien Ebene merkte er, wie er sich entspannte. Hier konnte er das Gras riechen und den flüsternden Wind hören, der kühl vom Meer her blies.

Fast hundertfünfzig Kilometer weit erstreckte sich flaches Land, kaum einmal von einem Hügel unterbrochen, der die Eintönigkeit unterbrach. Sie begegneten nur selten anderen Reisenden, und wenn dies geschah, war Conn beeindruckt von Banouins Kenntnissen. Er erkannte die verschiedenen Stämme an den unterschiedlichen Farben ihrer Umhänge, Hemden oder dem Schmuck, den die Reiter trugen. Banouin wurde überall mit Wärme und Anerkennung begrüßt. Der Kaufmann hatte seine Riganten-Kleidung inzwischen abgelegt und trug eine rote, knielange Tunika, lederne Beinlinge und Stiefel, sowie einen konischen blauen Hut. Der Hut war alt, der Stoff fadenscheinig, sodass man den hölzernen Rand darunter erkennen konnte. Doch Banouin behauptete, es wäre ein ›Glückshut‹. Conns Kleidung erregte großes Interesse bei den Reisenden, die sie trafen, denn das Muster seines Umhangs, ein Karo in Grün und Blau, war bei den Gath kaum bekannt, und man stellte ihm viele Fragen über sein Heimatland.

Im Großen und Ganzen waren die Menschen freundlich, und nur einmal zu Beginn ihrer Reise fühlte sich Conn bedroht. Sie begegneten fünf Reitern in schwarzen Umhängen. Sie lächelten nicht, sondern versperrten ihnen den Weg und warteten mit finsteren Gesichtern.

»Bleib' ganz ruhig, Conn«, sagte Banouin leise. Er hob seine rechte Hand zum Gruß und ließ sein Pony langsam weitergehen. Conn drückte seinem Tier die Fersen in die

Flanken und ritt an Banouins Seite. Die fünf Männer trugen gekrümmte Kavalleriesäbel und hatten kurze Jagdbögen umgehängt. Conn betrachtete abschätztend ihre Gesichter. Sie schienen harte Burschen zu sein, und ihre Haltung verriet, dass sie bereit waren zu handeln. Conn wusste gut, dass Banouin ohne Waffen kämpfen konnte, denn er hatte viele Nachmittage damit verbracht, mit dem Fremden zu üben, doch fünf bewaffnete Männer durfte man nicht auf die leichte Schulter nehmen. »Ein schöner Morgen«, sagte Banouin. »Möge Daan auf die Reiter der Gath lächeln und vor allem auf solche aus dem Dorf Gudri.«

»Ich kenne dich, Blauhut«, sagte er Anführer, ein junger Mann mit herabhängendem blondem Schnurrbart und geflochtenem Haar. »Du bist der Kaufmann, der im Winter Honignaschereien mitgebracht hat.«

»Und du bist der Junge, der auf dem Baum saß«, sagte Banouin. »Osta? Stimmt das?«

Der Mann lachte laut. »Ostaran, aber meine Freunde nennen mich Osta. Hast du Süßigkeiten dabei?«

»Nicht auf dieser Reise, mein Freund. Ihr seid weit weg von daheim. Geht dort alles gut?«

Die beiden Männer plauderten ein Weilchen. Conn sah, wie die Spannung von den Männern abfiel, und als sie schließlich davonritten, sah er, dass Banouin einen erleichterten Seufzer ausstieß. »Das war knapp«, sagte der Fremde.

»Wollten sie uns ausrauben?«

»Allerdings.«

»Woher wusstest du, dass sie aus Gudri waren?«

»Die Mantelfibeln. Sie haben alle die Form eines Eichenzweiges.«

»Also hat dein Wissen um Fibeln uns das Leben gerettet«, sagte Conn.

»Alles Wissen ist nützlich, mein Freund. Aber sie hätten uns nur getötet, wenn wir gekämpft hätten. Im allgemeinen morden sie nicht willkürlich.«

Conn lächelte. »Hast du mal darüber nachgedacht, eine Waffe zu tragen? Vielleicht kommt der Tag, an dem du eine Fibel nicht erkennen kannst.«

»Ich kenne alle Fibeln. Aber sag mir, Conn, was hättest du getan, wenn sie versucht hätten, uns zu berauben?«

»Ich hätte den Mann links vom Anführer niedergestochen«, antwortete Conn ohne zu zögern.

»Warum gerade ihn?«

»Weil du mit deinem Pony auf das Pony des Anführers zugehalten hättest, sodass es nach rechts hätte ausweichen müssen und damit die anderen blockiert hätte. Der einzige Mann, der Platz gehabt hätte, um seine Waffe zu ziehen und dich anzugreifen, wäre der Reiter auf der linken Seite gewesen.«

Banouin holte tief Luft. »Eine gute Überlegung, Conn. Du lernst rasch. Und jetzt lass uns weiterreiten.«

Kapitel 8

In den ersten fünf Nächten lagerten die Reisenden unter freiem Himmel, am sechsten Tage blieben sie in einem kleinen Dorf, das Banouin kannte. Etwa achtzig Menschen hatten sich ihre Häuser am Ufer eines breiten Flusses gebaut und verdienten ihren Lebensunterhalt mit Fischen oder indem sie Lastkähne nach Goriasa treidelten. Die Menschen hier hatten dunkle Haut, und Banouin erzählte Conn, dass sie ursprünglich – vor vielen hundert Jahren – von den Bergen im Osten gekommen waren, wo sie als Nomadenvolk gelebt hatten. Sie waren freundlich und luden Conn und Banouin ein, an ihrem gemeinsamen Mahl teilzunehmen, das in einem langgestreckten Holzhaus mit Grasdach eingenommen wurde. Am Ende der Mahlzeit – schwarzes Brot, das in Fischeintopf getunkt wurde – wurden verschiedene Musikinstrumente hervorgeholt, und ein sehniger Fischer sang in tiefem Bariton Balladen. Als die Lieder verklungen waren, trampelten die Menschen mit den Füßen Beifall, dann gingen sie in ihre Häuser zurück. Banouin und Conn blieben in Gesellschaft des Dorfältesten zurück, eines schwarzbärtigen Mannes namens Camoe. Seine beiden jungen Frauen räumten die Teller ab, und Camoe bot seinen Gästern Bier an. Das Getränk war dünn und schal, und Conn nippte kaum daran.

»Wie weit wollt ihr reisen?«, fragte Camoe Banouin.

»Den ganzen Weg bis nach Stone.«

»Dann müßt ihr durch gefährliches Gebiet«, sagte Camoe. »Die Stone-Armee ist auf dem Weg zu dem Volk am Fluss Perdium. Große Schlachten stehen bevor, fürchte ich.«

»Die Perdier kennen mich gut«, sagte Banouin. »Ihr König Alea ist ein alter Freund von mir.«

»Alea ist tot«, sagte Camoe. »Ertrunken, heißt es.«

»Es tut mir Leid, das zu hören. Er war ein guter Mann. Wer ist jetzt König?«

Camoe zuckte die Achseln. »Ich habe noch nichts gehört. Aber man sagt, sie haben hunderttausend Kämpfer bereit, um den Männern von Stone das Herz herauszureißen. Ich glaube nicht, dass sie es schaffen. Ich halte Jasaray für den Teufel in Menschengestalt.«

»Er ist kein Teufel«, widersprach Banouin, »aber ein gerissener General.«

»Was meinst du, wie lange dauert es noch, bis sie hier sind?«

Banouin spreizte die Hände. »Zwei Jahre, vielleicht. Aber sie werden dir keinen Ärger machen, Camoe. Sie werden deinen Fisch kaufen.«

»Sie werden uns allen Ärger machen, Fremder. Ich bin ein Gath. Ich werde kämpfen, wenn ich gerufen werde.« Sein Blick fiel auf das kleine Päckchen an Banouins Seite. »Dieses Bier dreht einem den Magen um. Ich erinnere mich noch, als wir einmal einen guten Fang an Rotlachs gemacht hatten und wir ein paar Krüge Bernsteinfeuer kauften. Gute Tage waren das.«

»Wie der Zufall es will«, sagte Banouin, »habe ich deine Vorliebe dafür nicht vergessen.« Er griff in das Päckchen und holte zwei in Stroh gewickelte Krüge Uisge hervor, und warf einen davon Camoe zu. Der Dorfälteste brach das Wachssiegel und setzte den Krug an die Lippen. Er nahm ein paar tiefe Schlucke.

»Ah, das tut gut«, sagte er. »Es brennt wunderbar den ganzen Weg nach unten. Wieviel schulde ich dir?«

»Nicht ein Kupferstück, mein Freund. Es war schön, dich wiederzusehen. In dem Päckchen ist ein zweiter Krug, den du genießen kannst, wenn wir wieder weg sind.«

Camoe beugte sich vor und schug Banouin auf die Schulter. »Du bist zu gut, um ein Mann aus Stone zu sein. Bist du sicher, dass du nicht adoptiert wurdest?«

In dieser Nacht schliefen die Reisenden in dem Langhaus, dann setzten sie ihre Reise nach Osten fort. Je weiter sie kamen, desto mehr hörten sie von der vorrückenden Armee von Stone. Jasaray sammelte angeblich eine Armee von fünfzehntausend Mann. Sie wäre den Perdiern zahlenmäßig weit unterlegen.

»Vielleicht werden sie zermalmt«, meinte Conn, »damit wäre ihre Bedrohung beendet.«

»Das bezweifle ich«, sagte Banouin, zügelte sein Pony und stieg ab, um dem Tier eine Verschnaufpause zu gönnen. Conn tat es ihm nach.

»Wie wird die Schlacht geplant sein?«

Banouin dachte darüber nach. »Fünfzehntausend Mann bedeuten vier Panther und einen Flügel berittener Soldaten. Jeder Panther besteht aus dreitausend Fußsoldaten. Die Kavallerie wird aus Hilfstruppen bestehen, von Stämmen, die mit den Perdiern verfeindet sind. Jasaray wird in das Land der Perdier einmarschieren und versuchen, den Feind zu einem massierten Angriff zu locken. Sie werden an seiner Schlachtlinie zerschellen wie Wasser an einem Felsen.«

»Und wenn sie ihn nicht auf diese Weise angreifen?«

»Dann wird er ihre Dörfer und Siedlungen dem Erdboden gleichmachen und ihre Frauen und Kinder in die Sklaverei verschleppen. Er wird ihre Äcker vernichten und ihre Wirtschaft zerstören. Sie sind dann gezwungen, gegen ihn kämpfen.«

Banouin nutzte die Reise auch dazu, Conn weiter

Turgonisch zu lehren, sowie die Sprache und Geschichte von Stone. Nachdem sie vor vierhundert Jahren in einem fernen Krieg besiegt worden waren, waren die Überlebenden über das Meer geflohen und hatten dort eine neue Stadt gegründet. Sie hatten ein flammendes Zeichen am Himmel gesehen, einen riesigen Felsen, der aus den Wolken kam und Feuer hinter sich her zog. Er traf auf einen bewaldeten Hügel und knickte alle Bäume um. Auf diesem neuen Land hatten sie einen Tempel errichtet und darum herum eine Stadt mit einer Palisade ringsum. Mit den Jahren hatten sie die umliegenden Stämme unterworfen und ihren Herrschaftsbereich ausgedehnt. Allmählich wurde die aus Holz gebaute Siedlung zu einer Stadt aus Stein mit großen Mauern und Aquädukten, Tempeln und Stätten der Lehre.

Conn hörte gespannt zu, doch besonders aufmerksam war er immer dann, wenn Banouin von Kriegen und Strategien sprach und von den Völkern, die in den vergangenen zwanzig Jahren erobert wurden. Groß war ihr Leiden gewesen, sagte Banouin, und die Zerstörung.

»Ich hasse sie«, sagte Conn. »Was sie tun, ist böse.«

»Böse inwiefern?«, fragte Banouin, während er die Lastponys langsam über den Kamm einer Reihe bewaldeter Hügel führte.

Conn deutete auf eine kleine Siedlung am Ufer eines Flusses. »Diese Menschen haben ihr eigenes Leben«, sagte er. »Jeder ist abhängig von den Fähigkeiten seines Nachbarn. Sie sind eine Gemeinschaft. Sie leben und gedeihen. Es ist ein gutes Leben. Ich weiß das, denn bei den Riganten ist es dasselbe. Sie kümmern sich umeinander. Die Menschen von Stone nehmen ihnen durch Eroberung weg, was sie haben. Gewiss ist das doch böse?«

»Die Frage ist viel weitreichender«, sagte Banouin und zügelte sein Pony. »Komm«, sagte er und wendete sein Tier. »Wir machen einen Umweg zum Hochland.«

»Warum?«

Banouin lächelte. »Dort gibt es etwas, das du sehen solltest.«

Sie ritten den Vormittag hindurch bis in den Nachmittag und kamen immer höher. Beide Reiter rollten ihre Umhänge aus, denn hier oben war der Wind kälter. Gegen Abend hatten sie einen dünn bewaldeten Landstrich erreicht, und Banouin stieg ab und führte die Ponys in eine flache Höhle, wo er ein Feuer entzündete und eine dicke Fleischsuppe zubereitete. Im Feuerschein sah Conn, dass die Wände der Höhle mit Zeichnungen bedeckt waren: Hirsch und Bison, Löwe und Bär. Hier und dort waren Handabdrücke in verblasstem Rot, große Hände mit langen Daumen.

»Wer hat das gemacht?«, fragte er Banouin.

»Die Alten. Noch immer leben ein paar von ihnen im Hochland, wo sie sich vor der Welt verbergen. Sie sind wie wir – und doch nicht wie wir. Sie haben starke Augenbrauen und kräftige Kiefer.«

»Ach ja«, sagte Conn mit einem Lächeln. »Das Hässliche Volk. Es lebte früher in der Nähe des Seidh-Waldes. Unsere Legenden erzählen, dass sie Babys stahlen und sie auffraßen. Sie wurden vor Jahrhunderten von den Elagareth vernichtet.«

Banouin schüttelte den Kopf. »Sie fraßen keine Babys, Conn. Sie waren – und sind – ein primitives Volk mit Werkzeugen aus Feuerstein. Sie essen Blätter und graben nach Wurzeln. Gelegentlich jagen sie einen Hirsch und verschlingen sein Fleisch roh. Aber sie waren keine Kannibalen. Ich habe ihre wenigen noch übrigen Siedlungen besucht. Sie sind ein sanftmütiges Volk, ohne Verständnis für die wilde Gewalt, die wir in unseren Herzen tragen.«

»Dann hast du mich hergebracht, damit ich mir diese Zeichnungen ansehe?«

»Nicht nur die Zeichnungen. Ich wollte, dass du über das Volk nachdenkst, das Tausende von Jahren durch dieses Land zog, frei, ohne Krieg. Dann eines Tages kam eine neue Rasse, mit hellen Schwertern aus Bronze und Bögen, die über große Entfernungen Tod bringen konnten. Sie ermordeten das Volk und trieben es weit ins kalte Hochland zurück. Selbst heute noch geschieht es, wenn einer von diesem Volk gesichtet wird, dass sich Jagdpartien sammeln, um ihn zu jagen und zu morden. Diese mörderischen Neuankömmlinge nahmen dem Volk sein Land und ließen sich darauf nieder, bauten Höfe und Siedlungen. Verstehst du?«

Conn nickte. »Und jetzt ist eine neue Rasse gekommen, mit Schwertern aus Eisen.«

»Genau. Und in ein paar hundert Jahren wird ein anderer mächtiger Stamm – oder mehrere – sich auf das sanfte, friedliebende Volk von Stone stürzen. Dann wird ein junger Mann, genau wie du, gegen das Böse daran protestieren.«

»Wie er es tun sollte«, sagte Conn. »Ein Mann sollte bereit sein, für sein Land, sein Volk und seine Kultur zu sterben. Was sind wir denn, wenn wir das nicht tun? Wenn der Wolf unsere Herden angreift, töten wir den Wolf. Wir kämpfen, um das zu verteidigen, was unser ist. Das ist es, was uns zu Menschen macht.«

»Allerdings«, stimmte Banouin zu. »Doch bevor es Menschen gab, war es der Wolf, der die Herden stark und gesund hielt. Indem er die Schwachen und die Alten tötete, indem er ihre Zahl begrenzte, damit die Herden nicht so groß wurden, dass sie alles kahl fraßen. Natur im Gleichgewicht, Conn.«

Conn lachte laut auf. »Wenn ich das richtig verstehe, führt das zu dem logischen Schluß, wenn ein Räuber zu mir kommt, lasse ich ihn alles nehmen, was ich besitze. Ich tue nichts. Ich lasse ihn meine Frau vergewaltigen, meine Kinder erschlagen, mein Eigentum stehlen. Das ist nicht gerade eine Philosophie, für die ich mich erwärmen kann.«

»Ich auch nicht«, sagte Banouin. »Aber jetzt kommen wir zum wichtigen Punkt der Frage. Ich behaupte nicht, du sollst nicht kämpfen. Ich sage, du sollst nicht hassen. Es ist nicht der Krieg, der zu mörderischen Exzessen führt, sondern der Hass. Ganze Dörfer, Städte, Völker, die ausradiert werden. Hass ist wie eine Seuche. Er verzehrt alles und springt von einem auf den anderen über. Unsere Feinde werden zu Dämonen, ihre Frauen zu Müttern von Dämonen, ihre Kinder junge Dämonen. Verstehst du? Wir erzählen Geschichten darüber, dass unsere Feinde Kinder fressen – so wie es mit diesem Volk geschah. Unsere Herzen werden finster, und wir üben schreckliche Vergeltung an denen, die wir jetzt hassen. Doch Hass stirbt nie, Conn. Wir pflanzen seine Saat mit jeder Tat, die durch ihn geschieht. Töte einen Mann, und sein Sohn wird heranwachsen und dich hassen und Rache suchen. Wenn er diese Rache ausgeübt hat, wird dein Sohn beginnen, ihn zu hassen. Verstehst du, was ich sagen will?«

»Nein«, gestand Conn. »Es ist doch notwendig, seine Feinde zu hassen. Wenn wir sie nicht hassen, wie könnten wir sie dann töten?«

Banouin seufzte, und Conn sah, wie enttäuscht er war. Sie schwiegen eine Zeitlang und aßen ihren Eintopf. Banouin säuberte die Schalen und verstaute sie wieder. Conn breitete seine Decken aus und legte sich am Feuer nieder.

Der kleine Kaufmann saß noch eine Weile am Feuer. »Es gibt nur drei Arten, mit einem Feind umzugehen«, sagte er. »Ihn zerstören, vor ihm weglaufen, oder ihn zum Freund machen. Ein Mann, der gelernt hat, dich zu hassen, wird niemals dein Freund.«

Dann legte auch er sich hin und zog die Decken über sich.

Conn drehte sich auf die Seite und betrachtete die Wandzeichnungen im flackernden Licht des Feuers.

Die einzige, bleibende Wahrheit, die er kannte, lautete: Die Starken werden die Schwachen immer besiegen.

Wenn die Armee von Stone kommt, dachte er, werden die Riganten stark sein.

Acht Tage später kamen die Reisenden an die Grenzen des Landes der Gath. Im Nordwesten lagen die hochgelegenen Siedlungen der Ostro. »Wir statten ihnen auf dem Rückweg unseren Besuch ab«, sagte Banouin. »Das wird eine gute Erfahrung für dich. Die Ostro sind geborene Händler und tun nichts lieber, als stundenlang um den besten Preis zu feilschen.« Das Lächeln schwand von seinem Gesicht, und er atmete tief ein. »Doch jetzt müssen wir das Land der Perdier ertragen.«

Vor ihnen lag der breite Fluss Perdium und am anderen Ufer erstreckten sich langgezogene, hohe, bewaldete Hügel. Es war heller Nachmittag, als die Reiter ihre müden Ponys zu einem Dorf am Ufer lenkten. Am anderen Ufer des schnell fließenden Flusses lag eine Fähre mit flachem Rumpf. Von einem Fährmann war nichts zu sehen. Conn blickte zum Dorf. Die elf Häuser am Fluss waren grob und nachlässig gebaut, manche aus frischem Holz, das sich beim Trocknen verzogen hatte, sodass große Risse klafften, die mit Lehm zugeschmiert worden waren. Dahinter stand ein etwas stabiler gebautes Haus aus Holzbohlen mit einem Dach aus Grassoden. Hier befand sich auch eine Weide. Banouin ritt hin, öffnete das Gatter und führte die Ponys hinein. Als Conn abstieg, stellte sich Banouin dicht neben ihn. »Den Leuten hier kann man nicht trauen«, sagte er. »Unter ihnen gibt es etliche Räuber und Diebe. Sie brausen leicht auf. Folge meinem Beispiel und pass' auf, was du sagst oder tust.«

»Vielleicht hätten wir lieber in den Hügeln unser Lager aufschlagen sollen«, meinte Conn.

»Man hat uns gestern schon gesehen. Nirgendwo ist es

völlig sicher, aber ich wollte nicht in freiem Gelände überrascht werden.« Er lächelte gezwungen. »Mach' dir nicht allzu viele Sorgen, mein Freund. Ich bin schon früher ohne Zwischenfälle hier durchgereist. Ich sage nur, wir müssen auf der Hut sein.«

Conn sagte nichts. Er sah die Anspannung in dem kleinen Kaufmann. Banouin war ein zäher Bursche, der nicht unter grundlosen Ängsten litt. Conn musterte die Häuser. Kleine Kinder spielten im Schlamm am Ufer, und eine Frau saß auf einem Felsen in der Nähe und nähte einen Flicken auf einen fadenscheinigen Umhang. Sie trug ein schlichtes Kleid, das einst blau gewesen war, jetzt aber ein verwaschenes Grau zeigte. Ihr Haar war lang und verfilzt, die Haut trocken. Alles an ihr sprach von Entbehrung und Niederlage. Conn wandte den Blick ab.

Banouin winkte Conn, und die beiden Männer schlenderten zu dem Blockhaus. Es gab keine Tür, nur eine Kuhhaut, die über einem Pfosten hing. Sie schoben sie beiseite und traten in den einzigen Raum. Vier Männer saßen an einem Tisch und spielten mit bemalten Würfeln aus Bein. Einer blickte auf, als die Neuankömmlinge eintraten. Er hatte einen gewaltigen Schädel, vollkommen kahl, seine Augen waren klein und dunkel. »Ihr wollt wohl mit der Fähre übersetzen«, sagte er. »Dovis und sein Bruder bringen Vieh zum Markt. Sie kommen erst morgen wieder.«

»Danke«, sagte Banouin mit einem freundlichen Lächeln.

»Wollt ihr mitspielen?«

»Vielleicht später. Wir müssen erst unsere Ponys versorgen.«

»Ich habe sie gesehen«, sagte der Mann, stand von seinem Stuhl auf und streckte sich. Er war groß, an die einsneunzig, und sein Bärenfellwams ließ ihn noch eindrucksvoller erscheinen. »Schwer beladen. Du bist der Kaufmann Banouin.«

»Ja. Kennen wir uns?«

»Nein. Ich habe dich an dem blauen Hut erkannt. Du solltest wirklich mitspielen. Das wäre freundlich. Du willst doch freundlich sein?«

»Ich bin immer freundlich«, sagte Banouin. »Aber ich bin ein lausiger Spieler. Ich habe nie Glück mit den Würfeln.« Er wandte sich ab und ging wieder zur Tür.

»Vielleicht würde deine Freundin gerne spielen? Ist lange her, dass wir so hübsche Gesellschaft hatten«, sagte der Mann. Die anderen lachten.

»Das würde ich allerdings gern«, sagte Conn lächelnd. »Würfeln ist eines der Lieblingsspiele meines Volkes.« Er ging zu dem großen Mann hinüber und stellte sich vor ihn, und als er sprach, tat er es mit leichter Vertrautheit. »Doch bevor wir spielen, müssen wir erst sicherstellen, dass wir einander verstehen. Ich bin ein Fremder hier und kenne eure Gebräuche nicht. Doch ich lerne schnell. Also, wir kennen uns noch gar nicht, und trotzdem beleidigst du mich. Zu Hause hätte ich dich dafür umgebracht.« Conn lächelte und tippte dem großen Mann auf die Brust. »Ich hätte dir das Herz herausgeschnitten. Aber ich muss ja berücksichtigen, dass ich in einem anderen Land bin. Hier ist es offensichtlich Brauch, sich über Fremde lustig zu machen. Habe ich recht, du fetter, hässlicher Haufen Kuhscheiße?«

Dem großen Mann klappte der Unterkiefer herunter, seine Augen verengten sich zu Schlitzen. Mit einem Fluch stürzte er sich auf den Riganten. Conn wich nicht zurück. Stattdessen setzte er dem Mann eine linke Gerade ins Gesicht, gefolgt von einem rechten Haken, der ihn über den Tisch warf, der umkippte, wodurch Knochenwürfel und Kupfermünzen im Dreck landeten. Der große Mann kam rasch wieder auf die Beine, doch Conn krachte ihm eine Rechte ins Gesicht, dass die Haut unter seinem Auge aufplatzte. Er packte Conns Tunika und versuchte, ihm mit einer Bärenumarmung die Rippen zu brechen.

Conn stieß ihm den Kopf unter die Nase. Der Mann schrie auf und wich zurück. Conn ließ zwei linke Gerade folgen, danach einen rechten Aufwärtshaken in den Magen. Der Mann schnappte nach Luft und klappte zusammen – direkt in Conns erhobenes Knie.

Dann landete er bewusstlos auf dem Fußboden.

Der erste der anderen Männer sprang auf die Füße, erstarrte aber sofort als Conns Messer seine Kehle berührte, die Haut ritzte und Blut auf sein schmutziges Hemd rann. »Wo ich herkomme«, sagte Conn im Unterhaltungston, »gilt es als klug, das Temperament eines Mannes zu kennen, ehe man ihn sich zum Feind macht. Hier, in diesem stinkenden Loch habt ihr offenbar andere Vorstellungen. Die Frage ist nur, schneide ich dir die Kehle durch und töte deine Freunde, oder gehe ich raus und kümmere mich um meine Ponys? Was meint ihr, ihr Abschaum?« Die Messerspitze drang ein wenig tiefer ein.

»Dich ... um ... deine Ponys ... kümmern?«, brachte der Mann vorsichtig hervor.

Conn lächelte und wandte seine Aufmerksamkeit den beiden anderen zu, die ihn ganz still beobachteten. »Was ist mit euch? Seid ihr etwa anderer Meinung?« Die beiden schüttelten den Kopf.

»Ausgezeichnet! Dann verstehen wir uns ja alle.« Conn steckte sein Messer ein, drehte sich um und ging zu Banouin.

Als sie hinausgingen, warf Conn seinem Gefährten einen Blick zu. »Es tut mir Leid, Fremder. Ich habe nun mal nicht deine diplomatischen Fähigkeiten.«

»Du brauchst dich nicht zu entschuldigen. Diplomatie muss immer Stärke im Rücken haben. Du hast die Situation gut gemeistert. Es gab keine andere Möglichkeit. Sie hatten es auf einen Kampf angelegt. Jetzt werden sie es sich vielleicht noch einmal überlegen. Wenn du mir allerdings ein Wort der Kritik erlaubst, dein erster rechter Haken war ein bisschen unbeholfen. Du hast ihn vom

Standbein aus getroffen. Das hat dem Schlag die rechte Kraft genommen. Ich dachte, das hätte ich dir besser beigebracht.«

Conn lachte.

»Wie würde ich wohl ohne dich zurechtkommen, Lehrer?«

»Ziemlich gut, nach dem, was ich gesehen habe«, erwiderte Banouin.

Sie nahmen den acht Ponys die Sättel und die Lasten ab und striegelten sie, dann brachten sie Heu auf die Koppel und holten Wasser vom Fluss. Anschließend schlug Banouin ihr Lager unter einer großen Eiche auf und machte Feuer. Die Nacht war klar, die Sterne strahlten hell.

Kurz nach Sonnenuntergang kam eine junge Frau zu ihnen. Sie war mager, ihre Kleider zerlumpt. Für einen Anteil an ihrer Mahlzeit versprach sie, beide Männer zufriedenzustellen.

»Das ist sehr nett«, sagte Banouin. »Aber du bist auch so eingeladen. Es wäre nett, einen Gast zu haben.«

Das Mädchen stand einen Augenblick reglos da. »Ich habe ein Kind«, sagte sie schließlich.

»Bring das Kind ruhig mit«, sagte Banouin.

Das Mädchen ging zu einer elenden Hütte unweit ihres Lagers und kam mit einem Kleinkind auf den Armen zurück. Banouin bereitete eine Suppe, würzte sie und holte zwei flache Brote hervor, die sie am Tag zuvor in einem Dorf weiter westlich gekauft hatten. Das Mädchen sagte während der ganzen Mahlzeit nichts, und Conn bemerkte, dass sie erst das Kind fütterte, ehe sie ihre Suppe und Brot hinunterschlang.

»Bist du schon lange hier?«, fragte Banouin.

»Zwei Jahre, glaube ich.«

»Wo ist der Vater des Jungen?«

»Er ist weggelaufen«, antwortete sie. »Eines Nachts. Ist nie wiedergekommen.«

»Wo kommst du her?«

»Langenasten. Das ist ein Perdier-Dorf.«

»Das kenne ich«, sagte Banouin. »Es ist nicht einmal drei Tagesmärsche von hier. Warum gehst du nicht nach Hause?«

Sie antwortete nicht. Der Kleine schlief mit vollem Bäuchlein in ihren Armen. Sie sah unendlich erschöpft aus. »Jetzt bin ich bereit, euch zu bezahlen«, sagte sie.

»Du brauchst nichts zu bezahlen, Kind. Bring deinen Sohn zu Bett. Und wenn du morgen mit uns kommen willst, bringen wir dich nach Langenasten.«

»Dort gibt es nichts für mich«, sagte sie. »Nirgendwo gibt es etwas für mich. Außer meinem Kleinen.« Sie küßte den Kleinen auf den Kopf, stand auf und ging davon.

»Sie ist nicht älter als ich«, sagte Conn.

»Alt genug, um Kummer zu kennen«, stellte Banouin fest. »Ich werde jetzt etwas schlafen. Weck' mich in vier Stunden, dann halte ich Wache. Weck' mich früher, wenn sie kommen. Versuch' nicht, mit allen allein fertig zu werden.«

»Sie kommen schon nicht«, sagte Conn. »Ich habe die Angst in ihren Augen gesehen.«

»Selbstvertrauen ist lobenswert, Arroganz zu meiden«, zitierte Banouin und legte sich unter seinen Decken zurecht.

Das Land der Perdier war dicht bewaldet und wurde immer gebirgiger, was Conn freute, denn es war seiner Heimat ähnlich, und im Herzen sehnte er sich nach dem Anblick des Caer Druagh und dem heimischen Feuer der Riganten. Doch Banouin wurde immer angespannter, nachdem sie den Fluss Perdium überquert hatten, und spähte beim Reiten ständig nach allen Seiten.

»Was erwartest du denn?«, fragte Conn.

»Ärger«, antwortete der Fremde kurz angebunden. Er

schien nicht in der Stimmung für eine Unterhaltung zu sein, und so ritten die beiden fast den ganzen Vormittag schweigend weiter. Als es Abend wurde, sah sich Conn nach einem Platz um, wo sie die Ponys grasen lassen und eine Mahlzeit einnehmen konnten. Sie hatten mittags eine kurze Rast gemacht und ihr letztes Stück Brot gegessen. Als die Sonne unterging, sah Conn ein Eichenwäldchen, das sich in ein Tal hinunterzog. Von ihrem Standpunkt aus konnte Conn in der Ferne das glitzernde Band eines Baches sehen, der im schwindenden Tageslich golden schimmerte. Er ritt neben Banouin und deutete ins Tal hinunter. »Ein guter Lagerplatz?«, fragte er.

Der Fremde schüttelte den Kopf. »Talis-Wald«, sagte er. »Talis nennen die Perdier die Seidh. Niemand geht dorthin. Eine Legende hier berichtet von einem Krieger, der eines morgens in den Talis-Wald ging und am Nachmittag als alter Mann wieder herauskam. Wir reiten weiter. In der Nähe ist ein Bauernhof. Ich kenne den Bauern gut. Er wird uns für die Nacht Unterkunft gewähren.«

In weniger als einer Stunde hatten sie das Bauernhaus erreicht. Sie fanden es kalt und verlassen vor, die Tür hing offen in den ledernen Angeln. Banouin stieg ab, ging hinein und stieß die Schlagläden auf. Er fand ein paar Kerzenstummel, entzündete einen, hielt ihn hoch und untersuchte den Hauptraum. Alle Möbel waren fort, die Regale leer. Langsam ging er durch die übrigen drei Zimmer. Alle waren bar jedes Gegenstandes, der sich ohne Mühe tragen ließ. Im Hauptraum lag ein zerbrochener Stuhl, in der geräumigen Küchenecke fanden sich ein paar angeschlagene Töpfe und Pfannen.

Conn kam zu ihm. »Ausgeraubt, was meinst du?«, fragte er. Banouin schüttelte den Kopf.

»Nein. Er hatte immer Angst davor, dass ein Krieg in diesen Teil des Landes käme. Ich glaube, er ist einfach fortgezogen. Schade, denn er liebte sein Stück Land.«

An der Nordwand befand sich eine steinerne Feuerstelle, und Banouin machte Feuer, während Conn die Tiere versorgte. Später, nachdem sie gegessen hatten, saßen sie auf dem gestampften Boden vor dem kleinen Feuer.

»Willst du mir jetzt sagen, was dir Sorgen macht?«, fragte Conn.

Banouin nahm seinen blauen Hut ab und fuhr mit den Fingern über die hölzerne Krempe. »Die Perdier sind ein schwieriges Volk, wankelmütig, gewalttätig und entsetzlich überheblich. Sie beherrschen diesen Teil des Kontinents seit Jahrhunderten. Die Ostro und die Gath zahlen Tribut, und deswegen gibt es heute nur wenige Überfälle. Ich habe mich vor einigen Jahren mit ihrem König Alea angefreundet. Aber seine Familie mag mich nicht. Vor allem sein Bruder Carac. Er hat vor fünf Jahren ein paar Waren von mir gekauft, und dann Männer losgeschickt, die mir den gezahlten Preis wieder rauben sollten. Es ist ihnen nicht gelungen. Darauf behauptete er, ich hätte ihn betrogen. Er hätte mich töten lassen, aber er wusste, dass Alea ihn dafür bestrafen würde.«

»Und jetzt ist Alea tot«, sagte Conn. »Hatte er Söhne, die ihm nachfolgen könnten?«

»Einen Sohn, ein netter Junge. Er sollte jetzt um die siebzehn sein.«

»Sollte?«

»Ich bezweifle stark, dass er die Kraft oder die Fähigkeit hatte, Carac zu besiegen. Er ist wahrscheinlich tot. Rituell erdrosselt. So ist das bei den Perdier.«

»Er würde seinen eigenen Neffen erdrosseln? Was für ein Mann ist dieser Carac?«

»Das Leben von Prinzen ist anders als das gewöhnlicher Menschen. Conn. Die Geschichte der Perdier ist gespickt mit Berichten von Kindermord, Vatermord, Inzest und Mord. Carac hat sogar seine Schwester geheiratet, weil ihm das einen doppelten Anspruch auf den Thron verschafft.«

»Ich nehme an, wir werden in seiner Hauptstadt nicht handeln.«

»Nein, wir werden keinen Handel treiben. Aber ich muss hinein, denn ich muss noch Geschäfte zum Abschluß bringen. Ein Kaufmann hier hält Kapital für mich, und das brauche ich für mein neues Leben mit Vorna. Ich werde gegen Abend hineingehen und bei Morgengrauen wieder aufbrechen. Das sollte mir unbemerkt gelingen.«

»Aber nicht mit diesem auffälligen, blauen Hut«, bemerkte Conn.

Banouin kicherte. »Ich lasse ihn bei dir.«

»Wie lange dauert es noch, bis wir zur Stadt kommen?«

»Spät am morgigen Tag. Dann ist es noch ein Vier-Tages-Ritt bis zur Grenze im Osten und den ersten Straßen aus Stein. Dann kommen wir schneller vorwärts.«

Am nächsten Morgen blies ein Sturm von Norden, und heftiger Regen verhinderte ihren Aufbruch. Sie blieben in dem Bauernhaus und sprachen über die vor ihnen liegende Reise. Banouin freute sich darauf, dass Conn die Wunder von Stone sah und so besser die Bedrohung verstand, die von dem Volk dieser Stadt ausging. Am Nachmittag ging Conn nach draußen auf die Veranda. Dort stand eine roh gezimmerte Bank unter dem schützenden, überhängenden Dach, und er setzte sich und sah dem Regen zu und lauschte auf den heulenden Wind. Er empfand ein seltsames Unbehagen, das er nicht in Worte fassen konnte. Er dachte an Riamfada und ihre gemeinsamen Tage, ehe der Bär kam. Es schien ihm, als wäre jene Zeit golden gewesen, wenn er sie auch damals nicht so gesehen hatte. Am Tag ihres letzten Schwimmens hatte Riamfada nur noch Wochen zu leben, auch wenn er es nicht wusste. Wäre das Schwimmen fröhlicher oder weniger fröhlich gewesen, überlegte er, wenn sie es gewusst hätten?

Der Regen begann nachzulassen, und im Westen brach

die Sonne durch die Wolken. Das plötzliche Licht war magisch. Das stumpfe, matte Grün und Braun des regenverhangenen Waldes leuchtete nun in lebhaften Farben, das schlammige Grasland wurde zu einem glitzernden smaragdgrünen Meer. Als die Wolken weiter aufrissen, sah Conn zum ersten Mal einen Teppich leuchtendblauer Blumen am Waldrand. Banouin kam zu ihm. Der kleine Kaufmann holte tief Luft. »Riecht die Luft nicht gut?«, fragte er. »Ich liebe die Luft nach einem Gewitter.« Er schlug Conn auf die Schulter. »Zeit zu gehen.«

Zwei Tage später saß Conn an einem kleinen Feuer in der Dunkelheit einer geschützten Senke und wartete darauf, dass Banouin aus der Stadt Alin zurückkehrte. Es war kurz vor Tagesanbruch, und der junge Krieger wurde zunehmend unruhiger. Er hatte seinen Freund bedrängt, ihn mitkommen zu lassen, doch Banouin war hart geblieben. »Wenn ich mich schon in Gefahr begebe, mein junger Freund, dann kann ich am besten allein damit fertig werden. Glaube mir. Außerdem, wer sollte sich um die Ponys kümmern? Wenn wir sie hier allein ließen, könnte jeder herumstreunende Dieb sie finden. Oder sie könnten von Wölfen gerissen werden. Nein. Du wartest hier und übst dich in Geduld.«

»Wie heißt der Mann, den du aufsuchen willst?«

»Er ist ein Kaufmann namens Diatka. Er hält über zweihundert Goldstücke für mich.«

»Und du vertraust diesem Mann?«

»Wir Kaufleute müssen einander trauen, Conn. Wir können nicht durch die Welt reisen mit vor Münzen überquellenden Truhen. Warte hier auf mich. Ich bin wieder da, wenn das erste Licht der Sonne über die Gipfel scheint.«

Die Stunden waren mit quälender Langsamkeit verstrichen. Conn hielt seine Hände gegen die Flammen und blickte nach Osten. Der Himmel wurde heller, der neue Tag kündigte sich an. Er stand auf, stieg zum Waldrand hoch und sah auf die ummauerte Stadt hinunter, die ein paar hundert Meter unter ihm lag. Die Tore waren geschlossen. Zwei Wachposten marschierten über den hölzernen Wehrgang.

Er blieb eine Weile dort stehen, dann kehrte er zum Feuer zurück. Hungrig aß er das letzte Stück Trockenfleisch. Die Sonne ging auf, und färbte die schneebedeckten Gipfel im Osten korallenrot. Noch immer keine Spur von Banouin. Conn fühlte sein Herz hämmern. Auf eine seltsame Art wusste er, dass Banouin nicht kommen würde. »Da spricht die Angst in dir«, sagte er sich. Eine weitere Stunde verstrich.

Conn ging zu einem plätschernden Bach und wusch sich das Gesicht, dann rasierte er sich mit dem Seidh-Messer. Noch zwei Stunden wartete er, unsicher, was er unternehmen sollte. Wenn Banouin lediglich aufgehalten wurde, würde es mehr schaden als nutzen, wenn er in die Stadt ritt. Aber wenn nicht? Wenn er gefangen genommen worden war?

Conn beschloss, bis Mittag zu warten. Er bedeckte das Feuer mit Erde, ging zum Waldrand und setzte sich auf einen Baumstumpf. Von hier aus konnte er über die Stadtmauer hinwegsehen. Es gab Hunderte von Häusern, die sich alle dicht zusammendrängten. Menschen bewegten sich zwischen ihnen und scharten sich auf einem freien Platz in der Stadtmitte zusammen.

Die Tore gingen auf, und mehrere Fuhrwerke kamen heraus. Conn beschattete seine Augen vor der Sonne und spähte nach Banouin aus. Er war nicht dabei.

Das Warten dehnte sich nun unendlich. »Übe dich in Geduld«, hatte Banouin mit einem Lächeln gesagt. Er hätte ihn genauso gut auffordern können, zu fliegen wie ein Vogel.

Eine halbe Stunde vor Mittag sattelte Conn sein Pony,

nahm die Zügel von Banouins Reittier und den sechs Lastponys und ritt nach Alin hinunter.

Ein stämmiger Wachposten am Tor, bewaffnet mit Schwert und Speer, trat ihm in den Weg. »Ich erkenne deine Farben nicht«, sagte er und deutete auf Conns blaugrün karierten Umhang.

»Rigant, von jenseits des Wassers«, antwortete Conn.

»Du bist weit weg von zu Hause, Junge.«

»Ja, das Gefühl habe ich auch. Ich suche den Kaufmann Diatka. Ich habe Waren für ihn.«

Der Mann trat vor und musterte Conns narbiges Gesicht. »Du warst wohl im Krieg, so wie's aussieht.«

»Eine Auseinandersetzung mit einem Bären«, erklärte Conn und lächelte gezwungen. »Und zwar eine, die ich nicht gewonnen habe.«

»Du hast überlebt: das ist Sieg genug«, sagte der Wachposten. Er drehte sich um und deutete die Hauptstraße hinunter. »Folge dieser Straße, bis du zu Merins Schmiede kommst. Du kannst sie nicht verfehlen – am Tor hängt ein alter Ochsenschädel. Halte dich dann links, bis du eine Reihe von Lagerhäusern vor dir siehst, dann biege rechts ab. Dort siehst du einen kleinen Obstgarten mit Apfelbäumen und ein langgestrecktes Haus mit angebautem Speicher. Das Haus trägt Diatkas Zeichen, ein Eichenblatt in einem goldenen Kreis.«

»Ich danke dir«, sagte Conn. Als er sein Pony vorwärtslenkte, sagte der Wachposten noch: »Du wirst vielleicht ziemlich lange brauchen. Die Menschen werden von der Hinrichtung zurückkommen.«

Conn drehte sich der Magen um. »Wer wurde hingerichtet?« fragte er.

»Ein Spion aus Stone, nach allem, was man hört. Habe ihn nicht selbst gesehen. Bin seit Tagesanbruch auf Wache.«

Conn ritt weiter. Er bog an der Schmiede nicht links ab, sondern ritt zum Marktplatz, wo er die Menschenmenge gesehen hatte. Die Menschen strömten an ihm vorbei, doch er ignorierte sie und kam schließlich zu einem Galgen, der auf einer hölzernen Plattform errichtet worden war.

Banouins Leichnam hing an einem bronzenen Haken, den man ihm zwischen die Schultern gerammt hatte. Das Gesicht war schlimm verprügelt, ein Auge hatte man ihm ausgestochen. Blut hatte die Kleider des kleinen Kaufmanns durchtränkt, und Conn stellte – widersinnigerweise – fest, dass einer seiner Schuhe fehlte. Ein Stein flog an Conns Schulter vorbei und traf den toten Banouin im Gesicht. Conn drehte sich um und sah ein paar kleine Jungen, die kicherten und lachten.

Conn kämpfte um seine Beherrschung, wandte sich ab und ritt die Hauptstraße zurück, bis er zur Schmiede kam, wo er abbog, um das Haus von Diatka zu suchen. Er hatte im Augenblick keinen Plan, keine Ahnung, wie er vorgehen sollte.

Beim Reiten betrachtete er die Menschen. Sie waren weitgehend hoch gewachsen, hatten helles Haar und sahen gut aus. Einige Männer trugen Perdier-Umhänge in Himmelblau, mit einem senkrechten roten Streifen in der Mitte. Eine Frau lief quer vor seinem Pony über die Straße in eine Nebengasse. Sie war schlank, ihre dunklen Haar mit silbernen Strähnen durchwirkt. Vornas Bild trat ihm vor die Augen. Conn seufzte, als er daran dachte, wie er zurück nach Dreibach ritt und ihr vom Tod ihres Ehemannes berichten musste. Sie war in der Nacht vor ihrer Abreise zu ihm gekommen, hatte an seine Tür geklopft und war mit ihm in die Wiesen hinausgegangen.

»Meine Kräfte sind fort«, hatte sie gesagt. »Aber ich weiß noch, als ich den Fremden zum ersten Mal sah, sah ich sein *geasa.* Connavar, paß auf einen Löwen mit Augen aus Blut auf. Vielleicht ist es ein Helmschmuck oder eine Statue. Vielleicht sogar lebendig.«

»Ich passe auf«, hatte er ihr versprochen. Und jetzt hatte er dies Versprechen gebrochen, und es bedeutete gar nichts, dass Banouin darauf bestanden hatte, dass er zurückblieb. Schuld senkte sich wie Regen auf seine Seele.

Als er zu der Obstwiese kam, fand er das Zeichen mit dem Eichenblatt im Goldkreis und stieg ab. Er band die Ponys an einen Zaun, ging zum Haus und klopfte. Die Tür wurde von einem Mann mittleren Alters geöffnet, mit hängenden Schultern und kahlem Schädel, der ein langes Gewand aus blauer Wolle trug.

»Was gibt es?«, fragte er und spähte kurzsichtig in Conns Gesicht.

»Bist du der Kaufmann Diatka?«

»Das bin ich«, fauchte der Mann. »Was willst du?«

»Man hat mich mit Waren zum Handeln geschickt«, sagte Conn.

»Wer hat dich geschickt?«, fragte Diatka. Seine Stimme wurde sogleich freundlicher.

»Garshon aus Goriasa«, sagte Conn, ohne zu zögern.

Diatka trat in die Sonne hinaus. »Und was hast du mitgebracht?«

»Häute der schwarzweißen Rinder der Rigante, Broschen von Riamfada dem Goldschmied und zwanzig Krüge Whisky.«

Diatka antwortete nicht sofort, doch dann lächelte er und bat Conn hinein. Der Fußboden war mit schönen Teppichen bedeckt, das Wohnzimmer angefüllt mit Schachteln und Truhen, die übereinander gestapelt waren. Diatka bahnte sich einen Weg hindurch, bis er schließlich zu einem freien Fleckchen vor dem Feuer kam, vor dem zwei Stühle um einen kleinen Tisch standen. Er bot Conn einen Stuhl an und sagte. »Wie du siehst, bereitet es mir schon Schwierigkeiten, die Waren unterzubringen, die ich bereits habe. Das liegt am kommenden Krieg. Die östlichen Handelsrouten sind mir weitgehend verschlossen. Mein Lagerhaus platzt vor Waren aus den Nähten. Es tut mir leid, dass ich dir nicht helfen kann. Aber lass mich dir einen Becher Wein anbieten.«

Er ging zwischen den Schachteln und Kisten zurück und blieb minutenlang verschwunden. Conn blickte sich um. Die Wände waren mit Zierrat bedeckt, mit Gemälden, Teppichen, Waffen. Doch sein Blick wurde von einem runden Schild aus Bronze angezogen, auf dem der Kopf eines Löwen eingraviert war. Conn ballte die Fäuste und zwang sich, Ruhe zu bewahren. Als Diatka zurückkam, trug er zwei silberne Becher, von denen er einen Conn reichte, den anderen stellte er vor sich auf den Tisch. Dann setzte er sich und lehnte sich in seinem Stuhl zurück. »Es sind keine guten Tage für Kaufleute«, sagte er. »Also, wie geht es Garshon?« Der junge Mann stellte seinen Becher auf den Tisch.

»Als ich ihn das letzte Mal sah, ging es ihm gut.« Conn wunderte sich, wie freundlich seine Stimme klang.

»Du bist noch sehr jung für einen Vertrauten von Garshon.«

»Ich erwies ihm einen Dienst.« Conn blickte wieder auf die Wand hinter Diatka. »Du hast da ein paar sehr ungewöhnliche Zierstücke. Woher stammt das?«, fragte Conn und deutete auf den Bronzeschild. Diatka drehte sich um.

»Der Löwenschild? Ein hübsches Stück. Er stammt von einem Begräbnisplatz im Osten. Ich hatte gedacht, ich könnte ihn in Stone verkaufen. Die Augen des Löwen bestehen aus Rubinen. Sehr wertvolle Steine.« Er drehte sich wieder um. »Du trinkst deinen Wein ja gar nicht. Schmeckt er dir nicht?«

»Man hat mich gelehrt, als jüngster erst zuletzt zu trinken«, sagte Conn.

»Ah, gute Kinderstube. Heutzutage scheren sich so wenige Menschen um derartige Höflichkeiten.« Diatka nahm seinen Becher und tat einen tiefen Zug. Conn machte es ihm nach. Der Wein war rot und schwer, voller Aromen.

»Er ist sehr gut«, sagte Conn. »Vielleicht der beste, den ich je gekostet habe.«

»Er stammt aus dem Süden«, sagte Diatka. »Nun sag mir, junger Mann, warum erzählst du mir Lügen?«

»Lügen?«

»Häute aus Rigante werden immer von Banouin verkauft, ebenso wie die Schmuckstücke von Riamfada. Du wurdest nicht von Garshon geschickt.«

»Nein, wurde ich nicht«, gab Conn zu. »Ich bin mit meinem Freund hergereist. Er wollte dich vergangene Nacht aufsuchen. Jetzt ist er tot. Wie konnte das geschehen? Wie konnten sie ihn so rasch aufspüren?«

»Ich vergiftete seinen Wein«, sagte Diatka. »Als er dann schlief, schickte ich einen Diener zu Carac. Es machte mich traurig, den armen Banouin so behandeln zu müssen, aber, wie gesagt, die Geschäfte liefen schlecht, und ich war gezwungen, den größten Teil seines Goldes zu nehmen, um mein Geschäft aufrecht zu erhalten. Kurz gesagt, ich konnte ihn nicht auszahlen.«

»Du hast ihn für Geld töten lassen«, sagte Conn. »Was für ein Mensch bist du bloß?«

»Ich bin ein Kaufmann. Ich treibe Handel. Und ich machte einen Handel mit Carac. Der Zweck heiligt die Mittel, wenn die Armut droht, junger Mann.«

»Ich werde ihn rächen«, sagte Conn. »Ich werde dich ganz langsam töten und sehr schmerzvoll. Wenn du im Sterben liegst, bringt dir der Gedanke an das Geld, das du bekommen hast, vielleicht Erleichterung.«

Diatka kicherte.

»Ich glaube nicht, junger Mann. Ich bin ein alter Hase, ich wusste sofort, dass du mir gefährlich werden könntest. Dein Wein war ebenfalls vergiftet. Versuch einmal, deine Beine zu bewegen. Du wirst feststellen, dass es nicht geht. Die Beine werden zuerst gelähmt, dann die Hände. Zum Schluss verlierst du das Bewusstsein. Anders als Banouin wirst du nicht mehr aufwachen, denn ich habe dir eine große Dosis verpasst. Du wirst keine Schmerzen haben.«

Conn holte tief Luft, dann stand er auf. Diatka war verblüfft. Seine Augen weiteten sich, und auch er versuchte aufzustehen. Seine Hände umklammerten die Armlehnen seines Stuhles, doch er rührte sich nicht. »Ich habe die Becher vertauscht«, sagte Conn, »als du mir von dem Schild erzähltest. Ein Löwe mit Augen von Blut. Wusstest du, dass eine Hexe Banouin gewarnt hatte, keinen Wein zu trinken, wenn er ein solches Tier sah?«

»Nein, nein, nein«, wimmerte Diatka. »Ich darf nicht sterben!«

Conn ging zu einem Regal und zog einen langen Leinenschal heraus. Er ging zu Diatka, schlug ihm die zappelnden Arme herunter und knebelte ihn rasch.

Dann ging er zum Feuer, nahm einen Schürhaken und stieß ihn tief in die Flammen. »Oh doch, du wirst sterben«, sagte er mit kalter Stimme. »Ich sah meinen Freund, wie er an einem Haken hing. Sie hatten ihm ein Auge ausgestochen. Mit einem heißen Eisen, glaube ich. Bald wirst du wissen, was er gefühlt hat.« Von draußen erklangen Kinderlachen und schnelle Schritte, als eine Kinderschar vorbeilief. Conn drehte den Schürhaken in den Flammen. »Hörst du das, Kaufmann? Ich verspreche dir, die Tage des Lachens werden für die Perdier nicht mehr lange währen. Ich werde alles in meiner Macht stehende tun, um deinen Stamm vom Angesicht der Erde zu tilgen. Ich werde jeden einzelnen jagen und töten, als wäre er Ungeziefer. Das sollst du wissen, während du stirbst!«

Er zog den rot glühenden Schürhaken aus dem Feuer und ging damit zu dem entsetzten Mann.

Ruathain war dem Tode nah, als Arbon und zwei andere Hirten ihn fanden. Er saß an einen Baum am Waldrand gelehnt auf der Hochweide, bewusstlos, ein blutiges Messer in der Hand. Vier tote Krieger der Pannonen lagen in der Nähe. Arbon rannte zu seinem Herrn und kniete neben ihm nieder. Ruathains grüne Tunika war blutdurchtränkt. Arbon riss sie auf und fand vier Stichwunden, zwei hoch in der linken Schulter, eine dritte unter dem rechten Schulterblatt, die vierte knapp über Ruathains linker Hüfte. Ruathain schlug die Augen auf. Sein Gesicht war grau und blutleer, die Augen fieberglänzend.

»Blutrache«, flüsterte er.

»Nicht sprechen«, sagte Arbon. Die Blutungen aus den drei Wunden im Oberkörper ließen nach. Doch die vierte Wunde unten links blutete noch immer stark. Arbons graue Augen verengten sich, während er die Blutung beobachtete. Sie war zu seiner Erleichterung gleichmäßig, denn wenn eine Arterie verletzt wäre, würde das Blut rhythmisch pumpen. Trotzdem war die Stiuation kritisch. Sie waren fast acht Kilometer von Dreibach entfernt, und Arbon wusste, selbst wenn Ruathain reiten konnte, was sehr zweifelhaft war, würde er tot sein, ehe sie das Dorf erreichten. Er wandte sich an die anderen Reiter und befahl einem von ihnen, nach Dreibach zurück zu eilen und Vorna zu holen. Dann zog Arbon seinen Umhang aus und schnitt mit seinem Dolch einen langen Streifen davon ab. Er legte Ruathain auf den Rücken, faltete den Streifen und legte ihn auf die Wunde. Er legte beide Hände über dieses Polster und übte festen Druck aus. Ruathain verlor erneut das Bewusstsein, und sein Atem ging flach.

Minutenlang presste Arbon seine Hände auf die Wunde – und widerstand dem Verlangen, den Stoff anzuheben, um nachzusehen, ob die Blutung aufgehört hatte. Er verfluchte sich innerlich, weil er weder Nadel noch Faden dabei hatte. Als Ruathains Pony ins Dorf galoppiert kam, hatte Arbon vermutet, dass sein Herr in Schwierigkeiten war und in seiner Eile, zu ihm zu gelangen, hatte er seinen Medizinbeutel vergessen. Arbons Sohn Casta kniete auf der anderen Seite des Verwundeten. »Was kann ich tun, Vater?«, fragte er.

»Mach' aus deinem Umhang ein Kissen und hebe seinen Kopf an.« Casta gehorchte. »Und jetzt such' nach seinem Puls. Zähle laut für mich.« Casta legte seine Finger sanft unter Ruathains Kinn.

»Eins … zwei … dreivierfünf … sechs … sieben. Er ist sehr unregelmäßig, Vater.«

»Solange er überhaupt schlägt«, murmelte Arbon. »Himmel, was bin ich für ein Idiot. Ich habe diesen Medizinbeutel seit sechsundzwanzig Jahren. Und wenn ich ihn einmal brauche, ist er kilometerweit weg.«

»Du konntest doch nicht wissen, dass man ihn angegriffen hat.« Casta warf einen Blick auf die vier Toten. »Sie waren alle mit Schwertern bewaffnet. Der Herr hatte nur sein Messer.«

»Ja, er ist ein harter, tödlicher Mann. Und das muss er auch sein, um jetzt zu überleben. Übernimm du den Druck für mich. Meine Arme lassen nach.« Casta legte seine großen Hände über den Verband und presste, während Arbon seine wegzog. Der ältere Mann stand auf und streckte seinen schmerzenden Rücken, dann ließ er seinen fachmännischen Blick umherschweifen. »Sie haben sich alle auf ihn gestürzt. Dabei sind sie sich selbst in die Quere geraten, Taranis sei Dank!« Er ging zu den Toten. Es waren alles junge Männer, keiner älter als zwanzig.

»Warum wollten sie ihn bloß töten?«, fragte Casta.

»Blutrache. Vor einiger Zeit hat Ruathain zwei pannonische Viehdiebe getötet. Das hier waren wahrscheinlich ihre Verwandten.«

»Er fängt an zu zittern«, sagte Casta.

Arbon deckte Ruathain mit seinem ruinierten Umhang zu, dann ging er, um trockenes Holz für ein Feuer zu sammeln. Es loderte hell, als er Reiter den Hang hinaufgaloppieren hörte. Als er sich umdrehte, sah er Vorna, die ein geschecktes Pony ritt. Die frühere Hexe glitt aus dem Sattel, nahm eine Satteltasche und rannte zu Ruathain. Andere Reiter kamen hinterher, unter ihnen Meria.

Vorna nahm den Verband von der Wunde. Sie blutete noch ein wenig, doch nicht mehr stark. »Gut gemacht«, sagte sie zu Casta. Dann ging sie mit Nadel und Faden zu Werke.

Ruathain öffnete die Augen. Meria nahm seine Hand und küsste sie. Er lächelte schwach, dann verlor er wieder das Bewusstsein.

»Wird er am Leben bleiben?«, fragte Meria.

Vorna fühlte nach seinem Puls. »Ich vermute es zumindest«, sagte sie. »Und jetzt lass' mich weiter nähen.« Sie wandte sich an Arbon und rief. »Schneid' zwei lange Stecken und mach eine Trage daraus. Er kann nicht reiten.«

Es dauerte fast vier Stunden, um Ruathain ins Dorf hinunter zu bringen. Meria befahl, ihn in ihr Bett zu legen, dann schickte sie die Männer fort. Sie und Vorna saßen schweigend am Bett. Der zehnjährige Bendegit Bran wartete mit ihnen. »Soll ich Schwinge holen?«, wollte er wissen.

»Wo ist er?«, fragte Meria.

»Er ist mit Gwydia zum Wasserfall schwimmen gegangen.«

»Nein, lass' nur. Dein Vater wird bestimmt wieder gesund.« Meria streckte die Hand aus und strich Ruathain eine Haarsträhne aus der Stirn. Bei der Berührung schlug er die Augen auf.

»Wo bin ich?«, fragte er.

»Zu Hause«, antwortete sie. »Du bist zu Hause.« Ihre grünen Augen füllten sich mit Tränen.

»Schsch, Frau! Nicht weinen. Ich sterbe noch nicht.«

»Dummkopf«, sagte sie leise und wischte sich mit dem Handrücken die Tränen ab. »Deswegen weine ich doch nicht.«

Einen Augenblick herrschte Schweigen. Dann hob er

den Arm und zog sie an sich. »Ich liebe dich, Mädchen«, sagte er.

»Und ich dich, du dummer Mann.«

Vorna stand auf, nahm Bendegit Bran beim Arm, führte ihn aus dem Zimmer und schloss die Tür hinter ihnen.

»Wird es meinem Vater wieder gut gehen?«, fragte das goldhaarige Kind.

»Oh ja«, antwortete sie. »Es wird ihnen beiden gut gehen.«

Die Sonne verschwand gerade hinter den Gipfeln im Westen, als Vorna sich auf den Weg zu Banouins Haus machte. Sie dachte daran noch immer nicht als ihr Zuhause. Ohne Banouins starke Gegenwart und trotz der vielen Möbel, Teppiche und Ziergegenstände wirkte es seltsam leer.

Vorna holte tief Luft und blieb einen Augenblick stehen, als die Übelkeit wiederkam. während der letzten Monate hatte sie – trotz des Kamillentees – Glück gehabt, wenn sie eine von drei Mahlzeiten bei sich behalten konnte. Sie lehnte sich gegen den Zaun von Nanncumals Weide und schloss die Augen. Ein kühler Wind fuhr ihr durch das lange schwarzsilberne Haar. Er war beinahe erfrischend.

Als Hexe hatte Vorna oft eine Geburt durch das Verschmelzen miterlebt, doch – dankenswerterweise – hatte sie nie solche Übelkeit erleiden müssen. Für die meisten Frauen war die Übelkeit, wie sie wusste, am frühen Morgen ganz normal. Sie ging gewöhnlich rasch vorüber, ohne allzu viel Beschwerden zu machen. Andere – und zu denen schien sie zu gehören – trugen an ihr wie an einem Fluch. Vorna straffte sich. Der Ritt zu Ruathain hinaus hatte ihren Magen durcheinander gebracht und ihr einen dumpfen Schmerz tief im Rücken verursacht. Sie streckte sich und ging weiter.

Das Haus war kühl, und sie zündete das Feuer im

Hauptraum an. Plötzlich schauderte sie und sah sich um. Niemand war da. Das überraschte sie, denn in jenem Augenblick war sie sicher gewesen, nicht allein zu sein. Sie stand auf, ging durch das Zimmer und stieß die Tür zum Schlafzimmer auf. Der Mond schien durch das große Fenster und beleuchtete das breite Bett mit der Flickendecke. Doch das Zimmer war leer. Wieder schauderte sie. »Wer ist da?«, flüsterte sie. Keine Antwort.

Sie ging zurück zum Feuer, setzte sich in Banouins Lieblingssessel und schloss die Augen. Die Kräfte, die die Morrigu ihr verliehen hatte, besaß sie nicht mehr, aber als Kind hatte sie eine eigene Kraft besessen, eine Empfindsamkeit für Stimmung und Atmosphähre, die weit über das Normale hinausging. Diese hatte ihr auch Riamfadas Geist gezeigt, der mit den Seidh lief. Sie suchte auch jetzt nach dieser Kraft.

Irgendetwas war ganz in der Nähe. Dämon oder Geist? Sie blieb ruhig sitzen und analysierte ihre Gefühle. Nein, sie hatte keine Angst, also war es unwahrscheinlich, dass es etwas Böses war. Ein Hauch kalter Luft streifte ihre Stirn. Dann war er verschwunden und die Leere kehrte ins Zimmer zurück. Vorna öffnete die Augen. Nur ein vorübergehender Geist der Nacht, dachte sie, auf der Reise wer weiß wohin.

Vorna bereitete sich Haferbrei und Milch, dann setzte sie sich wieder und wartete, dass der Brei abkühlte. Sie dachte an Banouin und fragte sich, wo er wohl jetzt gerade war.

Sie stellte sich vor, wie er die bronzene Brosche mit dem blauen Opal trug. »Sie wird dich sicher zu mir zurückbringen«, sagte sie laut. »Es ist der stärkste Zauber, den ich besitze.«

Sie nahm ihren Haferbrei und begann zu essen. Fast sofort setzte die Übelkeit ein, und sie stellte die Schale ab und lehnte sich zurück. Flügelschlagen ließ sie zusammenfahren. Eine große Krähe ließ sich auf der Rückenlehne eines Sofas nieder und begann, ihre Federn zu ordnen. Ärger stieg in Vorna auf und verdrängte die Übelkeit.

Die Morrigu stand in der Tür, den zerlumpten Schal um die Schultern geschlungen.

»Was willst du?«, zischte Vorna.

Die Morrigu trat ein, setzte sich Vorna gegenüber und streckte ihre alten Hände dem Feuer entgegen. »Vielleicht wollte ich einfach Gesellschaft«, sagte sie mit einem Seufzer. Die Morrigu lehnte ihren Kopf an das Sofa und schloss die Augen. »Iss deinen Haferbrei«, sagte sie. »Ich habe dir die Übelkeit genommen.«

»Ich habe keinen Hunger.«

»Sei nicht so selbstsüchtig. Du isst jetzt für zwei. Dein Sohn braucht Nahrung, Vorna. Du willst doch kein kränkelndes Kind oder einen Krüppel wie Riamfada.«

Angst breitete sich wie ein Schneesturm in ihrem Herzen aus. »Drohst du mir?«

»Das ist keine Drohung. Das Kind bedeutet mir nichts. Bleib' ruhig, Vorna. Und iss deinen Haferbrei.«

Vorna nahm ihre Schale wieder auf. Als sie ihre Mahlzeit beendet hatte, legte sie noch ein Scheit aufs Feuer und starrte in die Flammen. Sie hatte keine Ahnung, was die Morrigu wirklich wollte, aber sie wusste, die Seidh würde es ihr erst sagen, wenn es ihr passte. Im Raum herrschte Stille, bis auf das Knistern der Flammen und das gelegentliche Rascheln der Krähenfedern. Vorna warf einen Blick auf die Morrigu. Die alte Frau schien eingeschlafen zu sein. Nach einer Weile konnte Vorna die Spannung nicht mehr ertragen.

»Warum bist du wirklich gekommen?«, fragte sie.

»Ich bezweifle, dass du es mir glauben würdest, Vorna«, sagte die Morrigu. »Aber ich dachte, du hättest gerne jemanden bei dir, wenn der Besucher an deine Tür klopft.«

»Was für ein Besucher?«

»Ein Fährmann aus dem Süden. Er wird bald hier sein.

Geh' zur Tür. Du kannst ihn sehen, wie er die erste Brücke überquert.«

Vorna stand auf und durchquerte das Zimmer. Als sie die Tür aufmachte, konnte sie einen Mann im Mondlicht wandern sehen. Er ließ den Kopf hängen, als würde er von einer Last niedergedrückt. Er blieb an der dritten Brücke stehen, dann sah er Vorna im Türrahmen stehen. Langsam ging er auf sie zu. Vorna trat ihm entgegen.

»Ich bin Calasain«, sagte er.

»Ich weiß, wer du bist, Fährmann. Ich half deiner Frau bei der Geburt deines Sohnes.«

»Ja, das hast du. Ja.« Der alte Mann fuhr sich nervös mit der Zunge über die Lippen. Er sah Vorna nicht in die Augen – konnte es nicht. »Dein Mann … Banouin … hat vor etwa drei Monaten über den Fluss gesetzt. Mein Sohn …« Er brach ab, dann holte er tief Luft. »Mein Sohn ist ein Dieb«, sagte er. Plötzlich strömten die Worte aus ihm heraus. »Er hat etwas von Banouin gestohlen. Ich habe es erst vor zwei Tagen herausgefunden. Ich wusste nicht, was ich tun sollte. Ich dachte, ich warte einfach, bis der Fremde zurückkommt. Dann …« Er brach wieder ab.

»Es ist spät, und ich bin müde«, sagte Vorna. »Sage, was du zu sagen hast.«

Calasain öffnete den Beutel an seiner Seite und zog eine Brosche heraus. Der blaue Opal glitzerte im Mondschein. »Senecal hat dies aus der Satteltasche des Fremden genommen. Ich wollte warten, aber es hat immerfort an mir genagt. Ich konnte nicht schlafen. Ich musste es einfach herbringen.« Er reichte Vorna die Mantelbrosche.

Die frühere Hexe lehnte sich gegen den Türrahmen. Ihr Gesicht war aschfahl. Calasain machte einen Schritt nach vorn, gerade als sie zusammensackte. Der alte Mann fing sie auf und half ihr zu dem Sessel am Feuer. Vorna öffnete die Augen, Tränen rannen über ihre Wangen. Calasain kniete neben ihr nieder. »Bist du krank?«, fragte er.

»Dein Sohn … hat meinen Mann getötet«, sagte sie.

»Nein, nein. Ich schwöre, er hat nur die Brosche gestohlen. Banouin ist mit Connavar davongeritten. Das schwöre ich.«

»Geh' weg. Geh' weg«, schluchzte Vorna und wandte den Kopf ab.

Calasain stemmte sich hoch. Er glaubte, Flügelschlagen zu hören und drehte sich um. Das Zimmer war leer. »Es tut mir Leid, Herrin«, sagte er.

Er blieb einen Augenblick stehen und wartete auf eine Antwort. Als keine kam, stapfte er hinaus in die Nacht und zog die Tür hinter sich zu.

»Es tut mir auch Leid«, sagte die Morrigu.

»Geh' und lasse mich in Frieden«, sagte Vorna.

Die Morrigu seufzte. »Ich habe ein Geschenk für dich. Deine Kräfte werden zurückkehren, sobald ich gegangen bin. Aber sie verschwinden bei Morgengrauen wieder.«

Vorna sprang auf. »Ich will nicht…«, begann sie. Doch der Sessel ihr gegenüber war leer.

Allein und verloren sank Vorna in den Sessel zurück und begann zu weinen.

Wieder fuhr ihr ein sanfter Hauch durch die Haare, und dieses Mal spürte sie die Quelle. Sie lehnte sich zurück, ließ ihren Geist frei und erhob sich von ihrem Körper. Dort, neben ihrem Stuhl, stand die leuchtende Gestalt Banouins.

»Ich bin zurückgekommen«, sagte er.

Kapitel 9

Valanus lehnte sich in dem heißen, duftenden Wasser zurück und betrachtete das neue Badehaus mit den Marmorsäulen und Holzbänken, die in schön geschnitzten Nischen standen. Es war ein Bild voll Eleganz und Stil, und ein Anblick, den er während seiner Aufträge unter den Barbaren schmerzlich vermisst hatte. Er ließ sich tiefer ins Wasser gleiten und spürte, wie seine Muskeln sich entspannten. Er spritzte sich Wasser ins Gesicht und fuhr sich mit den Fingern durch das kurz geschnittene weiße Haar. Dann schloss er die Augen und stellte sich vor, er wäre wieder in der Stadt mit ihren Theatern und Gärten.

Seine Zufriedenheit wurde durch eine plötzliche Unruhe gestört. Valanus setzte sich auf und blickte zur marmorgefassten Tür. Drei Keltoi-Häuptlinge standen dort dicht zusammen. Der Stone-Offizier unterdrückte ein Lächeln, als ein Diener versuchte, die Häuptlinge dazu zu ermutigen, näher zu treten und die Kleider abzulegen. Man könnte genauso gut versuchen, einem Affen das Flötenspielen beizubringen, dachte Valanus, wie diese Barbaren die Grundlagen zivilisierter Lebensweise zu lehren. Er tauchte im warmen Wasser unter, drehte sich um und schwamm durch das gekachelte Bad zum anderen Ende, wo die drei Keltoi standen.

»Es war nur eine Einladung, Ostaran«, sagte Valanus mit einem bemühten Lächeln, »kein Befehl. Ihr *müsst* nicht baden. Bei eurem Volk gibt es Menschen, so weit ich gehört habe, die Angst vor warmem Wasser haben.«

Ostaran lächelte kalt, dann streifte er Hemd, Beinlinge und Stiefel ab und reichte sie dem Diener. Der Mann hielt die Kleidungsstücke auf Armeslänge von sich weg, als fürchtete er, sie würden ihn beißen, dann legte er sie auf ein Regal. Ostaran setzte sich an den Beckenrand und ließ seine Füße ins Wasser hängen. Seine zwei Gefährten beobachteten ihn mit grimmigen Gesichtern. Ostaran atmete tief ein. »Es riecht nach Lavendel«, sagte er zu ihnen, dann ließ er sich ins Wasser gleiten. Er spritzte sich Wasser ins Gesicht, rieb sich mit den schlanken Händen über den herabhängenden blonden Schnurrbart. Er löste die zwei Flechten, schüttelte sein Haar los und tauchte unter.

»Nicht so übel, wie du dachtest?«, fragte Valanus, als Ostaran wieder auftauchte. Mit einem Blick zu den beiden anderen Männern grinste er. »Wo ein Gath hingehen kann, können doch Ostro-Krieger sicherlich folgen?«

»Nicht immer«, sagte der eine, ein stark gebauter Stammeskrieger mit gegabeltem rotem Bart. »Ich hörte einmal von einem Gath, der seinen Kopf wegen einer Wette einer Kuh in den Arsch gesteckt hat. Davon wurden seine Haare grün. Ich habe noch nie von einem Ostro gehört, der das nachmachen würde.« Mit diesen Worten winkte er seinem Gefährten, und sie verließen das Badehaus. Valanus drehte sich um und sah Ostaran lächeln.

»Lächelst du immer, wenn man dich beleidigt?«

»Er hat nicht mich beleidigt. Er hat über dich gespottet.«

Valanus rief nach Seife. Ein Diener brachte ihm einen Glasflakon. Der Offizier goss den Inhalt in seine Hände und schäumte dann seine Haare ein. Er tauchte unter, um den Schaum abzuspülen, dann tauchte er wieder auf. »Was hältst du von dem Badehaus?«, fragte er Ostaran.

Der Anführer der Gath sah sich um und betrachtete die vier riesigen Becken, umgeben von Steinsäulen, die hohen Fenster und die exquisit geschnitzten Bänke und Ablagen. Als er sprach, zwinkerten seine Augen boshaft.

»Scheint eine Vergeudung von Steinen und Arbeitskraft zu sein«, sagte er. Man kann sich auch in einem Bach waschen, wenn man will. Aber es ist angenehm. Das gebe ich zu.«

Valanus rückte zur Seite und setzte sich auf ein Sims, das dicht bei dem Zuflußrohr lag, aus dem das heiße Wasser strömte. Hier war es wärmer. Ostaran tat es ihm nach. »Was haben deine Späher über Connavar gehört?«, fragte er.

»Es gibt keine Spur von ihm. Die Perdier dachten, sie hätten ihn in den Bergen in der Falle. Sie fingen seine Ponys, doch er tötete zwei ihrer Krieger und entkam zu Fuß.«

»Noch zwei? Wieviele sind das insgesamt?«

»Sechs – sieben, wenn du den Kaufmann mitzählst, den er in Alin zu Tode folterte. Anscheinend hat er einen ihrer Späher gefangen. Er ließ ihn an einen Baum gebunden zurück mit einer Botschaft für Carac. Er sollte dem König sagen, er würde zurückkommen, und ihm die Kehle durchschneiden, und nichts auf der Welt könne ihn retten.«

»Ein recht zorniger junger Mann«, stellte Valanus trocken fest. »Doch ich muss zugeben, dass ich ihn mir nicht zum Feind machen möchte. Du bist ihm schon begegnet, nicht wahr?«

Ostaran nickte. »Er war mit dem Honigmann zusammen. Wir haben nicht miteinander gesprochen.«

Valanus lachte leise. »Du bist ein Kämpfer, Ostaran. Genau wie ich. Sei ehrlich. Er hat dich erschüttert, oder?«

»Jeder, der sich nur mit einem Messer auf einen Bären stürzt, erschüttert mich«, gestand Ostaran. Er hob die Hände aus dem Wasser und betrachtete seine Finger.

»Meine Haut verschrumpelt«, sagte er, offensichtlich beunruhigt. »Ich gehe jetzt.«

»Doch nicht ohne eine Massage? Wir haben gut ausgebildete Sklavenjungen, die dir warmes Öl in die Muskeln reiben. Glaube mir, das solltest du dir nicht entgehen lassen.«

»Ihr habt keine Frauen für diese Aufgabe?«

»Junge Männer sind besser«, sagte Valanus. »Damit vermeidet man Komplikationen durch Erregung. Oder auch nicht, je nach deinen Gelüsten. Komm, versuch's. Dann kannst du mir alles erzählen, was du über Caracs Armee in Erfahrung gebracht hast.«

Die beiden Männer kletterten aus dem Becken. Sogleich liefen Diener mit angewärmten Handtüchern herbei. Sobald sie trocken waren, führte Valanus Ostaran in einen langgestreckten Raum mit sieben flachen Liegen. Zwei junge Männer warteten dort. Valanus streckte sich auf dem Bauch auf einer Liege aus. Ostaran setzte sich auf die Liege daneben und rollte sich dann ebenfalls auf den Bauch. Die beiden Diener begannen mit ihrer Arbeit. Valanus entspannte sich, als die geschickten Finger des Jungen über seine Muskeln strichen und die letzten Verspannungen entfernten. Er seufzte und schloss die Augen. Dabei wünschte er, er wäre wieder zurück in Stone, wo er sich hätte ankleiden und dann mit einer Kutsche zum Amphitheater fahren können, um das neueste Stück zu sehen, ehe er im Flussrestaurant speiste.

Der Diener bearbeitete die Muskeln an seinem unteren Rücken und den Hüften, dann über die Knie hinab zu den Waden. Valanus drehte sich auf den Rücken, damit der Junge an seinem Quadrizeps und schließlich an Brust und Hals arbeiten konnte. Als die Massage beendet war, schabte der Sklave mit einem abgerundeten Elfenbeinmesser das überschüssige Öl von Valanus' schlankem Körper und hielt ihm dann einen weißen Bademantel hin. Als er ihn anzog, sah Valanus, dass Ostaran auf seiner

Liege eingeschlafen war. Der Diener, der ihn bearbeitete, sah Valanus hilfesuchend an. Der Stone-Offizier winkte ihn fort, dann stieß er den Keltoi sanft an. Ostaran schlug die Augen auf und gähnte.

»Gut?«, fragte Valanus.

»Hervorragend.« Ostaran setzte sich auf und reckte die Schultern. Valanus sah eine alte Narbe, die von seinem Schlüsselbein bis zum Schulterblatt verlief.

»Sieht aus wie eine Speerwunde«, kommentierte er. Ostaran nickte.

»Ein Überfallkommando von den Perdiern. Es hat Monate gedauert, bis es verheilt war, und bei kaltem Wetter schmerzt es immer noch.« Er ließ die Schulter kreisen. »Dein Knabe hat die Verspannung wunderbar gelöst. Ich danke dir, Valanus, mich dazu überredet zu haben.«

»Keine Ursache, mein Freund. Und jetzt erzähl' mir, was du in Erfahrung gebracht hast.«

»Du hattest recht mit Garshon. Er liefert Eisenerz für Schwerter, Speerspitzen und Rüstungen an die Perdier, und zwar im Gegenzug für Caracs Silber. Er hat jedoch in unserem Namen eine Vereinbarung mit den Ostro getroffen, Jasaray auf dem Feldzug zu unterstützen.«

»Wieviele Gath kannst du garantiert zur Verfügung stellen?«

»Zweitausend Berittene, wie du wolltest. Jeder mit seinem eigenen Pferd. Wann brechen wir auf?«

»Das kann nur Jasaray sagen. Wir sehen ihn heute abend.«

»Ich freue mich darauf«, sagte Ostaran.

»Er spricht deine Sprache nicht, aber ich werde für dich übersetzen. Welche Fortschritte macht dein Unterricht? Als wir uns das letzte Mal unterhielten, konntest du schon ›hallo‹ auf Stone sagen. Aber als Flügeloffizier musst du schon mehr können.«

»›Ich kann ›Auf Wiedersehen‹, ›wie geht es dir‹ und ›pass' auf, wo du hintrittst, du Scheiße fressendes Barbarenschwein‹ sagen. Reicht das fürs Erste?«

»Das ist nicht witzig, mein Freund. Wenn die Schlacht beginnt und die Befehle ausgegeben werden, musst du sie verstehen können. Wenn nicht, wird Jasaray nicht zulassen, dass du Offizier wirst.«

»Ich werde es lernen«, sagte Ostaran.

»Da bin ich ganz sicher. Sag mir, glaubst du, Connavar wird aus dem Land der Perdier entkommen?«

»Ich wüsste nicht, wie. Carac lässt die Berge von Spähern durchkämmen.«

»Vielleicht irrst du dich. Sollen wir darauf wetten? Ich setzte mein Pferd gegen das goldene Halsband, das du trägst.«

Ostaran lachte laut auf. »Mein Halsband ist fünfzig von deinen Pferden Wert. Wir Barbaren sind nicht so dumm, wie du denkst, Valanus.«

Die Kunst von Parax dem Jäger war weit über das Land der Perdier hinaus bekannt. Sein Talent war irgendwie geheimnisvoll. Es gab keine Tierfährte, die er nicht lesen, keine Spur, der er nicht folgen konnte. Er war reich geworden durch die Belohnung, die auf die Ergreifung von Verbrechern und Gesetzlosen ausgesetzt war, und selbst jetzt, mit einundfünfzig, hatte er noch so scharfe Augen, dass er vom Rücken seines gescheckten Ponys einen zertretenen Grashalm erkennen konnte. Parax war sehr dünn, hatte dunkle, tiefliegende Augen und silberdurchwirktes dunkles Haar, das an den Schläfen zurückwich, sodass seine Stirn stark hervortrat. Er hatte ein hartes Gesicht, das von Wind und Sonne gegerbt war, und um seine Augen zogen sich nur wenige Lachfältchen.

»Was meinst du?«, fragte Bek, der schlanke Krieger, der Anführer der aus vier Kriegern bestehenden Suchtruppe.

Parax antwortete nicht. Er lenkte sein Pony etwas weg von der Gruppe. Er mochte Bek nicht und verabscheute dessen König Carac. Als der frühere König, Alea, auf der Jagd gestorben war, war Parax zu dem Schauplatz geritten und hatte allein nach Spuren gesucht. Bek und die anderen behaupteten, Alea sei mitten im Fluss vom Pferd gefallen und ertrunken. Doch Parax wusste, dass sie logen. Er hatte die Stelle gefunden, wo sie Alea vom Pferd gezogen und ihn zum Ufer gezerrt hatten, wo sie ihm den Kopf unter Wasser drückten. Seine rechte Ferse hatte Spuren im Uferschlamm hinterlassen, als sie ihn dort festhielten.

Aber es war nicht Sache von Parax oder seinesgleichen, sich gegen die Methoden von Prinzen zu stellen, und er hatte seine Entdeckung für sich behalten.

Er war nicht in Alin gewesen, als der Kaufmann ermordet wurde, sondern auf seiner Schaffarm etwa dreißig Kilometer weiter nördlich. Carac hatte nach ihm geschickt, und er war einen Tag später angekommen. Es hatte einen weiteren Vormittag gekostet, um die Spur des jungen Burschen zu finden, und dann hatten sie ihn schon bald gefunden.

Und da hatte der Spaß begonnen.

Parax hatte es enorm genossen. Bek führte seine Männer in halsbrecherischem Galopp, und der Junge war nach Südwesten abgebogen, in ein dicht bewaldetes Gebiet. Die Reiter jagten ihm nach. Zwei erwischten ihn. Beide starben.

Eine Woche war seitdem vergangen, und noch vier weitere waren ihnen auf dem Schwanenpfad gefolgt. In Bek tobte kalte Wut, und das gefiel Parax.

»Ich habe dich gefragt, was du meinst«, sagte Bek und ritt neben ihn. »Wenn du mich noch einmal ignorierst, alter Bastard, schneide ich dir die Eier ab.«

Parax grinste ihn an. »Dafür brauchte es einen Mann, Söhnchen. Also Besseres als dich.«

Bek griff nach seinem Schwert. Parax schwang sein Pony dicht heran. Seine Hand zuckte hoch, und die Spitze eines Ausbeinmessers berührte Beks Kehle. »Begreifst du nun, was ich meine?« Der ältere Mann steckte das Messer wieder weg. Bek legte einen Finger an die Kehle. Es war ein Tropfen Blut daran. »Nun«, sagte Parax, »wovon sprachen wir gerade? Ach ja, der Junge. Er ist schlau für sein Alter, kein Zweifel. Hat eine falsche Spur nach Osten gelegt – und zwar eine gute – dann ist er wieder nach Westen gegangen. Er ist ein Denker.«

»Er ist zu Fuß. Wir hätten ihn längst einholen sollen.«

»Vielleicht«, gab Parax zu. »Aber er bewegt sich über schwieriges Gelände und sucht seinen Weg mit großer Umsicht.«

»Was ist mit seiner Magie?«

Parax lachte voller Hohn. Nach den letzten Todesfällen redete einer der Überlebenden davon, dass der Junge die Fähigkeit hätte, seine Gestalt zu verändern. Drei von ihnen waren auf eine Lichtung gekommen. Plötzlich erhob sich ein Busch vor ihnen und verwandelte sich in einen Mann. Er hatte zwei der Jäger niedergestochen. Der dritte behauptete, ihn abgewehrt zu haben, und der Junge war davongerannt in die Berge. Parax' Lachen verebbte. »Das glaubst du doch nicht im Ernst, Bek? Glaubst du, jemand, der Magie beherrscht, würde zulassen, dass man ihn kreuz und quer durch diese Berge jagt? Der Junge hat nichts weiter getan, als seinen Umhang auszuziehen, ihn in Schlamm zu tränken, Schnitte hinein zu machen und Zweige und Blätter durch diese Schlitze zu stecken. Dann kauerte er sich ins Gebüsch und wartete auf deine Männer. Als sie kamen, sprang er sie an. Der Überlebende hat ihn nicht abgewehrt, er machte kehrt und floh. Ich habe die Spuren gelesen.«

Bek fluchte und warf einen wütenden Blick auf einen der Männer, die hinter ihnen ritten. »Wir müssen den Riganten finden und ihn der Gerechtigkeit übergeben«, beharrte Bek. »So lauten meine Befehle vom König.«

Parax sagte nichts. Er hatte den Gesprächen der Männer zugehört und sich die Geschichte zusammengereimt. Diatka hatte den Feund des Jungen verraten und einem scheußlichen Tod ausgeliefert. Der Junge hatte ihn gerächt. Diese Verfolgung hatte nichts mit Gerechtigkeit zu tun. Es hatte mit Angst zu tun. Caracs Angst. Der König war mit der ersten Suchtruppe ausgeritten und hatte selbst die Botschaft des Riganten gehört.

Nichts auf der Welt wird mich daran hindern, dich umzubringen.

Caracs dickes Gesicht war tiefrot angelaufen. »Bring' mir seinen Kopf«, befahl er Bek. Dann war er zurück nach Alin geritten, mit zwanzig Mann zur Bewachung. Ein echter Krieger wäre bei den Verfolgern geblieben, fand Parax.

Der alte Jäger stieg ab und untersuchte den Boden. Er war nackt und felsig und hielt keine Spuren fest. Zur linken, an einem vorspringenden Felsen, lag ein Eichenblatt. Es war offensichtlich von der Tarnung des Jungen abgefallen. Parax fuhr sich mit den Fingern durchs Haar. Jagen war wie eine Werbung, eine Vereinigung von Seele und Herz. Langsam lernte der Jäger seine Beute kennen, und damit entweder lieben oder hassen. Parax begann, den Jungen zu mögen. Er zeigte keine Panik: seine Bewegungen waren gut überlegt, sein Weg sorgfältig abgewogen. Gestern hatte er mit einem Steinwurf ein Kaninchen getötet, abgezogen und das Fleisch roh gegessen. Er hatte sich auch Zeit genommen, um essbare Wurzeln und Beeren zu suchen. Und er rannte nicht blindlings davon. Er machte gelegentlich kehrt, um seine Jäger zu beobachten, sie einzuschätzen und, wenn der richtige Zeitpunkt kam, sie einzeln niederzumachen.

Parax ritt vorsichtig zur Hügelkuppe und beschattete die Augen, um die Umgebung zu mustern. Im Nordwesten lag der Talis-Wald. Wusste der Junge genug, um nicht dorthin zu gehen? Parax dachte darüber nach. Er war mit dem Fremden gereist, und Banouin kannte diese Gegend gut. Er hatte sicherlich die Gefahren erwähnt, die im dunklen Herzen dieses Waldes lauerten. Wohin also würde der Junge sich wenden? Zur Grenze nach Ostro? Das war wahrscheinlich. Es war immerhin die Richtung, aus der er gekommen war. Parax grinste. Er glitt aus dem Sattel und setzte sich hin.

Der Junge war schlau und zäh. Er würde wissen, was sie von ihm erwarteten. Parax richtete seinen Blick nach Nordwesten. War er kühn genug, um es mit diesem Wald aufzunehmen?

Von Süden her drang Hufgeklapper zu ihm, und die fünf Reiter galoppierten bergan. Parax fluchte unterdrückt. Was hatte es für einen Sinn, die Ponys so zu ermüden? Die Reiter waren alles junge Männer aus Beks Clan. Parax beobachtete sie und studierte ihre Gesichter. Sie waren verängstigt. Der Tod war zu sechsen ihrer Freunde gekommen. Keinen von ihnen reizte die Vorstellung, der Nächste zu sein.

Bek sprach mit den Reitern, dann ritt er zu dem älteren Mann und stieg ab. »Ist er hier entlang gekommen?«, fragte er.

»Ja. Vor etwa zwei Stunden. Er hat gerade unterhalb dieser Kante gesessen«, sagte Parax und deutete auf einen Flecken, der etwa drei Meter entfernt war. »Gerade dort, wo sein Kopf hinter diesem Busch da verborgen war. Er hat uns eine Zeitlang beobachtet und überlegt, wo er sich verstecken könnte.«

»Und wo ist das?«

Parax machte eine ausholende Bewegung mit dem Arm. »Sag du's mir, Bek. Hier sind überall Spalten und Senken, Felsbrocken und Baumgruppen. Wo immer er auch ist, er beobachtet uns in diesem Moment und fragt sich, ob wir schlau genug sind, zu erraten, wo er steckt.«

»Sind wir das, Alter?«

»Nein, *wir* nicht. Aber ich. Ich weiß genau, wo er ist. Ich schätze, ich könnte sogar den Baum finden, von dem aus er uns beobachtet.«

»Dann haben wir ihn«, sagte Bek triumphierend.

»Ihr könnt ihn haben. Ich will nichts damit zu tun haben. Aber fünf junge Männer sollten eigentlich genügen.«

»Das werden sie auch. Sage mir, wo er ist.«

»Ja, aber versuch', nicht in die Richtung zu schauen, in die ich zeige.«

»Ich bin ja kein Idiot, Parax.«

Nein, du bist ein elender Königsmörder, dachte Parax, behielt diesen Gedanken aber für sich. »Er ist am Rand des Talis-Waldes. Es ist seine letzte Chance. Er kennt die Legenden, und er weiß, dass wir das wissen. Er setzt sein Leben aufs Spiel gegen – wie er hofft – euren Mangel an Mut.«

Parax sah, wie Bek das Blut aus dem Gesicht wich. »Der Talis-Wald? Bist du sicher?«

»So sicher wie möglich.«

»Dann ist er bereits tot.«

»Vielleicht. Vielleicht auch nicht. Wie ich schon sagte, er ist verzweifelt. Vielleicht sehen die Talis ihn nicht. Vielleicht sind sie anderswo. Hast du Angst, ihm zu folgen, Bek?«

»Ja, ich habe Angst«, gestand der Krieger. »Würdest du in diesen Wald reiten?«

»Nein«, sagte Parax. »Aber ich werde auch nur dafür bezahlt, Spuren zu suchen.«

»Wo genau ist er?«

Parax schaute nicht zum Wald hinüber. »Nimm deine Männer und reite ein Stück nach Osten. Dann biegst du ab und hältst dich am Waldrand entlang. Lass' mich nicht aus den Augen. Wenn du die Stelle erreichst, wo er sich meiner Meinung nach versteckt, dann stehe ich auf und besteige mein Pony.«

Bek holte tief Luft, dann schwang er sich in den Sattel. Parax sah schweigend zu, wie Bek zu seinen Leuten ritt und ihnen die üble Nachricht mitteilte. Eine hitzige

Debatte setzte ein. Keiner der fünf wollte riskieren, in den Talis-Wald zu gehen. Bek fragte, wer von ihnen zu Carac gehen und ihm sagen wollte, dass sie zu viel Angst hatten, seine Befehle auszuführen. Danach schwiegen sie, denn Carac war kein Mann, der leicht verzieh. »Seht mal«, sagte Bek, »wir reiten dicht heran, und wenn ich das Signal bekomme, greife ich an und töte den Riganten. Dann reiten wir fort. Es dürfte nur ein paar Sekunden dauern.«

Sie waren nicht überzeugt, aber Parax wusste, dass sie dem Krieger folgen würden. Die Angst vor Caracs Wut saß ihnen im Nacken.

Bek führte sie langsam den Hügel hinunter.

Conn war todmüde. Er hatte seit drei Tagen nicht geschlafen, außer hin und wieder ein paar Minuten, und eine Ernährung aus Wurzeln, Beeren und rohem Kaninchenfleisch hatte ihm den Magen verdorben, sodass er unter Krämpfen und Übelkeit litt. Sein Kopf dröhnte und schmerzte. Er kauerte im Augenblick hinter einem dichten Gebüsch und beobachtete die Reiter auf dem Hügel.

Er hatte gehofft, sie würden sich weiter nach Westen halten, damit er sich hinter sie schleichen konnte. Aber das hatten sie nicht. Wer immer ihm auch auf der Spur war, er musste noch geschickter sein als Arbonacast.

Conn sah sich um, unbehaglich und unruhig. Mächtige Eichen erfüllten sein Blickfeld, weder Vögel noch andere Tiere waren zu hören. Nicht einmal das Summen von Insekten. Doch obwohl jedes Geräusch tierischen Lebens fehlte, strotzte der Wald vor Leben. Die riesigen Bäume standen reglos, kein Windhauch rührte ein Blättchen. Conn hatte das Gefühl, dass sie ihn anstarrten und abwarteten. Er fühlte sich wie ein Eindringling. Sein Bauch verkrampfte sich, und er beugte sich vor und würgte. In seinem leeren Magen war nichts mehr, und er schmeckte nur noch bittere Galle im Mund. Er sank erschöpft nach hinten und sah wieder zu dem Hügel. Bis auf einen waren die Reiter verschwunden. Der letzte Mann saß einfach nur auf der Hügelkuppe, sein Pony graste neben ihm.

Schweiß rann Conn in die Augen. Er wischte ihn mit dem Ärmel seines schmutzigen Hemdes fort. Als er den Arm hob, brach die Wunde in seiner Schulter wieder auf, und er fühlte, wie ihm Blut über die Brust rann. Tausend Kilometer von zu Hause, verwundet und allein, wusste er, dass seine Chance zu überleben nur hauchdünn war.

Doch er empfand keine Angst, nur einen brennenden Zorn und den Wunsch nach Rache.

Ich werde nicht hier sterben, dachte er. Ich finde einen Weg zu überleben und Carac zu töten.

Er versuchte aufzustehen, aber sein rechtes Bein gab unter ihm nach, und er fiel zu Boden, wo er eine Weile bewusstlos liegenblieb. Als er die Augen wieder aufschlug, hörte er die Ponys. Er kam mühsam auf die Knie und spähte zum Waldrand. Fünf Reiter näherten sich dem Wald. Einer von ihnen sah ständig zu dem Mann auf dem Hügel hinüber. Conns Mund war trocken, seine Gedanken verschwammen. Ihm sank das Herz, als er erkannte, dass sie sich darauf vorbereiteten, in den Wald zu reiten. Hatte Banouin sich geirrt? War dies kein verwunschener Ort?

Er sah wieder zu dem einzelnen Mann hin. Die Reiter warteten auf sein Signal. Hat er mich entdeckt?, fragte sich Conn.

Er schob sich weiter zurück und taumelte zu dem dicken Stamm einer hohen Eiche, dann zog er seinen Dolch. Sein Schwert hatte er vor zwei Tagen verloren, es steckte in dem Körper eines perdischen Kriegers. Er spürte, wie etwas über sein Gesicht strich, und fuhr sich mit der Hand darüber.

Er schauderte, und plötzlich begann es zu prickeln,

unangenehm und aufdringlich, erst im Nacken und im Gesicht, dann auf Rücken und Armen. Das Gefühl wurde stärker, schmerzhaft, wie Bienenstiche. Dann wurde es stärker als Bienen, wie heiße Nadeln, die in sein Fleisch drangen. Er stöhnte und fiel ins Gras. Die Zweige der Bäume begannen zu rascheln und sich zu bewegen, wispernd und bösartig. Der Schmerz schwoll an, bis er fast unerträglich war, strömte durch seine Brust und in seine Arme. Dann erreichte er seine rechte Hand, die sich um den Griff des Seidh-Messers krallte. Strahlendes Licht zuckte aus dem Messer.

Und der Schmerz verschwand.

»Du bist das Reh-Kind«, flüsterte eine Stimme in seinem Ohr.

In diesem Augenblick kamen die Reiter donnernd in den Wald. Conn versuchte, seine Kräfte zu sammeln, um sich ihnen zu stellen. Der erste Perdier setzte mit gesenkter Lanze über einen umgestürzten Baumstamm, die anderen Krieger waren dicht hinter ihm.

Conn hob sein Messer.

Doch das Pferd landete nie. Es erstarrte in der Luft, mitten im Sprung still wie eine Statue. Alle Reiter waren plötzlich völlig reglos. Die Luft im Wald war jetzt kalt und wurde immer kälter. Conn begann zu zittern, doch er konnte seinen Blick nicht von den Männern reißen, die gekommen waren, ihn zu töten. Während er sie beobachtete, wuchsen ihr Haar und ihre Bärte, Fingernägel sprossen zu Krallen, ihre Kleider verfaulten, ihr Haar wurde weiß, ihr Fleisch schwand dahin, die Haut wurde schwarz und schälte sich von den Knochen darunter. Innerhalb weniger Sekunden waren sie von ihren Pferden gesunken und lagen im Gras. Die Knochen wanden sich weiter, verkalkten, wurden zu Staub, den der Wind davonblies. Die Ponys waren unberührt, und als der letzte Rest ihrer Reiter davonwehte, kehrte das Leben in sie zurück, und sie standen still da. Ein Wind erhob sich, und drei der Ponys rannten aus dem Wald. Das vierte, ein kastanienbrauner Wallach, blieb still stehen.

Conn war auf die Knie gefallen, als die Stimme wieder sprach. *»Berühre den Baum, Reh-Kind«*, sagte sie. Conn drehte sich um und kroch zu der Eiche. Seine Finger krallten sich in die Rinde. Sein Magen beruhigte sich, und die intensive Kälte ließ nach. Er seufzte. Sonnenlicht brach durch die Wolken und tauchte alles in goldenes Licht. Die Baumrinde begann sich zu bewegen und bildete ein Gesicht. Es war ein junges Gesicht, gut aussehend, doch streng. Als es deutlicher wurde, erkannte Conn, dass es ein Abbild seiner selbst war.

»Du bist krank, Reh-Kind. Lege dich hin. Wir versorgen dich«, sagte das Baumgesicht.

Da seine letzten Kräfte schwanden, legte sich Conn nieder, sein Gesicht berührte die kalte Erde. Sie fühlte sich besser an als ein Kissen, und als sein Bewußtsein floh, kam es dem jungen Krieger vor, als würde das Gras um ihn herum wachsen und ihn hinab in die dunkle, sichere Zuflucht der Erde ziehen.

Er erwachte aus segensreicher Dunkelheit und sah schmerzhaftes Licht, ein so durchdringendes Strahlen, dass ihm Tränen in die Augen traten. Er hielt die Hände vor's Gesicht und versuchte, die grelle Helligkeit abzuschirmen, doch sie drang durch seine Haut und verursachte ihm blendenden Schmerz.

»Halte aus, Connavar«, sagte eine andere Stimme. *»Ich versuche, eine angenehmere Umgebung zu schaffen.«*

Sofort verblasste das Licht. Conn nahm die Hände vom Gesicht und öffnete die Augen. Zuerst konnte er nichts sehen. Dann, als sein Blick sich klärte, sah er, dass er in einem Wald saß, neben einem plätschernden Bach, der in der Nachmittagssonne glitzerte. Der Himmel war wolkenlos, und die Bäume trugen Blätter jeder Farbe, von blutrot bis tiefgolden, von smaragdgrün zu blassgelb. Die Luft war voller Düfte: Lavendel, Rosen, Geißblatt. Es war der schönste Flecken, den Connavar je gesehen hatte. Doch irgendetwas stimmte an dem Bild nicht. Die Bäume waren von jeder Art, Eichen, Ulmen, Kiefern, Ahorn, alle wuchsen zusammen in dem gleichen Boden und trotzdem in verschiedenen jahreszeitlichen Stadien. Manche zeigten gerade erst das frische Grün des Frühlings, während andere schon die dunklen, herbstlich goldenen Blätter trugen. Und es gab keine Schatten. Conn streckte seinen nackten Arm aus. Die Sonne brannte auf seine Haut, doch im Gras unter ihm war kein Schatten zu sehen.

Langsam stand er auf und reckte sich. Er fühlte sich ruhiger als jemals zuvor. Er drehte sich um und betrachtete die Wiese.

Und sah den Bären.

Er stand – wie die Reiter – vollkommen reglos, glitzernde Ketten hielten seine massigen Schultern und schlangen sich um die kräftigen Tatzen. Sein Maul war offen und ließ entsetzliche Zähne sehen. Conn empfand keine Angst und ging auf das Tier zu. Es war größer als der Bär, der ihn zerfleischt hatte und noch Ehrfurcht einflößender. Conn ging um den Bären herum und bewunderte seine Größe und Kraft. Er sah Narben aus zahlreichen Kämpfen, einige der Wunden waren noch frisch. Er streckte die Hand aus, um ihn zu berühren, doch seine Hand glitt durch den Bären wie durch Rauch.

»Ein beängstigendes Tier«, sagte die Stimme. Eine glühende Gestalt materialisierte neben ihm. Conn war nicht erstaunt, obwohl er das Gefühl hatte, er sollte es sein.

»Beängstigend, aber traurig«, sagte er zu seinem neuen Gefährten.

»Wieso traurig?«

»Er ist angekettet«, sagte Conn. »Kein Lebewesen, das so stolz ist, sollte in Ketten gehen.«

Die glühende Gestalt kam näher, nahm seinen Arm

und führte ihn wieder zum Bach. Conn versuchte, das Gesicht zu erkennen, doch die Züge schienen sich zu verändern, zu zerfließen unter dem umgebenden, glühenden Licht. Ein Bart, dann kein Bart, langes Haar, gar kein Haar, als ob sein Gesicht von Augenblick zu Augenblick neu modelliert würde. Es war so anstrengend hinzusehen, dass Conn ganz schwindlig wurde, und er wandte den Blick ab. »Welcher von den Seidh bist du?«, fragte er.

»Ich bin kein Seidh, Connavar. Ich bin ein schon lange toter Mensch, dessen Seele gerettet und in diesen Wald gebracht wurde.«

»Warum kann ich dich nicht deutlich sehen? Dein Gesicht verschwimmt und verändert sich ständig.«

»Es ist sehr lange her, seit ich zum letzten Mal menschliche Gestalt angenommen habe. Gib mir einen Moment Zeit.« Die Gestalt blieb still sitzen. Allmählich verblasste das flackernde Licht, und Conn saß auf einmal neben einem jungen Mann mit dunklen Haaren und sanften braunen Augen. »Ist es so besser?«

»Ja. Hast du im Leben so ausgesehen?«

»Als ich jung war. Ich war fast hundert Jahre alt, als ich starb.«

»Warum haben die Seidh deine Seele am Leben gehalten?«

»Sie hatten ihre Gründe. Nun sage mir, warum du das Rehkitz gerettet hast.«

Conn zuckte die Achseln. »Es war in den Dornen gefangen. Ich konnte es doch nicht dort dem Tod überlassen.«

»So, wie du Riamfada nicht zurücklassen konntest?«

Conn schüttelte den Kopf. »Das war etwas anderes. Er war mein Freund. Man lässt seine Freunde nicht im Stich.«

»Wie fühlst du dich?«

Conn lächelte. »Ruhig und zufrieden. Es ist sehr angenehm hier, aber ich weiß, es ist ein Traum, und mein

Körper ist noch in deinem Wald, kalt und nass und blutig.«

»Nicht ganz«, antwortete er. »Er wird geheilt, während du hier bist. Frische Kleider werden auf dich warten. Und ein Geschenk von einem Freund.«

»Meine Freunde sind alle tot«, sagte er traurig, als er an Banouin dachte.

Er merkte, dass er sich den Toten am Galgen jetzt ohne Hass auf die Menschen vorstellen konnte, die ihn umgebracht hatten. Er seufzte. »Was ist es, was du mir genommen hast?«, fragte er.

»Wir haben nichts genommen. Wir haben dich nur ... von deinen mehr ... menschlichen Instinkten ... getrennt. Hätten wir das nicht getan, hättest du nicht hierher kommen können.«

»Meine menschlichen Instinkte?«

»Dein Zorn, deine Gewalt, dein Hass, deine Rachsucht. Nichts davon hat hier einen Platz.«

»Aber ich bin ein Mensch«, sagte Conn, »welcher Teil von mir ist also hier?«

»Der beste Teil«, antwortete die Gestalt. »Der Geist, frei von der Dunkelheit des Fleisches.«

Conn saß im Sonnenschein und merkte, dass er mehr Frieden empfand als jemals zuvor in seinem Leben. Er warf einen Blick auf den angeketteten Bären. »Warum ist der Bär hier?«, fragte er. »Und warum die Ketten? Er ist doch schon reglos.«

»Nicht wir haben dem Bären die Ketten angelegt, Connavar. Es sind *deine* Ketten.«

»Meine? Das verstehe ich nicht.«

»Der Bär ist der Teil von dir, der hier nicht existieren kann. Die Ketten hast du dir selbst auferlegt: Pflichtgefühl, Verantwortung, Ehre. Ohne sie wäre der Bär nur ein wilder, selbstsüchtiger Killer. Bist du bereit, jetzt zurückzukehren?«

Er dachte über die Frage nach. Hier war alles so friedlich, die Luft atmete Harmonie. »Könnte ich bei den Seidh bleiben, wie du, wenn ich es wollte?«

»Nein«, antwortete die Gestalt traurig. »Eines Tages vielleicht.«

Conn zog es nicht wieder in die Welt, und er blieb noch einen Moment sitzen und genoss die Ruhe. »Wenn die Seidh wirklich ein Volk ohne Hass oder Zorn sind«, fragte er, »warum lassen sie die Morrigu zu uns kommen und so viel Böses bringen?«

»Eine interessante Frage, Connavar. Dazu möchte ich folgendes sagen: Du wolltest Ruhm, die Morrigu gab ihn dir. Vorna wollte geliebt und akzeptiert werden. Das ist sie jetzt. Inwiefern macht das die Taten der Morrigu böse? Alle unsere Handlungen, ob von Seidh oder Menschen, haben Konsequenzen – Konsequenzen, die wir nicht immer schätzen. Die Morrigu bietet Geschenke an. Wenn ein Mann – oder eine Frau – dieses Geschenk annimmt, dann muss er doch auch die möglichen Konsequenzen annehmen? Du batest um Ruhm. Wenn du stattdessen um wahre Liebe, oder die Heilung Riamfadas oder Frieden und Harmonie für dein Volk gebeten hättest? Denke darüber nach, Connavar. Diejenigen, die die Geschenke der Morrigu suchen, bitten immer um etwas für sich selbst – persönlichen Gewinn, Ruhm, Geschick im Umgang mit dem Schwert, schöne Frauen für ihr Bett oder gut aussehende Männer, die sie umwerben und lieben. Immer selbstsüchtig. Hüte dich davor, etwas zu verurteilen, was du nicht verstehst.«

Die Stimme verebbte. Und die Welt drehte sich.

Er erwachte im Wald. Als er die Augen aufschlug, sah er ein kastanienbraunes Pony ruhig neben sich stehen, die Zügel hingen am Boden. Einen kurzen Augenblick noch hallte das Gefühl von Harmonie nach, das er in der Traumwelt der Seidh erlebt hatte. Dann war es fort. Er erinnerte sich an die Jäger und die langen Tage der Verfolgung, an das Kämpfen und Töten. Mehr noch erinnerte er sich an das Warum, und wenn er jetzt an Banouin dachte, loderten die heißen Feuer der Wut in ihm.

Er stand auf und sah, dass tatsächlich frische Kleider für ihn bereit lagen, zusammengefaltet auf einem flachen Stein. Ein Hemd aus dünnem, dunklem Leder, so weich, dass es sich wie Seide anfühlte, ein Paar schwarzer Lederbeinlinge mit einem Gürtel aus gefleckter Schlangenhaut, und ein Paar dunkle Reitstiefel, die an den Seiten mit Silber beschlagen waren. Er streifte sein eigenes zerfetztes Hemd und seine Beinlinge ab und zog die Kleider der Seidh an. Wie erwartet, passten sie ihm gut. Dann ging er zu dem Pony. Es beäugte ihn misstrauisch, und er sprach leise auf es ein, hob langsam die Hand und strich ihm über das Maul.

Da sah er das Schwert, das an einem Baum lehnte. Es war das Schwert eines Reiters, mit schwerer Klinge und leicht gekrümmt. Es bestand aus demselben schimmernden silbrigen Metall wie sein Messer, aber es war der Griff, der seinen Blick anzog. Er bestand aus Gold, Silber und Ebenholz, die schwarzen Querstreben waren geformt wie Eichenblätter, der goldene Handschutz trug das geprägte Bild eines Bären, und der silberne Knauf zeigte ein in Dornen gefangenes Rehkitz. Conn nahm die Waffe in die Hand. Sie war leichter, als er gedacht hatte, und wunderbar ausbalanciert.

Ein Geschenk von einem Freund, hatte die Gestalt gesagt.

Es war schön zu wissen, dass er solche Freunde hatte. Da dachte er an den armen Riamfada. Er hätte Conn ein Schwert gemacht, wäre er noch am Leben gewesen. Es wäre fast genauso schön gewesen. »Ich vermisse dich, kleiner Fisch«, sagte er.

Die Scheide lag neben dem Baum. Sie war aus

gehärtetem schwarzem Leder und hatte ein eigenes dunkles Wehrgehänge, das er sich über die Schulter schlang. Dann nahm er die Zügel des Ponys und schwang sich in den Sattel.

Langsam ritt er aus dem Wald. Es erstaunte ihn, noch immer den einsamen Jäger auf seinem Pferd auf der Hügelkuppe zu sehen. Die Ponys der Toten grasten in der Nähe. Conn ritt auf den Jäger zu. Der Mann machte keine Anstalten zu fliehen, sondern stieg ab und setzte sich ins Gras, um auf ihn zu warten. Trotz seiner dunklen Haare war er alt, wie Conn sah, sein Gesicht faltig, die Augen wissend.

Der Hass brannte im Herzen des jungen Riganten, und er hatte vor, den Jäger zu töten. Der Mann machte jedoch keine feindselige Bewegung, und das reizte Conn.

»Sind sie alle tot?«, fragte der Mann.

»Ja. Die Seidh haben sie getötet – oder Talis, wie ihr sie nennt.«

Der ältere Mann seufzte. »Ich bin Parax der Jäger. Ich bin froh, dass du noch am Leben bist. Die Talis haben mich immer schon fasziniert. Ich würde sehr gern wissen, warum sie dich am Leben ließen.«

Conn zuckte die Achseln. »Ich kenne die Antwort nicht. Zieh dein Schwert, damit wir es hinter uns bringen.«

»Ich denke nicht«, erwiderte Parax. »Ich war noch nie ein großer Kämpfer. Ich werde allerdings mein Bestes tun, damit du mich nicht tötest, wenn das deine Absicht ist. Ich hoffe allerdings, du überlegst es dir anders.«

Conn musterte die Umgebung. Keine Spur von anderen Reitern. Jetzt war er verwirrt. Er hatte erwartet, dass sein Feind kämpfen würde. Stattdessen saß der Mann entspannt auf einem Hügel und unterhielt sich mit ihm, als wären sie alte Freunde. Conn hatte keine Erfahrung mit einer derartigen Situation, aber – trotz seines Hasses – hatte er das Gefühl, es wäre gänzlich falsch, den alten Mann niederzumachen. Parax fuhr sich mit der Hand durchs Haar und lachte leise. »Ich habe dich kennen gelernt, Connavar. Ich bin deiner Spur gefolgt und habe in deinem Herzen gelesen. Du bist ein Kämpfer, kein Mörder. Ich glaube, ich mag dich. Und das sage ich nicht von vielen Menschen.«

»Was du magst oder nicht, interessiert mich nicht«, fauchte Conn. »Warum hast du hier gewartet, als du mich aus dem Wald kommen sahst? Du wusstest, ich würde kommen, um zu kämpfen.«

»Das ist eine Frage des Stolzes, junger Mann. Ich bin ein Jäger – und wenn ich es auch mit aller Bescheidenheit sage, ich bin der beste Menschenjäger, den dieses Land je gesehen hat. Ich hatte den Auftrag, dich zu finden. Das habe ich erledigt. Niemand kann sagen, Parax hätte versagt. Das bedeutet mir viel.«

»Dein Volk hat meinen Freund ermordet«, sagte Conn in dem Versuch, seinen Zorn wiederzubeleben.

»Ich weiß«, sagte Parax. »Es war eine schlimme Tat, verübt von schlimmen Männern. Der Mord an ihm war nicht der erste. Die Perdier hatten einen guten König, wie du weißt. Das Leben war schön. Er sorgte sich. Sorgte für sein Volk, empfand ihren Kummer, teilte ihre Freuden. Carac ließ ihn ermorden, in einen Fluß zerren und ertränken. Das war seine Belohnung für achtzehn Jahre guter Herrschaft. Seine Frau wurde erdrosselt, sein Sohn niedergemetzelt. Und das alles für eine Krone, die Jarasay und seine Stone-Armee ihm entreißen werden.«

»Du sagst, *die Perdier* hatten einen guten König. Bist du nicht von diesem Stamm?«

»Nein. Ich gehöre zu den Rodessi. Aber ich lebe seit zwanzig Jahren bei den Perdiern.« Parax erhob sich geschmeidig und ging zu seinem Pony. Dann fuhr er mit der Hand in einen Sack, der vom Sattel hing. »Möchtest du etwas essen?«, fragte er. »Ich habe etwas Fleischpastete, gewürzt mit Zwiebeln. Sie ist gut«, sagte Parax.

Conn begann in dieser Unterhaltung zu unterliegen, und er wusste es. Parax zog die Pastete hervor, brach behutsam die Kruste durch und reichte dem jungen Krieger ein Stück.

»Danke«, sagte Conn automatisch.

»War mir ein Vergnügen«, antwortete Parax grinsend. Dann setzte er sich wieder und aß. Conn kostete die Pastete. Parax hatte untertrieben. Sie war mehr als gut. Ein Essen für Götter! Er zwang sich, langsam zu essen und verzehrte die Pastete, dann leckte er sich die Soße von den Fingern.

»Besser als rohes Kaninchen, was?«, fragte Parax.

»Ich habe noch nie etwas besseres gegessen«, gab Conn zu.

»Ich habe sie gestern von der Frau eines Kleinbauern gekauft. Du hättest sie probieren müssen, als sie noch warm war. Es geht nichts über Rindfleisch und Zwiebeln, um den Appetit zu stillen.« Parax schluckte den letzten Bissen und wischte sich mit der Hand über den Mund. »Weißt du«, sagte er. »Ich hatte das Gefühl, dass du den Talis-Wald überleben würdest. Ich sehe jetzt, dass du nicht nur überlebt hast, sondern sogar mit Geschenken herausgekommen bist. Neue Kleider, ein Schwert. Es ist ein seltsames Volk, aber sie scheinen dich zu mögen. Sage mir, wie sehen sie aus?«

»Ich sah ein Gesicht in der Rinde eines Baumes, und ich träumte, bei einem Mann zu sein, dessen Züge ich – zuerst – nicht deutlich sehen konnte, obwohl er neben mir in strahlendem Sonnenschein saß.« Er holte tief Luft. »Ich habe beschlossen, dich nicht zu töten, Jäger.«

»Das wusste ich«, sagte Parax und stand auf. »Wie ich schon sagte, du bist kein Mörder, junger Rigant. Soll ich für dich eine Botschaft an Carac überbringen?«

Conns Miene verhärtete sich. »Ich habe ihm bereits eine Botschaft geschickt. Eine ist genug.«

»Ich hörte sie. Er auch«, sagte Parax. Er wandte Conn

den Rücken zu, ging zu seinem Pony und schwang sich in den Sattel. »Im Westen und Norden von hier sind Reiter. Wenn ich du wäre, würde ich mich direkt nach Osten halten. Die Grenze ist weniger als einen Tagesmarsch entfernt. Dort gibt es eine Stadt. Die Armee von Stone lagert dort. Ich denke, dort bist du in Sicherheit.«

Der Jäger wendete sein Pferd und ritt bergab. Conn sah ihm nach.

Dann bestieg er sein eigenes Pony und ritt zur Grenze. Parax hatte recht. Er war kein Mörder. Aber das war nicht der Grund, weshalb er den alten Mann am Leben gelassen hatte. Conns Hass galt nur den Perdiern. Dem Volk, das seinen Freund ermordet hatte.

Und der Blutpreis für dieses Verbrechen würde hoch sein.

Kapitel 10

Der General von Stone, Jasaray, ging langsam am inneren Rand des Feldlagers entlang, seine umschatteten Augen glitten prüfend über die Aktivitäten ringsum. Achttausend Soldaten, die sich in Spezialeinheiten um vorbestimmte Aufgaben kümmerten und so in wenigen Stunden eine Festung errichteten, eine Arbeit, die normalerweise mehrere Tage in Anspruch genommen hätte. Wenn Jasaray vorbeiging, fühlten alle Soldaten seine Anwesenheit und glaubten, seine blauen Augen wie einen eisigen Hauch im Rücken zu spüren, wie er ihre Arbeit musterte, ihre Schnelligkeit, ihre Genauigkeit. Keiner von ihnen wagte einen Blick in seine Richtung.

Er hielt beim Gehen die Arme auf dem Rücken verschränkt, die Sonne glitzerte auf seinem polierten eisernen Harnisch. An seiner Gestalt war nichts sonderlich Eindrucksvolles. Er war etwa einssiebzig groß, schlank, mit schmalem, asketischem Gesicht, das kurzgeschnittene Haar begann an Stirn und Schläfen zurückzuweichen. Ohne Rüstung sah er aus wie der Gelehrte, der er gewesen war, ehe er seine wahre Berufung entdeckte.

Alle seine Soldaten kannten die Geschichte des Gelehrten. Mit achtundzwanzig, während des Ersten Bürgerkrieges, war der Mathematiker und Lehrer Jasaray hastig in die Dritte Armee der Republik einberufen worden, wo er unter General Sobius diente. Seine Rolle war die eines Quartiermeisters gewesen, man glaubte, dass seine logistischen Fähigkeiten am besten genutzt würden, wenn er die benötigten Mengen an Lebensmitteln, die Anzahl der Fuhrwerke und die Versorgung und den Nachschub berechnete. Trotz fehlender militärischer Ausbildung hatte Jasaray um den Rang eines zweiten Generals gebeten und hatte ihn auch erhalten. Er erklärte, dass dies nötig sei, wenn er es mit Offizieren zu tun hatte. Ohne diesen Rang würde seine Autorität als Quartiermeister unterminiert. Er hatte sich für diese Rolle mehr als befähigt erwiesen, und die Dritte Armee war die am besten versorgte und ausgerüstete der Republik.

Unglücklicherweise war sie nicht auch die am besten geführte.

Sobius war strategisch und taktisch deklassiert worden. Die Armee war zermalmt worden, vierzehntausend Mann niedergemacht, während nur viertausend entkamen. Da die meisten Offiziere gefallen waren, war der unerfahrene Jasaray gezwungen, ein Kommando zu übernehmen. Er organisierte eine Kampftruppe als Nachhut und wehrte die Rebellentruppe siebzehn Tage lang ab, bis Verstärkung kam. Die Anführer der Republik waren durcheinander und bereit zu kapitulieren, also führte Jasaray einen Gegenangriff gegen die Rebellenarmee, jagte sie in die Flucht und nahm zwei ihrer Anführer gefangen. Dreitausend Rebellensoldaten wurden gekreuzigt, die Anführer enthauptet. Mit neunundzwanzig war Jasaray der unbestrittene Held der Republik.

Mit zweiundvierzig war er der größte General, den das Volk von Stone je gehabt hatte, respektiert und gefürchtet im ganzen Reich, wie es trotz der republikanischen Vorherrschaft hieß. Einen Feldzug nach dem anderen hatte er mit klinischer Gründlichkeit gewonnen, während das Reich sich ausdehnte. Jasaray wurde in der Republik eher noch mächtiger.

Für seine Soldaten war der Gelehrte eine göttergleiche Gestalt, der man auf der Stelle gehorchte und die man fürchtete. Er war auch ein General, der immer sicherstellte, dass es eine warme Mahlzeit für seine Männer gab und ihr Sold rechtzeitig ausgezahlt wurde. Darüber hinaus war er ein sorgfältiger Planer, der seine Männer nie unnötig in Gefahr brachte. Dies waren Eigenschaften, die die gemeinen Soldaten mehr als alles andere schätzten. Dass seine Disziplin streng war – Auspeitschungen und Hängen waren an der Tagesordnung – bekümmerte sie nicht übermäßig. Fast alle disziplinarischen Strafen betrafen Nachlässigkeiten, und Nachlässigkeit konnte Soldaten das Leben kosten. Die Männer verstanden das. Und es gefiel ihnen, dass der Gelehrte niemals eine verzierte Rüstung trug oder sich mit juwelengeschmückten Waffen sehen ließ. Sein Harnisch bestand aus Eisen, sein Schwert war die Standardausführung, sein Helm – wenn er sich überhaupt die Mühe machte, ihn zu tragen – ein verbeultes Stück aus Bronze ohne Federbusch oder Pickel. Das einzige Abzeichen seines Ranges war sein purpurner Umhang und die Tatsache, dass jeden Abend in seinem Zelt ein Mosaikfußboden ausgelegt wurde, dessen numerierte Steine in sechs gewaltigen Truhen auf dem ersten Wagen des Trosses mitgeführt wurden.

Jasaray beobachtete die Errichtung der Festung, sein Blick schweifte über das gesamte Gelände, vermerkte die Arbeitsgeschwindigkeit, die Positionierung der farbigen Flaggen, die anzeigten, wo Zelte aufgeschlagen und Lasttiere angepflockt werden sollten. Hinter ihm gingen vier Unteroffiziere und sechs Läufer, von denen jeder hoffte, dass nichts den General verärgern würde.

Sie marschierten jetzt seit sechs Tagen, und in dieser Zeit hatten sie sechs Feldlager aufgeschlagen wie dieses hier. An den Längsseiten maß es vierhundert Meter, an den kürzeren dreihundert, insgesamt hundertzwanzigtausend Quadratmeter. Es gab zwei Tore, eins im Osten, das andere im Westen, erbaut aus gefällten Bäumen, deren Stämme kunstvoll gespalten wurden. Im Augenblick waren Reiter dabei, aus den Wäldern im Süden Holz herbeizuschaffen.

Die Armeen von Stone wussten schon lange um den Wert befestigter Lager, aber es hatte das Genie Jasarays gebraucht, um den Vorgang so zu verbessern, dass er fast einer Kunstform glich.

Jeden Tag, an dem sie sich auf feindlichem Gebiet befanden, schwärmten drei Stunden vor Einbruch der Dunkelheit die beiden führenden Panther, sechstausend scharfäugige Veteranen, in einer Schutzformation um das Gebiet aus, das die Offiziere der Flaggengruppe als Lagerplatz markiert hatten. Die Offiziere vermaßen dann die Grenze und markierten sie mit grünen Flaggen. Innerhalb dieses riesigen Rechtecks wurden die Abmessungen des Zeltes abgesteckt, das das Hauptquartier des Generals war, dann die Zelte der anderen Offiziere und Soldaten, das Gelände, auf dem die Pferde angepflockt wurden und der Bereich, der für den Tross vorgesehen war.

Wenn das nächste Panther-Regiment ankam, legten die Soldaten ihre Rüstung ab, bildeten Arbeitsgruppen, nahmen ihre Schaufeln und begannen, den Wehrgraben auszuheben. In anderthalb Stunden war dieser fertig, und ein Schutzwall aufgeworfen.

Wenn der Tross kam, war die Palisade beinahe fertig, und jede Einheit wusste, wohin sie gehen und was sie tun musste. Sobald die Grabungen fertig waren, legten die Soldaten wieder ihre Rüstung an und zogen sich in die Befestigung zurück, zusammen mit den beiden Panthern, die den Schutzschild gebildet hatten. Zum Schluss kamen die Kavallerieeinheiten, die die Umgebung nach Anzeichen des Feindes absuchten.

Innerhalb von drei Stunden war eine gewaltige Befestigungsanlage inmitten von Feindesland errichtet. Wenn es dunkel wurde, lagerte die gesamte Armee mit allen Fuhrwerken und Ausrüstung in relativer Sicherheit.

Jasaray ging weiter, während die Soldaten den großen Graben aushoben und die Erde aufwarfen, um den Verteidigungswall zu schaffen. An anderen Stellen maßen Offiziere das Gelände für Jasarays Hauptquartier ab, während seine sechs persönlichen Diener darauf warteten, den Mosaikfußboden auszulegen. Jasarays Blick wanderte nach Norden zur fernen Hügelkette, hinter der sich der Feind scharte. Er konnte seine Späher sehen und wünschte wieder einmal, dass sein militärisches Budget größere berittene Einheiten aus Stone ermöglichte. Es passte ihm nicht, dass er sich auf Keltoi-Krieger verlassen musste. Er zweifelte nicht daran, dass der Gath Ostaran ein Kämpfer war, aber er war – wie die meisten seines Volkes – hitzköpfig und gewalttätig und ohne jedes Verständnis für strategische Überlegungen.

Noch während er dies dachte, sah er einen Stammeskrieger zur Festung marschieren. Er führte ein verletztes Pony am Zügel. Etwas an dem Mann weckte das Interesse des Generals. Doch in diesem Augenblick sah er das erste Fuhrwerk des Trosses über einen Hügel kommen. Seine Augen verengten sich. Weitere Wagen erschienen, begleitet von patrouillierenden Fußsoldaten. Die Männer waren zu dicht beim Tross. Wenn der Feind angriff, würden sie zurück in die Reihe der Wagen gedrängt, wo sie keine Kampfformation einnehmen konnten. Jasaray schnippte mit den Fingern. Ein junger Läufer erschien neben ihm.

Der General deutete auf die Schutzreihe der Soldaten. »Such den Offizier und sag' ihm, er soll den regulären Abstand zwischen seiner Truppe und dem Tross einhalten. Und er soll sich in meinem Zelt melden, sobald seine Männer innerhalb der Palisade sind.«

Verärgert begann der General auf und ab zu gehen. Die vier Adjutanten und fünf verbliebenen Läufer standen angespannt in der Nähe. Jeder von ihnen verfluchte insgeheim den ungehorsamen Patrouillen-Offizier, denn Jasarays Zorn konnte nur durch Opfer besänftigt werden. Der General fuhr zu dem jüngsten Adjutanten herum, einem Siebzehnjährigen, der auf seinem ersten Feldzug war. »Zitiere mir die Worte von Getius über Feldlager«, befahl er. Der junge Mann leckte sich die Lippen.

»Ich ... bin nicht ... sicher, General«, sagte er. »Aber der wesentliche Punkt seiner Theorie –«

»Ich habe dich nicht nach dem wesentlichen Punkt gefragt.« Jasaray schwieg einen Moment, die blassen Augen auf den Jungen gerichtet. »Geh«, sagte er leise. »Morgen stelle ich dir noch eine Frage. Wenn du die Antwort nicht *›sicher, General‹* kennst, entlasse ich dich unehrenhaft nach Hause.« Der junge Mann wollte sich schon umdrehen, dann fiel ihm noch rechtzeitig ein zu salutieren. Jasaray winkte ihn verächtlich fort und wandte seine Aufmerksamkeit den anderen zu. »Ich nehme doch an, einer von euch kennt die Antwort? Was ist mit dir, Barus?«

Der junge Mann trat vor. Er war groß und schlank, das rabenschwarze Haar war kurz geschnitten. »Es ist schwer zu behalten, denn Getius' Arbeiten sind alle wortreich und grammatisch schwer verdaulich. Ich glaube jedoch, er schrieb: ›Die Bedeutung eines befestigten Nachtlagers offenbart sich nicht nur aus der Gefahr, der Truppen ausgesetzt sind, die ohne solche Vorsichtsmaßnahmen lagern müssen, sondern auch an der misslichen Situation einer Armee, die nach einer Niederlage im Feld ohne Rückzugsmöglichkeit dasteht und dementsprechend der Gnade des Feindes ausgeliefert ist.‹«

»Fast perfekt«, sagte Jasaray. »Das korrekte Zitat lautet ›der Truppen *unentwegt* ausgesetzt sind‹. Unentwegt. Das ist das Wesen des Krieges. Jetzt kannst du gehen und den Idioten suchen, den ich gerade weggeschickt habe. Du kannst die Nacht damit verbringen, ihn zu unterrichten.

Wenn er meinen Test morgen nicht besteht, erwäge ich, dich ebenfalls nach Hause zu schicken.«

»Jawohl, Sir«, antwortete der junge Mann und salutierte schneidig.

»Und, Barus, widme der für Feldlager notwendigen Topographie besondere Aufmerksamkeit.«

»Das werde ich, Sir«, sagte Barus. Als er davonging, entspannten sich die beiden anderen Unteroffiziere. Sicherlich waren zwei Opfer genug, dachten sie. Jasaray ließ ihnen ein paar Minuten, während er den Verteidigungsgraben und den frischen Wall musterte. Der eingeborene Späher, den er vorher schon gesehen hatte, kam in die Anlage, sein Pony am Zügel. Jasaray betrachtete ihn und bemerkte, dass er sich in völligem Gleichgewicht bewegte. Der Mann warf ihm einen Blick zu, und Jasaray sah, dass er verschiedenfarbige Augen hatte. Das eine war grün, das andere gelbbraun, und das gut aussehende Gesicht war auf der linken Seite übel zernarbt.

»Sprichst du Turgon?« fragte der General.

»Ein wenig«, antwortete der Krieger.

»Was ist mit deinem Pony geschehen?»

»In ein Kaninchenloch getreten. Es hat Glück, dass es sich nicht das Bein gebrochen hat.«

Jasaray wandte sich von dem Stammeskrieger ab und seine Aufmerksamkeit wieder den beiden Unteroffizieren zu. »Wie breit soll der Graben sein?«, fauchte er.

»Zweieinhalb Meter«, antworteten sie im Chor. »Und einen Meter tief«, setzte der erste hinzu, was ihm einen vernichtenden Blick von seinem Kameraden eintrug. Jasaray lächelte über ihr Unbehagen. Seine gute Laune kehrte zurück.

»Und was ist das einzige, unbezahlbare Gut, das ein General nie ersetzen kann?«

Beide Offiziere waren verblüfft, ihre Gedanken überschlugen sich. Jasaray bemerkte, dass der junge Stammeskrieger noch immer in der Nähe stand, ein Lächeln auf den Lippen. »Du findest ihre Lage amüsant?«, fragte er den Mann.

»Nein«, antwortete der Krieger, »aber wenn ich du wäre, würde mich ihre Unwissenheit beunruhigen.« Er nahm die Zügel des Ponys und wollte davongehen.

»Vielleicht würdest du gern die Frage für sie beantworten«, sagte Jasaray.

»Zeit«, sagte der junge Mann. »Und, wenn ich dich korrekt zitiere, General: ›Man kann Männer und Pferde, Schwerter und Pfeile ersetzen. Aber niemals verlorene Zeit.‹«

»Du hast meine Arbeiten gelesen?« Die Frage wurde mit flacher, gelangweilter Stimme gestellt, doch die Augen des Generals hatten sich verengt, und er beobachtete den Stammeskrieger genau.

»Nein, General, ich kann nicht lesen. Ich hatte einen Freund, der mich deine Worte lehrte. Wenn du mich jetzt entschuldigst, ich muss mich um mein Pony kümmern.«

Jasaray sah ihm nach, dann wandte er sich an seine Offiziere. »Findet heraus, wer er ist und bringt ihn heute abend nach der Besprechung in mein Zelt.«

»Ich kann dir sagen, wer er ist«, sagte der erste Unteroffizier. »Sein Name ist Connavar, und er wurde von Valanus rekrutiert. Er gehört weder zu den Ostro noch den Gath, sondern zu einem Stamm jenseits des Wassers. Gerüchten zufolge rettete er in Goriasa Valanus das Leben.«

»Und er hat geschworen, Carac zu töten«, sagte der zweite Mann, um nicht wieder übertrumpft zu werden. »Er war der Krieger, der sich seinen Weg durch das Land gekämpft hat nach dem Mord an seinem Freund, dem Kaufmann Banouin.«

»Von welchem Stamm ist er?«

»Ich glaube, er ist ein Rigant, General«, sagte der erste Offizier. »Soll er immer noch in dein Zelt kommen?«

»Habe ich etwas anderes gesagt?«

Jasaray ging davon, um den Wall zu inspizieren. Die Sonne ging hinter den Bergen im Westen unter, und Gewitterwolken zogen vom Meer heran.

»Wenn der Gelehrte dich sehen will, heißt das entweder Auspeitschung oder Beförderung«, sagte Valanus fröhlich. Conn wickelte sich fester in seinen Umhang, denn der Regen drang durch die Leinwand des Zeltes. Der Kerzenstumpf flackerte, doch bevor er endgültig verlosch, hielt Valanus eine zweite Kerze darüber. Einen kurzen Augenblick lang erhellten zwei Flammen das feuchte Innere und ließen es etwas gemütlicher erscheinen. Das Zelt war knapp zwei Meter lang und etwas über einen Meter breit und in der Mitte anderthalb Meter hoch. Es wurde von einem dünnen Holzrahmen getragen. An diesem Rahmen waren Haken, an denen zwei Kleidersäcke hingen. Es gab vier zusammenklappbare, mit Leinen bespannte Hocker, die miteinander verbunden werden konnten, sodass eine schmale Pritsche entstand. Auf einem dieser Hocker lagen ein Harnisch, Helm, Handschützer und Beinschienen, die gefährlich über dem nassen Boden balancierten.

»Ich dachte, du wärst einer seiner Lieblinge«, brummte der Stammeskrieger. »Warum hast du dann ein undichtes Zelt?«

»Einfach Pech«, sagte Valanus, der die ständigen Tropfen, die auf ihn herunterplatschten, ignorierte. »Ich bin ein Soldat aus Notwendigkeit heraus. Ich stamme nicht aus einer wohlhabenden Familie. Also erhalte ich lediglich die Standardausrüstung. Die meisten Zelte sind dicht. Ich versuche morgen, ein besseres zu bekommen.« Sein Lächeln wurde breiter. »Es wird Jasaray amüsieren, wenn du wie eine ertrunkene Ratte hereinkommst.«

»Wieso meinst du, dass ich möglicherweise ausgepeitscht werde?«

Valanus zuckte die Achseln. »Es gibt nur zwei Gründe, aus denen der Gelehrte nach Stammeskriegern schickt – entweder um sie zu belohnen oder zu bestrafen. Du hast nichts getan, was eine Bestrafung verdient, also nehme ich an, dass du ihn beeindruckt hast.«

»Vielleicht«, sagte Conn zweifelnd. »Aber bislang hat noch keiner von uns etwas Beeindruckendes gleistet, außer zu marschieren, zu reiten und gewaltige Befestigungen zu bauen, die wir am nächsten Tag hinter uns lassen. Wann werden die Perdier kämpfen?«

»Wenn sie bereit sind, nehme ich an«, sagte Valanus. »Und wenn, dann werden wir sie besiegen, und du bekommst deine Rache. Ostaran sagt, du seiest Furcht erregend. Drei Scharmützel und fünf tote Perdier mehr auf deinem Kerbholz. Weißt du, wie die Gath dich nennen? Dämonenklinge.«

»Es ist mir egal, wie sie mich nennen. Wie du sagtest, es waren nur Scharmützel. Und meine Rache ist erst vollendet, wenn ich Carac die Kehle durchschneide.«

Das Lächeln schwand von dem Gesicht des Offiziers, und als er sprach, lag ein Echo von Traurigkeit in seiner Stimme. »Und wenn er tot ist, glaubst du, dass dein Kummer und dein Schmerz dann verschwinden?«

»Entweder ja oder nein«, sagte Conn und beobachtete den weißhaarigen jungen Mann scharf. Valanus schien in Gedanken verloren.

»Ich hatte einmal einen Freund«, sagte er. »Er war mehr als ein Freund. Er wurde auf dem Tribanten-Feldzug gefangen genommen. Sie stachen ihm die Augen aus, dann haben sie ihm Hände und Füße und die Eier abgeschnitten. Als wir ihn fanden, war er noch am Leben. Sie hatten ihm die Stümpfe mit kochendem Teer versiegelt, musst du wissen.« Die Kerze flackerte, als ein Regentropfen neben die Flamme fiel. Valanus schauderte, dann riss er sich zusammen und zwang sich zu einem Lächeln. »Ich habe seitdem nie wieder Freundschaft geschlossen. Und werde es unter Soldaten und Kriegern auch nicht tun.«

Von draußen kam der Klang einer Glocke. Sie läutete viermal. »Nun«, sagte Valanus, »es ist Zeit für dich, den General zu besuchen. Wenn es eine Belohnung ist, die er dir bietet, könntest du vielleicht an ein neues Zelt für mich denken. Oder einen Diener.«

»Du hast einen Diener. Ich sah, wie er dieses Zelt aufbaute.«

»Ich teile ihn mit acht anderen armen Offizieren. Und ich kann mir nicht leisten, ihm ein Extra zuzustecken. Daher –« Er machte eine Armbewegung und deutete auf die Rinnsale, die die Leinwand herunterliefen.

Conn erwiderte nichts, sondern stand geschmeidig auf, duckte sich unter der Zeltklappe hindurch und trat in das Unwetter hinaus. Blitze zuckten im Westen, gefolgt von einem Donnerschlag. Es waren noch drei Stunden bis Mitternacht. An einem klaren Tag wäre es um diese Jahreszeit noch hell. Doch das Gewitter lag über dem Land wie ein dunkler Mantel. Conn stapfte durch das Lager, ging an den Reihen von Pferden entlang, die Nase zu Nase angepflockt waren, und an den Wagen des Trosses vorbei, bis er durch die Reihen der runden Zelte kam, in denen die gemeinen Soldaten untergebracht waren.

Jasarays Zelt war zwölf Meter lang und mindestens viereinhalb Meter breit. Die Wände glühten golden von den vielen Laternen im Innern. Zwei mit Speeren bewaffnete Soldaten standen davor, vor dem schlimmsten Regen durch ein Vordach geschützt, das auf zwei Stangen ruhte. Als Conn näherkam, kreuzten sie ihre Speere vor ihm.

»Was … du … wollen?«, fragte der Wachposten zur Linken in gebrochenem Keltoi.

»Ich bin eingeladen, den General zu besuchen«, antwortete Conn auf Turgon.

Der Wachmann sah ihn erstaunt an. »Warte hier«, sagte

er, reichte seinem Kameraden seinen Speer und trat ins Zelt. Er kam nach ein paar Sekunden wieder. Als er zurückkam, bat er Conn zu warten, der im Regen stehen blieb. Seine Laune sank. Er konnte Stimmen aus dem Zelt hören, doch bei dem prasselnden Regen konnte er nichts verstehen. Nach ein paar Minuten kamen Offiziere aus dem Zelt und eilten durch das Gewitter davon. Doch auch dann wurde er noch nicht hineingebeten. Sein Zorn wuchs, und er wollte gerade wieder gehen, als er eine Stimme von drinnen hörte.

»Du kannst jetzt hineingehen«, sagte der Wachsoldat. »Drinnen liegt eine Fußmatte. Putz' dir die Stiefel ab. Der General kann es nicht leiden, wenn sein Fußboden schmutzig wird. Und du kannst dein Schwert und deinen Dolch hier lassen. Waffen sind nicht gestattet.« Conn nahm sein Wehrgehänge ab und reichte es dem Wachmann.

Er trat in das Zelt. Der Gegensatz zwischen dieser Unterkunft und der von Valanus war so groß, dass Conn beinahe laut aufgelacht hätte. Der Mosaikboden war kunstvoll verlegt. Er bestand vorwiegend aus kleinen, quadratischen weißen Steinen. Doch in der Mitte war mit dunkleren Steinen der Kopf eines Panthers gelegt. Vorhänge verbargen den hinteren Teil des Zeltes, in dem Conn den Schlafbereich vermutete. Sieben helle Laternen hingen von Haken am Gerüst des Zeltes. Ihr Licht fiel auf sechs hölzerne Stühle mit Samtkissen, zwei reich bestickte Sofas und einen langen Eichentisch mit Schnitzereien. Ein eisernes Becken mit Kohlen stand dort, und vor den Sitzgelegenheiten lagen mehrere große, dicke Teppiche. Der General, in schlichter weißer knielanger Tunika und Sandalen, lagerte auf einer Couch. Niemand konnte weniger nach einem Krieger aussehen.

»Tritt näher«, sagte er. Conn wischte sich die Füße auf der Matte ab, dann kam er näher. Er zog seinen feuchten Umhang aus, ließ ihn zu Boden fallen, ging zu dem

Kohlebecken und freute sich über die plötzliche Wärme. »Du kannst dich setzen«, sagte Jasaray und deutete auf eine Couch.

»Meine Kleider sind nass und schlammbespritzt«, sagte Conn. »Ich bleibe besser stehen.«

»Sehr rücksichtsvoll von dir«, sagte Jasaray. »Erzähl mir von Banouin.«

»Du kanntest ihn?«, entgegnete Conn, den die Frage erstaunte und der Zeit gewinnen wollte, um zu antworten.

»Er war gleichzeitig mein Lehrer und mein Schüler«, sagte Jasaray, »und in beiden Dingen sehr gut.«

»Das wusste ich nicht«, erklärte Conn. »Banouin hat oft von dir gesprochen, aber niemals erwähnt, dass ihr Freunde ward.«

»Ich sagte Lehrer und Schüler«, sagte Jasaray gereizt. »Freundschaft erwähnte ich nicht. Versuche, Annahmen zu vermeiden. Kommunikation funktioniert am besten, wenn sie präzise ist. Also, so weit ich weiß, lebte er bei deinem Volk – er hat sogar dort eine Frau genommen.«

»Ja, zu beidem.«

»Was meinst du, was hat ihn am Land der Riganten so gereizt?«

»Er sagte, er liebe die Berge und Wälder, den Duft nach Kiefern und Heidekraut im Wind. Was hat er dich gelehrt?«

Jasaray beachtete die Frage nicht.

»Warum sollte Banouin dich meine Theorien lehren?«, fragte er.

»Er versuchte, die Größe seines Volkes zu erklären«, antwortete Conn vorsichtig.

»Unwahrscheinlich. Er war nicht besonders glücklich über unseren Ehrgeiz, wie ich mich erinnere. Wusstest du, dass er im Bürgerkrieg General war?«

»Nein, aber ich nahm an, er sei Soldat gewesen.«

»Er war ein guter General, von seinen Leuten geachtet, von seinen Feinden gefürchtet. Er war ein Mann ohne

Eitelkeiten. Obwohl ich sein Schüler war, folgte er meinen Befehlen ohne Zögern, nachdem ich sein Vorgesetzter wurde. Ein seltener Charakter, dieser Banouin. Doch ein Mann mit Fehlern. Seine Gedanken waren voller abstrakter Dinge: Ehre, Vornehmheit, Mut, Gewissen. Er konzentrierte sich auf kleine Dinge. Das Wesen der menschlichen Seele, die Möglichkeiten von Veränderung und Erlösung. Gut und Böse, Richtig und Falsch, diese Abstrakta beherrschten seine Gedanken und Handlungen.«

Manche der Wörter verstand Conn nicht. Er sprach inzwischen fast fließend Turgon, doch Banouin hatte niemals von *Erlösung* oder *Gewissen* gesprochen. Doch wenn Banouin diese Dinge hoch geschätzt hatte – was es auch sein mochte – dann würde auch Conn sie hoch schätzen. Als er sprach, wählte er seine Worte so sorgfältig, wie er konnte. »Ich besitze nicht die … Fähigkeiten, um in eurer Sprache …« er suchte nach dem richtigen Wort: »solche Angelegenheiten zu *diskutieren*. Doch ich weiß, dass Banouin ein guter Mann war – vielleicht sogar ein großer. Er wurde von einem Volk geliebt, das nicht sein eigenes war, und ich werde sein Andenken immer in Ehren halten.«

Jasarays kalte, helle Augen zeigten einen Anflug von Verärgerung. »Ja, ja«, sagte er, »die Menschen *liebten* Banouin. Ich mochte ihn auch, auf meine Weise. Ich war sogar erstaunt, wie traurig es mich stimmte, als ich von seinem Tod hörte. Hat er dir je erzählt, warum er aus der Armee ausgeschieden ist?«

»Nein. Er sprach nie davon.«

»Schade. Ich habe mich oft gefragt, warum ein Mann mit solchen Fähigkeiten ein reisender Kaufmann wurde.«

»Ihm gefiel das Leben – neue Menschen kennen zu lernen, neue Länder zu sehen.«

»Ja, er konnte gut mit Menschen umgehen. Daran besteht kein Zweifel.« Jasaray deutete auf einen silbernen Krug mit Wasser. Daneben stand ein einzelner Becher.

Jasaray hatte kein Wort gesagt, doch mit dieser einen Geste war ihre gesamte Beziehung deutlich umrissen. Conn mochte vielleicht zu Gast in Jasarays Zelt sein, doch in den Augen des Generals war er nichts weiter als ein Diener. Jetzt war jedoch nicht der richtige Zeitpunkt, sich zu widersetzen. Rasch ging er zum Tisch und füllte den Becher, dann reichte er ihn dem General. Jasaray nahm ihn ohne ein Wort des Dankes entgegen, doch er lächelte. Dann sprach er wieder. »Banouin hatte auch ein Auge für Talente. Deswegen interessierst du mich, Connavar. Was hat er in dir gesehen, und warum hat er dich unterrichtet? Bist du der Sohn eines Häuptlings oder Königs?«

»Nein. Mein Vater war ein Pferdejäger, mein Stiefvater ist Viehzüchter.«

»Und trotzdem bist du – mit siebzehn – bereits in deinem Land berühmt, wie ich höre. Du hast nur mit einem Messer gegen einen Bären gekämpft. Außerdem bis du in die größte Ansiedlung der Perdier marschiert, hast den Kaufmann getötet, der Banouin verriet und anschließend sechs der Jäger, die dich verfolgten. Seitdem bist du eine dunkle Legende bei den Gath geworden. Kämpfen alle Leute bei euch so gut?«

»Alle«, antwortete Conn.

»Das bezweifle ich.« Jasaray stand auf und ging zu dem Vorhang und schob ihn beiseite. Dahinter standen ein schmales Bett und ein hölzernes Gestell, auf dem die Rüstung des Generals hing. »Hilf mir in die Rüstung«, sagte er.

Conn ging zu dem General und hob die eiserne Brustplatte von ihrem Haken. Jasaray zog sie mühsam an, und Conn schnallte sie an den Seiten fest. Dann zog der General einen Kilt aus mit Bronze verstärkten Lederstreifen an und legte seinen Schwertgürtel um. Conn kniete vor ihm nieder und befestigte die bronzenen Beinschienen. Er fragte nicht, warum der General sich zu dieser Nachtzeit für den Krieg rüstete, wenn es ihn auch verwirrte. Zum Schluß stülpte sich Jasaray seinen verbeulten Helm auf. Conn konnte ein Lächeln nicht unterdrücken. Jasaray sah es. »Ja, ich bin kein Krieger«, sagte er ohne einen Hauch von Groll, »und ich weiß, dass ich in diesem Aufzug lächerlich aussehe. Aber es dient einem Zweck.«

Jasaray ging zur Zeltklappe, hob sie und rief einem der Wachposten einen Befehl zu. Der Mann reichte dem General Conns Wehrgehänge, dann ging er durch den Regen davon. Jasaray zog sich wieder ins Zelt zurück. Der General zog Conns Schwert und betrachtete es im Schein der Laternen. »Eine schöne Waffe«, sagte er. »Der Griff allein ist ein paar hundert Silberstücke wert. Dein Vater muss ein sehr reicher Viehzüchter sein.«

»Das Schwert war ein Geschenk von einem Freund«, sagte Conn. Jasaray drehte die Klinge in den Händen.

»Der eingravierte Bär ist von seltener Schönheit, und ich verstehe die Bedeutung, die er in deinem Leben hat. Aber warum das Rehkitz in den Dornen? Wie ich sehe, zeigt deine Brosche dasselbe Motiv.«

»Als ich ein Kind war, zerriss ich mir sämtliche Kleider dabei, als ich ein Rehkitz rettete. Die Geschichte wurde zu einer Art Scherz unter meinen Freunden.«

Jasaray sah ihn aufmerksam an. »Ein Killer, der Rehkitze rettet? Einen solchen Mann darf man nicht aus den Augen lassen.« Er steckte die Klinge in die Scheide, warf Conn das Wehrgehänge zu und befahl ihm, es anzulegen. Dann ging er aus dem Zelt.

Das Gewitter verzog sich allmählich, doch es regnete noch immer heftig. Als Conn zu dem General kam, sah er, dass Soldaten in voller Rüstung aus ihren Zelten kamen. Sobald sie sich gesammelt hatten, formierten sie sich zu schweigenden Reihen und standen still wie Statuen, während der Regen ihnen über Harnisch und Helm rann.

In diesem Augenblick war die Luft plötzlich mit Schlachtrufen erfüllt, hoch und schrill, und Speere regneten über die Palisaden. Zelte, Fuhrwerke und Pferde waren weit genug weg von dem Wall platziert worden, und die meisten Geschosse fielen zu Boden. Ein Speer traf ein Lastpony im Rücken, das vor Schmerz wieherte und dann zu Boden fiel.

»Sie kommen!«, brüllte ein Wachposten auf dem Nordwall. »Tausende von ihnen!« Ein Speer traf ihn im Nacken, und er stürzte vom Wall.

Mehrere Offiziere rannten zu Jasaray. Der General stand ruhig da, die Hände auf dem Rücken verschränkt. »Führt einen Panther zur Nordmauer«, sagte er. »Haltet zwei in Reserve. Der Hauptangriff wird anderswo stattfinden – wahrscheinlich von Westen her. Stellt Bogenschützen hinter den Wagen auf.«

Die Offiziere liefen zurück zu ihren Männern. Jasaray ging langsam zur ersten Reihe der Soldaten. »Entschuldigt, dass ich euch so früh wecke«, sagte er, als sie sich teilten, um ihn durchzulassen. Conn blieb an seiner Seite. Die Ruhe des Mannes beeindruckte ihn. Er fragte sich auch, woher der General gewusst hatte, dass ein Angriff unmittelbar bevorstand. War er ein Zauberer? Oder hatte Conn einen Hinweis übersehen? Das Problem nagte an ihm. Die Schreie von Verwundeten und Sterbenden kam von dem Wall im Norden, als eine Welle von perdischer Krieger nach der anderen das Lager erstürmte, den Wall erkletterte und auf die Verteidiger einhieb.

»Ich glaube, der Regen lässt nach«, sagte Jasaray. Das verwundete Lastpony wieherte noch immer vor Schmerz und Angst. Jasaray tippte einen Soldaten auf die Schulter. »Geh' und erlöse das Tier von seinem Elend«, sagte er. »Es ist schwer, bei diesem Geschrei nachzudenken.«

»Jawohl, General«, antwortete der Mann, zog sein Schwert und löste sich aus der Reihe.

Eine Trompete erklang im Westen. Conn warf einen

Blick zum Westwall und sah zwei Männer, die Signale gaben. »Hier kommt der Hauptangriff«, sagte Jasaray. Ein zweiter Panther, bestehend aus dreitausend Mann, wurde losgeschickt und kauerte sich am Fuß des Walles hin. Conn sah, wie die Spitzen von Tausenden provisorischer Leitern erschienen. Er griff nach seinem Schwert.

»Das wirst du noch nicht brauchen«, sagte Jasaray. »Es dauert noch mindestens eine Stunde, bis wir gebraucht werden. Sobald die Tore nachgeben.« Conn warf einen Blick auf die Tore, beide fast zwei Meter breit, aus schlanken Baumstämmen, die angespitzt und dann kunstvoll mit Querbalken zusammengefügt waren. Es schien unwahrscheinlich, dass die Perdier ihre Öffnung erzwingen konnten. Vielleicht setzen sie sie in Brand, überlegte er.

Hunderte von Bogenschützen in ledernen Tuniken und konischen Kappen schwärmten aus und bauten sich vor dem Tross auf. Jeder Mann hatte einen kurzen, gekrümmten Bogen und einen Köcher mit schwarz befiederten Pfeilen.

»Darf ich etwas fragen, General?«

»Natürlich.«

»Warum stehen die Bogenschützen unter dem Wall? Von oben hätten sie doch sicherlich scharenweise Feinde töten können.«

»Um von dort aus zu schießen, müssen sie sich über die Palisade erheben und werden so selbst zu Zielscheiben. Ich habe nur sechshundert Schützen. Sie sind zu wertvoll, um sie zu vergeuden. Sieh zu und lerne.«

Die Bogenschützen warteten auf Jasarays Signal. Als es kam, hoben sie ihre Bögen hoch und schossen einen Pfeilhagel nach dem anderen. Die Pfeile stiegen in die Luft, beschrieben einen Bogen und bohrten sich dann mit verheerender Kraft in die dichtgedrängten Stammeskrieger vor dem Lager. Conn konnte sich nur vorstellen, welche Verwüstung sie angerichtet hatten.

Auf dem Wall wurde wütend gekämpft, doch die

Soldaten von Stone, schwer gepanzert mit Harnisch, Helm und mit ihren konkaven, rechteckigen Schilden, forderten einen schrecklichen Blutzoll von dem leicht bewaffneten Feind. Und, wie Banouin einmal gesagt hatte, die Kurzschwerter der Stone-Soldaten waren beim Kampf auf beengtem Raum entschieden überlegen. Ein Trupp Perdier, die sich das Gesicht mit rotem Ocker bemalt hatten, brach durch. Jasaray schickte drei Abteilungen zu je sechzig Mann, um sie aufzuhalten und die Verteidiger zu unterstützen.

Ein dumpfer, dröhnender Laut, wie ferner Donner, erklang vom Westtor, das unter dem Aufprall zitterte. Conn blickte in die Gesichter der umstehenden Soldaten. Sie waren gespannt und erwartungsvoll, zeigten aber kaum Anzeichen von Furcht. Jasaray blieb ruhig wie eh und je. Er nahm seinen Helm ab und kratzte sich das schüttere Haar. »Es ist gut, dass der Regen aufgehört hat«, sagte er. »Ich hasse es, im Nassen zu kämpfen. Also, los, gehen wir zu ihnen.«

Offiziere brüllten Befehle, dann formierten sie sich in Viererreihen und marschierten zwischen den Fuhrwerken hindurch auf das freie Gelände vor den Toren. Dort schwärmten sie sofort in eine langgezogene Linie aus, zehn Mann tief gestaffelt, wobei die erste Reihe die Schilde dicht zusammen hielt. Conn und Jasaray standen hinter der vierten Reihe.

Das Dröhnen ging weiter, und einer der Stämme splitterte. Dann ein zweiter. Minuten später brach das Tor, ein Rammbock mit Bronzekopf bohrte sich hindurch. Hunderte von rot bemalten Kriegern stießen das zerstörte Tor beiseite und rannten schreiend auf das Gelände. Hinter den Stone-Kriegern erklang eine Trommel, und sie begannen, vorwärts zu marschieren. Die Perdier stürzten sich auf die vorrückende Schlachtreihe und die grausamen, stechenden Schwerter der Frontlinie. Hunderte starben, und die Soldaten von Stone rückten über die

Toten vor. Die Männer der zweiten und dritten Reihe machten ihre Schwerter blutig, indem sie ihre Klingen beim Vorrücken in die gestürzten Perdier trieben.

Den Stammeskriegern mangelte es nicht an Mut, und die Schlacht dauerte fast eine Stunde, ehe die Stone-Krieger das zerstörte Tor erreichten. In diesem Augenblick ertönte eine Trompete aus den Reihen der Perdier, und die Krieger zogen sich in die Dunkelheit zurück.

Arbeitstrupps reparierten rasch das Tor, während Soldaten tote Stammeskrieger aus dem Lager schleppten und einen Berg von Toten errichteten. Mehr als zweitausend Perdier waren im Kampf gefallen, gegenüber nur gut sechzig toten, und einhundertundvier verwundeten Stone-Kriegern.

Als der Morgen dämmerte, ging Conn zum Wall und blickte auf die drei großen Haufen von toten Perdiern hinunter. Stone-Soldaten, die nicht mitgekämpft hatten, hatten langgestreckte Gruben ausgehoben und legten sie mit ölgetränktem Holz aus. Dann wurden die Toten hineingeworfen, zusammen mit weiterem Brennmaterial.

Als die Sonne höher stieg, warfen Soldaten Fackeln aus ölgetränktem Stroh auf die Haufen. Flammen züngelten empor, und Conn sah sie an den Toten lecken. Bald schlugen die Flammen hoch, und der süßliche Geruch von kochendem Fleisch trieb über das Lager.

Meine erste Schlacht, dachte Conn, und ich habe mein Schwert nicht im Zorn gezogen. Die Kämpfe waren nicht bis zur vierten Reihe vorgedrungen.

Valanus gesellte sich zu ihm. Der Offizier hatte einen Riss in der Wange, der geschickt genäht worden war. »Was ist mit dir geschehen?«, fragte Valanus. »Ich dachte, ich würde dich an meiner Seite am Nordwall kämpfen sehen.«

»Ich war beim General. Woher wusste er, dass ein Angriff stattfinden würde? Ist er ein Zauberer?«

»Er hat ein Gespür für solche Dinge. Andererseits ist es

nicht das erste Mal, dass er die Männer mitten in der Nacht hat antreten lassen. Oft tut er es nur, um sie in Form zu halten. Vielleicht hatte er heute einfach nur Glück. Ich sagte einmal zu ihm, dass er mehr als seinen gerechten Anteil an Glück hätte. Weißt du, was er sagte? ›Je sorgfältiger ich plane, desto mehr Glück habe ich.‹ Das kommt von allem, was ich je von ihm gehört habe, einem Scherz am nächsten. Also, was wollte er von dir?«

»Ich weiß es noch immer nicht. Er wollte über Banouin reden. Anscheinend war er früher mal General.«

Valanus stieß einen leisen Pfiff aus. »Dann war er also *der* Banouin. Das wusste ich nicht. Banouin ist in Stone kein ungewöhnlicher Name. Aber dein Mann war der Geistergeneral. Er führte eine Kavallerietruppe und tauchte immer dort auf, wo der Feind ihn am wenigsten erwartete. Als der Erste Bürgerkrieg vorüber war, nahm er seinen Abschied. Das hat viele Leute überrascht. Man hatte erwartet, dass er in die Politik ging.«

»Jasaray sagte, dass Banouin sowohl sein Lehrer als auch sein Schüler war«, sagte Conn. »Weißt du, was das heißen soll?«

»Ja. Als der Gelehrte sein erstes Kommando übernahm, wusste er nichts von militärischen Angelegenheiten, aber er hatte ein tiefes Verständnis für Mathematik und die Logistik des Nachschubs. Banouin wurde geschickt, um ihm die grundlegende militärische Etikette beizubringen, wenn du so willst, Rangordnungen und so weiter. Wie du siehst, hat Jasaray schnell gelernt.«

Der Wind drehte, die morgendliche Brise blies über die rauchenden Scheiterhaufen und schickte dunkle Rauchwolken ins Lager. »Zweitausend Tote, und sie haben nichts erreicht«, sagte Conn. »Was für eine Vergeudung von Leben.«

»Sie lernen es nie, diese Stammeskrieger«, sagte Valanus. »Sie greifen in großer Zahl an und erwarten, uns zu überrollen. Es ist die einzige Art zu kämpfen, die sie kennen. Sie haben keine wirkliche Organisation, keine Offiziere, keine klar definierten Befehlsstrukturen. Ihr Schlachtplan ist immer derselbe: Da ist der Feind, also auf ihn mit Gebrüll und sehen, was passiert. Wie du sagst, eine Vergeudung von Leben.«

»Was würdest du an Caracs Stelle tun?«

Valanus grinste. »Ich würde mich ergeben und Stone die Treue schwören. Er kann nicht gewinnen. Wir sind unbesiegbar. Nach dem Angriff vergangene Nacht werden seine Männer wissen, dass das die Wahrheit ist. Sie gehen zurück und reden miteinander darüber, wie hart wir sind, wie tödlich. Ihre Angst steigt. Am Ende des Sommers bauen wir Städte aus Stein in ihrem Land und bringen Tausende von Einwanderern aus Stone hierher. Mir selbst wurden zehn Parzellen bestes Land versprochen, die ich behalten oder verkaufen kann.«

»Ich nehme an, du tauschst sie gegen ein gutes Zelt«, sagte Conn.

»Verdammt richtig«, bestätigte Valanus.

Ostaran würde sterben. Daran bestand kein Zweifel. Was aus zwei Gründen ausgesprochen ärgerlich war. Erstens war dies nur ein weiteres Scharmützel und keine ruhmreiche Schlacht. Und zweitens hatte Dämonenklinge ihn vor tollkühnen Attacken gewarnt. Ostaran hieb einem Stammeskrieger den Säbel ins Gesicht und sprang über sein totes Pferd, im Versuch, sich Raum zum Kämpfen zu verschaffen. Ein geschleuderter Speer bohrte sich durch sein Reithemd und kratzte ihn an der Schulter. Ein Schwertkämpfer stürzte sich auf ihn. Ostaran wehrte den wilden Hieb ab, beugte sich vor und stieß dem Krieger seinen Kopf gegen die Nase, der halb blind zurücktaumelte.

Die Sonne schien strahlend von einem klaren blauen Himmel, und ein frischer Wind blies, der den Duft nach

Gras und Kiefern mit sich brachte. Ostaran atmete tief ein. Ah, das Leben ist schön, dachte er. Die Perdier hatten wenigstens Verständnis für die Begriffe kriegerischer Ehre und griffen ihn einzeln nacheinander an, stellten seinen und ihren eigenen Mut auf die Probe. Der Nächste rannte auf ihn zu. Ostaran stieß sich hoch in die Luft, trat den Krieger vor die Brust und drängte ihn so zurück. Ein zweiter Schwertkämpfer griff von links an. Ostaran wehrte den Schlag mit seinem runden, hölzernen Schild ab und versuchte einen Gegenschlag. Der Perdier ließ sich nach hinten fallen, verhakte sich mit dem Fuß in Ostarans totem Pferd und stürzte schwer.

Ostaran löste die Eichenlaubbrosche und ließ seinen schwarzen Umhang zu Boden fallen. Er trug einen runden Bronzehelm und ein schenkellanges, ärmelloses Kettenhemd, außerdem hatte er Gefallen an bronzenen Beinschienen gefunden, wie sie die Offiziere von Stone trugen. Das Hemd war schwer, aber es schützte ihn vor dem, was er am meisten fürchtete: einer Stichwunde in den Bauch. Sein älterer Bruder war an einer solchen Wunde gestorben, und Ostaran war fest entschlossen, diese Qualen niemals zu erleiden.

Er atmete tief ein. Die Luft schmeckte köstlich. Ein Perdier mit einem Speer rannte auf ihn zu. Ostaran wartete bis zum letzten Augenblick, dann trat er zur Seite. Er rammte dem Krieger den bronzenen Handschutz seines Schwertgriffes ans Kinn, als dieser vorbeirannte. Der Perdier fiel bewußtlos ins Gras.

Ostarans Verärgerung wuchs. Der Angriff hatte keineswegs tollkühn gewirkt. Er hatte seine dreißig Gath-Reiter in einen Angriff auf eine kleine Gruppe von perdischen Fußsoldaten geführt – um feststellen zu müssen, dass diese zu einer sehr viel größeren Truppe gehörten, die sich im nahen Wald versteckt hatte. Wenigstens hundert Perdier waren herausgestürzt, hatten ihre Schlachtrufe ausgestoßen und damit die Pferde nervös gemacht.

Ostaran hatte sein Horn geblasen, um den Rückzug zu signalisieren. Seine Männer hatten ihre Pferde herumgerissen, um davonzusprengen, doch dann hatten sie Pech gehabt, ein Pfeil hatte Ostarans Pferd getroffen. Der Anführer der Gath war von seinem sterbenden Tier gesprungen und hatte seinen Säbel gezogen, während sich ein Dutzend perdischer Krieger auf ihn stürzten.

»Kommt und sterbt, ihr elenden Hurensöhne!«, schrie er. Die Perdier, die ihre Gesichter mit rotem Ocker bemalt hatten, umringten ihn. Jetzt machten sie ihn allmählich fertig.

Ostaran hörte das Donnern von Hufen. Er parierte einen Stoß, hieb seine Faust an das Kinn des Messerstechers, dass dieser von den Füßen gehoben wurde, dann riskierte er einen Blick nach links.

Zwanzig Reiter galoppierten auf ihn zu und zersprengten den Feind. Vom vordersten Pferd streckte Dämonenklinge seinen linken Arm aus. Ostaran hechtete darauf zu, packte den jungen Mann am Handgelenk und schwang sich hinter ihm in den Sattel. Der Rigant riss sein Pferd herum, die Flanken geschützt von den anderen Reitern, und galoppierte vor den Perdiern davon.

Einer von Ostarans Männern kam mit einem Ersatzpferd am Zügel heran. Ostaran wechselte darauf über, dann stieß er einen wilden Schrei aus, stieß seinen Säbel in die Luft und schwang ihn um seinen Kopf. Dämonenklinge lachte ihn an. Etwa vierzig weitere Reiter stießen zu ihnen. Mit fast siebzig Mann führte Ostaran sie in einen zweiten Angriff.

»Ich danke dir, Rigant«, sagte Ostaran. »Ich hatte mich schon damit abgefunden, an Taranis' Tafel zu trinken. Ayja! Aber es ist gut, am Leben zu sein!«

»Wenn ich mich recht erinnere«, sagte Conn, »lautete der Befehl des Gelehrten, einen offenen Konflikt zu vermeiden.«

»Lautete er. Hatte ich vergessen.« Ostaran ritt davon,

dann stieg er ab und ging zwischen den Toten und Sterbenden umher. Drei schwer verwundete Perdier wurden rasch erlöst. Andere, die nur leichter verwundet waren, durften ihre Waffen nehmen und in die Wälder gehen. Der Mann, den Ostaran mit seinem Handschutz getroffen hatte, war lediglich betäubt und kam gerade wieder zu sich, als Ostaran bei ihm ankam.

»Ich glaube, der Gelehrte wüsste einen lebendigen Gefangenen zu schätzen«, sagte Connavar.

Ostaran kniete neben dem Krieger nieder und hielt ihm ein Messer an die Kehle. »Dieser Mann ist ein Keltoi«, sagte er. »Er ist zwar nicht von meinem Stamm, aber ich will verdammt sein, wenn ich ihn Jasarays Folterknechten ausliefere. Er würde ihnen ohnehin nichts sagen.« Er sah den Verwundeten an. »Würdest du doch nicht, oder?«

Der Mann schüttelte den Kopf. »Siehst du?«, sagte Ostaran. Er nahm den Krieger beim Arm und half ihm beim Aufstehen. »Du suchst besser deine Freunde«, sagte der Anführer der Gath. Der Perdier sah sich nach seinem Schwert um, fand es und wanderte langsam zum Wald.

Connavar schüttelte den Kopf, seine Augen funkelten vor Ärger. »Merkwürdige Art, einen Krieg zu führen«, sagte er. »Warum hast du sie am Leben gelassen?«

»So sollten Kriege gekämpft werden«, sagte Ostaran. »Mann gegen Mann, gleichmäßig ausbalanciert. Tapfere Herzen, wildes Kämpfen und ein Sieg, der durch Gnade gemildert wird. Diese Männer aus Stone nehmen einer Schlacht jeden Glanz. Sie sind wie eine Lawine. Keine Heldentaten, nur eine bösartige, tödliche Masse, die alles in ihrem Weg niederwalzt. Ich kann sie nicht ausstehen. Absolut nicht.«

»Warum kämpfst du dann auf ihrer Seite?«

Ostaran grinste. »Glücklicherweise kann ich die Perdier noch weniger ausstehen. Arrogante Bastarde.«

»Du hast Blut im Gesicht«, sagte Connavar.

»Das ist nicht meins, Daan sei Dank«, erwiderte

Ostaran und wischte sich mit der Hand übers Gesicht. Er hob sein Kettenhemd hoch, zog einen kleinen Knochenkamm aus der Tasche seines Unterhemdes und kämmte sorgfältig seinen langen Schnurrbart. »Wie sehe ich aus?«, fragte er.

»Sehr gut. Sollen wir jetzt nach der feindlichen Armee suchen?«

Ostaran legte dem Riganten eine Hand auf die Schulter. »Weißt du, du bist viel zu ernsthaft, Connavar. Es macht nicht den geringsten Unterschied, ob wir sie jetzt aufspüren oder nicht. Das ist ihr Land. Sie werden uns schon finden. Sie werden kämpfen, und sie werden sterben. Die Armee von Stone kann man nicht besiegen.«

Connavar sagte nichts. Er schwang sich auf sein Pferd und ritt am Waldrand entlang, hielt sich jedoch außer Reichweite der verborgenen Bogenschützen. Ostaran sah ihm nach. Er holte seinen Umhang und ritt zurück zu seinen Männern, die auf ihn warteten. Sein schwarzbärtiger Bruder, Arix, sah nervös aus, wozu er auch allen Grund hatte.

»Wie kommt es, dass der Rigant den Rettungstrupp führte?«, fragte Ostaran ihn.

Arix zuckte die Achseln. Er konnte Ostaran nicht in die Augen sehen. »Weiß nicht, Bruder. Er hat einfach das Kommando übernommen.« Er grinste plötzlich. »War 'ne scharfe Sache, oder?« Ein paar Männer lachten. Ostaran achtete nicht darauf.

»Ich bin am Leben, und natürlich war es gut. Aber als ich offenbar verloren war, hättest *du* das Kommando übernehmen sollen. Du hättest sie führen sollen.«

»Ich bin nicht gern der Anführer«, sagte Arix. »Jedenfalls kann Dämonenklinge es besser.«

»Er kann es besser?«, ahmte ihn Ostaran nach. »Er ist keiner von uns. Er ist ein Fremder.« Er drehte sich im Sattel um und deutete auf einen schwarz gekleideten Reiter. »Warum bist du ihm gefolgt, Daran?«

»Weil er es uns befohlen hat«, antwortete der schlanke, rothaarige Daran. »Wolltest du denn nicht, dass wir dich retten, Osta?«

»Selbstverständlich wollte ich, dass ihr mich rettet, du Idiot. Ich versuche nur zu begreifen, wie ein Rigant das Kommando über einen Trupp von Gath-Reitern übernehmen kann.«

»Wie Arix schon sagte«, fuhr Daran fort, »er kann es nun mal gut. Wie letzte Woche, als er uns zurief, wir sollten nicht durch den Bach gehen. Das war ein Hinterhalt der Perdier. Wir wären direkt hineingeritten.« Ein paar Männer murmelten zustimmend.

»Vielleicht hättet ihr gern, dass ich ihm Arix' Posten gebe?«, höhnte Ostaran.

»Das wäre gut«, sagte Arix.

»Halt' den Mund, Bruder. Das war ein Scherz.«

»Nein, es ist eine gute Idee«, sagte Daran. »Ich meine, ich mag Arix gern, aber er ist nun mal kein Anführer, oder?«

»Danke, Dar«, sagte Arix.

»Das war kein Kompliment, du Hornochse«, wütete Ostaran.

Die Debatte erstarb, als Connavar kam. »Keinerlei Spur von der Feindesarmee«, sagte er. »Und die Flaggenabteilung ist da, um das Lager zu markieren.«

»Also Zeit, hinzureiten, um was zu essen zu kriegen«, sagte Arix.

Connavar lenkte sein Pferd neben das von Ostaran. »Ich glaube nicht, dass die perdische Armee schon so weit nach Norden gekommen ist. Ich glaube, sie haben kehrt gemacht.«

Ostaran schüttelte den Kopf. »Nein, sie werden sich ins Hochland zurückziehen. Dort ist der Grund felsig, und der Gelehrte hat keine Chance, seine Nachtlager zu bauen.«

»Wenn das stimmte, dann hätten wir auf Spuren treffen

müssen. Fünfzigtausend Mann können nicht marschieren, ohne Spuren zu hinterlassen. Die Spur, der wir gefolgt sind, wurde von der Gruppe gemacht, die wir gerade bekämpft haben. Sie wollten, dass es so aussieht, als ob die Armee auf dem Rückzug wäre. Ich glaube, die Hauptmacht ist umgekehrt.«

»Zu welchem Zweck?«

»Um Jasaray auf dem Marsch anzugreifen. Die Marschreihe wird über dreizehn, vierzehn Kilometer auseinander gezogen sein. Wenn Carac hart genug zuschlägt, dann könnte er die Armee spalten oder zumindest den Tross und den Proviant vernichten.«

Ostaran dachte darüber nach. Die Idee ergab Sinn. »Was schlägst du vor?«, fragte er. Er war sich wohl bewusst, dass seine Männer sich um sie geschart hatten und gespannt zuhörten.

»Nimm alle unsere Reiter und macht euch auf den Weg zurück nach Süden. Wenn eine Schlacht beginnt, wird Jasaray unsere Kavallerie brauchen.«

»Eine richtige Schlacht«, sagte Ostaran. »Das klingt gut.«

»Reitet nach Süden«, sagte Connavar, »aber nicht zu schnell. Die Pferde sind schon müde genug. Ich hole euch wieder ein.«

Der Rigant ritt nach Westen davon.

Kapitel 11

Mit einundfünfzig war Appius der erfahrenste von Jasarays Generälen. Er verfügte nur über eine begrenzte Vorstellungskraft, doch seine Fähigkeit bestand darin, dass man sich darauf verlassen konnte, dass er einen Befehl buchstabengetreu ausführte, ohne Wenn und Aber. Er diente jetzt seit neunzehn Jahren unter dem Gelehrten, hatte fünf Feldzüge und zwei Bürgerkriege miterlebt. In diesen neunzehn Jahren war er nur achtmal nach Stone zurückgekehrt. Diese Situation war ganz nach dem Geschmack seiner jungen Frau Palia, deren ausschweifender Lebensstil Stadtgespräch war. Niemand erwähnte ihre Untreue direkt gegenüber dem grauhaarigen Appius, doch er wusste trotzdem davon. Deswegen warnte er sie immer im voraus vor seinen unregelmäßigen Besuchen, um ihr die Möglichkeit zu geben, ihre Liebhaber an die Luft zu setzen und das Haus für seine Ankunft vorzubereiten.

Die Meisten seiner Unteroffiziere glaubten, dass Appius sich nichts aus Palia machte und sie nur geheiratet hatte, um eine Verbindung zwischen zwei mächtigen Familien zu festigen. Doch das stimmte nicht, wenn er auch nie darüber sprach.

Jetzt stand er mit den siebenhundertundfünfzig Männern von Pranke Drei da und beobachtete die

Flaggenabteilung, die das Nachtlager markierte. Die drei anderen Pranken von Panther Eins hatten ihre vorgegebenen Verteidigungsstellungenen im Norden, Westen und Osten des Geländes eingenommen und warteten auf die Ankunft von Panther Zwei, dessen Männer den umlaufenden Graben ausheben würden. Sein Unteroffizier, der dunkelhaarige Barus, stand schweigend neben ihm.

»Du hast einen guten Platz ausgesucht, Barus«, sagte Appius. »Reichlich Viehfutter und Holz, und eine offene Wasserstelle in der Nähe.«

»Danke.«

»Wie ich hörte, kehrst du am Monatsende nach Hause zurück.«

»Jawohl, Sir. Ich muss mein Studium an der Universität beenden.«

»Wärst du so freundlich, ein paar Briefe für mich mitzunehmen?«

»Es wäre mir eine Ehre, Sir.«

Appius nahm seinen Bronzehelm ab und fuhr sich mit den Fingern durch die weiße Mähne. »Hast du meine Frau einmal kennengelernt?«

»Jawohl, Sir. Im letzten Jahr bei den Spielen zur Tag-und-Nacht-Gleiche. Ich glaube, eins deiner Pferde gewann an jenem Tag das Reichs-Rennen. Es war ein Grauer, glaube ich.«

»Callias«, sagte der General und entspannte sich. »Ein sehr schönes Tier. Ein Herz wie ein Löwe. Nach den letzten Briefen, die ich bekommen habe, hat er ein paar ausgezeichnete Fohlen gezeugt.« Sein Lächeln verblasste. »Ich möchte, dass du Palia aufsuchst und ihr erklärst, dass ich dieses Jahr nicht nach Hause komme.«

»Jawohl, Sir.« Appius betrachtete den anderen. Barus sah ihn nicht an und wirkte unbehaglich. Appius seufzte. Er kannte natürlich die Wahrheit. Jedermann kannte sie.

»Ich habe auch ein Geschenk für sie – einen Ring, den

ich habe anfertigen lassen. Er ist sehr wertvoll. Würdest du den auch mitnehmen?«

»Jawohl, Sir. Ich sorge dafür, dass sie ihn bekommt.«

»Gut. Gut. Nun, freust du dich darauf, Stone wiederzusehen?« Er sah, wie sich Barus entspannte, und der junge Mann nahm wieder Blickkontakt auf. Er grinste.

»Jawohl, Sir. Ich werde mich verloben. Wir heiraten beim Mittwinter-Fest.«

»Kennst du das Mädchen gut?«

»Eine Sandkastenliebe, Sir. Wir haben einander erwählt.«

»Die beste Art, wie ich höre«, sagte Appius. »Ich wünsche euch viel Glück.«

Ehe Barus antworten konnte, sahen sie einen schwarz gekleideten Stammeskrieger einen Hügel im Osten hinunterreiten. »Das ist Connavar«, sagte Barus. »Die Gath nennen ihn Dämonenklinge. Sie glauben, er hat mystische Kräfte im Kampf.«

»An einem guten Kämpfer ist nichts Mystisches«, sagte Appius. »Ein starker rechter Arm und ein tapferes Herz. Und dazu ein bisschen Glück, wenn es nötig ist.«

Appius setzte seinen Helm auf und machte den Kinnriemen fest. Der Stammeskrieger ritt schnell, was kein gutes Zeichen war. Konnte es sein, dass ein Angriff bevorstand? Appius hoffte nicht. Mit nur dreitausend Mann wäre es ein hartes Stück Arbeit, eine Barbarenarmee aufzuhalten, bis der nächste Panther kam.

Connavar hielt vor den Offizieren an und stieg ab. Appius sah in die verschiedenfarbigen Augen des jungen Mannes, dann fiel sein Blick auf die Blutspritzer auf seiner Tunika und den Beinkleidern.

»Wo war der Kampf?« fragte er.

»Etwa anderthalb Kilometer von hier, General, aber es war nur ein Scharmützel.«

»Wie weit im Norden steht die Armee der Perdier?«

»Ich glaube nicht, dass sie im Norden ist. Sie haben

uns ausgetrickst. Eine kleine Truppe von hundert Mann kam nach Norden, um eine falsche Spur zu legen. Ich glaube, Carac ist nach Osten geschlichen und hat dort seine Armee versteckt. Ich glaube auch, dass er heute aus seinem Versteck kommt und General Jasaray angreift, während er auf dem Marsch ist.«

»Du glaubst, die Perdier sind *hinter* uns?«

»Jawohl, General. Vielleicht fünfzigtausend Mann.«

»Aber du könntest dich auch irren?«

»Ich könnte mich über den Zeitpunkt des Angriffs irren«, gab Connavar zu, »aber ich weiß, dass die Armee nicht nach Norden geflohen ist. Ich kann mir keinen anderen vernünftigen Grund für dieses Täuschungsmanöver denken. Er hat vor, Jasaray zu überraschen.«

Appius dachte einen Augenblick nach. »Zu beiden Seiten der Marschreihe werden zahllose Späher ausgeschickt. Es ist nicht möglich, Jasaray zu überraschen.«

»Zahllose *Gath*-Späher«, sagte Barus. »Selbst wenn sie sich an den vorschriftsmäßigen Abstand halten – was ein kleines Wunder wäre –, würden sie Jasaray nur ein paar Minuten verschaffen, um seine Verteidigung zu formieren.«

»Er hat zwei Panther bei sich und einen dritten, der im Abstand von einer Stunde folgt«, meinte Appius. Er wandte seine Aufmerksamkeit wieder Connavar zu und fragte: »Wo ist Ostaran?«

»Ich habe ihn losgeschickt, um seine Truppe zu sammeln und nach Süden zu reiten. Wir sind weit auseinander gezogen, aber – je nachdem, wo die Schlacht stattfindet – können wir doch schätzungsweise tausend Reiter zusammenziehen.«

»Das ist alles sehr schön, wenn du recht hast, junger Mann. Wenn nicht, dann lässt du meinen Panther ohne Kavallerieschutz und als leichte Beute für einen Angriff zurück. Hast du daran gedacht?«

»Hier gibt es keine Armee, gegen die du kämpfen

könntest, General«, sagte Connavar. »Das weiß ich ganz sicher. Mir scheint, dass du zwei Möglichkeiten hast. Entweder du baust die Festung fertig, oder du marschierst los, um dem Gelehrten beizustehen. Wie du dich entscheidest, ist deine Sache. Aber ich reite nach Süden.« Damit schwang sich der Krieger in den Sattel, schnalzte mit den Zügeln und jagte im Galopp davon.

»Was meinst du, General?«, fragte Barus.

»Er scheint ein fähiger junger Mann zu sein. Und wenn er recht hat, ist Jasaray in großer Gefahr.«

»Was sollen wir tun?«

Appius ignorierte die Frage und ging davon. Er hatte den Befehl, den Lagerplatz zu schützen und auf die nächsten Panther und Jasaray zu warten.

Wenn er mit seinen Männern nach Süden marschierte und der Stammeskrieger sich irrte, wurde er zum Gespött aller.

Aber wenn Connavar recht hatte …

Dicht am Waldrand des riesigen Avelin-Waldes stand Carac in der königlichen Kutsche und beobachtete schweigend die Straße, die etwa einen Kilometer entfernt war. Wagen rumpelten langsam daher, flankiert von Fußsoldaten. Carac warf einen Blick nach links. Tausende von Perdiern, die Gesichter kriegerisch bemalt, warteten ruhig. Rechts von ihm erstreckte sich die Kavallerie weit über einen Kilometer, dreitausend Mann stark. Sie hatte Befehl, die Wagen anzugreifen, die Kutscher zu töten und der Armee von Stone ihren Proviant zu rauben.

Der König fuhr sich mit der Hand über die Stirn und wischte sich den Schweiß ab. Es war fast Mittag, und in der Hitze wurde es im Wald beinahe unerträglich. Carac setzte sich wieder auf die geschwungene Sitzbank neben seinen ältesten Sohn Arakar, der heute sein Kutscher war. »Wie lange noch, Vater?«, flüsterte der Vierzehnjährige.

»Nicht mehr lange«, erwiderte Carac und zauste dem Jungen das blonde Haar. Der König war entsetzlich müde, seine Augen brannten. Er hatte in den letzten drei Nächten nicht geschlafen. Morgen war sein vierzigster Geburtstag, und das Gewicht seines *gis* lastete wie ein Felsbrocken auf ihm. »Du darfst kein königliches Blut vergießen, Carac. Wenn du es tust, wirst du die Vierzig nicht erleben.«

Es war kein königliches Blut vergossen worden. Sein Bruder war ertränkt, dessen Frau erdrosselt, das Kind vergiftet worden. Kein einziger Blutstropfen war auf einem der Toten zu sehen gewesen. Carac nahm seinen bronzenen Helm ab und wischte den Rand ab. Er empfand kein Schuldbewußtsein darüber, seinen Bruder umgebracht zu haben. Nur Zorn. Alea war ein *guter* König, der *fürsorgliche* König. Der Mann war ein Verräter und verdiente zu sterben. Nur wenige wussten von seinen Verhandlungen mit dem General von Stone und der Vereinbarung, dass die Perdier Vasallen von Stone werden und Jasaray gestatten würden, Straßen und befestigte Anlagen in ihrem Lande zu bauen. »Es ist die einzige Möglichkeit, Bruder«, hatte Alea gesagt. »Sie sind unbesiegbar, und wir leben zu ihrer Blütezeit. Als ihre Verbündeten können wir ihnen helfen, alle anderen Stämme zu erobern. Dann werden die Perdier wieder eine hervorragende Stellung unter den Keltoi einnehmen.«

»Wir haben die Macht, sie zu zermalmen«, hatte Carac erwidert.

»Ich habe sie gesehen, Carac. Sie haben das Gesicht des Krieges verändert. Sie kommen wie eine Flut, unwiderstehlich und tödlich. Glaube mir.«

Wie eine Flut, sagte er. Carac lächelte bei der Erinnerung an seinen Tod, wie er im Wasser des Flusses ertrank. Der Tod der Königin jedoch bereitete ihm keinerlei Vergnügen. Carac hatte immer selbst die geheimnisvolle Alinae begehrt. Er hatte nicht vorgehabt, sie zu töten, sondern ihr nach angemessener Zeit die Ehe anzubieten. Doch als er zu ihr ging, stürzte sie sich voller Wut auf ihn, zog einen Dolch aus ihrem Ärmel und versuchte, ihm die Kehle durchzuschneiden. Er war zurückgesprungen, sodass die Klinge ihm nur die Wange ritzte. Wütend hatte er auf sie eingeschlagen, bis sie am Boden lag, und ihr den Dolch entwunden. »Du Mörder!«, schrie sie ihn an. »Ich habe es in einer Vision gesehen. Du und Bek, ihr habt Alea von seinem Pferd gezogen. Mörder!« Ihre Stimme hallte durch den Palast, und Carac hatte die Hände um ihren Hals gelegt, um sie zum Schweigen zu bringen. Und er hatte sie zum Schweigen gebracht, das Leben aus dem zarten Körper gequetscht.

Der Bevölkerung wurde erzählt, dass sie sich aus Kummer über den Tod ihres Gemahls selbst das Leben genommen und dass ihr Sohn Gift geschluckt hatte. Es spielte keine Rolle, dass die meisten Perdier die Geschichte nicht glaubten. Ein starker Anführer war immer willkommen, und Carac war stark gewesen.

Die Verluste im ersten Angriff gegen das Nachtlager der Stone-Armee hatte sich als weit vernichtender erwiesen. Tausende von Stammeskriegern waren danach desertiert. Doch fast sechsundfünfzigtausend waren geblieben, und heute würden sie für alle Zeiten den Mythos von der Unbesiegbarkeit Stones zerstören. Carac stand auf und blickte wieder auf die Armee von Stone herunter.

In Sicht kamen, in Viererreihen marschierend, Jasarays zwei Panther. Carac hatte Befehl gegeben, dass Jasaray lebendig gefangen zu nehmen, und er freute sich darauf, ihn gedemütigt zu sehen, auf den Knie um sein Leben bettelnd.

Der König der Perdier zog sein Schwert und winkte dem Trompeter zu, der neben der bronzenen Kutsche stand. Ein einzelner Ton erklang.

Die Reiterei der Perdier galoppierte in nördlicher Richtung aus dem Wald zu dem Wagentross, der noch ein paar hundert Meter entfernt war. Ein zweites Signal ertönte, und fünfzigtausend Perdier-Krieger rannten aus dem Wald und stürzten sich auf die schmale Linie unterhalb von ihnen.

Carac wandte sich an seinen Sohn. »Heute wirst du Ruhm und Glanz erleben wie noch nie zuvor«, sagte er. Arakar lächelte breit, nahm die Zügel und lenkte die Kutsche, gefolgt von zweitausend berittenen Leibwachen, aus der Deckung ins offene Gelände.

Der Himmel war von einem klaren, wolkenlosen Blau, und kein Windhauch störte diesen Sommertag. Carac sah mit atemloser Spannung zu, wie die Horde der Perdier sich auf die sechstausend Soldaten von Stone warf. Er hoffte zu sehen, wie der Feind in Panik geriet und flüchtete, doch das tat er nicht. Gewandt nahmen die marschierenden Männer Aufstellung und formierten sich zu einem Quadrat mit dicht geschlossenen Schildreihen.

Carac nahm seinem Sohn die Zügel aus der Hand und fuhr die Kutsche den Hang hinunter, um den Kampf besser sehen und hören zu können. Die Frontlinie der Perdier hatte den Feind erreicht und warf sich gegen den Schildwall. Die Linie hielt, doch wie eine wütende Flut schwärmten die Perdier um das Quadrat herum, isolierten es, schufen eine bronzene Insel in einem Meer von glitzernden Schwertern.

Der König der Perdier fuhr noch näher an das Geschehen heran, dicht gefolgt von seiner Königlichen Garde. Im Norden hatte seine Kavallerie Scharen von Fuhrleuten niedergemacht, und ein paar hundert Krieger ritten nach Süden, um die Nachhut von Stone anzugreifen.

Carac wendete die Kutsche und fuhr bergan, um von dort aus den eingekesselten Jasaray zu beobachten. Er konnte den General jetzt sehen. Er stand in der Mitte des Quadrats, die Arme hinter dem Rücken verschränkt. Er wirkte ungerührt. In Caracs Herz machte sich Verärgerung breit, die in Wut überging. wusste der Mann nicht, dass er kurz vor der Niederlage stand? Spürte er nicht die Last der Verzweiflung?«

Carac nahm einen Wasserschlauch von einem Haken in der Kutsche und trank in tiefen Zügen. »Gewinnen wir, Vater?«, fragte Arakar. Carac antwortete nicht. Das Schlachtfeld war übersät von gefallenen Perdier, und bislang waren nur wenige Krieger von Stone gestorben. Carac leckte sich die Lippen. Dann hörte er das Donnern von Hufen, und der König schaute nach Norden.

Fast tausend feindliche Reiter griffen bergab an, angeführt von dem schwarz gekleideten Killer, der geschworen hatte, ihm das Leben zu nehmen. Einen Augenblick lang konnte Carac nicht glauben, was er sah. Wie kam es, dass sie hier waren? Der König der Perdier rief seinem Garde-Kommandeur einen Befehl zu. Der Mann riss sein Pferd herum, zog sein Schwert und führte einen Gegenangriff gegen die Neuankömmlinge.

Carac fühlte, wie sich kalte Angst um sein Herz krallte. Schweiß rann ihm in die Augen.

»Ich habe kein Blut vergossen«, flüsterte er.

Die Gath-Reiter, deren schwarze Umhänge hinter ihnen her flatterten, donnerten den Hang hinab direkt auf die Perdier zu. Connavar, einen bronzenen Rundschild an den linken Arm geschnallt, in der rechten Hand das Seidh-Schwert, hieb auf den ersten Feind ein. Der perdische Reiter stieß mit seiner Lanze nach Conns Brust. Conn schwankte im Sattel, und als er an ihm vorüber ritt, holte er mit seinem Schwert aus. Es traf den Reiter am Hals und köpfte ihn.

Die beiden berittenen Reihen trafen aufeinander. Gath und Perdier, Hauen und Stechen, sich aufbäumende und stürzende Pferde, Schmerzens- und Entsetzensschreie. Connavar kämpfte wie ein Wahnsinniger und hieb sich einen Weg durch den Feind. Er hatte nur die Insassen der Kutsche im Blick. Ein Speer traf sein Pferd im Hals. Das Tier ging zu Boden. Conn sprang ab, rannte auf einen Perdier zu, der einen grauen Wallach ritt, stach ihm in den Bauch und zerrte ihn von seinem Pferd. Dann packte Conn die Mähne und schwang sich auf den Rücken des Tieres. Es trug keinen Sattel, sondern nur eine Decke aus Löwenfell. Conn nahm die Zügel und riss das Pferd herum. Ein Wurfspeer segelte an ihm vorbei. Conn trieb den Wallach voran und tötete den Speerwerfer.

Ein Krieger attackierte ihn, beide Pferde stießen zusammen. Conns Tier bäumte sich auf und stürzte beinah. Der Perdier versuchte einen Stich zu landen. Conn fing den Stich mit seinem Schild ab und erwiderte mit einem Hieb, der seinem Gegner das Schwert aus der Hand riss. Der Reiter fummelte hastig nach seinem Dolch. Conn schlitzte ihm die Kehle auf, und er fiel zu Boden. Ein weiterer Reiter griff an. Conn stieß zu, verfehlte ihn jedoch. Der Perdier warf sich auf Conn, packte ihn und beide Männer stürzten. Conn war als Erster wieder auf. Er trat dem Mann gegen den Kopf, hob sein Schwert wieder auf und stieß es ihm ins Herz. Neben ihm bäumte sich ein Pferd auf, die Vorderhufe trafen ihn an der Schulter. Conn wurde zu Boden geworfen. Das Pferd setzte über ihn hinweg. Er rollte sich auf die Füße und sah, dass der Graue ganz in seiner Nähe stand. Er lief hin und stieg auf. Zwei Perdier-Reiter kamen auf ihn zu. Er riss das Pferd herum und nahm sich den Ersten vor. Ihre Schwerter klirrten gegeneinander. Eine Speerspitze krachte gegen Conns Rundschild, prallte ab und ritzte ihm die Haut an der Schulter. Ostaran kam heran und stieß seinen Säbel in den Speerwerfer. Conn duckte sich unter einem wilden Hieb des zweiten Reiters und galoppierte mit seinem Grauen auf eine Lücke in der feindlichen Linie zu.

Drei Reiter versuchten, ihn aufzuhalten, doch er

schwenkte herum, tötete den ersten und schlug dann einen Haken nach links, wo alles frei war.

Im Galopp raste er auf die königliche Kutsche zu. Er hörte Reiter, die ihm dicht auf den Fersen waren. Er riskierte einen Blick über die Schulter zurück und sah einen Krieger, der eine Lanze trug, kaum eine halbe Länge hinter sich. Der Mann ritt einen kräftigen Braunen, und er holte auf. Hinter ihm kam ein zweiter Reiter, der mit einem Schwert bewaffnet war. Conn wechselte sein Schwert in die linke Hand, öffnete seine Mantelfibel und zog den Umhang ab. Er streckte den rechten Arm aus und ließ den Umhang losflattern, dann schwang er sein Pferd scharf nach rechts herum. Der schwarze Umhang blähte sich vor dem Pferd des Lanzenreiters und ängstigte es so, dass es zur Seite ausbrach. Conn zerrte an den Zügeln und griff den Lanzenreiter an. Dieser war ein ausgezeichneter Reiter: Er riss sein Pferd auf die Hinterbeine, gerade als Conn bei ihm war, und die beiden Pferde stießen zusammen. Der Graue ging zu Boden. Conn stürzte schwer und verlor das Seidh-Schwert aus der Hand. Der Lanzenträger stürzte sich auf ihn. Conn zog seinen Dolch und schleuderte ihn. Er traf den Lanzenreiter in der Kehle, der taumelnd vom Pferd fiel. Der zweite Reiter kam näher. Conn wollte zu seinem Schwert laufen, doch der Perdier schnitt ihm den Weg ab. Conn stieß einen Schlachtruf aus und rannte auf das Pferd des Mannes zu, wild mit den Armen fuchtelnd. Das Tier stieg auf die Hinterhand. Conn warf sich an ihm vorbei, packte sein Schwert und kam gerade rechtzeitig wieder auf die Füße, um einen wilden Hieb von oben abzuwehren. Dreimal trafen sich die Klingen, beim vierten Mal fand Conn sein Ziel und fügte dem Reiter eine große Wunde im Schenkel zu. Der andere schrie auf und versuchte, sein Pferd herumzureißen. Conn machte einen Satz nach vorn und stieß ihm sein Schwert unter die Rippen. Die Seidh-Klinge grub sich tief in den Körper des Perdiers. Der

Reiter fiel nach vorn über den Hals seines Pferdes, dann rutschte er zu Boden. Conn sah sich um. Noch mehr Reiter galoppierten auf ihn zu.

Sie waren noch ein Stück entfernt. Conn bestieg das Pferd des Toten und ließ es in Galopp fallen. Er war jetzt nicht mehr weit von der königlichen Kutsche entfernt, dicht genug, um zu sehen, wie der Kutscher die Zügel nahm und die Pferde mit der Peitsche antrieb. Der König der Perdier stand neben dem Kutscher. Er hatte drei Speere neben sich, nahm einen davon und wog ihn in der Hand. Conn setzte der Kutsche nach und holte rasch auf. Ein Speer flog an ihm vorbei, dann noch einer. Der dritte kam direkt auf ihn zu. Er riss sein Schwert hoch und lenkte damit den Speer ab. Der Schaft traf ihn seitlich. Er packte ihn mit der linken Hand und fing die Waffe auf. Sein Pferd wurde allmählich müde, doch er war der fliehenden Kutsche jetzt nah genug, um das Gesicht des Königs zu sehen. Hass durchströmte ihn, brennend wie Feuer. Mit der linken Hand schleuderte er den Speer zurück zur Kutsche. Er verfehlte den König, drang jedoch dem Kutscher in den Rücken, der stürzte und dabei an den Zügeln riss. Die beiden Ponys schwenkten zur Seite. Die Kutsche wackelte, dann kippte sie um, sodass der König abgeworfen wurde.

Conn sprang vom Pferd und rannte zu dem Gestürzten. Carac erhob sich und zog sein Schwert. Er war sowohl stark als auch schnell, und die Schnelligkeit seines Angriffs überraschte den Jüngeren. Wieder und wieder trafen ihre Schwerter aufeinander, und Conn war gezwungen, vor der Wildheit des Angriffs zurückzuweichen. Doch Conn sah vor seinem geistigen Auge das Bild seines Freundes, der an einem Haken in der Hauptstadt der Perdier hing. Eine Schar von Königsreitern galoppierte an der umgekippten Kutsche vorbei und bildete einen Halbkreis um die Kämpfenden. »Er gehört mir!«, rief Carac. »Lasst ihn. Ich schneide ihm das Herz heraus!«

Wieder griff er an. Conn wehrte ab und antwortete mit einem wilden Hieb, der den König in der Schulter traf. Carac grunzte und wich zurück. Jetzt war es Conn, der vorwärts drängte. Sein Schwert glitzerte in der Nachmittagssonne, während er immer wieder zuschlug. Carac parierte jeden Hieb, doch der ältere Mann ermüdete allmählich. Conn fühlte sich von einer Welle frischer Energie durchströmt und wollte zum Todesstoß ansetzen. Er erwartete, dass der König erneut zurückweichen würde, und war erstaunt, als Carac sich stattdessen nach vorn warf. Ihre Klingen trafen sich. Der König machte einen Schritt nach vorn und schlug ihm mit der linken Faust in das ungeschützte Gesicht. Der Schlag war kraftvoll, und Conn taumelte rückwärts. Der König zielte auf Conns Hals. Conn ließ sich auf die Knie fallen und stieß zu. Das Seidh-Schwert drang in den Bauch des Königs. Conn sprang auf und trieb die Waffe bis zum Heft hinein, bis die Spitze aus Caracs Rücken wieder austrat. »Wie ich versprochen habe, elender Hurensohn!«, zischte Conn. »Möge dein Geist in feurigen Seen brennen!«

Carac sackte gegen ihn. Conn stieß ihn weg und zog sein Schwert aus dem Sterbenden. Der König fiel auf die Knie. Conn hob sein Schwert und ließ es mit einem schrecklichen Schwung niedersausen, der Caracs dicken Hals völlig durchtrennte. Der Kopf fiel ab und rollte über das Gras.

Dann wandte er sich an die Reiter. Es waren etwa zwanzig, die einen Kreis um ihn gebildet hatten. »Wer will der Nächste sein?«, rief Conn.

Ein Mann riss sein Pferd herum und ritt davon. Die anderen folgten ihm.

Conn ging zu der umgestürzten Kutsche und blickte auf das Schlachtfeld hinunter. Die Perdier strömten zurück in den Wald. Im Norden konnte Conn Appius' Panther sehen, der in Kampfformation marschierte. Aus dem Süden näherte sich ein weiterer Panther.

In diesem Augenblick hörte Conn ein Stöhnen. Der Kutscher war noch am Leben. Conn zog seinen Dolch und ging zu ihm hinüber, zog den Speer aus seinem Rücken und drehte ihn mit der Stiefelspitze um. Er fiel auf die Knie und hob den Dolch – und sah in die verängstigten Augen eines jungen Burschen. »Wo ist mein Vater?«, fragte das Kind.

Conn steckte den Dolch ein. Der Junge hatte Blut an der Brust, wo der Speer eingedrungen war. Er sah ein bisschen wie Braefar aus. »Wo ist mein Vater?«, wiederholte er. Dann hustete er, und blutiger Schaum stand auf seinen Lippen.

»Ist dein Vater der König?«, fragte Conn.

»Ja. Der größte Krieger von allen Perdiern. Wo ist er?«

»Er ist dahinten«, sagte Conn und setzte sich neben den sterbenden Jungen.

»Könntest du ihn rufen?«

»Ich glaube nicht, dass er mich hören würde. Wie heißt du?«

»Arakar. Ist denn schon Nacht?«

Conn fuhr mit der Hand über das Gesicht des Jungen. Die Augen blinzelten nicht.

»Ja, es ist Nacht. Ruh dich ein bisschen aus, Arakar. Schlaf.«

Der Junge schloß die Augen. Seine Tunika war jetzt blutdurchtränkt, doch die Blutung hatte nachgelassen. Sein Gesicht verlor jede Farbe, sein Kopf rollte hin und her. Conn fühlte am Hals nach dem Puls. Er flatterte ein paar Augenblicke. Dann hörte er auf.

Valanus kam herbei und setzte sich auf die andere Seite des Toten. »Nun, jetzt hast du deine Rache, Dämonenklinge?«

»Ja, die habe ich allerdings.«

»Trotzdem wirkst du nicht gerade fröhlich, mein Junge.«

Conn stand müde auf und blickte über das

Schlachtfeld. Tausende von Toten bedeckten das Gras, darunter auch ein paar Hundert bronzegepanzerte Soldaten von Stone.

Krähen kreisten bereits über dem Schauplatz. Conn dachte plötzlich an die grünen rigantischen Hügel, die mächtigen, schneebedeckten Gipfel des Caer Druagh und das gemächliche Tempo des Lebens in Dreibach.

»Ich habe genug von all dem Töten«, sagte er.

»Das ist schade«, erwiderte Valanus. »Denn das wahre Töten beginnt erst.«

In jener Nacht hatte Conn unruhige Träume. Er sah Banouin an einem Bach sitzen und mit einem jungen Mann sprechen. Beide lächelten und freuten sich im Sonnenschein über die Gesellschaft des anderen. Conn versuchte, zu ihnen zu laufen, doch seine Beine waren bleischwer, und er kam kaum vom Fleck. Banouin sah ihn, doch er stand auf, nahm den Jungen an der Hand und entfernte sich. »Ich bin es, Conn. Ich habe dich gerächt!«, rief er. Banouin drehte sich einmal um, die Augen voller Trauer. Doch er sagte kein Wort. Der Junge blickte auch zurück, und Conn sah, dass es der jugendliche Kutscher war, den er mit dem Speer getötet hatte. Nebel waberte um die beiden, und sie waren nicht mehr zu sehen.

Conn erwachte in kaltem Schweiß gebadet. Der Gestank nach brennendem Fleisch hing im Zelt in der Luft. Jasaray wusste, dass durch Verwesendes Krankheiten entstanden, und ließ am Ende eines Kampfes immer alle Toten verbrennen. Dieses Mal waren es so viele, dass mehr als ein Dutzend großer Gruben ausgehoben worden waren und die Feuer fast die ganze Nacht hindurch brannten.

Conn warf die Decken von sich, zog seine Stiefel an und ging aus dem Zelt. Es war mitten in der Nacht, doch noch immer arbeiteten Hunderte von Soldaten im Fackelschein, schleppten tote Perdier zu neuen Gruben und warfen sie hinein.

Conn hatte das Gefühl, eine schwere Last läge auf seinem Herzen. Es war nur ein Traum, sagte er sich. Banouin hat dir nicht wirklich den Rücken zugewandt. Sein Mund war trocken, und er dachte an ihr Gespräch in der Höhle. Banouins Stimme flüsterte in den Kammern seiner Erinnerung. *»Ich behaupte nicht, du sollst nicht kämpfen. Ich sage, du sollst nicht hassen. Es ist nicht der Krieg, der zu mörderischen Exzessen führt, sondern der Hass. Ganze Dörfer, Städte, Völker werden ausradiert. Hass ist wie eine Seuche. Er verzehrt alles und springt von einem auf den anderen über. Unsere Feinde werden zu Dämonen, ihre Frauen zu Müttern von Dämonen, ihre Kinder junge Dämonen. Verstehst du? Wir erzählen Geschichten darüber, dass unsere Feinde Kinder fressen – so wie es mit diesem Volk geschah. Unsere Herzen werden finster, und wir üben schreckliche Vergeltung an denen, die wir jetzt hassen. Doch Hass stirbt nie, Conn. Wir pflanzen seine Saat mit jeder Tat, die durch ihn geschieht. Töte einen Mann, und sein Sohn wird heranwachsen und dich hassen und Rache suchen. Wenn er seine Rache ausgeübt hat, wird dein Sohn beginnen, ihn zu hassen. Verstehst du, was ich sagen will?«*

Banouin hätte seine Vergeltung gehasst, und er hätte eine solch schreckliche Rache nicht gewünscht. Ein kalter Wind blies über die Zelte. Conn schauderte. »Ich habe es nicht für dich getan, Banouin. Das weiß ich jetzt. Ich habe es für mich getan. Ich versuchte, meinen Kummer in Blut zu ertränken.«

»Das liegt in deiner Natur«, sagte eine vertraute Stimme. Conn drehte sich langsam um und sah die Morrigu hinter sich stehen. Ihre alte Gestalt wurde von den Totenfeuern erhellt. »Du hast den Bären freigelassen, Connavar. Und du wirst es wieder tun.«

»Nein. Ich habe hieraus gelernt.«

»Der Bär ist ein Teil von dir, Mensch. Er wird seine Zeit erleben.«

»Ich will nicht mit dir darüber streiten«, sagte er. »Ich hatte gehofft, dass die Rache süß wie Honig wäre. Das war sie auch – als meine Klinge ihr Ziel traf. Aber als ich den Jungen sah …«

»Wurde es wie Galle«, sagte die Morrigu.

»Ja.«

»Du hast die Perdier nicht vernichtet, Connavar. Du warst nur ein Soldat. Ob du hier gewesen wärst oder nicht, sie wären trotzdem gestorben. Dein Kavallerieangriff hat ein paar hundert Soldaten von Stone gerettet, aber letztendlich den Ausgang der Schlacht nicht verändert.«

»Ich wünschte, wir wären nie hergekommen, Banouin und ich.«

»Wünsche sind etwas für die Armen«, sagte sie. »Komm, lass' uns ein Stück in die Berge gehen, wo die Luft noch frisch ist und ich die jungen Blätter riechen kann.«

Es erstaunte Conn, dass er mit ihr gehen wollte, doch dann erkannte er, dass sie trotz ihrer Bosheit wenigstens jemand von Zuhause war, eine vertraute Gestalt, ein Wesen, das er zuletzt in seinen heimatlichen Bergen gesehen hatte. Gemeinsam erklommen sie die Hügel und wanderten bis zum Waldrand. Die Morrigu fand eine kleine Senke und stieß mit dem Fuß an eine Baumwurzel, die sich emporwand und einen Sitz für sie bildete. Sie sank darauf nieder und lehnte den Kopf gegen den Baumstamm. »Das ist besser«, sagte sie. Conn setzte sich auf die Erde.

Von hier aus konnte er die umgestürzte Kutsche sehen. Carac hatte man fortgebracht.

»Er hat sein *geasa* gebrochen«, sagte die Morrigu.

»Wer?«

»Carac. Ich sagte ihm, wenn er königliches Blut

vergießen würde, würde er seinen vierzigsten Geburtstag nicht überleben – der zufällig heute war. Also ertränkte er seinen Bruder, erdrosselte dessen Frau und vergiftete ihren Sohn. Er dachte, er hätte das Schicksal überlistet. Doch die Frau hat ihn gekratzt, als er sie angriff. Carac hatte bereits seinen Bruder getötet und sich gekrönt. Daher war er König. Sein eigenes, nun königliches Blut, ist ihm zum Verhängnis geworden.«

»Hätte sie ihn nicht verwundet, hätte ich ihn trotzdem bekommen«, sagte Conn.

»Nein. Du wurdest bei dem Reiter-Angriff getötet.«

»Ich wurde nicht getötet.«

»Verzeih«, sagte die Morrigu. »Einen Augenblick lang vergaß ich, dass ich mit einem Menschen sprach und dass für dich der Lauf der Zeit wie die Reise eines Blattes ist, von der Knospe im Frühjahr bis zum Welken im Herbst.«

»Und für dich ist es anders?«

»So anders, dass dein Verstand es nicht einmal ansatzweise fassen könnte. Ich habe hundertmal gesehen, wie du geboren wurdest und dich auf hundert Arten sterben gesehen. In einem Leben hast du eine Erkältung bekommen und deinen ersten Geburtstag nicht erlebt. In einem anderen hat der Bär dich getötet.«

»Und wo lebe ich in all diesen Leben?«

»Im Schatten des Caer Druagh.«

»Warum habe ich mich dann in diesen anderen Leben nie selbst gesehen?«

Die Morrigu schloss für einen Moment die Augen. »Wenn ich nicht so müde wäre, würde ich mir selbst ins Gesicht schlagen, weil ich jemals dieses Gespräch angefangen habe. Lassen wir die Frage der multiplen Wirklichkeit einmal beiseite und kehren wir zur Gegenwart zurück.« Sie öffnete die Augen. »Warum warst du heute nacht draußen?«

»Ich hatte einen Traum …«, begann er, dann brach er

ab. »Wenigstens glaube ich, dass es ein Traum war.« Er erzählte ihr davon, wie er Banouin mit dem Jungen gesehen hatte, den er getötet hatte.

»Das war ein Traum«, sagte sie. »Keine Vision.«

»Bist du sicher? Es würde mich sehr bekümmern, wenn ich glauben müsste, dass Banouin sich von mir abgewandt hätte.«

»Ich bin mir sicher. Banouins Geist ist über das Wasser gereist, aus der Welt der Menschen hinaus.«

»Dann hat er meine Rache nicht gesehen?«

»Nein. Möchtest du das gerne?«

Conn schüttelte den Kopf. »Es hätte ihn traurig gemacht.«

»Es werden noch viele Dinge kommen, die ihn noch trauriger machen würden«, sagte sie.

»Was meinst du?«

»Vorna ist schwanger. Beide werden sterben. Das Baby hat eine Steißlage, und es ist niemand da, der sie retten könnte.«

»Nein«, sagte Conn, »das darf nicht geschehen! Es wäre so ungerecht.«

»Ungerecht?« Sie lachte. »Wo in dieser elenden Menschenwelt siehst du denn Gerechtigkeit? Auf dem Schlachtfeld, auf dem dreißigtausend Tote liegen? In den Heimen der Witwen? In den Augen der verwaisten Kinder?«

Conn schwieg, dann blickte er in das uralte Gesicht. »Du könntest sie retten. Du könntest sie beide retten. Du bist eine Seidh.«

»Warum sollte ich das?«

»Du hast mir einmal gesagt, ich könnte mir ein Geschenk von dir wünschen, und du würdest es mir gewähren.«

Die Morrigu lächelte. »Denke sorgfältig nach, Kind. Ich habe das gesagt. Und du könntest um Reichtum bitten oder gute Gesundheit dein Leben lang. Du könntest um starke Söhne bitten oder eine liebende Frau. Ich könnte dir Arian geben. Oder – überlege nur – ich könnte dir den Sieg über das Volk von Stone geben. Tausende von Leben, Connavar, könnten durch ein solches Geschenk gerettet werden. Ein ganzes Volk. Ohne dieses Geschenk könnten es die Riganten sein, die in diesen Gruben brennen.«

»Ja, das könnten sie«, sagte Conn. »Wirst du nun Vorna und ihrem Kind helfen?«

»Ehe ich ja oder nein sage, lass' mich dich eines fragen: was, wenn das Kind krank ist und nach wenigen Tagen stirbt oder Vorna in ein paar Wochen der Pest erliegt? Wirst du dann immer noch der Ansicht sein, dass dieses Geschenk es wert sei?«

»Ich habe schon gehört, dass deine Gaben zweischneidig sind. Wenn Menschen um Freude bitten, gibst du ihnen Kummer. Aber wenn du mir dein Wort gibst, dass du Vorna und ihrem Kind nichts zu Leide tust, dann bitte ich dich noch einmal, ihr zu helfen.«

»Du weißt, dass ich eines Tages komme, und du dann einen Preis für meine Hilfe zahlen musst?«

»Ich werde ihn bezahlen.«

»Dann soll es sein, wie du willst, Schwert im Sturm.«

Ruathain zügelte sein Pony, als er den Kamm des Hügels erreichte. Unter ihm lag das Pannonendorf Silberwasser, das am westlichen Ufer des Langen Sees erbaut war. Von hier aus konnte er sieben Fischerboote mit hohem Bug draußen auf dem Wasser erkennen, wie sie ihre Netze einholten, und am Ufer standen schwarze Räuchertürme wie Wachposten. Arbon ritt an seine Seite.

»Zu spät, um jetzt noch umzukehren«, brummte Arbon und fuhr sich mit der Hand durch das grau melierte Haar.

»Ich habe auch nicht vor umzukehren«, sagte Ruathain. Mit zwölf Ponys hinter sich ritten die beiden Männer bergab. Silberwasser war nicht von einer Mauer umgeben, und die zahlreichen Häuser waren mit großem Abstand voneinander errichtet. Jedes war von einem eigenen Feld mit Gemüse und Getreide umgeben. Der Tag war heiß, doch Ruathain nahm seinen blau-grün karierten Riganten-Mantel vom Sattel, rollte ihn auseinander und befestigte ihn unter dem Kinn. Arbon schüttelte den Kopf und folgte mit finsterer Miene seinem Herrn in die seiner Meinung nach feindliche Siedlung.

Als sie näher kamen, liefen Leute aus ihren Häusern und von den Arbeitsplätzen, um sie zu beobachten, dann marschierten sie hinter ihnen her zur Ratshalle.

Der Tag war klar und strahlend. Kein Windhauch wirbelte den Staub unter den Hufen der Ponys auf. Ruathain ritt weiter, ohne nach links oder rechts zu sehen, und brachte sein Pferd vor der Halle zum Stehen. Es war ein düsteres Gebäude, knapp zwanzig Meter lang, eingeschossig, mit vorgelegten Fensterläden und strohgedecktem Dach. Die Doppeltüren öffneten sich quietschend, und ein Mann mittleren Alters schritt heraus. Hinter ihm kamen fünf jüngere Männer. Für Arbon war sonnenklar, dass dies seine Söhne waren, denn sie hatten alle dieselben dichten Augenbrauen und die breiten, brutalen Gesichter. Arbon hatte schon viele Geschichten über den Ratsältesten der Fischer gehört. Und keine davon war gut gewesen.

»Ich bin Ruathain von den Riganten«, sagte sein Herr. Die Menge begann zu murren, und Arbon war sich nur zu bewusst, dass er ihnen den Rücken zukehrte. Schweiß rann ihm über den Rücken, und seine Hand tastete sich näher an sein Messer heran.

»Den Namen habe ich schon gehört«, sagte der Dorfälteste und strich sich den Bart. »Ruathain der tollwütige Hund. Ruathain der Mörder.«

»Ich habe noch nie einen Mann getötet, der kein Schwert hatte«, sagte Ruathain ruhig. »Jedoch, wie dem auch sei, bin ich hier, um den Hinterbliebenen einen Blutpreis anzubieten.«

»Dann gibst du also zu, dass du ein Mörder bist?«

Ruathain schwieg einen Augenblick, und Arbon wusste, dass er mit seinem Temperament kämpfte. »Was ich zugebe, ist, dass Männer gestorben sind, die nicht hätten sterben müssen. Ich gebe freimütig zu, dass ich auch weniger hart mit deinen Männern hätte umgehen können, als sie mein Vieh stehlen wollten. Aber ich habe es nicht getan. Jetzt sind noch vier weitere eurer jungen Männer tot, und ich möchte dieser Blutfehde gern ein Ende machen. Ich habe nicht den Wunsch, noch mehr Pannonen zu töten.«

»Oder selbst getötet zu werden«, bemerkte der Dorfälteste.

»In meinem Leben haben schon viele versucht, mich zu töten. Es gibt mich immer noch. Der Tod hält keinen Schrecken für mich bereit, Fischer. Ich bin nicht hier, um mein Leben zu retten. Ich bin hier, um das Leben deiner jungen Männer zu retten, die bislang wenig Geschick gezeigt haben, wenn es zum Kampf kam. Ich will sie deswegen nicht schlecht machen oder Schlechtes über die Toten sagen. Es ist lediglich eine Tatsache – eine Tatsache, die durch ihren Tod bewiesen wird. Ich bin Ruathain, der Erste Schwertkämpfer der Riganten. Ich habe kein Vergnügen daran, ungeübte Jungen zu erschlagen.« Ruathain tat einen tiefen, beruhigenden Atemzug. »Ich habe zwölf schöne Ponys mitgebracht, die ich den Familien der Toten als Blutpreis biete. Habe ich deine Erlaubnis, mit ihnen zu sprechen?«

Der Dorfälteste lachte heiser. »Du bist vielleicht ein Mörder, Ruathain, doch ich sehe, du respektierst trotzdem die Tradition. Du hast meine Erlaubnis. Steig' ab und komm' in mein Haus. Ich schicke nach den Familien.«

Ruathain stieg ab und nahm sein Schwert ab, das er Arbon reichte.

»Warte hier mit den Ponys«, bat er.

»Ja, Herr«, antwortete Arbon düster.

Ruathain ging zu dem wartenden Dorfältesten, dann verbeugte er sich. Der Älteste trat beiseite, um Ruathain eintreten zu lassen. Dann folgten er und seine Söhne. Arbons Mund war ausgetrocknet, sein Herz raste, doch er blieb still sitzen, mit einer Miene, als wäre er leicht gelangweilt. Ein Läufer kam aus der Ratshalle und lief durch die Menge. Etwas später traten drei in Schwarz gekleidete Frauen in die Halle, dicht gefolgt von fünf jungen Männern.

Arbon wartete eine Weile im Sonnenschein, dann stieg er ab und reckte sich. Eine ältere Frau brachte ihm einen Becher Wasser. Er verbeugte sich dankend und trank in tiefen Zügen. »Ich danke dir, Mutter«, sagte er.

»Ich bin nicht deine Mutter, du Rigantenschwein«, sagte sie. »Doch die Gesetze der Gastfreundschaft sollten immer beachtet werden.«

Er verbeugte sich erneut und grinste. »Allerdings«, pflichtete er ihr bei und reichte ihr den Becher zurück. Eine andere Frau brachte ihm etwas geräucherten Fisch und ein Stück Brot. Die Zeit verging langsam, und die Sonne fing schon an unterzugehen, als sich die Türen zum Saal wieder öffneten. Die Frauen erschienen zuerst, gefolgt von den fünf jungen Männern, dann kam Ruathain und schließlich der Dorfälteste mit seinen Söhnen.

Ruathain ging zu Arbon. »Es ist abgemacht«, sagte er leise. »aber ich habe dem Dorfältesten noch einen Bullen und zehn Mastochsen versprochen.«

In diesem Augenblick kam ein junger Mann vom Ufer her angerannt. Er war groß und schlank, mit schwarzen Haaren und hellen Augen. »Was geht hier vor?«, rief er.

»Du bist zu jung, um hierbei mitzureden«, erklärte der Dorfälteste. »Es wurde ein ehrenhaftes Angebot gemacht und angenommen. Die Blutfehde ist vorbei.«

»Vorbei?«, brüllte der Junge. »Gar nichts ist vorbei.

Dieser Schlächter hier hat meine Brüder umgebracht. Ich werde sie rächen.« Er wandte sich an die fünf jungen Männer. »Wie konntet ihr dem zustimmen? Sechs Leben genommen, ihr Blut tränkt das Gras. Familie. Blutsverwandtschaft. Niemals heiraten und Söhne zeugen, niemals Freude empfinden. Sind denn ein paar magere Ponys alles, was sie wert waren? Blut schreit nach Blut. Ihre Seelen schreien nach Gerechtigkeit und Rache.«

»Schweig stille!«, brüllte der Dorfälteste. »Hast du denn gar nichts begriffen, Junge? Deine Brüder starben im Kampf. Sie wurden nicht im Dunkeln hinterrücks überfallen, man hat ihnen auch nicht im Schlaf die Kehle durchgeschnitten. Sie trafen auf einen Gegner, der ihnen überlegen war. Dieser Gegner hat großen Mut bewiesen, indem er hierher kam. Eine respektvolle Geste in der Tradition der Keltoi. Aber noch wichtiger als das, Junge, ist die Tatsache, dass ich dein Dorfältester bin, und ich sage, die Blutfehde ist vorbei.«

Der junge Bursche stand einen Augenblick still da, dann machte er kehrt und rannte zurück zu seinem Boot.

Der Dorfälteste der Fischer ging zu Ruathain. »Schick' mir die Rinder, aber komm' nicht selbst, Ruathain, Mörder. Du bist im Land der Pannonen nicht willkommen.«

Ruathain nickte, antwortete jedoch nicht. Er ließ die zwölf Ponys zurück, bestieg sein Reittier und wandte sich nach Süden. Die Menge teilte sich, als er im Schritt durch das Dorf ritt. Arbon ritt neben ihm und reichte ihm sein Schwert, das Ruathain sich um die Taille schnallte.

»Ist es jetzt vorbei?«, fragte er seinen Herrn.

»Nicht, solange dieser Junge lebt«, antwortete Ruathain. »Eines Tages wird er kommen, um mich zu töten, und dann werde ich ihn töten. Dann wird es wieder von vorne anfangen.«

»Also eine Vergeudung von Ponys«, murmelte Arbon.

»Nein«, widersprach Ruathain traurig. »Es war ein gerechter Blutpreis. Ich habe alles in Gang gesetzt, als ich die Viehdiebe tötete. Ich ließ zu, dass mein Zorn mir meine Selbstbeherrschung raubte. Ich säte die Saat, mein Freund, und jetzt muss ich die Ernte einbringen.«

Kapitel 12

Im Schlafzimmer von Banouins Haus fing eine der drei Laternen an zu blaken und erlosch. Vorna lag seit vierzehn Stunden in den Wehen. In der letzten Stunde hatte sie zweimal das Bewusstsein verloren. Meria und Eriatha machten sich ernsthaft Sorgen. Meria war bei vier Geburten dabei gewesen, aber keine hatte sich so schwierig entwickelt wie diese. Sie hatte nach Eriatha geschickt, deren Wissen über Kräuter und Arzneien fast ebenso groß war wie Vornas. Das Freudenmädchen kniete neben der bewusstlosen Vorna nieder und untersuchte sie.

»Lavendel und Jasmin werden ihr nicht helfen«, sagte Eriatha. »Das Kind liegt falsch herum. Es kann nicht in die Welt eintreten.«

»Was können wir tun?« fragte Meria.

»Ich habe nicht das Wissen, das Kind zu holen«, sagte Eriatha. »Ich habe von Hexen gehört, die den Bauch öffnen und das Kind herausholen können. Aber meistens sterben die Mütter dabei.«

»Es muss doch etwas geben«, beharrte Meria.

Eriatha schüttelte den Kopf. »Wir brauchen eine Hexe, einen Druiden oder eine Hebamme. Und selbst dann …« Ihre Stimme brach ab.

Meria stand auf und ging zum Fenster und sah über

das mondbeschienene Land hinaus. »Bruder Sonnwend war erst vor drei Tagen hier«, sagte sie leise, »aber ich weiß nicht, wohin er gegangen ist. Das ist so ungerecht. Erst findet sie Liebe, dann verliert sie sie wieder. Jetzt bringt Banouins Kind sie um.« Vorna stöhnte, dann schrie sie vor Schmerz auf. Meria nahm ihre Hand, während Eriatha ihr ein feuchtes Tuch auf die Stirn legte.

»Das Kind … hat … Steißlage«, sagte Vorna. Sie holte tief Luft. »Schneidet mir den Bauch auf. Rettet das Kind!« Sie schrie wieder auf, und ihr Rücken krümmte sich. Dann brach sie zusammen und verlor wieder das Bewusstsein.

»Sie stirbt«, flüsterte Eriatha.

In diesem Moment hörten sie jemanden an der Vordertür klopfen. Meria rannte hin. Draußen stand eine alte Frau, die Meria noch nie gesehen hatte. Sie trug ein knöchellanges, hellgraues Gewand und hatte sich eine schwarze Netzstola um die Schultern geschlungen.

»Was willst du?«, fragte Meria.

»Man hat mir gesagt, hier läge eine Frau im Kindbett. Dass es ein Problem gibt.«

»Bist du eine Hebamme?«

»Unter anderem«, sagte die alte Frau und ging an Meria vorbei ins Haus. Meria roch den Duft des Waldes an den Kleidern der Frau, moschusartig, feucht, den Duft nach verrottendem Laub und nasser Baumrinde. Sie schauderte und folgte der Frau ins Schlafzimmer.

»Ihr beide, lasst uns allein«, sagte die alte Frau. »Wartet am Feuer. Ich rufe euch, wenn ich euch brauche.«

»Das Baby hat Steißlage«, sagte Eriatha.

»Danke«, sagte die alte Frau mürrisch. »Für Überflüssiges habe ich keine Zeit.«

Eine große Krähe landete im offenen Fenster, spreizte die Flügel und kreischte laut. Meria und Eriatha fuhren beide erschrocken zusammen, doch die alte Frau beachtete sie nicht und setzte sich neben Vorna. »Raus, sagte ich«, zischte sie und wedelte mit ihrem dünnen Arm in Richtung der beiden Frauen.

Widerstrebend gehorchten sie. Meria zog die Tür hinter sich zu und ging mit Eriatha zum Feuer. Es war heruntergebrannt, und sie legte Holz nach. »Kennst du sie?«, fragte Meria.

»Nein.«

»Vielleicht hätten wir sie nicht allein lassen sollen.«

»Vielleicht nicht«, sagte Eriatha, »aber leider muss ich zugeben, dass ich froh bin, dass sie dort drinnen ist und nicht ich.«

Meria nickte zustimmend. Sie fühlte sich, als wäre ihr eine Last von den Schultern genommen. Müdigkeit überfiel sie, und sie sank in einen Sessel. »Es war lieb von dir herzukommen«, sagte sie zu dem Freudenmädchen.

»Ich wünschte, ich hätte mehr helfen können«, antwortete Eriatha und sank in den zweiten Sessel. Meria schaute sie an. Das Freudenmädchen war klein und zierlich und sah viel jünger aus als sie war. Ihr Gesicht war hübsch, ihre Haut makellos.

»Du bist sehr schön«, sagte Meria. »Bist du glücklich?«

»Warum sollte ich nicht?«, erwiderte Eriatha abweisend. »Ich habe genug zu essen und ein Heim. Oder darf ein Freudenmädchen nicht glücklich sein?«

»So habe ich das überhaupt nicht gemeint«, sagte Meria. »Ich habe mich nur gefragt, ob du Freunde hast oder ob dein Leben einsam ist. Das ist alles.«

Eriatha entspannte sich und lächelte scheu. »Ja, ich bin einsam. Und nein, ich habe keine Freunde. Ist das nicht das Schicksal der Freudenmädchen? Hundert Liebhaber, aber keine Freunde?«

Meria beugte sich vor und streckte die Hand aus. »Du kannst mich als Freundin betrachten, Eriatha.« Die jüngere Frau nahm ihre Hand kurz und drückte sie sanft.

»Ich danke dir, Meria, aber ich brauche kein Mitleid. Ich bin jung, lebendig und bei guter Gesundheit. Ich war froh, dass Ruathain sich von seinen Wunden so gut erholt hat.«

»Du kennst meinen Mann?« Meria konnte einen alarmierten Ton in ihrer Stimme nicht unterdrücken. Eriatha lachte und klatschte in die Hände.

»Jetzt siehst du, warum ein Freudenmädchen keine Freundinnen hat«, sagte sie. Meria wurde rot, dann lachte sie auch.

»Ja, jetzt weiß ich es. Sag' mir, ist Ruathain zu dir gekommen, während wir getrennt waren?«

Eriatha schwieg und beobachtete Meria intensiv. Dann zuckte sie die Achseln. »Ja.«

»Und nachdem er dich geliebt hat, hat er da geschnarcht wie ein Bulle?«

Erstaunt über diese Bemerkung kicherte Eriatha. »Die Wände bebten bei dem Lärm.«

»Na also«, sagte Meria. »Können wir jetzt Freunde sein?«

»Ich glaube, ja. Du bist eine ganz besondere Frau, Meria. Ruathain hat Glück, dass er dich hat.«

Ehe Meria antworten konnte, hörten sie das hohe Weinen eines neugeborenen Kindes. Beide Frauen stürzten zum Schlafzimmer. Meria stieß die Tür auf. Vorna schlief, das Baby, in weiche rote Tücher gewickeln, lag in ihrem Arm. Die alte Frau war fort.

Eriatha schlug das Zeichen des Schützenden Horns. Meria ging zum Fenster und blickte über die Hügel hinaus. Doch die Hebamme war nirgends zu sehen.

»Wer war sie?«, flüsterte sie.

Eriatha antwortete nicht. Am Bett fühlte sie nach Vornas Puls. Er ging langsam, aber kräftig. Eriatha zog die Decken zurück. Auf den Laken war kein Blut und an Vornas Körper war nichts zu sehen. Behutsam deckte sie die schlafende Frau wieder zu.

»Sie war eine Seidh«, sagte Eriatha leise. »Das Kind wurde mit Hilfe von Magie entbunden.«

Meria schauderte, dann nahm sie das schlafende Kind

und schlug vorsichtig die rote Decke zurück. Es war ein Junge, vollkommen geformt. Auch an dem Kind war keinerlei Blut. Die Nabelschnur war durchtrennt worden, ohne eine Wunde zu hinterlassen, nur einen winzigen Knubbel perfekter rosiger Haut. Das Kind erwachte und gab ein leises Wimmern von sich. Meria wickelte es wieder ein und drückte es an sich.

Vorna erwachte gähnend. Sie sah Meria mit dem Kind und lächelte. »Wie habt ihr bloß mich und das Kind gerettet?,« fragte sie.

»Es war ein Wunder«, antwortete Eriatha.

Meria reichte das Kind seiner Mutter. Vorna öffnete ihr Nachthemd und hielt das Kind an ihre geschwollene Brust. Es begann hungrig zu saugen.

Ferol sah aus, wie er war – zornig, verbittert, egoistisch und von sich selbst besessen, die Sorte Mensch, die glaubte, dass der einzige Sinn und Zweck des Winters darin bestand, ihn frieren zu lassen. Er verabscheute die Reichen wegen ihres Wohlstandes, die Armen wegen ihrer Armut. Sein rundes Gesicht zeigte dauernd eine schmollende Miene, und sein breiter Mund war ständig bereit zu einem höhnischen Grinsen. Er war ein Dieb – und Schlimmeres, doch er entschuldigte seine Ausschweifungen damit, dass er sich selbst einredete, alle Menschen wären genau wie er, hätten sie nur seine Zielstrebigkeit.

Er war groß und ging gebeugt. Er war im nördlichen Teil von Pannonien aufgewachsen, auf einem kleinen Hof, der auf felsigem Boden stand, der ständig vom Wind und dem peitschendem Regen davongetrieben wurde. Sein Vater arbeitete hart und war unbedingt ehrlich. Ferol hatte ihn verachtet. Der alte Mann ließ ihn bei jedem Wetter arbeiten, und, um der Wahrheit die Ehre zu geben, Ferol hatte die Angst vor ihm nie überwunden. Eines Tages jedoch, als er und sein Vater Bäume fällten, rutschte der alte Mann aust, und ein schwerer Baumstamm fiel auf sein Bein und zertrümmerte beide Unterschenkelknochen.

Ferol war zu ihm gelaufen. Der alte Mann konnte sich kaum bewegen, sein Sorgen zerfurchtes Gesicht war grau vor Schmerz. »Schaff' das weg«, hatte er gestöhnt.

In diesem Augenblick hatte der neunzehnjährige Ferol seine Freiheit entdeckt. »Schaff es doch selbst weg«, sagte er, drehte sich um und ging langsam zurück zum Haus. Er durchwühlte es auf der Suche nach dem sorgfältig gehorteten Silber seines Vaters. Er fand elf elende Münzen. Er steckte sie ein, sattelte das einzige alte Pony und ritt nach Süden.

Hinterher empfand er Bedauern. Wenn er sich nur dazu gesetzt und gewartet hätte, hätte er den alten Bastard sterben sehen können.

Ferol stand mit gesenkten Schultern an der Fähre und sah die beiden Reiter näher kommen. Der eine war ein rotbärtiger junger Krieger mit einem glänzenden Kettenhemd, der andere war älter, mit dunklem, schon zurückweichendem Haar. Sie ritten zwei gewaltige Hengste, von denen jeder über einen Meter sechzig hoch war, und hatten drei schwer beladene Lastponys dabei. Ferol warf einen Blick nach links, wo sein Vetter Roca sich an der Fähre lümmelte. »Halt' dich bereit«, sagte er. Roca nickte, wandte sich zum Fluß und winkte den vier Männern am anderen Ufer ein Signal zu.

Die Reiter kamen näher. Ferol trat ihnen entgegen, um sie zu begrüßen. »Willkommen«, sagte er. »Kommt ihr von weit her?«

Der Krieger antwortete nicht sofort. Er beschattete seine Augen vor der Sonne und spähte über den Fluß. »Wo ist Calasain?« fragte er.

»Im Haus«, antwortete Ferol. »Es geht ihm nicht so gut.«

»Tut mir Leid zu hören.«

»Ja«, sagte Ferol. »Sein Sohn Senecal bat meine Freunde und mich, ihm bei der Fähre zu helfen.

»Ihr seid keine Riganten.«

»Ich bin Pannone.« Er gab Roca einen Wink, der die Vorderluke der Fähre herunterließ, damit man an Bord gehen konnte. »Geht an Bord. Im Haus gibt es etwas zu essen.«

Der Krieger und sein Gefährte stiegen ab und führten die Pferde und Lastponys auf die Fähre. Roca schloss die Ladeluke wieder, dann begann er mit Ferol an dem Seil zu ziehen. Langsam schob sich die Fähre auf den Fluß hinaus.

»Woher kommt ihr denn nun?«, fragte Ferol den jungen Mann, um ihn in Sicherheit zu wiegen.

»Aus Süden«, kam die Antwort. »Was für eine Krankheit hat Calasain denn?«

»Das fragst du am besten seinen Sohn. Er wartet am Steg«, antwortete Ferol und deutete auf die stämmige Gestalt von Senecal, der mit drei anderen auf sie wartete.

Die Fähre legte an. Roca ging nach vorn und ließ die Luke herunter. Ferol trat zurück und bedeutete dem Krieger mit einer Geste, seine Pferde ans Ufer zu führen.

»Nach dir, Fährmann«, sagte der Mann leise.

Ferol war verärgert, doch er gehorchte und ging an Land. Der Krieger folgte ihm, nachdem er seinem Gefährten ein Zeichen gegeben hatte, noch zu warten.

»Was ist los mit deinem Vater?«, fragte er Senecal.

Der untersetzte Mann sah unbehaglich drein, sein Blick wanderte unruhig zu Ferol. »Ich sagte doch, er ist krank«, sagte Ferol. »Jetzt führe deine Tiere ans Ufer und zahle deine Überfahrt.«

Der Krieger blieb stehen. »Ich kenne dich nicht, Pannone, ebensowenig wie einen deiner Männer, außer Senecal. Aber die Fähre erfordert keine sechs Leute zur Bedienung – und kann sie auch nicht ernähren. Ich frage dich also noch einmal: Wo ist Calasain?«

Roca ging zur anderen Seite, hob eine alte Decke hoch und zog ein Schwert heraus, das er Ferol zuwarf. Weitere Schwerter wurden rasch ausgeteilt.

Ferol grinste den jungen Krieger an. »Calasain ist gestorben«, sagte er mit einem breiten, häßlichen Grinsen. »Und jetzt, wenn du nicht glaubst, dass du und dein alter Freund es mit sechsen von uns aufnehmen könnt, schlage ich vor, dass ihr uns eure Pferde und Ponys übergebt.«

Das Schwert des Kriegers zischte aus seiner Scheide, die Klinge funkelte im Sonnenlicht. Als er sprach, war seine Stimme ruhig und sehr kalt. »Ich habe im vergangenen Jahr Tausende von Keltoi gesehen, die abgeschlachtet wurden. Ein paar habe ich selbst getötet. Es drängt mich nicht, noch mehr Keltoi-Blut zu vergießen, aber wenn du darauf bestehst, werde ich euch alle töten.«

Ferol überlief es kalt. Er war böse und grausam, aber nicht dumm. Dieser junge Kämpfer stand sechs Bewaffneten gegenüber und zeigte nicht das leiseste Anzeichen von Furcht. Daraus ließen sich nur zwei mögliche Schlüsse ziehen: Entweder war er ein Idiot oder so tödlich, wie er behauptete. Ferol spürte, dass es das Letztere war, und wollte schon zurückstecken, als sich Roca einmischte.

»Du arroganter Bastard!«, brüllte Roca. »Gebt es ihm!« Ferol stand stocksteif da, als die fünf Männer vorwärts stürmten. Der Krieger sprang ihnen entgegen, sein schimmerndes Schwert zuckte nach links und rechts, dass es vor den Blicken verschwamm. Roca starb als erster, und nach wenigen Sekunden lagen auch die drei anderen am Boden. Ferol warf sich nach hinten, als das silberne Schwert um Haaresbreite an seiner Kehle vorbeisauste. Senecal warf seinen Dolch fort und rannte zum Wald hinter dem Haus.

Der Krieger näherte sich Ferol, der sein Schwert fallen ließ. »Ich habe genug«, sagte er. »Du hattest ganz recht. Wir wollen nicht noch mehr Blut vergießen, ja?« Der

Krieger steckte sein Schwert ein und ging zum Haus. Ferol griff in seinen Ärmel und zog ein Wurfmesser heraus. Doch er hatte den alten Mann vergessen, der einen Warnschrei ausstieß. Der Krieger wirbelte auf dem Absatz herum. Irgend etwas sehr Helles zuckte aus seinen Fingern und bohrte sich in Ferols Hals. Der große Mann taumelte rückwärts. Er packte den Griff des Messers, das in seiner Kehle steckte und versuchte, es herauszuziehen. Sein Blick verschwamm, und das letzte, was er sah, war das Schwert des jungen Kriegers, das sich seinem Hals näherte.

Als der Tote zu Boden fiel, wandte sich Connavar ab, ging zum Haus und stieß die Tür auf. Der Raum war leer, doch auf den Wänden und dem Fußboden waren Blutspritzer zu sehen. Parax kam ihm nach. »Soll ich nach Spuren suchen?«, fragte er.

Connavar nickte. »Ich glaube, ich weiß, was du finden wirst«, sagte er.

Der alte Jäger ging wieder ins Freie und begann längs des Waldrandes zu suchen. Connavar ging zur Fähre und führte die Pferde an Land. Nach kurzer Zeit kehrte Parax zurück. »Der Mann und seine Frau liegen in einem flachen Grab etwa fünfzig Schritte hinter dem Haus. Sie wurden beide erstochen, der Mann hinterrücks.« Er schüttelte den Kopf. »Der Feigling, der abgehauen ist, war ihr Sohn?« Seine Stimme klang ungläubig.

»Ja, ihr Sohn«, bestätigte Connavar.

»Das ist nicht zu glauben.«

»Nach dem, was ich alles gesehen habe, ist nichts mehr unglaublich«, sagte der Krieger. Er warf einen Blick auf die Toten. »Ich hatte gedacht, meine Heimkehr würde mir Frieden bringen. Nicht noch mehr Blut und Tod.«

»Heißt das, wir verfolgen den Sohn nicht?«

»Ja, das heißt es. Ich werde dem Baron von den Morden berichten. Er kann Jäger ausschicken, um ihn zu suchen.«

»Eine Schande«, sagte Parax. »Ich hätte ihm gern das Herz herausgeschnitten.«

»Dazu hättest du es erst finden müssen«, sagte Connavar traurig.

Vorna saß im Schatten, ihr drei Monate altes Kind im Arm, und genoss die Wärme des Sommertags. Die Wälder und Felder waren in goldenes Licht getaucht, das auf dem Wasser der Bäche glitzerte. Das Kind war nach dem Stillen fest eingeschlafen und Vorna selbst war schläfrig und zufrieden.

Sie sah die beiden Reiter nicht, die über die Hügel im Süden kamen, doch sie hörte die Unruhe im Dorf, als sie sich näherten. Sie lehnte sich in ihrem Stuhl zurück, drückte den kleinen Banouin fest an sich und schloss die Augen. Vorna döste leicht ein. Ein Windhauch glitt über ihr Gesicht und brachte den Duft nach Gras und einer Spur Geißblatt mit sich.

Sie hörte ein Pferd wiehern und schlug die Augen auf. Sie sah einen jungen Mann mit rotem Bart, gekleidet für den Krieg, der langsam über die Felder auf ihr Haus zuritt. Sie brauchte einen Augenblick, um Connavar zu erkennen. Er hatte sich verändert. Er war größer, und das schwere Kettenhemd ließ seine Schultern breiter erscheinen. Sein roter Bart war mit goldblonden Fäden durchzogen und zeigte eine weiße Strähne. Als er näher kam, sah sie, dass es die Bärennarbe war, auf der kein Barthaar wachsen wollte. Der Kastanienbraune, den er ritt, war groß, vielleicht einen Meter sechzig hoch. Vorna stand nicht auf, als er näher kam. Sie wollte das schlafende Kind nicht stören.

Connavar stieg ab und verbeugte sich. Einen Augenblick blieb er schweigend stehen. Dann holte er tief Luft. »Es tut mir Leid«, sagte er schließlich. »Es gab nichts, was ich hätte tun können.«

»Komm«, sagte sie. »Hol' dir einen Stuhl und setz' dich zu mir.«

Das tat er, nachdem er zuerst Schwert und Scheide abgelegt und an die Wand gelehnt hatte. Als er sich setzte, nahm sie seine Hand. »Ich habe dir schon vor langer Zeit erzählt, Connavar, dass es ein paar Dinge gibt, die selbst ein Held nicht schaffen kann. Du konntest ihn nicht am Leben halten. Du darfst dich nicht schuldig fühlen.«

»Es gibt keine Macht unter den Sternen, die stark genug ist, um mir die Schuldgefühle zu nehmen, die ich empfinde«, sagte er. »Nicht nur wegen Banouins Tod, sondern auch für die Tausende von Toten, die danach folgten.« Er schwieg. Vorna sagte nichts, und so saßen die beiden eine Zeitlang still im Schatten.

Das Kind rührte sich, schlief aber wieder ein. Vorna stand auf und ging ins Haus, wo sie den Kleinen in sein Bettchen legte. Ihr Rücken schmerzte, und sie streckte sich. Als sie zu Connavar zurückkam, sah sie, dass er über die Hügel nach Süden schaute. Er wirkte viel älter als seine achtzehn Jahre.

»Ein Kaufmann hat die Nachricht von deinem Kampf mit dem bösen König mitgebracht«, sagte sie.

Connavar nickte. »Es scheint schon so lange her zu sein, dabei sind es erst ein paar Monate.« Er lachte, doch ohne jeglichen Humor. »Böser König«, wiederholte er.

»War er denn nicht böse?« fragte sie.

»Er hat seinen Bruder, die Frau seines Bruders und dessen Sohn ermordet, und er hat Banouin umgebracht. Ja, er war böse. Doch seine Taten sind nichts im Vergleich zu den Schlechtigkeiten, die nach seinem Tod vor sich gingen.« Er seufzte. »Wir wollen nicht darüber reden. Es tut gut, zu Hause zu sein.«

»Wir haben dich vermisst. Wer ist der Mann, der mit dir kam?«

»Er heißt Parax. Er war unter den Gefangenen, die Jasaray machte. Jetzt dient er mir.«

»Dient?«

»Ich habe mich versprochen. Ich war zu lange mit den Menschen von Stone zusammen. Er ist mein Gefährte und, wie ich denke, mein Freund. Er wird mir helfen.«

»Wobei, Connavar?«

»Uns vorzubereiten, Vorna. Die Männer von Stone werden kommen. Vielleicht noch nicht nächstes Jahr. Aber sie werden kommen.«

»Ich weiß es. Ich sah es, als ich noch meine Kräfte hatte. Ihr Hunger ist unersättlich. Und du wirst gegen sie kämpfen. Auch das habe ich gesehen.« Die Sonne fiel auf das Schwert an der Wand und erhellte den Griff. Vorna starrte es an. »Es ist eine Seidh-Klinge. Wie bist du dazu gekommen?«

Connavar erzählte ihr von seiner Flucht aus Alin und seinem Erlebnis im Talis-Wald.

»Der Baum-Mann war der Thagda«, sagte sie, »Der Alte Mann des Waldes. Du bist wirklich gesegnet. Zeige mir das Schwert.« Er reichte es ihr, und sie betrachtete den Griff, den eingeprägten Bärenkopf auf dem Handschutz und das Kitz in den Dornen auf dem Knauf. Vorna lächelte. »Du weißt, wer dieses Schwert gemacht hat?«, fragte sie.

»Woher sollte ich?«, entgegnete er.

»Es war Riamfada. In der Nacht, in der er starb, sah ich seinen Geist zum Seidh-Wald laufen.«

Conn nahm das Schwert und betrachtete es mit neuen Augen. »Er versprach mir ein Schwert«, flüsterte er.

»Und er hielt sein Versprechen. Er ist jetzt einer von ihnen.« Aus dem Haus tönte das Weinen des Kindes. Vorna ging hinein, nahm Banouin aus seinem Bettchen, setzte sich ans Feuer und öffnete ihre Bluse. Das Kind begann hungrig zu saugen. Conn stand in der Tür und beobachtete die Szene.

»Ist es ein Junge?«, fragte er.

»Ja, ein Junge. Banouins Sohn.« Conn suchte nach Worten, und Vorna lachte. Er hatte sie noch nie lachen gehört, und es ließ ihn lächeln.

»Was ist?«, fragte er.

»Du wolltest etwas in der Art sagen, dass er Banouins Nase oder seine Augen hat. Aber du kannst es nicht, weil für dich alle Babys gleich aussehen. Wie verrunzelte alte Männer.«

Er grinste. »Hast du deine Kräfte wieder?«

»Ich brauche keine magischen Kräfte, um die Gedanken von Männern zu verstehen.« Sie lachte wieder. »Hast du deine Mutter schon gesehen?«

Er strahlte. »Ja. Sie und Ruathain sind wieder zusammen. Das ist schön.«

»Allerdings. Zusammen und glücklich.« Sie sah ihn aufmerksam an. »Du bist müde, Connavar. Geh' zu deiner Familie. Ruh' dich aus. Du kannst gern wiederkommen und uns besuchen, wenn du magst.«

»Das würde ich gern, Vorna.« Er ging zu ihr und streichelte dem Kind über den Kopf. Dann küsste er die Mutter auf die Wange.

Als er davonritt, spürte Vorna seinen Kummer. Er lastete schwer auf ihm, wie ein bleierner Mantel.

Ruathain bemerkte ebenfalls die Veränderung in Connavar, und sie machte ihn traurig. Er versuchte, das Problem direkt anzugehen, als sie auf der Weide standen und die Hengste begutachteten. »Was ist los, mein Junge?«

»Nichts, bei dem du mir helfen könntest, Ruathain. Ich werde mich zu gegebener Zeit darum kümmern. Aber es gibt etwas, um das ich dich bitten möchte. Diese Hengste hier sind, wie ich glaube, für unsere Zukunft lebenswichtig. Du hast zwei Ponyherden. Meine Hengste werden, so hoffe ich, eine neue Rasse von Schlachtrössern zeugen, schneller und stärker als jedes Pony, das wir zur

Zeit haben. Ein kräftigeres Pferd erlaubt einem Reiter, schwerere Rüstung zu tragen.«

Ruathain holte tief Luft. »Es sind schöne Pferde. Und ich werde sie züchten, so wie du mich bittest. Doch die Pferde sind nicht mein Hauptanliegen, Conn. Das bist du. Was hat dich verändert? Banouins Tod? Deine Zeit bei dem Volk von Stone? Was?«

Conn wandte den Blick ab, und als er sich wieder umwandte, war seine Miene weicher geworden. »Du hast recht. Ich habe mich verändert. Aber ich möchte noch nicht darüber sprechen. Ich kann nicht. Die Erinnerungen sind noch zu frisch. Wir reden bald, Vater.« Conn drehte sich um und ging zurück zu Ruathains altem Haus, das er jetzt mit Parax teilte. Ruathain sah ihm nach, dann ging er über die Weide zu Parax, der die Hengste mit Getreide fütterte.

Parax sah zu dem hoch gewachsenen Krieger auf, dann tätschelte er den langen Hals des Kastanienbraunen. »Schöne Tiere, nicht?«, sagte er.

»Wirklich schön. Willst du dich hier niederlassen?«

»Es ist ein gutes Haus.« Parax kletterte auf den Weidezaun und setzte sich hin. Ruathain tat es ihm nach.

»Mein Sohn sagt, ihr wärt euch im Land der Perdier begegnet.«

»Ja. Ich habe ihn für Carac verfolgt. Er ist ein schlauer Bursche, und ein Kämpfer.«

Ruathain sah dem Mann in die dunklen Augen. »Was ist mit ihm los?«, fragte er.

Parax zuckte die Achseln. »Er ist dein Sohn, Ruathain. Am besten fragst du ihn selbst.«

»Ich frage aber dich.«

Parax sprang vom Zaun. »Wir haben viel über dich gesprochen, Ruathain. Er liebt dich herzlich. Und er vertraut dir völlig. Aber eins musst du verstehen: Er trägt eine Last auf der Seele, und es ist seine Sache, darüber zu sprechen. Nicht meine. Und er wird es tun, wenn er dazu bereit ist. Gib ihm Zeit, Ruathain. Die Luft hier ist gut, und die Berge sind schön. Hier hat er Menschen, die ihn lieben. Eines Tages – und ich hoffe bald – wird die Last ein wenig leichter werden. Dann wirst du – vielleicht – den Sohn sehen, den du kanntest.«

»Vielleicht?«

Parax zuckte die Achseln. »Ich kann es nicht mit Gewissheit sagen. Das kann niemand. Aber, wie schon gesagt, er ist ein Kämpfer. Lass' ihm Zeit.«

Conn trat mit einem schweren Sack aus dem Haus. Er ging über die Weide am Haus seiner Familie vorbei, überquerte die erste Brücke und ging zur Schmiede von Nanncumal. Der kahle, stämmige Schmied arbeitete an seinem Amboss, als Conn eintrat. Als er ihn sah, lächelte Nanncumal kurz und hämmerte weiter auf einem Hufeisen herum, ehe er es in ein halbiertes Fass mit Wasser tauchte. Dampf stieg zischend auf. Der Schmied legte den Hammer und seine Zangen weg und wischte sich mit einem trockenen Lappen den Schweiß von der Stirn.

»Was führt dich in meine Schmiede?«, fragte er den Jüngeren. Conn öffnete den Sack und zog ein langes, glänzendes Kettenhemd heraus, das aus hunderten kleiner, miteinander verbundener Ringe bestand. Er warf es dem Schmied zu, der es auffing und dann in die Sonne hinaustrug, um es zu untersuchen. Nanncumal setzte sich auf eine breite, aus Eichenholz gezimmerte Bank. Conn nahm neben ihm Platz. Der Schmied studierte das Kettenhemd schweigend eine Zeitlang. Die Ringe waren winzig, das Stück fühlte sich an wie schweres Tuch. »Das ist erstaunlich«, sagte er schließlich. »Schön gearbeitet. Dadrin stecken Monate sorgfältiger Arbeit, Connavar. Von einem Meister. Ich danke dir, dass du es mir gezeigt hast.«

»Kannst du es nachmachen?«

»Ganz ehrlich? Nein, ich glaube nicht. Ich wünschte, ich hätte Zeit, es zu versuchen.«

»Du hast zwei Söhne, die bei dir lernen, und die Hufeisen, Türangeln, Pflugscharen, Nägel und Schwerter machen können.«

»Ja, aber es gibt genug Arbeit für uns alle drei. Es würde Wochen dauern, bis ich die Arbeitsweise begriffen habe, die in diesem Hemd steckt, und Monate des Herumprobierens, um das nachzumachen. Meine Familie muss schließlich essen, Connavar.«

Conn öffnete die Börse an seinem Gürtel und holte drei Goldmünzen hervor, die er in Nanncumals große Pranke fallen ließ. »Himmel, Junge! Sind die echt?«

»Sie sind echt.«

Nanncumal betrachtete aufmerksam das Gesicht auf den Münzen und die Lorberkränze, die auf der Rückseite eingeprägt waren. »Wer ist das?«, fragte er.

»Carac von den Perdiern.«

»Der König, den du getötet hast?«

»Genau der. Wirst du nun Kettenhemden für mich machen?«

»Kettenhemden? Wieviele willst du denn?«

»Hundert.«

»Was? Das ist unmöglich, Conn. Soviele kann ich in meinem ganzen Leben nicht schaffen.«

»Du brauchst sie nicht alle selbst zu machen. Ich habe bei sechs anderen Riganten-Schmieden jenseits des Flusses ähnliche Hemden gelassen. Ich werde noch drei weitere nach Alteneichen zu den dortigen Schmieden bringen.«

»Du bist auf deinen Reisen wohl reich geworden, Junge.«

»Reichtümer interessieren mich nicht«, sagte Conn. »Ich möchte noch eine Sache an dem Hemd zusätzlich haben. Eine Kettenkapuze, die den Nacken schützt.«

»Eine vernünftige Ergänzung«, pflichtete ihm Nanncumal bei. »Ich würde auch vorschlagen, die Ärmel zu kürzen. Dieses Hemd war für eine bestimmte Person gedacht. Es würde Zeit, Mühe und Geld sparen, wenn sie nur bis zum Ellenbogen gingen.«

»Stimmt. Dann machst du es also?«

»Willst du sie weiterverkaufen?«

»Nein. Ich will sie verschenken.«

»Das verstehe ich nicht. Zu welchem Zweck?«

»Überleben«, antwortete Connavar. »Wie geht es Govannan?«

»Gesund und munter. Er ist mit den anderen jungen Männern in Hoheneichen und nimmt dort an den Spielen teil. Er wird sich freuen, dich zu sehen.« Der Schmied machte eine Pause. »Genau wie ich«, sagte er dann leise. »Deine Familie und meine sind sich ... nicht immer ... grün gewesen. Ich habe mich in dir getäuscht, Conn. Ich hoffe, wir können die Vergangenheit begraben.«

Conn lächelte. »Ich habe nie deine Nägel geklaut, aber ich habe versucht, deine Tochter zu stehlen.« Er streckte seine Hand aus. Der Schmied schüttelte sie.

»Du wärst mit den Nägeln besser bedient gewesen«, sagte er traurig. »Lass' mir das Kettenhemd da. Ich fange morgen mit einem Plan an und beginne nächste Woche mit der Arbeit.«

Prächtig anzusehen in weißem Gewand und bekränzt mit Eichenblättern, schlenderte Bruder Sonnwend über das Spielfeld, sah Läufern und Ringern, Faustkämpfern und Speerwerfern zu. Er hatte die Spiele immer geliebt und die leise - wenn auch vergebliche - Hoffnung gehegt, dass eines Tages solcher Zeitvertreib das Bedürfnis nach Krieg und Gewalt ersetzen würde. Er erinnerte sich daran, wie er einmal an den Spielen teilgenommen und den Silberstab gewonnen hatte. Er hatte den pannonischen Champion nach über einer Stunde wilden Faustkampfes niedergeschlagen. Leider blickte er immer noch voller Stolz auf diesen Augenblick zurück, was, wie er wusste, zeigte, wie weit er auf seiner Suche nach spiritueller Erfüllung noch zu gehen hatte.

Während er durch die Menschenmenge schlenderte, sah er den jungen Connavar, der am Rand stand und zusah, wie sich die Läufer auf das Zehn-Kilometer-Rennen vorbereiteten. Bruder Sonnwend betrachtete ihn aufmerksam. Der Junge hatte sich verändert seit jenem Tag in Alteneichen. Er war größer, breitschultriger und trug inzwischen einen Bart. Der Bart war der eines jungen Mannes, er war dünn und verdeckte kaum die Haut, und es zog sich eine weiße Linie hindurch, die Narbe, die von dem Kampf mit dem Bären stammte. Sein Haar war schulterlang und rot mit goldblonden Strähnen. Bruder Sonnwend ging zu ihm hinüber und begrüßte ihn. Connavar schüttelte ihm die Hand, und der Druide sah ihm in die verschiedenfarbigen Augen.

»Wie geht es dir, Connavar?«

»Gut, Druide. Und dir?«

Bruder Sonnwend beugte sich vor und sagte leise. »Ein Gespräch zwischen alten Freunden sollte nie mit einer Lüge beginnen.«

Connavar lächelte knapp. Das Lächeln erreichte jedoch nicht seine Augen. »Du weißt, wie es heißt, Bruder, ein geteiltes Problem sei ein doppeltes Problem. Also bitte ich dich, die Lüge hinzunehmen.«

»Wie du willst, mein Freund.« Der Druide sah sich die Läufer an. »Ist das da dein Bruder Braefar?«

»Ja. Ich glaube, er wird gut abschneiden. Er war immer schon flink mit den Beinen.«

Der Kampfrichter hob die Hand. Die dreißig Läufer stellten sich in einer Zick-Zack-Linie auf.

»Los!« brüllte der Kampfrichter. Als sie den Hügel hinunterjagten, wanderten Connavar und der Druide zu den Imbissständen. Bruder Sonnwend kaufte einen Krug Bier. Connavar lehnte ab, mit ihm zu trinken.

»Ich habe mich gefreut, Ruathain und Meria wiedervereint zu sehen«, sagte der Druide. »Sie tun einander gut.«

»Ja, es ist schön, Ruathain wieder glücklich zu sehen«, stimmte Connavar zu. »Wo ist der Baron heute? Ich hatte gehofft, mit ihm sprechen zu können.«

Bruder Sonnwend deutete auf eine Gruppe von Edelleuten am anderen Ende des Geländes, die sich unter einem schwarzen Baldachin zusammendrängten. »Siehst du die Frau in Grün, mit dem langen roten Haar und der weißen Strähne?«

»Ja.«

»Das ist Llysona, die Frau des Barons. Sie haben sich … auseinander gelebt. Heute ist *ihr* Tag. Entsprechend ihrer Vereinbarung wird der Baron nicht erscheinen. Sie haben einander seit – was? – acht Jahren nicht gesehen. Sie lebt heute an der Ostküste.«

Connavar sagte nichts. Sein Blick war auf die Gruppe gerichtet. »Wer ist die große junge Frau an ihrer Seite? Die in dem weißen Kleid?«

»Das ist Tae, ihre Tochter.«

»Sie ist sehr hübsch.«

»Das ist sie allerdings. Der kräftige Mann, der um sie herumlungert, ist Fiallach. Manche sagen, dass sie ihn im Frühling heiraten wird.«

»Der große Mann in dem roten Hemd?«, fragte Conn. Bruder Sonnwend nickte, sein Blick ruhte auf der massigen Gestalt, die neben der schlanken Tae aufragte. Fiallach war gut einsfünfundachtzig groß, kräftig gebaut, mit fassförmiger Brust und gewaltigen Schultern. Sein blondes Haar war zu einem Pferdeschwanz gebunden, und er trug weder Schnurrbart noch Bart, was unter den Riganten selten war. Seine Augen standen weit auseinander in dem breiten Gesicht, seine Augenbrauen waren flach, ebenso wie seine Wangenknochen. Keine scharfen Knochen, die die Haut unter den Fäusten eines Gegners aufplatzen ließen, dachte der Druide. Conn sagte wieder etwas, er wiederholte seine Frage. »Der in dem roten Hemd?«

»Ja. Du wirst ihn später im Finale des Faustkampfes sehen. Den wird er auch gewinnen.«

»Er sieht alt aus.«

Bruder Sonnwend lachte. »Ja, er ist dreißig. Das Grab winkt schon.«

Conn grinste. »Ich meinte, alt für sie. Wie alt ist sie, sechzehn?«

»Siebzehn. Möchtest du, dass ich dich ihr vorstelle?«

Conn schüttelte den Kopf. Ein Mann mittleren Alters kam auf sie zu. Connavar stellte Parax dem Druiden vor. Bruder Sonnwend sah ihn genau an und bemerkte die Schärfe in den tiefliegenden Augen. Parax starrte ihn genauso abschätzend an. Bruder Sonnwend grinste. »Zäh wie alte Eiche. Aber ein guter Mann«, sagte er zu Conn.

»Das weiß ich, Bruder.«

»Ich bin noch da«, brummte Parax. »Mir wäre lieber, ihr würdet warten, bis ich weg bin, bevor ihr über mich redet.«

»Aber er ist leicht gereizt«, sagte Conn. »Ich schätze, das liegt an seinem Alter.« Parax fluchte. Conn machte ein entsetztes Gesicht. »Und er hat keine Manieren, Bruder. Wie kann man so etwas vor einem Druiden sagen? Abscheulich.«

Bruder Sonnwend schlug Parax auf die Schulter. »Ich entschuldige mich bei dir. Ich wollte nicht respektlos sein. Es ist schön zu sehen, dass Conn einen würdigen Freund gefunden hat.«

Der Druide ging davon, um sich das Speerwerfen anzusehen. Ein junger Pannone gewann den Wettbewerb.

Weniger als eine Stunde später jubelte Bruder Sonnwend mit den anderen, als das Zehn-Kilometer-Rennen sich seinem Ende näherte. Braefar erreichte den Hügelkamm als zweiter, doch er legte noch einen Spurt ein, um einen Läufer aus Süd-Rigantien zu schlagen.

Dann begann das Finale der Faustkämpfe. Fiallach gewann brutal, indem er seinem Gegner einen Schlag nach dem anderen ins Gesicht hieb. Seine Hände waren schnell, die Kraft, die hinter den Schlägen lag, Furcht einflößend. Bruder Sonnwend fand keinen Gefallen an dem Kampf. Er hatte den Eindruck, der blonde Fiallach empfände zu viel Vergnügen daran, dem anderen Schmerzen zuzufügen. Er hätte seinen Gegner sehr viel schneller erledigen können. Stattdessen spielte er mit ihm und brachte ihm außer der Niederlage noch die Demütigung ein. Der Druide wünschte, dass er selbst noch kämpfen könnte. Er wäre zu gerne in die Arena getreten und hätte Fiallach eine Kostprobe seiner eigenen Brutalität verabreicht. Bruder Sonnwend schloß die Augen und flüsterte ein beruhigendes Gebet.

Als Fiallach der Silberstab überreicht wurde, ging der Kämpfer zum Rand der Menge, schlang seinen Arm um die große, schlanke Tae und küsste sie auf die Stirn. Der Druide merkte, dass sie leicht vor ihm zurückwich, und obwohl sie lächelte, schien sie von der Berührung verärgert zu sein.

Der Duft von gebratenem Fleisch zog über das Gelände. Bruder Sonnwend hätte zu gern davon gekostet, das salzig-würzige Aroma, das einem den Mund wässrig machte. Er schob den Gedanken von sich und versuchte, Begeisterung für den heißen, gesalzenen Haferbrei zu empfinden, den er abends verspeisen würde. Ein Druide zu sein war nicht immer leicht.

»Daans Grüße, Bruder Sonnwend«, sagte Tae und stellte sich neben ihn.

Sie war groß für eine Frau, knapp einsachtzig. Er sah in ihre dunkelbraunen Augen und versuchte, nicht die sanften Kurven unter dem weißen Wollkleid zu beachten, sondern sich auf den silbernen Stirnreif zu konzentrieren, der ihr langes, dunkles Haar zurückhielt. »Mögen die Geister dich segnen, Kind«, erwiderte er. »Machen dir die Spiele Spaß?«

»Ich hätte mehr Spaß daran, Bruder, wenn ich daran teilnehmen dürfte.«

Das war, wie Bruder Sonnwend dachte, eine köstliche Vorstellung. Frauen, die an sportlichen Wettkämpfen teilnahmen. Bilder tauchten in seiner Vorstellung auf, und wieder einmal bedauerte er die Schattenseiten seiner Berufung.

»Geht es deiner Mutter gut?«, fragte er.

»Ja. Sie genießt die Spiele jedesmal. Ich glaube, sie vermisst die Berge. Ich selbst liebe das Meer. Ich sitze da und schaue stundenlang aufs Meer hinaus – vor allem, wenn es aufgewühlt ist und der Himmel die Farbe von Blei hat.«

Bruder Sonnwend lächelte höflich und wartete darauf, dass sie zur Sache kam. »Sag' mir«, sagte sie endlich und versuchte, beiläufiges Interesse an den Tag zu legen. »Wer war der junge Mann, mit dem du vor dem Zehn-Kilometer-Rennen gesprochen hast?«

»Ich habe mit vielen jungen Männern gesprochen, meine Dame. Wie sah er denn aus?«

»Er war groß. Und hatte eine weiße Strähne in seinem Bart.«

»Ach, ja. Das muss Connavar gewesen sein. Er stammt aus Dreibach.«

»Der Mann, der den bösen König tötete?«

»Und gegen den Bären kämpfe. Ja, genau der. Möchtest du, dass ich dich ihm vorstelle?«

»Nein, keineswegs. Ich war nur neugierig.« Sie verharrte ein Weilchen in unbehaglichem Schweigen. »Ist seine Frau mit ihm hier?«

»Ich glaube nicht, dass er schon verheiratet ist. Nicht einmal verlobt.«

Fiallach kam zu ihnen. Sein massiger Oberkörper war nun in ein rotes Seidenhemd gehüllt. »Ich grüße dich, Druide«, sagte er. »Hast du meinen Kampf gesehen?«

»Ja, Fiallach. Herzlichen Glückwunsch.«

»Wenn das von einem früheren Meister kommt, ist das

gut zu hören. Glaubst du, du hättest gegen mich gewinnen können? In deiner Blütezeit, meine ich?«

Bruder Sonnwend lächelte. »Die schlimme Wahrheit über Kämpfer, junger Mann, ist die, dass sie alle glauben – mich eingeschlossen – dass sie die besten sind. Tatsächlich ist das das notwendige Selbstvertrauen, das sie treibt. Doch es gibt immer einen besseren, irgendwo. Das ist die Natur der menschlichen Welt. Ich hatte das außerordentliche Glück, während meiner aktiven Zeit niemals einem solchen Mann zu begegnen. Hoffen wir, dass du dasselbe Glück hast, Fiallach.« Beim Sprechen legte er seine Hand auf Fiallachs Schulter. In diesem Augenblick spürte er all den Zorn und die Bitterkeit in der Seele des Riesen, doch noch tiefer lag eine große Traurigkeit und ein Bedürfnis, das den Druiden überraschte.

Bruder Sonnwend ließ sie allein und dachte darüber nach, was er erfahren hatte. Auf den ersten Blick war Fiallach brutal und grausam, freute sich daran, andere zu demütigen, die er für geringer hielt. Doch da war noch ein anderer Fiallach, tief in ihm vergraben, verborgen unter den Gewitterstürmen von Bitterkeit, Frustration und Zorn. Wie ein goldener Same, der in einer Schlangengrube lag.

Würde er erblühen oder sterben?

Bruder Sonnwend wusste es nicht.

Tae blickte zum Mond hinauf. Man konnte ihn durch den Rauch der Kochfeuer kaum sehen. Wieder setzte die Musik ein, und Tänzer begannen sich im Kreis zu drehen. Tae lehnte sich zurück, erleichtert, dass Fiallach, der etwas zu trinken holen wollte, nun in ein Gespräch mit einem Kaufmann von jenseits des Wassers versunken war. Wenn er an ihrer Seite war, bat kein anderer Mann sie jemals zum Tanz. Sie sah zu Connavar hinüber, der sich mit ein paar jungen Männern unterhielt. Wo er auch hinging, so schien es, wollten die Leute mit ihm reden.

Sie war sicher, dass er sie angesehen hatte, aber selbst, als sie in der Nähe war, hatte er nicht mit ihr gesprochen, und einmal, als sich ihre Blicke begegneten, hatte er nicht gelächelt. Ob er ebenfalls Angst vor Fiallach hatte?

Die bedrückende Gegenwart des riesigen Kriegers war ärgerlich. Jedermann erwartete, dass sie ihn im Frühjahr heirateten. Einschließlich Mutter. Fiallach hatte sich sogar angwöhnt, ein Gespräch mit ihr mit den Worten: ›Wenn wir erst verheiratet sind …‹ zu beginnen.

Es war nicht so, dass sie ihn nicht mochte. Er gehörte zu ihrem Leben, seit sie denken konnte, und als Kind hatte sie ihn angebetet. Fiallach wirkte so stark, so beständig. Aber wenn sie an ihre Hochzeit dachte, wenn sie von dieser ersten Nacht träumte, dann kam in dieser Vorstellung niemals Fiallach vor. Und wenn sie versuchte sich vorzustellen, neben ihm zu liegen, nackt und allein, dann schauderte sie, und ein Gefühl des Entsetzens überkam sie.

Wenn wir erst verheiratet sind…

Es war empörend, dass er sie noch nicht einmal gefragt hatte, sondern ihr Einverständnis einfach für selbstverständlich hielt. Tae schaute zu den Tänzern hinüber. Ein junger Mann rannte über den Tanzboden und sprang durch die Flammen. Er landete leichtfüßig und lief zurück zu den wartenden Frauen. Er war blond und biegsam, und sie erkannte in ihm den Gewinner des Zehn-Kilometer-Rennens wieder, dem sie den Preis überreicht hatte. Sein Name fiel ihr nicht mehr ein, aber sie erinnerte sich, dass er Connavars Bruder war. Ihre Blicke trafen sich, und sie lächelte. Er verbeugte sich und blieb vor ihr stehen.

»Möchtest du gerne tanzen?«, fragte er.

»Nein, möchte sie nicht«, sagte die grollende Stimme Fiallachs.

»Doch, ich möchte«, sagte Tae und erhob sich. Der junge Mann sah verwirrt drein, doch er streckte die Hand nach Taes Hand aus. Fiallach machte einen Schritt nach vorn und schlug die Hand fort. Zornig sah Tae zu ihm auf. Sein Gesicht war gerötet, seine Augen funkelten wütend.

Der junge Mann stand ganz still, und Tae konnte seine Angst spüren. Er hatte sich nicht gerührt. Fiallach stürzte sich auf ihn, schlug ihm gegen die Brust, sodass er rücklings dicht ans Feuer fiel. Einen Augenblick lang glaubte Tae, er würde in die Flammen rollen. Fiallach stürzte ihm nach.

Die Musik erstarb, als die Tänzer vom Feuer zurückwichen.

»Hör sofort auf!«, rief Tae. Der Junge kam mühsam auf die Füße, als Fiallach sich mit erhobener Faust über ihm aufbaute.

»Wenn du den Schlag ausführst, bringe ich dich um«, sagte eine Stimme. Die Worte waren ohne besonderen Nachdruck gesprochen, was ihre Wirkung nur verstärkte. Fiallach erstarrte. Der junge Mann zog sich zurück. Langsam drehte sich Fiallach um. Tae sah, wie Conn vortrat. Obwohl er mindestens einsachtzig war, wirkte er gegen die massige Gestalt von Fiallach klein.

»Du wagst es, mir zu drohen?«, murmelte Fiallach.

»Was hat mein Bruder getan, das es rechtfertigen würde, ihn zu schlagen?«, fragte Connavar. Seine Stimme klang gelassen und beiläufig. Das Fehlen jeder Aggression verwirrte den großen Krieger.

Ehe er antworten konnte, rief der junge Mann: »Ich habe die Dame nur zum Tanz aufgefordert, Conn. Das ist alles. Dann hat er mich geschlagen.«

Bruder Sonnwend löste sich aus der Menge. »Was gibt es für ein Problem?«, fragte er.

»Es gibt kein Problem«, antwortete Connavar mit einem leichten Lächeln. »Lediglich ein Missverständnis.« Er ging auf Tae zu und verbeugte sich. »Möchtest du tanzen?«, fragte er sie.

»Ja, gern«, antwortete sie. Er nahm ihren Arm und

führte sie auf die Tanzfläche, dann rief er den Musikern etwas zu. Sofort begannen sie wieder zu spielen. Andere Tänzer schlossen sich ihnen an, doch Tae warf immer wieder einen Blick zurück auf Fiallach, der sie von der anderen Seite des Feuers her finster anstarrte. Connavar tanzte gut, und für ein Weilchen verdrängte Tae alle Gedanken an Fiallach. Als die Musik endete, nahm sie Connavar am Arm. »Das wird er dir nicht vergessen«, sagte sie.

»Wer wird nicht vergessen?«, fragte er.

»Fiallach. Er ist rachsüchtig.«

»Ach so. Mach' dir keine Sorgen. Ich hörte, du lebst an der Küste.«

Tae freute sich, dass er sich Zeit genommen hatte, sich nach ihr zu erkundigen. »Ja. Es ist sehr schön dort. Magst du das Meer?«

»Ich schaue es mir lieber an, als darauf herumzufahren.« Sie gingen von der Tanzfläche zu den Essenständen, wo Connavar ihr einen Becher Apfelsaft holte. Dann setzten sie sich in eine ruhige Ecke, weg von der Menge.

»Machst du dir wirklich keine Sorgen wegen Fiallach?, fragte sie.

Er zuckte die Achseln. »Entweder er ist hinter mir her oder nicht. Ich kann ihn nicht daran hindern. Warum sollte ich mir also Sorgen machen? Was würde das bringen?«

»Er hat beschlossen, mich zu heiraten«, sagte sie. »Darüber mache ich mir Sorgen. Auch wenn es nichts bringt.«

»Und wie sieht deine Entscheidung aus?«

»Ich weiß es nicht. Ich habe einmal die Kutsche meines Vaters gelenkt, und die Pferde sind durchgegangen. Ich konnte nicht anders, als sie einfach laufenlassen, bis sie müde waren.«

Er lächelte. »Und du glaubst, Fiallach ginge auch irgendwann die Puste aus?«

»Vielleicht. Wer weiß? Hast du mich zum Tanzen aufgefordert, weil du mit mir tanzen wolltest – oder um Fiallach zu ärgern?«

»Ein wenig von beidem«, gab er zu.

»Hättest du mich gefragt, wenn Fiallach deinen Bruder nicht angegriffen hätte?«

»Nein.«

Die Antwort verstimmte sie. »Na, dann hast du dein Ziel ja erreicht. Dann sage ich dir gute Nacht.«

»Warte!«, bat er, als sie aufstand. Connavar stand ebenfalls auf. »Ich komme gerade aus einem Krieg zurück – einem grausigen Krieg.« Er schwieg einen Augenblick. Dann sah er ihr in die Augen. »Ich habe keine Zeit für persönliche Vergnügungen. Eines Tages wird der Krieg über das Wasser schwappen. Ich muss Vorbereitungen treffen.«

»Du musst Vorbereitungen treffen? Verzeih mir, ich weiß, dass du ein Held bist. Jeder sagt das. Aber du bist kein Häuptling. Warum spielt es also eine Rolle, ob *du* vorbereitet bist?«

»Weil es so sein wird«, sagte er. Seine Stimme war genauso gleichmütig, wie er zu Fiallach gesprochen hatte, ohne Arroganz oder falschen Stolz.

»Dann kann ich ja beruhigt schlafen, wenn ich weiß, dass du bereit bist«, sagte sie. »Fiallach ist auch bereit. Er redet von nichts anderem als von Schlachten. Ich glaube, er freut sich geradezu darauf.«

Endlich sah er, zu Taes Freude, unbehaglich aus. »Dann ist er ein doppelter Idiot. Aber ich rede nicht von Schlachten. Ich rede von Krieg. Schlachten sind nur ein kleiner Teil dieses Ungeheuers.«

»Ungeheuer? Hältst du Krieg für etwas Lebendiges?«

»Ja. Ich habe gesehen, wie es tötet. Ich habe gesehen, wie es die Herzen der Menschen verfinstert. Ich habe Dinge gesehen, die die Seele zu Eis werden lassen.« Er schauderte plötzlich. »Und ich werde nicht zulassen, dass dieses Ungeheheuer die Berge von Caer Druagh besudelt.« Er nahm ihre Hand und küsste die Handfläche. »Ich bin froh, dass Fiallach meinen Bruder geschubst hat. Denn weil ich mit dir zusammen war, ist mein Herz froher geworden.« Connavar ging mit ihr zu den Freudenfeuern zurück, machte eine tiefe Verbeugung vor ihr und schlenderte davon.

Fiallach kam zu ihr. »Du hast mich beschämt«, sagte er. »So darf sich eine verlobte Frau nicht benehmen.«

»Ich bin nicht verlobt«, entgegnete sie. »Weder mit dir – noch mit irgendeinem anderen.«

Seine Augen verengten sich. »Wir waren uns doch einig.«

»Nein. *Du* warst dir einig. Nicht ein einziges Mal hast du mich gefragt, ob ich dich heiraten will.«

Da lächelte er. »Ah. Du bist wütend auf mich. Ich verstehe. Ich habe … übereilt auf den Jungen reagiert. Das stellen wir auf der Heimreise wieder richtig.«

Der Baron blickte zu den Bäumen auf, als er von der Hinrichtung zurückritt. Die Blätter färbten sich golden, und in der Luft hing ein Hauch von Winter. Seine arthritische Schulter pochte vor Schmerz, und die nutzlosen Finger seiner linken Hand fühlten sich an wie von heißen Nadeln gestochen. An seiner Seite ritt der weiß gekleidete Bruder Sonnwend. Die beiden Männer ritten vor den zahlreichen Fußgängern schweigend zurück nach Alteneichen.

Als sie die Ratshalle erreichten, übernahm ein junger Stallbursche ihre Ponys. Der Baron ging direkt in sein Wohnzimmer und ließ sich dicht am Feuer in einen breiten Sessel fallen. Bruder Sonnwend nahm eine Karaffe mit Uisge von einem Regal und goss großzügig in zwei bunt bemalte Becher ein. Der Baron nippte an der goldenen Flüssigkeit und seufzte.

»Wir hätten ihn einfach umbringen sollen«, sagte er. »Still und ohne Aufhebens.«

Bruder Sonnwend antwortete nicht. Das Verfahren und anschließende Ertränken von Senecal hatten ihn deprimiert. Er hatte den jungen Mann sein Leben lang gekannt. Senecal war kein böser Mann, nur dumm und leicht zu lenken. Von allein wäre er nie auf den Gedanken zu kommen, seine Eltern zu ermorden. Unter dem Einfluss von Ferol jedoch war er dem Bösen verfallen.

Die Jäger hatten ihn in seiner eigenen Hütte gefunden, wo er naiv darauf wartete, die Fähre zu bedienen. Seine einzige Verteidigung vor Gericht war, dass Ferol seine Eltern getötet hätte und dass er selbst zu viel Angst vor Ferol hatte um wegzulaufen und ihn anzuzeigen. Bruder Sonnwend glaubte ihm, aber das Gesetz war eisern, und Senecal bekam seine volle Wucht zu spüren. Als das Urteil gesprochen wurde, hatte er um Gnade gefleht und sich geweigert, seinem Tod entgegenzugehen. Nachdem man ihn aus dem Saal gezerrt hatte, hatte er sich losgerissen und sich zu Boden geworfen, die Arme um einen Pfosten geschlungen. Zwei Wächter mussten ihn losreißen, dann wurde er gefesselt und auf einen Wagen geworfen. Senecal hatte während der ganzen Fahrt zur Hinrichtungsstätte geweint und geschrien.

Der Baron hatte sein Pony herumgerissen und war zurück zu dem schreienden Gefangenen geritten. »In Taranis' Namen!«, donnerte er. »Kannst du nicht mal in der Stunde deines Todes ein Mann sein?«

»Tötet mich nicht! Bitte, tötet mich nicht!«, wimmerte Senecal. Der Baron ließ ihn knebeln.

Die Beine mit Ketten zusammengebunden, die Hände gefesselt, wurde Senecal in den Sumpf geworfen. Das schlammige Wasser hatte sich rasch über seinem Kopf geschlossen, der Körper versank, um sich zu den anderen Mördern zu gesellen, die in der Tiefe lagen.

Im Wohnzimmer leerte Bruder Sonnwend seinen

Uisge. Der Baron war in Gedanken versunken und starrte blicklos ins Feuer. Bruder Sonnwend betrachtete ihn und sah die Müdigkeit in dem von den Jahren gezeichneten Gesicht. »Bei den Göttern, das lässt einen nachdenken«, flüsterte der Baron. »Mein Leben lang habe ich geglaubt, dass die Riganten wären ein besonderes Volk, ganz anders als die mörderischen Fremden. Aber das sind wir nicht, oder?«

»Doch, das sind wir«, sagte der Druide mit Nachdruck. »Ich bin weit gereist, bis Stone sogar. Überall gibt es Kriminelle und Gesetzlose, Mörder, Vergewaltiger, Verführer. Überall. In den großen Städten geschehen fast jede Stunde Verbrechen an Menschen. Hier in den Bergen ist ein solcher Mord noch immer - den Göttern sei Dank - ein seltenes Vorkommnis. Im allgemeinen sorgen wir füreinander und wir leben in relativer Harmonie mit unseren Nachbarn. Ich habe bei den Riganten nur wenig gesehen, das gemein oder grausam war.«

Der Baron sah seinen Freund an. »Und das sagst du, nachdem ein Mann zum Tode verurteilt wurde, der an der Ermordung seiner Eltern Teil hatte?«

»Es gibt immer ein paar wurmstichige Äpfel - selbst am besten Baum.«

Eine Weile schwiegen sie, beide in Gedanken versunken. Bruder Sonnwend fragte sich, ob seine Worte wirklich weise waren. Ja, er glaubte, dass die Riganten etwas Besonderes waren, aber wieviel von dieser Einzigartigkeit gründete sich auf das Leben in den Bergen, wo Nachbarn gezwungen waren, sich aufeinander zu verlassen, und wo jeder Mann und jede Frau eine Rolle im Leben des Stammes zu spielen hatte? Und wieviel lag in den Händen der Seidh? Nach den Lehren der Druiden lag die Magie im Land, Magie, die aus Geist geboren war. Die Seidh, so glaubten die Druiden, waren die Hüter dieses Geistes. Sonnwend hatte die Kraft oft in seinem Leben gespürt, wenn er auf hohe Gipfel kletterte und über das

Land blickte, und sein eigener Geist in die Höhe stieg, sobald die Magie der Berge ihn durchströmte.

Er hielt seinen Uisge in der Hand und studierte das Gesicht des alten Mannes am Feuer. Der Baron regierte Nord-Rigantium jetzt seit fast vierzig Jahren mit Weisheit, Liebe, Schlauheit und Feingefühl und – wie heute – mit erbarmungsloser Beachtung der Gesetze. Die Jahre waren mit dem Baron nicht freundlich umgegangen. Sein kräftiger Oberkörper war ausgemergelt, seine Gelenke ächzten schmerzhaft, sein Herz würde bald seinen letzten Schlag tun.

»Der nächste Winter kommt«, flüsterte der Baron. »Die Jahre vergehen viel zu schnell.« Der alte Mann rieb sich die Schulter.

»Du solltest mehr Nesseltee trinken – und weniger Uisge«, sagte Bruder Sonnwend. »Das hilft gegen die Schmerzen.«

Der Baron grinste. »Aber es macht mich auch nicht mehr jung.«

»Ist es das, was du willst? All diese törichten Fehler noch einmal begehen?«

Der Baron strich sich den silbergrauen Bart. »Ich hatte mein Leben, mein Freund, und ich habe es voll ausgekostet. Ich bedaure nichts. Die meisten meiner Feinde sind tot. Die meisten meiner Freunde auch, wenn ich es recht bedenke. Aber ich bin als stolzer Mann durch dieses Leben gegangen. Nein, ich will nicht alles noch einmal machen, aber ich vermisse die schwindelnde Begeisterung der Jugend, das Laufen, Kämpfen, Herumhuren.«

»Du hast diese Woche dreimal ein Freudenmädchen dagehabt«, bemerkte Bruder Sonnwend. »Das Herumhuren kannst du also wohl kaum vermissen.«

Der alte Mann kicherte. »Du hast recht. Aber ich lasse sie in erster Linie herkommen, um mir Gesellschaft zu leisten, um mein Bett zu wärmen. Mir fehlt meine Frau.

Manchmal glaube ich nachts fast, Llysona meinen Namen rufen zu hören.« Er schauderte und streckte seine Hände dem Feuer entgegen.

»Du sprichst von ihr, als ob sie tot wäre, mein Freund.«

»Für sie bin ich tot. Daran besteht kein Zweifel.« Der Baron sah dem Druiden in die Augen. »Glaubst du, wenn ich zu ihr ginge, sie würde mir verzeihen und zurückkommen?«

»Ausgeschlossen«, antwortete Bruder Sonnwend. »Würdest du, wenn die Situation genau umgekehrt wäre?«

Der Baron schüttelte traurig den Kopf. »Nein, würde ich nicht.« Plötzlich lachte er. »Genau umgekehrt? Ich glaube, wenn ich Llysona mit *meiner* Schwester im Bett gefunden hätte, wäre ich an dem Schock gestorben.«

»Genau umgekehrt würde bedeuten, sie wäre mit deinem Bruder im Bett gewesen«, erläuterte der Druide pedantisch.

»Ich weiß, ich weiß. Ich wollte doch nur einen Scherz machen. Verdammt, und dabei war die Schwester es noch nicht einmal wert. Sie versprach viel und hielt wenig. Aber ich vermisse Llysona – und das Kind, zu sehen, wie es heranwächst.«

»Das Kind ist siebzehn und wird wahrscheinlich im Frühjahr heiraten.«

»Siehst du, was ich meine?«, sagte der Baron. »Die Jahre fliegen vorbei wie Wintergänse.« Das behagliche Schwei-gen stellte sich wieder ein, und sie tranken einen zweiten Becher Uisge. Dann sprach der Baron wieder. »Glaubst du, die Seewölfe werden uns im Frühjahr wieder überfallen?«

»Das lässt sich unmöglich voraussagen«, gab Bruder Sonnwend zu. »In den vergangenen Jahren gab es gelegentliche Überfälle. Aber keinen an unserer Küste. Was bringt dich zu der Annahme, es könnte passieren?«

»Vielleicht auch nicht. Aber wir hatten zu lange Glück. Ich wünschte, ich hätte einen Sohn. Es gibt niemanden, der mir nachfolgen könnte. Jedenfalls niemanden, dem ich vertraue.«

»Du vertraust doch Maccus. Er ist ein guter Mann.«

»Ja, schon. Aber das bisschen Ehrgeiz, das er hatte, starb mit seiner Frau. Und der Rest? Fiallach mangelt es an Klugheit, und er ist nicht beliebt. Die anderen sind alle kleinliche Rivalen. Wenn einer von ihnen Baron würde, gäbe es endlose kleine Querelen. Vielleicht sogar zivilen Ungehorsam. Schlimmstenfalls könnte es zum Krieg kommen. Und wenn die Seewölfe dann in entsprechender Zahl kämen, könnten sie gewinnen. Und das, mein Freund, ist ein unerträglicher Gedanke.«

»Was willst du machen?«, fragte Bruder Sonnwend.

»Ich bin noch nicht sicher. Mir gefällt, wie der junge Connavar aussieht – und klingt. Er hat die Anlagen für Größe. Die Hengste mitzubringen war eine gute Idee. In ein paar Jahren werden wir größere, stärkere und schnellere Schlachtrösser haben. Aber er ist noch jung. Wenn ich fünf Jahre hätte, um ihn auszubilden …«

»Gib ihm eine Mission. Dann kannst du sehen, wie er sich bewährt.«

»Eine Mission?«, fragte der Baron. »Welche Mission?«

»Schick ihn zu Llysona an der Küste.«

»Zu welchem Zweck?«

»Weil du glaubst, die Seewölfe könnten angreifen. Deshalb schickst du einen Krieger, der die mögliche Verteidigung organisiert und Llysona beraten kann. Dann sehen wir, welche diplomatischen Fähigkeiten Connavar aufbringen kann.«

»Sie hat doch schon Fiallach. Er ist hart und stolz. Er wird keinen Rat von einem Bauernjungen annehmen.«

»Connavar ist kein Junge, mein Freund. Er ist nur ein paar Monate jünger als du warst, als dein Vater starb. Außerdem, das macht es ja gerade zu einer Mission. Wenn Connavar es nicht schafft, sich durchzusetzen, würde er auch keinen guten Baron abgeben.«

»Wie lange denkst du darüber schon nach, Druide?«

»Ein Weilchen«, antwortete Bruder Sonnwend mit einem Lächeln.

»Seit der Feuernacht, als er mit meiner Tochter tanzte? Ich bin vielleicht alt, aber ich kann noch immer gut zuhören. Maccus sagte mir, dass Connavar Fiallach zwang zurückzustecken. Vor allen Leuten. Wenn sie sich in Zukunft begegnen, wird das nicht einfach werden.«

»Ich glaube, Tae hat Gefallen an dem Burschen gefunden«, bemerkte der Druide.

Der Baron kicherte. »Jetzt wirst du auch noch zum Kuppler.« Sein Lächeln verblasste. »Ist dir schon der Gedanke gekommen, dass Fiallach ihn herausfordern und töten könnte?«

»Ja, oder ein Baum fällt auf ihn, oder sein Pferd wirft ihn ab, oder er wird krank. Du suchst nach einem Erben. Ich glaube, Connavar könnte dieser Mann sein. Wenn er es ist, wird er sich in Siebenweiden bewähren.«

Der Baron schüttelte den Kopf und grinste schief. »Du weißt, dass die Seewölfe der Hauptgrund waren, weshalb Llysona sich für Siebenweiden entschied. Sie wusste, dass ich mir Sorgen machen würde. Es muss sie schrecklich erzürnt haben, als die Seewölfe überhaupt nicht angriffen. Wahrscheinlich wussten sie, dass Llysona da war. Bei Taranis, ich würde mich auch lieber einer feindlichen Armee stellen als ihrer scharfen Zunge.«

»Und Connavar?«

»Ich werde ihn fragen, ob er die Mission übernehmen will. Vielleicht lehnt er auch ab.«

»Ein Fass Bier gegen einen Becher Wein, dass er diese Chance mit beiden Händen ergreift.«

»Die Wette gilt«, sagte der Baron.

Während die jungen Männer von Dreibach Conns Gesellschaft suchten, da sie nur einen großen und starken Helden in ihm sahen, blickte Meria mit den Augen einer Mutter hinter die Fassade und fühlte instinktiv den schrecklichen Aufruhr, der in ihm tobte. Wie Ruathain zuvor versuchte sie, Parax in ein Gespräch zu verwickeln. Mit demselben Ergebnis. Er erteilte ihr höflich eine Abfuhr.

Meria wusste, wie wenig Zweck es hatte, Conn direkt auszufragen. Wenn er über seine Sorgen sprechen wollte, dann würde er es auch tun. Das Problem nagte an ihr. Es war nicht so, dass Conn niemals lächelte, aber wenn er es tat, dann war es flüchtig und rasch verflogen. Sie bemerkte auch die Stimmungsschwankungen, die ihn in Gegenwart seines elfjährigen Bruders Bendegit Bran überfielen. Erst wurde er weich und drückte den goldhaarigen Jungen an sich, dann legte sich ein dunkler Schatten über ihn und er verfiel in Schweigen. Oft, wenn er mit Bran zusammen gewesen war, wanderte Conn anschließend allein davon, ging zu Ruathains altem Haus oder ritt in die Wälder. Vor allem dies verwirrte Meria.

Noch verwirrender war seine Reaktion, als Bran sich schnitt, während er mit einem alten Messer spielte. Es war nur eine leichte Wunde, die mit wenigen Stichen genäht werden konnte, aber als Conn sie sah, wurde sein Gesicht grau, und seine Hände begannen zu zittern.

Meria wusste nicht, was das bedeuten sollte.

Sie ging mit dem Problem zu Eriatha. Jeden Mittwochnachmittag trafen sie sich und unterhielten sich in Eriathas kleiner Hütte oder am Rand von Dreibach. Das Freudenmädchen hörte Meria zu, die von Conn und seinem seltsamen Benehmen erzählte.

»Seltsam, dass er nicht darüber spricht«, sagte Eriatha. »Nach meiner Erfahrung tun Männer nichts lieber als über sich selbst zu sprechen. Hast du ihn gefragt?«

»Nein«, gab Meria zu. »Ruathain hat es versucht. Er

konnte immer besser mit ihm reden als mit mir. Irgendetwas ist jenseits des Wassers geschehen. Keine Schlacht. Etwas anderes. Etwas, das ihn verfolgt. Er ist nicht mehr derselbe.«

»Ich denke, dass der Krieg jeden Mann verändert. All dies Blut und Tod.«

Meria schüttelte den Kopf. »Vor zwei Wochen wurde Ruathain an der Schulter verletzt. Einer der Bullen hat ihn auf die Hörner genommen. Conn hat ihm die Wunde genäht. Es war gar kein Problem. Aber als Bran sich schnitt, dachte ich, Conn würde ohnmächtig werden.« Meria seufzte. »Ich kann nicht mehr richtig schlafen. Ich liebe ihn mehr als mein Leben, und ich kann ihm nicht helfen.«

»Ich gehe zu ihm«, sagte Eriatha. »Vielleicht redet er mit mir.«

Meria lächelte. »Ich hoffte, du würdest das sagen. Aber du sagst ihm nicht, dass wir beide miteinander gesprochen haben?«

»Natürlich nicht.«

Am nächsten Abend ging Eriatha über die erste Brücke und durch die Felder zu Conns Haus. Sie klopfte an die Tür. Ihr wurde von einem alten Mann mit silbergrauem Bart geöffnet. Er trat beiseite und bedeutete ihr einzutreten.

»Du bist gekommen, um Connavar zu besuchen?«, fragte er.

»Ja.«

»Er wird bald zurück sein. Er ist in der Schmiede und spricht mit dem Schmied. Kann ich dir etwas zu trinken anbieten?«

»Nein, danke.«

»Du bist Eriatha, das Freudenmädchen?«

»Ja.«

»Hat Conn nach dir geschickt?«

»Nein.«

»Nun, setz' dich getrost ans Feuer. Ich wollte gerade zu Pelains Taverne wandern und mir einen Krug Bier oder zwei gönnen. Ich hoffe, du hältst mich nicht für unhöflich, wenn ich dich hier allein lasse.«

Eriatha sah, dass auf dem Tisch eine noch nicht beendete Mahlzeit stand und bemerkte, dass Parax keine Schuhe oder Stiefel trug. Sie war dankbar für die Lüge und die Rücksichtnahme, die dahinter steckte.

»Nein, ich halte dich nicht für unhöflich, Freund. Geh ruhig und viel Spaß.«

Parax zog die Stiefel an, nahm seinen Mantel und ging hinaus in die Nacht. Eriatha setzte sich ans Feuer und schaute sich um. Die Wände waren schmucklos, und es gab nur einen einzigen, fadenscheinigen Teppich. Der Fußboden bestand aus gestampfter Erde, wenn auch jemand versucht hatte, ein Muster aus ineinander verschlungenen Kreisen hineinzuzeichnen. Sie vermutete, dass das Ruathain gewesen war.

Es dauerte über eine Stunde, bis Connavar nach Hause kam. Er warf seinen Mantel über eine Stuhllehne, und wollte gerade zur Küche gehen, als er Eriatha sah. Er wirkte nicht überrascht. »Wo ist Parax?«, fragte er.

»In Pelains neuer Taverne.«

»Hast du schon gegessen?«

»Ich habe keinen Hunger, Conn. Ich dachte, ich komme einfach mal vorbei und besuche dich. Störe ich dich?«

»Überhaupt nicht. Ehrlich gesagt, ich hatte auch vor, dich zu besuchen.«

Eriatha stand auf. Sie trug ein schlichtes, himmelblaues Kleid. Sie trat auf ihn zu und schob es von den Schultern, sodass es zu Boden glitt. Conn führte sie in das erste Schlafzimmer.

Eine Stunde später lag Eriatha wach, während Conn neben ihr schlief. Sein Liebesspiel war beinahe wild gewesen und enthielt doch Augenblicke der Zärtlichkeit. Er war rasch eingeschlafen und atmete jetzt tief und ruhig.

Meria hatte recht. Er hat sich verändert, dachte sie. Sie hörte Parax leise nach Hause kommen, in sein Schlafzimmer gehen und die Tür hinter sich schließen.

Die Nacht schritt voran, und gerade, als Eriatha aus dem Bett schlüpfen wollte, begann Conn zu zittern. Sein Arm, der auf der Bettdecke lag, spannte sich, die Finger krümmten sich zur Faust. Er stöhnte, voll Verzweiflung. Sein Körper bebte, und er schrie auf. Eriatha rückte dicht an ihn heran und strich ihm über das rotblonde Haar. »Ganz ruhig«, flüsterte sie, »es ist nur ein Traum.«

Conn erwachte, das Zittern hörte auf. Er drehte sich auf den Rücken und wischte sich den Schweiß von der Stirn. »Es ist kein Traum«, sagte er. »Ich war da. Ich habe es gesehen.«

»Erzähl mir davon.«

Er schüttelte den Kopf. »Du wirst es nicht hören wollen, glaub' mir.«

»Sprich«, beharrte sie mit leise Stimme. »Lass' es raus.«

Eine Weile dachte sie, er würde sie nicht beachten. Er lag still da, mit geschlossenen Augen. Dann redete er. »Nach dem Untergang von Alin und der endgültigen Zerstörung der perdischen Armee trieben Soldaten von Stone Tausende von Stammeskriegern zusammen, die in die Sklaverei verkauft werden sollten. Tausende, die in Ketten nach Stone marschieren mussten. Andere wurden … ermordet, mit den Armen an Baumstämme genagelt. So erging es Hunderten.« Er brach ab. Eriatha lag neben ihm, ohne etwas zu sagen. Sie wartete. Sie wusste, dass das Schlimmste noch kam.

»Ich fand Parax unter den Gefangenen. Ich kannte ihn. Ich bat um seine Befreiung. Jasaray gewährte sie. Am letzten Tag, als Parax und ich uns auf die Heimreise vorbereiteten, sahen wir … sahen wir…« Er setzte sich und verbarg das Gesicht in den Händen. »Ich kann nicht«, flüsterte er.

»Erzähl' es, Connavar. Du musst darüber sprechen.«

Er holte tief Luft und seufzte. »Wir ritten aus Alin heraus und sahen vielleicht fünfhundert kleine Kinder, die auf einem Abhang saßen und von Soldaten bewacht wurden. Wir ritten an ihnen vorbei den Berg hinauf. Bald hörten wir Schreie. Wir ritten weiter. Auf einer Lichtung, ein paar hundert Meter von der Stadt entfernt, brachten Soldaten von Stone Kinder um. Es waren Hunderte von Toten – Babys, Kleinkinder. Ein riesiges Grab war ausgehoben worden. Ich sah, wie ein Mann ein Baby bei den Füßen packte und gegen einen Baum schlug …« Seine Stimme verlor sich. »Ich wollte mein Schwert ziehen und mich auf die Soldaten stürzen, um so viele wie möglich zu töten. Ich hätte es tun sollen. Ich werde den Rest meines Lebens bedauern, es nicht getan zu haben.«

»Hättest du es getan, hätten sie dich getötet, und dann weiter die Kinder umgebracht.«

»Ich weiß. Genauso wie ich weiß, dass ich das Bedürfnis hatte, nach Caer Druagh zurückzukehren und alles in meiner Macht Stehende zu tun, um zu verhindern, dass solches Grauen über mein eigenes Volk kommt. Aber ich kann nicht vergessen, dass ich diesen Kindern den Rücken zuwandte und davonritt. Ein Held hätte das nicht getan. Und da ist noch etwas anderes … ich habe in Alin einen Mann getötet, kurz vor dem Krieg. Er hatte Banouin verraten. Als ich ihn gerade töten wollte, rannte eine Gruppe von Kindern draußen vorbei. Sie lachten. Ich sagte ihm, dass die fröhlichen Tage für sein Volk zu Ende gingen und dass ich alles mir Mögliche tun würde, um sein Volk vom Angesicht der Erde zu tilgen. Und das tat ich.«

»Du hast als Krieger gekämpft, Conn. Du hast keine Kinder umgebracht. Und du hättest sie nicht retten können.«

»Zumindest hätte ich für sie sterben können.«

»Vielleicht wirst du das eines Tages«, flüsterte sie. »Aber ich verstehe das nicht. Warum haben sie sie getötet?«

Conn lachte rauh. »Es gibt nur einen kleinen Markt für Kinder. Also nahmen sie die hübschesten und schlachteten die anderen ab. Allein in Alin über tausend. Überall, wo ich hinkomme, sagen die Leute: ›Da kommt Connavar, der Mann, der den bösen König tötete.‹ Den bösen König.« Er stieß einen tiefen Seufzer aus und rieb sich das Gesicht. »So weit ich weiß, hat Carac vier Menschen ermordet: seinen Bruder, seine Schwägerin, seinen Neffen und Banouin. Jasaray, der Eroberer-Held von Stone, hat ungezählte Tausende ermordet. Und ich habe ihm geholfen. Er hat mich mit Hengsten und sechs Kisten Gold belohnt. Und wenn ich schlafe, sehe ich die Gesichter der Kinder vor mir. Sie alle rufen nach mir, dass ich sie rette. Und ich tue gar nichts. Connavar der Held. Eher wohl Connavar der Feigling.«

»Du bist kein Feigling, Connavar, und das weißt du auch«, sagte sie. »Und du wirst die Kinder beschützen. Die Kinder der Riganten. Ich habe gehört, was du zu Ruathain und den anderen sagtest. Die Armeen von Stone werden eines Tages über das Wasser kommen. Wenn sie es tun, wirst du dich ihnen entgegenstellen. Die Vergangenheit ist tot und vorbei. Du kannst sie nicht ändern. Die Zukunft wartet auf dich. Wärst du hinuntergeritten und hättest ein paar Soldaten getötet, wärst du dafür gestorben. Und Tausende weiterer Kinder, die noch nicht geboren sind, wären zu einem schrecklichen Schicksal verdammt. Denk' mal darüber nach.«

»Ich denke darüber nach. Wie ich an diesen einen kleinen Jungen denke, der meine Kleidung sah und mich als Angehörigen der Stämme erkannte. Er lief auf mich zu und schrie um Hilfe. Ein Soldat bohrte ihm einen Speer durch die Brust. Dieser Junge wird mich bis ans Ende meiner Tage verfolgen.«

»Vielleicht ist das auch gut so«, meinte sie leise. »Und trotzdem wirst du dein Leben als Mann leben – als guter Mann. Du hast all diese Kinder nicht getötet, und du hättest sie nicht retten können. Die Macht eines Einzelnen ist begrenzt – selbst die eines Helden. Du warst der Junge,-Der-Mit-Dem-Bären-Kämpfte. Jetzt bist du Der-Mann,-Der-Den-König-Tötete. Doch du bist trotzdem nur ein Mensch. Du bist nicht für alles Unglück dieser Welt verantwortlich oder für das Böse, das in anderen steckt. Verstehst du? Wenn die Vergangenheit dich schon verfolgen muss, dann nutze sie klug. Du kannst die Vergangenheit nicht ändern – aber du kannst sie nutzen, um die Zukunft zu beeinflussen. Das Grauen, das du sahst, hat dich gestärkt, Connavar. Es hat dir ein Ziel gegeben. Segne die Toten dafür. Und mach weiter.«

Conn lehnte sich in die Kissen zurück und schloss die Augen. Eriatha sah ihn aufmerksam an und wusste, dass ihre Worte ihr Ziel gefunden hatten. Er wirkte entspannter. Er holte tief Luft, öffnete die Augen und lächelte. »Du bist sehr klug«, sagte er. »Und ich werde mich danach richten, was du sagst.« Er nahm ihre Hand und küsste die Handfläche. »Ich danke dir, dass du heute Abend gekommen bist. Du hattest recht. Ich musste darüber sprechen. Ich habe das Gefühl, als wäre ein großer Teil der Last von meiner Seele genommen.«

»Gut. Ich lasse dich jetzt allein. Mein eigenes Bett ruft.«

»Bleib«, bat er leise.

Und sie blieb.

Kapitel 13

Die Umgebung von Siebenweiden war rau und schön, die Berghänge waren mit blassblauem Heidekraut und gelbem Ginster bewachsen und schimmerten golden in der Sonne. Conn zügete sein stahlgraues Pony auf dem Kamm der letzten Anhöhe und blickte in das weite Tal und auf das ferne, glitzernde Meer hinunter.

In der Mitte des fruchtbaren Tales stand Siebenweiden, ein großes, von einer Palisade umgebenes Dorf mit vielleicht dreihundert Häusern, umgeben von etwa zwanzig Bauernhöfen. Rinder, Schafe und Ziegen grasten auf den Hängen, ein Stück weiter entfernt wurde die Ernte an goldenem Weizen eingebracht. Parax kam an seine Seite.

»Hübscher Ort«, meinte er.

»Hübsch und schutzlos«, antwortete Connavar und deutete auf die Flussmündung. »Ein guter Landeplatz für Langschiffe. Keine Deckung für die Verteidiger und nur die hölzerne Palisade der Stadt, um Feinde aufzuhalten. Jede angreifende Macht mit mehr als ein paar hundert Männern könnte diese Stadt in weniger als einem Tag einnehmen.« Er ließ seinen Blick durch das Tal schweifen. »Man hätte die Stadt weiter westlich bauen sollen, auf einer dieser Anhöhen mit der abgeflachten Kuppe. Die Steigung würde jede angreifende Truppe verlangsamen und Bogenschützen mehr Zeit lassen, sie auszudünnen.«

»Vielleicht«, stimmte der alte Mann zu. »Aber sie wurden seit zehn Jahren schon nicht mehr angegriffen. Also müssen sie etwas richtig machen. Können wir hinunterreiten? Der Wind hier oben ist lausig kalt, und ich friere mir die Ohren ab.«

Conn grinste ihn an und lenkte sein Pony den Pfad hinunter. »Du wirst eben alt«, rief er über die Schulter zurück.

»Ich *werde* alt? Ich war schon alt, als du geboren wurdest, du Windelpupser! Und jetzt bin ich uralt und du solltest mich mit mehr Respekt behandeln!«

Die Sonne stand hoch am Himmel und brannte heiß, als sie die Talsohle erreichten. Parax zog seinen hellgrünen Umhang aus, rollte ihn zusammen und hängte ihn über den hölzernen Knauf seines Sattels. Beim Weiterreiten kamen sie an Bauern vorbei, die ihre Ernte einbrachten. Ein paar Kinder hörten auf zu arbeiten, um die Reiter anzustarren. Conn winkte ihnen zu, doch sie winkten nicht zurück.

Am offenen Stadttor stand keine Wache, und die beiden Männer ritten nach Siebenweiden hinein und zur Ratshalle, die nur ein paar hundert Schritt vom Osttor entfernt lag.

»Für gewöhnlich liegt das Haus des Dorfältesten näher am Zentrum der Siedlung«, sagte Conn.

»Schon, aber dieser Ort hier ist mit den Jahren gewachsen«, erklärte Parax. »Siehst du, dort, die Überreste der alten Palisade an jenem Bach? Als der Ort wuchs, wurde der alte Westwall abgerissen und die Palisade erweitert.«

Conn grinste ihn an. »Dir entgeht wohl nicht viel, was?«

Sie stiegen auf einer Koppel neben dem Ratshalle ab, sattelten die Ponys ab und ließen sie grasen.

Ein junger Krieger kam heraus, um sie zu begrüßen. Er war nicht sehr groß, doch seine Schultern waren breit und seine muskulösen Arme ein wenig zu lang für seinen Rumpf. »Du musst Connavar sein«, sagte er. »Der Herr Fiallach erwartet dich.«

»Du meinst doch sicherlich die Herrin Llysona?«

»Wer auch immer«, erwiderte der Mann mürrisch. »Folgt mir.«

»Was für ein freundliches Willkommen«, flüsterte Parax. Conn zuckte die Achseln und ging hinter dem Krieger her. Der Saal war hell beleuchtet, die Läden der hohen oberen Fenster weit geöffnet, sodass Sonnenlicht hereinströmte. Lady Llysona saß am Kopf einer hufeisenförmigen Tafel. Zu ihrer Rechten saß der riesige Krieger Fiallach. Die schöne Tae saß zu ihrer Linken. Etwa zwanzig Edelleute nahmen die anderen Sitze ein.

»Willkommen, Connavar«, sagte Lady Llysona. In ihrem Kleid aus grüner Seide war sie eine schöne Frau. Das rotsilberne Haar hatte sie mit Golddraht durchflochten, und sie trug ein breites goldenes Halsband um den schmalen Hals. Sie war jetzt Anfang Vierzig. Früher war sie eine große Schönheit gewesen, und sie war noch immer atemberaubend. Connavar machte eine Verbeugung.

»Danke, Herrin. Es ist schön, hier zu sein. Ich bringe Grüße vom Baron und seine Hoffnung, es dir möge es gut ergehen. Er hat mich gebeten, euch zu beraten, was die Verteidigung gegen Überfälle vom Meer aus anbetrifft.«

»Wir brauchen deinen Rat nicht«, sagte Fiallach.

Conn beachtete ihn nicht. »Herrin, ich bin erst kürzlich von einem Krieg jenseits des Wassers zurückgekehrt, wo ich viele belagerte Städte sah. Siebenweiden hat keine gute Lage, um einem Angriff zu widerstehen. Doch ich werde einen besseren Bericht abliefern, sobald ich die Umgebung erkundet habe.«

»Es war nett von dir, dass du dir die Zeit genommen hast, zu uns zu kommen«, sagte Llysona. »Doch Herr Fiallach ist ein bekannter Krieger, und er ist für die Verteidigung von Siebenweiden verantwortlich. Ich setze absolutes Vertrauen in ihn. Deswegen kannst du nach Alteneichen zurückkehren.«

Connavar verbeugte sich erneut. »Ich bin sicher, Euer Vertrauen ist gut angelegt, Herrin. Jedoch hat der Baron, mein Herr und Gebieter und Herr und Eigentümer dieses Landes, mir befohlen, die Lage zu beurteilen. Wünschst du, dass ich zurückkehre mit der Nachricht, dass seine Befehle in Siebenweiden nicht mehr befolgt werden?«

Sie lächelte dünn. »Niemand sollte dazu ermutigt werden, die Befehle seiner Herren zu missachten. Was ich sagen wollte, ist, dass der Baron sich keine Sorgen um unser Wohlergehen zu machen braucht. Vielleicht solltest du ihm das übermitteln.«

»Ich werde deine Worte weiterleiten, Herrin. Sobald ich meine Aufgabe erfüllt habe.«

»Bist du taub oder einfach dumm?«, tobte Fiallach los. »Du bist hier unerwünscht. Begreifst du das nicht?«

Conn wandte die Augen nicht von Llysonas Gesicht, und als er wieder sprach, klang seine Stimme gelassen und ruhig. »In Dreibach, Herrin, darf ein bellender Hund niemals bei Tisch zugegen sein. Er stört die Gäste. Wenn du mir jedoch sagen willst, dass Herr Fiallach jetzt in Siebenweiden befiehlt, werde ich mich an ihn wenden.«

Dieses Mal lächelte sie nicht. »Ich befehle in Siebenweiden, doch Herr Fiallach ist mein engster Vertrauter und Ratgeber. Und lass' dich warnen, es ist nicht klug, ihn zu verärgern.«

»Es ist nicht meine Absicht, irgendjemanden zu verärgern. Lediglich, meinen guten Rat und Unterweisung anzubieten. Ob mein Rat nun befolgt oder ignoriert wird, ist deine Sache – und die deiner Ratgeber. Wie auch immer, ich werde einen Bericht für meinen Herrn machen und nach Hause zurückkehren.«

»Wie lange wirst du brauchen?«, fragte sie.

»Drei oder vier Tage, um den bestehenden Zustand zu erkunden. Danach … ich weiß nicht, Herrin. Das hängt davon ab, ob mein Rat befolgt wird.«

»Vier Tage dann also«, sagte sie. »Farrar wird euch eure

Unterkunft zeigen.« Sie winkte dem affenarmigen Krieger zu, der sie hereingeführt hatte. Er stand auf und führte sie ins Freie, über den verlassenen Marktplatz zu einem kleinen, roh gezimmerten Rundhaus. Die Bohlen waren ausgetrocknet und hatten sich verzogen, sodass Löcher in den Wänden klafften, und das strohgedeckte Dach benötigte dringend Ausbesserungen. Man hatte zwei Pritschen hineingestellt. Beide waren klapprig und schlecht gebaut. Connavar trat ein, und eine Ratte huschte über seinen Fuß.

»Einen angenehmen Aufenthalt bei uns«, sagte Farrar mit einem mürrischen Grinsen.

»Nur deine sonnenbeglänzte Anwesenheit genießen zu dürfen ist mir schon genug«, erklärte Parax. Der Mann wurde rot.

»Verhöhnt dein Diener mich etwa?«, fragte er Connavar.

»Ich nehme es doch an«, antwortete Conn kalt. »Wenn ich zwischen deiner Gesellschaft und dem Ungeziefer, das diese Ruine bereits bewohnt, wählen müsste, würde ich die Ratten nehmen. Und jetzt geh' mir aus den Augen.«

Farrar klappte den Mund auf. »Ich lass' mich nicht beleidigen von ...«

Conn packte den Mann an seiner Tunika und riss ihn dicht an sich heran. »Eines solltest du verstehen, du unhöfliches Stück Hundedreck. Du hast weder den Verstand noch die Kraft oder die Macht, mich zu beleidigen. Und wenn du mich herausfordern willst, dann tue es. Es wird mir keinen Spaß machen, dich zu töten, aber ich werde es tun, wenn du mich dazu zwingst.«

Er ließ den verängstigten Mann los und schob ihn aus der Hütte, dann wandte er sich an Parax. »Wir schlafen im Freien«, sagte er. Seine Stimme war kalt und zornig.

»Du hast schon eine Art, Junge«, sagte Parax lächelnd. »Ich kenne niemanden, der so schnell Freunde gewinnt. Das müsstest du mir mal beibringen.« Connavars Ärger verrauchte, und er lächelte. »Jedenfalls«, fuhr Parax fort, »können wir diese Hütte bewohnbar machen.« Die Decken in der Hütte waren völlig verlaust, und Conn ließ sie, wo sie waren. Er ging mit Parax hinaus ins Dorf, wo Conn neue Decken, einen Besen, ein paar hölzerne Teller, eine Kupferpfanne, ein Stück Speck, einen kleinen Sack Haferflocken und etwas Salz kaufte. Sie kehrten zur Hütte zurück, zerrten die beiden klapprigen Bettgestelle ins Freie und warfen die verlausten Decken darüber. Parax fegte das Stroh hinaus, das auf dem Boden lag, und bereitete ein Feuer vor.

Conn ging hinaus und betrachtete den Haufen Möbel. Er sah Tae aus der Ratshalle schlendern und herüberkommen. Sie betrachtete den Haufen.

»Es tut mir Leid«, sagte sie. »Das ist schrecklich. Aber meine Mutter war so zornig, weil Vater jemanden schickt, der uns bevormunden soll, und Fiallach hat nicht vergessen, wie du ihn gedemütigt hast.«

»Ich hoffe, du bekommst keinen Ärger, weil du mit mir sprichst«, sagte er steif.

»Das ist egal. Möchtest du gern, dass ich dir morgen die Umgebung zeige?«

»Das möchte ich sehr gern.«

Sie lächelte ihn an. »Es wäre schön, wenn du mir sagen könntest, dass du den Auftrag des Barons angenommen hast, weil du mich wiedersehen wolltest.«

»Das kann ich dir sagen – weil es die Wahrheit ist. Ich habe seit der Feuernacht immer an dich denken müssen.«

»Ich habe auch an dich gedacht«, sagte sie, dann wandte sie sich ab und rannte zurück zur Ratshalle.

Parax tauchte aus der Hütte aus. »Süßes Mädchen«, sagte er. »Sie wird Fiallach eine gute Frau sein.«

Conn fühlte, wie sich seine Nackenhaare aufrichteten, dann sah er, dass Parax ihn angrinste. »Du siehst zu viel«, sagte er.

»Ich bin nicht der Einzige.« Parax deutete mit dem Kopf

auf den Ratssaal, wo Fiallach in der Tür stand und sie anstarrte. »Pass' gut auf ihn auf, Junge«, sagte Parax. »Das ist ein Killer.«

Als es Nacht wurde, saßen Conn und Parax in ihrer kleinen Hütte vor einem Feuer, das in einem Kreis aus Steinen brannte und auch als Beleuchtung dienen musste, da Lampen oder Laternen fehlten. »Warum sind sie so unfreundlich?«, fragte Parax. »Ihr seid doch schließlich vom selben Stamm.«

»Wir stehen zwischen zwei Übeln«, erklärte Conn. »Erstens ist da die Abneigung zwischen Llysona und dem Baron. Er war ihr untreu, so heißt es, und sie hat darauf reagiert, indem sie nach Siebenweiden zog. Sie hätte die Ehe auflösen können, aber dann wäre sie fast mittellos und machtlos gewesen. Also ist es für sie nur natürlich zu versuchen, die Pläne des Barons zu durchkreuzen. Zweitens ist da Fiallach. Er ist ein Rohling und brutal. Ich sah ihn kämpfen. Er quälte seinen Gegner grausam. Und er mag mich nicht. Da er Llysonas oberster Ratgeber zu sein scheint, haben wir wenig Hoffnung auf wirkliche Zusammenarbeit.«

»Warum also bleiben?«

»Ich bringe gern zu Ende, was ich anfange, mein Freund«, erwiderte Conn mit einem Lächeln.

»Das hat doch noch einen anderen Grund«, tastete sich Parax vor.

»Ja, den gibt es. Findest du sie schön?«

»Ich finde alle Frauen schön – vor allem die dicken. Nicht zu dick allerdings. Aber mollig. Oh ja, und mit dunklen Augen und vollen Lippen. Und sie müssen freundlich sein. Ich habe damals in Alin eine dicke Frau geheiratet. Sie war die reine Freude.« Parax seufzte. »Nach zwei Jahren hat sie die Pest dahingerafft. Ich habe nie wieder eine Frau getroffen, die ihr das Wasser reichen konnte.«

»Hast du denn aufgegeben zu suchen?«

»Man darf niemals aufgeben, Junge!«, entgegnete der alte Mann. »Aber ich glaube nicht, dass eine junge Frau Zeit für einen Alten wie mich hat. Es sei denn, ich würde reich, dann natürlich. Reiche Männer sind in den Augen mancher Frauen niemals zu alt. Aber die Chance ist wohl nicht besonders groß.« Parax legte Holz aufs Feuer, dann sah er zu, wie der Rauch spiralförmig zu der schmalen Öffnung in der Mitte des kuppelförmigen Daches aufstieg. Ein Floh biss ihn in den Arm. Parax erwischte ihn geschickt zwischen Daumen und Zeigefinger und schnippte ihn ins Feuer. »Wir sollten morgen eine bessere Unterkunft suchen«, sagte er.

»Das habe ich auch vor. Banouin – ein alter Freund von mir – erzählte mir von einem Bekannten, der hier lebt. Er heißt Phaeton und ist ein Kaufmann. Ich werde ihn morgen aufsuchen.«

Conn legte sich neben das Feuer und zog sich die Decken um die Schultern. Taes Gesicht stand vor seinen Augen, und er schlief unruhig.

Parax weckte ihn kurz nach Sonnenaufgang. Der alte Mann sah beunruigt aus. »Was gibt es?«, fragte Conn.

»Sie haben unsere Ponys gestohlen.«

Conn setzte sich. »Dieser Unsinn hört heute auf«, sagte er.

»Dann gehen wir zurück nach Dreibach?«

»Das habe ich nicht gemeint.« Conn zog seine Stiefel an, schnallte sich Schwert und Dolch um und verließ die Hütte. Es hatte in der Nacht ein wenig geregnet, gerade genug, um den Häusern etwas Glanz zu verleihen und die Luft zu erfrischen. Parax kam ihm nach. »Wo sind sie?«, fragte Conn.

»Ich folgte den Spuren zu einem Feld etwa achthundert Meter von hier. Es sind drei Männer dort. Bewaffnete Männer.«

»Zeig' sie mir.«

Als die beiden aufbrachen, kam Tae in einem braunen Lederhemd mit passenden Beinkleidern und Stiefeln angeritten. »Wo sind eure Ponys?«, fragte sie unschuldig.

»Wir wollen sie gerade holen«, antwortete Conn mit einem gezwungenen Lächeln. »Wir treffen dich in einer Stunde hier.«

Tae ritt zur Koppel und stieg ab. Sie ließ ihr Tier stehen und lief den beiden Männern nach. »Das kann nur ein schlechter Scherz sein«, sagte sie. »Es tut mir Leid.«

»Es ist ja nicht deine Schuld«, meinte Conn. »Aber es ist wahrscheinlich besser, wenn du nicht in der Nähe bist, wenn wir die Männer finden, die sie gestohlen haben.«

»Sag mir, wo sie sind, und ich reite hin und hole sie«, schlug sie vor. »Auf diese Weise gibt es keinen Ärger.«

»Dafür ist es schon zu weit gegangen«, erklärte Conn. Er blieb stehen und drehte sich zu ihr um. »Bist du schon mit Fiallach verlobt?«

»Nein.«

»Gut. Das freut mich. Jetzt lass' uns bitte allein.«

»Du wirst doch niemanden töten, oder?«

»Wirke ich so wild auf dich?«

»Du hast etwas Wildes an dir, Connavar.«

»Da hast du Recht. Aber ich habe auch eine sanfte Seite. Ich hoffe, sie dir irgendwann zeigen zu können.« Er ließ sie stehen und ging mit Parax weiter, bis sie schließlich in offenes Gelände mit einer Weide kamen. Die Ponys waren da, an einen Zaun gepflockt, sowie drei Männer, unter ihnen Farrar, die auf einer Decke saßen und mit beinernen Würfeln spielten.

Sie sahen hoch, als die beiden Männer näherkamen, dann sprangen sie auf.

Farrar ging auf Conn zu. »Eure Ponys scheinen –«, begann er. Conn schmetterte ihm eine Linke ins Gesicht, die ihm die Lippe aufriss, sodass Blut über ihn spritze. Eine Rechte von oben hieb ihn zu Boden. Einer der anderen zog ein Messer, doch Conn trat dicht an ihn heran, schug die Messerhand beiseite und versetzte ihm einen Schlag, der ihn ins Gras schickte. Der dritte Mann wich zurück.

»Ich bin gerade erst angekommen«, sagte er. »Ich habe nichts mit dem zu tun, was es auch sei, dass dich erzürnt hat.«

»Dann verschwinde«, sagte Conn.

Der Mann machte kehrt und hastete davon. In der Nähe stand eine Scheune. Conn ging hin und kam mit zwei Stücken Seil zurück. Er fesselte den Bewusstlosen die Hände auf den Rücken. »Was nun?«, fragte Parax.

»Jetzt beginnt der Spaß«, sagte Conn kalt. Farrar stöhnte. Conn zerrte ihn auf die Beine. »Weck' den anderen«, befahl er Parax. Der alte Mann kniete neben dem am Boden Liegenden nieder und stieß ihn ein paarmal an.

»Der schläft noch eine Woche«, meinte er. »Ich glaube, du hast ihm den Kiefer gebrochen.«

»Hinter der Scheune ist ein Brunnen. Pump' etwas Wasser und schütte es ihm über den Kopf.«

»Fiallach wird dich dafür umbringen«, sagte Farrar mit blutenden Lippen.

Conn ignorierte ihn und wartete, dass Parax mit einem Eimer Wasser zurückkam. Er kippte es über den Bewusstlosen, der endlich begann, sich zu rühren. Parax half ihm auf die Füße. Er schwankte bedrohlich, blieb aber auf den Beinen.

»Und jetzt gehen wir zum Ratssaal«, sagte Conn und bestieg sein Pony.

Als sie durch das Dorf ritten, begann sich eine Menschenmenge zusammen zu scharen, und als sie den Saal erreichten, hatte die Neuigkeit schon Llysona erreicht, die mit Fiallach an ihrer Seite auf dem Platz stand.

»Was hat das zu bedeuten?«, fragte sie eisig.

Conn glitt von seinem Pony und verbeugte sich tief vor ihr. »Es tut mir Leid, dir traurige Nachrichten zu bringen, Herrin, aber diese Männer haben unsere Ponys gestohlen, und ich habe sie gefangengenommen. Wie du weißt, besteht die Strafe für ein solches Verbrechen im Tod durch Hängen. Jedoch, wie es mein Recht als freier Rigant ist, fordere ich das Urteil durch Zweikampf bis zum Tode. Ich werde diese beiden Männer töten, und damit hat die Sache ein Ende.«

»Du wirst niemanden töten, du Hurensohn!«, brüllte Fiallach.

»Doch, das werde ich«, sagte Conn ruhig, »denn das ist Gesetz der Keltoi, und niemand, auch nicht du, du arrogantes Schwein, oder die Dame, in deren Diensten du stehst, kann daran etwas ändern.«

»Bei Taranis, dann bringe ich dich um!«, tobte der Riese.

»Ich nehme deine Herausforderung an«, sagte Conn, der jetzt zornig war. »Sobald ich diese beiden getötet habe, stehe ich dir zur Verfügung. Und ich hoffe, du kämpfst mit einem Schwert besser als mit deinen Fäusten, denn du bist alt und langsam, und ich werde dich in Stücke hauen.«

Die Kraft seiner Wut strahlte über die Gruppe aus, und Schweigen senkte sich über sie. Conn nahm seinen Umhang ab, faltete ihn zusammen und warf ihn Parax zu. Dann zog er sein Seidh-Schwert und trat zurück, um die Klinge in einer Schwindel erregenden Folge von Schwüngen und Bögen durch die Luft sausen zu lassen, um die Muskeln von Schultern und Arm zu lockern. Die Schnelligkeit seiner Bewegungen war verblüffend, und jeder der Anwesenden erkannte, wie tödlich dieser junge Krieger war. Parax blickte Fiallach an und sah den Zweifel in dessen Augen. Als Faustkämpfer war er sehr gut, doch Conn hatte recht. Er war in Armen und Schultern zu schwerfällig, um mit einer Klinge schnell zu sein.

»Schneid' den ersten los, Parax«, bat Conn.

»Nein!« mischte sich Llysona ein. In ihrer Stimme lag Panik. »Es wird niemand getötet. Es ist jetzt weit genug gegangen. Kannst du nicht akzeptieren, Connavar, dass die … Entfernung eurer Ponys kein Diebstahl, sondern nur ein Scherz war, wenn auch von schlechtem Geschmack?«

»Ich verstehe«, erwiderte er kalt. »Dieselbe Art von Scherz, die die Gesandten des Barons in einer Läuse verseuchten Hütte mit Ratten zur Gesellschaft unterbringt?«

»Dieselbe«, gab sie zu. »Lass' uns noch mal von vorn anfangen, Connavar. Ich bekenne, dass ich dich falsch eingeschätzt habe. Der Fehler lag bei mir. Können wir noch einmal beginnen?«

Conn steckte sein Schwert ein, nahm seinen Umhang von Parax entgegen und verbeugte sich erneut. »Das können wir allerdings«, stimmte er zu mit einem Blick auf Fiallach, dessen Gesicht vor Wut grau geworden war. Er zog seinen Dolch und durchschnitt die Seile, mit denen die beiden Männer gebunden waren.

»Habt ihr schon gefrühstückt?«, fragte Llysona.

»Noch nicht, meine Dame.«

»Dann lade ich dich und deinen Diener zu uns in den Saal ein.« Llysona machte auf dem Absatz kehrt und ging wieder hinein.

Fiallach ging zu Conn. »Glaub' nicht, damit wäre es vorbei«, zischte er. »Du gehörst mir. Bei allen Göttern, das schwöre ich.« Dann folgte er der Dame nach drinnen.

»Du bist vielleicht nicht besonders gut darin, Freunde zu gewinnen«, flüsterte Parax. »Aber, gütiger Himmel, niemand kann es mit dir aufnehmen, wenn es darum geht, sich Feinde zu machen.«

Tae war eine gute Reiterin, der weiße Wallach reagierte sofort auf jede leise Bewegung der Zügel oder ihrer Schenkel. »Er ist wunderbar ausgebildet«, bemerkte Conn, als sie die letzte Anhöhe erklommen hatten und zum

Rand der Klippen ritten, die aufs Meer hinaussahen. »Hast du ihn selbst erzogen?«

»Nein. Mein Vetter Legat bildet alle unsere Pferde aus. Er hat eine gute Hand mit Ponys. Ich könnte schwören, dass er ihre Sprache spricht. Keine Peitsche, kein Stock. Er redet mit ihnen, und sie scheinen ihn zu verstehen.«

»Mein Vater soll das auch gekonnt haben«, sagte Conn und merkte sich den Namen des jungen Manes. Er würde für seine neuen Herden Leute brauchen, die hervorragend mit Pferden umgehen konnten. Der Wind frischte auf. Er kam vom Meer, kalt und frisch. Taes dunkles Haar wehte wie eine schwarze Fahne hinter ihr her und legte ihren langen Hals frei. Wie ein Schwan, dachte er, ein schöner Schwan.

»Lass' uns in den Schutz der Bäume zurückreiten«, sagte er. »Wir binden die Ponys an und sehen uns ein bisschen um.«

Im Wald war der Wind nicht so spürbar. Sie stiegen ab und Conn ging zurück zur Klippe, kletterte ein Stück hinunter und setzte sich auf einen vorspringenden Felsen. Von hier aus konnte er den Fluß und die ferne Mündung sehen. Entlang des Ufers gab es viele Anlegeplätze. Tae setzte sich zu ihm, und er trank die Schönheit ihres Ganges in sich hinein. Sie war groß und stolz und hatte eine unbewusste Anmut.

»Es ist schön hier«, sagte sie. »Das ist einer meiner Lieblingsplätze.«

»Ja, sehr schön«, antwortete er. Er wandte sich ab und starrte auf das schimmernde Wasser tief unter ihnen.

»Woran denkst du?«

»Ich sehe Langschiffe, die vom Meer heraufkommen und entlang des Ufers anlegen. Von Westen her fällt das Land ab, und die einzige Warnung, die Siebenweiden erhalten wird, kann erst kommen, wenn die ersten Piraten auf dem Kamm der Anhöhe etwa anderthalb Kilometer oberhalb der Stadt stehen.« Er musterte die Klippen, dann kehrte er zu den Ponys zurück. Sie ritten entlang der Steilküste nach Süden, während der Grund ständig anstieg. Endlich kamen sie an einen Punkt, von dem aus sie in der Ferne die Palisade erkennen konnten. »Hier sollte ein Wachturm stehen, der ständig besetzt ist. Und dort drüben ein fertig vorbereitetes Signalfeuer. Tagsüber könnte man es mit Lampenöl anzünden. Dann könnte man von der Palisade aus den Rauch sehen. Das würde die Vorwarnzeit verdreifachen.«

»Das stimmt«, pflichtete sie bei. »Aber die Seeräuber sind seit zehn Jahren nicht mehr hier gelandet. Das ist eine lange Zeit, um jemanden in einem Turm sitzen zu lassen.« Sie lächelte beim Sprechen.«

»Es ist ein Rätsel«, sagte er. »Weiter im Noden wird der Fluss schmaler, es gibt weniger Anlegemöglichkeiten und nur kleine Dörfer. Trotzdem sind sie in den vergangenen zwei Jahren mehrmals überfallen worden. Das scheint mir wenig Sinn zu ergeben.«

»Vielleicht sind die Seidh uns günstig gesonnen«, schlug sie vor.

»Offenbar.« Sie ritten zurück nach Osten und stiegen am Rand eines Wäldchens ab, von dem man aus die Palisade sehen konnte. »Ich würde vier Türme bauen, einen an jeder Ecke, und Bogenschützen ausbilden lassen, um sie zu bemannen. Dazu ein breiter Graben um die Stadt, mit angespitzten Pfählen gespickt.«

»Ich habe eine Frage an dich«, sagte sie.

»Stelle sie.«

»Hättest du Farrar und die anderen getötet, oder war es nur ein kluger Schachzug von dir, damit Mutter Vernunft annimmt?«

Die Frage beunruhigte ihn. Er hatte bereits gemerkt, dass Tae eine sanfte Seele war und wollte nicht, dass sie schlecht von ihm dachte. So, wie sie es ausdrückte, konnte er sich leicht herausreden, aber er wollte sie auch nicht anlügen. »Ich hätte sie getötet«, sagt er. »Aber ich hoffte, dass deine Mutter eingreifen würde.« Er sah die Enttäuschung auf ihrem Gesicht. »Es tut mir Leid, Tae.«

»Ist es so leicht zu töten?«, fragte sie. »Mir scheint, dass ein Leben kostbar sein sollte. Farrar hat eine Frau und zwei kleine Kinder. Er betet sie an, und sie ihn. Er kann aufgeblasen und herablassend sein. Aber im Herzen ist er ein guter Mann. Doch er hätte getötet werden können, weil er dir für ein Weilchen dein Pony weggenommen hat.«

»Ich verstehe, dass man es auch so sehen kann«, gab Conn zu.«

»Eine Frau, meinst du?«

»Jemand, der sanft und lieb ist«, antwortete er. »Ich bin noch jung und habe noch viel zu lernen. Wäre ich klüger gewesen, hätte ich die Situation wahrscheinlich ohne Drohungen handhaben können. Aber trotzdem, es ist niemand umgekommen, und ich kann meinen Auftrag weiterführen. Ich bin nicht böse, Tae. Ich wünsche keinem meiner Brüder der Riganten den Tod.«

Er sah, wie sie sich entspannte. »Wir wollen über etwas anderes reden als den Krieg«, sagte sie. »Laß uns den schönen Tag genießen, das wunderbare, unruhige Meer, den großartigen Sonnenaufgang. Lass' uns reden wie zwei Menschen, die einfach gern beieinander sind. Du hast mir einen Blick auf deine sanfte Seite versprochen, Connavar. Ich frage mich, wann ich sie zu sehen bekomme.«

»Möchtest du, dass ich dir Komplimente mache, Tae?«

»Jede Frau hört gerne Komplimente. Solange sie aufrichtig sind.«

Er schwieg eine Weile und musterte weiter die umgebenden Hügel. »Du denkst schon wieder an den Krieg«, tadelte sie sanft.

»Überhaupt nicht. Ich dachte an dich. Um die Wahrheit zu sagen, ich habe an wenig anderes gedacht, seit wir uns das erste Mal sahen. Wenn ich nachts meine Augen schließe, sehe ich dein Gesicht, und du bist mein erster Gedanke, wenn ich aufwache. Es ist sehr – ablenkend.«

Er drehte sich zu ihr um und ging ganz nah zu ihr. Sie wich nicht zurück, sondern legte den Kopf zurück, in Erwartung eines Kusses. Dann hörten sie ein Pferd näher kommen. Conn ging darauf zu. Parax kam den Hügel herauf. Er winkte, als er den jungen Krieger sah, und trieb sein Pony weiter.

»Wir müssen reden«, sagte der Jäger.

»Kann das nicht warten?«

Der alte Mann sah Tae zwischen den Bäumen stehen. Er glitt von seinem Pony. »Ja, es könnte warten. Aber hör mich erst an. Du sagst, es hat hier in zehn Jahren keinen Überfall gegeben?«

»Ja.«

»Wieso finde ich dann Beweise dafür, dass ein Langschiff vor weniger als zwei Tagen hier angelegt hat?«

»Bist du sicher, dass es ein Langschiff war und kein Fischerboot?«

»Würdest du Rattenlosung mit Pferdeäpfeln verwechseln?«, antwortete Parax scharf.

»Du bist heute aber gereizt, alter Mann.«

»Ja, sicher, ich bin auch nicht von der Gesellschaft eines schönen Mädchens verzaubert. Jedenfall, da ist noch mehr. Männer sind von dem Langschiff an Land gegangen. Vielleicht zwanzig, das war nicht leicht zu erkennen. Sie wurden von einem Reiter aus Siebenweiden empfangen. Er reitet ein Pony mit gespaltenem Huf. Dann sind sie davongesegelt.«

»Zeig' es mir«, bat Conn.

Minuten später ritten die drei Reiter am Ufer entlang. Conn sah die tiefe Kerbe, die der Kiel des Langschiffes hinterlassen hatte und den aufgewühlten Schlamm zu beiden Seiten, wo die Krieger abgesprungen waren, um es an Land zu ziehen. Ein Stück weiter fanden sie die Überreste eines Feuers. »Was bedeutet das?«, fragte Tae.

Conn zuckte die Achseln. Er hatte ihr nichts von dem Reiter erzahlt. »Ein Langschiff hat hier vor ein paar Nächten angelegt. Das ist alles, was wir wissen. Vielleicht war es ein Spähtrupp. Schwer zu sagen.«

Sie ritten schweigend zurück nach Siebenweiden, wo Conn sich von Tae verabschiedet hatte, nachdem er sich hatte sagen lassen, wo Phaeton wohnte.

Der Kaufmann war zu Hause, als Conn und Parax kamen. Er war groß, mittleren Alters, hatte ergrauendes, helles Haar und ein angenehmes Lächeln.

»Banouin hat oft von dir gesprochen«, sagte er. »Es ist mir ein Vergnügen, dich kennen zu lernen. Kommt herein. Ich bitte die Köchin, euch etwas zu essen zu machen. Ich muss es behutsam tun, denn sie ist eine harte Frau und regiert mein Haus mit eiserner Disziplin.«

»Ist sie deine Frau?«, fragte Parax.

»Nein. Ich habe sie vor fünf Jahren angestellt. Sie ist eine gute Köchin und Haushälterin. Aber sie ist wütend auf mich, weil ich alles verkaufe und nach Süden gehe.«

Die drei Männer gingen hinein. Von außen unterschied sich das Haus kaum von den umstehenden. Drinnen jedoch war es wie eine Villa gebaut, die hölzernen Wände mit weißgestrichenem Lehm verputzt, der Fußboden mit grünen und schwarzen Mosaikkacheln belegt. Die Möbel waren teuer und ausländischen Ursprungs, es gab mit Leder bespannte Sofas statt Stühlen, und die auf dem Boden verstreuten Teppiche waren einzigartig gemustert in einer Mischung aus zarten Blumen und verschlungenen goldenen Drachen. Eine große Frau Ende Dreißig kam aus der Küche und starrte die Männer an. »Von Gästen hattest du nichts gesagt.«

»Ich hatte keine Ahnung, meine liebe Dara, dass ich Gäste haben würde. Das ist Connavar und das Parax. Sie sind Freunde eines Freundes von mir.«

»Ich nehme an, sie wollen etwas zu essen?«

»Das wäre schön«, sagte Phaeton. Dara warf den Kopf in

den Nacken und ging zurück in die Küche. Phaeton wirkte erleichtert. »Ihr zieht besser eure Stiefel aus. Wenn auch nur ein Schmutzfleck auf dem Boden ist, gibt es Ärger.«

Dara bereitete ein gutes Mahl aus gebratenem Schinken, frischen Eiern und einer würzigen, mit süßen Äpfeln gefüllten Pastete. Dann warf sie sich ihren Umhang um die Schultern, wünschte gute Nacht und verließ das Haus.

Phaeton entspannte sich. »Wie ich ja sagte, sie ist eine gute Köchin.«

»Eine große Frau«, sagte Parax träumerisch. »Ist sie verheiratet?«

»Ihr Mann starb vor zwei Jahren. Er war älter als sie. Sein Herz hat versagt.«

»Das überrascht mich nicht«, sagte Parax. »Ist wohl ziemlich anstrengend, sie zufriedenzustellen, denke ich.«

Phaeton kicherte. »Das wollte ich mir eigentlich nicht vorstellen«, sagte er. »Ich glaube nicht, dass ich heute nacht schlafen kann. Wir haben ein extra Zimmer. Ihr könnt gern ein paar Tage bleiben. Danach zieht der neue Eigentümer ein.«

»Warum verlässt du Siebenweiden?« fragte Conn .

»Siebenweiden ist angenehm, und es gefällt mir hier. Aber seit den Stone-Kriegen ist der Markt für Vieh und Getreide zusammengebrochen. Ich kann im Süden bessere Geschäfte machen. Die Hauptstadt der Norvier ist inzwischen eine blühende Hafenstadt. Immer mehr Schiffe laufen sie an, jetzt, da die Minen in Bruchbergen erschöpft sind. Ich reise in vier Tagen ab.«

»Um ehrlich zu sein, könnte ich jetzt ein Bett gebrauchen«, sagte Parax. Phaeton zeigte ihm ein großes Schlafzimmer, in dem drei Betten standen. Parax dankte ihm, und der Kaufmann kehrte in den Wohnraum zurück.

»Es tat mir so Leid, als ich von Banouin hörte«, sagte Phaeton. Er schenkte einen Becher Wein für Conn, dann einen für sich ein. »Er war ein guter Mann – einer der besten.«

»Ja, das war er.«

»Er hat mir geholfen, mein eigenes Geschäft zu gründen. Lieh mir hundert Silberstücke. Ich bin erst letztes Jahr mit der Rückzahlung fertig geworden. Er hat sich nie beklagt, selbst wenn die Geschäfte schlecht gingen und ich meine Zahlung nicht leisten konnte. Männer wie er sind selten. Männer wie Diatka leider nicht. Ich hörte, du hast seinen Tod sehr schmerzhaft gestaltet?«

»Was kannst du mir über Siebenweiden erzählen?«, fragte Conn, ohne auf die Frage einzugehen.

»Kommt darauf an, was du wissen willst.«

»Ist es eine reiche Stadt?«

Phaeton zuckte die Achseln. »Das kommt wieder darauf an, was du reich nennst. Das Land hier ist fruchtbar. Es gibt reichlich Nahrungsmittel, Vieh und Schafe. Nur wenig Geld – außer zu Festzeiten, wenn der Viehmarkt auf dem Höhepunkt ist. Im Norden gibt es eine alte Silbermine, aber das meiste Erz wird zur Münze in Bruchbergen gebracht, etwa hundertzwanzig Kilometer von hier. Nur wenig davon gelangt nach Siebenweiden.«

»Du weißt, weshalb ich hier bin?«

»Dara sagt, du bist hier, um unsere Verteidigung gegen Überfälle zu überwachen. Trifft das zu?«

»Ja.«

»Wir hatten keinen Überfall mehr seit –«

»Zehn Jahren. Ich weiß. Erstaunlich, nicht wahr?«

»Einem geschenkten Gaul schaut man nicht ins Maul, mein Freund. Hier gibt es wenig zu holen. Sie können kein Vieh oder Getreide davonschleppen. Es ist einfacher für sie – oder war es jedenfalls – Bruchbergen zu überfallen, wo es ein Stadtsäckel gibt, oder Orte weiter im Süden, wo die Handelszentren sind.«

»Du hast wahrscheinlich recht«, sagte Conn. »Aber die Seewölfe rauben auch Frauen, und in Siebenweiden gibt es viele junge Frauen.«

»Allerdings. Und fünf Freudenmädchen, die auf dem

Sklavenmarkt von Stone fabelhafte Preise erzielen würden. Und dann noch das Lösegeld …« Phaeton grinste plötzlich. »Ich denke jedoch, junger Connavar, dass unsere Probleme eher zu Hause liegen. Es heißt, dass du dir Fiallach zum Feind gemacht hast.«

Conn zuckte die Achseln. »Er ist ein Rohling, und ich mag ihn nicht.«

»Es stimmt, er ist ein Rohling, und ein mächtiger dazu. Ich würde ihn mir nicht als Feind wünschen. Vielleicht wird die Heirat mit Tae seine wilde Natur bändigen.«

»Darauf würde ich nicht zählen«, erwiderte Conn. »Ich selbst habe vor, sie zu heiraten.«

»Dann werden die Tage in Zukunft sicher lebhaft«, bemerkte Phaeton. »Schade, dass ich nicht mehr hier sein werde, um sie mitzuerleben.«

Noch drei Tage lang erkundete Conn die Umgebung. Er sah nur wenig von Tae. Einmal erhaschte er einen Blick auf sie, als sie mit Fiallach spazieren ging, und ein andermal, als sie nach Westen ritt. Aber sie kam nicht in seine Nähe. Er verstand das nicht. An jenem ersten Morgen im Wald schienen sie ganz dicht vor etwas zu stehen. Oder zumindest hatte er das gedacht. Jetzt war er unsicher.

Phaeton war an diesem Morgen abgereist, mit einer Reihe von mehr als zwanzig Lastponys, die seine Waren trugen. Conn hatte ihm viel Glück für seine Reise gewünscht und war dann zum Ratssaal gegangen, um Llysona seinen abschließenden Bericht zu erstatten. Drei Stühle standen in einer Reihe, und die Dame, in einem langen, dunkelblauen Kleid, saß in der Mitte. Fiallach und Tae, beide in Reitkleidung, saßen neben ihr. Fiallach wirkte ruhig und lächelte sogar, als Conn sich näherte. Tae hielt den Kopf gesenkt und sah ihn nicht an. Conn verbeugte sich vor Llysona, erstattete seinen Bericht und gab Empfehlungen.

Sie hörten ihm zu, ohne ihn zu unterbrechen, und als er fertig war, dankte Llysona ihm für seine Sorgfalt und seinen Eifer und versprach, alles, was er gesagt hatte, reiflich zu überdenken. Fiallach sagte nichts, und Tae mied seinen Blick.

Das schien ein merkwürdiges Ende seiner Mission, schal und unbefriedigend.

»Also wirst du uns heute verlassen?«, fragte Llysona.

»Sobald Parax zurück ist, Herrin.«

»Mögen die Götter euch eine sichere Heimreise schenken.«

Conn verbeugte sich noch einmal und ging wieder in den Sonnenschein hinaus. Tae hatte ihm nicht einmal ins Gesicht gesehen, und er hatte Mühe, seinen Zorn im Zaum zu halten.

Seine Stimmung wurde auch nicht dadurch besser, dass Parax nicht auftauchte, der früh ausgeritten war, wie er es jeden Morgen tat, um nach Spuren von dem Pony mit dem gespaltenen Huf zu suchen. Parax hatte versucht, der Spur vom Ufer zurück nach Siebenweiden zu folgen, doch man hatte Vieh über die Spur getrieben, und die Erde war völlig aufgewühlt. Conn verstand, wie ärgerlich ein solcher Mißerfolg für einen hervorragenden Fährtensucher war, aber es spielte keine Rolle mehr, und er hatte es eilig, das Dorf zu verlassen.

Gegen Mittag gewann seine Enttäuschung die Oberhand, und er ließ eine Nachricht bei Dara, der dicken Haushälterin, zurück, dass er nach Osten geritten sei und Parax ihm folgen könne, wenn er wolle. Tae hatte sich nicht die Mühe gemacht, zu kommen und sich von ihm zu verabschieden, und so weit es Conn betraf, war das die letzte Unhöflichkeit. Er hatte vergebens versucht, sie aus seinen Gedanken zu verdrängen, und hatte das Gefühl, es würde ihm helfen, wenn er Siebenweiden verließ. Doch eine Stunde später, als er hoch im Wald über das Dorf blickte, ging er immer wieder ihre letzte

Begegnung durch. Hatte er etwas getan, was sie beleidigt hatte? Er konnte sich nicht erinnern.

Der Wind war frisch und kühl, und gelangweilt machte Conn ein Feuer. Wo, in Taranis' Namen, steckte Parax?

Gewitterwolken zogen rasch über den Nachmittaghimmel und brachten Dunkelheit und Kälte mit. Der Feuerschein warf tanzende Schatten auf den dicken Stamm einer alten Eiche. Conn blinzelte. Das Spiel des Lichts ließ die Rinde aussehen, als ob sie bebte und zerfloss.

Dann begannen sich Gesichtszüge im Holz zu formen und wurden zu dem Gesicht eines alten Mannes mit langem Bart und struppigen Augenbrauen. »Du bist nicht im Einklang mit dir selbst, Connavar«, sagte eine Stimme, tief und weihevoll.

Conn wusste sofort, dass dies der Thagda war, der Alte Mann des Waldes und der Mächtigste der Seidh. Er hätte keine Angst empfinden sollen, denn hatte der Thagda ihn nicht im Land der Perdier gerettet? Hatte er ihm nicht sein erstes Messer gegeben? Und trotzdem schlug Conns Herz schneller, und ein immer stärker werdender Drang, davonzurennen, erfasste ihn.

Der Baum bebte und beulte sich aus, als erst ein hölzerner Arm, dann ein Bein aus der Rinde geschoben wurde. Mit einem Grunzen schälte sich eine Gestalt aus dem Baum. Sein Bart war mit Flechten durchwachsen, sein Umhang aus breitblättrigem Efeu, seine Beinkleider und Tunika eine Mischung aus Rinde und Bucheckern. Seine Gesichtszüge wirkten wie die polierte Maserung alten Eichenholzes, seine Augen hatten das Grün eines sommerlichen Blattes. Er trat vom Feuer zurück und streckte die Arme aus.

»Dies war einst Seidh-Wald«, sagte der Thagda. »Die ganze Welt war Seidh. Wir nährten sie, und sie ernährte uns. Dann kam der Mensch. Jetzt ist die Magie weitgehend aus den Wäldern verschwunden. Nur die Eichen erinnern sich noch. Eichen haben ein langes Gedächtnis, Kind. Wohin willst du, Schwert im Sturm?«

»Ich gehe nach Hause.«

»Nach *Hause*«, sagte die tiefe Stimme, wie um es zu schmecken. »Ich habe immer das Gefühl dieses Wortes auf meiner Zunge gemocht. Im *Zu Hause* liegt immer Magie. Du hast es selbst gefühlt, als du auf dem Schlachtfeld standest und an Caer Druagh dachtest. *Zu Hause* kann die Seele ausruhen.« Der Baum-Mann stand eine Weile ganz still, der Wind raschelte in den Blättern seines Umhangs. »Kannst du es im Wind spüren, Connavar?«

»Kann ich was spüren?«

»Konzentriere dich. Lass' deinen Geist die Luft kosten.«

Conn atmete tief ein. Er konnte den Wald riechen: nasse Rinde, vermodernde Blätter. Sonst nichts. Und dann, gerade als er den Thagda fragen wollte, was er denn kosten solle, stieg ihm der Duft des salzigen Meeres in die Nase, Seetang am Strand. Er konnte fast das Schreien der Möwen hören, das Knirschen von Planken, flatternde Segel. Es war ein seltsames Gefühl. »Wir sind weit weg vom Meer«, sagte er.

»Der Mensch ist niemals weit vom Meer«, sagte der Thagda. »Wo ist deine Liebste?«

Die Frage überraschte ihn. »Ich habe keine Liebste.«

»Sieh in dein Herz. Die Liebe ist eine der wenigen Tugenden deiner blutrünstigen Rasse, Connavar. Sie kommt und geht nicht in wenigen Herzschlägen. Liebe dauert an. Also frage ich dich noch einmal, wo ist deine Liebste?«

»Noch in Siebenweiden«, gestand Conn. »Sie hat mir nicht einmal Lebwohl gesagt.«

»Wie merkwürdig, dass ein Mann, der bereit ist, gegen einen Bären zu kämpfen oder sich einer Armee zu stellen, sich nicht traut, seine Liebste zu fragen, ob sie mit ihm um den Baum wandert.«

»Ich hätte sie gefragt – wenn sie mir nur ein Zeichen gegeben hätte, dass sie gerne von mir gefragt würde.«

Der Thagda lachte rumpelnd. »Wieviele Zeichen brauchst du denn?«

In Conn flackerte Ärger auf. »Bist du hier, um mich zu quälen?«

»Ganz und gar nicht«, antwortete der Thagda. »Meine Tage sind auch ausgefüllt genug, ohne dass ich mich um Kleinigkeiten kümmere. Es ist nur so, dass ich dich beobachtet habe, seit du als Kind in den Wald kamst und meinen Namen riefst. Du wolltest, wenn ich mich recht erinnere, dass ein Zauber auf deine Eltern gelegt würde.«

»Ja, aber du hast es nicht getan«, betonte Conn.

»Wer sagt, dass ich es nicht tat? Sind sie nicht zusammen? Und lieben sie sich nicht mehr als je zuvor? Ihr Menschen seid so ungeduldig. Vielleicht ist das nur natürlich für eine Rasse, deren Leben nur wenige Herzschläge lang dauert.« Der Wind raunte in seinem Efeumantel und raschelte in den Blättern.

»Warum bist du zu mir gekommen?«, fragte Conn.

»Wenn ich mich recht erinnere, bist du zu mir gekommen. Du hast deine Liebste in Siebenweiden zurückgelassen und bist an diesen stillen Ort geritten, wo du meine Beziehung mit der Eiche störtest. Du hast diesen Flecken mit deinem Herzen gewählt, Connavar. Denn dein Herz wusste, dass ich hier war. Wir sind im Geiste verbunden, seit du damals das Rehkitz gerettet hast. Die Frage ist, warum hat dein Herz dich hierher geführt? Was suchst du?«

»Ich bin mir nicht bewusst, etwas zu suche.«

»Das liegt vielleicht daran, dass du noch immer wütend auf Tae bist, weil sie nicht mit dir gesprochen hat. Wut kann nützlich sein, aber meistens bildet sie einen Nebel, der uns die Wahrheit verschleiert. Wie lautet die Frage, mit der du dich in den letzten Tagen herumgeplagt hast?«

»Ich habe mich gefragt, warum ein Langschiff in der Bucht lag und wer dort hinging. Und warum.«

»Und welche Antworten hast du gefunden?«

»Keine. Seewölfe überfallen Siedlungen, um zu plündern, alles, was sie fortschleppen können. Gold und Silber. Manchmal Frauen. Aber in Siebenweiden gibt es kaum Gold.«

»Aber etwas sehr Kostbares – wenigstens, wie ihr Menschen es seht«, sagte der Thagda.

»Verstehe ich nicht.«

»Wer ist der reichste Baron unter den Riganten?«

»Mein eigener Herr. Er besitzt drei Minen, zwei Silber- und eine Goldmine.«

»Und was hält er wohl für seinen größten Schatz?«

»Woher soll ich das wissen?«

»Denke nach.«

»Kannst du es mir nicht einfach sagen?«

»Die Eiche ruft mich«, sagte der Thagda. Schwerfällig drehte er sich um und ging zurück zu dem Baum, wo seine Gestalt wieder mit der Rinde verschmolz. Als er verschwand, hallte seine Stimme nach: »Komm am Samains-Fest in den Wunschbaumwald. Dort reden wir weiter.«

Conn saß vor dem Feuer und versuchte, den Sinn hinter dieser Begegnung zu finden. Die Seewölfe. Gold. Schätze. Die Erinnerung an dieses Gespräch umwaberte ihn wie Rauch, quälend, doch ungreifbar. Dann hörte er einen Reiter den Pfad entlang galoppieren. Er stand auf und rief nach Parax. Der alte Mann kam ins Lager und glitt vom Pony.

»Was hat dich aufgehalten?«, fragte Conn.

»Das Pferd mit dem gespaltenen Huf. Ich habe es gefunden.«

»Erzähl'.«

»Es wird von dem Kaufmann Phaeton geritten.«

»Phaeton hat sich mit den Seewölfen getroffen?«

»Ja, und jetzt kommt es. Die Überfälle auf Siebenweiden hörten in dem Jahr auf, als er ins Dorf kam. Sobald ich das Pferd gefunden hatte, ging ich zurück zum Haus und fragte Dara aus. Phaeton hatte enge Verbindungen zu der Grubensiedlung Bruchbergen und ein paar anderen Städten im Süden. Jede dieser Städte ist mehr als einmal überfallen worden.«

»Er hat die Seewölfe mit Informationen versorgt«, sagte Conn.

»Ja, so sieht es aus. Er hat bestimmt über die Verladung von Silber Bescheid gewusst, und in welchem Dorf die Fuhrleute Rast machten. Und so weiter. Da die Minen allmählich erschöpft sind, gab es für ihn keinen Grund mehr zu bleiben.«

»Das kann ich verstehen, aber warum das letzte geheime Treffen? Was haben sie vor? Das möchte ich wissen.«

»Das kann dir kein Fährtensucher beantworten«, sagte Parax. »Aber in Siebenweiden gibt es kein Gold.«

Conn spürte einen kalten Hauch auf der Haut, als er an sein Gespräch mit dem Kaufmann dachte. *»Und dann gibt es ja noch Lösegeld…«*

Phaeton hatte den Satz unbeendet gelassen, und Conn hatte ihn nicht zu Ende gedacht. »Ja, es gibt Kostbarkeiten«, flüsterte er. »Die Frau des Barons und seine Tochter. Sie würden das Zehnfache ihres Gewichts in Gold einbringen, wenn man sie für ein Lösegeld entführte. Wie viele Seewölfe sind auf jedem Schiff?«

»Vierzig, fünfzig. Ich bin noch nie einem nahe gekommen«, antwortete Parax, »aber nach den Eindrücken zu urteilen, die der Kiel hinterlassen hat, würde ich sagen, eher fünfzig.«

»Das Schiff ist nicht aufs Meer zurückgekehrt«, sagte Conn. »Die Seewölfe haben abgewartet, bis Phaeton abreiste.«

»Wie kannst du da so sicher sein?«

Conn rannte zu seinem Pony und sattelte es.

»Wir reiten zurück«, sagte er und schwang sich in den Sattel.

Die beiden Männer ritten rasch über den Pfad zurück, aber beide Ponys waren müde von dem Anstieg, und als sie die letzte Anhöhe erreichten, war es schon dämmrig.

Eine gewaltige Rauchfahne stieg über Siebenweiden in den Himmel, und Conn konnte fliehende Dorfbewohner sehen, die auf die Berge im Norden zuhasteten. Im Süden konnte er schwer beladene Seewölfe erkennen, die langsam zum Wald zogen.

Conn zügelte sein schweißbedecktes Pony. »Was jetzt?«, fragte Parax.

»Ich reite zur Bucht, wo du den Abdruck des Kiels gefunden hast. Du reitest ins Dorf hinunter. Wenn Fiallach noch am Leben ist, sage ihm, wo ich bin.«

»Und dann kommt er angerannt, um dich zu retten?«, höhnte Parax. »Das glaubst du wohl selbst nicht.«

»Er wird kommen, wenn sie Tae haben.«

»Ja, aber wenn nicht? Was, wenn sie entkommen ist?«

»Ist sie nicht. Wenn sie sie nicht gefunden hätten, wären die Piraten noch immer in Siebenweiden und würden nach ihr suchen. Und jetzt geh!«

Noch während er sprach, trieb Conn sein erschöpftes Tier nach Süden.

Der hünenhafte Vars-Seeräuber Shard stand am Tor der Siedlung und genoß einen letzten Blick auf die brennenden Häuser. Zuerst war der Überfall gut gelaufen. Er hatte sein Schiff, die *Blutblume*, mittags angelegt und seinen Kriegern befohlen, zu dem hochgelegenen Wald zu gehen, der oberhalb des Dorfes lag. Das Gewitter war ein Segen von Wotan gewesen. Nicht ein einziger Wachposten befand sich auf der Palisade, als die fünfzig Seeräuber aus dem Wald auftauchten und auf das offene Tor zurannten.

Shard hatte die mit Kohle gezeichnete Karte, die Phaeton ihm geliefert hatte, auswendig gelernt. Nachdem er dreißig Männer ins Dorf geschickt hatte, um zu töten, zu brennen und Panik zu verbreiten, hatte er seine zwanzig Krieger direkt zum Ratssaal geführt. Dieser Zug war der einzige Makel an seinem Plan gewesen. Der dämliche

Kidrik hatte versucht, sich die ältere Frau zu schnappen, doch sie hatte einen Dolch aus dem Gürtel gezogen und nach ihm gestochen. Kidrik hatte, vor Schmerz und Wut außer sich, mit seinem Schwert nach ihr geschlagen und ihr die Kehle durchschnitten. Na, er würde keinen Anteil von diesem Überfall bekommen. Nicht mal eine halbe Kupfermünze. Idiot!

Die jüngere Frau war durch die Halle zurück und ins Freie gerannt. Direkt in die Arme von Shards Bruder Jarik. Ein Schlag hatte sie bewusstlos gemacht, und Jarik kam mit dem Mädchen über der Schulter wieder in den Ratsaal.

Trotzdem war der Gewinn dieses Unternehmens halbiert, und das ärgerte Shard. Möglicherweise fehlte ihm dadurch sogar das nötige Kapital für ein zweites Schiff. Mit nur einem Schiff und fünfzig Männern blieben Überfälle immer nur Stückwerk. Aber mit zweien wurden entweder auch die größeren Ortschaften zugänglich, oder man konnte, weil man mehr Proviant mitnehmen konnte, tiefer ins Land der Keltoi vordringen.

Die Flammen der brennenden Holzhäuser loderten höher in den dunkler werdenden Himmel. Ganz in der Nähe brach ein Haus zusammen. Shard trank den Anblick in sich hinein, dann wandte er sich zum Tor. Ein junger Keltoi-Krieger rannte mit einem Speer auf ihn zu. Shard parierte beiläufig mit seinem Langschwert, dann zerschmetterte er mit einem Hieb das Schulterblatt des jungen Mannes bis zur Brust. Dieser stieß einen lauten Schmerzensschrei aus und fiel. Shard stellte seinen Fuß auf die Brust des Mannes, um sein Schwert herauszuziehen. Dann lief er gewandt zurück zum offenen Tor und ins Freie hinaus. Trotz seiner beeindruckenden Größe lief Shard gut, wenn auch nicht schnell, in gleichmäßigem Rhythmus.

Eine Bewegung zu seiner Rechten erregte seine Aufmerksamkeit, und er sah zwei Reiter, einer hielt auf das

Dorf zu, der andere nach Süden. Ohne sie zu beachten, lief er weiter durch das dichte Gras.

Dies war gutes Land, dachte er nicht zum ersten Mal. Gutes Ackerland. Nicht wie die unfruchtbare, steinige Erde seiner Heimat im Fjordland, wo das Vieh knochig und mager war, das Getreide dünn und kümmerlich. Zweimal im vergangenen Jahr hatte er versucht, seinen Vater, den König, dazu zu überreden, einen ausgedehnten Feldzug zu unternehmen, um dieses Land zu erobern. Doch Arald war nicht zu überzeugen. »Überfälle sind gut und gewinnbringend«, sagte er. »Aber ich habe an der letzten Invasion teilgenommen, die vor achtzehn Jahren von deinem Großvater unternommen wurde. Nicht nur, dass die Keltoi den Vars drei zu eins überlegen waren, sie haben auch gekämpft wie die Löwen. Dreitausend unserer Männer wurden an diesem Tage getötet, darunter auch dein Großvater. Nur wenigen von uns gelang es, sich den Weg zurück zum Meer freizukämpfen. Wir waren nicht genug Leute, um alle Schiffe zu bemannen und mussten siebenundzwanzig verbrennen. Verbrennen! Kannst du dir vorstellen, was das für ein Gefühl war, Shard? Du träumst jetzt seit drei Jahren von einem zweiten Schiff. Und wir mussten siebenundzwanzig verbrennen.«

»Die Zeiten sind heute anders, Vater. Wenn wir mit zehntausend Männern landeten, könnten wir ein großes Stück Land gewinnen und halten. Dann könnten wir mehr Vorräte und Männer hinschaffen und die Höfe und Häuser der Keltoi übernehmen. Wir könnten eine befestigte Siedlung bauen und von dort aus ausschwärmen und allmählich das Land erobern – genauso wie die Stone-Männer es im Süden machen.«

Arald lächelte. »Es ist immer gut, große Träume zu haben, mein Sohn.« Und dann sprach er nicht mehr davon.

Es wäre vielleicht anders gewesen, wenn sein Bruder Jarik ihn unterstützt hätte. Jarik war der Lieblingssohn, aber wie sein Vater war er nicht an Eroberungen interessiert. Nur an leicht erworbenem Reichtum.

Shard lief weiter. Trotz seiner Verärgerung über Llysonas Tod konnte man den Überfall noch als Erfolg betrachten. Nicht einer seiner Männer hatte den Tod gefunden, wenn auch einige Wunden davongetragen hatten. Der Kaufmann hatte seine Sache gut gemacht. Der Krieger Fiallach und seine dreißig Männer waren nicht vor Ort gewesen. Sie waren abgezogen worden, nachdem Phaeton berichtet hatte, dass ein riesiger Löwe sich in den Bergen im Nordwesten herumtrieb. Fiallach liebte die Jagd und konnte der Verlockung einer solchen Beute unmöglich widerstehen.

Shard erreichte den Wald. Der Kaufmann hatte ihm erzählt, dass der Baron mindestens sechshundert in Gold für seine Frau und seine Tochter zahlen würde. Hundert würden heimlich an Phaeton für seine Mitarbeit gehen. Diese Summe war jetzt halbiert, abzüglich der fünfzig für den Kaufmann. Die Hälfte davon wurde wiederum unter seinen Männern aufgeteilt. Blieben noch hundertfünfundzwanzig. Die Hälfte davon hatte er Jarik versprochen. Shard rechnete weiter. Dann fehlten ihm immer noch fünfzig für sein zweites Schiff. Er spielte mit der Idee, die Zahlung an den Kaufmann zurückzuhalten, verwarf sie jedoch wieder. Der Mann war zu wertvoll, und vielleicht brachte seine nächste Information genügend Profit. Blieb noch Jarik. Wenn er ihn überreden könnte, auf seinen Anteil zu verzichten…

Nein. Jarik würde dafür den gemeinsamen Besitz des Schiffes verlangen, und das wollte Shard nicht.

Er sah sich um. Das Dorf brannte immer heller, als der Wind die Flammen nach Norden peitschte.

Dann war er in der Dunkelheit des Waldes.

Gut einen Kilometer voraus warf Jarik endlich die sich wehrende [illegible]ae zu Boden. Als sie versuchte aufzustehen, schlug er ihr ins Gesicht. Es war ein harter, brennender Schlag, der sie von den Beinen riss. »Benimm' dich, du Riganten-Nutte«, sagte er, »dann passiert dir nichts. Du wirst für Lösegeld festgehalten. Nicht zum Vergnügen.«

Das Mädchen sagte nichts. Jarik hockte sich neben sie und blickte ihr in die Augen. Er sah keine Furcht darin, nur Hass und Wut. Er grinste sie an. »Aber keine Dummheiten, sonst benutze *ich* dich zum Vergnügen. Verstanden?« Sie nickte. Jarik riss sie auf die Füße, und seine drei Männer gingen weiter Richtung Ufer. Das Mädchen schien zu stolpern. Jarik streckte den Arm aus, um sie zu stützen. Plötzlich fuhr sie herum, stieß ihm mit dem Kopf ins Gesicht und rannte in den Wald. Jarik fluchte und setzte ihr nach. Seine Männer folgten ihm auf den Fersen.

Sie war schnell, doch Jarik war schneller und stärker. Sie sprang über einen umgestürzten Baum und schlug einen Haken nach rechts. Jarik kam ihr näher, er war nur noch ein paar Meter hinter ihr. Und wenn sie es auch nicht merkte, rannte sie genau auf das Schiff zu. Vor ihr lag ein Gebüsch, dann eine mondbeschienene Lichtung. Das Mädchen sprang über die Büsche. Jarik, der dicht hinter ihr war, warf sich vorwärts. Sie wäre ihm fast entwischt, doch seine Hand schloß sich um ihren Knöchel, und sie schlug hart auf dem Boden auf.

»Erinnerst du dich, was ich gesagt habe, du Nutte?«, knurrte Jarik. Sie sprang auf, als er sie von hinten packte. Ihr Ellbogen zuckte nach hinten und traf ihn am Ohr. Wut erfasste ihn. Er riss sie herum und schlug ihr voll ins Gesicht. Betäubt fiel das Mädchen auf die Knie. Jariks drei Männer kamen auf die Lichtung gelaufen. Jarik begann den Strick zu lösen, mit dem er seine Beinkleider hielt.

»Wir sollen sie nicht anfassen«, sagte der erste. »So lautet der Befehl.«

»Du hast es gerade nötig, über Befehle zu reden, Kidrik.

Wir hatten Befehl, beide Frauen lebendig gefangen zu nehmen. Jedenfalls muss diese Schlampe erst mal lernen, was Disziplin heißt.«

»Und du musst erst mal lernen, was Tod heißt«, sagte eine Stimme.

Jarik fuhr zurück und wirbelte herum. Am Rand der Lichtung stand ein einzelner Riganten-Krieger, in der einen Hand ein schimmerndes Schwert, in der anderen ein Messer. Es ergab gar keinen Sinn, dass er hier war. Sie waren in Rufweite des Schiffes und nicht allzuweit hinter ihnen waren fünfzig Krieger auf dem Weg hierher. Jarik schnürte hastig seinen Gürtel zu, dann warf er seinen Männern einen Blick zu. »Worauf wartet ihr? Tötet den Bastard.«

Die drei Männer zogen ihre Schwerter und griffen an. Der Rigant stellte sich ihnen. Seine Klingen glitzerten im Mondlicht wie Silber. Der erste Mann ging zu Boden, dann der zweite. Der dritte fiel mit aufgeschlitzter Kehle, Blut pulste rhythmisch über sein Kettenhemd.

Jarik zog sein Schwert und stürzte sich mit einem beidhändigen Hieb auf den Riganten. Im letzten Augenblick duckte dieser sich unter die Klinge. Aus dem Gleichgewicht gebracht, schwankte Jarik. Eine sengende, furchtbare Hitze wütete in seiner Brust. Als er an sich herunterblickte, sah er den Griff eines Messers zwischen seinen Rippen stecken. Es war ein schöner Griff.

Er fiel mit dem Gesicht voran ins Gras. Es war kühl und sehr angenehm. Sein Blick wanderte zu einem Busch in der Nähe. Er sah einen Fuchs, der dort kauerte, abwartend, beobachtend. Ein frischer Schmerz durchbohrte ihn, als der Rigant sein Messer herauszog. Jarik stöhnte und versuchte aufzustehen. Doch seine Arme hatten keine Kraft. Er schaffte es, sich auf den Rücken zu wälzen. Der Rigant half dem Mädchen auf die Füße. Dann verdeckte eine Wolke den Mond.

Und alles war Finsternis.

Tae war noch immer benommen von dem Schlag, den sie bekommen hatte, aber sie stolperte hinter Connavar her, der sie tiefer in den Wald führte. In der Ferne konnte sie andere Seeräuber hören. Ein paar von ihnen lachten. Der Klang drang durch ihre Benommenheit und erfüllte sie mit Angst. Seltsam, dachte sie, dass ich nicht so viel Angst hatte, als sie mich gefangen hielten, wie jetzt, da ich frei bin. Darüber kannst du später nachdenken, befahl sie sich. Connavar war vor ihr vor einer dicken Eiche stehengeblieben. Sie hielt sich dicht an ihm.

»Was jetzt?«, flüsterte sie.

»Wir müssen uns einen Weg durch sie hindurch bahnen. Sie wissen noch nicht, dass du entkommen bist. Sie werden nicht ausschwärmen. Aber ich kann nicht zurück zu meinem Pony. Wir müssen zu Fuß fliehen.« Connavar steckte seine Waffen ein und führte sie nach links. Die Wolken verzogen sich, und der Mond erschien strahlend wieder. Connavar schimpfte leise und fiel auf die Knie. Tae zog er mit sich.

»Jetzt weiß ich, warum sie dich Dämonenklinge nennen«, flüsterte sie und dachte an die Geschwindigkeit, mit der er ihre Häscher erledigt hatte.

»Keine Zeit zum Reden. Folge mir.« Connavar ließ sich auf den Bauch nieder und kroch ins nahegelegene Unterholz. Tae rutschte neben ihm her. »Wir warten, bis sie vorbei sind«, sagte er.

Hinter ihnen erklang ein Hornsignal. Wütende Rufe folgten. Niemand brauchte Tae zu sagen, dass sie wohl die Toten gefunden hatten. Sie warf einen Blick auf Connavar. Er war angespannt, sein Gesicht zornig. Sie hörte laufende Schritte und wollte schon aufspringen und fliehen, als Connavar ihren Arm packte. »Unten bleiben«, flüsterte er ihr ins Ohr. »Sie suchen nach Bewegung.« Er legte ihr die Hand über die Schulter und zog sie dicht an sich. Die Büsche waren dünn und klein. Jeder, der nach unten schaute, musste sie sehen.

Ein paar Männer rannten vorbei. Einer blieb stehen, fast direkt über ihnen.

»Was siehst du?«, brüllte eine kehlige Stimme.

»Nichts.«

»Sie können noch nicht weit sein. Wir haben keine Pferde gehört. Verteilt euch und durchkämmt den Wald.« Der Mann, der so dicht bei ihnen stand, lief davon. Tae kämpfte noch immer gegen den Drang davonzulaufen. Wieder flüsterte ihr Connavar etwas zu, den Mund dicht an ihr Ohr gelegt. »Sie erwarten, dass wir fliehen, also richten sie ihre Blicke geradeaus und suchen nach rennenden Gestalten. Am besten bleiben wir noch eine Weile tief geduckt. Sobald die Wolken wieder den Mond verdecken, riskieren wir es loszugehen. Jetzt entspann' dich und ruh' dich aus.«

Entspannen? Wie konnte jemand sich entspannen, wenn Mörder die Gegend durchkämmten? Doch Tae sagte nichts. Der Wind frischte auf, und sie merkte, dass sie zitterte. Ob nun vor Kälte oder als Nachwirkung der Ereignisse des Tages wusste sie nicht. Connavar rückte dicht an sie, breitete seinen Mantel über sie und wärmte sie mit seiner Körperwärme. Tae schloss die Augen und sah wieder den wilden Hieb, der ihre Mutter aus dem Leben riss. Tränen stiegen ihr in die Augen, doch sie drängte sie zurück. Die Zeit zum Trauern würde noch kommen. Aber nicht jetzt.

Die Geräusche, die die Seeräuber machten, entfernten sich, und Tae spürte, wie sich Connavar neben ihr bewegte. Er erhob sich auf die Knie und spähte durch den mondbeschienenen Wald. Dann stand er auf und zog Tae mit sich hoch. »Wir müssen nach Westen«, sagte er. »Sie werden erwarten, dass wir uns nach Norden, nach Siebenweiden halten.« Sie nickte und folgte ihm. Er ging eine Weile zügig voran, dann versteckte er sich wieder hinter einer Eiche. Als Tae bei ihm ankam, zog er seinen Dolch und reichte ihn ihr mit dem Griff voran. Sie nahm die Waffe und wunderte sich, wie perfekt sie in ihre Hand passte. Auf den ersten Blick wirkten Connavars Hände so viel größer als ihre. Sie fragte sich, wie er eine Waffe mit so schlankem Griff benutzen konnte.

Wieder ging er voraus, huschte von Baum zu Baum und spähte beim Laufen aufmerksam um sich.

Plötzlich tauchten vor ihm zwei Seeräuber auf. Beide blieben einen Augenblick stocksteif stehen vor Schreck. Dann stieß einer einen Schrei aus: »Hier sind sie!« Connavar machte einen Satz nach vorn und stieß dem ersten sein Schwert in den Bauch. Der zweite Mann, bewaffnet mit einer Handaxt, warf sich auf Connavar, der auswich und ihm die linke Faust ans Kinn knallte. Der Seeräuber fiel auf die Knie. Connavar tötete ihn mit einem Hieb in den Hals.

Unbemerkt von Tae war ein dritter Seeräuber aus dem Gebüsch hinter ihr aufgetaucht. »Pass' auf!«, schrie Connavar. Tae fuhr herum und schlug zu, als der Mann gerade über ihr war. Die Dolchklinge glitt durch sein Kettenhemd, als wäre es aus Wolle, und drang bis zum Griff ein. Der Mann war auf der Stelle tot. Tae zog das Messer heraus und rannte zu Connavar. Ringsumher waren jetzt Geräusche zu hören.

Dann zogen wieder Wolken auf, die den Mond verdunkelten. Connavar nahm Tae am Arm und führte sie weiter in den Wald, bis sie zu einem dichten Brombeergestrüpp kamen. Sie ließen sich auf den Bauch nieder und schlängelten sich in das Dickicht. Taes Herz klopfte wie wild, und sie hatte das Gefühl, ihr Atem ginge so laut, dass man es hören müsse. Sie versuchte, es zu beherrschen. Regen begann zu fallen, dann zuckte im Süden der erste Blitz. Ein paar Sekunden später rumpelte Donner über dem Wald, und aus dem Regen wurde eine Sturzflut. Ein bisschen geschützt in ihrem Dornengestrüpp lagen die beiden Flüchtlinge ganz still.

Die Zeit verging. Tae schlief ein wenig, und als sie

erwachte, sah sie, dass Connavar neben ihr schlief. Er erwachte, als sie sich bewegte, und lächelte sie an. »Sind sie weg?«, flüsterte sie.

»Ich glaube nicht. Aber sie werden frieren, sind durchnässt und inzwischen ziemlich in Sorge. Sei ganz still.« Er schloss die Augen wieder und stützte den Kopf auf den Arm.

Nur wenige Augenblicke später ließ der Regen nach und sie hörten die Männer durch den Wald eilen, auf dem Weg zurück zur Bucht. Dann rief jemand: »Ich werde herausfinden, wer du bist, Rigante. Und dann komme ich zu dir. Ich schwöre beim Blute Wotans, dass ich nicht eher ruhen werde, bis dein Kopf auf einer Lanze vor dem Haus meines Bruders steckt.«

Tae warf einen Blick auf Connavar und sah ihn lächeln.

»Wie kannst du darüber lächeln?«, wisperte sie.

»Ein Mann sollte immer gute Feinde haben. Das hält ihn bei Kräften.«

Sie blieben noch eine weitere Stunde in ihrem Versteck, dann, gerade als die Sonne den Himmel erhellte, schoben sie sich aus den Brombeeren. Der Wald war still, und sie wanderten wieder nach Norden.

Auf dem Berg begegneten sie Fiallach und fünfzig Reitern. Parax war bei ihnen. Fiallach sprang vom Pferd und rannte zu Tae. »Haben sie dir etwas getan?«, fragte er.

»Sie hatten keine Zeit dafür. Connavar war da. Er hat den Mann getötet, der mich festhielt.«

»Ich bin dir dankbar, Connavar«, sagte der Riese, »dass du meine zukünftige Frau gerettet hast.«

»Ich werde nicht deine Frau, Fiallach«, sagte Tae sanft. »Ich verehre dich als meinen Freund und Beschützer. Aber ich werde nicht mit dir um den Baum wandern.«

Fiallach leckte sich die Lippen und schwieg einen Augenblick. »Aber ich liebe dich«, sagte er schließlich.

Als sie sprach, war sie nicht mehr das Mädchen, das

sie gewesen war. In ihren Worten lag Autorität und sogar Bedauern. »Und ich liebe dich, mein Freund. Wenn es in meiner Macht stünde, dich so zu lieben, wie du es verdienst, würde ich es tun. Aber es ist nicht so. Jetzt muss ich zurück nach Siebenweiden. Dort gibt es viel zu tun.« Sie ging davon. Ein Reiter bot ihr sein Pony an, und sie akzeptierte es mit einem Lächeln, schwang sich in den Sattel und ritt den Abhang hinunter.

Fiallach wandte sich an Conn und seufzte. »Hätte auf dich hören sollen«, sagte er.

»Das hätte auch nichts geändert«, sagte Conn. »Wachtürme lassen sich nicht an einem Tag bauen. Der Mann, der für das alles verantwortlich ist, heißt Phaeton.« Conn erzählte dem Riesen, wie Parax die Kielabdrücke und die Spuren gefunden hatte. Fiallachs Gesicht wurde blaß vor Wut.

»Er war es, der uns von dem Löwen erzählte, der mich und meine Männer von Siebenweiden weglockte.«

»Mit frischen Pferden müsstest du ihn eigentlich einholen können«, schlug Conn vor.

»Und ich werde ihn kriegen«, schwor Fiallach. Aber er rührte sich nicht. Seine hellen Augen blickten in die Conns. »Sag mir, dass nichts zwischen dir und Tae ist, und ich biete dir meine Hand zur Freundschaft.«

»Ich werde sie bitten, mit mir um den Baum zu wandern«, sagte Conn, und obwohl er den anderen nicht mochte, stimmte der Kummer, den seine Worte auslösten, ihn traurig. Nachdem er Arian verloren hatte, wusste er, wie Fiallach litt.

»Ja, ich dachte mir schon, dass du die Wurzel allen Übels bist. Du hast mir meine einzige Freude im Leben gestohlen. Eines Tages werden wir abrechnen. Aber nicht heute. Mein Herz ist zu schwer. Ich werde Phaeton suchen und ihn vor Gericht bringen.«

»Töte ihn einfach«, sagte Conn. »Ich will ihn nie wieder sehen.«

Die Seewölfe hatten einunddreißig Dorfbewohner getötet: zweiundzwanzig Männer, fünf Frauen und vier Kinder. Die Toten lagen in einer Reihe, die Gesichter von Mänteln oder Decken bedeckt. Das Feuer war unter Kontrolle, hauptsächlich durch den starken Regen in der Nacht zuvor, und die Leute suchten zwischen den verkohlten Überresten nach allem, was den Flammen vielleicht entgangen war.

Conn stand am Haupttor und blickte in ihre Gesichter. Sie alle zeigten den gleichen leeren, resignierten Gesichtsausdruck. Räuber kamen, Räuber gingen. Das Leben musste weitergehen. Aber jetzt würde es schwer vor Kummer weitergehen. Conn sah, wie Tae die Menschen organisierte und Befehle erteilte. Er ging zu ihr. »Du solltest dich etwas ausruhen«, meinte er.

»Ausruhen kann ich mich später. Das ist jetzt mein Dorf, Connavar. Ich bin dafür verantwortlich.«

»Ich weiß.« Er sah, wie ihr Blick auf die Reihe der Toten fiel. Die erste in der Reihe, das Gesicht mit einem goldgesäumten Tuch bedeckt, war Llysona. Tae schluckte, und einen Augenblick lang dachte er, sie würde weinen. Doch stattdessen ging sie zu einer Gruppe wartender Männer. »Wir brauchen frisches Holz«, erklärte sie. »Oras, du teilst Arbeitsgruppen ein.«

»Jawohl.«

Sie wandte sich an einen anderen. »Garon, ich möchte, dass du dich darum kümmerst, dass alle, die ihr Heim verloren haben, heute nacht irgendwo unterkommen.«

»Es soll sein, wie du befiehlst, Herrin.« Er verbeugte sich und ging.

»Was kann ich tun, um zu helfen?«, fragte Conn.

»In den Bergen im Norden von hier lebt ein Druide. In einer Höhle unweit eines Eichenhains. Hol' ihn her, damit wir unsere Toten segnen lassen können.«

Conn verbeugte sich und machte sich auf den Weg zum Tor. Parax kam gerade herein, gefolgt von mehreren

Männern Fiallachs. Conn fragte einen der Reiter, ob er ihm sein Pferd leihen könne. Der Mann nickte geistesabwesend und glitt aus dem Sattel. Dann wanderte er davon zu einem der ausgebrannten Häuser. Ehe er dort ankam, blieb er vor der Reihe der Toten stehen. Er stieß einen lauten Schrei aus und rannte zu dem Leichnam einer jungen Frau, zog das Tuch von ihrem Gesicht und drückte sie an sich.

Conn bestieg sein Pony und winkte Parax, ihm zu folgen. Der alte Mann ritt neben ihm her, und Conn erklärte ihm ihre Aufgabe. »Sollte nicht schwer zu finden sein«, sagte Parax. Dann seufzte er. »Ein schwarzer Tag, Connavar.«

»Ja. Und doch hätte es schlimmer kommen können.«

»Was ist im Wald passiert?«

»Ich habe sie gefunden und herausgeholt«, antwortete Conn schlicht.

»Ich glaube, da steckt noch mehr dahinter.«

»Nur Blut, Parax. Und Tod. Wie konnte ein kultivierter Mann wie Phaeton so gleichgültig Zerstörung über die Menschen bringen, unter denen er gelebt hatte? Hast du etwas Böses in ihm gesehen?«

»Nein. Aber wer hätte das schon gekonnt? Er war freundlich und nett zu uns. Ich habe einmal einen goldenen Kelch gesehen, den der alte König gekauft hatte. Schönes Ding. Eines Tages ließ er ihn fallen, und er schlug an der Tischkante auf. Unter einer dünnen Schicht Gold war er aus Blei. Beinahe wertlos. Ich nehme an, Phaeton ist genauso. Ein Jammer. Ich mochte ihn.«

»Ich auch.«

Nach einer Weile sahen sie den Druiden, der auf sie zukam. Sein weißes Gewand glitzerte im Sonnenschein. Er war ein älterer Mann mit langem, schütterem weißem Haar und langem Schnurrbart.

»Ich habe das Feuer gesehen«, sagte er. »Gibt es viele Tote?«

»Etwa dreißig«, antwortete Conn. »Sie haben auch Llysona getötet.«

Der Druide nickte. »Eine harte Frau. Ich mochte sie nicht. Ist ihre Tochter in Sicherheit?«

»Ja, sie organisiert den Wiederaufbau.«

»Geht zurück und sagt ihr, ich sei unterwegs.«

»Du kannst hinter mir aufsitzen«, bot Conn an.

»Ich gehe zu Fuß«, entgegnete der Druide. »Das läßt mir mehr Zeit, um für die Toten zu beten.«

Den ganzen Tag lang arbeitete Conn mit den Bewohnern des Dorfes zusammen, schleppte halb verkohlte Balken weg und brachte neues Holz aus dem Wald im Norden heran. Er machte gegen Mittag mit anderen eine kurze Pause und saß schweigend unter ihnen, während sie sich unterhielten. ›Warum wir?‹ war die meist gestellte Frage. Conn war klug genug zu wissen, dass jetzt nicht die rechte Zeit für eine Antwort war. Zehn Jahre relativer Sicherheit hatten sie selbstzufrieden gemacht. Als der Überfall stattfand, war kein Wachposten auf dem Wall, und die Tore zum Dorf standen offen.

Würden sie daraus lernen?, fragte er sich.

Eine Zeitlang. Dann würden die Jahre vergehen …

Es lohnte sich nicht, darüber nachzudenken, entschied er.

Seine Gedanken wanderten zu seinem letzten Gespräch mit Ostaran zurück. Die Perdier waren besiegt worden und standen kurz vor der Auslöschung. »Werden die Gath die nächsten sein?«, hatte Conn ihn gefragt.

»Natürlich nicht. Wir sind schließlich Verbündete des Volkes von Stone.«

»Waren nicht im letzten Jahr die Perdier Jasarays Verbündete?«

»Du kannst einen wirklich aufmuntern, mein Freund. Was sollten die Menschen von Stone schon von uns wollen?«

Ostaran konnte es nicht begreifen, obwohl es vor ihm

ausgebreitet lag wie eine blutgetränkte Landkarte. Das Volk von Stone wollte alles. Es würde erst zufrieden sein, wenn alle bewohnten Länder unter seiner Knute standen. »Sieh mal«, sagte Conn, nahm einen Stock und zeichnete eine Linie in die feuchte Erde. »Das sind die Länder der Gath und der Ostro. Auch sie sind zu weit weg von Stone und den Gebieten, die es beherrscht, um eine Invasionstruppe für einen Vorstoß zum Meer auszurüsten und zu verpflegen. Aber hier, dazwischen geschoben wie eine Pfeilspitze, liegt das Land der Perdier. Reiches Ackerland mit Tausenden von Rindern und Pferden. Sie werden in dieses Land ziehen, Städte und Festungen bauen. Von hier aus können sie zuschlagen, wo sie wollen.«

»Aber warum sollten sie?« fragte Ostaran.

»Weil sie müssen. Für sie ist es eine wirtschaftliche Notwendigkeit. Sie haben ein gewaltiges stehendes Heer. Die Soldaten müssen bezahlt werden. Eroberungen bieten genügend Beutemöglichkeiten, die die Generäle reich machen und die Loyalität der Soldaten sicherstellen. In Gath gibt es ... wieviel ...? ... zehn Goldminen?«

»Inzwischen vierzehn«, antwortete Ostaran. »Und fünf Silberminen.«

»Dann wird das Volk von Stone sie einnehmen. Und wer wird dann zu eurer Hilfe kommen, Osta? Die Addui sind vernichtet, die Perdier am Ende.«

»Wir werden keine Hilfe brauchen«, erwiderte Ostaran. »Wir werden jede einmarschierende Truppe zermalmen. Die Gath sind nicht wie die Perdier. Unsere Kämpfer sind doppelt so stark.«

»Und das glaubst du immer noch, nach allem, was du gesehen hast? Jasarays Panther sind gut bewaffnet und gerüstet, diszipliniert und motiviert. Sie lassen sich nicht durch einen plötzlichen Angriff brechen, egal, wie tapfer die Krieger sind.«

»Du bist heute düsterer Stimmung«, unterbrach ihn Ostaran mit einem plötzlichen Lächeln. »Wir haben gerade einen großen Sieg errungen. Jasaray hat dir Truhen voll Gold geschenkt und die Hengste, die du dir so gewünscht hast. Meine Männer und ich sind entlohnt worden, und die Sonne scheint. Und lass' mich dir eins sagen, mein düsterer Prophet: Jasaray selbst hat mir versichert, dass er keine weiteren Feldzüge plane. Er will nach Stone zurückkehren und wieder Gelehrter werden. Er sagt, er vermisst den stillen Zauber der Universität. Also! Was sagst du dazu?«

»Ich sage nur eins: Wenn das Ende kommt, bringe so viele Krieger, wie du kannst, nach Goriasa. Suche Garshon, den Kaufmann auf. Erinnere ihn daran, dass er mir einst ein Versprechen gegeben hat. Dann segelt mit seiner Hilfe über das Wasser und reitet nach Nord-Rigantium.«

»Ich sage dir, was ich tun werde, mein Freund«, sagte Ostaran. »Falls Jasaray kommt und nachdem wir ihn besiegt haben, schicke ich dir seinen Kopf.«

Conn wurde in die Gegenwart zurückgerissen, als die anderen aufstanden, um wieder an die Arbeit zu gehen. Er blieb noch bis zum Dunkelwerden bei ihnen, dann suchte er Parax. Der alte Mann hatte den größten Teil des Nachmittags schlafend in Phaetons Haus verbracht. Conn machte ihm keinen Vorwurf. Parax war kein Jüngling mehr, und die Angstrengungen der Nacht zuvor hatten ihren Tribut gefordert.

Als Conn am Haus anlangte, briet Parax gerade zwei große Steaks. »Wo ist die dicke Frau?«, fragte er.

»Sie gehörte zu den Toten«, sagte Parax düster. »Phaetons Rache, was?«

»Ich glaube, er mochte sie«, sagte Conn. »Sie war wahrscheinlich nur zur falschen Zeit am falschen Ort.«

»Wie wir auch – eine Zeitlang«, sagte Parax und wendete die Steaks.

Die beiden Männer aßen schweigend die Steaks, die zwar gut aussahen, aber zäh und kaum zu kauen waren.

»Hätten noch ein paar Tage abhängen müssen«, murmelte Parax. »Aber das Fleisch stammt von einem Bullen, den die Seeräuber getötet haben.«

Nach dem Essen ging Conn aus der Hintertür und wusch sich in einem Bach, der von Norden kam. Das Wasser war kalt und erfrischend. Er ließ seine Waffen im Haus und ritt zu den Überresten des Ratssaales. Das Dach war weitgehend eingestürzt, doch der Gewitterregen hatte den westlichen Teil gerettet. Er fand Tae vor dem alten steinernen Kamin sitzen, in dem ein Feuer loderte. Sie hatte sich eine Decke um die Schultern gelegt und starrte in die tanzenden Flammen.

Conn ging hinein und setzte sich ihr gegenüber. Ihr Gesicht war von Ruß und Schmutz verschmiert, und auf ihren Wangen hatten Tränen ihre Spuren hinterlassen. »Es tut mir aufrichtig Leid, Tae«, sagte er. Sie nickte, antwortete jedoch nicht. Das Feuer begann zu verlöschen. Conn legte Holz nach.

»Du reist morgen ab?«, fragte sie.

»Ja. Ich werde dem Baron Bericht erstatten. Er wird Männer mit abgelagertem Holz zum Wiederaufbau schicken.«

»Gute Heimreise«, flüsterte sie.

»Ich liebe dich, Tae«, sagte er plötzlich. Seine Worten schockierten ihn selbst, denn er hatte sie eigentlich nicht aussprechen wollen.

»Ich weiß«, erwiderte sie. »Aber jetzt ist nicht die Zeit, darüber zu sprechen.«

»Möchtest du lieber alleine sein?«, fragte er.

Sie schüttelte den Kopf und schenkte ihm ein schwaches Lächeln. »Ich bin allein, ob du nun hier bist oder nicht. Wir sind alle allein. Wir werden allein geboren und wir sterben allein. Dazwischen werden wir vielleicht von der Liebe berührt, aber wir bleiben trotzdem allein.«

»Ja, das mag stimmen«, sagte er. »Aber es ist nicht ganz wahr.« Er ergriff ihre Hand und drückte sie sanft. »Ich bin hier, und mit dieser Berührung sind wir eins.« Er setzte sich neben sie, legte seinen Arm um ihre Schulter und umarmte sie. Er küsste sie auf den Kopf und drückte sie an sich. »Nicht ein Lebewesen kann dem Tod entkommen«, sagte er. »Wir alle müssen sterben und uns dem Tod ergeben. Er folgt uns wie ein dunkler Schatten. Doch wenn wir in Angst vor ihm leben, dann leben wir überhaupt nicht. Ja, wir werden allein geboren, und ja, wir sterben allein. Aber dazwischen, Tae, *leben* wir. Wir empfinden Freude. Ich bin einsam. Ich glaube, ich bin es immer gewesen. Aber jetzt bin ich nicht einsam. Nicht in diesem Augenblick.«

Tae sagte nichts, doch er spürte, wie sie sich an ihn kuschelte, und er blieb still sitzen und strich ihr übers Haar. Sie schlief an seiner Brust ein. Conn verharrte reglos, während die Zeit verging und das Feuer erlosch. Schließlich ließ er sie sanft zu Boden gleiten, machte aus seinem Mantel ein Kopfkissen für sie und deckte sie mit der Wolldecke zu. Dann legte er noch ein paar Scheite auf das Feuer und stand auf, um zur Tür zu gehen.

Dort stand Fiallach, eine turmhohe Gestalt mit ausdruckslosem Gesicht.

Conn ging zu ihm, und die beiden Männer gingen hinaus in die Nacht.

»Du hast ihn gefunden?«, fragte Conn.

»Ja, ich habe ihn gefunden«, antwortete Fiallach. Er nahm einen blutgetränkten Beutel hoch und öffnete ihn. Er versuchte, den Inhalt in seine Handfläche zu schütteln, doch er klebte am Leder fest. Er griff mit den Fingern hinein und holte Phaetons Augen heraus. Sie fingen bereits an zusammen zu schrumpeln. »Der Bastard wird in der Leere für alle Ewigkeit blind sein«, sagte er.

»Er hat es verdient«, meinte Conn.

Fiallach legte die Augen zurück in den Beutel, dann wischte er sich die Hand an der Hose ab. »Wie geht es Tae?«

»Sie leidet. Aber sie ist stark.«

»Sie ist eine tolle Frau, Connavar. Vielleicht die beste, die es gibt. Sie verdient den besten Mann. Bist du der beste Mann?«

»Wer weiß?«, antwortete Conn.

»Lass' es uns herausfinden«, sagte Fiallach.

Kapitel 14

Fiallach sah seinem Rivalen ins Gesicht und fand dort keine Angst, sondern nur Überraschung. »Du willst mit mir kämpfen? Jetzt?«, fragte Connavar.

»Wenn du nicht zu viel Angst hast«, erwiderte Fiallach. Seit dem letzten Tag der Spiele hatte Fiallach davon geträumt, den arroganten jungen Burschen zu Boden zu schicken. Seitdem war alles schief gelaufen. Tae hatte sich von ihm abgewandt, und jetzt war das Dorf, das er schützen sollte, von Räubern überfallen worden. Er hatte nie jenen einen Moment vergessen, als die kalte Stimme ihn gewarnt hatte: ›Wenn du diesen Schlag ausführst, töte ich dich.‹ Das war ihm bis ins Mark gedrungen. Er hätte sich umdrehen und Connavar niederschlagen sollen. Doch stattdessen war er erstarrt und hatte mitansehen müssen, wie sein Peiniger mit Tae davon ging.

Er hatte in diesem Augenblick gefühlt, dass er sie verloren hatte, wie eine grausame Vorahnung. Er erinnerte sich daran, wie ihn ein kalter Schauder überlaufen hatte und sich der einsetzende Kummer auf seiner Seele legte. Seine Liebe zu Tae war die einzige Konstante in seinem turbulenten Leben gewesen. Zuerst hatte er sie als Kind verehrt, da waren seine Gefühle noch väterlich und platonisch gewesen. Er brachte ihr das Reiten bei, Bogenschießen, sogar den Umgang mit dem Langschwert.

Stark? Natürlich war sie stark. Fiallach hatte dazu beigetragen, dass sie so wurde. Und als sie zur Frau wurde, wuchs seine Liebe zu ihr immer mehr. Als sie auch weiterhin seine Gesellschaft suchte, um zu reiten und zu jagen, hatte er geglaubt, ihre Gefühle für ihn wären in gleichem Maße gewachsen wie die seinen für sie.

Doch seit den Spielen war sie anders gewesen, streitsüchtig und widerborstig. Er hatte von seinen Männern erfahren, dass Tae Fragen über Connavar stellte, den Jungen, der mit dem Bären kämpfte, den Mann, der den König tötete. Connavar der Krieger.

Connavar ... Connavar ... Connavar ...

Was hatte er je getan, das Fiallach selbst nicht ebenso gut hätte erreichen können? Die Antwort lautete: gar nichts.

Doch das spielte keine Rolle. Connavar war weit weg. Mit der Zeit hätte ihr Interesse für ihn schon nachgelassen. Aber nein, der Baron fand es nötig, den Krieger nach Siebenweiden zu schicken, und Fiallach hatte das Leuchten in Taes Augen gesehen. In Wahrheit hatte er auch den Geist seiner eigenen Niederlage in ihren Augen gesehen. Mit einunddreißig war er beinahe alt genug, um Taes Vater zu sein, und da hatte es ihm allmählich gedämmert, dass sie in ihm eine Vaterfigur sah. Einen starken Beschützer, einen Mann, an den man sich anlehnen konnte, aber kein Mann, neben dem man im Bett lag. Diese Erkenntnis war fast zu schmerzlich, um sie zu ertragen. Sie hing an ihm wie ein wütender Hund und schlug ihre scharfen Zähne in sein Herz.

Jetzt war es Connavar, der in den Wald geritten war, um Tae aus den Händen der Räuber zu retten. Und Fiallach war am Ende. Er hatte nie eine andere Frau geliebt. Wäre er nicht auf diese Löwenjagd gelockt worden, wäre er, Fiallach, es gewesen, der mit dem Schwert in der Hand Tae vor allem Bösen beschützt hätte. Dann würde sie ihn vielleicht in einem besseren Licht sehen.

Aber nein, selbst die Götter hatten sich gegen ihn gewandt und verfolgten seine Schritte mit immer neuem Pech.

Er war nach Siebenweiden zurückgekehrt, nachdem er Phaeton getötet hatte, und war in den zerstörten Ratssaal gekommen. Dort, vor dem ersterbenden Feuer, zeichnete sich schwarz Taes schlafende Gestalt in Connavars Armen ab. Um die Wahrheit zu sagen, gaben sie ein vollkommenes Paar ab, und Fiallachs Herz war endgültig gebrochen. Er hatte fast eine Stunde lang still dagestanden und sie beobachtet, bis er schließlich sah, wie zärtlich Connavar sie hinlegte und aus seinem Mantel ein Kissen für sie machte.

Jetzt gab es keinen Weg mehr für ihn, Connavar zu töten. Tae hatte er auf jeden Fall verloren.

Doch in ihm tobte ein brennendes Verlangen danach, seinem Rivalen die Fäuste ins Gesicht zu schlagen, ihn zu Boden zu werfen und über seinem besinnungslosen Körper zu stehen, sich selbst zu beweisen, dass er dem Mann, der ihm seine Liebe gestohlen hatte, überlegen war.

Seine Hände zitterten vor dem Verlangen zuzuschlagen. »Wenn du nicht zuviel Angst hast«, hörte er sich sagen.

Connavar lächelte. Und schlug ihn. Die Kraft und die Schnelligkeit dieses Schlages überraschten Fiallach, doch er steckte den Schlag weg und ließ eine mörderische Linke gegen Connavars Wange krachen. Der kleinere Mann gab nicht nach, und der Kampf begann.

Fiallach staunte über die Kraft seines Gegners. Connavar war knapp einsachtzig groß und damit gut zwölf Zentimeter kleiner als Fiallach und mindestens dreißig Pfund leichter. Doch seine Schläge übertrafen seine Gewichtsklasse, kamen genau zur richtigen Zeit und trafen haarscharf auf den Punkt. Er war ein Denker, dessen Verstand auch im Kampf kühl blieb. Er schlug nicht blindlings zu und ließ auch nicht zu, dass seine Wut ihn tollkühn machte. Fiallach bewunderte das.

Connavar trat vor und hämmerte einen Schlag nach dem anderen in Fiallachs Bauch. Fiallach packte Connavar mit der linken Hand bei den Haaren und riss ihm den Kopf zurück, dann versetzte er ihm eine knallende Rechte. Connavars Knie gaben nach. Fiallach ließ seine Haare los und wappnete sich für die nächste Rechte. Connavar sprang nach vorn und stieß mit dem Kopf gegen Fiallachs Kinn. Sterne explodierten in Fiallachs Kopf, und er machte einen Schritt rückwärts. Zwei harte, gerade Linke von Connavar zwangen ihn noch weiter zurück, doch Fiallach reagierte, blockte mit seinem rechten Arm ab und ließ dann einen linken Haken los, der Connavar eine Platzwunde über dem Wangenknochen einbrachte.

Der Kampf ging weiter. Für jeden Schlag, den Fiallach landete, kamen zwei von dem kleineren Mann zurück. Doch allmählich verließen Connavar die Kräfte. Fiallach konnte es spüren. Die Wucht seiner Schläge begann an Connavars Kraft zu zehren. Doch Connavar war unerschrocken und griff weiter an. Blut lief ihm über die Wange, und ein Auge war fast völlig zugeschwollen. Fiallach setzte zum Siegesschlag an, doch er war zu eifrig, zu früh. Connavar traf mit einer harten Rechten Fiallachs Nase und brach sie. Blut rann dem Riesen in den Schnauzbart, und jetzt, wo der erste Teil des Kampfes vorbei war, begann er, die Schmerzen zu fühlen.

Beide Kämpfer bewegten sich jetzt langsamer und suchten nach einer Lücke in der Deckung des anderen. Conn traf Fiallach noch zweimal auf die gebrochene Nase, und Fiallach reagierte darauf, indem er auf das zugeschwollene Auge zielte. Der Kampf konnte nur einen Ausgang haben, wusste Fiallach. Ein guter großer Mann würde immer einen guten kleinen Mann besiegen. Das war ehernes Gesetz. Er bekam jetzt wieder Luft, Connavars Schläge waren nicht viel mehr als Nadelstiche. Fiallach brauchte nur noch eine gute Rechte. Connavar attackierte und landete drei gute Linke und eine Rechte über Kopf im Gesicht seines Gegners. Als die Rechte traf, sah Fiallach die gesuchte Lücke und donnerte eine Rechte an Connavars Kinn. Der kleinere Mann schlug hart auf dem Boden auf, rollte sich ab, kam auf die Füße, stolperte zweimal und stürzte sich wieder in den Kampf. Fiallach traf ihn erneut. Dieses Mal hätte es vorbei sein sollen, doch Connavar zwang sich auf die Beine und rückte schwankend wieder vor.

Fiallach ließ ihn kommen, dann landete er einen linken Haken und einen rechten Aufwärtsschlag. Connavar fiel rücklings zu Boden, grunzte, rollte sich ab und stemmte sich erst auf die Knie, dann auf die Füße. Er hob die Fäuste und griff wieder an.

Trotz seiner Abneigung gegen ihn war Fiallach von Connavars Mut beeindruckt. An einem anderen Tag hätte er gnadenlos auf ihn eingedroschen, doch er hatte seine Wut bereits abgekühlt, als er den Verräter Phaeton zu Tode folterte. Jetzt war in ihm kein Zorn mehr, und er erkannte, dass er nicht den Wunsch hatte, den Kampf fortzusetzen. Er trat vor und legte den Arm um seinen Gegner. »Genug, Kleiner«, sagte er. »Der Kampf ist vorbei.«

»Du schlägst hart zu«, murmelte Connavar. »Ich hatte schon einen Augenblick geglaubt, du hättest mich geschafft.« Plötzlich grinste er, und Fiallach lachte auf.

»Ich gebe zu, dass du der Beste bist«, sagte er mit einem schiefen Lächeln. Das Lächeln verblasste. »Pass' gut auf Tae auf. Behandle sie gut. Ich werde euch beobachten. Wenn du sie je verrätst, werde ich dich finden und dir beim Sterben zusehen.«

»Ist immer schön, einen Kampf mit einem fröhlichen Gedanken zu beenden«, sagte Connavar.

Die beiden Männer gingen zum Dorfbrunnen. Fiallach zog einen Eimer kaltes Wasser herauf. Conn spritzte es sich ins Gesicht, und Fiallach wischte sich das Blut von der geschwollenen Nase.

»Wenn du mich wirklich im Auge behalten willst«, sagte Connavar, »solltest du in der Nähe sein. Komm zum Samains-Fest nach Dreibach.«

»Dort gibt es nichts für mich.«

»Ich glaube schon. Ich habe ein Geschenk für dich.«

»Was für ein Geschenk?«

»Komm nach Dreibach, dann wirst du schon sehen.«

Die Feuer waren angezündet, die Kochgruben gefüllt, die Musik von Dudelsack und Trommel in vollem rauhem Gang, als mit einem herrlichen Sonnenuntergang die Samains-Nacht begann. Hunderte von Riganten aus den benachbarten Dörfern und Siedlungen drängten sich in Dreibach, um bei der Hochzeit zuzusehen und die guten Braten zu verzehren, die Ruathain gestiftet hatte.

Der Winter stand vor der Tür, und die Riganten erwartete eine entbehrungsreiche Zeit. Dieser Abend war die Zeit für Überfluss, für Essen und Tanzen und Singen. Eine Zeit der Trunkenheit und der Freude, eine leuchtende Stunde vor der öden Bitterkeit des Winters.

Der Baron saß an der Hohen Tafel, Connavar zu seiner Rechten, Tae zu seiner Linken, Ruathain und Meria dicht dabei. Der Erste Ratgeber des Barons, Maccus, saß neben Meria. Er war ein stiller Mann mittleren Alters, mit zurückweichendem schwarzgrauem Haar und Augen, die vor Intelligenz funkelten. Er hörte mehr zu, als er redete. Meria mochte ihn, aber, wie sie selbst offen zugab, sie redete auch lieber, als dass sie zuhörte.

Ruathain hatte ihr von Maccus erzählt und dass er, obwohl schüchtern und sanft in friedfertiger Gesellschaft, ein kampferprobter Befehlshaber war, der wie ein in die Enge getriebener Wolf kämpfte. Dass Ruathain ihn bewunderte, war offensichtlich.

»Es heißt«, flüsterte Meria, »dass der Baron heute Abend eine Ankündigung machen werde.«

»Allerdings, meine Dame«, antwortete Maccus.

»Worum handelt es sich?«

»Es wäre anmaßend von mir, das vorweg zu nehmen.« Er lächelte. »Dein Kleid ist sehr schön. Ich habe selten ein bezauberndereres Grün gesehen.«

»Banouin – ein Freund von uns – brachte es von seiner letzten Reise mit. Es ist aus Satin und wurde dreitausend Kilometer von hier im Osten gemacht. Es ist mein Lieblingskleid, wenn ich auch fürchte, es wird mir in letzter Zeit ein wenig eng.«

»Auch die besten Kleider laufen mit der Zeit ein wenig ein«, sagte er galant.

Braefar saß neben Govannan am anderen Ende des Tisches, sein Bruder, der zwölfjährige Bendegit Bran, saß neben Conn. Die Sitzordnung ärgerte Braefar. Er war der zweitälteste. Es war falsch, den jüngsten vorzuziehen. Nicht, dass er Bran beneidete. Der Junge amüsierte sich prächtig, und Braefar freute sich für ihn, doch das war eine Kränkung, die nicht hätte sein dürfen. Er warf einen Blick auf Tae. Sie sah wunderschön aus in einem weißen, mit cremfarbenen Perlen bestickten Kleid und trug einen Silberreif im Haar, in den drei Opale gefaßt waren. Ab und zu wanderte ihr Blick zu Conn, der sich mit dem Baron unterhielt.

Der Held, der Eroberer! Er musste bei seiner Geburt gesegnet worden sein, dachte Braefar. Der Junge, der mit dem Bären kämpfte, Der Mann, der den König tötete. Jetzt war er auch noch der Retter der schönen Tae. Zehn Jahre ohne Probleme, doch kaum war Conn da, wurde Siebenweiden überfallen und Conn musste eine weitere Heldentat vollbringen, die seine Legende schmückte.

»Hast du die Antwort schon gefunden?«, fragte Govannan.

»Was?«

»Wie man einen besseren Sattel für die neuen Streitrösser machen kann.«

»Ach, das. Ich arbeite an einer Reihe von Plänen«, sagte Braefar munter. »Vielleicht mit stärkeren hölzeren Querstreben hinten und einem höheren Knauf.«

»Könnte klappen«, sagte Van. »Bedeutet aber trotzdem, dass der Reiter ihn packen muss und damit seinen Schildarm nicht gebrauchen kann.«

Conn hatte Braefar eine schwierige Aufgabe gestellt: einen Weg zu finden, größere Stabilität für berittene Krieger zu schaffen. Der Sattel der Riganten war ein einfaches Stück aus geformtem Leder. Der Reiter hielt sich in der Schlacht durch Schenkeldruck fest. Das hieß, dass ein Reiter im Kampf leicht von Fußsoldaten vom Pferd gezogen, geschlagen oder gestoßen werden konnte. Braefar wollte ablehnen. Er interessierte sich nicht für Sättel. Bis Conn darauf hingewiesen hatte, dass Braefar der Einzige war, dessen Verstand scharf und brillant genug war, um eine Antwort zu finden. Braefar war so entzückt, dass sein Talent anerkannt wurde, dass er sofort zugestimmt hatte.

Er dachte seit sechs Wochen über das Problem nach, immer wieder, und war einer Lösung noch keinen Schritt näher gekommen. Vielleicht war es das, was Conn wollte, dachte er plötzlich. Vielleicht freute er sich auf den Tag, an dem Braefar eingestehen musste, dass sein Verstand weder so scharf noch brillant war, wie es erforderlich war.

Wieder durchfuhr ihn ein Stich der Gereiztheit.

Der Appetit war ihm vergangen, und er verließ den Tisch und begann, auf dem Fest umherzuschlendern. Er sah Gwydia mit dem großen Krieger Fiallach zusammensitzen. Sie spielte mit ihrem Haar und hatte den Kopf verführerisch geneigt. So schloss sich auf schreckliche Weise der Kreis, denn nach seiner Demütigung in jener Nacht, als Fiallach ihn geschlagen hatte, hatte Gwydia ihm erklärt, dass sie nicht mit ihm um den Baum wandern wollte. Er hatte versucht, ihr zu erklären, dass, wenn

Conn nicht eingegriffen hätte, er aufgestanden wäre und sich Fiallach gestellt hätte, dass er keine Angst vor ihm hatte. Gwydia hatte gesagt, dass sie nicht daran zweifelte, aber dass dies nicht der Grund für ihren Entschluss war. In Wahrheit, hatte sie erklärt, lag es daran, dass sie in ihm mehr einen guten Freund als einen Liebhaber sah.

Verlogene Kuh! Sie hielt ihn für einen Feigling. Deswegen hatte sie ihre Verlobung mit ihm aufgelöst.

Draußen auf den Wiesen spielten kleine Kinder an dem Karussell. Nanncumal hatte es vor ein paar Jahren entworfen. Es war eine pfiffige Idee. An der Spitze eines langen Pfahles waren Seile befestigt, und sechs Kinder konnten gleichzeitig in den Schlaufen am unteren Ende sitzen. Dann packte Nanncumal die Speichen, die in den Pfahl eingelassen waren und drehte sie. Wenn der Pfahl sich drehte und die Seile sich spannten, flogen die Kinder immer höher um den Pfahl. Sie quiekten vor Vergnügen und klammerten sich fest, als ginge es um ihr Leben. Braefar lächelte über ihren Spaß und dachte an die gesegnete Unschuld seiner eigenen Kindheit, als die Welt noch ein strahlender und schöner Ort war. Sein Vater war König, sein Bruder ein Prinz. Er hatte sie beide vergöttert.

Und dann durchzuckte ihn die Idee. Er schauderte fast vor Freude darüber. Seile und Schlaufen. Seile, die in einer Schlaufe endeten und die zu beiden Seiten des Sattels hingen, würden einem Reiter mehr Standfestigkeit geben. Nein, keine Schlaufe. Die würde sich um den Fuß herum festziehen und das Absteigen erschweren. Ein gehärteter Lederring war die einzige Antwort. Fast schwindlig vor Erregung setzte sich Braefar ins Gras und durchdachte die möglichen Probleme. Da die Reiter unteschiedliche Beinlängen hatten, mussten die Seile verstellbar sein. Besser wären flache Lederriemen, wie bei einem Gürtel.

Er saß noch immer da, als er hörte, wie der Baron seinen Kelch auf den Tisch stieß, um für Ruhe zu sorgen. Rasch lief Braefar zurück an seinen Platz.

»Meine Freunde«, sagte der Baron. Seine tiefe, dröhnende Stimme trug weit über den Tisch hinaus. »Wir sind heute Abend nicht nur zusammengekommen, um Samain zu feiern. Meine Tochter Tae wird Connavar heiraten. Ich segne diese Verbindung. Es sind zwei gute junge Menschen, stark und stolz. Es tut mir nur Leid, dass Taes Mutter nicht dabei sein kann, um ihre Freude zu teilen.« Er schwieg einen Augenblick und seufzte. »Ich werde langsam alt und müde.« Seine Anhänger widersprachen laut und riefen: »Nein, Herr«, doch er gebot ihnen Schweigen. »Es stimmt – aber ich danke euch für eure Loyalität. In sechs Monaten werde ich als Baron zurücktreten. Ich kehre in das Land meines Vaters an der Westküste zurück. Ich ernenne Connavar zu meinem Nachfolger, wenn ihr natürlich auch, wie immer, das Recht habt, bei der Lything-Zeremonie darüber abzustimmen. Connavar wird mein neuer Sohn, und ich sehe in ihm das künftige Wohlergehen unseres Volkes. Und jetzt wollen wir den Kindern zujubeln, wenn sie um den Baum wandern.«

Mit seinem guten Arm führte er Tae zum Ältesten Baum. Dort nahm Connavar ihre Hand, und sie legten gemeinsam ihren Schwur ab, während sie langsam um die alte Eiche wanderten. Als sie den Kreis vollendet hatten, nahm Connavar sie in die Arme und küsste sie unter dem Jubel der Menge.

Braefar hielt sich zurück. Er jubelte nicht. Conn würde der neue Baron – und das alles nur, weil er einen Bären erstochen hatte.

Braefar blinzelte Tränen der Enttäuschung und Wut zurück, als er sah, wie Conn und Tae auf ihn zukamen. Er zwang sich zu einem Lächeln. Tae küßte ihn auf die Wange, und Conn umarmte ihn.

»Ein wunderbarer Abend, Schwinge«, sagte er.

»Ja, wirklich. Ich hoffe, ihr werdet glücklich. Ich bin mir ganz sicher.«

»Willst du mit mir tanzen, Schwinge?«, fragte Tae.

Und so tanzten Braefar und Tae zur Musik, die von den Sternen widerzuhallen schien, in dem Kreis, den Hunderte von Stammesangehörigen bildeten. Braefar war ein guter Tänzer, geschmeidig und leichtfüßig, und er genoss den Applaus, als die Musik endete. Tae umarmte ihn. »Ich hoffe, du wirst mir ein genauso guter Bruder sein wie Conn«, sagte sie. »Er spricht dauernd von dir.«

Impulsiv küßte Braefar ihre Hand. »Das werde ich«, versprach er.

Sie ging davon, um mit Conn zu tanzen. Zahlreiche andere Paare schlossen sich ihnen an, und Braefar verschwand in der Nacht.

Als die Feier noch in vollem Gange war, rau, wild und vergnügt, schlichen sich Conn und Tae zu dem Haus davon, in dem sie leben würden. Sie saßen eine Weile vor dem Feuer und hielten sich bei den Händen, dann stand Tae auf und begann, ihr langes, weißes Kleid auszuziehen. Ihre Bewegungen waren nervös, und Conn legte sich auf den Teppich vor dem Feuer, ganz in ihre Schönheit versunken. Die Flammen glitzerten auf den drei Opalen, die in ihren silbernen Stirnreif gefasst waren. Sie ließ ihr Kleid über die Schultern, dann bis zu ihrer Taille und den Hüften gleiten. Conn konnte kaum noch atmen. Ihre Haut war milchweiß, ihre Brüste größer als sie schienen, wenn sie bekleidet war.

»Ich finde, du solltest dich auch ausziehen«, sagte sie prüde.

Er zog sich aus, und als er sie wieder in den Armen hielt, merkte er, wie seine Hände zitterten. Er fuhr mit den Fingern über ihren Rücken und bewunderte die zarte Haut und die vollkommene Form. Er meinte, noch nie eine so köstliche Freude gekannt zu haben.

Ihr Liebesspiel war trotz Eriathas Unterweisung zuerst

ungeschickt und unerfahren. Einmal begann Tae zu kichern, und Conn musste mit ihr lachen. Das war die Entspannung, die sie beide brauchten, und ein paar Stunden später lagen sie auf dem breiten Bett, manchmal liebkosten sie einander, manchmal redeten sie, doch meist genossen sie einfach nur die Harmonie und das zu Kopf steigende Gefühl der Vereinigung.

Als die Nacht verging, stand Conn auf und zog sich an.

»Wo willst du hin?«, fragte sie erstaunt.

»Zum Wunschbaumwald.«

»Zum Seidh-Wald?«

»Ja. Mach' dir keine Sorgen. Ich bin eingeladen. Ich besuche den Thagda.«

»Aber er ist der Dämonen-Seidh. Er wird dich umbringen.«

»Als wir uns zum letzten Mal begegnet sind, hat er mich nicht umgebracht.«

»Machst du dich über mich lustig?«, fragte sie. »Du hast wirklich mit dem Thagda gesprochen?«

»Ja. Er erschien mir außerhalb von Siebenweiden. Genau genommen tadelte er mich dafür, dass ich dich nicht bat, mit mir um den Baum zu wandern.«

»Schwörst du, dass das stimmt?«

»Ich lüge dich nicht an, Tae. Er bat mich, in der Samains-Nacht in den Wunschbaumwald zu gehen.«

»Ich komme mit.«

»Das wäre nicht klug«, sagte er. »Ich weiß wenig über die Wege der Götter, aber ich weiß, dass man sie nicht zu leicht nehmen darf. Er befahl *mir* zu kommen. Niemandem sonst. Aber ich bin bald zurück.« Er küsste sie, dann warf er sich seinen Mantel um die Schultern und ging in die Nacht hinaus, über die Festwiese mit den vereinzelten noch wachen Feiernden und weiter über die Wiese zum Wald.

Ein frischer Wind wehte, und die Luft war kühl und klar, mit dem Duft nach Gras und Blättern und einem

Hauch Rauch von den Festfeuern. Beim Gehen blickte Conn zu den zerklüfteten Spitzen der Druagh-Berge und empfand eine Welle des Stolzes, die über seine Seele wogte. Das Land war schön, und Conn fühlte sich begünstigt, weil er dort leben durfte.

Als er sich dem Wald näherte, sah er, dass der Baummann auf ihn wartete. Der Mondschein ließ seinen Flechtenbart in einem seltsamen Grün aufleuchten. Ohne ein Wort machte der Baummann kehrt und ging tiefer in den Wald hinein. Sein Blättermantel raschelte im Wind. Conn folgte ihm und stellte fest, dass sie zu dem Dornengestrüpp gingen, in dem er damals das Rehkitz gefunden hatte.

»Wie nahe du dem Tod an jenem ersten Tage warst«, sagte der Thagda.

»Stattdessen hast du mir ein Messer geschenkt.«

»Ich muss sagen, dass ich das Kind mochte, vor allem, als es mich aus dem Dickicht trug. Die Berührung war sanft. Erinnerst du dich noch, wie du meinen Körper nach Wunden abgesucht hast, ehe du mir sagtest, ich solle meine Mutter suchen?«

»Ja. Gibt es denn wirklich Rehe im Wald?«

»Nein. Riamfada lässt dich grüßen. Er ist glücklich hier.«

»Ist er jetzt ein Seidh?«, fragte Conn.

»Nein, kein Seidh. Man kann kein Seidh werden, Connavar. Genauso wenig, wie du ein Hund oder ein Pferd werden kannst. Wir gehören verschiedenen Rassen an. Aber wir haben seinem Geist ein paar unserer Kräfte verliehen.«

»Kann er jetzt gehen?«

Der Thadga ließ einen tiefen, rollenden Laut hören. Conn nahm an, er lachte. Dann wechselte er das Thema. »Sag mir, wie geht es deiner jungen Braut?«

»Sie ist sehr schön. Vielen Dank, dass du mir geholfen hast, sie zu retten.«

»Eine Kleinigkeit.«

»Darf ich dich um noch einen Gefallen bitten?«

»Bitten darfst du. Aber ich sage nicht, dass ich ihn gewähre.«

»Könntest du Vorna ihre Kräfte wiedergeben?«

Der Thagda schwieg eine Weile. Conn störte ihn nicht. Als er schließlich sprach, war seine Stimme noch weicher geworden. »Ich mochte das Kind, das du warst«, sagte er. »Ich mag den Mann, zu dem du geworden bist. Du denkst an deine Versprechen. Ich habe nur wenige Menschen erlebt, die das tun. Und ich lebe schon sehr lange. Also schön, ich werde deine Bitte gewähren. Sage mir, Connavar, was würdest du sagen, wenn ich dich um etwas bäte?«

»Ich würde ja sagen.«

»Egal, was es auch ist?«

»Nicht, wenn ich es für böse halte. Aber sonst, ja, alles.«

»Böse? Interessante Vorstellung. Wenn du erst einmal zehntausend Jahren über diese Erde gewandert bist, siehst du die Dinge allmählich anders. Der Fuchs frisst die Rebhuhnküken. Für den Fuchs sind sie ein leckeres Frühstück. Für die Rebhuhnmutter ist es eine böse Tat. Alles wird lediglich zu einer Frage der Perspektive. Das Rebhuhn oder der Fuchs.«

»Mehr als tausend Kinder wurden in den Tälern der Perdier abgeschlachtet«, sagte Conn, »weil sie auf den Sklavenmärkten von Stone nichts eingebracht hätten.«

»In meinem Leben«, erwiderte der Thagda, »habe ich schon Millionen sterben gesehen. Ich werde auch dich sterben sehen, Connavar, und deine Söhne und deren Söhne. Wieviele Männer hast du getötet und die Welt damit ihrer Söhne beraubt? Wieviele Kinder wurden durch dein Schwert zu Waisen? Was meinst du, wie dich diese Kinder sehen, als gut oder böse? Nach meiner Erfahrung tut die Rasse Mensch nur wenig Gutes, dafür aber vieles, das eigennützig und letztendlich böse ist.

Aber ich habe dich nicht hergebeten, um mit dir zu diskutieren. Geh' ein Stück mit mir, es gibt da jemanden, der mit dir sprechen möchte.«

Sie gingen weiter, tiefer in den Wald. Dort, an einem Baum, die verrenkten Glieder stark umwickelt, saß Riamfada, wie Conn ihn zuletzt gesehen hatte, mit blassem, verzerrtem Gesicht und großen Augen. Conns Herz machte einen Satz. Er lief los und fiel neben seinem Freund auf die Knie. »Oh, ist das schön, dich zu sehen, Fischlein. Wie geht es dir?«

Riamfada lächelte glücklich, dann ergriff er Conns Hand. Conn wunderte sich, dass er Fleisch fühlte, so fest wie sein eigenes. »Es geht mir gut, Conn. Besser als je zuvor.« Conn warf einen Blick auf die verkrüppelten Beine.

»Ich dachte, du könntest laufen?«

»Das kann ich. Ich kann gehen, rennen, tanzen. Ich kann hoch in die Lüfte steigen und die Berge von den Wolken aus betrachten. Ich dachte, es wäre für dich … einfacher … , mich so zu sehen, wie du mich kennst.«

»Ich habe dich vermisst«, sagte Conn und setzte sich neben ihn. »Wir alle.«

»Ich habe dich nicht vermisst«, sagte Riamfada mit einem scheuen Lächeln. »Ich war bei dir. Ich habe dich beobachtet. Ich war dort, wenn du mich auch nicht sehen konntest, als wir dich im Land der Perdier heilten.«

»Warum hast du dich mir nicht gezeigt?«

Riamfada grinste. »Ich dachte, das hätte ich, als ich dir mein Schwert daließ. Gefällt es dir? Es wird niemals rosten oder geschärft werden müssen. Es wird scharf und glänzend bleiben, so lange du lebst, Conn.«

»Ja, es ist eine schöne Waffe. Aber warum hast du nicht mit mir gesprochen?«

»Ich bin jetzt bei den Seidh, mein Freund. Es gibt strenge Vorschriften über den Kontakt mit … Sterblichen. Wir brechen sie nur sehr selten. Aber ich bat darum, ein letztes Mal mit dir sprechen zu dürfen.«

»Ich freue mich darüber.«

»Ich auch. Ich wünschte, ich könnte dir jetzt alles sagen, was ich weiß, Conn. Es würde dein Herz glücklich machen und dir viel Leid ersparen. Aber ich kann nicht. Ich darf nur soviel sagen: halte jedes Versprechen, gleich, wie klein es auch sei. Wie ein Kieselstein, der eine Lawine auslöst, kann manchmal etwas Winziges eine ungeheure Macht entfalten.«

»Ich halte meine Versprechen immer, Fischlein.«

»Vergiss es nicht, Conn, gleich, wie klein es sein mag.«

Conn lachte. »Ich vergesse es schon nicht.«

»Was hast du jetzt vor?«

»Ich lasse Schmiede in ganz Rigantium Kettenhemden fertigen. Diese werde ich den Kriegern geben, die Teil einer kleinen Elitekampftruppe werden. Ich habe Hengste mitgebracht – große Schlachtrösser – und ich züchte eine neue Herde aus stärkeren Tieren. Wusstest du, dass ich der Erbe des Barons bin?«

»Ja. Und ich habe die Pferde gesehen. Sie sind schön.«

»Schön?«, schnaubte Conn. »Sie sind großartig. Klug eingesetzt, werden sie uns gegen die Stone-Armee helfen.«

»Du brauchst mehr als große Pferde, Conn.«

»Ja, ich brauche eine disziplinierte und gut ausgerüstete Armee.«

»Du kannst sie nicht mit den Riganten allein besiegen. Du brauchst auch die Norvier, die Pannonen, und all die anderen, kleineren Stämme.«

Conn nickte. »Das beschäftigt mich schon länger. Alle Barone sind voneinander unabhängig.«

»Du musst sie gewinnen«, sagte Riamfada, »den einen durch Schmeichelei, den anderen durch Geschenke und den nächsten vielleicht durch Krieg.«

»Ich bin mir nicht sicher, ob sie mir alle folgen werden.«

Riamfada seufzte. »Sie werden nicht dir folgen, Conn. Aber sie werden dem König folgen.«

»König? Du weißt genau, dass wir auf unserer Insel keine Könige haben. Der letzte König wurde vor Hunderten von Jahren gestürzt.«

»Dann nenn dich eben Kriegshäuptling oder wie du willst, um die Stämme zu einigen. Aber letzten Endes wirst du ein König sein. Glaube mir, es steht in Sternenlicht auf Silber geschrieben.«

Conn lehnte sich zurück und legte einen Arm um Riamfadas schlanke Schulter. »Ist es das, was du mir sagen wolltest?«

»Halte deine Versprechen, Conn«, flüsterte sein Freund. Riamfada erhob sich geschmeidig und breitete die Arme aus. »Lebwohl, mein Freund.« Die letzten Worte kamen wie ein Echo aus der Erinnerung, und Conn war allein. Er blickte sich um und sah den Thagda am Rande der Lichtung stehen.

»Es wird Zeit für dich, in die Welt der Menschen zurückzukehren, Connavar«, sagte er.

Vorna erwachte schaudernd. Es war kalt im Schlafzimmer. Sie fühlte sich seltsam, fast beschwipst, und fragte sich, ob sie wohl eine Erkältung ausbrütete. Sie setzte sich und schlug die Decken zurück. Das Fenster war geschlossen, doch helle Fädchen waren in den Ritzen der Läden zu erkennen. Klein-Banouin schlief noch, und sie konnte seinen Atem hören. Sie stand auf, ging zum Kamin und stocherte in den Kohlen, um noch ein paar glühende Reste zu finden, die sie mit Anmachholz wieder anfachen konnte. Doch das Feuer war erloschen. Ich hätte letzte Nacht nachlegen sollen, dachte sie.

Vorna war nicht lange beim Fest geblieben. In den vergangenen paar Tagen hatte sie hart gearbeitet, Kräutertränke für Familien gebraut, deren Kinder an Fieber litten. Ein Baby war gestorben, doch sie schaffte es, mindestens fünf anderen zu helfen. Sie schlang einen schweren Schal um ihre Schultern, kniete vor dem toten Feuer nieder, legte ein Häufchen Zunder auf die Asche und schlug mit Feuerstein und Feile Funken. Ihre kalten Finger waren ungeschickt, und sie hatte Mühe, den Zunder zu entzünden. Ein Anflug von Wut erfasste sie. Es hatte einmal eine Zeit gegeben, da sie nur ein Wort der Macht hätte flüstern müssen, um ein Feuer zu machen.

Der Zunder flammte zu ihrer Verblüffung auf. Ein Funke musste ihn tief drinnen entzündet haben. Sie legte kleine Holzstückchen darauf, setzte sich und wartete, bis diese brannten, ehe sie größere Scheite auflegte. Banouin rührte sich und stieß einen leisen Schrei aus. Vorna ging zu seiner Wiege und strich ihm über die Stirn. Sie war heiß und klebrig vor Schweiß. Ohne zu überlegen, schloss sie die Augen und suchte nach der Infektion. Sie wusste auf der Stelle, dass sie in den Nasenschleimhäuten begonnen hatte und folgte ihrem Weg hinunter in die winzigen Lungen. Dort breitete sie sich rasend schnell aus. Sein Herz schlug schnell, sein Lymphsystem kämpfte mit diesem schrecklichen Feind. Vorna konzentrierte sich und kurbelte sein System mit ihrer Kraft an und fühlte, wie die Infektion erstarb.

Als sie die Augen aufschlug, war das Fieber fort. Sie hob ihn aus der Wiege und drückte ihn an sich. »Jetzt ist alles wieder gut, kleiner Mann«, sagte sie. »Mama ist bei dir. Alles ist gut.«

Dann traf sie der Schock. Sie hatte ihn geheilt.

Ihre Kraft war zurückgekehrt. Sie hielt Banouin fest im Arm, ging zu einem Sessel am Feuer und setzte sich. Sie flüsterte das Wort. Sofort erlosch das Feuer. Sie sprach es erneut, und die Flammen loderten wieder auf.

Banouin schmiegte sich an sie. Sie öffnete ihr Nachthemd und legte ihn an ihre Brust. Seine Zufriedenheit und sein Hunger spülten über sie hinweg. Als er satt war, trug sie ihn in die Küche, wo sie seine nasse Windel wechselte und ihn säuberte. Müde von der Krankheit schlief er wieder ein, und sie legte ihn in die Wiege zurück.

Was war mit ihr geschehen?

Vorna ging ins Wohnzimmer und schnippte mit den Fingern in Richtung der erkalteten Asche im Kamin. Feuer flammte sogleich auf. In der Küche schüttete sie Haferflocken in einen Topf, fügte Salz und Milch hinzu und trug den Topf ins Wohnzimmer, wo sie ihn übers Feuer hängte. Die ganze Zeit dachte sie nach, konzentrierte sich auf diese merkwürdige Rückkehr zum Hexendasein. Die Kraft fühlte sich ganz natürlich an, so, als ob sie nie fort gewesen wäre. Und doch hatte sie sich unmerklich verändert. Sie konnte die Veränderung nicht in Worte fassen. Vielleicht ist es nicht die Kraft, die sich verändert hat, sondern die Frau, die ich geworden bin, überlegte sie.

Sie spürte ein Wesen in der Nähe und war nicht erstaunt, als es an der Türe klopfte. »Herein«, rief sie.

Die Morrigu materialiserte im Sessel am Feuer und streckte ihre runzligen Hände der Wärme entgegen. »Ein kalter Morgen«, sagte die Seidh. »Und wie geht es dir heute?«

»Mir geht es gut. Möchtest du etwas Haferbrei mit Honig?«

Die Morrigu schüttelte den alten Kopf. »Danke, nein. Aber es ist schön, dich in so gastfreundlicher Stimmung zu sehen.«

Vorna lächelte und ging zum Feuer, wo sie Haferflocken und Milch mit einem langen Holzlöffel umrührte. »Ich hatte noch keine Gelegenheit, dir dafür zu danken, dass du mein Baby auf die Welt geholt hast«, sagte sie. »Das war sehr nett.«

Die Morrigu steckte einen Finger in den kochenden Haferbrei. Dann leckte sie ihn ab. »Nicht genug Salz«, sagte sie. Vorna fügte noch eine Prise hinzu und rührte weiter.

»Warum hast du mich gerettet?«

»Warum nicht?«, entgegnete die alte Frau. »Ich kann tun, was ich will. Ich kann retten, ich kann töten, ich kann verfluchen oder segnen. Vielleicht war es nur eine Laune.«

»War es auch eine Laune, mir meine Kraft zurückzugeben?«

»Das war ein Gefallen. Ich habe meine Meinung geändert. Ich werde mit dir frühstücken. Es ist lange her, dass ich etwas gegessen habe. Ehe du geboren wurdest, um genau zu sein.«

Vorna lachte. »Dann musst du aber hungrig sein.«

Die Morrigu streckte die Hand aus. Ein irdener Topf mit frischem Honig erschien. »Ich bin ein Leckermaul«, erklärte sie.

Sie aßen ihr Frühstück schweigend am Feuer, und als sie fertig waren, winkte die Morrigu mit der Hand, und Geschirr und Löffel verschwanden. Vorna betrachtete die alte Frau. Ihr Gesicht war grau, die Haut trocken, die Augen umwölkt. »Geht es dir gut?«, fragte sie plötzlich.

»Gut genug,« fuhr die Morrigu sie an.

»Du hast einen Gefallen erwähnt.«

Die Morrigu lehnte sich zurück und schloß die Augen. »Connavar bat den Thagda, dir deine Kräfte zurückzugeben. Der Thagda war einverstanden. Das Kind hält wirklich seine Versprechen. Sehr ungewöhnlich für einen Menschen, finde ich.«

»Was ist es, das du von ihm willst?«, fragte Vorna.

»Warum sollte ich etwas von ihm wollen?«

»Ach, komm«, sagte Vorna, »selbst ohne meine Kräfte war ich nicht dumm. Die Seidh meiden die Menschen. Aber nicht Connavar. Erst habt ihr ihm ein Messer geschenkt, dann im Land der Perdier geheilt. Ihr habt ihn vor der Gefahr gewarnt, in der seine Liebste schwebte. Ihr habt den Geist seines Freundes bei euch aufgenommen, statt ihn in der Dunkelheit umherirren zu lassen. Warum ist er so etwas Besonderes für euch?«

»Ich schickte auch den Bären, der ihn zerfleischte«, erinnerte die Morrigu sie.

»Ja, das stimmt, und ich habe viel Zeit damit verbracht, darüber nachzudenken. In jenen ersten Tagen in meiner Höhle habe ich alles getan, um ihn am Leben zu halten. Trotzdem hätte er es nicht schaffen dürfen. Ihr habt seine Seele festgehalten. Das weiß ich jetzt. Genauso wie ich weiß, dass du mich dazu überredet hast, meine Kräfte aufzugeben, um ihn zu retten. Ihr wolltet nicht, dass er stirbt. Ihr braucht ihn. Wozu?«

»Kluges Mädchen, Vorna. Das habe ich an dir immer gemocht. Connavar ist wichtig für uns. Nicht nur auf Grund dessen, was er ist, sondern auch aufgrund dessen, was er repräsentiert. Mehr werde ich nicht sagen. Aber ich gebe dir einen Rat. Wenn du deine neu gewonnenen Freunde schätzt, dann lasse sie nicht wissen, dass deine Kräfte zurückgekehrt sind. Behandle sie weiter mit Kräutern und so. Lass' deine Kräfte für sie unsichtbar bleiben. Sterbliche sind so launisch mit ihrer Zuneigung.«

»Du magst uns nicht besonders, was?«, fragte Vorna.

»Manche von euch schon, Liebes. Wirklich.«

Damit verschwand sie.

Der Morgen war hell und kalt, und Fiallach war früh aufgestanden. Seine Augen waren von den Ausschweifungen der Nacht blutunterlaufen. Er dachte wieder an das Fest und die dunkelhaarige Gwydia, deren Gesellschaft er genossen hatte. Sie war fast achtzehn, und er erinnerte sich, dass er sie gefragt hatte, warum sie noch nicht verheiratet wäre. Sie hatte erwidert, dass der richtige Mann sie noch nicht gefragt hätte. Ihn überlief ein Schauer bei der Erinnerung. Dann dachte er an Tae und wie schön sie ausgesehen hatte. Fiallach seufzte, verließ die Hütte und zog einen Eimer kaltes Wasser aus dem Brunnen hoch. Fiallach wusch sich das Gesicht und fuhr sich dann mit den nassen Fingern durch das lange blonde Haar. Er schaute kurz zu den Druagh-Bergen, die groß und stolz vor dem hell werdenden Himmel standen. Es ist ein gutes Land, dachte er.

Nur wenige Menschen waren zu dieser frühen Stunde schon wach. Fiallach zog seine Stiefel an und schlenderte durch das Dorf zum Festplatz. Die Essensreste waren eingesammelt worden, und kein Krümel war übrig geblieben. Das war nur vernünftig, denn wenn man etwas liegen gelassen hätte, würde das womöglich Wölfe oder Bären ins Dorf locken.

»Guten Morgen«, sagte Gwydia, die hinter der Schmiede hervorkam. Fiallach drehte sich um. Ihr dunkles Haar war jetzt zusammengebunden, und sie trug ein himmelblaues Kleid und darüber einen cremefarbenen Wollschal. Genau wie er konnte sie kaum mehr als zwei Stunden geschlafen haben, und doch sah sie frisch aus, und ihre Augen glänzten.

»Du bist aber früh auf«, sagte er.

»Ich stehe immer früh auf. Ich mag diese Zeit des Tages, und ich beobachte gern, wie die Sonne über die Berge steigt.«

»Ich auch«, sagte er. »Willst du ein Stück mit mir gehen?«

Sie lächelte und nahm ohne jede Verlegenheit seinen Arm. Zusammen überquerten sie eine Brücke und spazierten aus dem Dorf hinaus auf die höher gelegenen Wiesen. In der Ferne konnte Fiallach zwei Adler sehen, die vor den Bergen kreisten. »Es wäre schön, ein Adler zu sein«, sagte sie, »meinst du nicht?«

»Ich habe noch nie darüber nachgedacht«, gestand er. Doch es war ein schöner Gedanke, die Flügel auszubreiten und hoch über der Erde dahinzufliegen. Sie gingen weiter und machten dann Halt, um dem Sonnenaufgang zuzusehen, der das Land in Licht tauchte.

Fiallach stand schweigend da und fühlte Gwydias

kleine Hand in seiner. Er fühlte sich seltsam, dann erkannte er mit plötzlichem Schock, dass er mit sich im Reinen war.

»Woran denkst du?«, fragte sie plötzlich.

»Dass ich ein zorniger Mann bin«, erwiderte er, ohne nachzudenken. Seine Worte erstaunten ihn selbst.

»Worüber bist du zornig?«

Er lächelte. »Im Augenblick weiß ich das nicht, denn mein Zorn ist verraucht.«

»Es ist schwer, zornig zu sein, wenn man die Sonne hat aufgehen sehen«, meinte sie.

»Das stimmt wohl«, gab er zu. »Aber warum bloß?«

»Weil wir uns dadurch so klein und unbedeutend fühlen. Sie geht seit undenklichen Zeiten auf und wird für alle Zeiten aufgehen, gleichgültig, was wir tun oder nicht. Alle unsere Probleme bedeuten der Sonne nichts.«

»Ja«, sagte er. »Ich begreife. Ich habe das noch nie so gesehen.«

Sie lachte. »Hast du denn schon jemals einen Sonnenaufgang beobachtet?«

»Nie mit dir.«

Sie wurde rot. Er nahm ihre Hand, hob sie an seine Lippen und küsste ihre Finger. Einen Moment lang standen sie ganz still, dann nahm sie seinen Arm. »Komm mit zu unserem Haus«, sagte sie leise. »Mutter macht bestimmt schon Frühstück.«

»Könnte ich der richtige Mann für dich sein?«, fragte er.

Ihre dunklen Augen blickten in seine leuchtendblauen. »Du solltest besser mit meinem Vater sprechen«, sagte sie.

»Das werde ich. Aber ich muss es von dir hören.«

»Du bist der richtige Mann«, sagte sie. »Das wusste ich schon gestern abend.«

»Du weißt, dass ich fast einunddreißig bin. Findest du mich nicht zu alt?«

»Dummer Kerl«, sagte sie lächelnd. »Jetzt komm und sprich mit meinem Vater.«

Nanncumal der Schmied war ein strenger Mann, doch er lächelte breit, als Fiallach von seinem Wunsch sprach, seine Tochter zu heiraten. Sie ließen Gwydia im Haus, um ihrer Mutter beim Tischdecken zu helfen, dann gingen Nanncumal und Fiallach zur Schmiede. Nanncumal stocherte die Asche zu neuem Leben an und legte Holz nach. »Sie ist ein gutes Mädchen«, sagte der Schmied. »Stark und loyal – ein wenig zu schnell mit ihrem Köpfchen, allerdings.«

»Es scheint dich nicht zu überraschen«, sagte Fiallach.

»Sie hat es uns gestern abend gesagt. Ich habe mir nur Sorgen gemacht, dass sie enttäuscht werden könnte.«

»Gestern abend?«

»So sind die Frauen, junger Mann, völlig unverständlich für jeden Mann. Sie kam nach Hause, aufgeregter, als ich sie je erlebt habe. Sie sagte, dass sie den wunderbarsten Mann kennengelernt hätte. Ich bin in der Nacht aufgestanden und sah, wie sie am Fenster saß. Ich fragte sie, was sie da tat. Sie sagte, sie halte nach dir Ausschau. Ich habe sie noch nie so erlebt. Um ehrlich zu sein, es ist schön zu sehen. Sie hat mehrere gute junge Männer abgewiesen. Sagte, sie wartete auf den Richtigen. Behandle sie gut.«

»Darauf hast du mein Wort«, sagte Fiallach.

»Dann wollen wir nicht mehr davon reden.« Als das Schmiedefeuer hell loderte, ging Nanncumal zu einem Regal an der Rückseite und holte einen Kupferkrug mit schmalem Hals hervor. Er reichte ihn Fiallach und sagte: »Es ist zwar noch ein bisschen früh am Tag, aber ich habe das Gefühl, ein Schluck ist jetzt angebracht.

Fiallach wog den Krug und nahm einen tiefen Schluck von dem Uisge. »Mann, ist der gut«, sagte er und reichte Nanncumal den Krug.

»Zwanzig Jahre alt. Ich habe ihn für genau so eine Gelegenheit wie heute aufbewahrt. Auf dich und Gwydia.« Der Schmied trank, dann stöpselte er den Krug wieder zu und stellte ihn zurück ins Regal. »Wo du schon mal hier bist«, sagte er, »ich muss etwas probieren.« Er grinste und maß mit einem Faden Fiallachs gewaltige Schultern.

»Was machst du da?«, fragte der große Mann.

»Das wirst du schon noch erfahren«, sagte Nanncumal und markierte den Faden mit dem Daumen. »Ja, das sollte ungefähr hinkommen. Das macht mir schon lange Kopfzerbrechen«, sagte er.

»Ist das irgendein Hochzeitsritual von Dreibach?«

»Nein. Hab' ein wenig Geduld, junger Mann. Du wirst es schon herausfinden, wenn wir später Connavar treffen. Jetzt wollen wir frühstücken gehen.«

Zwei Stunden später wanderten Fiallach, Nanncumal und sein Sohn Govannan zum Haus von Connavar. Tae war nicht da. Sie besuchte Connavars Mutter Meria. Als Fiallach ins Haus trat, sah er Conn, seinen Stiefvater Ruathain und den Druiden Bruder Sonnwend. Fiallachs Blick blieb an Ruathain hängen, und er spürte, wie sein Puls schneller ging. Der Mann war groß und kräftig, und Fiallachs Kampfgeist erwachte. Ruathain sah ihn an und grinste. Er empfand es auch. Es war, als ob sie zwei stolze Bullen wären und eine Herde auf dem Spiel stand.

Sie schüttelten einander die Hände und maßen sich gegenseitig mit Blicken. Fiallach kannte Ruathains Ruf als Krieger. Er war jetzt seit fast zwei Jahrzehnten Erster Schwertkämpfer. Er fragte sich, wie gut der Mann wohl mit seinen Fäusten war. Ihre Blicke trafen sich. »Mein Sohn lobt dich in den höchsten Tönen«, sagte Ruathain. Dann trat er zurück und stellte sich neben Conn.

In der darauf folgenden Stille stand Connavar auf und ging zu einer Truhe im hinteren Teil des Raumes. Er öffnete sie und zog ein schimmerndes Kettenhemd heraus. Fiallach betrachtete es mit unverhohlenem Neid. Es war schön, die Ringe klein, doch vollkommen geformt. Es fühlte sich an wie schweres Tuch. Connavar reichte Ruathain das Kettenhemd, holte ein weiteres hervor und übergab es Govannan. Dann nahm er ein drittes, ging durch den Raum und gab es Fiallach.

»Zieht sie an«, befahl Connavar.

»Jetzt weißt du, warum ich mir Sorgen um deine Schulterbreite machte«, sagte Nanncumal. »Conn sagte, du wärst ungefähr so groß wie sein Vater. Genaugenommen bist du ein bisschen größer, aber ich glaube, es wird trotzdem bequem sein.«

Fiallach streifte sich das Kettenhemd über den Kopf. Es war schwer. Er steckte die Arme hinein und zog es zurecht. Der Kettenpanzer reichte ihm bis zu den Knien. Vorne und hinten war er geschlitzt, damit sich ein Reiter ungehindert bewegen konnte. Die Ärmel waren kurz und reichten bis knapp über den Ellenbogen, und es hatte eine Kapuze, die Fiallach jetzt aufsetzte. Er hatte noch nie ein so großartiges Stück getragen. Seine dicken Finger glitten über die Kettenringe. Sie würden jeden Pfeil aufhalten und einen Krieger vor Messerstichen und Schwerthieben schützen. Es wäre schon eine Axt nötig, um das Material zu durchschlagen. Er sah sich um. Auch Ruathain und Govannan waren jetzt so ausgerüstet.

»Es ist meine Absicht«, sagte Conn, »eine Kampftruppe für den Schutz unseres Landes zu schaffen. Jeder Mann wird einen Bluteid leisten, meinen Befehlen unbedingt Folge zu leistet. Letztlich wird es fünfhundert von uns geben, jeder ausgestattet mit einem Schlachtroß. Wenn der Tag kommt, werde ihr drei meine Hauptleute sein. Das heißt, sofern ihr den Eid leisten wollt.«

»Gegen wen sollen wir kämpfen?«, fragte Fiallach. »Wir leben in Frieden mit unseren Nachbarn.«

»Der Feind wird kommen«, antwortete Conn. »Ihr könnt euch darauf verlassen. Die Armee von Stone wird über das Wasser kommen, und dann werdet ihr ein Schlachten erleben wie noch nie zuvor. Wir müssen bereit sein. Oder wir werden untergehen, wie alle Stämme jenseits des Meeres. Ich habe sie gesehen, Fiallach. Sie sind tödlich, ihre Armee praktisch unbesiegbar. Wenn sie kämpfen, dann schließen sie ihre Schilde zusammen zu einer Mauer aus Bronze. Ich habe gesehen, wie sich Keltoi gegen diese Mauer warfen und zu Tausenden von kurzen Stichschwertern niedergemacht wurden.« Er schwieg einen Moment, und seine Augen nahmen einen gehetzten Ausdruck an. »Und wenn sie die Armeen zerstört haben, ziehen sie durch das Land und führen Tausende in die Sklaverei. Außer den Kindern. Diese werden abgeschlachtet. Wenn das Land gesäubert ist, bringen sie Siedler aus ihrem eigenen Land und bauen Städte aus Stein. Um sie zu besiegen, müssen wir uns neue Kampftechniken zulegen.«

Govannan meldete sich zu Wort. Er hatte sich im vergangenen Jahr verändert, sein Gesicht hatte das Rundliche der Jugend verloren. Er hatte tiefliegende Augen, sein Gesicht war fast hager, er trug keinen Bart. »Wenn sie kommen, wie du sagst, Conn, wie sollen dann fünfhundert Reiter erreichen, was Armeen, die nach Tausenden zählten, nicht geschafft haben?«

»Wir alleine werden es nicht schaffen. Wir werden auch Armeen haben – Fußsoldaten, Kavallerie, Bogenschützen. Die Soldaten von Stone sind in sechs Einheiten aufgeteilt, die zusammen einen Panther bilden. Der Kopf ist die Elite-Truppe, der Stoßtrupp. Dazu gibt es die Pranken. Und endlich den Bauch. Diese letzte Gruppe ist verantwortlich für die Sicherung der Nachschublinien. Auf feindlichem Gebiet muss die Armee von Stone ständig mit Lebensmitteln versorgt werden: Korn, Salz, Fleisch, Trockenobst.« Conn lächelte finster. »Dort werden meine Reiter von größtem Nutzen sein. Ihre Vorräte vernichten, ihre Konvois angreifen. Sie nennen sich Panther. Wir werden die Eisernen Wölfe sein und sie im Rudel jagen. Wir werden auch diejenigen attackieren und terrorisieren, die sie versorgen. Denn macht euch nichts vor, sie werden von Keltoi-Häuptlingen versorgt werden. Das ist ihre Methode. Als sie gegen die Perdier kämpften, wurden sie von den Gath und den Ostro unterstützt. Hier wird es genauso sein. Sie werden tief im Süden landen und wahrscheinlich die Norvier angreifen. Wenn sie nach demselben Muster vorgehen wie zuvor, werden sie zuerst versuchen, sich mit den Ceniern und anderen kleineren Stämmen anzufreunden. Diese Stämme, die alle schon einen alten Groll gegen die Norvier hegen, werden der Stone-Armee ihr Korn verkaufen. Sobald sie eine Basis eingerichtet haben, werden sie ihre eigenen Versorgungswege aufbauen.« Er sah die anderen an und musterte ihre Gesichter. »Also«, sagte er, »bekomme ich euren Bluteid?«

»Meinen hast du«, sagte Ruathain.

»Und meinen«, bekräftigte Govannan.

Fiallach schwieg für einen Augenblick. An einem anderen Tag hätte er sich vielleicht geweigert. Aber heute, wo das Glück über Gwydia ihn durchströmte, lächelte er. »Ich folge dir, Connavar«, sagte er. »Bis zum Tode.«

Maccus war müde. Er hatte wochenlang die Länder von Nord-Rigantium mit Connavar zu Pferde durchstreift und kleinere Dorfälteste und Häuptlinge aufgesucht, Bauernhöfe und Gemeinden, Silber- und Kupferminen besucht und Fischerdörfer an der Küste. Sein Rücken schmerzte von den vielen Stunden im Sattel Tag für Tag, und seine Gedanken verschwammen vor Erschöpfung. Connavar war unermüdlich, mit der ganzen Energie der Jugend. Maccus war bald fünfzig und freute sich darauf, seinen Platz frei zu machen, sobald Connavar die Rolle des Barons übernahm. Er zweifelte nicht daran, dass der junge Mann seinen eigenen Ersten Ratgeber haben wollte, wahrscheinlich seinen Vater Ruathain.

Maccus dachte daran, in eine kleine Hütte hoch in den Bergen Druaghs zu ziehen. Er hatte sie mit seiner Frau vor etwa zwanzig Jahren gebaut. Sie hatten viele glückliche Stunden dort verlebt, ehe der Baron ihn nach Alteneichen gerufen und ihm den Posten des Ersten Ratgebers angeboten hatte. Zuerst hatte seine Frau Leia Alteneichen für zu geschäftig und zu laut für ihren Geschmack befunden, und sie hatten einen kleinen Hof ein paar Kilometer außerhalb des Dorfes übernommen, den Leia geführt hatte. Mit den Jahren warf der Hof gute Gewinne ab, die sich noch steigerten, als Leia begann, Schweine zu züchten. Geräucherter Schinken war im Hochland eine Delikatesse, und Leias war der beste, den Maccus je gekostet hatte.

Er erhob sich vom Bett und stöhnte, als ein stechender Schmerz durch seine arthritische Schulter fuhr. Das Bett war für ihn zu weich. Draußen hörte er die anderen Mitglieder des Haushaltes rumoren und roch den kräftigen Duft von bratendem Speck. Er hörte Connavars Stimme, dann das Lachen einiger Frauen.

Er ging zum Fenster, stieß es auf und blickte über die felsige Landschaft und die weite Fläche des Schlangensees. Die Fischer waren schon ausgelaufen und hatten die Netze ausgeworfen, die kleinen Boote tanzten auf dem grauen Wasser. Maccus schauderte. Ein kalter Wind blies aus Norden. Es war ein Neunstunden-Ritt zum Schlangensee gewesen, und danach hatte Connavar noch bis spät in die Nacht mit dem Dorfältesten zusammengesessen und geredet.

Maccus zog Tunika, Beinlinge und Stiefel an und ging in die Halle hinaus. Dort waren etwa zwanzig Menschen anwesend, einschließlich Connavars, die alle um einen vier Meter langen rechteckigen Tisch saßen.

»Wie hast du geschlafen?«, fragte Arna, der einäugige Häuptling.

»Wie ein Kind«, antwortete er und setzte sich neben ihn. Maccus war bei dem Kampf vor zwanzig Jahren dabeigewesen, in dem Arna sein Auge verlor. Es war ein wilder Kampf gegen eine große Gruppe der Seeräuber gewesen. Maccus selbst hatte ihren Anführer getötet, einen Riesen von Mann mit einer langen, doppelköpfigen Axt.

»Also«, sagte Arna gutmügig, »du glaubst, dass dieser Knabe hier ein passender Anführer für die Riganten ist?« Connavar lachte mit echtem Humor. Maccus lächelte.

»Junger Körper, alter Kopf«, erwiderte er. »Und besser er als ein seniler alter Narr wie du.«

Arna grinste breit. »Du bist auch nicht mehr so jung, Maccus. Erinnerst du dich noch an diesen Bastard mit der Axt?«

»Allerdings.«

»Glaubst du, du könntest es heute noch mit ihm aufnehmen?«

Maccus dachte darüber nach, dachte an die gewaltigen Kräfte des Mannes und den Berg toter Riganten, der ihn umgab. »Nein«, sagte er traurig. »Das könnte ich nicht.«

Arna wirkte niedergeschlagen. »Natürlich könntest du«, beharrte er. »Man ist nur so alt, wie man sich fühlt.«

Maccus blickte dem Häuptling in das eine Auge und sah die Angst dort geschrieben. Das Alter macht uns alle zu Narren, dachte er. Er zwang sich zu einem Lächeln. »Ja, du hast recht. Es könnte aber ein bisschen länger dauern, vergiss das nicht.«

Arna kicherte. »Niemals aufgeben, Maccus. Das ist das Geheimnis.« Er schwieg einen Augenblick, und Maccus wappnete sich, denn er wusste, was jetzt kam. »Es tat mir Leid, als ich von Leia hörte. Sie war eine gute Frau.«

Wieder setzte der Schmerz ein, begann in seinem Bauch und stieg auf, bis er ihm die Kehle zuschnürte. »Danke«, sagte er. Eine junge Frau erschien neben ihm und stellte eine Schale mit dicker Fischsuppe auf den Tisch, dazu einen Teller mit frisch gebackenem Brot. Maccus dankte ihr, brach ein Stück Brot ab und begann zu essen.

Es war heller Vormittag, ehe er und Connavar Schlangensee verließen, um die Heimreise anzutreten. Die

Ponys waren noch immer müde vom Tag zuvor, und sie ritten langsam über die Bergpfade. Gegen Mittag machten sie Rast, damit die Pferde sich ausruhen konnten und entzündeten im Windschatten eines großen Felsens ein Feuer. »Arna hat in den höchsten Tönen von dir gesprochen«, sagte Connavar. »Sagte, du wärst einer der Besten.«

»Er hat schon immer übertrieben.«

»Er hat gesagt, du hättest die Schlacht gewonnen, indem du den Anführer tötetest.«

»Es war keine Schlacht, Connavar. Nur ein Scharmützel.« Maccus wickelte sich fester in seinen Umhang und zog die Kapuze über das kurz geschnittene, zurückweichende Haar.

»Warum wolltest du nicht Baron werden?«

Maccus hatte gewußt, dass diese Frage kommen würde, und er hatte noch immer keine wirkliche Antwort darauf. Er zuckte die Achseln. »Ich habe daran gedacht. Vor zehn Jahren hätte ich vielleicht noch darum gekämpft. Ich weiß es nicht, Connavar. Das ist die Wahrheit. Leia hat mir immer gesagt, ich wäre zu still, ich würde die Gesellschaft anderer nicht schätzen. Das stimmt eigentlich nicht. Ich habe nur ihre Gesellschaft der anderer vorgezogen.« Er blickte auf. »Was ist mit dir? Warum wolltest du Baron werden?«

»Ich habe das Böse gesehen, das kommt«, sagte Connavar. »Ich muss es bekämpfen.«

»Das treibt dich also. Ich verstehe. Vielleicht ist das auch meine Antwort. Ich werde von nichts getrieben. Und ich freue mich darauf, durchs Hochland zu reiten und zu der Hütte zurückzukehren, die wir gebaut haben.«

»Was meinst du damit?«

»Wenn du dir deinen eigenen Ersten Ratgeber suchst.«

Connavar lachte. »Ich will keinen neuen, Maccus. Ich werde dich brauchen, um mich zu leiten.« Conns Bemerkung schockierte den älteren Mann, und es erstaunte ihn, dass sein Herz dabei höher schlug. Er hatte nicht gewußt, wie gut es tat, gebraucht zu werden.

»Was ist mit Ruathain?«

»In gewisser Hinsicht sind wir beide uns zu ähnlich. Wir sind impulsiv. Nein. Wirst du bleiben?«

»Ich weiß noch nicht. Ich brauche Zeit, um darüber nachzudenken.«

»Das ist mir genug.«

»Ich werde im Sommer fünfzig. Und meine Knochen tun mir jetzt schon weh.«

Connavar legte Holz aufs Feuer. »Du warst da drinnen zu Arna sehr nett. Der Mann hat eine Heidenangst vor dem Älterwerden.«

Maccus nickte. »Er war ein guter Kämpfer, und wie alle jungen Männer glaubte er, dass es nie enden würde. Die Alten waren für uns eine fremde Rasse. Ich glaube, irgendwie glaubten wir, dass die Menschen es sich *aussuchten*, alt zu werden. Wir waren jung, wir waren mächtig, und wir waren mächtig dumm. Die Jahre lagen vor uns, voller Verheißungen. Wir saßen nachts oft zusammen und klagten über die alten Männer, die uns beherrschten. Sie waren ja müde, ausgelaugt, zahm. Wir redeten von all den Dingen, die wir tun würden, wenn unsere Zeit käme.« Maccus lachte mit echtem Humor. »Und jetzt sieh dir die jungen Männer an, die am Lagerfeuer sitzen. Ich weiß genau, was sie sagen. Und was Arna angeht, es wäre für ihn vielleicht anders, wenn er Kinder hätte. Ohne Kinder hat ein Mann das Gefühl, dass der Tod wirklich das Ende ist.«

»Hast du Kinder?«

»Nein. Leia hat drei Kinder verloren. Daher weiß ich es auch.«

»Du hast mir erzählt, wie es war, jung zu sein, mein Freund«, sagte Conn. »Wie fühlt man sich, wenn man alt wird?«

Maccus dachte darüber nach. Dann lächelte er. »Vor

zwei Tagen hat dein Pony ausgeschlagen und dich am Schienbein getroffen. Wie geht es dem blauen Fleck?«

»Er ist weg.«

»Hätte das Pony mich getreten, hätte ich den blauen Fleck vielleicht zwei Wochen lang gehabt. Wenn es feucht ist, tut meine Schulter weh, und mein Arm wird langsamer. Im Winter dringt mir der Wind bis auf die Knochen, sodass ich zwei Hemden tragen muss. Kurz gesagt, ich bin langsamer und empfindlicher, als ich früher war. Ich glaube, es ist diese Empfindlichkeit, die mir am meisten zu schaffen macht. Sie nagt an meinem Selbstbewusstsein. Ja, ich war nett zu Arna. Wenn ich heute diesem Seewolf gegenüber stünde, würde er mich in Sekundenschnelle niedermachen. Es ist hart, das zuzugeben, denn wie Ruathain war ich einst Erster Schwertkämpfer.«

»Und jetzt bist du Erster Ratgeber.«

»Ja. Und ich gebe zu, dass mir diese Rolle gefällt.«

Ein Geräusch von links ließ Maccus herumfahren. Ein jäher Schmerz schoß durch seine Schulter. Ein schwarzer Bär kam langsam den Abhang zum Bach hinunter. Er blieb stehen und blickte in ihre Richtung. Conn erhob sich geschmeidig und zog sein Schwert. Dann ging er langsam zehn Schritte vom Feuer weg. Maccus zog seine Klinge und ging zu ihm.

Der Bär beobachtete sie eine Weile, dann trottete er weiter.

Maccus warf einen Blick auf Connavar. Das Gesicht des jungen Mannes war blass, aber er hatte sich behauptet.

»Gut, dass er wohl keinen Hunger hatte«, sagte Maccus. »Sonst hätte er uns vielleicht angegriffen.«

»Das wäre der letzte Fehler gewesen, den er je gemacht hätte«, sagte Connavar.

Tae hatte sich noch nicht in der befestigten Siedlung Alteneichen eingelebt. Conn war so viel unterwegs, um mit den sechsundfünfzig Clan-Oberhäuptern und kleineren Häuptlingen zu sprechen, die nach dem Rücktritt des Barons den Lything bilden würden. Das war ein uralter Brauch, bei dem die Häuptlinge für einen neuen Baron stimmen konnten. Dieser Brauch war vor vierhundert Jahren eingeführt worden, nach dem Sturz des letzten Königs, des legendären Gallis des Grausamen. Conn war sich keineswegs der Unterstützung aller sicher und tat sein Bestes, um die Schwankenden zu umwerben.

Diese langen Tage, an denen er fort war, waren für Tae langweilig, obwohl sie an den meisten Tagen ausritt und die Bergpfade und die schmalen Pässe der Druagh-Berge erkundete. Das Land war herrlich, und sie freute sich an der Schönheit des Hochlandes, den felsigen Abhängen und den hoch aufragenden Gipfeln. Aber sie war jung und frisch verheiratet, und sie vermisste ihren Gatten schrecklich. Mehr, so fürchtete sie, als er sie vermisste.

Sie zweifelte nicht an seiner Liebe, aber er war besessen, und das machte ihr ein wenig Angst. Ebenso wie die Rückkehr in dieses Dorf, in dem ihre Mutter solchen Kummer erlebt hatte. Tae hatte viele glückliche Kindheitserinnerungen an Alteneichen: wie sie mit ihrem Vater auf ihrem Pony ausgeritten war, wie sie mit den anderen Kindern auf den Abhängen hinter den hölzernen Wällen gespielt hatte. Doch die letzte Erinnerung war daran, wie ihre Mutter vor Wut und Qual geschrien hatte und aus dem Ratssaal gestürmt war, während ihr die Tränen über die Wangen rannen. Wie ihre Mutter hatte Tae dem Baron den Kummer, den er verursacht hatte, nie verziehen, und es fiel ihr schwer, sich mit seiner Gesellschaft abzufinden.

An ihrem ersten Morgen hier hatte er sie in seine privaten Räume kommen lassen. Sie hatte still dagestanden und zugehört, wie er von seiner eigenen Trauer und seiner Liebe zu Llysona sprach. Doch die Worte berührten sie nicht, und sie starrte den müden alten Mann an und wartete geduldig, dass er mit seiner Beichte zu Ende kam und sie wieder zu Conn zurückkehren konnte.

»Ich habe nie aufgehört, dich zu lieben, Mädchen. Oder deine Mutter«, sagte er.

Sie wollte fragen, ob er Llysona auch geliebt hatte, als er es mit seiner Hure trieb, aber sie hielt sich zurück und sagte nichts. »Es wäre mir eine große Hilfe zu wissen, dass du mir vergeben hast«, sagte er. Das war zu viel, und ihre Wut zerschmolz ihren Vorsatz, höflich zu bleiben.

»Aber das habe ich nicht«, erklärte sie. »Du hast meiner Mutter das Herz gebrochen und sie dann fortgeschickt. Wäre das nicht passiert, wäre sie noch immer am Leben. Bist du jetzt fertig? Ich möchte gern mit meinem Mann ausreiten.«

»Wir sind hier fertig«, antwortete er traurig. Sie verbeugte sich, machte auf dem Absatz kehrt und verließ das Zimmer. Seitdem hatten sie kein privates Wort mehr gewechselt.

Die Tage und Wochen und Monate, die seitdem vergangen waren, hatten ihr die verschiedensten Gefühle beschert: von Einsamkeit zu trunkener Freude und wieder zurück, wenn Conn verreist war und nur allzukurz zurückkehrte.

Heute hatte Conn ihr versprochen, dass sie ausreiten würden. Der Frühling war da, die Tage wurden wärmer, und Ruathain, der Vieh zum Verkauf ins Dorf gebracht hatte, hatte ihnen von einem hochgelegenen See in der Nähe erzählt, der einen Ausblick von überwältigender Schönheit bot. Tae freute sich darauf, dorthin zu reiten und den Nachmittag allein mit Conn zu verbringen.

Sie trug eine Tunika aus grüner Wolle, die mit dunklem Leder paspeliert war, Reithosen und hohe Stiefel. So schlenderte sie zur Palisade und spähte südwärts nach Anzeichen von Conn aus. Er war früh hinausgeritten, um Arbonacast und Parax und ihren Vetter Legat zu besuchen, die sich um die Ponyherden kümmerten. Jetzt, wo die Tage länger wurden, begann die Zuchtsaison, und Conn wollte unbedingt nach seinen Hengsten sehen.

Während Tae über den Wehrgang wanderte, sah sie Bruder Sonnwend auf die Mauer klettern. Der schwarzbärtige Druide winkte und lächelte. »Wie geht's, schöne Dame?«, fragte er.

»Mir geht es gut, Bruder. Und dir?«

»Ich freue mich, dass endlich wieder die Sonne scheint. Es war ein harter Winter.«

»Ja«, gab sie zu. »Ruathain hat mir erzählt, dass viele Tiere verloren gingen.«

Er nickte. »Er war schlimm – vor allem für die Nord-Pannonen. Die Seen waren zugefroren, und sie konnten nicht fischen. Man redet sogar schon von Hungersnöten bei ihnen. Der Baron hat drei Fuhrwerke voll Korn nach Silberwasser geschickt. Er ist ein guter Mann.« Seine dunklen Augen hielten ihren Blick fest, aber sie nahm den Köder nicht an. Tae war weit davon entfernt, dem Baron zu verzeihen und hatte nicht die Absicht, seine Vorzüge zu diskutieren.

»Man sagt, du würdest nach Süden reisen, Bruder. Verlässt du uns für immer?«

»Nein – wenigstens hoffe ich das nicht. Die Versammlung der Druiden findet dieses Jahr am Fluss Gath statt. Es gibt viel zu besprechen. Ich freue mich darauf. Es ist schon ein paar Jahre her, dass ich über das Wasser reiste, und die Gath sind, wenn ich mich recht erinnere, ein freundliches Volk.«

»Wir werden dich vermissen«, meinte sie.

»Nett von dir, das zu sagen, Tae. Ich fürchte, der Baron wird mich noch mehr vermissen. Er hat nur wenige enge Freunde.«

Tae holte tief Luft. »Was er hat, hat er sich verdient«, sagte sie. »Er hat meine Mutter verraten. Ich sehe keinen Grund, ihm zu verzeihen.«

»Verzeihung braucht keine Gründe, Tae. Was zwischen dem Baron und deiner Mutter vorgefallen ist, war eine Sache, die nur die beiden wieder entwirren konnten. Nicht du. Menschen machen nun einmal Dummheiten. Das liegt in unserer Natur. Er wollte Llysona nichts Böses tun und dir ganz gewiss nicht. Llysona blieb in Siebenweiden, weil sie es wollte, nicht, weil er sie fortschickte. Du darfst ihm ihren Tod nicht auch noch aufs Gewissen laden.«

»Hat er dich zu mir geschickt?«

»Nein. Er wäre beleidigt, wenn er wüßte, dass ich hier für ihn spreche.«

»Ich habe keine Gefühle für ihn, nur Abscheu«, erklärte Tae dem Druiden. »Und das wird sich nicht ändern.« Sie blickte nach Süden, wie um Conn mit ihrem Willen herbeizuzwingen. »Er ist mit meiner Mutter um den Baum gewandert. Er hat einen Schwur geleistet und ihn gebrochen. Sie hat ihm nie verziehen. Und ich werde es auch nicht.«

»Sie war keine Frau, die leicht verzieh«, sagte Bruder Sonnwend. »Das war ihr großer Charakterfehler.«

»Ich wäre dir dankbar, wenn du meine Mutter nicht kritisieren würdest«, sagte Tae scharf. Sie verließ den Wehrgang und ging zum Ratssaal zurück.

Kapitel 15

Vorna machte sich Sorgen. Sie hatte unruhig geschlafen, geplagt von rauen, lebhaften Träumen. Sie hatte einen jungen Mann gesehen, mit dunklen Haaren und hellen Augen, und sechs andere Männer, die bei ihm waren. Der junge Mann hatte ein Schwert und einen Bogen bekommen. Von den Waffen tropfte Blut. Jeder Tropfen, der den Boden berührte, wurde zu einer Münze, hell und golden.

Vorna wachte auf und fühlte sich müde und zerschlagen. Sie stand auf, wechselte Banouin die Windeln und fütterte ihn, dann trug sie ihn zu Meria. Ruathains Frau hatte versprochen, auf das Kind aufzupassen, wenn Vorna durch das Dorf ging und den Kindern, die fieberkrank waren, ihre Tränke gab. Sie hatte den Rat der Morrigu angenommen und niemandem erzählt, dass ihre Kräfte zurückgekehrt waren, wenn sie sie auch ständig benutzte.

Ihr letzter Besuch galt dem Haus eines älteren Mannes mit tiefsitzenden Bauchschmerzen. Sie stellte fest, dass er an Krebs starb, der sich tief in seinen jetzt ausgezehrten Körper gefressen hatte. Er war zu weit fortgeschritten, als dass sie ihn noch heilen konnte, aber sie nahm dem Mann die Schmerzen, dann zog sie seine Frau beiseite und bereitete sie auf den bevorstehenden Tod vor. Obwohl die Frau es gefasst aufnahm und ihr für ihre Mühen dankte, konnte Vorna die Qual in ihren Augen sehen.

Als sie zu Merias Haus zurückging, überfiel sie eine Vision. Zuerst dachte sie, sie wäre blind geworden. Eine entsetzliche Dunkelheit legte sich über ihre Augen, und sie stolperte. Darauf folgte ein blendendes Licht, und sie sah vor ihrem geistigen Auge einen Baum, aus dem Blut rann. Ein junger Löwe, dessen Rücken mit silbernen Schuppen gepanzert war, griff einen alten Bären an. Während sie kämpften, flog eine weiße Taube vorüber. Der Löwe schlug mit seinen Pranken durch die Luft. Die Taube fiel zu Boden. Im Unterholz warteten sechs Wölfe. Die Wölfe waren groß, ihre Augen rot und glänzend. Wie beim Löwen bestanden ihre Rücken aus silbernen Schuppen. Das Blut, das aus dem Baum rann, versickerte in der Erde, die sich zu winden und aufzubäumen begann. Die Erde teilte sich, und neugeborene Kälber kämpften sich aus dem blutbedeckten Schlamm und standen zitternd auf der Lichtung. Vorna sah zu, wie die Wölfe sich die Lippen leckten und die Kälber betrachteten. Dann verging die Vision, und ihr Sehvermögen kehrte zurück.

Vorna setzte sich unter den Ältesten Baum und versuchte, die Vision zu analysieren. Sie wusste, mit schrecklicher Gewissheit, dass es eine Prophezeiung gewesen war, und wollte unbedingt hinter ihr Geheimnis kommen. Der Bär war ein Symbol, das mit Connavar zusammenhing. Doch Connavar war nicht alt. Er konnte nicht gemeint sein. Sie dachte an ihren ersten Traum. Blut wurde zu Geld. Blutgeld. Wergeld. Die Zahlung, die der Missetäter an die Familie des Opfers leistete, um der Blutrache Einhalt zu gebieten.

Es ergab immer noch keinen Sinn. Anstatt zu Merias Haus zu gehen, ging Vorna zu sich nach Hause und setzte sich still vors Feuer.

Ein alter Bär.

Könnte es der Baron sein? Sie verwarf den Gedanken. Der Baron würde in einer Vision wohl eher als Bulle, als

König der Herde dargestellt. Und wer waren die gepanzerten Wölfe? Vielleicht Soldaten von Stone oder Seewölfe? Vielleicht war der Bär nur ein Sinnbild des Landes selbst, das angegriffen wurde. Vorna glaubte es nicht. Es *fühlte* sich nicht richtig *an*. Die beiden Visionen hingen irgendwie miteinander zusammen, und sie konzentrierte sich auf die erste – den jungen Mann mit dem blutigen Bogen. Sie konnte sein Gesicht nicht erkennen, ebensowenig die Gesichter der anderen sechs.

Sechs Männer. Sechs Wölfe. Sie wusste, dass sie der Antwort langsam näher kam. Vorna saß ganz still und entspannte sich. Von dem Bogen tropfte Blut, das zu Wergeld wurde, zu Blutgeld. Dann dachte sie an Ruathain, wie er ins Land der Pannonen geritten war, um eine solche Zahlung anzubieten, damit eine Blutrache endete.

Ruathain. Der alte Bär.

Jetzt erst erkannte sie, dass die Wölfe überhaupt nicht gepanzert waren. Sie waren geschuppt wie Fische. Die Fischer von Silberwasser. Und dann rückte alles an seinen Platz. Die Pannonen jener Gegend hatten während des Winters furchtbar gelitten. Deswegen war ein junger Krieger angestiftet worden, gegen Ruathain zu kämpfen. Auf diese Weise konnte eine neue Blutfehde entstehen, und Ruathain bot vielleicht wieder Vieh und Pferde an, um sie zu beenden. Daher die Kälber, die aus dem blutgetränkten Schlamm geboren wurden.

Vorna fiel ein, dass der Älteste der Fischer fünf erwachsene Söhne hatte. Zusammen waren sie die sechs Wölfe ihrer Vision. Und diese Wölfe hatten einen der ihrigen ausgeschickt, um zu sterben, nicht für Ruhm oder Gerechtigkeit, sondern für schnöden Gewinn. Sie schauderte.

Ruathain war nicht in Dreibach. Er war zu der befestigten Siedlung des Barons geritten, um dort Vieh zu verkaufen. Es gab keine Möglichkeit, ihn zu erreichen.

Das an sich machte die Prophezeiung verwirrend.

Vorna wusste, dass sie kein fernes, künftiges Ereignis abbildete, sondern gerade darauf wartete, sich zu entfalten. Was war also der Zweck der Vision, wenn sie doch nichts tun konnte, um die Ereignisse zu verändern, die sie zeigte? Visionen dienten nicht dazu, den Seher zu quälen. Sie hatten, ihrer Erfahrung nach, immer einen Zweck.

Vorna seufzte. Die Aussicht auf den langen Ritt nach Alteneichen behagte ihr nicht.

Connavar war zufrieden, als er seinen Ponyschecken bergan führte, auf dem schnelleren Weg nach Alteneichen. Die Stuten wurden rossig, und er war sicher, dass seine Hengste schöne Fohlen zeugen würden. Jetzt war es eine Frage der Geduld. Arbon, Parax und Taes Vetter Legat kümmerten sich um die drei Herden, und es würde noch elf Monate dauern, bis die ersten Fohlen geboren wurden. Und noch fast zwei weitere Jahre, ehe die neuen Pferde so weit waren, dass man sie für den Krieg ausbilden konnte. In der Zwischenzeit hatte Conn Kaufleute nach Süden über das Wasser geschickt, um Pferde aus Gath zu kaufen und mitzubringen.

Conn lenkte sein Pony in freies Gelände und genoss die Wärme der Frühlingssonne auf dem Rücken. Es war ein gutes Gefühl, an einem Tag wie heute am Leben zu sein, vor allem mit der Aussicht auf einen Ritt mit Tae zu dem See, von dem Ruathain erzählt hatte. Er hatte ihr gesagt, er würde kurz nach Mittag zu Hause sein, und mit diesem neuen Weg, den Arbon ihm beschrieben hatte, müsste er es noch früher schaffen.

Beim Reiten dachte er über das bevorstehende Lything nach. Viele der Häuptlinge hatten ihm ihre Unterstützung zugesagt. Dies gründete sich, wie er wusste, weitgehend auf seinen Ruhm. Seine Taten, auch wenn sie in seinen eigenen Augen nur wenige waren, hatten bei seinem Volk eine Legende geschaffen. Und Legenden, erkannte er, waren hilfreiche Werkzeuge, wenn es um Macht ging. Von den sechsundfünfzig Häuptlingen und kleineren Anführern, die stimmberechtigt waren, glaubte Conn, mindestens dreißig gewonnen zu haben. Und bislang hatte niemand anderes ein starkes Interesse daran erklärt, Baron zu werden.

Conn lenkte das Pony einen Abhang hinauf und über die Hügelkuppe. Am Waldrand zu seiner rechten stand eine Gruppe von Hütten, und dahinter lag eine flache, grasbewachsene Senke, auf der noch immer einzelne Flecken Schnee lagen. Etwa zweihundert der berühmten schwarzweißen Rinder des Barons grasten dort. Conn hielt inne und betrachtete sie. Bald würden sie ihm gehören, und er hatte das Gefühl, er sollte sich mit den Hirten bekannt machen, die hier lebten. Er warf einen Blick zum Himmel und dachte, noch Zeit für einen kurzen Besuch zu haben und schwang sein Pony herum.

Als er sich der ersten Hütte näherte, trat eine Frau heraus. Conn stockte der Atem, als die Sonne auf ihr goldenes Haar fiel.

Es war Arian.

Sein Mund wurde trocken, sein Herz begann zu rasen. Sie blickte auf und sah ihn, und ein breites Lächeln ließ sie noch schöner wirken. Das Pony ging weiter, bis es dicht vor ihr stand. Conn zügelte es.

»Du siehst sehr gut aus, Conn«, sagte Arian.

»Du auch«, brachte er heraus. »Wer wohnt hier?«

»Casta und ich und drei andere Familien.«

»Wo ist Casta? Ich würde ihm gern guten Tag sagen.«

»Zwei der Jungs sind unterwegs, um sich um das Vieh zu kümmern. Casta und die anderen Männer sind nach Alteneichen hinuntergegangen, um Proviant zu besorgen. Willst du nicht einen Augenblick hereinkommen? Wir haben noch ein bißchen Apfelwein.«

Conn glitt aus dem Sattel und folgte ihr in die kleine Hütte. An der südlichen Wand stand ein roh gezimmertes

Bett aus Kiefernholz, dazu ein Tisch mit vier Sitzgelegenheiten. Ein fadenscheiniges Kuhfell war vor der kleinen Feuerstelle ausgebreitet, es trug zahlreiche Spuren von brennenden Funken. Arian goss ihm einen Becher Apfelwein ein, und als sie ihm den Becher reichte, berührten sich ihre Hände. Conn merkte, wie er rot wurde.

»Bist du jetzt glücklich, Conn?«, fragte sie.

»Ja. Und du?«

Sie lächelte und ging zum Feuer. Halb kniend, halb gebückt legte sie Holz auf die Flammen. Conn starrte sie an, dachte an ihre gemeinsame Zeit und die ungeheure Liebe, die er empfunden hatte. Er hatte geglaubt, sie wäre aus seinen Gefühlen verschwunden, aber jetzt wusste er, dass es nicht so war. Er liebte Tae von ganzem Herzen, aber sein Körper zitterte in Arians Nähe. Er versuchte, die Erregung zu unterdrücken, die Arian in ihm hervorrief. »Ich muss gehen«, sagte er und ging zur Tür.

Sie kam näher – so nahe, dass er ihr Haar riechen konnte.

»Es tut mir sehr Leid, dass ich dir weh getan habe«, sagte sie. »Ich habe seitdem kaum an etwas anderes gedacht.«

»Das ist Vergangenheit«, hörte er sich sagen. Er sah Tränen in ihren Augen und legte instinktiv einen Arm um sie.

»Ich hatte solche Angst, als man mir sagte, du würdest sterben. Und ich war so dumm. Ich habe nie aufgehört, dich zu lieben, Conn. Nie.«

Er schloß die Augen und küsste sie auf den Kopf. Es war warm in der Hütte, und die Schatten der Flammen tanzten über die nackten Wände. Ihre Arme schlangen sich um seinen Hals. Nur einen Augenblick versuchte er zu widerstehen, dann neigte er den Kopf und küsste sie. Die Jahre fielen von ihm ab, und er war wieder fünfzehn und hielt die erste Frau in den Armen, die er je geliebt hatte.

Alle Gedanken an die Welt draußen verblassten.

Es gab nur noch diesen Raum, dieses Feuer und das lockende Bett in der Ecke.

Als großer schwerer Mann nahm Ruathain immer Rücksicht auf seine Pferde. Er war am Fuße des felsigen Abhanges abgestiegen und führte seinen Wallach hinauf. Tae folgte seinem Beispiel, obwohl er ihr sagte, dass es unnötig sei. Sie war leicht genug, dass das Pony sie tragen konnte. Tae lächelte ihn an – und ignorierte seinen Rat.

Ruathain war wütend auf Conn. Der Ausblick, den er Tae zeigen wollte, sollte sie am besten mit ihrem Liebsten teilen – nicht mit ihrem Schwiegervater. Er fühlte sich verlegen und unwohl. Er hatte einmal Meria an dieses Fleckchen Erde gebracht, und sie hatten sich auf dem Hang geliebt. Als Conn nicht auftauchte, und der Nachmittag rasch vorbeiging, hatte Tae Ruathain gebeten, ihr den See zu zeigen. Er hatte versucht, höflich abzulehnen, doch sie wollte nichts davon hören. Er blickte über die Schulter nach ihr. Sie war eine schöne Frau, kein Zweifel, mit dem langen dunklen, offenen Haar und dem ansteckenden Lächeln. Er verstand gut, unter welchem Druck Conn stand, doch jeder Mann, der seine Zeit lieber damit verbrachte, Hengste und Stuten zu *beobachten* anstatt es ihnen *nachzumachen*, verdiente eine saftige Ohrfeige.

Er erreichte den Kamm und ging auf ebenem Gelände weiter. Seine Brust schmerzte von dem Anstieg, und er fühlte einen leichten, stechenden Schmerz. Tae kam zu ihm, und zusammen blickten sie voller Entzücken auf die Landschaft. Unter ihnen erstreckte sich ein schmaler See wie ein glitzerndes Schwert. Kleine gelbe Blumen wuchsen in verschwenderischer Fülle auf den Hängen, und in der Ferne sahen die bewaldeten Hügel aus wie gewaltige Büffel, die unter den schneebedeckten Gipfeln grasten.

Die Luft war frisch und kühl, der Himmel von einem klaren, strahlenden Blau.

»Es ist so schön«, flüsterte Tae. Sie seufzte vor Wonne. Hinter dem See befand sich ein Kreis aus goldenen, stehenden Steinen. Ruathain deutete auf sie. »Der Legende nach waren sie einst Riesen, doch sie beleidigten Taranis. Eines Nachts, als sie sich trafen, um ihren Krieg mit den Göttern zu besprechen, erschien Taranis in ihrer Mitte und verwandelte sie in Steine.«

»Glaubst du daran?«

Ruathain zuckte die Achseln. »Nein, aber es ist eine hübsche Geschichte. Hier lebte schon lange vor uns eine andere Rasse. Ich glaube, sie haben den Kreis geschaffen.«

»Das Hässliche Volk?«, fragte sie lächelnd.

»Nein, sogar noch davor. Nördlich von hier liegt ein Tal. Ein Bauer pflügte seinen Acker, als er auf eine Mauer stieß. Er und sein Sohn versuchten, die Steine herauszuholen, aber sie waren zu schwer. Jeder wog mehrere Tonnen. Trotzdem waren sie aufeinander gestapelt worden.«

»Wie lang war die Mauer?«

»Das weiß keiner. Der Bauer versuchte, drum herum zu graben, merkte, dass es nicht ging und gab das Feld auf.«

»Und niemand ist dort gewesen, um es herauszufinden?«

»Wozu?« fragte Ruathain. »Was für einen Sinn hat eine vergrabene Mauer?«

»Vielleicht gibt es dort Artefakte – Hinweise auf die Menschen, die sie bauten. Ich werde mir Männer anheuern und selbst dort graben«, sagte sie.

Sie ritten zum See hinunter. Ruathain zündete ein Feuer an, und sie teilten sich ein Mahl aus gebratenem Schinken und hartgekochten Eiern, das sie mit dem kalten Wasser aus dem See hinunterspülten. »Ich bin froh, dass wir herkamen«, sagte Tae. »Hast du Meria mal hergebracht?«

»Ja«, sagte er und merkte, wie er bei der Erinnerung rot wurde. Sie war gut erzogen und ließ das Thema fallen, was ihm gefiel.

»Erzähl mir von Conn«, bat sie. »War er immer schon so ernsthaft?«

Ruathain fühlte sich hier auf sichererem Boden. Er schüttelte den Kopf. »Er war ein fröhlicher Bursche, der auch gerne Streiche ausheckte und so. Aber er war immer gutmütig. Ich habe nie gesehen, dass er ein anderes Kind quälte oder über das Unglück eines anderen lachte. Aber er war früher schnell gekränkt. Das sind vielleicht alle Kinder. Sie sind offener. Er dachte, sein Vater wäre ein Feigling gewesen, was nicht stimmte. Diese Tatsache trieb ihn dazu, sich selbst zu beweisen. Einmal, als er noch ganz klein war, lief er in den Wald davon, um einen Wolf zu töten. Ich fand ihn im Gebüsch, ein Messer in der Hand und einen alten Kochtopf als Helm auf dem Kopf. Es wurde schon dunkel, als ich ihn fand, und er hatte Angst, versuchte aber, sie nicht zu zeigen. Er war ein guter Junge. Ist es noch immer.«

»Und er kämpfte gegen den Bären«, soufflierte sie.

»Ja. Er wollte seinen Freund nicht allein lassen. Es war eine große Tat – und ich wünschte, sie wäre nie geschehen.«

»Warum?«, fragte sie überrascht. »Er hat doch überlebt, und es hat ihn berühmt gemacht.«

»Allerdings. Aber es hat Braefar fast umgebracht. Beide Jungen haben sich an diesem Tage verändert. Conn wurde zum Helden. Aber Schwinge …« Ruathain stieß einen tiefen Seufzer aus. »Niemand hat ihm je vorgeworfen, dass er nicht gegen den Bären gekämpft hat. Er war jung und unbewaffnet. Er beobachtete den Kampf, sah, wie sein Bruder zerfleischt wurde. Und danach glaubte er, dass alle ihn für schwach hielten. Niemand tat es. Aber es hat sein Leben seit diesem Tag beeinflußt. Ich glaube, er gibt Conn die Schuld daran. Ich habe versucht, mit ihm zu reden …« Er zuckte die Achseln und schwieg einen Augenblick. »Jetzt ist er zornig und gekränkt, weil Gwydia Fiallach geheiratet hat. Er liebte sie auch und dachte, sie würden heiraten. Doch Meria sagte mir, dass sein ständiges Gejammer, alle wären gegen ihn, niemand würde ihn verstehen, sie langweilte. Das war schon schlimm genug, aber dass sie ausgerechnet den Mann heiratete, der ihn bei den Spielen beschämt hatte … Oh, das hat ihn tief verletzt.« Er lächelte mühsam. »Aber du bist ja nicht hergekommen, um mich über meine Familie schwatzen zu hören.«

»Unsinn«, widersprach sie. »Es ist doch auch meine Familie. Schwinge wird sich wieder ändern, wenn er wahre Liebe findet.«

Er schüttelte den Kopf. »Das glaube ich nicht.«

»Und was ist mit Bran? Du sprichst nicht viel von ihm.«

»Ich traue mich nicht«, sagte er verschwörerisch. »Er ist mein Stolz und meine Freude. Meine Gefühle zu sehr zu zeigen, würde Schwinge noch mehr Schaden zufügen. Er ist ein Prachtjunge, mein Bran. Furchtlos. Aber ein Schurke. Die Mädchen lieben ihn, und ich fürchte, er ermuntert sie noch.«

»Hast du das auch getan, als du jung warst?«

»Nein«, erklärte er. Er lehnte sich an einen Felsen und schaute über das glitzernde Wasser. »Nein, ich habe mich schon früh verliebt, in Meria. Genauso wie mein Freund Varaconn. Sie heiratete ihn. Es war die große Liebe. Ich glaube nicht, dass sie sich je ganz von seinem Tod erholt hat. Seltsamerweise ich wohl auch nicht. Ich liebte ihn auch. Er war der engste Freund, den ich je hatte. Es macht mich sehr traurig, dass Conn ihn nie kennen lernte. Es ist so leicht, jemanden zu loben oder zu verdammen. Ich bin ein guter Schwertkämpfer. Also bin ich ein Held. Ich werde ein tapferer Mann. Aber wo ist Tapferkeit ohne

Furcht? Ich habe nie eine Schlacht gefürchtet. Varaconn schon. Er zitterte vor Angst. Doch er war da. An meiner Seite. Er überwand seine Angst. Für mich ist das ein Zeichen größten Mutes.« Er sah sie an und kicherte. »Schsch, Weib, ich fange an zu schwafeln. Und die Sonne geht unter. Wir machen uns lieber auf den Rückweg.«

Sie beugte sich zu ihm und küsste ihn auf die Wange. »Du bist ein guter Mann, Ruathain. Ich freue mich, dass du jetzt mein Vater bist.«

»Ja, ich freue mich auch«, sagte er.

Sie ritten eine Weile schweigend dahin. Tae rollte ihren Mantel auseinander und warf ihn sich um die Schultern, denn es wurde kühl.

Ruathain spürte die Kälte ebenfalls. Sein linker Arm war besonders betroffen, und er ballte immer wieder die Faust und öffnete sie. Der Schinken lag ihm schwer im Magen, und er verspürte eine Enge in der Brust. Er machte mehrere tiefe Atemzüge, was die Schmerzen zu lindern schien.

Tae ritt an seine Seite. »Vor uns sind ein paar Leute«, sagte sie. Ruathain spähte durch die Dämmerung. Vier Männer standen am Waldrand. Einer hatte einen Bogen in der Hand. »Wahrscheinlich Jäger«, sagte er, »obwohl sie jetzt nichts mehr erlegen werden. Die Sonne ist fast untergegangen.«

Sie kamen den Männern näher. Irgend etwas an dem Bogenschützen kam Ruathain bekannt vor. Doch seine Augen waren nicht mehr, was sie einmal gewesen waren, und in der zunehmenden Dunkelheit konnte er das Gesicht des Mannes nicht deutlich sehen.

Als sie noch fünfzehn Schritt entfernt waren, legte der Bogenschütze einen Pfeil auf die Sehne. Ruathain erkannte ihn. Er war der junge Mann aus dem pannonischen Fischerdorf. Derjenige, der nicht akzeptieren wollte, dass die Blutfehde ein Ende hatte.

Unverzüglich zog er sein Schwert. Der junge Mann

zielte. Einer seiner Kameraden kam ihm zu nahe, als er schoss, er schien ihn anzustupsen. Der Pfeil schoß an Ruathains Kopf vorbei. Ruathain ließ sein Pony in Galopp fallen und stürzte sich aus dem Sattel. Der junge Angreifer legte einen zweiten Pfeil auf, als Ruathain drohend über ihm aufragte. Der junge Mann sah auf – und in einem Moment schieren Entsetzens sah er Ruathains Schwert, unmittelbar bevor es ihm den Schädel zerschmetterte. Ruathain wirbelte herum, doch die anderen drei Männer waren in den Wald davongerannt.

Er blickte auf den toten jungen Mann. »Du Idiot«, wütete er und trat gegen de Toten. »Was für eine Vergeudung von Leben!«

Er drehte sich um – und sein Blut gefror.

Tae lag am Boden, direkt hinter den Ponys. Ruathain rannte zu ihr und fiel neben ihr auf die Knie. Ihr Gesicht war ganz still. Sie hätte schlafen können – wenn nicht der schwarzgefiederte Pfeil aus ihrer Brust geragt hätte. Es war nur wenig Blut zu sehen. Mit zitternder Hand berührte Ruathain ihre Kehle und betete, einen Puls zu finden. Nichts.

Er richtete sie in Sitzhaltung auf, drückte ihren Kopf an sich und redete mit ihr. Sein Verstand schrak vor dem schrecklichen Wissen zurück, dass sie tot war. Dieser strahlenden, liebenden jungen Frau wurde ihr Leben geraubt von einem rachsüchtigen Mann, der sie nicht einmal kannte.

Es war schlimmer als jeder Albtraum, den Ruathain je gehabt hatte. Er schloss die Augen und strich ihr über die Haare, und mehrmals fühlte er nach dem Puls, obwohl er wusste, dass er keinen finden würde.

Dann stieß er einen schrecklichen gequälten Schrei aus, der durch den Wald hallte.

Die Sonne ging unter.

Als Conn in Sichtweite der Festung kam, die sich im Monschein vor dem dunkler werdenden Himmel abzeichnete, sah er eine einzelne Reiterin tief unter sich. Sie trug einen Kapuzenmantel, doch die Kapuze war heruntergerutscht und enthüllte langes, silberschwarzes Haar. Conn trieb sein Pony an und rief ihr einen Gruß zu. Zuerst hörte sie ihn nicht, doch dann schwang sie sich im Sattel herum und zog an den Zügeln.

Er ritt zu ihr. »Vorna. Ich dachte mir doch, dass du es bist. Was führt dich nach Alteneichen?«

»Dein Vater ist in Gefahr«, sagte Vorna. Sie erzählte ihm von ihrer Vision, und zusammen ritten sie zu der auf einer Anhöhe gelegenen Siedlung.

»Du glaubst, Ruathain ist der alte Bär, und dass dieser … Dorfälteste Männer ausschickt, um ihn zu töten?«

»So deute ich die Vision.« Als sie näher an die Stadt kamen, fiel ihm auf, dass sie nicht gelächelt oder irgend etwas Freundliches zu ihm gesagt hatte. Vielleicht lag es nur daran, dass sie nach dem langen, mühsamen Ritt ermüdet war.

»Kommen Visionen immer so?« fragte er. »In Traumsymbolen? Wölfe, Bären, Tauben?«

»Nicht immer. Manchmal sehe ich eine Szene ganz deutlich, Connavar.« Ihre dunklen Augen begegneten den seinen für den Bruchteil einer Sekunde, und er fühlte eine innere Kälte. Sie wusste.

»Es wird nicht wieder vorkommen, Vorna«, sagte er leise und schämte sich.

»Du musst dein Leben leben, Connavar. Es ist nicht meine Sache, über dich zu urteilen.«

»Aber das tust du doch.«

Sie seufzte. »Ja, das tue ich. Deine Ehefrau ist eine gute Frau und sie verdient besseres von ihrem Mann. In diesem Augenblick wartet sie wahrscheinlich gerade auf …« Vorna brach ab, dann zog sie an den Zügeln. Ihr Pony blieb stehen. Conn starrte die Hexe an, denn er hatte den

Eindruck, dass ihre Schultern herabgesunken waren und sie im Sattel schwankte. Er lenkte sein Pony dicht an sie heran und streckte die Hand nach ihr aus. »Nein!« sagte sie plötzlich. »Faß mich nicht an, Conn! Oh nein!«

»Was ist los?«

Sie sah ihn an, und in ihren Augen lag so tiefer Kummer, dass es ihm Angst machte. »Ich habe … die Vision … nicht ganz … gedeutet.« Vorna stieg ab und stolperte beinahe, als sie zum Wegrand ging, um sich zu setzen. Conn sprang aus dem Sattel, rannte zu ihr und packte sie am Arm.

»Sag es mir! Ist Ruathain verletzt?«

»Nein, aber die Taube starb.«

»Das weiß ich. Hast du mir erzählt. Der Löwe traf sie mit seiner Pranke. Was ist mit Ruathain geschehen?« Er schüttelte sie, doch sie schwieg noch einen Augenblick, und er merkte, dass sie Kraft sammelte. Geduld gehörte nicht zu seinen Stärken, aber er blieb still sitzen und sah sie an. Vorna blickte ihn an, dann nahm sie seine Hand.

»Mir fehlen die Worte, um es dir schonender beizubringen, Connavar. Die Taube war Tae. Sie war mit Ruathain unterwegs, als sie angegriffen wurden. Ein Pfeil durchbohrte ihr Herz.« Er hörte, was sie sagte, doch die Worte schienen keine Bedeutung zu haben.

»Tae ritt mit Ruathain und wurde verletzt?«, hörte er sich sagen.

»Sie ist tot, Conn. Ermordet.«

»Das kann nicht sein! Du irrst dich. Ich habe ihr versprochen, mit ihr auszureiten. Sie ist wütend auf mich. Das ist alles. Hör auf, solche Sachen zu sagen.« Panik ließ seine Hände zittern. »Willst du mich wegen Arian bestrafen? Ist es das?«

Sie schüttelte den Kopf und erhob sich mühsam. »Ich bin in meinem Leben auch grausam gewesen, Conn. Aber so grausam könnte ich nie sein. Ruathain bringt sie zurück nach Alteneichen.«

Conn stand unsicher auf. In seinen Ohren dröhnte es, seine Glieder waren kraftlos. Worte wisperten aus den Tiefen seiner Erinnerung:

»Halte alle deine Versprechen, egal wie klein. Manchmal kann etwas winziges von ernormer Wirkung sein, wie ein Kieselstein, der eine Lawine ins Rollen bringt.«

»Ich halte meine Versprechen immer, Fischlein.«

»Vergiss nicht, Conn, egal wie klein.«

»Egal wie klein«, flüsterte er. Er fiel auf die Knie, den Kopf in den Händen vergraben. Vorna kniete neben ihm und legte ihre dünnen Arme um seine Schultern.

»Ich habe mein Versprechen gebrochen, Vorna. Ich habe es gebrochen.«

»Komm«, sagte sie und zog ihn hoch.

Der Fischer-Älteste saß in seiner Halle, seine Söhne am Abendbrottisch um sich versammelt. Es wurde nur wenig gesprochen, dafür trank der Älteste um so mehr, einen Becher starkes Bier nach dem anderen. »Jetzt gibt es kein Blutgeld«, sagte Vor, sein ältester Sohn.

Der Dorfälteste blickte in seinen Becher und schauderte. Dann warf er einen Blick auf Vor. Der ungeschlachte junge Mann war enttäuscht, sein flaches, hässliches Gesicht wirkte verdrossen. Der Älteste schauderte wieder und ließ seinen Blick über die Männer am Tisch schweifen. Seine Söhne. Einst hatte er große Hoffnungen auf sie alle gesetzt, dass sie starke Männer würden, pannonische Krieger, die man bewundern konnte. Aber sie waren keine starken Männer. Oh ja, sie waren körperlich kräftig, aber sie hatten ihr Leben in seinem Schatten gelebt. Er leerte seinen Becher. Bier machte ihn immer melancholisch. Er sah wieder zu Vor. »Wie konntest du ihn dazu bringen, das Mädchen zu töten?«

»Das ist nicht gerecht«, sagte Vor. »Er hatte ein großes Ziel direkt vor sich. Ich stieß ihn an, damit er daneben schoss. Du wolltest ja nicht, dass Ruathain stirbt. Du wolltest mehr von seinem Vieh und seinen Ponys. Der Pfeil hätte irgendwo landen können. Es war einfach Pech.«

»Aber er landete nicht irgendwo«, fauchte der Älteste. Seine großen Hände umfassten den Bierbecher. Eine der drei Laternen blakte und erlosch, sodass die Halle noch düsterer wirkte. Einer seiner Söhne ging hin und nahm sie aus dem Wandhalter.

Der Älteste wollte seinen Becher neu füllen, fand den Krug leer und stand auf. Er war ein großer Mann mit breitem, flachem Gesicht. »Nur der Idiot sollte sterben«, sagte er. Er fluchte laut und schleuderte seinen Becher gegen die Wand. Er nahm den leeren Krug, stapfte in den hinteren Teil der Halle und füllte ihn aus einem Fass auf. Er trank in langen Zügen direkt aus dem Krug, die bernsteinfarbene Flüssigkeit rann ihm in den grauen Bart und auf seine Tunika. Sein Herz war schwer, und er hatte mehr als nur ein wenig Angst. Hatte er sein *geasa* gebrochen? Er war sich nicht sicher. Und Maggria, die Seherin, hatte die Siedlung an dem Morgen verlassen, als der Idiot mit seinem Bogen loszog. Niemand wusste, wohin sie gegangen war. *»Lass' keine deiner Taten das Herz einer Frau brechen.«* Fast sein ganzes Leben lang war das *geasa* Gegenstand dunklen Humors gewesen. Er war ein hässliches Kind gewesen und wurde ein noch hässlicherer Mann. Nicht gerade die Art von Mann, dem die Frauen zu Füßen lagen. Seine Frau hatte ihn nur wegen seiner Stellung geheiratet und ihn niemals, so weit er wusste, geliebt. Er sie auch nicht, wenn man es genau betrachtete. Sie hatte ihm fünf Söhne geboren und dann erklärt, dass sie gerne ein Haus in den Bergen hätte. Der Dorfälteste hatte es ihr gebaut, und sie war fortgezogen. Um die Wahrheit zu sagen, er vermißte sie nicht.

Und jetzt war eine junge Frau tot, ihr Herz von einem Pfeil durchbohrt. Und er hatte den Bogenschützen ausgeschickt.

Hatte er sein *geasa* gebrochen?

Kalte Luft fuhr durch die Halle und ließ die Laternen wild flackern. Dann knallte die Tür zu. Der Fischerälteste spähte durch die Finsternis. Eine hoch gewachsene Gestalt stand an der Tür, in ihren Händen ein Schwert, das im Laternenschein glitzerte.

Vier seiner Söhne unterhielten sich miteinander und hatten den Neuankömmling noch nicht gesehen. »Wer in Taranis' Namen bist du?«, rief der Dorfälteste, stellte seinen Krug ab und ging auf den Mann zu. Sein jüngster Sohn Alar kam gerade mit der frisch gefüllten Laterne zurück.

»Ich bin der Tod deines Hauses«, sagte der Fremde. Als der Mann sprach, ging Alar auf ihn zu und hob die Laterne, um sie an den Ring in der Wand zu hängen. Der Krieger machte drei rasche Schritte. Das Schwert zuckte durch die Luft und hieb dem Jungen den Kopf von den Schultern.

Die übrigen Söhne sprangen auf, rannten zur gegenüberliegenden Wand und schnappten sich ihre Waffen. Drei nahmen Schwerter, der vierte einen Speer. Ihr Vater stand stocksteif. Der Körper seines Jüngsten war hinter den langen Tisch gefallen, doch sein Kopf war über den mit Sägespänen bestreuten Boden gerollt, und die Augen starrten nun den Vater an. Auf der anderen Seite des Tisches war aus der fallen gelassenen Laterne Öl auf die Bodendielen gesickert, und dort züngelten Flammen hoch.

Der Krieger stieß einen Schlachtruf aus und rannte seinen anderen Söhnen entgegen. Der Älteste, dem von dem vielen Bier schwummrig war, stolperte zu dem kleinen Feuer und versuchte es auszutreten. Doch die Flammen züngelten über das Sägemehl. Als er sich umdrehte, lagen zwei weitere seiner Söhne am Boden, Blut floss. Vor stieß mit seinem Speer nach dem Mann. Der Krieger wich aus und rammte sein Schwert tief in

Vors Bauch, riss die Klinge nach oben, bis sie ins Herz drang. Vor stieß einen entsetzlichen Schrei aus.

Der Dorfälteste der Fischer sah seine Söhne sterben, und dann kam der Krieger auf ihn zu.

»Ich kenne dich nicht«, murmelte er. »Ich kenne dich nicht.«

Als der Mann näher kam, sah er, dass seine wilden Augen verschiedenfarbig waren, eins dunkel, eins hell. Der Mann blieb vor ihm stehen. Hinter sich konnte der Älteste die auflodernden Flammen spüren und das Knacken von Holz hören. Der Feuerschein fiel auf das Gesicht des Kriegers und ließ ihn dämonisch erscheinen. »Wer bist du?«

Keine Antwort. Das Schwert fuhr einmal über seinen Bauch. Er fiel auf die Knie, als seine Eingeweide herausquollen. Gnädigerweise drang das Schwert dann in seinen Hals.

Connavar nahm eine Laterne von der Wand und trat in die Nacht hinaus. Mit dem Wind im Rücken blickte er sich in dem schlafenden Dorf um. Er ging zu der nächsten Hütte, spritzte Öl über die hölzernen Wände und setzte sie in Brand. Der Wind fachte die Flammen an, brennende Funken flogen von einem strohgedeckten Dach zum nächsten. Bald brannten eine Reihe von Feuern. Menschen begannen aus den Häusern zu rennen. Connavar ging zwischen ihnen umher und hieb mit seinem Schwert um sich. Hinter ihm schlugen die Flammen aus der offenen Tür der Langhalle, dann brachen sie durch das Dach.

Panik ergriff das Dorf, als Conn durch die Flammen schritt und jeden tötete, der in Reichweite seines Schwertes geriet.

Zwei junge Männer rannten mit Sensen auf ihn los. Er tötete beide. Die Dorfbewohner flohen.

Blutbespritzt steckte Connavar sein Schwert ein, nahm eine Heugabel und warf damit brennendes Stroh auf ein Haus, das vom Feuer bislang verschont worden war. Und während die lange Nacht verging, wanderte er von Haus zu Haus und legte Feuer, bis endlich jedes Haus brannte. Seine Haut war versengt, sein Mantel fing Feuer. Er warf ihn beiseite und lief zu dem kleinen Steg, an dem sieben Fischerboote lagen. Es dauerte viel länger, diese in Brand zu setzen, und er verbrachte eine Stunde damit, brennendes Stroh und Holz auf die Decks und in die schmalen Laderäume zu werfen.

Als der Morgen dämmerte, saß er am Ufer, das Gesicht rauchgeschwärzt, die Hände voller Brandblasen. Die Langhalle war eingestürzt, einzig der steinerne Schornstein stand noch. Doch während Conn hinsah, verdrehte er sich und stürzte krachend zusammen. Fünf der Boote waren gesunken, eins war nicht mehr zu retten, doch im siebten war das Feuer ausgegangen, und es dümpelte noch immer auf dem See. Alles andere war vernichtet: die Häuser, die Fischerhütten, die Lagerhäuser.

Conn erblickte ein Bild restloser Verwüstung.

Er fühlte sich schal und entsetzlich müde. Die Wut der Nacht hatte sich aufgezehrt. Erschöpft stand er auf und ging über die einstige Hauptstraße des Dorfes. Überall lagen Tote, manche verbrannt, andere unberührt von den Flammen. Beim Gehen sah Conn, dass er wahllos zugeschlagen hatte. Frauen lagen tot neben ihren Männern, und am anderen Ende der Straße lagen zwei Kinder. Nach der Blutspur zu urteilen, war eines noch ein Stück weit gekrochen, ehe es starb.

Als er dort die grimmigen Zeichen seiner Wut betrachtete, erkannte er, dass nur ein Teil dieser Wut auf die Gier des Fischer-Ältesten zurückzuführen war.

Sein Leben lang hatte er versucht, ein Held zu sein, um das vermeintliche Vermächtnis Varaconns zu überwinden. Er blickte auf die Ruinen, sah den grauen Ascheflocken zu, die durch die Luft schwebten. Jetzt war alles Asche. Er hatte Liebe gefunden – eine große Liebe – und er hatte sie dem Tod überlassen. Dabei war er nicht nur zum Ehebrecher geworden, sondern auch zum Mörder von Frauen und Kindern.

Tränen rannen über sein rußiges Gesicht, und er fiel auf die Knie und rief wieder und wieder Taes Namen.

In den Bergen hatten sich die Überlebenden des Massakers zusammengedrängt und hörten ihn. Die gequälten Schreie waren kaum menschlich und verrieten sowohl Kummer als auch Wahnsinn. Die Überlebenden drängten sich enger aneinander und beteten, dass der Dämon sie jetzt in Ruhe ließ.

Zwei Wochen lang gab es keine Spur von Connavar. Obwohl man ihn auf Dreibach zureiten sah, war er nie im Dorf angekommen. Ruathain bat Arbonacast, ihn aufzuspüren, doch er verlor seine Fährte. Dann wurde es dem listigen Parax überlassen, ihn zu finden. Der alte Jäger fragte nach Conns Lieblingsplätzen als Kind, nach den Höhlen in der Umgebung. Dann ritt er ins Hochland und hielt ständig nach Spuren Ausschau. Er war Conn schon einmal gefolgt, und er hatte das Gefühl, seine Gewohnheiten zu kennen. Der junge Mann wollte nicht gefunden werden und hatte seine Spur getarnt. Doch er musste essen und sich warm halten.

Parax war ein geduldiger Mann, dessen scharfen Augen nichts entging. Am fünfzehnten Tag nach Conns Verschwinden fand er eine einfache Kaninchenfalle und eine kaum sichtbare Spur, die davon wegführte. Er wusste sofort, dass er Connavar gefunden hatte und folgte der Spur bis zu der Höhle, die einst das Zuhause von Vorna der Hexe gewesen war. Connavar hackte Holz mit einem alten Beil. Er sah auf, als der Jäger abstieg, sagte jedoch kein Wort. Er nahm einen Armvoll Holz und ging zurück in die Höhle. Auch Parax sagte nichts, sondern nahm ebenfalls Holz und folgte seinem Herrn nach drinnen.

Die Höhle war tief, und Parax ließ seinen Blick durch das düstere Innere schweifen. Fließendes Wasser bildete einen flachen Teich im Hintergrund, es gab eine Feuerstelle und ein einfaches altes Bett. Irgendjemand hatte an der westlichen Wand Regale gebaut, die jetzt jedoch leer waren und von Spinnweben überzogen waren. Es war ein unwirtlicher Ort, dachte er. Schweigend brachten die Männer das Holz herein, dann setzte sich Connavar vors Feuer. Er war dünner geworden, seine Augen lagen tief in den Höhlen, sein Gesicht hager. Parax ging zu seinem Pony und holte einen kleinen Sack mit Proviant herein, aus dem er Brot und Käse holte und Conn anbot. Der Krieger schüttelte den Kopf und warf ein paar Scheite aufs Feuer. Parax packte die Lebensmittel neben den Herd und legte sich hin. Er war Conn seit Tagen auf der Spur und entsprechend müde. Parax schlief eine Stunde lang. Als er erwachte, war die Höhle leer. Der Jäger gähnte und reckte sich und ging zum Feuer. Das Essen war – Gott sei Dank – verschwunden.

Er verließ die Höhle, bestieg sein Pony und ritt nach Dreibach, um Ruathain Bericht zu erstatten.

Am nächsten Tag ritt Ruathain zur Höhle. Er wartete mehrere Stunden, doch Conn ließ sich nicht blicken. Er vermutete, dass sein Sohn wohl wusste, dass er hier war, aber nicht reden wollte. Das machte ihn traurig, doch wie Parax vor ihm, ließ er etwas zu essen zurück und ritt wieder ins Dorf.

In der siebzehnten Nacht, als Conn gerade ein Kaninchen häutete, trat eine schlanke Gestalt in die Höhle. Er blickte auf und sah, dass es Eriatha war. Er holte tief Luft, als wollte er etwas sagen, besann sich jedoch anders und widmete sich wieder dem Kaninchen.

»Wie lange willst du hier oben bleiben?«, fragte sie.

»Weiß ich nicht. Und jetzt lass' mich bitte in Frieden.«

»Das nennst du Frieden? Nein, Connavar, das ist eine Form von Selbstquälerei. Du bist nicht der erste Mann, der einen geliebten Menschen verliert. Und du wirst nicht der letzte sein.«

»Du verstehst überhaupt nichts davon!«, sagte er ruhig.

»Dann erklär' es mir«, drängte sie. »Sag' mir, warum der neue Baron in einer Höhle sitzt, während andere seine Arbeit tun.« Eriatha ging in die Höhle. Es gab keine Kerzen, und das Feuer verbreitete nur wenig Licht. Conn war zu sehr in sich gekehrt - fast gefühllos, als ob er alle Gefühle abgestreift hätte. »Der Lything hat für dich gestimmt. Du bist der Baron«, sagte sie. »Warum schmollst du also hier drin? Deine Frau ist tot, und du hast sie gerächt.« Noch immer kein Feuer in seinen Augen, nicht einmal bei dem Wort schmollen. Sie holte tief Luft. »Wozu soll dieses … sinnlose Exil … gut sein?«

»Es ist zu gar nichts gut«, sagte er. Tränen liefen ihm über die Wangen. »Geh einfach. Lass' mich in Ruhe!«

Sie zwang sich zu einem Lachen, so voller Hohn, wie sie es nur schaffte. »Ich hätte nicht geglaubt, dass ich das einmal sehen würde«, sagte sie voller Verachtung. Der große Connavar, eine Memme. Weint wie ein kleines Kind.«

Plötzlich wütend geworden sprang er auf und zischte: »Raus jetzt!«. Er packte sie bei den Schultern und stieß sie zum Höhleneingang. Sie stürzte schwer und schrie auf, mehr vor Schreck als vor Schmerz. Conn beachtete sie nicht und kehrte zum Feuer zurück.

Eriatha setzte sich auf und rieb sich den Arm. »Ich gehe nicht«, sagte sie.

»Tu, was du willst.«

Eriatha war zufrieden, dass sie ihn aus seiner Lethargie gerissen hatte. Jetzt musste sie ihn nur noch dazu bringen zu reden. »Ich möchte gerne verstehen«, sagte sie leise, stand auf und setzte sich neben ihn. »Sag' mir, warum du hier bist. Sag' es mir, dann gehe ich. Dann hast du deinen Frieden.« Zuerst dachte sie, er würde sie weiterhin nicht beachten. Er häutete das Kaninchen fertig, dann legte er das Fleisch zur Seite. Als er sprach, war seine Stimme kaum mehr als ein Flüstern.

»Ich wurde gewarnt, alle meine Versprechen zu halten. Die Seidh haben mich gewarnt. Ich habe die Warnung nicht ernst genommen. Warum auch? Denn ich bin *Connavar.*« Er spie den Namen beinahe aus. »Und Connavar ist bekannt dafür, dass er sein Wort hält.« Er schwieg wieder und starrte ins Feuer. »Ich sagte Tae, dass ich mit ihr ausreiten würde. Ich *versprach* ihr, bis Mittag zurück zu sein. Ich brach mein Versprechen, und sie ritt mit Ruathain. Ritt in den Tod. Und warum war ich zu spät? Ich war bei einer Frau. Ich habe sie bestiegen wie eine läufige Hündin.«

»Was soll ich darauf sagen?«, fragte sie ihn. »Dass du eben nicht vollkommen bist? Ha! Als ob es je einen vollkommenen Menschen gegeben hätte. Du hast ein kleines Versprechen gebrochen, und die Folgen waren schrecklich. Ja, da gibt es nichts zu deuteln, Conn, mein Freund. Mit diesem gebrochenen Versprechen wirst du leben müssen. Es wird noch lange weh tun. Vielleicht für immer. Aber wir alle leben mit unseren Verletzungen. Du hast mir einst erzählt, dass du entschlossen warst, niemals wie dein Vater zu sein – niemals ein Feigling. Jetzt überleg' mal: wie würdest du einen Mann nennen, der einen Fehler macht und dann vor seiner Verantwortung davonrennt? Ich würde ihn einen Feigling nennen. Du hast mir auch gesagt, dass eines Tages die Armee von Stone in unser Land marschieren würde und dass du entschlossen wärest, sie aufzuhalten. Kommen sie denn jetzt nicht mehr? Oder ist dir dein Land und dein Volk mittlerweile gleichgültig?«

»Nein«, sagte er.

»Was machst du dann hier, Conn?«

»Ich versuche, einen Sinn in meinem Leben zu finden«, sagte er. »Du hast mir schon einmal geholfen, als ich die Kinder sterben ließ. Ich habe akzeptiert, was du gesagt hast. Ich habe es geglaubt. Vielleicht, weil ich es glauben musste. Aber was geschehen ist, hat mich beinahe zerstört. Tae war schön, und sie hatte noch ein ganzes Leben vor sich. Sie war die Schwester meiner Seele. Ich wusste das, als ich sie zum ersten Mal sah. Ich weiß es jetzt noch mehr. Aber ich sitze nicht voller Selbstmitleid hier. Ich wate nicht in Kummer. Mich quält mein Gewissen. Die Reue zerfrisst mich, weil ich nicht ändern kann, was geschehen ist. Ich kann es nicht wieder gut machen.«

»Nein, das kannst du nicht. Sie ist tot. Ihr Geist ist davongeflogen.«

Conn sah sie an.

»Glaubst du, es geht nur um Tae? Weißt du, was in Silberwasser geschehen ist?«

»Du hast die verantwortlichen Männer getötet. Das weiß jeder.«

»Oh, Eriatha, wenn das nur wahr wäre. Warum bist du hergekommen? Sag es mir ehrlich.«

»Deine Mutter kam zu mir. Sie dachte, dass du und ich …« Eriatha seufzte, dann lächelte sie scheu. »Sie dachte, uns würde vielleicht etwas verbinden.«

»Das tut es auch«, sagte Conn. »Du gehörst zu meinen liebsten Freunden. Und selbst mit dir fällt es mir schwer, über die Wahrheit zu sprechen. Ich will nicht, dass du mich hasst.«

Eriatha saß ganz ruhig. »Ich glaube, du solltest besser einfach sagen, was in dir vorgeht, Conn.«

»Ich habe das Dorf niedergebrannt. Und, schlimmer noch, ich kann mich kaum noch daran erinnern, was ich fühlte, als ich zur Halle des Fischer-Ältesten geritten bin. Es war, als ob all der Zorn und der Schmerz, der Verlust und die Schande mich in einen Winter verwandelt hätten. Ich ging in die Halle und tötete den Dorfältesten und seine Söhne. Ringsum waren überall Flammen. Die Halle brannte. Ich kann mich nicht erinnern, wie es anfing. Aber als ich hinausging, hatte ich eine Laterne dabei und setzte die nächststehenden Häuser in Brand. In meinem Kopf dröhnte es, und dann rannten die Menschen um mich her, sie schrien und brüllten. Ich schlug auf sie ein. Ich tötete sie, Eriatha. Als der Morgen kam, ging ich durch die Ruinen. Ich sah die Toten. Zwei waren noch Kinder. Aber es waren auch Frauen darunter.«

»Du hast Frauen und Kinder getötet?« Eriatha war entsetzt. »Oh, Conn! Das war böse.«

»Ich weiß.« Er wandte den Blick ab. »Ich wusste nicht, was ich tun sollte, also kam ich her, um nachzudenken. Ja, es war eine böse Tat. Ich weiß, das ist keine Entschuldigung, aber ich wusste wirklich nicht, was ich tat. Als ich die Toten sah, war es, als würde sich mir ein Speer durchs Herz bohren. Wenn ich sie zurückbringen könnte – und wenn es durch meinen eigenen Tod wäre – ich würde es tun. Ohne zu zögern.«

»Aber du kannst sie nicht zurückbringen«, sagte sie kalt. »Niemand kann das. Und du kannst es nicht wieder gut machen, Conn. Diese Taten haben deine Seele befleckt. Und sie werden dich verfolgen – wie sie es sollten – bis zu deinem Tode. Ich dachte, du hättest deine Lektion gelernt, als du gegen die Perdier kämpftest. Ich dachte, du hättest erkannt, dass Hass zu Bosheit und Übel führt. Ich hoffe, um unser aller willen, dass du diese Lektion jetzt gelernt hast.«

»Ja«, sagte er. »Sie ist in mein Herz eingebrannt.« Er blickte in ihr strenges Gesicht und bemerkte die Kälte in ihren Augen. »Sind wir noch immer miteinander verbunden?«, fragte er.

»Ich will dich nicht anlügen, Conn. Ich denke geringer von dir. Ich dachte, du wärst stärker als dies. Oh, ich wusste immer um die Gewalttätigkeit in deiner Seele, aber ich glaubte – dummerweise –, du könntest sie beherrschen.«

»Dann sind wir keine Freunde mehr?«

»Wir werden immer Freunde sein, Conn«, sagte sie leise. »Es ist so viel Gutes in dir und so vieles, das ich bewundere. Und als deine Freundin tut es mir mehr Leid, als ich sagen kann, dass du Tae verloren hast. Aber sage mir eins: Wenn du sie so sehr geliebt hast, wie kommt es dann, dass du es mit einer Fremden treiben konntest?«

»Es war keine Fremde«, sagte er. »Es war Arian. Ich wusste nicht, dass sie in der Nähe von Alteneichen lebt. Ich bin hingeritten, um mit den Viehhirten zu sprechen, die sich um das Vieh des Barons kümmern. Da war sie. Allein. Ich dachte, ich hätte sie hinter mir gelassen. Ich liebe sie nicht, Eriatha. Aber wenn ich in ihrer Nähe bin ...«

»Ha!«, sagte sie höhnisch, »das zumindest kann ich verstehen. Es ist der Ruf des Fleisches. Männer sind damit geschlagen.« Ihre Miene wurde weicher. »Aber du hast Arian verzweifelt geliebt, Conn. Ich erinnere mich an die Nacht, als du mir von ihr erzähltest. Die Liebe ließ deine Augen leuchten wie Laternen.« Sie sah in seine Augen, die jetzt gehetzt und blutunterlaufen waren. »Wie lange hast du nicht mehr geschlafen?«

»Ein paar Tage, glaube ich. Wenn ich schlafe, träume ich von Tae. Und wenn ich aufwache, dann denke ich – nur für einen Augenblick – dass sie noch am Leben wäre. Und auf mich wartet.« Er schauderte. »Besser nicht schlafen.«

»Aber jetzt ist Zeit zu schlafen, Conn«, sagte sie und stand auf.

Müde stemmte er sich hoch. »Ich verdiene deine Freundschaft nicht«, sagte er.

»Nein. Aber du hast sie, Conn.« Sie half ihm beim Ausziehen. Seine Kleider waren schmutzig, und an seinen Händen klebte getrocknetes Blut. Eriatha führte ihn zum Bett, schlüpfte aus ihren Kleidern und zusammen legten sie sich hin. Eriatha zog die Decke über sie beide, und zog ihn an sich, sodass sein Kopf an ihrer Schulter ruhte.

Und er schlief.

Eriatha lag über eine Stunde neben ihm. Dann schob sie sich aus dem Bett, zog sich an, nahm sein Pony und ritt ins Dorf zurück. Noch vor Morgengrauen war sie zurück. Er schlief noch immer. Conn erwachte vom Duft gebratenen Specks. Die Sonne schien in den Höhleneingang, und er konnte einen herrlichen blauen Himmel draußen sehen. Er setzte sich und sah, dass sie ihm frische Kleider hingelegt hatte.

»Geh' und wasch' dich im Bach«, befahl Eriatha. »Dann kannst du essen.«

Er stand auf und ging hinaus in den Sonnenschein. Eriatha schlug zwei Eier in die Pfanne und röstete Brot. Conn kam ein paar Minuten später zurück, trocknete sich ab und zog sich an. Sie frühstückten schweigend, und sie beobachtete ihn aufmerksam. Seine Augen wirkten weniger gehetzt, und er sah schon wieder mehr aus wie der junge Mann, den sie kannte.

»Bist du bereit, die Höhle zu verlassen?«, fragte sie.

»Ja. Ich gehe zurück in die Welt. Aber nicht als derselbe Mann.«

»Sei ein besserer, mein Lieber.«

Als er aus der Höhle trat, fand er Parax, der auf ihn wartete. Er führte ein zweites Pony am Zügel. Der alte Mann lächelte und hob eine Hand zum Gruß.

»Fühlst du dich besser, mein Junge?«, fragte er.

»Gut genug, alter Mann. Wie hast du mich gefunden?«

Parax grinste. »Du hast eine Spur hinterlassen, der selbst ein Blinder hätte folgen können. Es war kaum die Sache wert, die Dienste eines so großen Mannes wie ich es bin in Anspruch zu nehmen, um dich zu finden. Bist du bereit zu reiten?«

Conn nickte. »Ich bin bereit.«

Kapitel 16

Frühling und Sommer hindurch arbeitete Conn unermüdlich und warf sich mit beinahe rasender Energie auf seine Pflichten. Er ritt durch das Land und organisierte den Bau von Mühlen, Kornspeichern und Lagerhäusern und befahl eine Zählung jedes Menschen im nördlichen Rigantium. Er übertrug Fiallach die Obhut von Siebenweiden und befahl ihm, Wachtürme entlang der Küste zu bauen und die Wehranlagen der Stadt zu verstärken. Braefar wurde zum Zweiten Ratgeber unter Maccus ernannt, denn der ältere Mann merkte, dass ihn die neue Arbeitslast doch schnell erschöpfte.

»Warum all die neuen Kornspeicher?«, fragte Maccus Conn eines Tages, als sie unterwegs waren, um eine neu entdeckte Goldmine in den Druagh-Bergen zu besichtigen.

»Krieg ist keine Sache mehr von individueller Tapferkeit und Massentaktik«, erklärte Conn. »Es ist eine Sache des Nachschubs. Egal, wie mutig die Männer sind, sie können nicht kämpfen, wenn sie nichts zu essen bekommen. Es ist lebenswichtig, dass wir eine stehende Armee versorgen können, ohne uns auf benachbarte Stämme verlassen zu müssen, wenn der Krieg kommt.

»Vielleicht«, erwiderte Maccus, »aber in nur vier Monaten hast du die Schatzkammer des Barons beinahe geleert. Wir wollen hoffen, dass es in dieser neuen Mine genügend Gold gibt.«

Zuerst hatte sich die Mine als Enttäuschung entpuppt. Der Minenaufseher, Lycus, ein kleiner, dicklicher Mann, der auch die beiden Silberminen des Barons leitete, versicherte Conn jedoch, dass die Mine mit der Zeit ertragreich würde. Conn war skeptisch geblieben und hatte Govannan vor Ort geschickt und ihm aufgetragen, sich als Wanderarbeiter auszugeben, der nach Arbeit suchte. Nach sechs Wochen entdeckte Govannan, dass mehr als zwei Drittel des Goldes nach Nordosten geschafft wurde, nach Felsenheim, einer Hafenstadt an der Küste, in der Lycus mehrere Häuser und ein großes Stück Land besaß.

Conn, Ruathain, Maccus, Govannan und zwanzig von Conns Eisenwölfen erreichten die Siedlung in der ersten Herbstwoche, durchsuchten drei Lagerhäuser und entdeckten einen Schatz aus Gold und Silber. Lycus wurde nach Alteneichen gebracht, öffentlich verurteilt und auf dem Marktplatz gehängt.

Braefar übernahm die Aufsicht über die Minen, und die Ausbeute stieg beträchtlich.

Beim ersten Schneefall erreichte Alteneichen die Nachricht, dass der Baron gestorben war. Der alte Mann, völlig gebrochen durch Taes Tod, hatte eine Krankheit nach der anderen durchgemacht. Er war im Schlaf gestorben, in einem Schlafzimmer, dessen Fenster auf den majestätischen Gipfel des Caer Druagh blickte.

Conn wohnte der Bestattung nicht bei. Er war nach Siebenweiden geritten, um sich mit Fiallach zu treffen und sich die neuen Verteidigungsanlagen anzusehen.

Im folgenden Frühlung wurde das Erste der neuen Fohlen geboren, ein weißes Tier mit einem langgezogenen schwarzen Fleck auf der Stirn. Dieses Zeichen sah aus wie ein Schwert, und Conn nannte das Tier Dunkelschwert.

An Conns einundzwanzigstem Geburtstag zählten seine

Eisernen Wölfe zweihundertundzwanzig, und sie kamen regelmäßig zusammen, um zu trainieren, in geschlossener Formation mit ihren großen Pferden aus Gath zu galoppieren, auszuschwärmen und sich wieder zu dem Stoßkeil zu formieren, den Conn zuerst bei den Gath gesehen hatte. Braefars Steigbügel war ein großer Erfolg geworden, denn er gab den Reitern mehr Halt. Conn ließ auch zweihundert leichte Schilde anfertigen, die die kleinen Rundschilde ersetzen sollten, die normalerweise von Reitern benutzt wurden. Außerdem wurde jeder Reiter mit zwei Schwertern ausgerüstet, einem langen, gekrümmten Säbel und einem kurzen Stichschwert, das den in Stone verwendeten glich.

Im Herbst jenes Jahres hatte Conn begonnen, eine neue Truppe aufzubauen: berittene Schützen. Leicht gepanzert und auf schnellen Ponys wurden sie ausgebildet, um im vollen Galopp zu schießen. Conn arrangierte mehrere Schießturniere mit schönen Preisen für den besten Schützen, und diese Männer nahm er in seine Dienste. Unter ihnen war sein fünfzehnjähriger Bruder, der goldhaarige Bendegit Bran, dessen Fähigkeiten zu Pferde und mit dem Bogen seinesgleichen suchten.

Dass er in die Truppe aufgenommen wurde, erzürnte Meria, die bei einem Besuch in Alteneichen Conn schalt: »Er ist doch noch ein Kind«,

»Im Frühjahr wird er ein Mann«, erwiderte Conn sanft. »Er ist kein Kind mehr – auch wenn du es noch so gerne möchtest.« Die Sonne war schon fast hinter die Berge gesunken, und das Zimmer wurde dunkler. Meria ging zum Feuer, entzündete einen Fidibus und damit zwei Laternen an der Wand. Eine Weile schwiegen sie nachdenklich und beobachteten den Sonnenuntergang.

»Es ist alles so schnell gegangen, Conn«, sagte sie nach einiger Zeit. »Es kommt mir vor, als wäre es nur wenig Monate her, dass ihr alle Kinder ward. Ich vermisse diese Zeit. Ich vermisse Kinder, die um mich herumspringen.

Ich passe hin und wieder auf den kleinen Banouin auf. Er ist eine Wonne! Immer lacht er, und er schmust so gern. Du hast das nie getan. Du hast dich immer gewunden, bis du dich losgemacht hattest. Es sei denn, es war Ruathain. In seinen Armen bist du oft eingeschlafen.«

»Wie geht es ihm? Ich habe ihn schon länger nicht gesehen.«

Sie zuckte die Achseln, dann lachte sie. »Es geht ihm wieder gut. Er war erkältet und hustete und schniefte im Haus herum, verlor die Geduld und jammerte. Er war noch nie ein Mann, der mit Krankheiten umgehen konnte. Er ist noch immer nicht ganz gesund und muss sich oft ausruhen.« Sie lächelte. »Aber er ist auch schon über vierzig und kein junger Bulle mehr.«

Sie unterhielten sich noch eine Weile, entspannt in der Gesellschaft des anderen. Dann kam sie auf das Thema zu sprechen, das ihr am meisten am Herzen lag. »Du solltest wieder heiraten, Conn. Ich habe dich schon ewig nicht mehr lachen sehen.«

Conn hatte auf ein solches Gespräch gewartet. Er hatte vorgehabt, es beiseite zu wischen oder das Thema zu wechseln. Doch jetzt, wo er in der Wärme dieses Raumes saß und die untergehende Sonne die Berge in Flammen tauchte, tat er keins von beiden. »Ich habe sie nicht genug geliebt, weißt du. Das ist eine Schuld, die ich mit mir trage – mit all den anderen Schulden. Sie war schön und – wie Vorna mir sagte – hatte Besseres verdient. Ich liebte sie. Aber als ich Arian wieder sah …« Er sah Meria an und lächelte reuig. »Ich werde nicht heiraten, Mam. Noch nicht. Ich glaube, in meinem Herzen gibt es nur Platz für eine große Liebe.«

»Dummer Junge. Du wirst eine andere Liebe finden. Warte es nur ab.«

»Wie du, als Varaconn starb?«

»Ich wünschte, du würdest *Vater* sagen. Du sprichst von ihm, als wäre er ein entfernter Verwandter.«

»Mein *Vater* also. Und jetzt beantworte meine Frage.«

Sie seufzte und lehnte sich im Stuhl zurück, nahm eine karierte Decke vom Boden und legte sie sich über die Knie. »Es wird allmählich kalt. Würdest du bitte das Fenster schließen?«

»Ja – aber ich warte immer noch auf eine Antwort.« Er stand auf, legte die Läden vor und schob den Riegel zu.

Dann setzte er sich und blickte in ihre grünen Augen. »Nein«, gab sie zu. »Es gab nie mehr eine andere Liebe wie Varaconn. Es soll nicht so klingen, als würde ich schlecht von Ru sprechen. Er ist der beste Mann, den es gibt, und ich liebe ihn von Herzen. Mehr als ich je erwartete. Aber Varaconn und ich waren Zwillingsseelen.«

»Ja, ich kenne das Gefühl.«

»Ach, Conn, es schmerzt mich, dich so unglücklich zu sehen. Du bist jetzt der Baron, ein großer Mann, geachtet, bewundert, ja sogar gefürchtet. Du wirst zu einer Legende unter den Riganten. Die meisten jungen Männer würden zehn Jahre ihres Lebens geben, um wie du zu sein.«

»Ich weiß«, sagte er. »Sie sehen den Mann auf dem großen Pferd, und sie hören die Geschichten von dem Bären und dem bösen König. Aber das bin nicht ich, Mutter. Das ist nur ein Teil von mir. Ich bin aufgewachsen in dem schmerzlichen Glauben, dass Vara ... mein Vater ... ein Feigling war. Dann musste ich mitansehen, wie du und Ruathain sich trennten wegen etwas, das ich getan hatte ...«

»Nicht wegen dir –«, begann sie. Doch er winkte ab.

»Ich weiß, ich weiß. Aber damals habe ich das nicht verstanden. Und was den Bären anlangt – nun, er zeigte mir meine Sterblichkeit, indem er mich zerfleischte. Ich habe Freunde verloren: Riamfada – wenn er auch jetzt glücklich ist – und Banouin. Ich habe gesehen, wie ein großes Übel an Macht gewinnt - und sogar an seiner Seite gekämpft. Dann – nachdem ich meine Frau verraten hatte, sodass sie den Tod fand – zerstörte ich ein Dorf, tötete Männer, Frauen und Kinder. Ich bin nicht der Held, für den sie mich halten.«

»Du warst vor Kummer von Sinnen, Conn. Das war nicht mein geliebter Junge, der das tat. Du warst besessen. Du wusstest nicht, was du tust.«

Er lachte auf. »Ach, es geht doch nichts über Mutterliebe. Es war *ich*, Mutter. Es war das Ungeheuer in mir, das seine Ketten zerrissen hatte. Die Verantwortung lag bei mir, und ich will mich für meine Taten nicht rechtfertigen. Die Pannonen nennen mich den Dämonen-Baron. Kannst du ihnen einen Vorwurf daraus machen? Jedes Jahr zu Samain habe ich ihnen Blutgeld geboten – immer höhere fabelhafte Summen. Doch der Hochland-Laird weigert sich, auch nur mit meinen Abgesandten zu sprechen.«

»Du bist kein Dämon. Du bist mein Sohn, und du hast ein gutes Herz. Warum klammerst du dich so an das Schlechte? Du arbeitest unermüdlich, um dein Volk zu beschützen. Und du hast Riamfada vor dem Bären gerettet. Und du hast Banouin gerächt. Ruathain ist so stolz auf dich. Wärmt dir das nicht das Herz, Conn?«

»Doch, Mutter.«

»Und was deinen Freund angeht, Banouin, ja, er starb einen grausamen Tod, aber er hatte ein gutes Leben, Conn, und gute Freunde. Und ein Teil von diesem Leben lebt in seinem Sohn fort. Er ist jetzt bald vier. Ein fröhlicher Junge. Aber er vermisst Bran. Genau wie ich. Willst du ihn den ganzen Winter hier bei dir behalten?«

»Nein, er kann nach Hause gehen. Auch ich werde an Samain bei euch sein.« Es klopfte an der Tür, und Maccus fragte nach ihm. Conn stand auf. »Und jetzt muss ich mich von dir verabschieden, Mam. Maccus und ich müssen über das fröhliche Geschäft der Steuereinziehung reden.« Sie schlang ihre Arme um seinen Hals und küßte seine bärtige Wange.

»Du bist mein Liebling«, sagte sie mit Tränen in den

Augen. »Ich liebe dich mehr als mein Leben.« Sie fuhr mit den Fingern durch sein langes, rotgoldenes Haar und lächelte gezwungen. »Mütter können so peinlich sein«, sagte sie.

»Ach, das ist doch nicht peinlich, Mam«, log er. Er ging zur Tür, doch sie rief ihm nach:

»Eines solltest du noch wissen, Conn, wenn du an Samain nach Hause kommst.«

Er hielt inne. »Was?«

»Arian hat Casta verlassen. Sie lebt wieder bei Nanncumal.«

»Warum haben sie sich getrennt?«

»Sie bekam ein Kind, Conn. Wusstest du das nicht? Ein Junge. Das Kind hat verschiedenfarbige Augen: eins grün, eins braun. Ich dachte, du solltest es wissen.«

Conn ritt zum Samains-Fest nicht nach Dreibach, sondern verbrachte das Fest statt dessen mit Bruder Sonnwend in Alteneichen. Den ganzen Winter über lehrte der Druide Conn, Braefar, Maccus und Govannan Lesen und Schreiben. Conn hatte das nach der Volkszählung beschlossen, denn er wurde immer gereizter, weil er Schreiber und Gelehrte brauchte, um die Ergebnisse zu entziffern. Braefar nahm den Unterricht bemerkenswert leicht, denn er lernte schneller als alle anderen. Er war der Musterschüler, und er sonnte sich im Lob seines Lehrers. Govannan verbiss sich stur in die Aufgabe, doch im Frühling waren ihm die Buchstaben noch immer fremd. Conn interessierte sich wenig für die Feinheiten der Sprache. Er musste lesen lernen und zwang sich, zumindest soviel von den bizarren kleinen Symbolen zu lernen, um zu begreifen, was in den Schätzungsrollen stand.

Als das Wetter besser wurde und Conn kurz vor seinem zweiundzwanzigsten Geburtstag stand, trafen wieder Kaufleute in Alteneichen ein, die Neuigkeiten von jenseits des Wassers mitbrachten.

Die Armee von Stone marschierte auf die Hafenstadt Gorlasa zu, die letzte Festung der Gath.

Im Osten war der König der Seeräuber in einem Gefecht gefallen und sein Sohn Shard folgte ihm nach. Conn wusste nichts über Shard und sprach mit Bruder Sonnwend darüber. »Gibt es im Land der Seewölfe noch Druiden?«

»Nein. Die Vars beten die Blutgötter an, und jeder Druide, den sie erwischen, wird ermordet.«

»Hast du irgend etwas über diesen Shard gehört?«

»Nur wenig. Aber du kannst sicher sein, dass er kein friedliebender Mann ist.«

Conn sorgte dafür, dass alle Kaufleute von seinem Interesse an dem neuen König der Vars erfuhren, und wenige Wochen später bat ein älterer Lederhändler von den Ostro um eine Audienz bei ihm. Sie trafen sich in der früheren Wohnung des Barons. Conn hatte die meisten Möbel fortgeschafft und nur einen langen, ovalen Tisch und zehn Stühle stehen gelassen. Der Kaufmann trat ein, verbeugte sich und wurde aufgefordert, Platz zu nehmen. Er war groß und schlank, mit runden Schultern und kahlem Schädel. Sein Gesicht war altersrunzlig, doch die dunklen Knopfaugen glänzten.

Conn saß am Kopf des Tisches, Maccus links, Braefar rechts von ihm. Er schätzte den Mann ein, als dieser eintrat. Er hielt ihn für kalt und berechnend.

»Ich danke dir für diese Audienz, Herr«, sagte der Ostro, mit einer Stimme so glatt wie Olivenöl. »Wie ich gehört habe, möchtest du etwas über König Shard erfahren?«

»Er interessiert mich«, gab Conn zu.

»Ich habe ein paar Informationen, die vielleicht von Nutzen sind. Und ich könnte noch mehr sammeln. Das heißt, falls ich einen größeren Vorrat an Häuten bekommen kann. Die Vars sind versessen auf Tuniken und Stiefel, die aus eurem schwarz-weißen Vieh gemacht werden.«

Maccus beugte sich zu Connavar und flüsterte ihm etwas ins Ohr. Conn nickte.

»Ich habe bereits Vereinbarungen mit zwei Händlern über die Verteilung und den Verkauf dieser Häute, aber ich werde die die zur Verfügung stehende Menge erhöhen – sollten sich deine Informationen als nützlich erweisen.«

»Du bist sehr freundlich und verständnisvoll, Herr.« Der alte Mann lächelte. »Es überrascht mich nicht, dass du Interesse an dem König der Vars hast. Er hat jedenfalls Interesse an dir.«

»Wie kommt das?«

»Es scheint, Herr, dass du seinen Bruder während eines Überfalls auf Siebenweiden vor einigen Jahren getötet hast. Er hat einen Bluteid geschworen, deinen Kopf zum Haus seines Bruders zu bringen und ihn dort auf eine Lanze zu stecken.« Conn lachte, doch Maccus blickte unbehaglich drein.

»Was verkaufst du ihnen sonst noch, mein Freund?«, fragte Conn.

»Sie lieben Uisge über alles.«

»Ich gebe dir dreißig Fässer für deine nächste Reise. Ich will über seine Pläne informiert sein. Sammelt er Männer, baut er Schiffe? Alles was mit der Anwerbung von kampffähigen Männern zu tun hat. Hast du verstanden?«

»Allerdings, Herr. Es wird mir ein Vergnügen sein, dir zu Diensten zu sein.«

Conn dankte dem Mann, der sich erneut verbeugte, ehe er ging. »Du weißt«, sagte Maccus, »dass der schleimige Hurensohn auch Informationen über uns an Shard verkaufen wird?«

»Selbstverständlich«, sagte Conn. »Er lebt für Profit und wird ihn machen, wo er nur kann. Wo verlädt er seine Waren?«

»In Felsenheim. Die meisten Händler, die nach Osten reisen, nutzen diesen Hafen«, erklärte Maccus.

»Hast du Freunde dort?«

»Ja, eine ganze Reihe.«

»Brich morgen auf und sieh zu, ob du jemanden finden kannst, der auf seiner nächsten Reise anheuern will. Es wäre gut, wenn wir einen eigenen Mann unter seiner Besatzung hätten.«

»Du solltest es Meria sagen«, erklärte Vorna streng. Ruathain zuckte die Achseln. Er sah unbehaglich drein. Klein-Banouin lief herein, jauchzte vor Freude, als er Ruathain sah, und kletterte auf seinen Schoß.

»Ich habe einen Diamanten gefunden«, sagte der Vierjährige, streckte seine schmutzverkrustete Hand aus und zeigte Ruathain einen glänzenden, wertlosen Stein.

»Was bist du für ein toller Bursche«, sagte Ruathain. »Aber wenn ich du wäre, würde ich mir die Hände waschen, ehe ich die Möbel deiner Mutter schmutzig machte. Fort mit dir. Ich passe auf deinen Diamanten auf.« Banouin rannte hinaus. »Ein guter Junge«, sagte er. Vorna ließ sich nicht ablenken.

»Dein Herz wird schwächer, Ruathain. Das Fingerhutpulver wird helfen, wie auch die anderen Kräuter. Aber du musst zurückstecken. Du kannst es dir nicht leisten, dich zu erschöpfen oder dein Herz zu belasten.«

»Kannst du es nicht stärken?«

»Wärest du früher gekommen, wäre es besser gewesen. Aber so … nein, man kann es nicht stärken. Du kannst nur den Prozess verlangsamen. Du solltest es Meria sagen. Sie hat ein Recht, es zu erfahren.«

»Ein Recht darauf, krank vor Sorge zu werden? Ich glaube kaum. Wie lange wird dieses verräterische Herz noch schlagen?«

»Sprich nicht so darüber«, sagte sie. »Es ist nicht verräterisch. Stell es dir vor als kranken Freund, der dir jahrelang geholfen hat und jetzt deine Hilfe braucht. Du musst den Druck verringern, unter dem es steht. Trink mehr

Wasser und weniger Uisge. Iss mehr Haferbrei – ohne Salz.«

»Ich wollte wissen, wie lange noch, Vorna.«

»Wenn du vorsichtig bist, vielleicht zehn Jahre. Mehr glaube ich nicht.«

»Dann bin ich fast fünfzig. Das reicht.«

»Dann bist du dreiundfünfzig, du eitler Pfau«, sagte sie lächelnd. »Und jetzt möchte ich, dass du die Pulver genau nimmst, wie ich es dir erklärt habe. Sei sehr vorsichtig mit dem Fingerhut. Vergiss nicht, dass mehr nicht bedeutet besser. Zuviel kann tödlich sein. Lass' dich nicht versuchen, noch eine Prise mehr zu nehmen.«

Banouin kam zurückgerannt und hielt Ruathain seine Händchen zur Begutachtung hin. »Ah, gut gesäubert, kleiner Mann«, sagte er und hob den Jungen hoch in die Luft. Banouin quiekte vor Vergnügen, als Ruathain ihn in die Luft warf und geschickt wieder auffing. Vorna schüttelte den Kopf und unterdrückte ein Lächeln.

»Zwei Kinder«, meinte sie, »ein großes und ein kleines.«

»Kann ich heute mit dir kommen?«, fragte der Junge. »Können wir ausreiten?«

»Heute muss ich Holz hacken«, sagte Ruathain, »aber du kannst mir helfen, die Stammstücke zu rollen. Dafür brauche ich aber einen starken Kerl.«

»Ich bin stark, nicht wahr, Mam?«

Vorna nickte, dann warf sie Ruathain einen strengen Blick zu. »Holz hacken, ja? Aber mach' oft Pause und ruh' dich aus.« Sie rief Banouin zu sich. »Wenn du siehst, dass er rot im Gesicht wirst, dann sagst du ihm, dass er sich setzen soll.«

»Ja, Mam.«

»Dann los«, sagte Ruathain, steckte den Medizinbeutel ein und trat in den Sonnenschein hinaus. Banouin rannte hinter ihm her und packte seine Hand. Ruathain hob ihn hoch und setzte ihn auf seine Schultern.

»Guck, wie groß ich bin!«, rief Banouin. »Sieh nur, Mam!«

»Ich sehe dich«, sagte Vorna von der Tür her. Sie sah den beiden nach, wie sie davonmarschierten, und lauschte auf Banouins Gelächter, als sie über die Wiesen gingen. Die Sonne schien strahlend auf sie herab, und Vorna hatte das Gefühl, ihr würde das Herz zerspringen.

Der Winter war mild, und wieder einmal verbrachte Conn Samain nicht in Dreibach, sondern blieb in Alteneichen. Er ging nicht zur Festnacht, sondern blieb stattdessen mit Maccus, Braefar, Govannan und Fiallach in der Halle.

Der riesige Krieger war von Siebenweiden mit der Nachricht gekommen, dass eine Flotte von zweihundert Langschiffen gesichtet worden war, die entlang der Küste nach Norden segelte. Fiallach hatte seine fünfhundert Kämpfer um sich geschart, doch die Schiffe waren nicht gelandet.

Die Nachricht war alarmierend und rätselhaft. Zweihundert Schiffe bedeuteten zehntausend Kämpfer. Kein Überfall hatte je im Winter stattgefunden, wenn die Lebensmittelvorräte begrenzt waren. Wie also sollten zehntausend Mann ernährt werden? Und wo wollten sie hin?

»Sie müssen ins Land der Pannonen einmarschieren«, sagte Maccus. »Das ist Wahnsinn. Selbst wenn sie den Laird des Hochlands besiegen, gibt es nicht genügend zu essen für sie.«

Conn hatte einen Reiter zum Laird geschickt, um ihn zu warnen, und hatte militärische Hilfe angeboten, doch der Bote war mit einer unverblümten Mitteilung vom Führer der Pannonen wiedergekehrt: »Wir brauchen dich nicht, und wir wollen dich nicht.«

»Wie viele kann er gegen die Vars ins Feld führen?«, fragte Conn.

»Nicht mehr als zwölftausend«, sagte Maccus.

»Wieviele könnnen wir in – sagen wir – zehn Tagen aufstellen?«

»Die Pannonen wollen uns nicht«, warf Fiallach ein. »Lassen wir sie doch im eigenen Saft schmoren.«

»Die Pannonen sind Keltoi«, sagte Conn. »Aber mehr noch, wir müssen die Größe der Invasionstruppe berücksichtigen. Zehntausend sind für einen Überfall nicht nötig. Sie sind gekommen, um zu erobern, um Land zu nehmen. Sobald sie hier ein Standbein haben, haben wir tödliche Feinde im Norden. Nein. Ob er will oder nicht, wir helfen ihm, die Vars zu schlagen.«

»Innerhalb von zehn Tagen«, meinte Maccus, »könnten wir fünfzehntausend kampffähige Männer aufstellen.«

»Könnten wir«, meldete sich Braefar, »aber sie zu versorgen ist eine andere Sache. Unsere Kornspeicher sind voll, aber die Anzahl der notwendigen Fuhrwerke, um ausreichend Getreide für den Marsch durchs Land der Pannonen zu transportieren, wäre ungeheuer. Wir könnten sie nicht rechtzeitig zusammenbekommen. Wir wissen noch nicht einmal, wo die Vars gelandet sind. Sie könnten hundert Kilometer weiter im Norden sein.«

»Irgendetwas gefällt mir daran nicht«, sagte Govannan. »Ich stimme Conn zu, dass es sich um eine Invasionstruppe handelt, der man entgegentreten muss. Aber warum überhaupt bei den Pannonen einmarschieren? Dort gibt es kaum Gold und nur sehr wenige Kornspeicher, während wir die neuen Minen haben und gewaltige Überschüsse an Lebensmitteln. Wir sind das natürliche Ziel für eine Invasion, und wir wissen bereits, dass König Shard Conn hasst und geschworen hat, seinen Kopf zu bekommen. Es ergibt doch keinen Sinn, hundert Kilometer weiter nach Norden zu segeln und einen ärmeren Nachbarn von uns anzugreifen.«

Braefar schüttelte den Kopf. »Nicht unbedingt. Wenn, wie Conn glaubt, sie hier sind, um einen Fuß in der Tür zu haben, können sie noch viel mehr Männer herbeischaffen und dann im Frühling einen regelrechten Krieg gegen uns beginnen. Sie könnten uns von zwei Seiten angreifen – eine marschierende Armee aus dem Norden, und eine zweite Invasion in Siebenweiden.«

»Es gibt noch eine dritte Möglichkeit«, sagte Maccus. »Die Pannonen sind unsere Feinde. Ihr Häuptling hat das ganz klar gestellt. Aber sie sind nicht stark genug, um uns anzugreifen. Aber lasst euch davon nicht irreleiten. Die Pannonen hassen uns. Nehmen wir also für einen Augenblick mal an, dass ihr Laird keine Invasion fürchten muss, sondern Shard eingeladen hat, sich einem Krieg gegen uns anzuschließen. Wenn das stimmt, stehen wir zehntausend schlachterprobten Vars und zwölftausend pannonischen Kriegern gegenüber.«

Am Tisch entstand plötzlich Schweigen, als jeder diese schreckliche Aussicht überdachte. Endlich ergriff Conn das Wort, und seine Stimme war voller Bedauern. »Ich hoffe, du irrst dich, Maccus. Aber wenn du recht hast, dann ist es mein Fehler – denn es war meine Rache, die seinen Hass entzündete. Ich habe versucht, Entschädigungen anzubieten, aber manche Taten lassen sich nicht mit Gold wegwaschen.«

Fiallach fluchte. »Ach was, Mann, du hast getan, was jeder Krieger getan hätte. Als ich hörte, dass sie Tae getötet hatten, hätte ich selbst jeden Pannonen am liebsten vom Angesicht der Erde getilgt. Was ich wissen möchte, ist, wie entscheiden wir, was wir tun sollen?«

Conn schwieg einen Augenblick. Dann warf er einen Blick auf Maccus. »Schick' Reiter aus, die die Armee zusammenrufen sollen. Vergewissere dich, dass sie auch verstanden haben, wie dringend es ist. Wir werden nicht sofort in Pannonen-Gebiet marschieren. Aber wir bereiten uns vor. Wenn die Pannonen wirklich Opfer sind, werden wir ihnen rasch zu Hilfe kommen. Wenn nicht, werden wir bereit sein, unser eigenes Land zu verteidigen.« Er wandte sich an Fiallach. »Du, mein Freund, wirst die Eisernen Wölfe zusammenholen, und wenn es zur Schlacht kommt, wirst du sie befehligen.«

»Wo wirst du sein?« fragte Fiallach.

»Ich kämpfe zu Fuß mit der Hauptmacht der Armee. Es ist viele Jahre her, seit die Riganten eine Schlacht ausgetragen haben, und für die jüngeren Männer ist es eine neue Erfahrung. Ich werde bei ihnen sein, mit fünfzig Wölfen. Der Rest reitet mit dir.«

»Du ehrst mich«, sagte Fiallach. Seine Augen glänzten vor Stolz. »Ich werde dich nicht enttäuschen.«

Conn richtete seinen Blick auf Braefar. »Schwinge, ich brauche dich, um den Nachschub zu koordinieren. Wir müssen vielleicht die Armee für mehrere Wochen zusammenhalten, während sich die Situation entwickelt. Wir können es uns nicht leisten, dass uns die Lebensmittel ausgehen.«

»Was erwartest du von mir, Conn?«, fragte Maccus.

»Wenn es zur Schlacht kommt, wirst du den Befehl über die berittenen Schützen übernehmen. Bis dahin organisierst du Späher, die zu den Pannonen reiten und so viele Informationen wie möglich sammeln sollen. Je eher wir die Wahrheit wissen, desto besser können wir vorbereitet sein.«

Nach drei Tagen trafen die ersten Krieger der Riganten in Alteneichen ein. Am fünften Tag hatten sich schon mehr als sechstausend Mann versammelt.

Zum Glück war das Wetter noch immer mild, denn die Krieger mussten zuerst im Freien übernachten. Braefar hatte vorausschauend Holz aus dem Hochland herbeischaffen lassen, sodass in Eile Unterkünfte gezimmert werden konnten. Conn besprach sich jeden Tag bis spät in die Nacht mit den Clanführern und kleineren Häuptlingen.

Am sechsten Tag kamen die letzten Späher zurück.

Maccus' Befürchtungen hatten sich bewahrheitet.

Der Laird der Pannonen hatte einen Vertrag mit Shard

von Vars geschlossen, und die beiden Männer führten ihre Armeen auf die Grenze von Rigantium zu.

Es war Mitternacht, und Conn saß wieder einmal mit seinen Hauptleuten zusammen, zu denen auch Ruathain gestoßen war. Er sagte nicht viel bei der Besprechung, sondern lauschte schweigend den Schlachtplänen. Conn hatte das Gebiet nördlich von Alteneichen auskundschaften lassen und beschlossen, dem Feind auf einer Hügelkette etwa zehn Kilometer vor dem Dorf zu entgegenzutreten. »Zwischen zwei Hügeln verengt sich das Gelände, und wenn wir dort kämpfen, schmälert das den Vorteil, den sie durch ihre Übermacht haben«, erklärte Conn. Die Späher hatten berichtet, dass die vereinten Kräfte des Feindes knapp achtzehntausend Mann zählten – fast doppelt so viel wie die gegenwärtige Streitmacht der Riganten. Conn wandte sich an Maccus. »Wie lange haben wir noch, bis sie hier sind?«

»Bis morgen – wenn sie die Nacht durchmarschieren. Übermorgen bei Tagesanbruch, wenn nicht.«

»Wieviele Krieger haben wir zur Zeit?«

»Knapp neuntausend – aber es kommen ständig mehr. Bis morgen dürften es an die zehn-, vielleicht elftausend sein.«

»Warum können wir nicht von hier aus kämpfen?«, fragte Braefar. »Hat der alte Baron nicht deshalb diese Festung gebaut?« Er wirkte nervös und unbehaglich.

Es war Ruathain, der ihm antwortete. »Ja, wir könnten von hier aus kämpfen, doch die Vars würden uns umzingeln und dann Überfallkommandos durch die Gegend schicken. Kleinere Dörfer würden ausradiert. Aber, schlimmer noch, die Krieger, die sich uns angeschlossen haben, haben ihre Frauen und Familien zurückgelassen. Sie würden nicht hier eingekesselt sein wollen, während ihre Liebsten verfolgt und ermordet werden. Conn hat recht. Wir müssen uns dem Feind stellen und die Angelegenheit in einer großen Schlacht entscheiden.«

»Ja, eine große Schlacht«, fuhr Braefar auf. »Eine Schlacht, in der wir vielleicht eins zu zwei unterlegen sind.«

»An der Anzahl können wir nichts ändern«, sagte Conn. »Unsere Männer kämpfen, um das Land zu schützen, das sie lieben. Das gibt ihnen einen Vorteil. Außerdem haben wir die Eisernen Wölfe. Sie verleihen uns zusätzliche Stärke.«

»Wie willst du uns aufstellen?« fragte Fiallach.

»Wir müssen die Anhöhen zu beiden Seiten halten und den Feind zwingen, in das Tal dazwischen zu strömen. In dieser Enge stehe ich. Der Pannonen-Laird wird mich dort sehen. Sein Hass ist so stark, dass ich glaube, er wird seine Hauptstreitmacht zu mir lenken. Du, Fiallach, wirst mit deinen Männern den östlichen Hügel halten, bis du mein Signal siehst. Dann greifst du die rechte Flanke des Feindes an. Lass' dich nicht in die Masse ziehen. Schlagt an der Flanke zu, zieht euch zurück, schlagt wieder und wieder zu. Maccus wird den Feind mit seinen berittenen Schützen umgehen und von hinten angreifen. Wenn der richtige Zeitpunkt gekommen und der Feind in Verwirrung ist, werde ich einen Angriff führen, um den Pannonen-Anführer und Shard zu töten.«

»Immer vorausgesetzt, alles läuft so wie geplant«, sagte Braefar.

»Ja, unter dieser Voraussetzung«, sagte Conn leise. »Wir brechen morgen auf. Du bleibst hier, Schwinge. Es werden noch viele Nachzügler kommen. Sammle sie zu einer zweiten Truppe und marschiere so bald wie möglich zu unserer Hilfe los.«

Die Versammlung endete, und als die anderen gegangen waren, blieb Ruathain noch eine Weile und unterhielt sich mit Conn. Der jüngere Mann konnte spüren, dass Ruathain irgend etwas auf der Seele lag, aber er rückte nicht damit heraus. Stattdessen wechselte er das Thema. »Findest du es klug, Schwinge mit der Nachhut zurückzulassen?«

»Auf dem Schlachtfeld wäre er nicht von großem Nutzen, Ruathain. Du hast ihn heute abend gesehen. Man konnte seine Angst fast riechen.«

»Ja, ich habe es auch gemerkt. Aber diese Nachhut könnte den Unterschied zwischen Sieg und Niederlage bedeuten, Conn.«

»Ja, es ist ein Risiko. Aber ich kann es mir nicht leisten, Govannan hier zu lassen. Ich brauche ihn bei mir.«

»Ich könnte bleiben.«

»Du, Großer? Und die Schlacht verpassen?«

»Ich halte es für klüger.«

»Ich denke darüber nach. Geht es dir gut, Vater? Du scheinst irgendwie geistesabwesend zu sein.«

»Ach, ich bin stark wie ein Ochse, Junge. Mach' dir nur keine Sorgen. Aber ich bin müde, also gehe ich wohl besser ins Bett. Meria ist wahrscheinlich noch auf und erwartet einen vollständigen Bericht von mir.«

Conn lachte leise. »Es erstaunt mich, dass du sie nicht in Dreibach gelassen hast.«

»Sie zurücklassen? Glaubst du, das hätte sie sich bieten lassen, wenn du und Bran dabei seid, in die Schlacht zu ziehen? Bei allen Göttern, Conn, ich würde lieber gegen die Vars kämpfen, als ihr zu sagen, sie müsse zu Hause bleiben.«

Ruathain umarmte seinen Sohn, dann ging er in sein Zimmer.

Conn stand auf und ging hinaus in die Nacht. Er schlenderte an zwei knurrenden Hunden vorbei, die sich über Essensreste zankten, die von einem Marktstand liegen geblieben waren. Er erstieg den Wehrgang. Eine Zeitlang stand er da und blickte nach Norden über die Hunderte von Lagerfeuern hinweg, die seine schlafende Armee wärmten.

Sein Herz war schwer. Sein Leben lang hatte er sein Volk beschützen wollen, aber jetzt hatte er dieses Unheil über es heraufbeschworen. Sein Hass und seine Rache waren das Feuer gewesen, auf dem das Bündnis zwischen den Pannonen und Shard geschmiedet wurde. Und morgen oder übermorgen würden Hunderte, vielleicht gar Tausende von Männern mit ihrem Leben dafür bezahlen.

Der Wind wurde bitter kalt, und er zog seinen Mantel fester um die Schultern und stieg von dem Wehrgang herunter. Eine Frau in einem langen, fließenden Kleid, Kopf und Schultern von einem dunklen Wollschal bedeckt, kam aus der Langhalle. Meria sah ihn und winkte. Er sah, dass sie etwas trug und vermutete, es sei etwas zu essen für ihn. Er lächelte liebevoll. Solange er lebte, würde sie immer in ihm das Kind sehen, das sie bemuttern musste.

Als sie sich einander näherten, rannte einer der Hunde zu Meria und bellte wütend. Sie fuhr zu ihm herum. Der Hund hatte das Essen gerochen. Conn begann zu laufen und schrie so laut er konnte, um das Tier zu vertreiben. Es sprang Meria an, das Maul weit aufgerissen. Meria machte einen Satz rückwärts. Der Hund knurrte. Es war ein dünner, halb verhungerter Streuner, und der Duft des Essens hatte ihn halb wahnsinnig gemacht. Wieder sprang er sie an, und dieses Mal suchten seine Zähne das Fleisch der Frau, die ihm sein Mahl verweigern wollte. Conn rannte hinzu und streckte den Arm aus. Die Zähne des Hundes schlossen sich um den ledernen Gelenkschutz. Conn drehte und schüttelte seinen Arm mit aller Kraft. Es gab ein ekliges Knacken, und der Hund fiel zu Boden, sein Körper zuckte. Conn kniete neben ihm nieder. Es war kein besonders großer Hund, und er war alt, die Knochen brüchig durch Mangelernährung. Sein Genick war gebrochen. Conn stand auf und ging zu Meria. »Alles in Ordnung, Mam?«, fragte er. Sie stand ganz still, ihr Gesicht war im Mondlicht geisterhaft blass.

»Du hast ihn getötet.«

»Das wollte ich nicht.«

»Du hast den Hund getötet, der dich biss, Conn«, wimmerte sie. »Oh gütiger Himmel.«

Ihm wurde eiskalt. Er hatte sein *geasa* in der Nacht vor einer Schlacht gebrochen. Sie schwiegen einen Augenblick, dann nahm sie seine Hand.

»Was willst du nun tun?«

»Was kann ich schon tun, Mam? Ich werde die Riganten in die Schlacht führen.«

»Nein«, flüsterte sie und wich vor ihm zurück. »Nicht noch einmal. Das darf nicht noch einmal passieren!«

Ruathain stöhnte und drehte sich um. Schmerzen durchbohrten ihn. Er versuchte, sich zu setzen und sah, dass das Bett neben ihm leer war. Mit einem Grunzen stemmte er sich hoch und ging zu dem Stuhl, über dem seine Kleider hingen. Aus seiner Westentasche holte er Vornas Medizinbeutel, nahm eine Prise Fingerhutpulver und streute es in einen Becher, den er dann mit Wasser füllte. Er rührte um und trank in tiefen Zügen. Nach kurzer Zeit löste sich das Engegefühl in seiner Brust.

Es hatte ihn geschmerzt, Conn zu fragen, ob er nicht zurückbleiben konnte, wenn die Armee losmarschierte. Aber dieser Entschluss war nur vernünftig. So sehr er Schwinge auch liebte, er traute ihm nicht zu, im Eiltempo Verstärkung zu bringen. Nichts könnte Schwinge dazu bringen, *zu* einer Schlacht zu eilen. Ruathain trank mehr Wasser. Er hatte von der Medizin einen bitteren Geschmack im Mund.

Vorna war an dem Tag, als er nach Alteneichen ritt, zu ihm gekommen. Sie waren zusammen spazieren gegangen, um Nanncumals Weide herum. »Du hast es ihr nicht gesagt, oder, Ruathain?«

»Nein.«

»Höre mich an, Ruathain. Wenn du diese Schlacht kämpfst, wirst du sterben. Dein Herz wird versagen. Wenn du es nicht über dich bringen kannst, es deiner Frau zu sagen, dann sag' es wenigstens deinem Sohn.«

»Ich sage es ihm schon. Und ich bleibe mit den Frauen und Kindern zurück«, fauchte er, bemüht, seinen Zorn zu beherrschen. Sein Herz begann schmerzhaft zu klopfen. Vorna legte ihm ihre schlanke Hand auf die Brust, und er fühlte sich ruhiger.

»Du hast deine Kräfte wieder«, flüsterte er.

»Ja. Aber nicht genug, um dich zu heilen. Erinnerst du dich an dein *geasa*?«

»Natürlich. Es war immer Unsinn. Ich glaube, die Hexe war betrunken. *Sei nicht des Königs Schild.* Es hatte damals keine Bedeutung, und jetzt auch nicht.«

»Es gibt immer eine Bedeutung, Ru. Eine Hexe hat eine Vision – sie sieht ein Bild, wenn du so willst. Dann fasst sie es in Worte. Du hast dich an das Wort *König* geklammert, aber es kann auch Herrscher meinen, Thane oder Baron. Connavar herrscht über die Riganten. Sag mal, kennt Meria dein *geasa*?«

»Nein. Sie kennt Conns. Aber seit Varaconns Tod weicht sie jedem Gespräch über Prophezeiungen aus. Sie machen ihr Angst.«

Vorna seufzte. »Finde einen Weg, es ihr zu sagen, Ru, wenn du kannst. Aber wie du dich auch entscheidest, wenn du nach Alteneichen reitest, denk an Meria und deine Söhne. Sie lieben dich. Dich zu verlieren, würde ihnen das Herz brechen. Mein kleiner Banouin vergöttert dich. Denk' an diese Dinge. Denk' gut darüber nach. Lass' nicht zu, dass dein Stolz dir die letzten Jahre raubt. Es gibt zu wenige gute Menschen auf der Welt, Ruathain. Bleib noch eine Weile bei uns.«

Ihre Worte hatten ihn gerührt. »Ich werde nicht in der Schlacht kämpfen, Vorna. Ich sage es Conn.«

Doch er hatte es nicht getan. Conn hatte genug um die Ohren, ohne sich auch noch um die Gesundheit seines Stiefvaters sorgen zu müssen. Stattdessen hatte er sich auf die Gelegenheit gestürzt, die Nachhut zu organisieren und Verstärkungen zum Schlachtfeld zu schicken.

Er hörte, wie die Tür aufging. Meria kam hereingerannt. »Was ist los, Mädel?«, fragte er, nahm sie in den Arm und drückte sie an sich.

Sie erzählte ihm von dem Hund und dem gebrochenen *geasa.*

»Du sagst, der Hund hat sich in seinen Gelenkschutz verbissen?«, fragte er.

»Ja.«

»Hat er seine Haut verletzt?«

»Nein.«

»Dann war es kein Biss. Das *geasa* hat noch Bestand.«

Sie machte sich von ihm frei. »Du hast Varaconn gesagt, dass es sein Pferd war, das den Raben tötete. Du hast ihm gesagt, er hätte sein *geasa* nicht gebrochen. Aber er ist gestorben. Oh, Ru, mein Sohn darf nicht auch sterben. Ich könnte es nicht ertragen.« Er wandte sich von ihr ab.

»Ich rede mit ihm«, sagte er.

»Reden? Was meinst du mit reden? Du musst ihn am Leben halten, Ru. Du hast einmal versprochen, du würdest mir meinen Mann wieder nach Hause bringen. Er starb. Dieses Mal muss es anders sein. Du bist der größte Krieger der Riganten. Alle wissen das. Du musst ihn schützen, Ru. Du musst an seiner Seite stehen. Wirst du das für mich tun?«

Er sah in ihre verängstigen Augen. »Ich war noch jung, als ich dir mein erstes Versprechen gab. Ich glaubte damals, dass ich unbesiegbar wäre, und dass ich alle Menschen beschützen könnte, die ich liebte. Jetzt bin ich älter und klüger.«

»Nein!«, rief sie. »Du kannst es! Niemand ist mächtiger als du. Du kannst mir meinen Sohn zurückbringen. Oh, bitte, Ru, wenn du mich liebst, wirst du dann sein Schild sein?«

Die Worte trafen ihn mit voller Wucht. Sein Bauch

verkrampfte sich, die Kehle war ihm wie zugeschnürt. Er sah in ihre angstvollen Augen und wollte ihr nur zu gern sagen, um was sie ihn gerade gebeten hatte. »Ich liebe dich, Mädchen«, sagte er. »Mehr als mein Leben. Viel mehr als mein Leben.« Er holte tief Luft, dann lächelte er. »Ich verspreche es dir«, sagte er. Die Verzweiflung fiel von ihr ab. Sie sackte gegen ihn. »Du bist mein Fels«, sagte sie. Er strich ihr über den Rücken und küsste sie aufs Haar. »Du musst zu Conn gehen«, sagte sie. »Du musst ihn aufmuntern, wie du mich aufgemuntert hast. Ich weiß, dass alles gut werden wird. Ich weiß es.«

»Ja, es wird alles gut«, sagte er leise. Dann zog er sich an und ging durch die Halle zu Conns Wohnung. Sein Sohn saß an einem Tisch und hielt einen Becher Uisge in der Hand. Conn sah auf.

»Sie hat es dir gesagt.« Es war keine Frage.

»Du hast doch wohl nicht geglaubt, dass sie das nicht tut«, sagte Ruathain grinsend. Er setzte sich, nahm Conn den Uisge aus der Hand und nahm einen tiefen Schluck. »Das tut gut«, sagte er und genoss den Geschmack. »Wie fühlst du dich?«

»Mir geht es gut. Ehrlich. Wenn das *geasa* gebrochen ist, dann ist es eben so. Ich habe Schuld an großem Übel, und ich akzeptiere das als Strafe. Aber, bei Taranis, ich werde nicht auch noch die Schlacht verlieren. Wenn ich sterben muss, dann, während ich die Bedrohung für unser Land vernichte.«

Ruathain beugte sich vor und schlug seinem Sohn auf die Schulter. »So redet ein richtiger Mann. Ich bin stolz auf dich, mein Junge.«

»Ich habe über deinen Vorschlag nachgedacht. Das ist sehr vernünftig. Du bleibst hier und schickst so viele Männer hinter uns her, wie du nur kannst. Aber nicht in kleinen Gruppen. Sammle sie, bis du etwa zweitausend beisammen hast.«

Ruathain schüttelte den Kopf. »Nein, Conn. Dieses Mal

müssen wir uns auf Schwinge verlassen, denn ich werde an deiner Seite sein.«

Conn grinste breit. »Mutter hat dir befohlen, mich zu beschützen, nicht wahr?«

»Was anderes war ja nicht zu erwarten, Junge. Ich sagte ihr, wir würden die Schlacht gewinnen, und dann würde ich dich waschen, dir eine frische Windel anziehen, dich in Decken wickeln und dich wieder in ihre liebenden Arme zurücklegen.«

Conn lachte laut auf. »War deine Mutter genauso?«

»Ganz genauso. Man sagt, ein Mann wird nicht älter, solange seine Mutter noch lebt. Ich glaube, das stimmt. In ihren Augen bist du immer noch ein Kind. Es ist äußerst aufreizend. Aber weißt du, wenn sie nicht mehr sind, würdest du alles darum geben, nur damit sie dich noch einmal wie ein Kind behandeln.«

»Du hast mich nie wie ein Kind behandelt, Ruathain. Du hast mir immer das Gefühl gegeben, ich wäre etwas Besonderes, klug, intelligend, furchtlos.«

»Du bist auch all das, Junge.«

Ihre Blicke trafen sich. »Du bist der beste Vater, den man nur haben kann«, sagte Conn.

»Ach, Junge, jetzt wirst du rührselig. Schenk' nach. Ich nehme noch einen Schluck mit dir, dann verschwinde ich ins Bett. Wir haben morgen einen langen Tag vor uns.«

Shard stand auf der Anhöhe, der pannonische Laird neben ihm, und musterte die feindlichen Truppen. Er schätzte, dass sich etwa zehntausend Männer auf den beiden Hügeln und dem dazwischen liegenden Gelände befanden.

»Wir können sie schaffen«, sagte der Laird. Er war klein, mit kleiner Stimme und kleinem Geist, dachte Shard. Er konnte seine Angst förmlich schmecken. Aber natürlich hatte er Angst. Wenn nicht, hätte dieses Bündnis nie stattgefunden. Der Laird brauchte Shards Seewölfe, um die Reihen der Riganten zu zerschmettern. Es hatte nur einen Streitpunkt gegeben – wer Dämonenklinge töten durfte. Shard hatte sich immer als großzügig betrachtet, aber es war ihm schwer gefallen, in diesem Punkt nachzugeben. Wenn Connavar lebend gefangen genommen wurde, durfte der Hochländer ihn töten, doch Shard durfte seinen Kopf mit zurück zum Haus seines Bruders nehmen. Eine leichte Verärgerung überfiel den König der Vars. Selbst jetzt, all die Monate, nachdem dieser Handel abgeschlossen war, nagte diese Vorstellung an ihm. Er kniff die Augen zusammen, um Connavar zu erspähen.

»Welcher ist es?«, fragte er den Pannonen. Der kleine Mann spie aus.

»Siehst du den Riesen im Kettenhemd dort in der Mitte? Direkt links von ihm. Der gerade zu der Anhöhe zeigt.«

»Ich sehe ihn. Wie willst du vorgehen?«

Der Pannone kratzte sich den schwarzen Bart und setzte sich auf einen Stein. »Ich denke, du solltest deine Männer gegen die Mitte führen. Meine Männer greifen die Hügel an. Dann attackieren wir Connavar von drei Seiten.«

Shard sagte nichts, sondern musterte die feindlichen Linien erneut. Gepanzerte Männer säumten den westlichen Hügel. So weit er sehen konnte, waren es etwa fünfhundert. Es gab jedoch Bäume, hinter denen sich noch weitere tausend verborgen halten konnten. Die Männer, die Connavar unmittelbar umgaben, waren ebenfalls durch Kettenhemden, Schilde und Helme geschützt, doch die breite Masse seiner Armee bestand aus Stammeskriegern in Tuchhemden und blauen oder grünen Umhängen. Shard schlenderte zur anderen Seite der Hügelkuppe und blickte auf seine eigene Truppe hinunter. Zehntausend kampferprobte Krieger, mit Schwert und Axt gut bewaffnet. Die meisten von ihnen trugen Kettenhemden, keiner allerdings einen Schild. Schilde waren selbst zu besten Zeiten schwerfällige Gegenstände und verlangsamten den Angriff. Die pannonische Armee aus etwa achttausend Mann befand sich zweihundert Schritte westlich seiner eigenen Leute. Leicht bewaffnet, die meisten nur mit hölzernen Speeren, warteten sie nervös darauf, dass die Sache losging.

Seltsam, dachte Shard, wie eine Armee immer die Persönlichkeit ihrer Anführer widerspiegelt. Diese jungen Stammeskrieger waren zwar tapfer, aber sie folgten einem nervösen Mann, und durch undefinierbare Magie hatte sich diese Nervosität auf die Krieger unter seiner Führung übertragen.

Lass' sie die Hügel angreifen, dachte er. Ob sie sie einnehmen oder nicht, spielt keine große Rolle. Sobald wir die Mitte zermalmt und Connavar haben, wird der Rest ohnehin davonlaufen. Sie werden in die trügerische Sicherheit von Alteneichen fliehen. Und da werde ich sie ausräuchern.

Er ging zu dem Pannonen zurück, der boshaft auf die Riganten schaute, die ein paar hundert Meter entfernt standen. »Heute bekommst du deine Rache«, sagte Shard liebenswürdig.

»Ja. Er wird für den Mord an meinem Bruder bezahlen. Er wird für die Kinder leiden, die er abgeschlachtet und für die Frauen, die er vergewaltigt hat.«

Shard hatte die Geschichte von Connavars Rache gehört. Er konnte sich nicht erinnern, dass darin von Vergewaltigung die Rede war. »Er muss in dieser Nacht sehr beschäftigt gewesen sein«, meinte er. »All diese Leute umzubringen, das Dorf niederzubrennen und noch immer Zeit, sich zu vergnügen.«

Der Pannone hörte nicht zu. Shards gewaltige Hand legte sich auf seine Schulter. »Es ist zwei Stunden nach Sonnenaufgang. Zeit, Krieg zu führen, denke ich.«

Er sah den Pannonen schwer schlucken, dann marschierte der kleine Mann hügelabwärts zu seinen Männern. Shard warf einen letzten Blick auf die Riganten. Sie warteten ruhig ab. Einige hatten sich hingesetzt. Es gab keine Anzeichen von Panik unter ihnen, oder zumindest keine, die er von hier oben erkennen konnte.

Shard schlenderte den Hügel hinab zu seinen Offizieren, grimmigen Männern mit wilden Augen. Shard nahm sein Schwert und seinen Helm und schritt in die Mitte seiner Armee und bellte. »Seid ihr bereit für das Krähenbankett?« Ein lauter, blutrünstiger Schrei stieg aus Tausenden von Kehlen auf. Er wartete, bis er abgeklungen war. »Die Götter mögen sich satt trinken!«, brüllte er, ließ sein Schwert durch die Luft sausen und wies damit auf den Feind.

Die Armee begann, sich in Bewegung zu setzen: zuerst langsam, dann rannten die Seewölfe auf die feindlichen Linien zu, dass die Erde unter ihnen erbebte.

Fiallach stand ungerührt auf der westlichen Anhöhe, als die Seewölfe angriffen. Govannan an seiner Seite räusperte sich. »Ich glaube, heute nacht wird es Frost geben«, sagte er im Bemühen, sorglos zu klingen. »Man kann es am Wind spüren.«

Fiallach lachte. »Dann wickle ich dich in einen Seewolfmantel, damit du nicht frierst.«

Die Pannonen griffen jetzt an und kamen direkt auf Fiallachs Stellung zu. »Bringt die Pferde herbei«, rief er. »Und haltet sie bereit.«

Govannan beugte sich vor. »Ich glaube, Conn wird es schwer haben, die Vars aufzuhalten. Sie sind eine wild aussehende Bande.«

Hunderte von Bogenschützen kamen aus den Schatten der Bäume und führten Schlachtrösser aus Gath an den Zügeln. Fiallachs fünfhundert Eiserne Wölfe zogen sich von dem Hügelkamm zurück und stiegen auf. Die Schützen liefen vorwärts, legten Sehnen auf ihre Bögen und ließen einen Pfeilhagel nach dem anderen auf die vorrückenden Pannonen niedergehen. Fiallach schwang sich in den Sattel und warf einen Blick auf die östliche Anhöhe. Von hier aus konnte er erkennen, dass Maccus eine ähnliche Strategie verfolgte. Immer wieder fielen Scharen pannonischer Krieger.

Der östliche Hügel war sehr steil, und der feindliche Angriff war fast völlig ins Stocken geraten. In wenigen Augenblicken wurden Hunderte von Pannonen getroffen. Tote rollten bergab und behinderten das Vorrücken noch mehr. Andere gerieten über sie ins Stolpern.

Auf dem Talboden befanden sich die Seewölfe in einem Abstand von zweihundert Schritt zu der vordersten Reihe der Riganten. Fiallach drängte sein Pferd vorwärts. Die Bogenschützen auf der Hügelkuppe liefen zurück, zwischen den Pferden hindurch. Fiallach zog seinen Säbel. »Jetzt!«, schrie er und ließ sein Pferd in Galopp fallen.

Fünfhundert schwer gepanzerte Reiter fegten über den Hügel, stürzten sich auf die Pannonen und hieben auf sie ein. Wie betäubt von dem Angriff wich der Feind zurück und versuchte, sich neu zu formieren. Doch die Reiter folgten ihnen und machten sie erbarmungslos nieder. Panik folgte, als die Eisernen Wölfe ihre Attacken fortsetzten, und die Schlacht auf dem Hügel wurde rasch zu einem Massaker.

Fiallach sah den Anführer der Pannonen, der versuchte, nordwärts zu fliehen. Er wäre ihm am liebsten gefolgt, doch Conns Befehle waren eindeutig gewesen. Sobald die Pannonen zersprengt waren, sollte Fiallach seine Aufmerksamkeit auf die Flanken der Vars-Armee richten.

Fiallach gruppierte seine Reiter wieder neu, dann machte er kehrt und ritt einen Angriff im spitzen Winkel.

Der Plan sah vor, dass die Eisernen Wölfe den Feind trafen wie ein schräg geführtes Messer. Auf diese Weise würden sie nicht in die Mitte der feindlichen Armee hineingezogen, wo die schiere Masse ihre Beweglichkeit hemmte.

Auf der anderen Seite führte Maccus seine berittenen Schützen an die rechte Flanke des Feindes, in dessen Reihen sich die Pfeile bohrten.

Zwei Angriffe führte Fiallach durch. Beim zweiten wurde er beinahe von einem jungen Axtkämpfer vom Pferd gerissen, der ihn ansprang, sich an seinem Kettenhemd festklammerte und versuchte, ihn aus dem Sattel zu zerren. Fiallach schlug ihm mit seinem Schild ins Gesicht. Als der Mann fiel, stolperte Fiallachs Pferd und warf ihn nach vorn. Er verlor seinen Säbel und hielt sich an der Mähne des Tieres fest. Der Axtkämpfer traf ihn an der linken Schulter, oberhalb des Schildes. Fiallach merkte, wie sein Schulterblatt brach. Der Wallach fing sich wieder. Fiallach zog sein Kurzschwert und stieß es dem Axtkämpfer in die Kehle. Dann tauchte Govannan neben ihm auf, sprengte den Feind auseinander, und Fiallach gelang es loszugaloppieren.

Unter entsetzlichen Schmerzen ritt er davon, dann machte er kehrt. Seine hellen Augen spähten über das Schlachtfeld. Die Pannonen waren geflohen, doch die Seewölfe hatten Conn weiter in das Gelände zwischen den Hügeln zurückgetrieben. Die Mitte von Conns Armee sah jetzt eher konkav aus, gekrümmt wie ein Bogen. Schweiß rann Fiallach in die Augen.

»Was jetzt?«, fragte Govannan, als die Eisenwölfe sich um Fiallach scharten.

»Ich glaube … es ist Zeit … unsere Befehle … zu ignorieren«, sagte Fiallach und biss die Zähne vor dem glühenden Schmerz durch den gebrochenen Knochen zusammen. »Wir müssen zurück auf die Kuppe und quer zu den Kampflinien angreifen. Zu viel … Druck auf Conn.

Seine Linie wird nachgeben. Folgt mir!« Fiallach lenkte seinen Wallach hügelaufwärts. Der Schmerz war jetzt so stark, dass der Rigante beinahe das Bewußtsein verlor. Mit großer Mühe schob er den Schild von seinem linken Arm und ließ ihn zu Boden gleiten. Dann steckte er die linke Hand in seinen Gürtel.

Als er hinunterblickte, sah er das wütende Kampfgeschehen zwischen den Hügeln. Conn und Ruathain kämpften jetzt Seite an Seite, der Feind ballte sich um sie zusammen. Hunderte von rigantischen Krieger waren tot. Selbst durch seine Schmerzen konnte Fiallach noch die Kraft von Ruathain und Conn bewundern. Sie waren unbeweglich, standen fest gegen die Horde, ihre Schwerter zuckten nach links und rechts. Fiallach rieb sich den Schweiß aus den Augen.

»Direkt durch die Mitte«, sagte er zu Govannan. »Dann springen wir ab und bilden eine Kampflinie um Conn.«

»Wir werden die Pferde verlieren«, sagte Govannan. »Sie werden in Stücke gehauen.«

»Besser sie als unsere Männer«, knurrte Fiallach. »Vorwärts!«

Und die Eisenwölfe jagten los.

Zum ersten Mal seit über einem Jahr hatte Ruathain keine Schmerzen in der Brust, verspürte keine Schwäche in seinen Gliedern. Er empfand sich, als er das Vorrücken der Seewölfe beobachtete, wieder als Mann, Erster Schwertkämpfer der Riganten, bereit, sich den Feinden seines Volkes entgegenzustellen.

Sein silberdurchwirktes helles Haar zu einem Pferdeschwanz gebunden, den alten, runden Eisenhelm auf dem Kopf, stand Ruathain neben seinem Sohn, den langen Zweihänder vor sich in den Boden gerammt.

»Halte dich dicht bei mir, Conn!«, hörte er sich sagen. Conn antwortete nicht. Mit einem runden Bronzeschild am linken Arm und dem Seidh-Schwert in der rechten Hand wartete er ruhig ab. Seine verschiedenfarbigen Augen hatte er auf die schreiende Wand aus Männern gerichtet, die sich auf sie stürzten.

Ruathain wog sein Schwert in der Hand, seine großen Hände schlossen sich um den lederbezogenen Griff. Die Seewölfe waren jetzt ganz nah: groß gewachsene Männer mit hellen Haaren und blauen Augen. Hart und zäh, aufgewachsen im kargen Land der Fjorde, waren sie geborene Krieger. Ruathain spürte ihre Arroganz und ihren Glauben, dass sie diese Stammeskrieger vor sich hinwegfegen würden. Er warf einen Blick auf seinen Sohn und erinnerte sich an das letzte Mal, dass er neben einem geliebten Menschen gestanden und sich den wütenden Vars gegenübergesehen hatte.

Die ersten Reihen der Riganten sprangen den Seewölfen mit glitzernden Schwertern entgegen. Die Schnelligkeit und die Wucht des Angriffs fegten sie beiseite. Ruathain stieß einen lauten Schlachtruf aus und stürzte sich vorwärts. Er spaltete einem großen, mit einer Axt bewaffneten Seewolf den Schädel. Conn war an seiner Seite, die Seidh-Klinge hieb durch Kettenhemden, als wären sie aus Leinen. Die fünfzig Eisenwölfe gruppierten sich zu beiden Seiten von ihnen, starke Männer, die unnachgiebig waren.

Der Angriff der Vars geriet ins Stocken, wie eine wütende Welle, die sich an einem großen Felsen bricht. Ruathain hielt sich dicht bei Conn, immer auf ihn achtend. Dreimal sprang er mit einem Satz herbei, um Männer abzuwehren, die sich von der Seite auf Conn stürzen wollten.

Seine Kraft war zurückgekehrt, und tief in seinem Herzen segnete er Meria dafür, dass sie ihn gezwungen hatte, diesen Tag durchzustehen. Ja, es wäre schön gewesen, dachte er, noch ein paar ruhige Jahre mit seiner Familie zu verleben und darauf zu warten, dass sein krankes Herz versagte, während er im Sessel saß und die Berge betrachtete. Aber das hier war besser. Das war Leben! Nicht das Töten und die entsetzten Schreie der Sterbenden, die plötzlich dem erschreckenden Gespenst ihrer eigenen Sterblichkeit gegenüberstanden. Nein, aber seinen Ängsten zu trotzen, am Rand des Abgrundes zu stehen und sich zu weigern, sich einschüchtern oder besiegen zu lassen.

Die Seewölfe rollten erneut heran, schwärmten an Conn vorbei und drängten seine Leibwache zurück. Ruathain erkannte die Gefahr und warf sich ins Getümmel. Einen Krieger stieß er mit der Schulter beiseite, dann sprang er hoch, um den nächsten in die Brust zu treten, sodass er rücklings in seine Kameraden taumelte. Dann war er neben seinem Sohn. »Rücken an Rücken!«, rief er. Conn hörte ihn, und die beiden Männer stellten sich dicht beisammen, ihre Schwerter hieben in die feindlichen Krieger, die sie umringten. Ruathain steckte mehrere Schläge auf den Oberkörper ein, doch das Kettenhemd hielt. Ein Messer bohrte sich tief in seinen Unterschenkel. Ruathain blickte an sich hinunter und sah, dass ein tödlich verwundeter Vars herangekrochen war, um ihn zu erstechen. Er schnitt dem Mann mit einem ausholenden Streich die Kehle durch, dann riss er sein Schwert hoch, um einen wilden Hieb des nächsten Kriegers abzuwehren.

Conns Eisenwölfe stürmten wieder los und drängten die Vars vorübergehend zurück, sodass Conn und Ruathain Gelegenheit hatten, sich weiter in ihre Reihen zurückzuziehen. Ein paar der Vars erklommen inzwischen die östliche Anhöhe, um die Verteidiger zu umzingeln. Ruathain sah, wie Maccus und seine berittenen Schützen den Hang hinaufdonnerten, um ihnen den Weg abzuschneiden.

Er sah wieder zu Conn hinüber. Sein Sohn war blutbeschmiert, Gesicht und Bart rot gesprenkelt. Conn trat einen Schritt zurück, blickte blitzschnell nach rechts und links, dann hinter sich zur Nachhut, um die Stärke seiner verbliebenen Kämpfer abzuschätzen. Ein mit einem Schwert bewaffneter Var lief auf ihn zu. Ruathain wehrte ihn ab und tötete ihn mit einem gewaltigen Hieb, der durch die Schulter bis ins Herz drang.

Die Schlacht hatte jetzt einen entscheidenden Punkt erreicht. Wenn die Vars weiter so vorrückten, würden sie die Front der Riganten durchbrechen und Conns Truppen in zwei Teile schneiden. Das würde ihnen Auftrieb geben, den Kampfgeist der Riganten jedoch schmälern. Wenn man sie noch eine Weile aufhalten konnte, würde ihre Arroganz bröckeln und sie würden anfangen, Furcht zu empfinden. Der gesamte Ausgang dieses blutigen Tages konnte, wie Ruathain wusste, von den Ereignissen der nächsten paar Minuten abhängen. Conn wusste es ebenfalls und griff rücksichtslos die feindliche Linie an, im Vertrauen darauf, dass seine Männer ihm folgen würden.

Die Reste der Eisenwölfe, kaum mehr als zwanzig Männer unter Führung von Ruathain, stürzten sich in den Kampf. Conns Kampfwut war so groß, dass er sich eine tiefe Schneise in die feindlichen Reihen schlug. Ruathain kämpfte verzweifelt darum, in seine Nähe zu kommen. Ein Speer traf Conn in der Brust und riss ihn von den Füßen. Ruathain stieß einen gellenden Schlachtruf aus und stürmte vorwärts. Er hackte dem Speerwerfer den Arm ab, der schreiend rücklings zu Boden ging, um von seinen Kameraden niedergetrampelt zu werden.

Ruathains gewaltige Gestalt stand über dem gestürzten Conn, sein Zweihänder hieb und hackte. Conn rollte sich auf die Knie, sammelte sein Schwert wieder auf und stellte sich neben seinen Vater. Ein Schwert schlug klirrend gegen Ruathains Helm, sodass dieser abfiel. Er taumelte. Ein zweiter Hieb zielte auf seinen nun ungeschützten Kopf, doch Conn parierte ihn und gab so Ruathain die Zeit, um den Schwertkämpfer niederzumachen.

Sie hörten das Donnern von Hufen, und Ruathain riskierte einen Blick nach rechts.

Fiallachs Krieger bohrten sich wie ein Speer in die Reihen der Vars und zersprengten sie. Der Druck auf die Mitte ließ nach, als die Seewölfe zu diesem neuen Feind herumfuhren. Die Reiter pflügten weiter. Ein paar Pferde gingen zu Boden und warfen ihre Reiter in die Vars, wo sie zu Tode gehauen wurden. Doch dann erreichte Fiallach die Mitte und sprang vom Sattel. Als er auf dem Boden landete, zuckte er zusammen. Die Eisenwölfe sprangen um Conn herum von ihren Tieren, die sie dann laufen ließen.

Jetzt war alles in Verwirrung, und Ruathain hieß die gewonnene Zeit willkommen, denn er atmete keuchend und brauchte eine Pause. Er schaute nach Süden. Schwinge hätte inzwischen Männer schicken müssen, doch bislang war noch niemand aufgetaucht.

Plötzlich dachte er an Bendegit Bran. Auch er war in Alteneichen zurückgelassen worden. Meria hatte darauf bestanden. Der Junge war fuchsteufelswild gewesen. Ruathain fiel ein, dass er sich nicht von seinen Söhnen verabschiedet hatte. Der Gedanke machte ihn traurig.

Dann griffen die Vars erneut an. Ruathain schob sich in eine Reihe neben Fiallach und Conn. Seine Kraft war wieder da, und er hatte noch immer keine Schmerzen.

Das *Gefühl* für die Schlacht veränderte sich jetzt. Die Riganten hatten den Angriff aufgehalten, und obwohl sie schlimme Verluste erlitten hatten, drängten sie jetzt die Vars zurück. Auch die Seewölfe spürten es. Sie kämpften nicht mehr, um zu erobern, sondern ums Überleben.

Maccus, dessen Schützen alle Pfeile verschossen hatten, ritt hinter die Linien und ließ seine Männer absteigen. Sie schnappten sich Waffen von den Gefallenen und stürzten sich ins Kampfgeschehen.

Ruathains linke Wade war mittlerweile angeschwollen. Sein Stiefel war voller Blut, und er hinkte schwer. Conn befahl ihm zurückzubleiben, doch Ruathain schüttelte den Kopf. Dann spülte der Kampf wieder über sie hinweg.

Ruathain erhielt mit der flachen Seite einer Schwertklinge einen Schlag an den Kopf. Er taumelte rücklings und fiel. Zwei Eisenwölfe rissen ihn auf die Beine, doch er taumelte erneut. Er meinte, Pferde zu hören und spähte noch einmal nach Süden.

Hunderte von Reitern galoppierten auf das Schlachtgeschehen zu. In vorderster Reihe sah er den goldenen Schopf von Bendegit Bran. Ruathain stolperte auf sie zu und deutete auf den östlichen Hügel. Bran sah ihn, riss sein Pferd herum und führte die Reiter auf die Anhöhe, wo sie abstiegen und auf die linke Flanke des Feindes herunterstürmten.

Die Vars zogen sich zurück und versuchten, sich neu zu formieren.

Ihre Verbündeten waren geflohen. Jetzt waren sie an Zahl unterlegen. Sie konnten nicht mehr gewinnen. Eine Weile kämpften sie noch weiter, dann brach ihre Linie, und die Überlebenden machten kehrt und flohen zurück nach Norden.

Die Riganten verfolgten sie nicht.

Ruathain beobachtete ihren Abzug. Er war jetzt müde, todmüde. Er stieß sein Schwert vor sich in die Erde und setzte sich auf einen Stein. Conn ging zu ihm. »Na, Großer, so viel also zu *geasas*«, sagte er.

»Ja, darauf trinke ich«, sagte Ruathain. »Hast du gesehen, wie Bran den Angriff führte? Himmel, Junge, was wird das für ein Mann!«

Conn setzte sich neben ihn. »Ich kann gar nicht mehr zählen, wie oft du mir heute das Leben gerettet hast.«

»Ich hatte das Gefühl, ich schuldete es deinem Vater. Er war wirklich einer der besten, Conn«

»*Du* bist einer der besten. Aber ich werde ihn von jetzt an in Gedanken ehren.«

»Das finde ich schön, Sohn.«

Bendegit Bran kam zu ihnen geschlendert, ein breites Grinsen auf dem hübschen Gesicht. »Hätte fast den Sieg verpasst«, sagte er.

Conn wusste genau, was Ruathain sagen wollte. Ebenso Bran, der seinen älteren Bruder ansah und ihm zuzwinkerte.

»Ich bin stolz auf dich, Junge«, sagte Ruathain und zog seinen Jüngsten an sich. Der Junge grinste, dann küsste er seinen Vater auf die bärtige Wange. »Hat es jemals eine Zeit gegeben, in der du nicht stolz auf mich warst?«, fragte er.

»Nicht, dass ich wüsste«, antwortete Ruathain grinsend.

»Ich muss nach den Verwundeten sehen«, sagte Conn. »Komm mit, Bran. Du kannst mir erklären, warum du gegen meinen Befehl hier bist.«

Ruathain sah ihnen nach, sah, wie Conn den Arm um Brans Schulter legte. Die Sonne brach durch die Wolken, als er mit großem Stolz seine Söhne betrachtete.

Die Arme auf den Handschutz seines Schwertes gestützt, schaute sich Ruathain auf dem Schlachtfeld um, dann betrachtete er die fernen Berge.

Es war ein guter Tag, dachte er.

Der Tribut an Toten war furchtbar. Knapp dreitausend Riganten, darunter zweihundertzwanzig von Conns Eisernen Wölfen. Weitere zweitausend hatten schwere Verwundungen erlitten, einigen würden Glieder amputiert werden müssen. Niemand zählte die Toten der Pannonen und der Seewölfe. Auf Conns Befehl wurden ihnen alle Waffen und Rüstungen abgenommen, dann wurden die Toten in tiefe Gruben geworfen, die eilig ausgehoben wurden.

Conn ging mit Bran zu Fiallach, der bis zur Hüfte nackt war und seine gebrochene Schulter richten und verbinden ließ. »Hier haben wir noch einen«, sagte Conn lächelnd, »der genau weiß, wann man einen Befehl missachten muss, der eigentlich völlig in Ordnung ist.« Fiallachs Gesicht war grau vor Schmerz, unter seinen Augen lagen tiefe Ringe.

»Für meinen Geschmack war das verdammt knapp«, sagte er. »Ich habe Govannan und diejenigen deiner Männer, die noch Pferde hatten, hinter dem Feind hergeschickt, um sie weiter nach Norden zu treiben.«

»Du hast ihm verboten, sich in eine regelrechte Schlacht einzulassen?«

»Ja. Das müsste er wissen.«

Conn kauerte sich neben den Verwundeten. »Du hast gute Arbeit geleistet. Sehr gute. Du bist ab jetzt der General meiner Wölfe.«

Fiallachs Gesicht entspannte sich, und er lächelte. »Du hast mir vertraut, Conn. Das werde ich nicht vergessen.«

Conn und Bran wanderten davon. Drei Druiden waren aufgetaucht, zwei von ihnen waren Pannonen, der dritte Bruder Sonnwend. Sie kümmerten sich um die Verwundeten, gemeinsam mit einigen Frauen, die aus einem nahen Dorf der Riganten gekommen waren.

Krieger gingen über das Schlachtfeld und suchten nach Verletzten unter den Toten. Verwundete Pannonen wurden zurückgeschleppt, damit man sie versorgen konnte. Die Vars hatten weniger Glück. Sie wurden getötet, wo man sie fand.

Conn zog Bran beiseite. »Wo ist Braefar?«, fragte er.

Bran zuckte die Achseln. »In Alteneichen. Er glaubte, dort würde eine starke Truppe gebraucht, falls der Feind durchbrechen sollte.«

»Und dann hat er dich stattdessen geschickt.«

»Nicht ganz, Conn. Genau genommen habe ich mich seinem Befehl ebenso widersetzt wie deinem. Ein Tag des Ungehorsams, was?« Bran nahm einen Stein und schleuderte ihn hoch in die Luft auf eine Taube, die er nur knapp verfehlte.

»Und wie lautete sein Befehl?«

Der Jüngling fuhr sich mit der Hand durch das lange, goldene Haar. »Ach, Conn, es lohnt sich nicht, sich über ihn zu ärgern. Du kennst ihn doch. Er hat allen Kriegern befohlen, sich in die Festung zurückzuziehen. Ich habe mit ihm gestritten, aber er wollte nicht hören.« Bran wandte den Blick ab. »Er hatte große Angst, Conn. Jedenfalls sah ich den Einäugigen Arna, den Häuptling vom Schlangensee, mit seinen Männern heranreiten, also nahm ich ein Pony, galoppierte ihnen entgegen und sagte, wir hätten Befehl, hier zu euch zu stoßen. Er hatte über achthundert Mann bei sich, und sie hatten gute Ponys. Wir haben es in knapp zwei Stunden geschafft. Nicht schlecht, was?«

»Du hast geholfen, die Flut zu wenden«, gab Conn zu. Er fluchte leise. »Mit wie vielen Männern hat Schwinge sich verschanzt?«

»Mit über dreitausend.«

»Die wir hier gut hätten gebrauchen können«, sagte Conn kalt.

»Ja, aber wir haben sie nicht gebraucht, oder?«

»Das ist nicht der Punkt, Bran. Ich muss mich darauf verlassen können, dass meine Befehle ausgeführt werden.«

»Aber nicht von mir oder Fiallach?« Bran lachte laut auf, und das war so ansteckend, dass Conn nicht anders konnte, als zu lächeln.

»Du bist ein unverschämter Bengel. Und jetzt nimm dir ein paar Männer und hilf Bruder Sonnwend.«

»Mach' ich. Aber versprich mir, dass du es nicht an Braefar ausläßt. Er kann nichts dafür, dass er so ist, wie er ist, Conn.«

»Ich verspreche es. Und jetzt verschwinde!«

Im Laufe des Nachmittags, als die Verletzten versorgt und die Toten begraben wurden, kamen drei Dudelsackpfeifer an und begannen, die Todesklage der Krieger zu spielen. Das Lied hallte gespenstisch von den Hügeln wider.

Govannan kam mit seinen Reitern gegen Abend zurück. Er stieg müde vom Pferd. »Wir haben sie bis zum Meer zurückgetrieben«, berichtete er. »Der König der Seewölfe ist entkommen. Wir dachten, wir hätten ihn, doch er hat einen Gegenangriff geführt. Er ist ein Kämpfer, weiß der Himmel. Wir mussten uns zurückziehen. Aber wir haben trotzdem einen Gefangenen mitgebracht.« Govannan winkte zwei Reitern, die daraufhin heranritten. Hinter ihnen ritt mit gefesselten Händen der pannonische Laird. Einer der Reiter stieß ihn aus dem Sattel. Der kleine Mann stürzte schwer, dann richtete er sich mühsam auf. Die Angst war ihm anzusehen, doch er hielt sich aufrecht, und als er zu Conn geführt wurde, spuckte er ihm ins Gesicht. Govannan wollte ihn schlagen, doch Conn hob die Hand und schüttelte den Kopf.

»Bindet ihn los«, sagte Conn. Govannan holte ein Messer hervor und durchschnitt die Fesseln des Lairds. »Komm, geh' ein Stück mit mir«, befahl Conn ihm und schlenderte zu einer Gruppe von Felsen, wo er sich hinsetzte und über das Schlachtfeld blickte.

»Erwartest du, dass ich um mein Leben bettle?«, fragte der Pannone. »Da kannst du lange warten.«

»Ich erwarte nicht von dir, dass du bettelst. Du bist ein Laird der Keltoi. Was ich von dir erwarte, ist Klugheit – und davon hast du herzlich wenig gezeigt. Hätten die Vars Erfolg gehabt, wäre das das Ende unserer Kultur gewesen. Sie hätten uns unser Land genommen, ihre Familien hergebracht und noch mehr Krieger. Dein Durst nach Rache hat dich für diese schlichte Tatsache blind gemacht – ebenso wie mein Verlangen nach Rache mich blind gemacht hatte. Seitdem vergeht kein Tag, an dem ich nicht an diese Kinder in Silberwasser denke oder an die Frauen, die unter meinem Schwert fielen. Ich erwarte keine Vergebung. Manche Verbrechen darf man nicht vergeben. Aber wenn du meinen Tod willst, schick' mir einen Streiter, und ich stelle mich ihm.« Conn blickte auf das Schlachtfeld. »Ich habe ein paar deines Volkes getötet, Pannone. Aber du hast Tausende in den Tod geschickt. Und wofür? Was hast du erreicht?« Conn schwieg einen Augenblick. Dann sah er auf und hielt den Blick seines Gegenübers fest. »Ich werde dir einen Boten schicken mit einem Angebot für Blutgeld für Silberwasser. Du wirst annehmen.«

»Warum sollte ich?«, fragte der Pannone.

»Weil es richtig ist, das zu tun. Versteh' mich richtig, diese Schlacht könnte unserer Fehde ein Ende setzen.« Conn beugte sich vor und fixierte den Mann mit kaltem Blick. »Oder es könnte der Anfang eines schrecklichen Krieges sein, den ich über dich bringe. Ich werde deine Städte, deine Dörfer, deine Häfen zerstören. Ich werde deine Häuser dem Erdboden gleichmachen und Salz auf deine Weiden streuen. Ich werde dich jagen und töten und deine ganze Familie mit dir. Die Wahl liegt bei dir. Krieg oder Frieden. Entscheide dich jetzt.«

»Was hast du mit den verwundeten Pannonen gemacht?«, fragte der Häuptling.

»Sie werden versorgt wie meine eigenen Männer«, antwortete Conn.

»Dann soll es Frieden sein«, sagte der Pannone.

»Du wirst mir das als Bluteid vor den Druiden schwören. Dann kannst du gehen.«

»Ich bleibe und helfe bei den Verwundeten«, entgegnete der Laird.

»Wie du willst.«

Die Dudelsackpfeifer spielten noch immer, und die traurige, gespenstische Klage erfüllte Conn mit tiefer Melancholie. Heute morgen waren seine Männer noch Väter, Brüder, Ehemänner und Söhne gewesen. Heute abend gab es neue Witwen und Waisen, und im ganzen Land gab es in vielen Häusern große Trauer.

Er sah Bran mit Bruder Sonnwend sprechen und ging zu ihnen, um dem Druiden von dem Friedensversprechen des Lairds zu berichten. »Willst du seinen Bluteid nehmen?«, fragte Conn. Bruder Sonnwend nickte.

»Er ist kein Mann von großer Ehre. Vielleicht bricht er seinen Eid.«

»Wenn er das tut, töte ich ihn«, erklärte Conn.

Er fühlte sich plötzlich erschöpft und ließ seinen Blick über das Feld schweifen. Fackeln waren angezündet worden, und ein paar Laternen hingen an Speeren, die in die Erde gerammt waren. In dem Tal zwischen den Hügeln sah er Ruathain still sitzen, die Hände auf den Schwertgriff gestützt, das Kinn auf den Händen. Conn lächelte und winkte. Ruathain bewegte sich nicht, und etwas Kaltes berührte Conns Herz.

Er fing an zu laufen. Bran sah ihn und folgte ihm.

Conn fiel vor seinem Vater auf die Knie. Ruathains tote Augen blickten in die Ferne, und sein Gesicht zeigte einen Ausdruck großer Zufriedenheit. In der Ferne spielten die Dudelsäcke weiter. Bran kniete neben Conn nieder. Tränen liefen ihm über die Wangen.

Eine Weile berührte keiner von ihnen den Toten, sie saßen nur da und sahen zu, wie die untergehende Sonne auf seinem grau durchwirkten hellen Haar glänzte und auf seinem blanken Kettenhemd. Dann setzte sich Conn neben ihn und nahm ihn in die Arme. Bran setzte sich auf die andere Seite und schloss Ruathain die Augen.

»Ach, Großer«, flüsterte Conn. Sein Blick war von Tränen verschleiert, seine Kehle zugeschnürt. »Was machen wir bloß ohne dich?« Er strich seinem Vater übers Haar.

Der letzte Sonnenstrahl erhellte das Land und verwandelte die Berge in Gold.

Und die Dudelsäcke schwiegen.

Epilog

Valanus stand auf den Anhöhen über dem Hafen und beobachtete die Hunderte von requirierten Schiffen, die in Goriasas halbmondförmiger Bucht vor Anker lagen. Der Offizier von Stone nahm seinen Helm ab und zählte die Schiffe. Dreihundertdreiundzwanzig. Jasaray hatte vierhundert befohlen. Der General würde nicht erfreut sein.

Das Wehgeschrei zahlreicher klagender Frauen wehte zu Valanus empor. Er blickte nach unten und sah, wie sich die Menschen um den Hinrichtungsplatz drängten. Zweihundert gefangene Gath, die mit den Armen an vier Meter lange Balken genagelt waren, wurden hochgezogen. Sie werden rasch sterben, dachte Valanus. Wenn ihre Körper an ihren Armen zerren, verengt sich ihre Kehle, sodass sie keine Luft mehr bekommen. Es würde sehr viel länger dauern, hätte der General befohlen, ihnen auch die Füße anzunageln. Doch Jasaray war seit dem Fall Goriasas in guter Stimmung.

Er würde nicht mehr so guter Laune sein, wenn er erfuhr, dass der Verräter Ostaran zwanzig Schiffe gestohlen hatte und mit fast zweihundert seiner Anhänger über das Wasser entkommen war.

»Glaube nicht, dass du in Sicherheit bist, Osta«, flüsterte Valanus und spähte zum Horizont hin. »Wir kommen bald nach.«

In diesem Augenblick fuhr ein kalter Windstoß über die Klippen. Valanus schauderte. »Du könntest dich hier erkälten, Soldat«, sagte eine Stimme. Valanus fuhr herum und sah eine alte Keltoi-Frau, die in einen fadenscheinigen Schal gehüllt war.

»Du bewegst dich sehr leise für einen alten Menschen«, sagte er, verlegen darüber, dass sie ihm einen Schrecken eingejagt hatte.

»Du warst in Gedanken versunken, Mann von Stone. Warum starrst du über das Wasser?«

»Dorthin wird die Armee von Stone reisen«, erklärte er. »Dort sollen wir kämpfen.«

»Connavar ist dort«, sagte sie schlicht. »Weit im Norden, aber er ist dort.«

»Du kennst ihn?«

»Wir sind uns begegnet. Und was suchst du jenseits des Wassers, Valanus?«

Er sah sie scharf an und wunderte sich kurz, woher sie seinen Namen kannte. Aber dann entspannte er sich, denn kannte nicht jedermann heute den Namen von Goriasas Befehlshaber?

»Ich suche nach Ruhm«, sagte er.

»Und du wirst ihn erhalten«, versprach sie. Ihr Lachen klang kalt und ließ ihm das Blut gefrieren. »Oh ja, Valanus. Du wirst Ruhm ernten.«

ENDE

BIBLIOTHEK DER PHANTASTISCHEN LITERATUR

Herausgegeben von Stefan Bauer

Isaac Asimov

28 322 Die Psychohistoriker

Marion Zimmer Bradley/Holly Lisle

28 313 Im Schatten der Burg

David & Leigh Eddings

Das Auge Aldurs

28 301 Begarath der Zauberer

28 312 Polgara die Zauberin

28 320 Der Riva-Kodex

Raymond E. Feist

28 325 Der Elfenhügel

Sarah B. Franklin

28 326 Eine Tochter Trojas

Maggie Furey

Der Schattenbund

28 328 Das Herz von Myrial

David Gemmell

Die Drenai-Saga

28 314 Die Augen von Alchazzar

28 317 Winterkrieger

Die Steine der Macht

28 303 Band 1 König der Geister

28 308 Band 2 Das letzte Schwert

Die Falkenkönigin

28 321 Band 1 Eisenhands Tochter

28 324 Band 2 Die Keltenkriege

28 329 Im Zeichen des dunklen Mondes

28 231 Die Steinerne Armee

Wolfgang Hohlbein

28 319 Die Schatten des Bösen

28 323 Von Hexen und Drachen

J.V. Jones

Das Buch der Worte

28 304 Band 1 Melliandra

28 309 Band 2 Der Thronräuber

28 310 Band 3 Herr und Narr

ISBN 3-404-20333-X

ISBN 3-404-20401-8

Abgeschieden von der übrigen Welt, umschlossen von Meer und Bergen, liegt Elderland, die Heimat des friedfertigen Ffolks. Das Ffolk ist stolz auf seine Geschichte und hortet im großen Museum zu Aldswick viele seltsame und kuriose Dinge aus der Vergangenheit. Doch als die düsteren Schatten dieser Vergangenheit sich auf das Land legen und eine Gefahr heraufzieht, die alle schon längst gebannt geglaubt, treten Geheimnisse zutage, von denen niemand etwas ahnte. Nun muß sich das Ffolk bewähren. Das Schicksal des ganzen Imperiums lastet auf einer kleinen Gruppe treuer Freunde, die zu einer abenteuerlichen Reise aufbrechen, welche sie an die Grenzen der Welt führen wird, zum Anfang und zum Ende der Zeit …